菊池庸介著

近世実録の研究

――成長と展開――

汲古書院

不肖の弟子

この本の著者、菊池庸介君は、一九九〇年四月、静岡大学人文学部に入学。この年、実は私も静岡大学での生活を始めている。いわば同期。二年生に上がる時のコース選択面接で初対面。江戸時代の庶民文化の研究をしたい、と言うので私の研究室に所属することになり、実録の世界に足を踏み入れたという次第。この学年で私が受け持った六人の学生は、南北歌舞伎二人、馬琴読本二人に、「菅原伝授手習鑑」。それに『享保録集説』の菊池君と言う内訳であった。全員が近世で卒業論文を書くなど、今では考えられない。しかも粒ぞろいで、今でも楽しく想い出される。

菊池君の卒業研究は私の持っていた写本『享保録集説』の翻刻・解題が中心で、あまり「論」という物ではなかったのだけれど、進学を前提に修行のつもりでこつこつ仕上げた。進学にもなかなか苦労があったがなんとか学習院の諏訪春雄先生に拾っていただいて、私の後輩、と言うことになった。

その後の彼は、持ち前の地道な努力を重ねて丁寧な論文を発表し、また、誠実な人柄で学会でも認知されるようになり、あっという間に目先のあれやこれやで学会をさぼり気味の私よりも有名になっていた。その間、本当に多くの先輩たちから薫陶を受け、成長しており、最初の「師」として何も出来なかったことを申し訳なく思いつつ、皆さんにはとても感謝している。

さて、実録の本格的な研究書としては高橋圭一氏の『実録研究』に続いて二冊目となる本書は、菊池君のここまでの研究の集大成であること、言うまでもない。ここで解説を加えるのも芸がないが、実録その物を中心にしながらも、他のジャンルとの交渉、金沢の俳人堀麦水の実録製作など、周辺領域への丁寧な目配りに彼らしさがあるといえるだろう。

そうしてもう一つ、実は、第二部と付録にこそ、本書の大きな意義があるのではないかと思っている。第二部は翻刻。研究者は多くの写本を比較研究する必要があるので、敢えて一つ一つの写本を翻刻はしないで論文を書く。しかし、それでは研究の裾野は広がらない。底本を決める作業も面倒な物だが、読みやすい標準を定めることによって後続の研究者を呼ぶことが期待される。

更に重要なのが付録「主要実録書名一覧稿」で、これは恐らく彼が国文学研究資料館で所在目録作成作業を行う過程で書名一覧の必要を感じた物だと思われる。実録は書名だけでは中身が解らないことが多いし、逆にある事件について書かれた実録を探そうとしても書名では探せないと言う不便さがある。このリストは、「稿」であって、今後更に増強されていかなければならないのに違いはないのだが、こういう形で世に出ることをまず喜びたい。

本書を通覧するにつけ思うのは、私にはとても出来ないことをしているなぁ、と言うことである。実録研究は、残存写本の量さえはっきりしない中で、研究者不足もあって、決定的に有効な研究方法が確立されないまま、個別の研究が進んでいる段階と言って良い。私自身、院生の頃は各地を回って写本を写し取り、本文を比較しながら論文を書いていたが、今はそういう研究をする余裕もなく、また興味の方向もそういうものからはずれてしまっている。山っ気の多い、直感に頼るスタイルはずっと変わっていない。菊池君は、環境にも恵まれて、こうしてこつこつ積み上げることで、実録研究の基礎を改めて作り直してくれた。これは私のスタイルではない。

親や師に似ていない出来の悪い子弟を自ら蔑んで「不肖」という。しかし、出来の悪い師について出世する弟子も多いに違いない。「鳶が鷹」、「青藍の誉」と言うべきか。十分な指導が出来なかった分、多くの人たちから吸収し、自分の力でここまでやってきたことを嬉しく思う。

博士号を持たない私がこういう場所につたない文章を残すのも烏滸がましい話。本書の刊行で、改めて、もう、師弟じゃないよ、と言うことにしようと思う。

二〇〇七年十一月

小二田誠二

目 次

第二部　翻刻編

近世実録の研究

――成長と展開――

第一部　論文編

はじめに

近世の「実録（実録体小説とも）」と呼ばれる一群は、「実録」という呼称が示すように、江戸時代に起こった社会的な事件を題材として、その内容があたかも真実を含んでいるかのように書きつづった小説風の読み物である。写本で流布したために当時は写本、もしくは書本《かきほん》と呼ばれ、相当に読まれた。しかしその研究は進んでいるとは言い難い。なぜならば、実録は歴史記述としての面と文芸的な面を併せ持っており、そのために長い間、歴史研究の側からは資料価値のない文学的なものと判断され、いっぽう文学研究の側からは歴史資料という扱いを受け研究対象としては本格的に取り組まれてこなかったからである。また、実録は本文が転化成長する――書写される間に内容が膨らみ、改変される――ため、研究の基礎段階として原本の一つ一つを極力確認することが求められるのだが、現存する諸本の分量が膨大でありその労力が甚だしいということも研究が進展しなかった理由に数えられる。さらに、後述するように公を憚る性質のものであったため、発生・流布・享受などの実態が把握しにくいということも実録研究の障壁となっている。それに加えて実録は高貴な公家や大名よりもむしろ貸本屋を介して庶民に読まれる場合の方が多く、現存のものは手擦れや落書き、虫損などにより状態の悪いものも多い。挿絵がなく、造本の凝っているものもほとんどないので愛書家に珍重されることもない。いわば古書としての格が低かったことも研究者から見過ごされた理由の一つに数えられよう。

だが近年、その重要性がとくに注目されているのも事実である。実録が他の文芸ジャンルの素材として広く利用されていることや、「近世の小説の中で一番読まれた」と言われるくらい当時の人びとに浸透したこと、そして、実録にみられる虚構の性質が現代にまで通じるような普遍的なものであることなどが主たる理由として考えられる。実際には中村幸彦氏の提言[(2)]がなされた後、文学研究の対象として確たる地位を得たと言ってよい。[(3)]その後も前述のような事情で研究は遅々として進まなかったが、一九七〇年代から九〇年代にかけて実録を専門とする研究者が生まれてくる。[(4)]『江戸文学』二十九号（ぺりかん社・二〇〇三年十一月）では学術誌としておそらく初の実録特集が組まれている。

さらに二〇〇六年六月三日に行われた全国大学国語国文学会五十周年記念大会シンポジウムでは、ピーター・コーニッキー氏による「写本文化の可能性と行方」と題した記念講演の中で、地方の富裕層の蔵書における実録の存在を重要視しており、またその後に行われたシンポジウムでは、「変動するテクスト」というテーマのもと、パネリストとして高橋圭一氏が「実録の変容―「難波戦記物」を題材に―」と題する報告を行った。この出来事は実録が、日本文学研究の中で決して看過することのできないジャンルであることが、近世文学という枠を超えて共通理解されるに至ったことを示している。

このように活況を呈する観のある昨今の実録研究であるが、先述したように研究はまだ今後に残されている部分が多い。山積した問題のうち、本書は特に実録の転化成長という性質に注目し、その様相を具体的に検討していくことによって、今後の実録研究の一助としたいと願っている。

まず、各論に入る前に、一通り実録の全体像を概観することにする。

一、定　義

本書の対象となる実録とはいったいどのようなものなのか、概略を示しておくことにする。実録の定義は早くに先学が各論文の中で触れられ、あるいは事典項目に執筆されている。簡潔にまとめてあるという理由で、ここでは『日本古典文学大辞典』[5]「実録」項（中村幸彦氏執筆）・『時代別日本文学史事典近世編』[6]「実録体小説」項（小二田誠二氏執筆）を引用する。ただし、全文を引用するのは煩雑に過ぎるので、必要箇所だけを掲げ、他は適宜文中で補うこととする。

> 近世に発生した小説の一体。「実録体小説」とも称する。大体は実在した大小様々の事件を主題または背景にし、主要人物は実名で登場する。しかしその人物の行動や思念は必ずしも実でなく、虚即ち小説的である部分が多い。しかし多くの近世人は、虚構を混じるとしながらも、事実をも多く含むと考えていた。明治以後も長く雑史と認めたのは、この見方が続いて来たものであった。近世でも既に知識人は、その一つ一つについては、虚妄の書なることを論じていて、文学と見るべきである。後述する事情（筆者注　享保七年の出版取締令を指す）で、ほとんどが写本で伝わり弘《ママ》まり、刊行をみなかった。けれども目で読む方法でのみ鑑賞されたものではない。多くが講談の種本となり、講釈師の話を聞いて楽しんだものであり、講談のままの姿の写本も、かなりに残存する。（以下略）（『日本古典文学大辞典』）

実録体小説（実録）は、近世に起こった様々な実在の事件・人物を、ほぼ実名で、事実を伝えることを標榜しつつ、小説風に綴ったもので、写本で流通した。（中略）作者と思われる署名のあるものもあるが、多くは作者が不明で、書写の間に空想が盛り込まれ、成長変化する。その内実は、必ずしも史実とは言い難く、知識人からは虚妄の書として非難されることもあったが、他の戯作や歌舞伎等と比べて、荒唐無稽の趣向に走ることは少なく、もっともらしく構成されるため、多くの享受者は事実の記録であると信じていたとみられ、秘書として珍重された例も少なくない。（以下略）（『時代別日本文学史事典近世編』）

以上により本書で扱う実録は「実在の事件や人物について、事実であることを標榜しつつ小説的に書き、主に写本で流通し成長する読み物」と定義できる（右の引用には掲げきれなかったが、『日本古典文学大辞典』も成長について言及している）。たとえば扱う事件については、人びとの興味を引き起こすようなもの（敵討ちやお家騒動など）、当代の人物伝、時事的事件など、社会的に何らかの衝撃を与えた事件が多い。ただし喧嘩や心中などの際物的な事件は、よほど大きなものでない限り、実録として後々までは残りづらいようである。

実録で扱う内容にはどのような事件があるのか、中村氏が先の引用の後に題材によって分類されている。ここに列挙しておくことにする。

1、御記録　2、軍談　3、御家騒動物　4、捌き物　5、仇討物　6、武勇伝　7、侠客物　8、白浪物
9、騒擾物　10、巷談

これは実録と関わりの深い講談の分類を元にしたものである。これらの中に題材となった各事件が当てはまるわけだが、中村氏も指摘されるように、これらは組み合わさり話が複雑化することも多い。たとえばよくみられるのが仇討

物と武勇伝の合体である。この事例はむしろ仇討物の、討手が敵を探して諸国を廻る過程における武勇伝の要素が、次第に比重を占めていったものとも言えるが、他にも慶安事件（由井正雪の乱）を扱った『慶安太平記』のように、騒擾物に分類されながら由井正雪の諸国武勇遍歴が加わったものもある。

これら題材となった事件は、基本的に散文の読み物の体裁をとり、読者の興味を引きつけるような内容を持つ。右の『慶安太平記』の例では、由井正雪における出自や軍学者になるまでの経歴、そして諸国遍歴とその途次の様々な事件、また、義経と弁慶の関係を思わせるような正雪と彼に従う浪人たちの人間模様、英雄的人物として描かれた正雪の存在とドラマチックな破滅、対する幕府側の大将格として松平伊豆守を際だたせて描こうとしたことなど、歴史記録からは伺うことのできない潤色が多分に加えられ、小説的な読み物としてじゅうぶんに魅力的である。

実録はこのように事件に関する聞き書きや原資料からは伺うことのできない、それも読み手にとって興味を引くようなトピック（事実無根のことも多い）を、実際にあった出来事との間をつなぐものとして盛り込み、あたかも事件の真実を示しているかのように読み物化したものである。

そして実録は写本で作られ、読まれた。近世は出版が産業として確立し、大きく発展した時期である。実用的なものから文芸、教養書、美術書に至るまで、現在と比較しても遜色ないほどの種類の本が出版されている。その中で、写本の形態で広まった実録は特異なものと言えるだろう。この事情は周知の通り、近世では実録が扱うような題材（徳川家に関すること、公家大名に関わること、時事的な事件）を読み物として版行することが憚られたためである。出版にまつわる統制は早く明暦三年（一六五七）にはみられ、享保七年（一七二二）の取締令で一つの到達点を迎える。ただし、これらは積極的な処罰を意図した言論弾圧というよりは、無用なトラブルを避けるための予防線であったとの見方もできる。(7) 版元の側も、やはりその辺りは心得ていたらしく、自主的な規制をもって出版に臨んだ。たとえば実際の事件を題材にした版本の例として、絵本読本（第二章第一節参照）などは時代設定を変え、登場人物名も設定した時代に合わせるように改め、それによって表向き法令を遵守したのである。

実録が右に述べたような操作を必要としなかったのは、写本が版本に比較して私的なものという見解であり、幕府も黙認の形を取っていたからのようである。有名なものだが三木佐助『玉淵叢話』下巻(8)には以下のような記述がある。

どういふ秘密な物でも写本なれば、一切黙許の姿でありました。万一人に知れましても是は自分の筆記であるとか、見聞を書き留めて置いたものであるとか申せば、それで事なく済んだものでございます。（以下略）

「どういふ秘密な物」であっても写本なら黙認するという姿勢は、実録を享受する者にとっては「写本ならば本当の時代や本当に事件に関わる人物名が書かれている」という期待感を生むことになり、実録の事実性―書かれている内容の虚実はさておき―の獲得という利点につながることになる。

写本によって流通しえた実録の利点は他にもある。出版の手続きは、基本的には本屋仲間行司による内部検閲を経た上で公的な許可を得るものであり、検閲を経るからにはその内容に責任をもつ必要も生じる。「猥成儀異説等を取交作り出」すことは許されないのである。ところが写本にはそのような検閲がなかった。あまりの際物であったり反幕的なものなど、度を越えて過激な場合は処罰の対象となったが、基本的には黙認であった。

書いたものへの責任から解放されるということは、実録をより潤色の多いもの、より歴史的事実からかけ離れたものを生み出すのを後押しする。そしてそれは実録の成長という特異な現象に結びつくのである。

成長という現象はどのようなものであろうか。くわしい様相は本論で具体例に即して考えていくことになるが、簡単に言えば、転写される間に色々なエピソードが書き加えられ、本文も書き換えられ、あるいは作品の構造が変化してストーリーが膨らむ現象をここでは成長と呼ぶ。実録にはこのような成長を遂げるものが多い。その基本的な構図を述べておくと、次のようである。

1、事件が起こり、それにまつわる記録・聞き書き・あるいは実見談が生じる。

2、1に基づき読み物体裁をとったものができる。

3、2に潤色が加わり、原始的な実録になる。

4、様々な虚構が加わり話が複雑化し、内容の骨格が確立する。

5、確立した虚構を踏まえ、さらに新たな増補（場合によっては削除）が行われる。

6、すでにできあがった実録の一部が独立し、新たな一編ができる。

これらのうち、1と2はこの順を基本的に踏まえる。3、4、5は厳密にこの段階を経るというよりは三つの型があると考えた方がよい。2から3へ順を踏むものもあれば、いきなり2から4あるいは5へ進むものもある。事件の裏付けが取れない伝説的なもの（敵討に多い・第一章第三節参照）や、創作と認めうる写本などは4から出現する。また、2と3の境目の判断は難しい。今後も各例を通して検討する必要があるが、内容や、虚構にみられる大衆性の度合いが判断の材料になるだろう。6は3、4、5どこからでも起こりうる。

また、本論でも触れるが、これらの成長は、どの実録も転写されるたびに行われて徐々に内容が変化していくのではなく、ある事件を題材にしたものが、しばらくの間安定した流布をしていて、それが何かをきっかけに大きくその話を変えるという、いわば「階段式」に成長するのである（第一章第二節参照）。

ここまで、先に設定した実録の定義を踏まえつつ、そこに含まれた実録の特徴を確認してきた。もう一度それを簡潔にまとめると、以下のようになる。

［内容面］

①近世の事件や人物を題材に、時代設定や人物名を変えずに記される。

②事実性を標榜するが、書かれている内容に潤色が多い。

［様式面］

③写本の体裁を持つ。

④転写を経て話が成長し、本文が増減しあるいは書き換えられる。

二、実録の発生・流布・享受

発　生

実録の発生という語は二通りに解釈できる。一つは前節でみてきたような成長パターンの3を指し、もう一つはこのようなジャンルじたいが近世におけるどの年代に出てきたのか、ということである。前者は後章で具体例に即してみていくこととして、ここでは後者について考えてみたい。実録の歴史的変遷について、これまでは講釈の歴史やいわゆる「文運東漸」の動きと関連させて、宝暦ごろに活発化するようになったという見方が主流だった。だが、後でも述べるが、乏しいながらもいくつかの実録群（ある一つの事件を題材にした実録の一群を「実録群」と呼ぶことにする）を検討すると、その時期はやや早まり、享保から宝暦期までにはすでに盛んに行われていたようである。

それではその発生はいったいいつごろまで遡ると考えられるか。それはどこで発生したのか。上方なのか、江戸なのか、あるいは別の場所か。だが、公を憚るような内容のため、これら発生の様相を具体的に確定することは困難である。実録には序文や奥書に年記を備えるものも多いが、中には嘘が書かれているものもあるので当てにならない。また、源流を辿れば近世以前に行き着くという考え方も可能であろう。たとえば、「〜の由来を尋ぬるに」のような語り物文芸の要素を持っていたり[9]、話が膨らんで行く原理に口承伝説との類似が見出せる[10]のである。書名にも「〜霊験記」のようなものもあり、仏教や神道に関連した説話や語り物が源流の一つであることがわかる。他にも「〜軍記」のような書名も存在し、あるいは後述するように実録と関わりの深い講釈が「太平記読み」まで辿ることができることから、軍記も実録の重要な源流の一つと言える。このように実録は中世的な要素を多分に含んでいる。

そのいっぽうで、実録は実際に起こった事件の解釈が膨らんでいき、虚構を生み出して読み物化していった、つまりは伝説のようなものであり、事件が発生すれば、いつでもどこでも起こりうる、という見方も可能である。

だが、目の前に存在している実録写本は紛れもなく近世ならではのものであり、内容をつぶさに検討すれば年代的な特色が見いだせるように思われる。内容面における実録の近世性というのは今後の課題であるが、三田村鳶魚氏が「大変に世話が勝っている[11]」と言うように、実録は当代の出来事を扱い当時の風俗を描くなど、同時代性・現実性が顕著である。前時代までの文芸に比して筋は複雑化し、人物の造型も格段に深まりをみせて表現されていると思う。当時の事件を題材にするということで、報道性もまた存在する。実録の内容にあらわれるこういった特徴や趣向の問題は、他ジャンル文芸や近世の思想、あるいは制度に関わりのあることであり、実録は中世以来の方法を受け継ぎながらも、やはり近世になってあらたに発生したものだと実感する。

先述のように、実録というものが発生した時期や場所を確定するのは困難であり、厳密な発生年代や地域の問題はひとまず先送りせざるを得ない。したがって以下、近世における実録発生の様相を大ざっぱに推測するにとどめておく。

徳川幕府による政治体制の安定は、制度、産業、交通、情報、学問、芸術など、広い意味での文化を、支配者層だけでなく下級武士や農工商など被支配者層にまでもたらした。街道や航路の発達によってそれらの文化は地域的にも広範囲に行き渡り、それぞれの交接・交流を促した。このような状況の下、人びとの、周囲に対する興味・好奇心もまた範囲を拡大していく。自分たちの日常生活の枠を越えた社会的・政治的な事件にまで興味や関心を示すようになるわけである。

また、近世には教育が発達し、識字率が向上したことはよく知られている。識字率の向上は、印刷技術の発展とともに書籍の大衆化を促す。実際には民間では、書籍を直接書肆から買い求めただけでなく、貸本屋を通じて書籍に触れたケースも多いわけだが、それでも前時代に比較して、書籍の流通量は爆発的に増加した。

近世の実録はおそらくこういった諸要素がある程度出そろった時期に出現したものと言えるだろう。右に述べたような数々の事象は同時に発達を遂げたわけではないが、江戸時代が文化的に大きく変化をみせたのは、寛文期と想定できる。それらを象徴するような事例をいくつか挙げてみると、たとえば書物関係では書籍目録が寛文六年（一六六六）には京で発行されていたことが認められるし、それより先、明暦三年（一六五七）には現在確認しうる最も早い出版取締令が発令されている。また、やはり寛文期～元禄期には、実態不明な部分が多いながらも、貸本屋が全国的に広まっていったことがわかっている。[12] 書物関係から目を転じて交通関係に注目してみると、街道を統括する道中奉行職が正式に置かれたのは万治二年（一六五九）のことであり、[13] それは交通量が増え街道の整備が必要になったことを示している。河村瑞軒の西廻り航路の開発は寛文十一年（一六七七）のことであった。[14] 武家思想の面からみると、寛文三年（一六六三）には主君死後の殉死が禁止されていることなどは世の中が大きく変わった象徴的な出来事といえる。[15]

実録に密接に関わった講釈の動きはどうであろうか。講釈についての資料が決定的に不足しておりあまり明らかではないが、この寛文～元禄期は太平記読みが主に行われていた時代と考えられる。太平記読みには徳川家康に講じた赤松法印のような武家相手の者と、流浪の芸能民として民衆相手に世を過ごしていた者とが併存していたとみられ、元禄末は名和清左衛門が浅草に町講釈を始めた時期であり[16]、太平記読みのスタイルに変化が認められるようになる。享保ごろになると、御記録読みに神田白龍子が出現し（こちらは町家には行かず大名武家専門だったらしい[17]）、それと同時期に霊全が登場、「辻談義に戯言を交へて人の笑をとり」、またこの霊全は「末には太功記なとを読て大にもてはやされ」た[18]。講釈の動きとも関係するが、宝永～享保期には馬場信武・信意親子などによって通俗軍書も盛んに作られるようになる。

右に述べたような寛文期～元禄期、そして享保期という四、五十年の、世の中全般に渡る変化は実録の発生・発展の契機になっていることは疑いない。はじめは原始的な、前項で言うところの3のような、内容もさほど複雑化していないようなものであったろう。話が複雑になったり趣向を凝らすようになるのはこの後の話であり、歴史的事実から劇的に成長したようなものはまだ生み出されていないと考えられるが、『油井根元記』（天和二年〈一六八二〉序）のようなまとまった書もこのころには成立していた。他にも、これは伝本の有無が不明であるが、延宝九年（天和元年・一六八一）には僧一音が越後高田藩の騒動について著した『越後記』を読んで処罰されるという事件が起こっている し、この騒動の実録に関連して言えば、『松平大和守日記』延宝九年四月二十五日の記事には『越後騒動通夜物語』という書を借覧したことが記されている。また、版本小説では元禄末から正徳にかけて、『元禄曾我物語』（亀山の仇討ちを扱う）や『名物焼蛤』（桑名藩の野村増右衛門事件を扱う）など、時事的な事件に取材した浮世草子が刊行される例もあり、これも実録に刺激を与えたことは容易に想像できる。(19)

右のような事情から、寛文以降、元禄ぐらいまでの間に近世の実録というものが発生したのではないかと現在のところは考えている。そして享保七年の出版取締令を契機として宝暦ごろまでに、実録は写本としてその特性を発揮し、ストーリーを複雑にしつつ発展することになる。

流　布

実録の発生年代は今ひとつ明確にできないが、その実録がどのように流通していたのかについては現在残された写本からある程度はうかがうことができる。

一つは個人間の貸借による流布である。庶民の間でできあがった事件への解釈を「作者」（次項で述べる）がまとめあげる。事件の性質にもよるが、基本的に近世では時事的な事件の報道は憚られたから、実録をまとめ上げた者がいきなり大々的に販売したり貸本として広めたりしたとは考えにくい。まずは自分の交流範囲内にいる人物にみせていったのではなかろうか。そしてそれが徐々に流布の範囲を拡げていったのではないか。実録の奥書や序文にはしばしば「秘書」とか「禁他見」と書いてあったり、「長年望んでいた本をやっとみることができた」という旨が書いてあったりする。

もう一つは貸本屋による貸借で流布した。実録には貸本屋の蔵印を押してあるものも多く、現存するいくつかの貸本屋蔵書目録をみると、相当な割合で実録が商品として掲げられている。名古屋にあった大手貸本屋大野屋惣八などでは同一の実録を複数置く（置き本）例もあり、(20)実録が貸本屋の主力商品の一つであったことは間違いない。ちなみに賃料は他の版本に比較して概ね安いようである[21]。

貸本屋についての総合的な研究は『近世貸本屋の研究[22]』他、長友千代治氏による一連の業績があり、くわしくはそちらを参照願いたいが、貸本屋はまた実録を「生産」もする[23]。つまり自分の店において、あるいは下請けの筆耕にまかせることによって、写本を量産するのである。それから、おそらく筆耕を生業とするものであろうが、客の注文に応じて実録を生産し販売する者もいたようである[24]。さらに貸本屋の本を借りた人が書写したり、貸本屋から買い取ったりすることもじゅうぶんに考えられる[25]。現代で言えば、レンタルＣＤやＤＶＤをダビングしたり、買い取ったりするのと似ている。

貸本屋はまた、業者間でも客に対しても本の売買をしたらしく、実録はその流通範囲を拡げていく。実録が全国的に広まっていった事情には、個人書写だけではなく、このような貸本屋の役割を見過ごすことはできない。先に述べたような産業や交通の発達が、結果的には貸本屋の発達にもつながってくるし、それによって実録の諸本が大量に広範囲に流通していくのである。

あと一つの流布の方法は、講釈師が聴衆に配ったという場合がある。馬場文耕などは審理中の事件を講釈し、実録に書いて聴衆に籤取りで配ったために罪科を蒙っているが（すでにそれ以前から公儀に目を付けられていたようである）、おそらく、講釈師を通じて写本が流布する例は他にもあったであろう（第二章第二節で取り上げる黄表紙『稚種軍談』では、講釈場で老人が籤に当たったことが、文中からわかる）。

ここまで実録の流布についてみてきたが、個人書写による流通で述べたことと、貸本屋による流通について述べたことでは矛盾が生じている。一方では禁忌的なもの、秘書とされているのに対し、もう一方では誰でも手に取ることのできる商品として存在しているということだ。そして、実はこの矛盾は当時の人びとによる実録への接し方とも関係するのではないか。したがって次に近世の人びとが実録をどうとらえていたか、その享受の様子を考えてみる。

享受

近世において、実録について述べられているものは、大概はある程度の知識を持っている人の手によるものである。煩雑になるが、次にそのいくつかを掲げる。

世に『護国女太平記』と云書あり。憲廟御代の事、影も形も無きことを造て書けり。是は赤穂一件の時、温密御《ママ》用に播州へ遣はされし御小人目付、仔細ありて改易せられしが、上を恨み時を謗らん迚、取扱たるものなりとぞ。其頃誰有て信ずる者も無りしに、時移りて実事にもやと思ふ人も出来り、遂には世を挙て様々なる斉東野人の語を伝ふるは、残念至極のことなり（『甲子夜話』十九の四）(26)。

近き頃、太閤真顕記といふ写本あり。甚だ大部にて数百巻に及べり。太閤時代の軍物語を委細に記して、俗事を悦しむる書なり。世上に実録なりともてはやす。是は大坂の浄瑠璃本の作者近松、並木等が流《ともがら》、そら言葉を面白く作り連ねたるなり。近年、浄瑠璃芝居流行せざるゆへ、作者も仕業なきやうになり、色々の敵討、騒動事、又は軍物語の作りかへ等を面白く作り出して、俗人を悦しめ利を得しなり。浄瑠璃本は、婦女子迄も初よりそらごとなる事をよく知り居て害なけれども、それに違ひ、是等は皆実録体に作りたるものなれば、俗人婦女は真実の事と思ひ、少し物知れる人といへども、数百年の後は真偽分りがたく、人々迷ひを生じ、よき人をもあしく書伝へ、悪しき人をもよく云伝へんこと無念の事にて、作者は大なる罪なるべし。されば憎むべく歎くべき事なり。」

（『北窓瑣談』[27]）

右の『甲子夜話』は松浦藩主静山公の著したものであり、『北窓瑣談』は宮川春暉（橘南谿）によるものである。

これらからもわかる通り、彼らは実録の内容を信用していない。実は、この他にもいくつか実録にまつわる言説は存在するが、「俗書」（『瀬田問答』）「俚言妄誕取用べき物に非ず」（『翁草』一三一）などその記録性に批判的な言を述べるものばかりであり、事実性を評価するものをみない。右の『北窓瑣談』では「作者は大なる罪なるべし。されば憎むべく歎くべき事なり。」などと怒りを露わにしてさえいる。

この『甲子夜話』や『北窓瑣談』のように、内容の真偽だけにとどまらず「残念」「憎むべき」などと感情を露わにしているのは、実録の記述を「実録なり」「実事もや」と思う人々が一方でいるからであり、その無知蒙昧な人びとに対する歯がゆさに他ならない。

つまり、この時代の人びとは原則的には、実録に対して、出版が憚られるような時事的出来事を記す「読みものの体裁をとった記録」として接し、人びとの中には内容を「事実」と認める人たちがいるいっぽうで「虚」と判断し、さらには忌み嫌う人たちもいたということである。

小二田誠二氏は実録を巡る右のような二種類の読者が併存した理由として、「共同体の中で流通することが前提であったはずの実録写本」が「板本と同様に貸本屋などを通じてたやすく共同体の外まで流通するようにな」り、事実記録と小説の「両方の性格を併せ持ったため」とする。[28] 実録の虚実に対しては、実際には半信半疑という立場の中間層もまた相当にいたはずであるが[29]、ともかくこの二極に分かれる読者の問題と、先の「流布」項に述べた実録流通における矛盾の問題はつながってくる。つまり、内容を信じる、歴史的事実と受け止める人びとにとっては実録はとてつもなく危険な内容を持ち、滅多に他人にみせられないようなものであり、共同体の内部における貸借での流布にとどまるのに対し、その内容をほとんど信じていない人にとっては、実録は虚を多分に含んだ慰み的な歴史読み物の一種であり、貸本屋の商品として代金さえ払えばいつでも読んで楽しめるものであったわけである。実録の諸本を調査していると、大ぶりの立派な体裁で大切にされたような本がある反面、手垢にまみれ、落書きされ、くたびれたものがあり、その落差に驚くことがあるが、このような現象も実録に対する接し方の差が現れているのであろう。

実録の享受ということで、もう一つ忘れてはならない特徴がある。それは実録が、講釈のみならず、小説・演劇などの近世文芸諸ジャンルに素材として入り込んでいるということである（本書では目配りが行き届かなかったが、この逆の場合もある）[30]。具体的には本書第二章に述べるが、取り入れられた実録が、本文もそのままに、あるいはそのジャンルの特徴に沿うように変形する。一つの題材を取上げ、実録だけでなく、他の文芸ジャンルも見据えることは他のジャンルあるいは時代的な文芸上の特性をとらえていくのにも有効であろう。

このような他ジャンル文芸への展開もまた、広い意味での実録の成長であると言ってしまうのは言葉が過ぎるかもしれない。だが、実録の成長にまつわる研究を中心とした本書としては、この問題はやはりその一環としてとらえておく。

三、実録の「作者」

実録の発生・流布・享受については、これまで述べてきたような様相が認められるが、それではどのような人物を作者として想定できるであろうか。おそらく、実録の発生（時代的なものでなく、成長パターンにおけるもの）の段階では事件に近い所にいる人物、情報を得やすい人物（たとえば『油井根元記』序文では松平伊豆守家臣鈴木理右衛門が諸書をまとめ上げた旨、記される）が絡んでいると目されるが、それ以降、筋が複雑化するようになってからはどうか。

実録は当代の事件を題材にするという、幕府を憚る面を持っていたため、大概の写本には作者名が記されていない。したがって作者はほとんど不明である、というのが従来の見解であった。

だが、前項に触れたような実録の説話的な性質に目を転じるならば、兵藤裕己氏[31]や小二田誠二氏[32]が説かれるように、実録にみられるストーリーは「一作者の創作」ではなくて「巷間で取り沙汰された実説（うわさ）の集成」であると言うことができる。事件に対する噂は、事件を受け止める人びとの事件に対する希望的な解釈が盛り込まれる。それは断片的な歴史的事実同士の間をつなぐために想像され、あるいは断片的な歴史的事実そのものを取捨選択することによりできあがる。そしてそれを周囲が受け入れたとき、それは噂として広まり、また一つの「事実」となる。

実録のストーリーの大半はこのようにして形成されるのだろうが、その先の段階で、それらを集成、整理し文字テクストを作り上げる者がいるはずである。つまり、ここで中世的な営為から近世的な営為へと変換されるわけであるが、このような人びとはそれでは単なる「記録者」、あるいは「編者」なのかというと、そうとも言い切れない。そこにはその「事実」を認める共同体の「声」だけでなく、それをまとめあげる者の「声」が反映される余地があるからだ。本文にもこのような者の意識が反映されていないとは限らないし、実録に往々にみられる「一説に〜」「伝に曰く〜」などの評注―『太平記評判秘伝理尽鈔』など軍書の末書、注釈書に源流を求めることができる―は共同体の「声」に対する記録者の「声」が顕在化したものと考えることができる。実録は厳密には作者不在と言えるかも知れないが、実録の近世における営為をとらえるには、このような作り手の存在は（不明な点が多いにしても）無視できず、今後も注意を払っていく必要がある。実録写本テクストの「実作者」とでも言うべき存在だが、用語としては未熟な感があり、本書では「作者」とカギ括弧付きで表し、一般の作者と区別して用いることにする。

この「作者」としてよく指摘されるのが講釈師であろう。これは、実録が講釈の種本的なものであったことや講釈の発展する時期と実録が盛んになる時期とが重なっていたということが主な理由である。講釈師たちはおそらく口演を通じて聴衆＝共同体の人びとの気持ちを読みとっていたろうし、それを自分の講釈に反映させることは十分に考えられる。また、馬場文耕のように自分で作り上げた写本を客に配った例もある。

だが、実録を実作したのは講釈師ばかりではない。後でも述べるように文人も作ったし、貸本屋もまた商売に目はしの利いた者は自分の所で作ったのではないだろうか。くわしい調査は今後に待たなければならないが、敵討ちを扱った実録には事件そのものの虚実の疑わしいものがあり、それらは極端なことを言ってしまえば、いくつかの決まったパターンに人物や事件を当てはめていったようなものも多い—たとえば時代設定を豊臣秀吉の時代や江戸時代前期ぐらいに設定することや、事件の発端を武術試合や女性をめぐる遺恨とすること、主人公とヒロインのロマンスが描かれ、途中で離ればなれになるも艱難辛苦を経て結末では結ばれたり、あるいは結ばれずにどちらかが出家することなど—実録を貸本商品として考えるならば、このようにいくつかの趣向を利用した自家制作も想定できる。

あるいは、『北窓瑣談』にみられるように、「大坂の浄瑠璃本の作者近松、並木等が流《ともがら》」が「そら言葉を面白く作り連ね」、「近年、浄瑠璃芝居流行せざるゆへ、作者も仕業なきやうになり、色々の敵討、騒動事、又は軍物語の作りかへ等を面白く作り出して、俗人を悦しめ利を得」たこともあったであろう。

実録は発生・流布・享受にまつわる情報がとにかく乏しいのであるが、今後少しずつでも明らかにしていくことが望まれる。

四、本書の方針と見通し

これまで本書における実録を定義し、目につく特徴を概説してきた。おそらく述べるべきことは他にもあるはずだが、最低限の要点は押さえたつもりである。これから各論に入るわけだが、その前にここで本書の見通しを述べておくことにする。

第一部の論文編では、すでに説明してきたように、実録の成長という重要な特徴に注目して論じる。また、並行して実録の、他ジャンル文芸への展開の様子を確認する。これらを通じて実録の文芸としての側面を浮き彫りにしていきたい。

実録の成長は非常にとらえにくいのだが、決して転写の度ごとにやみくもに行われるものではない。成長の「型」とでも言うべきものが存在する。第一章ではこの問題を明らかにする。実録が形成され成長する流れに沿うように、順序だてるよう心がけた。まず、第一節では島原・天草一揆（通称島原の乱）を題材にした「天草軍記物」のうち、『山鳥記《さんちょうき》』と呼ばれる写本の軍記を例に、実録へと転化する以前の段階の、虚構形成のあり方を考えてみる。『山鳥記』はそれ以前に成立した仮名草子『嶋原記』よりも上回る情報量を盛り込み、書き手の想像とおぼしき部分も存在するが、それ以降の実録にみられるような大衆性が不足していることがわかる。

実録化した作品は、転写を経るうち、突然変異のように虚構が膨らむことがある。そこでは主要登場人物・ストーリーの流れがそれ以前のものから大きく変貌を遂げ、後の成長にも引き継がれる。第二節では引き続き天草軍記物を用いてその諸本系統を整理し、この現象をみていく。近世初期の仮名草子『嶋原記』から原始的な実録『嶋原実録』

へ、さらに『天草軍談』をはじめとする「田丸具房物」へと成長して虚構を確立していく様相を追い、実録の成長が階段式であることを確認する。

また、最初から物語の構造を確立して出現する実録もある。第三節では「田宮坊太郎物」と呼ばれる仇討ち実録群を例に、諸本系統を整理し、第一節・第二節「天草軍記物」の場合とは異なる、最初から虚構を確立した上で出現する実録であることを指摘する。実録の成長過程において、それ以前のものから飛躍的に虚構が増え、作品の構造を確立させてしまう「展開的成長」とでも言うべきものが成長パターンの一つにあると考え、他の実録群の成長様式を視野に入れつつ、実録成長の「型」を、①原始的成長、②展開的成長、③末期的成長、というふうに三つの型に分類を試みる。

虚構が確立した実録はどのような成長をするのだろうか。第四節は「石川五右衛門物」の実録を例に、このような実録の様相を考える。代表作『賊禁秘誠談《ぞくきんひせいだん》』以降の実録は、内容の根幹に関わらない部分の増補による長編化なので、話はかなり冗長になる。本書では末期的成長と呼ぶことにするが、その中には『賊禁秘誠談』を受け継ぎながら増補、本文を書き換える『石川五右衛門実録』と、さらに後続の『聚楽秘誠談』のように前の実録の本文を利用し、さらに別の実録の本文も摂取してしまうという、二種類の成長方法があることがわかる。

実録を好んで享受するような人びと（民衆層を考えてよいだろう）の事件解釈が希望的観測を含んで反映されるため、実録の虚構は往々にして興味本位的な性格を持つようになる。キリシタン禁教の意図で出された『吉利支丹物語』が南蛮に対する興味本位的な「キリシタン実録群」へ変貌を遂げる様子をみることは、その辺りの事情を確認するのに適している。したがって第五節・第六節では「キリシタン実録群」の成立を検討する。

＊

第二章は、実録が他の文芸ジャンルへ取り込まれ、展開する様子を確認する。そこには各ジャンルの特徴があらわれるはずである。本章は実録と関係が深いとされるもののうち、上方の絵本読本、黄表紙、歌舞伎、講釈を、それぞれが種本にした実録と比較することで、各ジャンルの特性を考えた。

上方で出版された絵本読本の中には、実録を種本として、ストーリーもほとんど実録に似ているものが多い。その代表的な画作者に速水春暁斎がいる。第一節では数多い春暁斎の作品から『絵本顕勇録《けんゆうろく》』を例に、種とする実録『敵討貞享筆記』をどのようにアレンジしているのかを確認し、内容における改変、増補、削除の点から両者の違いについて考えてみた。あくまでも春暁斎のものに限ってのことだが、そこには様々な情報を取り込むがゆえに拡散しやすい実録の筋を再構成し、人物像の強調、明確化がはかられることがうかがえる。

実録の筋をそのまま取り込むという操作は、江戸では草双紙によくみられる。第二節では実録『天草軍談』を草双紙化した『稚種軍談《わかくさ》』を検討、実録に基づいた草双紙の方法を探っていく。草双紙は本の紙数が規定されるため実録をダイジェスト化することが求められるが、その方法には実録を刊行する時の気遣いがはっきりと読みとれる。たとえば、実録では否定的に描かれる主要人物松平伊豆守を、草双紙化するに際して、目立たない存在に改めてしまうというふうである。このような配慮がされるいっぽうで、平仮名主体の絵本に仕立て、筋をダイジェスト化した実録種の草双紙は、実録に比して手軽にストーリーを把握できるものとして存在していたとも言えるだろう。

実録のストーリーに沿った小説類は、以上の二ジャンルが代表的なものだが、同じ題材を扱ったもの同士での比較も試みたくなってくる。「田宮坊太郎物」では実録・草双紙・絵本読本と揃っていることから例に取り上げ、比較を行った。版本の二者はいずれも挿絵によって実録内容の理解を助けるものの、実録受容の方向性には違いが認められる。前二節でみるような、本の体裁が関連しての増補・削除・改変がなされるのだが、その中で草双紙は金毘羅の霊験を強調する結果になり、絵本読本は坊太郎の勇ましさ、母親の気丈さを強調する結果になる。その他にも、草双紙の方がどことなくユーモラスな雰囲気を持つのに対し、絵本読本は全体的にシリアスな作風であることがあらためて認識できる。

歌舞伎と実録の関係はどうであろうか。たとえば第四節では、現在も上演されている「金門五三桐」と「石川五右衛門物」の実録『賊禁秘誠談』とを比較してみる。歌舞伎は一場面ごとの役者の演技が見せ場として重視されるため、版本小説類のように実録のストーリーに沿うことはない。しかし、豊臣秀吉に敵対する人物という、歌舞伎では「五三桐」で初めてみられる五右衛門の人物像が『賊禁秘誠談』のものに基づいているというように、基底となる部分の実録摂取であることがわかる。また、台帳の一部には、実録の本文によったと考えられる科白もみられるのである。

講釈と実録の関係は表裏一体であり、忘れてはならない。講釈のような話芸はなかなか後まで残りにくいものであり、活動の実態から演目の内容まで不明な点が多い。実録と講釈の関わりが深いといってもどの程度の関わりなのか、依然として謎である。第五節では、赤穂事件の講釈の台本（点取り本）『義士銘々伝』に記される符号を分析した。符号じたいは演者によってまちまちなのだが、それでも、どのような箇所を略記し、符号をつけるか、という全体的な傾向は共通すると言える。さらに、省略が施された台本でも内容上の特徴から、種本の実録へたどりつくことができる。この『義士銘々伝』は実録『精忠義士実録』が種本であると推定し、実録がどのように講釈へ変換されるのかを検討した。すると、点取り本の方が会話文を多用し、リズミカルな道行文などを用いてもいて、口演に適したものとなっていることがわかり、「事実記録」の姿勢を打ち出した実録との距離が確認できる。

＊

第三章では、実録「作者」について考える。実録を実際に制作した人物については大半が不明なままであり、実録の営為の問題を明らかに出来ずにいる。その中で加賀の文人である堀麦水は実録を制作したことがわかっており、自筆本も残るという、貴重な例である。麦水のものについては、まだ研究に着手し始めたという事情もあり、本章ではその中の『寛永南島変』（天草軍記物）の内容的な特徴から麦水の嗜好を捉えてみる。すると、多くの本を引用してあらたなエピソードを加えようとしているところに彼の博覧強記的な性癖をうかがうことができる。また、西国で起こった事件であるにもかかわらず加賀を結びつけようとしており、これは麦水の郷土愛のあらわれと言えるが、地方における実録のあり方もまた見いだせるのである。

＊

第二部では翻刻編として、実録の翻刻を付すことにする。翻刻したのは『賊禁秘誠談』と『大岡秘事』（『大岡仁政録』系統の一本）の二本である。いずれもよく読まれたにもかかわらず、現在では容易に読むことができない本文系統のものを選んだ。

＊

巻末には索引とともに、主要実録書名一覧稿を附録に掲げた。実録は事件の通称と題名とがかけ離れているものが多く、書名のキーワードが思い浮かばなければ、所在をつかむことも覚束ないからである。とくに、実録や日本古典文学を専攻としていない方がたにも参考にしていただくことを念頭に置いて作成した。ただし、実録は膨大な流通量を誇っており、いつ何時、どんな新出資料が現れるのかまったく予想できないものであるから、この書名一覧稿も補足・更新の余地が充分に残されていることをお断りしておく。「一覧稿」と名付けたゆえんである。ここに収載しきれなかった事件も数多く、それらの不備はあらかじめお許しいただきたい。

＊

本書では解決を下せなかった問題も多い。小さな一つ一つは各論に述べるが、大きな問題を取り上げると、実録の成長に関しては、中・長編のみを扱ってしまい、短編集の成長を具体化するには至らなかったことがある。また、成長時に生じたそれぞれの実録の虚構については、各論で若干は触れているものの、虚構のあり方が近世小説の方法や、あるいは時代的な傾向・人びとの嗜好とどのように関係するのかはほとんど言及しなかった。「作者」の問題では、右に述べたようにまだ周辺資料も含めて調査の余地がある。これらは今後の課題として残された。

注

（1）延廣眞治氏・長島弘明氏「対談　近世小説―ジャンル意識を超えて」（『国文学』第五十巻第六号　二〇〇五年六月）中の長島氏の言による。

（2）「実録体小説研究の提唱」（『文学・語学』五十号・一九六八年十二月初出・中央公論社『中村幸彦著述集』第十巻〈一九八三年〉に所収）、「実録研究綱領」（同『著述集』第十巻所収）など。

（3）それ以前にも実録について言及したものはあった。代表的なものを拾っていくと、一九一七年刊行開始『近世実録全書』（早稲田大学出版部・ただし著者が参照したのは一九二九年版）第一巻所収「実録の沿革」（河竹繁俊氏）は実録を網羅的に解説・分析したものとしては早いものである。実録が虚を多く含むものであり、講談と密接なつながりを持つものであること、実録が成長することなど実録の特徴を概観している。しかし、本論文の冒頭に「顧問三田村鳶魚氏の教示をも仰ぎ」とあり、ここにみられる実録のとらえ方は三田村鳶魚氏の意見に大よそ基づくものであろう。三田村氏はそれ以前、一九一四年刊『列侯深秘録』（国書刊行会）においてすでに御家騒動研究の立場から実録に注目しておられた。氏は一九二九年に「文学史に省かれた実録体小説」（初出は『江戸時代のさま〴〵』〈博文館・中央公論社『三田村鳶魚全集』第二十二巻に再録〉）を著し、そこでは実録を文学の一つとして扱えることを述べ、また実録の題材分類も試みるなど、実録の重要性を早くに見抜いていた功績は大きい。三田村氏の後はしばらくの間実録を研究対象とする動きがみられなかったが、一九六〇年に田村栄太郎氏『実録小説考』（雄山閣）が刊行される。これは実録のストーリー展開の中の反体制的な部分に着目して論じたもので、実録の内容が持つ重要な一面を考えさせてくれる。

（4）岡田哲氏の一連の馬場文耕研究・山本卓氏や高橋圭一氏の網羅的な実録の諸本系統研究、及び同時代の文芸との交流を明らかにした研究、小二田誠二氏の、実録から当時の人びとの「事実」解釈のプロセスを探る論考など。中でも高橋氏の業績はその後実録初の専門書『実録研究─筋を通す文学─』（清文堂・二〇〇二年）としてまとめられる。

（5）岩波書店・一九八三年刊行開始。

（6）東京堂出版・一九九七年。

（7）谷脇理史氏『近世文芸への視座』第一章（新典社・一九九九年）

（8）『明治出版史話』（ゆまに書房・一九七七年）

（9）小二田誠二氏「実録体小説は小説か─「事実と表現」への試論─」（『日本文学』第五十巻第十二号・二〇〇一年十二月）

（10）（9）に同じ。

（11）（3）「文学史に省かれた実録体小説」

（12）長友千代治氏『近世の読書』「江戸時代の読書事情」他（日本書誌学大系五十二・一九八七年）

（13）丸山雍成氏『日本近世交通史の研究』第一章（吉川弘文館・一九八九年）

（14）柚木學氏『近世海運史の研究』第三章（法政大学出版局・一九七九年）

（15）実際には禁令以後も殉死は後を絶たなかったようだが、それまでは武士の最高の忠義として受けとめられてきた殉死を「不義」「無益」（「武家諸法度」）としたことは、やはり武士のあり方が徐々に変わってきていることを認めるべきであろう。殉死の禁止については高橋富雄氏『武士の心　日本の心　武士道評論集（下）』「保科正之」項（近藤出版社・一九九一年）参照。

（16）『我衣』（『燕石十種』一〈中央公論社・一九七九年〉所収）。また菊岡沾涼『本朝世事談綺』によると、この時に読んでいたのは「理尽鈔」であり、このころはすでに太平記評判を用いた町場での太平記読みがいたことがわかる。

（17）『只誠挨録』「軍書講釈并神道心学辻談義之事歴」（菊池真一氏編『講談資料集成』第三巻〈和泉書院・二〇〇四年〉に所収）
（18）（16）に同じ。
（19）ここに挙げた二つの浮世草子はその後写本の実録を実際に生み出している。『元禄曾我物語』については、山本卓氏「『元禄曾我物語』攷―浄瑠璃利用と実録への展開を中心に―」（『国文学』〈関西大〉第六十八号・一九九一年十二月）に、『名物焼蛤』については、倉員正江氏「野村増右衛門事件の転化」（『近世文芸』第四十六号・一九八七年六月）にそれぞれ指摘がある。
（20）柴田光彦氏『大惣蔵書目録と研究　本文篇』（日本書誌学大系二十七・青裳堂書店・一九八三年）
（21）たとえば三島市郷土資料館勝俣文庫蔵『朝夷巡嶋記』には貸本屋の値段表が貼付されており、それによれば、

　日数十二日定メ
一　絵本るい　　十巻ニ付　代四銭より／十銭まで
一　写本るい　　同断　　　代二銭より／三銭まで
一　名所随筆大本類　壱巻ニ付　代壱銭

とある。写本とは実録の類を指すと思われるが、一番安い。これは後述のように自家生産が可能であるからと思われる。
（22）東京堂出版・一九八二年。なお、（21）のような貸本屋の見料についての資料も同書や『江戸時代の図書流通』（思文閣出版・二〇〇二年）他の長友氏の著書に多く掲載されている。
（23）実録の諸本の中には、半紙本形の大きさで厚表紙を付け、本文の行間を広くとっているものも多くみられる。その中には総ルビに近いくらい、漢字にルビをつけているものがあったり、あるいは「大全巻」と柱刻を印刷した用紙に書かれているものがある。これらはほとんどが貸本屋が生産したものであろうと考えている。
（24）小二田誠二氏蔵『大久保武蔵鐙』巻末には、以下に示すような、注文に応じて実録を写す旨の広告がある。

此外　難波軍記　慶安太平記　義士伝実記　鎌倉道女敵討　護国女太平記　歌中山東物語　石川一代記　箕輪軍記　上野之国〔郡分／村方〕鏡武道三国志

　此外御望に御座候得は何にても写し差上申候以上　下仁田近江屋常長写之

（25）地方の名主層の家には実録を所蔵している例が多い。たとえば三島市郷土資料館勝俣文庫には約千二百点の和本のうち約五十点の実録を所蔵する。一代で収集したものではないが、そこに収められる実録は当主が書写した実録だけでなく、明らかに貸本屋から払い下げられたと思われる実録も相当数ある。

（26）中野三敏氏・中村幸彦氏校訂。東洋文庫三〇六。平凡社・一九七七年。

（27）『日本随筆大成』第二期十五巻（吉川弘文館・一九九五年・新装版）所収。

（28）（9）に同じ。

（29）例えば歌舞伎作者でもあった本屋西沢一鳳は次のように述べている。

　慶安年間陰謀を搆《ママ》へ梟首となりし由井丸橋等が事跡をしるせし書数本ありて何れも実説〳〵とあれど皆推量の説のみなれば信ずるに足らず中にも寛慶太平録と云ふ書は慶安太平記鼠猫太平記などゝ違ひ珍しき所ありて実説に近からんかとも思ふ條もあり此中には彼の宮城野信夫に助太刀をして復讐の事を載せず外に由井女敵討の助太刀せし事を記したり

（『伝奇作書』後集中巻・宮城野信夫敵討の話〈『新群書類従』第一巻。国書刊行会・一九〇六年〉）

つまり、疑いを感じつつも、いっぽうでは本当のことや本当に近いことが書かれているのではないか、という期待感を持っているのである。なお、歌舞伎と実録との関係が深いからか、『伝奇作書』には実録に関する言が多い。

（30）たとえば浮世草子の影響を受けて成立した実録については倉員正江氏が積極的に報告しておられる。

（31）『太平記〈読み〉の可能性　歴史という物語』（講談社選書メチエ六十一・一九九五年）

（32）（9）に同じ。

第一章　成長する実録

前　言

実録における重要な特徴の一つは、ある事件を扱った一編の実録が、ストーリーを膨らませて大部なものへと成長することである。序章でも述べたように、この現象は読み物としては特異である。それは、江戸時代における多くの読み物ジャンルと異なり、実録が写本で流通したことによる。写本は転写によって流布するので、その間に本文に手を加えやすいのである（だからといって転写した人全てが手を加えるわけではない）。

歴史書に目を転じるとどうであろうか。聞き書きや日記風のものであれば基本的にはこのような成長は、ふつう、行われない。書いてあることに異を唱えたり別解釈を施す場合は、本文とは分けた形で評注を施す。これは読み物化した軍記でも起こり、『太平記』末書のような例もみられる。

実録にもこのような評注はある。実録の内容は事実を謳っているにも関らず甚だしい虚構が盛り込まれているし、実録の源流の一つに軍記があることを考え合わせるならば、このことは容易に納得がいく。これもまた成長の一類とみなすことができるだろう。だが、実録の成長はこれだけにとどまらない。前の書に登場する人物やストーリーを受け継ぎながら話を膨らませ、本文を改変していくところに特色がある。

それではなぜ、このようなことが起きるのだろうか。それについては高橋圭一氏や小二田誠二氏が述べられるように、事件に対して「かくありたし」[(1)]とか「そうであったに違いない」[(2)]「事実」に向かって、より蓋然性の高い解釈をするために様々な新情報を加え、あるいは本文そのものを書き改めてしまうというのが根本的な原理であろう。

よく言われることだが、こういった実録の成長は、噂話や伝説が流布する様子に似ている。伝説の一形式と言った方がよいのかもしれない。乏しい情報の中から憶測あるいは怪情報などによって一番納得のいく真相を把握しようとして、そこから一つの「事実」が生じる。さらにはそのことじたいがまた一つの新情報となり、あらたな「事実」を作り上げる。受け取る側も半信半疑ながら、自分なりに都合よく解釈し、それを「事実」として受容する。

このような実録の成長は、事件についての噂話や流言や伝説が当事者の側から滅多に出ないのと同じように、むしろ起こった出来事の情報を享受する側で行われると考えられる（その後発信者・流通者になるのだが）。そして実録の場合は多くは、当事者が支配者層に属し享受者が被支配者層に属する。本書では実録にみられる「虚構」の内実についてはあまり深く立ち入らなかったが、本章においてわずかに言い及んだ中からでも、そこに含まれる「虚構」が支配者の側からは起こりにくいもの、大衆性をどことなく帯びているものであることがわかる。

話が横道にそれてしまったが、そのような「虚構」形成の様子も含めて、右に述べた実録成長の原理が具体的にどのように行われているのかを、いくつかの実録群の調査・諸本系統整理を通じてとらえていくことにする。

注

（1）　高橋圭一氏『実録研究―筋を通す文学―』（清文堂・二〇〇二年）「あとがき」による。

（2）「実録体小説は小説か――「事実と表現」への試論――」（『日本文学』第五十巻第十二号二〇〇一年十二月）

第一節　「実録」以前――『嶋原記』と『山鳥記』――

はじめに

寛永十四年（一六三七）十月に起こり、翌年二月末まで戦闘が続いた島原・天草一揆（通称島原の乱）は、大坂の乱に続く、徳川幕府草創期の最後の戦争として重要な出来事であった。以後、大々的な武力による鎮圧・平定というような事件は起きず、この事件をもって戦国時代は完全な終焉を迎え、幕藩体制の安定へと世の中は動いていくことになる（この事件以後も反幕的な事件として、十七世紀半ばには慶安事件・承応事件が、十八世紀半ばには宝暦事件や明和事件が起こるが、いずれも未遂に終わる）。

このような大事件であるから、人びとは長くこの事件を記憶に留め、あるいは事件の内実を知ろうとした。事件にまつわる記録類が現在も大量に残存しているのはいかに人々の興味を引いていたかをあらわしている。

記録類のみならず、事件の全貌を把握するための読み物も盛んに作られた。最も多く読まれたと考えられるのは『天草軍記』に代表される、田丸具房という人物が作った写本の実録（本書では仮に「田丸具房物」と呼ぶ）である。これは歴史的事実とはかなり異なった内容を持ち、第二節で詳述することにする。

この「田丸具房物」を含む島原・天草一揆を扱った実録群を本書では「天草軍記物」と呼ぶ。その源流は仮名草子として出版された『嶋原記』に求めることができ、『嶋原記』も広い意味では実録になるのかもしれないが、それは興味本位的な、大衆受けするような虚構を含むものではなく、また物語的な構成も不十分であり、本書で対象とする実録の範囲からは外れるものである。

第二節でもう一度繰り返すが、この実録群の一つの大きな流れは「『嶋原記』↓『西戎征伐記大全』・『嶋原実録』の一群↓「田丸具房物」の一群↓田丸具房物で完成された骨格をもとにさまざまな挿話を付加したもの（複数系統があるのだが、本節では便宜的に一つのグループにまとめる）」に整理することができる。そのうち、二番目の一群の段階で物語性が強まり、原始的ながら実録化するのだが、そこに至るまでの過程において、いわゆる「実録」というまでには内容の熟していない読み物が存在する。これからみていく『山鳥記』がそれに該当する。(1) やや横道にそれる対象だが、本節では実録の発生前夜という意味合いで『山鳥記』について触れておくことにする。

一、島原・天草一揆

『山鳥記』に入る前に、この事件のあらましを概説しておく。その方が後にどのように事件が変形されて伝わっていくかがわかるからだ。

①発端

この事件が起こったのは寛永十四年十月二十五日のことで、肥前国島原半島南部高来郡（当時は島原藩松倉勝家領）において農民が代官林兵左衛門を殺害したことを発端とする。原因は十日ほど前から活発化していたキリシタン取り締まりとも、年貢未納者に対する厳しい取り立てともいわれ（『国史大辞典』(2)「島原の乱」項）、原因を一つに限定することはできない。

一揆方幹部唯一の生き残りである山田右衛門作の供述書（『山田右衛門作口書』(3)）によれば、すでに同年六月には事件の伏線に相当することが起こっていたという。そこには「松右衛門、善左衛門、源右衛門、宗意、山善右衛門」の五人が、二十六年前に追放されたバテレン（宣教師）の残した予言書を土地の者にみせ、その中に出てくる大矢野四郎という十六歳の少年が「天之使」であるとして、人びとにキリシタンを勧めていたと記される。『口書』には、この五人が「十月十五日比天地も動申程の不思儀出来可仕候」と予言し、当日「俄に」キリシタンに立ち返り、他の人びとにもこれを勧め、従わないものは残らず斬り殺したとある。さらにキリシタンを信仰する者は有馬地方一帯に広がり、代官や庄屋は制しようとしたが、かえって代官は打ち殺されてしまったと書かれている。

他の記録類にも目を向けると、事件の起こりは十月二十五日に、有馬口之津村で「老若男女」が日夜キリシタンの集まりをしていたのを、土地の代官が止めようとして殺される、とするものが多い。具体的なものでは南有馬村庄屋の弟角蔵（角内とも）と北有馬村の百姓三吉が、キリシタンの絵像を人びとに拝ませていたところ、二人の他数名が林兵左衛門の手の者に捕らえられ、死罪となったことがもとになり事件が起こったとする資料もあり（『別当杢左衛門覚書』『肥前国有馬古老物語』など）、真実味を帯びている。

②一揆

この事件はすぐに島原に聞こえ、城内より岡本新兵衛らが鎮圧に向かう。深江村で最初の合戦が行われるが一揆の勢いは強く、一揆は十月二十七日に島原城を攻撃。また、肥後国天草（当時唐津藩寺沢堅高領）でも同じく二十七日に、大矢野四郎の出身地である大矢野島を中心に一揆が蜂起、応援に来た島原勢と合流、天草本渡を攻撃する。十一月十四日には本渡の富岡城代三宅藤兵衛を敗死させる。その後十九日より四日間に渡り富岡城を攻撃するが失敗する。

③籠城

一揆の知らせは参勤交代のため江戸にいた両藩主に伝わり、そこから幕府にも達した。幕府は両藩主を帰国させるいっぽうで、上使として板倉内膳正重昌を島原へ派遣する。上使下向の噂を聞いた一揆方は、島原半島南端の廃城、原城を修理して籠城を決める。十二月三日には大将の四郎が入城し、五日には一揆の者が残らず城に入ったとされている（『口書』）。同じ五日には上使が到着している。

④幕府軍の攻撃

幕府軍は十二月二十日に最初の城攻めを行うが失敗。翌寛永十五年元旦に二度目の城攻めを行うも大敗し、板倉内膳正は戦死する。史籍集覧本『島原記』では、幕府二番目の上使として松平伊豆守信綱が派遣されることを内膳正が知り、面目を保つために元旦の攻撃を企てたとする。

正月四日には二番目の上使松平伊豆守が着陣。伊豆守は内膳正とは異なり直接的な攻撃は行わず、投降勧告をしたり、オランダ船に依頼し海上から原城を砲撃したり、兵粮攻めを行うなどした。

⑤落城

二月二十八、九日の総攻撃によって「返忠」をして城内に投獄されていた山田右衛門作を除く全員が殺害されて乱は終わった。前出『島原記』など、多くの資料は、鍋島信濃守の陣から軍令違反の城攻めが始まった（軍令では、兵粮攻めのため城攻撃が禁止されていた）ために乱の終結後に信濃守は処罰された、とある。

二、『嶋原記』

記録類をもとに事件を概観してきたが、この事件を散文形式の読み物へ仕立てたのが、仮名草子として出版された『嶋原記』である。序文には「ころしも寛永庚辰（寛永十七年）秋の最中もはや過て[4]」と、成立年を示唆するような一節が記され、また、一揆内部の事情は「山田右衛門作言語の以記」、寄せ手の様子は「おろかに見聞し事を露もかさらずありのまゝ」と、その情報源を明らかにしている。本書の生成についてはすでに若木太一氏の詳細な論考が備わり[5]、それによると右のような資料、記録類や作者の見聞などを用い、はじめは『肥前国高来郡一揆』と呼ばれるようなものができ（無刊記版の柱題を「高上（中・下）」とするものがある）、それを原型として出版されたのが『嶋原記』であるとする。また『嶋原記』はA系統無刊記版・同慶安二年版・B系統寛文十三年版と、大きく分けて三種類の版面があるということも右の若木氏の論考によって知られているが、その中でも無刊記版とされる、最初に登場したと考えられる系統にはかなり後になって印刷されたと思われるものもあり、長い間読まれたことがわかる。

この書の序文には「ありのまゝ」と書かれるが、一概にそうとばかり言えないことは阿部一彦氏によってくわしく検証されている[6]。氏の指摘された記録類との相違点は後の実録につながっていく。まず他の記録類と比較してとくに際だった違いを左に掲げる。

○記録類からではうかがうことのできない、一揆内部の動きに言及する。
○天草四郎の奇跡を一切書かない。
○事件の首謀者を小西家浪人に設定する。
○天草嶋子・本渡合戦で一揆が策略を用いて勝利したとする。

○同合戦での三宅藤右衛門（三宅藤兵衛の子）を臆病な武将に描く。
○同合戦を、一揆方の攻撃の頂点とする。

以下、阿部氏によって言及されていることではあるが、右の一つ一つについて簡単に説明する。

『嶋原記』の軍記読み物としての達成は、何よりも一揆内部の描写に及んだことによると言ってよいだろう。内部事情は山田右衛門作の口書を参照したとしても、箇条書きで書かれているそれをもとに本文をつづり会話を加えたのは作者の創造力による。そして、鎮圧軍と一揆の両方を見渡すことにより『嶋原記』は他の記録類とは異なり、読み物としての膨らみをもつことに成功した。

四郎の奇跡を一切書かないことは、阿部氏が述べられているように、この物語を合戦に集中させようという構成意識である。また、事件の首謀者を小西家浪人に設定することについては、記録類では単に「五人の者」として、小西家との関係に触れていないものが多く、史籍集覧本『島原記』では「一説」としてこのことを取り上げながらも「是虚説也」と否定する。しかし近世初期の戦争では、関ヶ原の戦や大坂の陣における豊臣方ゆかりの者が加わっていることは容易に想定でき、おそらくそのような噂も流れていたであろう。『嶋原記』作者の全くの創造とは思えないが、このことはさまざまな要因が合わさった乱の根底に、小西浪人の幕府へ対する反乱を置こうとする、作者の意識のあらわれと理解することができる。

天草嶋子・本渡合戦は『嶋原記』では重要視される合戦であり、最も分量を多く費やされる場面である。天草嶋子・本渡の一揆が島原の一揆と示し合わせ、唐津藩からの鎮圧軍の応援を装い、相手を油断させるという策略によって勝利するというものである。ところが記録類ではとくに策略については触れていない。

さらにこの合戦における唐津軍の大将三宅藤右衛門の人物像にも違いがみられる。たとえば史籍集覧本『島原記』

では「（藤右衛門は）此場ヲ切抜ケ無恙引取無比類働故相残ル人数三宅ニ従ヒ本渡迄退」とあるのだが、『嶋原記』では臆病な武者と設定され、あわてて逃げ出す様子が描かれている。

一揆は、事件が起こってから嶋子・本渡合戦までは上り調子の勢いであった。これ以後、籠城に移り、徐々に破滅への道へ向かっていく。『嶋原記』では、この合戦を一揆側の命運の転換点的な位置付けで描いており、そこからは事件を作者なりに構成した跡がうかがえるのである。

右に列挙した記録類との相違の他に、若木氏は、『嶋原記』が、乱の終結後に山田右衛門作の返り忠・投獄を記した一章を立てていることを重要視する。(7) 唯一生き残った一揆幹部の話題を全てが終わった後に記すのは、序文の「山田右衛門作の言語」という作者の用いた情報源を思い起こさせ、読み手の印象を一層深めることになるだろう。

これらのことから『嶋原記』は作者によって意図的に事件が構成され、そのために一部脚色を施された読み物として、他の記録類とは一線を画した作品であることがわかる。

三、『山鳥記』

『山鳥記』（別名『天草物語』）は、跋文によると、寛永二十年二月に書かれた写本であり、これもまた『嶋原記』同様、読み物の体裁を取る。『補訂版国書総目録』(8)、『古典籍総合目録』(9) によれば内閣文庫に二点、京都大学附属図書館に一点、広島の三原市立図書館に一点存在する。内閣文庫の一点を除けばすべて十巻本の体裁を持つ。内閣本の一点（七巻本）と三原本には欠巻があるが、他本との比較において内容はすべて共通すると言ってよい。明和八年に京都で出された『禁書目録』(10) にもその名が記され、広く読まれたものと想像できる。(11)

この書は『嶋原記』と同様の構成を取り、その影響が看取される。たとえば、ストーリーは合戦を中心に描写し、天草四郎の奇跡についてはやはり述べない。そして、事件の流れも『嶋原記』にほぼ同調する（前項において重要視した山田右衛門作の返り忠・投獄の話は、『嶋原記』と異なり合戦中の一場面として置かれ、右衛門作救出の部分だけが乱の終結後に残される）。

『嶋原記』にみられたような首謀者の人物設定、天草嶋子・本渡合戦における一揆方の策略、三宅藤右衛門の性格についてはどうであろうか。それらの該当部分を参照してみると、以下のようである（内閣文庫蔵十巻本による・なお読点を補い、『嶋原記』の内容と重なる箇所に傍線を引いた）。

○首謀者の人物設定

深江ノ在所ニ森宗意、千束善左衛門、大矢野松右衛門、大江源右衛門、山野善右衛門ト云者アリ（中略・四郎の布教によってキリシタンに入ったという内容）生国ハ何国トモ不知、一度慶長庚子年七月ノ頃石田某叛逆ノ時、小西摂津守ト云者アリシカ、右五人ハ小西カ家来也（巻一・吉利支丹宗門一揆之事）

○嶋子・本渡合戦における一揆方の策略

兼而ノ約ニハ冨岡ノ者共（著者注・唐津藩の鎮圧軍）本渡嶋子へ寄ル時ハ、カマヘテ人々大矢野父子ニ与シタル風情聊見へ給フナ、是第一ノ覚悟也、爰ハ必勝ノ所ゾ、ヨク申合サレ内ハトシテ忍々日夜ニ吟味有ルヘシ、余所ノ風聞ヲモ聞レ候ヘト、若シ敵押寄ルトナラハ片時モ此方へ告越レヨ、偖テ又面々同行ノ分ハ其侭村ニ有ヘシ、何ニモ味方ノ風情ヲ顕シ時ヨリハ急ニ裏切リノ変ヲナスベシ、唐津勢村中へ来ランハ治定ゾ、偖テ此節ノ兼約ハ冨岡ノ人数、本渡嶋子ニ入ルナラハ、寺沢勢ニ心ヲ合セ敵油断シテ無別心ト思フ時分、上津浦（著者注・地名）へ忍ノ使ヲ指越レヨ、其使ヲ相図ニシテ此方ヨリモ人数ヲ出サン、サアラン時刻ニ村中ノ家々ニ火ヲ放チ裏切セヨト手合ヲ云含メ（巻四・唐津勢冨岡城為加勢押来事）

○三宅藤右衛門の人物造型

三宅柳瀬戸ヲウチ渡リ、爰ニ沢木（著者注・七郎兵衛・唐津の武将）ハヲハセヌカ、嶋子ノ戦ヒ裏切故是非ナキ負ヲ取タリ、三宅ハ一先冨岡ヘタテ籠リ、後ノ勝利ト存ズル也、一揆ハ思ノ外ニ多勢ナルソ、沢木殿モ三宅一緒ニ冨岡ヘヒカレ候ヘ、此瀬戸ニテハ勝利有マジト云捨テ本渡ノ方ヘカケ通ル（巻五・本嶋両所柳之瀬戸合戦之事）

他の記録類には記されず『嶋原記』にはみられる事柄が『山鳥記』にも踏まえられているのがわかる。ここには掲げていないが、『嶋原記』の三宅藤右衛門の人物造型で『山鳥記』と重なる部分は、その末尾において「本渡にかけとをり」と、表現まで類似するのである。『山鳥記』が『嶋原記』の影響を強く受けて書かれたことは疑いない。

それでは両者の差異はどのようなところにあるのだろうか。両者を読み比べてはじめに気づくのは、『山鳥記』の方が圧倒的に分量が多いことである。だが、『山鳥記』の増補は、後の実録にみられるように、本筋と無関係の挿話を増やしたり、物語の構成そのものに手を加えてしまうような大がかりなものではない（全く挿話がないわけではないが）。それではどのようにして分量が増えているのかというと、そのほとんどは両者の行文の相違に起因するものである。たとえば、先に見た嶋子・本渡合戦における一揆方の策略について、『嶋原記』は次のように記している。

かう人はらが計策には。さためてからつ勢むかはゝ。此ところ一たいじのもち口なり。吉利支丹に心さしなきていにもてなし。からつ勢とこゝろをあわせ。しかるへからん。時刻をみて。かふつらにちうしんをなすへし。われ〳〵をしよするとみたりせはめん〳〵か家々に火をかけ。裏切せよとみつ定し。…（巻上・天草城代三宅藤兵衛尉唐津使者立事　付唐津勢天草押向事）

『嶋原記』では無駄なく言い切っていることがみてとれる。全体的に『嶋原記』は文体が簡潔素朴であり、淡々と叙述を重ねる傾向にあるが、それはこの時代の仮名読み物のスタイルともおそらく関連するのであろう。それに対して『山鳥記』の方は一見して説明的であり、具体的である。このことは『嶋原記』を意識し、それを上回る情報を盛り込もうとする姿勢のあらわれだと考えられる。

『嶋原記』とは内容的に異なる部分にも目を配る必要がある。右に述べたように『山鳥記』は情報量において『嶋原記』を上回ろうという姿勢がうかがえた。これは、鎮圧軍の側のように記録として残りやすいものについては、それらを用いて細かなエピソードを付加することによっても示される。たとえば『嶋原記』にみられないことの一つである、細川家に捕らえられていた天草四郎の弟を、城内の四郎に面会に行かせる場面は、『肥前国有馬高来郡一揆籠城之刻々日記』(12)などに四郎の甥（弟とするのは誤り）を城中に遣わす記事としてみられる。このように、鎮圧軍にまつわる記録類は多く残っており、『嶋原記』を上回る情報を記すのは不可能ではない。

また、「肥前瘡之事」と称する、肥前瘡についての言い伝えを記す一章が設けられているが、「ひせんかさ　みかはをさして　いてにけり　くもてひまなく　かきつばたかな」という狂歌（ここでは松永貞徳の歌とされるが『新旧狂歌誹諧聞書』には沢庵の歌として載る）などを説明に取り入れており、この部分は巷間に広がる伝承を加えたものと考えられる。

一揆方内部についても『嶋原記』とは異なる点がある。一つは五人の首謀者が前面に出てくることである。『嶋原記』における五人の首謀者は、初めに登場した後は最後まで作品の表面に登場しない。小西浪人をあまり前面に出すことは憚られたのかもしれない。たとえば、第一項において、一揆の原因にキリシタンの絵像が関係していることを述べた。この部分は『嶋原記』では、佐志木左右衛門という「野人」の所蔵している破れた絵像がいつの間にか直されており、それが評判になり信者を増やすという風につながっていく（前項では触れなかったが、この絵像の持ち主を佐志木左右衛門にするのも『嶋原記』の特徴である）。『嶋原記』における本文を引用すると、

いかなる者のしわざにやありけん。かの御ゑい一夜のうちに。左右衛門ねんらいしよもうのひやうぐ出来し。（巻上・貴利師檀始発之事）

「いかなる者」とは前後の文脈から考えて五人の浪人と推定できる。わかる者にはわかるよう、五人の首謀者の存在を朧化している。

『山鳥記』におけるこの事件は、以下のように記される。

或時ヨキヲリフシヲ得テ、（森）宗意彼提宇子ノ絵像ヲ盗出シ表補絵心ノ伬ニ拵へ、又隙ヲハカリテ左志来左衛門カ深閨ニ元ノコトクニカクシヲキタリ（巻三・左志来左衛門事）

絵像の修復が首謀者の一人、森宗意の手によることが明らかにされるのである。実は、この箇所の前には、「大矢野

松右衛門森宗意猶謀事ヲ巡シ徒党ノ心ヲ堅ク結ハント、其為に皮《ママ》五人ノ者共密談ヨウ々々仕タリ」と、伏線も敷かれており、より一層、五人の浪人の首謀者らしさが浮き上がってくる。この後、天草の一揆と合流した後も、彼らは（とくに松右衛門と宗意）一揆の指導者として活躍する。

一揆方内部におけるもう一つの特徴は、大矢野四郎（天草四郎）が積極的に登場することである。『嶋原記』では、阿部氏が述べられるように、(13)「局面の転換の場面には必ず登場」し「大将としての采配ぶりを遺憾なく発揮」するものの、実際の戦闘場面の主人公は、一揆の農民たちであった。題材の性質上、戦闘の場面が多く、「一揆ばら」の闘いぶりに筆が費やされており、それに比べると、要所要所に登場しながらも、四郎の存在感はどうしても薄れる。乱を客観的に描くという作者の姿勢からみても、『嶋原記』の本当の主人公はむしろこのような農民たちであったと言える。(14)

ところが、『山鳥記』では「大将四郎」「四郎を始め」などと記され、一揆の中で絶対的な存在感を示すようになる。実際のところ『嶋原記』では四郎の登場箇所は八箇所だが、『山鳥記』ではそれらを含みながら、二十箇所を越える。

目ヲキヽ心ヲ配リ先手後陣ニ至ル迄異見ヲシ大将掛廻々々スルハ、誠ニ不思議ノ名将ナリ（巻五・上津浦之一揆取掛嶋子本渡事）

大将時貞（著者注・四郎をさす）一揆ノ者共ニ向ヒ、マテシハシ、此戦卒尓ニハカヽルマシト思フ子細ノ計略アリ、此陣ヲ引上ヘヨト下知シテ（巻五・唐津勢籠城之事）

カクテ大将時貞原ノ古城ニ入テ大勢ニ普請ヲサセ、ソレ〳〵ニ奉行ヲ付、老人女人児童に至ル迄、似合々々ヲカ《ママ》セガセタリ（巻六・大将四郎籠城人数手配之事）

右に引用したのは一例であるが、『嶋原記』にはみられない、あらたに増補された部分からの引用である。

これら一揆内部については、容易に見られるような記録はほとんどなかったと考えられ、『山鳥記』を書いた人物の想像力によるものと言えるだろう。一揆の内部をよりくわしく書けば、それだけ『嶋原記』よりも四郎の登場する余地が増えるわけであるが、それだけでなく、あえて「大将時貞」と記すなど、一揆の首謀者としての役割を明確にしようという作者の意識がみてとれる。

まとめ

以上、「天草軍記物」実録の源流に位置する『嶋原記』と『山鳥記』の影響関係を概観した。『山鳥記』は、『嶋原記』の影響下にあり、それを上回る情報量を持つ書として意図されている。その方法の一つに、『嶋原記』よりも個々の事例を説明的、具体的に記すことがわかった。結果的に『嶋原記』を増補したものとなっている。

そしてこのことは一揆内部の様子にも及び、それまでは不明瞭であった主人公的存在を、大将の四郎を中心とした明確なものにすることとなった。一揆内部をよりくわしく描こうとすれば、指導者の存在をどうしても無視することはできないからである。

『山鳥記』を、天草軍記物が軍記から実録へと転化成長していこうとする過程に位置付けてみると、はじめに述べたような天草軍記物の流れで言えば、『嶋原記』よりも詳細な事実を記述しようとした軍記であり、後に出現するような実録の体をなしているとは言い難く、実録の前段階に置かれるべきものであろう。だが、読み物という点で『嶋原記』と比べるならば、主人公が明確な分、物語性がよりはっきりとしてきており、実録へ転化する直前の感がある。実録と軍記の間に明確な境界を引くことは難しく、印象に頼らざるを得ないのだが、実録を「大衆にとっての歴史読み物」という見方が許されるのならば、『山鳥記』に不足しているのはその内容における大衆性であろうか。

四郎や首謀者の浪人は『山鳥記』において前面に出てきたのである。このことと、佐志木左右衛門の所持する絵像の修復が首謀者の一人によってなされたという仕掛けは、後の実録にも受け継がれる。しかしこの後登場する『西戎征伐記大全』『嶋原実録』の実録群は、『山鳥記』との直接的な関係は薄く、むしろ『嶋原記』との関係の方が深くなってしまう(第一章第二節参照)。「田丸具房物」への流れを本流とするならば、『山鳥記』は支流に位置するものと言えそうである。[15]だが、軍記から実録への変化の過程をみていく上で、この書は実録化する以前の成長ぶりを示す、興味深い一例と認められる。

注

(1) 『山鳥記』の他にも、『嶋原記』の影響を想定できるこのような読み物は存在する。本書では触れることができなかったが、たとえば『耶蘇征伐記』や村井昌弘編『耶蘇天誅記』などがそれにあたる。これらもまた天草軍記物実録群とは全く無関係とは言えないが、本文をみる限りでは実録類との関連が薄く独自の内容を持っているため、この流れ(本章第二節参照)には組み込んでいない。この他、『嶋原記』や実録群との関係如何によらず、乱を扱った読み物には、『四郎乱物語』、『寛永平塞録』などが挙げられる。

(2) 吉川弘文館・一九八六年。

(3) 内閣文庫蔵。

（4）学習院大学文学部日本語日本文学科研究室蔵の無刊記版本（帙題僉に「明暦万治頃刊」とある）による。
（5）「『嶋原記』の生成とその展開」（『文学』第五十四巻第十二号・一九八六年）
（6）「『島原記』試論」（『『太閤記』とその周辺』〈和泉書院・一九九七年〉所収）
（7）（5）論文に同じ。
（8）岩波書店・一九八九年。
（9）岩波書店・一九九〇年。
（10）『日本書目大成』四（汲古書院・一九七九年）
（11）京都大学附属図書館蔵本は大惣旧蔵本。三原本には「尾道　灰屋伝右衛門」の印が押されており、その印はいわゆる貸本屋蔵印の形式ではないが、貸本屋所蔵本の可能性も否定できない。
（12）林銑吉氏編『島原半島史』中（南高来郡市教育会・一九五四年）所収。
（13）（6）に同じ。
（14）渡辺憲司氏「仮名草子とノンフィクション　大坂の役と島原の乱」（白石良夫氏・法月敏彦氏・渡辺憲司氏『江戸のノンフィクション』〈東京書籍・一九九三年〉所収）にも「名もなき浪人・郷人たちにスポットを当てた」という指摘がある。
（15）本節第三項で触れた四郎の弟が四郎に面会に行く話（『山鳥記』巻九）では、弟が四郎から饅頭や羊羹を土産に貰って城から出てくる。城内の兵粮がじゅうぶんにあることを示すための一揆方の行動だが、田丸具房物では、江戸からの上使板倉内膳正が原城に着陣したときに、江戸や京にも劣らない菓子が城内より贈られた話があり、『山鳥記』のこの部分を参照した可能性もある。

第二節　成長初期から虚構確立期まで――「天草軍記物」を例に――

はじめに

前節に続いて本節もまた「天草軍記物」を例に実録の成長の様相をたどってみたい。天草軍記物を概観すると、早い時期のものでは仮名草子の『嶋原記』が出版され（刊記を有するものでは慶安二年版が最も古く、それ以前に無刊記版もあったとされる）(1)、広範囲に流布したものと考えられる。『嶋原記』の後には天草軍記物の本流からはやや逸れるものの、『山鳥記』という、情報量を増やし物語性をより強めた軍記が写本で書かれる（本章第一節参照）が、出版規制が確立されていったこともあって事件を題材にした小説作品が出版されることはなかったようであり、天草軍記物の本流は写本の実録（本書では「天草軍記物実録」と呼ぶことにする）という形であらたな作品が生み出された。とくに、江戸時代後期から幕末にかけては『天草軍記』という実録が多くの人々に享受されている。

このような実録作品は『嶋原記』の影響を受け成立しているという指摘があるが(2)、その成立までの具体的な道筋ははっきりしていない。そこで本節では『嶋原記』から天草軍記物実録へと変化していく様子を追い、仮名草子と実録作品の性格の違いをとらえることにする。さらに、天草軍記物実録の中で最も多くの本が残っている、田丸具房作と考えられる一群についての検討を同時に行なっていく。

一、天草軍記物実録の流れ

天草軍記物実録は内容から大きく三つのグループに分類できる。それらを本文の分量、フィクションの量や質、また各作品の序文や奥書にみられる年記から前後関係を推定し、図で示したものが〈資料1〉である。これによって各グループを概説すると、第一グループは、A『西戎征伐記大全』、B『嶋原実録』などの一群である。『西戎征伐記大全』と『嶋原実録』の成立年代には若干のずれが想定されるのだが、内容や文体からこれらは同一のグループと認めてよい。『西戎征伐記大全』の序文から、享保ごろの成立と考えておく。なお、この第一グループは『嶋原実録』群と仮称しておく。

第二グループは、C『天草軍談』、D『天草征伐記』、E『天草軍記』、F『天草軍記大全』などの書名で流布していた作品群である。田丸具房（常山と名乗ることも）という講釈師と目される人物が成立に関わったとみられ、これらの作品群を一括して本書では「田丸具房物」と仮称する。田丸具房物は天草軍記物実録の中で、現在のところ最も多くの残存諸本が確認され、天草軍記物の中心をなすと考えてよいだろう。このうち、C、D、E三作品の成立順序は後で検討する。F『天草軍記大全』は田丸具房物における登場人物の時代錯誤を訂正したもので（本節末の付記参照）ストーリーの流れはC、D、Eと変わらない。おそらくこれらよりも後にできたものと考えられる。

第三グループは、やや乱暴だが、田丸具房物で形成された作品構造を受け継ぎつつ内容に手を加えたものを一括りにした。その内部には複数の本文系統があるが、それらの相互関係は見出し難い。Gは加賀国の文人で俳人でもある、堀麦水の手による『寛永南島変』という作品（本書第三章参照）で、宝暦十三年（一七六三）の成立である。Hは『金花傾嵐抄』という作品で、正木残光という、これも講釈との関わりが予想される人物による序文を持つものも少なくないのだが、この作品を残光作と即断することは躊躇せざるを得ない。(3) 図中におけるHから後に続くI、Jについては後述する。Kは『天変治乱記』という作品で、基本的なストーリーの流れは第二グループに沿いながらも、大久保彦左衛門のエピソードなど、本筋とは無関係な挿話を多分に含み、前編二十巻後編二十巻と、大長編化したものである。Lは『肥州寛永一乱記』と題するもので、これもKと同様、本筋とは無関係のエピソードをもつ他、文体がやや口語体に近く、くだけた感じになっており、講釈との関連を想像させる。所見本（浄照坊蔵。国文学研究資料館マイクロ資料参照）は巻一が欠けている。

　ここにあげた作品群のうち、第三グループ以降は話の筋を田丸具房物にならい、作品が大幅に変化することはない（長編化したK、Lも物語の構造は第二グループを踏まえる）。したがって、本節は『嶋原記』を出発点として、田丸具房物が成立するまでの流れを追っていくことにする。

〈資料1〉

◎第一グループ（波線枠・『嶋原実録』群）
○A『西戎征伐記大全』（享保ごろ成立）・B『嶋原実録』
◎第二グループ（細実線枠・「田丸具房物」）
○C『天草軍談』（元文〜延享成立か）・D『天草征伐記』・E『天草軍記』
○F『天草軍記大全』
◎第三グループ（二重線枠）
○G『寛永南島変』（堀麦水の跋文から宝暦十三年成立）
○H『金花傾嵐抄』・I『参考天草軍記』（活字印刷・栄泉社「今古実録」シリーズ・一八八三年）・J『天草騒動』（活字印刷・『近世実録全書』第十二巻所収・一九一八年初版）
○K『天変治乱記』（幕末ごろ成立か）
○L『肥州寛永一乱記』（幕末ごろ成立か）

【天草軍記物の変遷】

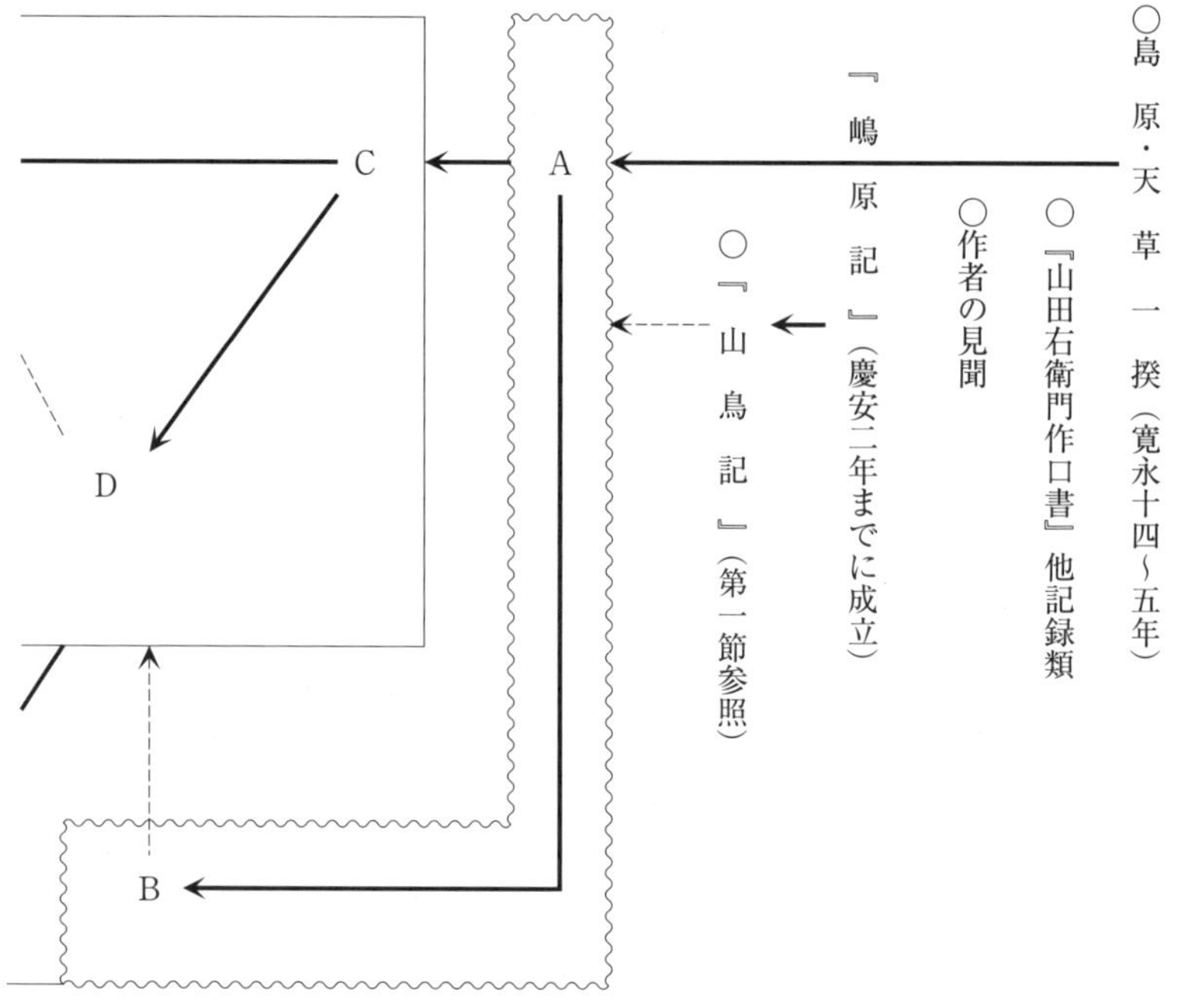
○島原・天草一揆（寛永十四～五年）
○『山田右衛門作口書』他記録類
○作者の見聞
『嶋原記』（慶安二年までに成立）
○『山鳥記』（第一節参照）
A
B
C
D

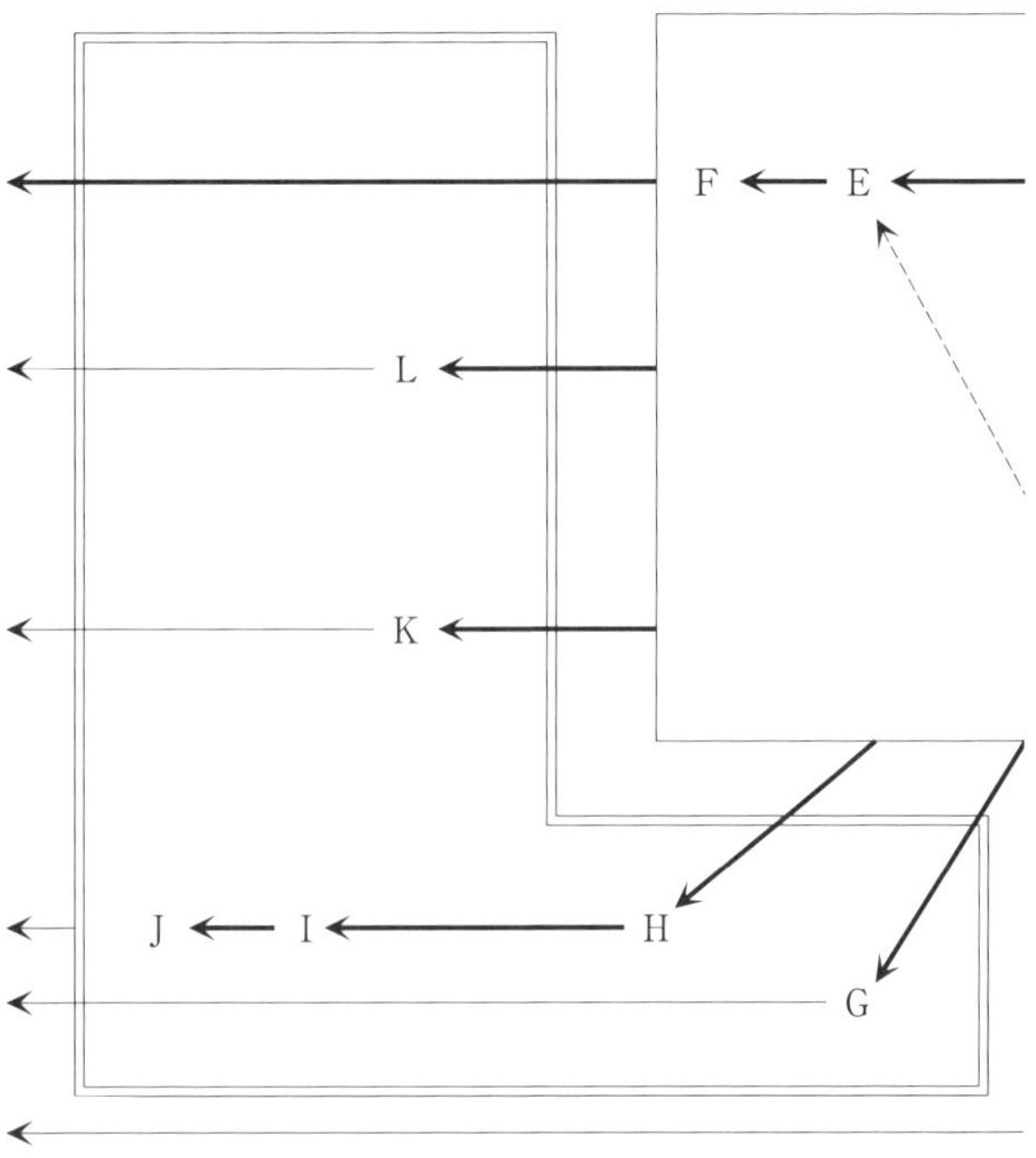

◇太線は直接的に流れを受け継いでいると考えてよいもの。
◇点線は直接的ではないが影響があると考えてよいもの。

右図では『嶋原記』の後に『山鳥記』を置いた。この書は第一節で述べたように、『嶋原記』にみられた、他の記録類とは異なる特徴を受け継ぎつつ内容を増補したものである。だが後で述べるように、実録第一グループは『山鳥記』よりも、『嶋原記』との方がより関係が深いと考えられることから、『山鳥記』を本流から外れたところに位置づけ、本節では考察の対象外とする。

〈資料〉中H以降の流れについて説明すると、栄泉社の「今古実録」シリーズとしてI『参考天草軍記』が和装の活字本として出版され（落合芳幾の挿絵を持つ）、その後ほぼ同文のままで、『近世実録全書』シリーズにJ『天草騒動』として所収されることを付記しておく。IからJの間には、ここでは割愛するがどうやらIに基づいて作ったらしいボール表紙本も何点かみられる。これらの作品の内容は『金花傾嵐抄』とほぼ同じ内容であるものの、文体は『金花傾嵐抄』とは異なる。現在のところ、『参考天草軍記』と同じ文章をもつ写本は確認されていない(4)。

このように取りあえず天草軍記物の実録を三大別した。次に、『嶋原記』がここに扱う実録群の源流に位置することを、『嶋原記』にみられる独自の特徴から確認しておくことにする。第一節でも述べたように、『嶋原記』の特徴に関しては阿部一彦氏の研究(5)があり、氏の挙げている中から実録作品に影響を与えているものを拾い上げ、それが後の作品でどのように利用されているかを示すと次のようである（〈資料2〉参照）。

〈資料2〉

乱の首謀者を小西家に仕えていた浪人に設定している。

実説(6)	『嶋原実録』	田丸具房物	文芸的に増幅された部分
庄屋層の大農民。	小西家浪人。	徳川幕府に廃絶させられた大名の浪人。	首謀者が浪人階層である。

こわれていたキリシタンの絵像を佐志木という浪人者が所持し、絵像はいつのまにか修理されていた。

実説	『嶋原実録』	田丸具房物	文芸的に増幅された部分
そのような記事はない。	佐志木が絵像を所持し、彼が首謀者と共謀して絵像が修復されていたと噂を流す。	大江治兵衛が所持し、治兵衛の知らないうちに乱の一味が盗みだし修復する。	絵像を秘密に所持する。いつのまにか絵像が修復される。

上津浦（※地名）の一揆が嶋子（※地名）の農民に指示して、鎮圧に来た唐津藩の軍勢をだまし討ちさせた。

実説	『嶋原実録』	田丸具房物	文芸的に増幅された部分
そのような記事はない。	天草四郎の手の者が嶋子の農民になりすまし、だまし討ちをする。	森宗意軒が寺の坊主に化け、唐津藩の軍勢をだまし討ちにする。	一揆軍がだまし討ちをする。

唐津藩の大将三宅藤右衛門が臆病者に、同じ場面で沢木七郎兵衛は対照的に勇者として描かれている。

実説	『嶋原実録』	田丸具房物	文芸的に増幅された部分
三宅の人物像は不明である。	『嶋原記』におなじ。	三宅は原田伊予、沢木は深木七郎右衛門と名前が変わっているが人物像は『嶋原記』と共通する。	臆病者の大将と勇敢な家来を設定する。

これらをみると、『嶋原記』以降の作品は、内容をより文芸的に増幅させながら、『嶋原記』で形成された特徴を受け継いでいると言えるだろう。第一節にみてきたように『山鳥記』も同様にこれらの特徴を利用している。

以上、『嶋原記』『嶋原実録』群「田丸具房物」は一つの系譜に連なる作品であると考えられる。次項では、『嶋原記』から「田丸具房物」へと続く流れの中で、話の筋がどのように変化していくのかをたどってみる。

二、『嶋原記』から『嶋原実録』群へ

仮名草子『嶋原記』から田丸具房物への過渡的な位置にあるとみられる作品群が『嶋原実録』群である。『嶋原実録』序文によるとこの作品群は、はじめ『西戎征伐記大全』の名で成立し、その後「切支丹来朝話」や作者の評注を増補し『嶋原実録』へ転化したことがわかる。『西戎征伐記大全』と『嶋原実録』本文の文体はほぼ同一であり、細かな違いは誤写の範囲と考えてよい。『嶋原実録』は『島原実記大全』(7)『嶋原陣実録』(8)などの書名を持つものもあり、また明和八年（一七七二）の『禁書目録』にもその書名がみえるなど、当時よく読まれていたことがわかる。『西戎征伐記大全』序文(9)には「于時享保　豫州氏」とあり、享保ごろの成立を示している。実録の成立年代は、序文や奥書に書かれている年代をそのまま信用することが危険であることはよく言われることだが、このグループは、慶安年間までに成立し元禄ごろまで版を重ねたとみられる『嶋原記』(10)よりも内容が増補され、また、『嶋原実録』群よりも後の成立とみられる田丸具房物は、寛延ごろにはすでに成立していたと目されるので（このことは次項で述べる）、『嶋原実録』群はやはり享保ごろの成立と判断してよいだろう。(11)

『嶋原実録』群が『嶋原記』を直接の典拠にしていると考えられる例を、互いに似ている章を挙げて確認する〈資料3〉参照）。なお『西戎征伐記大全』が巻五までしか残存していないために本書では『嶋原実録』(12)を底本として使用する。また、この作品群では天草四郎時貞が天草四郎家貞、森宗意軒が森宗意という名前で登場しているが、ここでは『嶋原実録』本文を引用する時以外は、混乱をさけるために天草四郎、森宗意軒の呼称を用いることにする。

〈資料3―①〉

『嶋原記』(13)	『嶋原実録』
沢木七郎兵衛ハもとよりよういの事なれば。らうじうどもを近附てあひかまへてかた〴〵三宅がことばをきゝおぢな。勝利は多少によらばこそここを死場ときはむべしそれ侍のつね〴〵のぞむはこのとき也只々身かたの小勢にて。あの大軍にうちかたハ。日本一の高名なり。吉利支丹のやつばらなど間近よせたりとても。沢木があひづを守て。一度にわつもみたて。弓てつぱうをはなつべし（巻中　吉利支丹等嶋子へ取懸事并本渡合戦之事）	沢木七郎兵衛ハ元来勇々敷者なりけれハ我手の足軽ともに下知して必す三宅が詞に聞おちする事なかれ軍ハ勢の多少によらす武士の常々望しハ此時なり一揆原の大勢を引請一戦に打勝バ日本第一の高名なるべし一揆の奴原何ほとちかく寄たりとも某か下知を相守て一同放立べし（巻六　嶋子本渡合戦附り三宅以下討死之事）

〈資料3―②〉

『嶋原記』	『嶋原実録』
十時三弥之助もおもてもふらずはたらくところに大石にあたりて手をひけると見へしか其場を少し引下るところに根村源五右衛門寺田角左衛門ハしばらくふミとゝまって居たりるが時分よしいさのらんといふ根村源五右衛門これをきくよりはやく本丸にかけ上り立花左近手の一ばんのりとなのりて…（巻下　二月廿七日吉利支丹落城之事并根村源五右衛門先掛の事）	十時弥三《ママ》之助八方に眼をくばり飛越へ踊越へて働けれとも大木に打れて手負ぬれは其場少したゆみける所に其組下の浪人に根村源五右衛門寺田角左衛門といふ者ふみとゞまつて居たりけるが時分を見合本丸へかけ上り立花左近将監忠氏か手の者一番乗根村源五右衛門寺田角左衛門と名乗りければ…（巻十二　島原落城并諸手軍功之事）

これらの例から、『嶋原実録』は『嶋原記』の本文を踏まえて書かれていることがわかる。とくに、〈資料3―②〉は、慶安二年版か、それ以前に出版されたとされる無刊記版の『嶋原記』にだけ存在する箇所であり、『嶋原実録』

はいずれかを直接的に利用して書かれたものと推測できる。

次に、『嶋原実録』群が『嶋原記』から内容の上でどのように実録として変化、発展してきているかを確認する。

全体を通してみてみると『嶋原記』の中で一揆の首謀者の一人として名を連ねていた森宗意軒が、『嶋原実録』群では他の首謀者にくらべて非常に大きな存在として前面に出てくることに気づく。彼は、「此童子（著者注・四郎）を守立大将とあふき一度四海の乱を起しあわひよくば先君（著者注・小西行長）の恥を雪ぎて身を立てん」として、単独で一揆を企て、一揆がはじまった後は「大老」として活躍する。それだけでなく、巻四「森宗意由緒の事并異見の事」章によれば宗意軒は四郎の師匠であり、杉本忠左衛門という小西家の家臣だったこと、儒学に通じていたこと、長崎で医術を教えていたこと、軍書を読み謀略にすぐれ、天草玄察とともに城内の軍法を仕切っていた人物として設定されたことがわかる。

このように宗意軒を首謀者として描き出した理由は、第一節『山鳥記』において天草四郎を大将として描くようになったことと同様、反乱軍内部の様子を具体的に描写することが可能になり、それによって乱の実情を詳しく知りたい読者の興味を呼び起こすことができるからではないだろうか。その結果、『嶋原記』よりも分量が増加し、後の長編作品の契機となったと想像されるのである。

宗意軒のみならず、『嶋原実録』群では『嶋原記』に比べ、登場人物が活写されている。『嶋原記』では天草四郎や乱の首謀者である五人の浪人者たちはほとんど登場せず、戦いは無名の農民たちが主役となって推し進めていた。それに対して『嶋原実録』群は、大将の天草四郎や、森宗意軒をはじめとする浪人たちが首謀者として作品の前面に出てくる。

それだけではない。『嶋原実録』群はあらたに天草玄察という主要人物を登場させる。彼は関ヶ原の乱で石田方についた安国寺恵瓊の弟子であり、その後浪人して長崎で玄察と改名して医者をしていたこと、人品にすぐれ、力が強かったこと、宗意軒に勧められて一揆のはじめより加わっていたことが作品中で設定されている。そして宗意軒とともに「大老」として一揆軍の中心となっている。

森宗意軒や天草玄察ほどではないが、ほかにも赤星主膳や千々輪五郎左衛門などの浪人も『嶋原実録』群では重要な役として登場するようになる。赤星は大坂の役で豊臣方についた武士の息子と設定され（『嶋原実録』巻六・赤星主膳大輔四郎兵衛家貞に与力の事）、一揆軍の軍師となる。千々輪五郎左衛門は奮戦する一章がたてられる（『嶋原実録』巻十一・従城中夜打の事付千々輪五郎左衛門仕鍋島陣へ夜打事同天草玄察寺沢陣へ仕夜打事同芦塚布津村黒田手へ仕夜打之事）。このように『嶋原実録』群は、個々の人物を具体的に描写するようになったことで本文の分量が増加したとも言えそうである。

作品中で重要人物として設定されたこれらの人物は『嶋原実録』群では、小西家や安国寺、豊臣家などのように近世初期に滅亡した一族と関係づけられた出自を持っている。このことによって事件の本質が「領主松倉家の苛性による農民の反発」「キリスト教の復興」という面から「浪人たちの幕府へ対する反乱」という面へと確実に変化を遂げた。それは、森宗意軒の「先君の恥を雪ぎ身をたてん」という言や、首謀者の浪人たちが「貧窮の身となりければ兎角よるへきよすかもなく此者とも打よりて世の憂事をも語りなくさみけり」（巻三　西国一揆藍觴之事）などと記されていることからも読み取れる。

今までみてきた人物たちは、大将の四郎を含めて全て事件に関する諸記録類に名前が記載されるだけの人物であり、その実体は不明である。おそらくは実在した人物であったのだろうが[14]、彼らを徳川幕府に滅亡させられたいろいろな一族ゆかりの者としたのは多分に作者の解釈が加わっているのではないかと推測される。

『嶋原実録』群で取り上げられたこれらの人物は次の田丸具房物へ受け継がれる。天草玄察は「玄札」となり、赤星主膳は「内膳」と、名前の一部が変わるが、ともに田丸具房物では首謀者格の人物である。千々輪五郎左衛門に至っては乱の軍師にまで立場が浮上する。

このように、『嶋原記』にくらべて登場人物を前面に押し出したこと、そして主要人物を新しく設定したことにより、『嶋原実録』群は物語に幅と奥行きが出ていると言ってよい。その上、森宗意軒にみられるように、反乱軍の大将に才能あふれた人物像を与えたところや、あるいは反乱軍の首謀者に反乱者としてのもっともらしい背景を持たせたところに、わずかではあるが、大衆に向けられた作意が看取できるのである。『嶋原記』のストーリーに多く従いながらも実録としての萌芽がうかがえ、この一群は『嶋原記』の影響を強く受けて成立した原始的な実録(15)であると位置付けられる。そしてこの一群は次の田丸具房物の成立に大きな影響を与えたと推測される。

三、『嶋原実録』群から田丸具房物へ

天草軍記物実録は『嶋原記』や『嶋原実録』群の影響のもとに、先に言うところの第二グループ、田丸具房物の一群に発展する。おそらく天草軍記物実録の中で一番多く流布したもの、そして中心をなすものと言ってよいであろう。『嶋原実録』群以前の作品と比較して虚構が大幅に増加しており、さらに、これ以降に成立したと考えられる天草軍記物実録の作品は、どれも根幹は田丸具房物の筋に拠っていて大きな変化はみられない。要するに、田丸具房物は天草軍記物実録として内容が完成されたものとみなすことができ、天草軍記物を把握する時に、最も重要な作品である。

田丸具房物の中核をなす作品は、大きく分けて、『天草軍談』『天草征伐記』『天草軍記』の三種類の書名でそれぞれ流布している（これらを承けた『天草軍記大全』を除く）。そして、それぞれのグループに田丸具房の署名がある本が

多い。しかし、同一作者の手から同時に三つの系統の本が作り出されるということは考えられず、そこには内容上の違いか前後関係があると予想できる。本項では三系統の本の関係をみていく。

これら三系統は今のところ三十六本を調査しているが、他にもまだ残存していることは明らかである。筋の流れ方、虚構に変化はない。そこで各本の形態的な分類をこころみ、検討する。その結果は次の表のようになる（〈資料4〉参照）。

〈資料4〉

（○は項目に該当するものを有すること、×は有しないことを示す）

書名	所蔵	巻数	切支丹説話	序文	題辞	伊豆守批判	具房署名	書写年代	備考
天草軍談	1	21	×	○	×	×	○	明和	宝暦十一年写の本を写したもの。
	2	21	×	○	×	×	○	安永	
	3	21	×	○	×	×	○	天明	
	4	21	×	○	×	×	○		
	5	21	×	○	×	×	○		
	6	20	×	○	×	○	○		『天草征伐記』との錯綜がみられる。
	7	21	×	○	×	×	○	天保	
記	8	18	欠丁	欠丁	欠丁	○	不明	寛延	
	9	14	○	×	○	○	×	天保	
	10	18	○	×	△	○	×		

天草征伐	11	12	○	×	○	○	○		片カナ本。本文は他の『天草征伐記』と同内容。
	12	15	○	●	○	×	×		謝山による、元禄五年の漢文序を付す。
	13	18	○	●	△	○	×		謝山による、元禄五年の漢文序を付す。
	14	18	○	×	不明	○	×		
	15	18	○	×	○	○	○		
	16	14	○	●	○	○	×		謝山による、元禄五年の漢文序を付す。
	17	7	×	×	×	×	×		挿話が多く、一番後の形のものと考えられる。
天草軍記	18	7	×	△	×	×	×	文政	
	19	12	×	×	×	×	×		
	20	21	×	×	×	×	×		
	21	21	×	○	×	×	○		序題、目録題『天草軍談』。巻によって片カナ書。
	22	21	×	△	×	×	×	明治	
	23	21	×	欠丁	欠丁	×	○	文政	巻一～十欠。
	24	20	○	○	×	○	○	文化	『天草征伐記』と錯綜している。
	25	10	×	○	×	×	○	文化	
	26	21	×	○	×	×	×	文化	
	27	21	×	○	×	×	○	天保	
	28	20	×	○	×	×	×	文政	
	29	7	×	○	×	×	○		序題『天草軍談』。
	30	6	×	△	×	×	○		片カナ本。外題は『天草実録』。
	31	25	×	○	×	×	×		

	32	21	×	○	×	×	×		
	33	21	×	△	×	欠丁	不明		巻一～四のみ。
	34	21	欠丁	欠丁	欠丁	欠丁	不明	明治	後半部分のみ存。
戦	35	7	×	▲	×	×	×	文化	内題『天草兵乱記』。『天草軍談』または『天草軍記』の改題本。九皐堂半酔の序文・書き込みを付す。
丑	36	3	×	○	×	×	○		『天草軍談』または『天草軍記』の改題本。

所蔵　1：群馬大学新田文庫蔵（m）　2：矢口丹波記念文庫蔵（m）　3：今治市河野記念文化館蔵（m）　4：若木太一氏蔵　5：島原市教育委員会松平文庫蔵　6：内閣文庫蔵　7：福島県立図書館　8：新城市教育委員会牧野文庫蔵（m）　9：天草切支丹館蔵　10：国会図書館蔵　11：国文学研究資料館蔵　12：彰考館蔵（m）　13：函館市立図書館蔵（m）　14：九州大学文学部蔵　15：熊本県立図書館蔵　16：金沢市立図書館藤本文庫蔵（m）　17：九州大学図書館蔵　18：国会図書館蔵　19：東京大学図書館蔵　20：弘前市立図書館蔵　21：弘前市立図書館蔵　22：九州大学図書館蔵　23：鶴岡市立郷土館蔵（m）　24：函館市立図書館蔵（m）　25：北海学園北駕文庫蔵（m）　26：函館市立図書館（m）　27：太田市立中島記念図書館蔵（m）　28：静岡大学図書館蔵（m）　29：熊本県立図書館蔵　30：長崎大学図武藤文庫蔵　31：臼杵市立図書館蔵（m）　32：国文学研究資料館蔵　33：著者蔵　34：著者蔵　35：外題『天草軍戦記』天草切支丹館蔵　36：外題『丑寅賊征録』島原市教育委員会松平文庫蔵

◇（m）印がついているものは国文学研究資料館マイクロ資料に拠ったことを示す。
◇表中、「切支丹説話」項は、切支丹が日本に伝来してから豊臣秀吉によって禁止・その後徳川幕府によって取り締まりを受けるまでを著した実録（本章第五節・第六節参照）が作品の冒頭に置かれることを示す。
◇表中、「序文」と「題辞」の文は同じである。「序文・題辞」項の△はそれぞれが独立しているのではなく、作品冒頭に取り込まれ、本文と連続していることを示す。
◇表中、「序文」の●・▲は他本とは異なった序文を持つことを示す。

◇表中、「伊豆守批判」項は、本文が終わった後、一段さげて「兵書に曰く～」の形式で松平伊豆守を批判した評注の有無を示す。

右の表から、『天草軍談』『天草征伐記』『天草軍記』のそれぞれの特徴をまとめてみると、田丸具房物はまず『天草軍談』『天草軍記』の一群（A群とする）と『天草征伐記』の一群（B群とする）とに大別することができ、それぞれの特徴は次のようにあらわされる。

○A群は二十一巻本の形態が基本的なものであると推定され、序文の一章を立て、「切支丹説話」「伊豆守批判」を持たない。

○B群は十八巻本の形態が基本的なものと推定され、序文の代わりに「題辞」と名付けられた一章を立て、題辞の前に「切支丹説話」を持つ。巻末には松平伊豆守を批判した評注が付される。

次に、A群とB群の前後関係について考えてみる。表に「伊豆守批判」という項目を設定した。これは、右に説明したように、本文から一段下げて「兵書に曰く～」という書き出しで始まる形式の書き込みのことである。このような「兵書に曰く～」もしくは「評に曰く～」と書かれた「評注」はA群に比して『天草征伐記』に圧倒的に多くみられる。A群にも「評注」はあるが、せいぜい二十箇所前後（本によって多少のばらつきがある）であり、それに対して『天草征伐記』では三十箇所以上が確認できた。

また、A群とB群の本文の比較を行って検討し、その結果を次に掲げる。なお、比較には一揆方の中心人物である芦塚忠右衛門が戦死する場面を用いることにする（〈資料5〉参照）。

〈資料5〉

『天草軍談』（「所蔵」1本）	五百余人の真中へ表も振す突懸る寄手は思ひよらす惣大将の旗本近く見へたり （芦塚は）尸は谷底に埋むといへとも武勇の英名は西海にそ残りける
『天草征伐記』（「所蔵」8本）	五百余りの中へ会釈も無く突かゝる不時の敵にて思ひも寄らす平押に突立られて虎口を退く坂下を見れば惣大将伊豆守殿の旗本近く見へたり （芦塚は）骸は谷底に埋るといへ共芦塚が勇猛の名は西国九州に輝き逆徒とはいへ共其智謀武勇を惜まぬものはなかりけり
『天草軍記』（「所蔵」18本）	五百余人の中へ突きかゝる寄手思ひよらす突立られ虎口を退きたり扠坂下を見れは惣大将の旗本間近く見へたり （芦塚は）屍は谷底へ埋といへども武備の名は西海に残り末世にかゝやきけり

このように同じ筋の流れであっても、B群はA群と比較して字数が若干多く、一つ一つを細かく描写していることがわかる。他の箇所も『天草征伐記』はA群と比べ同様のことが言えた。A群二本の本文は、誤写の範囲と考えられる以上の大きな異同はあまりみられず、ほぼ同じ本文と認められる。

既に述べた「評注」の増加と、今ここで本文を比較・検討した結果から、『天草征伐記』はA群よりも後に生まれたものと推定される。

今度はA群内部の二本の前後関係を検討してみることにする。先に提示した〈資料4〉によれば『天草軍談』は、

○序文や田丸具房の署名が整っており、安定した一群を保っている。

○書写年が『天草軍記』よりも古い年代に集中している。

○残存が確認できる諸本が『天草軍記』に比してはるかに少ない。

の三点を指摘することができる。いっぽう、『天草軍記』の方は本文が序文と本文の区分が明確でないものがあったり、本によっては『天草征伐記』のものが混入しているものがあったり（〈資料5〉）、全体として混乱している印象を受ける。さらに、書写年代が幕末期に集中していることもあり、(16) 現段階では『天草軍談』の方が先行して成立し、『天草軍記』は田丸具房物の三者の中でもっとも成立が遅い本であると考えたい。

田丸具房物の成立時期および三本の前後関係は、はじめは『嶋原実録』群の影響を受けた『天草軍談』という書名のものが発生した。そしてそれよりさほど遅くない時期に、内容描写を細かくして「評注」を増補（これも講釈師が関係するか）した『天草征伐記』が傍流として派生した。『天草軍談』の成立時期―田丸具房物の成立時期―は、寛延年間の奥書を備える『天草征伐記』（「所蔵」8本）との関係から考えてみるとそれ以前の成立と思われる。さらには田丸具房物本流である『天草軍談』と同内容の『天草軍記』が発生し、田丸具房物の主流―言い換えれば天草軍記物実録の中の主流―となったと推測できる。『天草軍記』の題名が明治期の「今古実録」シリーズのような活字本にも採用されたり、講談の演目名となっていることは『天草軍記』が幕末以降の天草軍記物実録の主流になったという予測の傍証の一つになる。

四、田丸具房物の内容

田丸具房物はそれ以前の『嶋原記』や『嶋原実録』群と比べて、内容が飛躍的に変化し、話が非常に面白くなってきている。それは、登場する主要人物が大幅に入れ替わったこととそのことに伴い作品構造が大幅に変化したことによる。そして重要なことは、それらの内容の変化が田丸具房物にみられるフィクションと、それ以前の作品にみられるフィクションとの質的な違いに関わってくる、ということである。

まず、首謀者の変化についてみてみると『嶋原実録』群の段階までは、一揆の首謀者は大矢野松右衛門、森宗意軒、山善右衛門、大江源右衛門、千束善左衛門の五人の小西家ゆかりの浪人であった。ところが田丸具房物になると、一揆の首謀者は、芦塚忠右衛門、千々輪五郎左衛門、大矢野作左衛門、赤星内膳、天草玄札の五人へと完全に入れ替わる。彼らは芦塚以外は小西家とは関係がないが、かつては諸大名に仕え身分のあった者たちであり、主家が没落してしまい、過去の栄光に現在の零落ぶりを引き比べて徳川幕府に反感を抱いている浪人たちである。事件について書かれた数多の記録類によれば、首謀者の身分層は浪人、郷士、農民層などいろいろな説があったが、『嶋原記』では小西家ゆかりの浪人に設定し、『嶋原実録』群では首謀者を助ける人物として天草玄察や赤星主膳のような、関ヶ原や大坂の乱の残党が加わった。[17]

田丸具房物では、このような残党たちが最初から一揆の首謀者として設定される。松倉家の恐怖政治やキリスト教の復興という色彩は『嶋原実録』群よりもさらに弱まり、不平浪人の反乱という面が強調されることがよくわかる。

彼らの中ではとくに、芦塚と千々輪の存在が突出し、天草四郎は完全に隅へ追いやられる。芦塚は軍学の達人として描かれ、千々輪は勇猛な武将として設定される。また、幕府軍の中にも突出した勇士を登場させる。一人は鍋島甲斐守直澄であり、勇敢な若武者として設定され原城の一番乗りを成し遂げる。もう一人は北条安房守氏長で、彼は頭脳明晰な軍師として描かれ、甲斐守に城攻めを勧め、原城落城の契機を作った人物として登場する。彼らは芦塚・千々輪と対をなすと考えられ、田丸具房物が「一揆軍と幕府軍の英雄同士の闘い」という側面を併せ持つことが読みとれる。彼らは敵味方関係なく、ともに好意的に描かれる。反逆者であるはずの芦塚や千々輪も知謀や武術がたたえられ、最期を迎える場面でも惜しまれながら自害し、あるいは討たれるのである。『嶋原実録』群までの作品では作者が反逆者に対して好意的な見方をはっきりとは打ち出していなかったため、反逆者に対する田丸具房物のこのような描き方は注目できる。

人物について興味深い点はそればかりでない。実説では一揆の鎮圧者として功績のあった松平伊豆守が、田丸具房物では、原城の内部をみるために釣井楼を作り反対に一揆方に鉄砲で狙われて周囲から嘲笑されたり、原城の兵糧攻めを命令したにもかかわらず諸大名の勝手な原城攻撃のために命令が無視されてしまうなど、作戦がことごとく失敗する道化役として設定され、否定的に描かれることも挙げられる。

さらに、島原・天草一揆には無関係であった人物が田丸具房物の主要人物になることも大きな特色である。一人はすでに紹介した北条安房守であり、もう一人は水戸黄門こと徳川光圀である。[18] とくに水戸黄門は江戸において幕府軍を統括し、作品最後では、総大将松平伊豆守から処分を受けた鍋島甲斐守を助ける。甲斐守は軍令を無視して原城の一番乗りを行ったために後で伊豆守に処分を受けた人物である。水戸黄門は、とかく理屈にこだわる「知恵伊豆」こと伊豆守を反対にやり込め懲らしめてしまうような、立場の弱い者を助ける人物として設定されている。

田丸具房物とそれ以前の作品と比較した時にみられる、このような極めて大きな人物の変化は実は実録の本質的な一面をあらわしている。

芦塚や千々輪、甲斐守や安房守が好意的に描かれ、実際の鎮圧者である松平伊豆守が否定的に描かれるということは、作者が権力の中枢にいて権威を振り回す人物よりも、その周辺にいる、能力のある人物に好意的であるからと推測できる。また、伊豆守を兵術にうとい人物として設定し逆に芦塚や甲斐守などを武術・兵術に長けている人物としたり、軍学者の安房守を伊豆守をしのぐ人物として登場させるのは、作者が武術や兵術に優れている人物に共感しているからに他ならない。実録作者は講釈と密接に関わっていた者も多い。田丸具房も講釈師であった可能性が高く、[19]

太平記読みなどの軍書読みや軍学者の流れを受け継いでいるこのような講釈師たちは軍学に秀でている者に、より好意をいだく傾向があると考えられる。そんな講釈師の感情が伊豆守や芦塚、甲斐守などの人物設定に映し出されていると言えるだろう。

さらに、水戸黄門の存在は実録の本質を考える上で重要である。彼は、松平伊豆守という、作品中の悪役でもある幕府の権力者を懲らしめることのできる唯一の人物である。彼が最後に登場して弱者の側に立って事件に決着をつけることによって、作品の内容は作者や享受者が満足できるものとなってくるのである。このようなことを行える存在としては、他に将軍が想定できるが、それではあまりにも現実離れした話になってしまうだろうし、おそらく、将軍という幕藩体制の頂点ではなくて、それに準じた水戸家が幕閣の実力者を正すというところがポイントなのだと思うが、水戸黄門を巡る問題はまた改めて熟考してみたい。

以上、みてきたように、田丸具房物にみられるフィクションの性格は、それ以前の作品と比較して変化・複雑化してきている。実録を作り出す「作者」や作品を読む享受者は、将軍の周辺部にいる実質的な権力者へ対する批判精神を持っているが、それはあくまでも幕藩体制の枠組みの中でのみ行われるもので、決して反幕的な行動に直結するようなものではない。むしろそれは小二田誠二氏が述べられるように、「法にふれることのスリルを楽しむ[20]」方向へ向けられる。その方法の一つとして、出版を憚った写本の実録として表現され、あるいはそれを享受したのではないか。そして、彼らの批判精神は、一方では自分たちの「味方」として共感できる、文武に秀でた英雄などの理想像を作り、もう一方では悪役像を作り上げる。そのような人物像を筋の中へ取り込み作品を仕立て上げ、大衆性を獲得していく姿勢こそが実録の本質の一つと言い得るのではないか。

おわりに　―実録の成長の一面―

最後にもう一度天草軍記物の成立過程を振り返ってみる。天草軍記物は『嶋原記』と『嶋原実録』群の間は内容的な変化の幅が小さく、『嶋原実録』群と田丸具房物の間では幅が大きくなり、田丸具房物以降の作品になると第一項で触れたように、再び変化の幅が小さくなることが特徴である。そして分量の増加、内容の複雑化がみられることから、天草軍記物の成立過程における「変化」という言葉は「成長」という言葉で表した方が妥当であろう。実録の成長過程については小二田誠二氏の説がある。(21)それによると、内容が定まらず「混沌として」いたものから一定の形に定まった実録は、それ以後は成長の度に一挙に変化する、というものである。仮にこの成長の方法を「階段式」と名付けてみる。天草軍記物の成長方法を検討してみると、『嶋原記』―『嶋原実録』―「田丸具房物」―『寛永南島変』（または『金花傾嵐抄』・『天変治乱記』・『肥州寛永一乱記』）、というふうに、基本的には「階段式」の成長を遂げている。その階段は、田丸具房物の成立時点で天草軍記物が大きく二分割するような段差（＝成長）があり、二分されたそれぞれの内部でわずかな段差しか持たないという、変則的な階段である。このような結果から小二田氏の論をさらに進めてみると、実録は、前の段階の記録・実録から大きな成長を遂げたとき、それが後続の実録へ影響を与えるものであれば、それ以降の作品は、変化成長を遂げるとしても作品の構造にはあまり関係のない微細な箇所しか成長できない、ということが指摘できる。いわば、虚構による作品構造を確立する成長の型があり、そのような成長段階がある、ということである（このことは第三節でも述べる）。田丸具房物はまさにその段階に相当する。

天草軍記物だけで実録全般の成長について論じることは難しいが、このような成長例を実録の「階段式」成長の一タイプとして認めることは可能であろう。こういった実録の成長の陰には、実録と密接なかかわりをもつ講釈や、

「写本で流布する」という実録の特徴が大きく働いている。

島原・天草一揆はそれじたいが反幕的な行為であったために、実録の「作者」や講釈師の感情を投映させる題材には適していた。講釈という口伝えによる柔軟性と、実録の写本性による自由さが結びついて、この事件は「天草軍記物実録」へと成長していった。その中心的存在である田丸具房物の面白さは、大衆性を備えたある種反権力的な面白さであったのであり、写本でしか流通することができなかった実録の普遍的な面白さであるとも言える。結果として、田丸具房物は広範囲に流布し、それ以降の天草軍記物実録は、作品の本質的な部分以外のみでの増補にとどまるのである。「天草軍記物」の流れをたどることは実録の具体的な成長の過程と作品の持つ大衆性について考える上で好例を示すことになる。

注

（1）若木太一氏「『嶋原記』の生成とその展開」（『文学』第五十四巻第十二号　一九八七年）

（2）阿部一彦氏「『島原記』試論」（『『太閤記』とその周辺』〈和泉書院・一九九七年〉所収）

（3）内山美樹子氏「『銀の笄』と「棹歌木津川八景」」（『近世文芸　研究と評論』第二十六号・一九八四年六月）の中で、氏は延廣眞治氏による教示として「残光の名を何らかの形で有するもの」に『銀の笄』『拾遺遠見録』『賊禁秘誠談』東京大学教養学部図書館蔵『慶安太平記』を挙げておられ、とくに『慶安太平記』の例から、正木残光の名を有するというだけで残光の作品であると即断はできないという、延廣氏の教示を示しておられる。

（4）著者は現在のところ、「今古実録」刊行の時点で写本に手が加わったものと推測している。題に「参考」と付けられており、元の写本を校訂した印象を受けることや、「今古実録」シリーズの作品の多くが刊行に用いた写本にたどれないからである。「今古実録」シリーズについては藤沢毅氏「「今古実録」シリーズの出版をめぐって」（国文学研究資料館編『明治開化期と文学』〈臨川書店・一九九八年〉にくわしい。
(5)(2)に同じ。
(6)「実説」項は島原・天草一揆の一次資料である『山田右衛門佐口書写』(内閣文庫蔵)や、記録性の強い史籍集覧本『島原記』(仮名草子『嶋原記』とは異なる)を中心として、さらに『国史大辞典』(吉川弘文館)を参照した。その結果歴史的事実と思われるものをここでは「実説」と呼ぶ。
(7)宮内庁書陵部蔵
(8)九州大学九州文化史研究所蔵
(9)弘前市立図書館岩見文庫蔵
(10)元禄十二年〈一六九九〉刊『書籍目録』(『江戸時代書林出版書籍目録集成』二巻・慶應義塾大学附属研究所斯道文庫編・井上書房・一九六三年)に『嶋原記』の名がみえる。
(11)ここでの成立年代は『西戎征伐記大全』を指す。『西戎征伐記大全』『嶋原実録』及び第三節の田丸具房物の関係について著者は、「切支丹来朝説話」を持たない『西戎征伐記大全』が『天草軍談』に影響を及ぼし、その後「切支丹説話」をもつ『天草征伐記』などの影響を受けて、『西戎征伐記大全』に「切支丹説話」を付した『嶋原実録』が生まれたのではないかと予想している。
(12)底本には北海学園大学北駕文庫蔵本(国文学研究資料館マイクロ資料による)を用いた。
(13)学習院大学文学部日本語日本文学科研究室蔵(前節(4)と同本)。
(14)『山田右衛門佐口書写』(内閣文庫蔵)『嶋原天草日記』(『史籍集覧』『島原半島史』中巻などに所収)などにその名がみえる。
(15)河竹繁俊氏「実録の沿革」(『近世実録全書』第一巻所収・早稲田大学出版部・一九一八年)による。詳しくは氏の論を参照されたいが、原始的実録とは実録の成長の段階において記録的な読み物から実録化した、虚構の少ないものを指すとみられる。これに対し氏は、虚構が多くなって「荒唐無稽なる譚話」と化したものを「所謂実録」として、実録を二つに区別しておられる。

（16）堀麦水『寛永南島変』（第三章参照）巻六「天草合嶋原」章では、本文中の評注に『天草軍記』の名が出てくる。『寛永南島変』が宝暦十三年成立であることを考えると、この頃にはすでに『天草軍記』の名で流通していたことになる。

（17）芦塚は小西行長家臣、千々輪は加藤清正家臣、大矢野は本多出雲守家臣、天草玄札は地侍だが先祖は芸州阿曾沼中務少輔、赤星は岐阜黄門（織田）秀信家臣というふうにそれぞれを廃絶大名ゆかりの者と設定している。

（18）水戸黄門に関する逸話が実録化されたことは幕末期であることが指摘されているが（『日本古典文学大辞典』「水戸黄門仁徳録」項）、田丸具房物に水戸黄門が登場することによって、「水戸黄門実録」の萌芽が元文～延享期にまでたどれることがわかる。

（19）『日本古典文学大辞典』「講釈師」項（延廣眞治氏執筆・岩波書店・一九八四年）によると、江戸で夜講釈を始めた人物として田丸佐右衛門の名が挙げられている。田丸具房の署名が「田丸左衛門源具房」と書かれた例がいくつかみられることから、著者は田丸佐右衛門と田丸具房は同一人物であると、今のところ考えている。

（20）小二田誠二氏「〝湯殿の長兵衛〟まで―江戸文芸に於ける事実―」（『学習院大学国語国文学会誌』第三十号・一九八七年）

（21）小二田誠二氏「実録体小説の生成―天一坊一件を題材として―」（『近世文芸』第四十八号・一九八八年）

付記　三島市郷土資料館勝俣文庫に収蔵される『天草軍記大全』〈資料4〉未載）序文には、田丸具房物の誤りを正したものである旨が記される。以下、序文を転記する。

世上流布する天草軍記大全と号すは田丸常山か述作にして尤面白く編綴したる書本なれは彼書本を源本として末〳〵に至り段〳〵書写しけるに唱違書損して誤りあるひは文字の相違等甚多し第一御歴々方の御姓名諱字等を書違る事以の外不調法至極なりまつ当時に世上流布する天草軍記大全は水戸中納言〔唐名黄門〕頼房卿の御事也黄門光圀卿と書しは相違也全頼房卿なり其証拠とする所は頼房卿は慶長八年八月十日山城国伏見の城に於て誕生し給ひ慶元両度難波御陣の節いまた鶴千代殿と号して御幼年なれは御出陣なく駿府の御城守護に残給ふ扨又慶長八卯年より寛永十四年切支丹一揆蜂起の節まては暦数三拾五年になりされば黄門頼房卿御年三拾五才に成給へは全彼卿に必せり扨又光圀卿は

頼房卿の御子にして中納言に任し給へ共天草一揆の時は御若年なれは御軍談有へき謂なしまた同時に御名代として彼地へ発向城責の節戦死有しは板倉内膳正重昌也然るを内膳正重矩と書しも筆者の誤り也子細は万治寛文の頃奥州伊達家の臣原田甲斐といふもの君家を騒動しけるを板倉内膳正重矩裁判被致たれは嶋原陣にて討死と書しは大きに相違也但シ重矩は重昌の嫡子也勿論父子相共に重職と成給ひし　安永八亥年

ちなみに、序文で槍玉に挙がる書名も『天草軍記大全』だが、これはC、D、Eいずれかを示すものであろう。また、序文の年記も安永八年と早い時期のものであり、注目できる。なお検討を要するが、これにより『天草軍記』の成立年代が早まる可能性も出てくる。

第三節　虚構確立期―「田宮坊太郎物」を例に―

はじめに

第一節と第二節では「天草軍記物」を例に、実録の転化成長の様相をたどってきた。このうち、第二節の最後の部分で、「田丸具房物」への成長については、虚構による作品構造が確立する段階との見解を示した。このような段階は他の実録群にもみることができる。本節では「田宮坊太郎の敵討ち」の実録を例に、あらためて実録成長の「型」と、その中における「虚構完成の型」について考えることにする。

「田宮坊太郎（小太郎とも）の敵討ち」と呼ばれる事件は、寛永十九年（一六四二）に讃岐国丸亀において行われた敵討ちとして、演劇や講談、小説などに広く取り上げられた題材である。しかしこの敵討ちは実際の事件ではなく、伝説上の敵討ちであったと認識されている。そしてこの伝説は時代設定が寛永年間であることや、徳川頼宣、徳川光圀、柳生宗矩など当時実在の人物が登場するため、近世期には出版物としてではなく、写本の実録として、広範囲に流布した。

この実録作品についての詳細な検討は、ほとんどなされていない。したがってまず、田宮坊太郎物の実録作品の成立時期を推定し、本文系統を整理することによって田宮坊太郎物の実録群の全体像を把握する。その上で、実録の特色である「転化・成長」という視点からみた場合の、田宮坊太郎物の姿を考察し、さらに実録一般に通じる、実録成長の「型」とでも言うような特徴について私見を提示していきたい。

一、田宮坊太郎物実録の発生時期

田宮坊太郎の敵討ちを伝説とする見方はすでに幕末には存在している。たとえば秋山惟恭らの手によって天保十年（一八三九）から嘉永五年（一八五二）にかけて成立した、『西讃府志』(1)巻十四の「田宮小太郎」項では、「今按ニ此事田宮物語、金毘羅霊験記、又金毘羅御利生ナド云作リ物語サヘアリテ、サマ〲怪シキコトナド交ヘリ。サルニ、年暦、又人ノ名ナド不審《イブカシキ》コトドモ多カリ」として、この事件を疑問視している。さらに続きの部分を引用する。

先寛永二年ハ、生駒高俊公（著者注・実録作品中において坊太郎が敵討ちを遂げた時の藩主）マダ小法師トイヘルヲリナリ。此十九年ハ山崎公ノ時ナリ。又国府ナル八幡宮カクコト〲シキ社トハ聞エズ。且社頭ニテ仇ヲ討セシモイカヾナリ。況《マシ》テ東西ワカレヌルヲリナルヲヤ。又堀源太左衛門、磯崎十左衛門、土屋甚五左衛門ナド云人、生駒家分限帳ニ見エズ。是ハ名ヲ隠シタルニモアルベシ。（中略）誠ニ此事アリシヤナカリシヤ、イカヾシラズ。

ここからは、

①実録に登場する生駒高俊が、実際の生駒高俊と、時間的（年齢的）に矛盾する。

②神聖な社頭で敵討ちをすることへ対する疑問。

③田宮坊太郎の敵討ち伝説に登場人物する堀源太左衛門（敵）、土屋甚五左衛門などの名が彼らの属する生駒家の「職員録」とも言うべき「生駒家分限帳」には記載されていない。

などが筆者の考えとして読み取れ、特に①と③の指摘には説得力がある。③の指摘に『西讃府志』の筆者は、「分限帳」が事件と関与した者の名前を隠した可能性を挙げているが、この敵討ちが実際にあった事件であるならば、他にも何らかの記録が残っているはずである。しかし現在までにそのような資料は確認できず、この事件はやはり創造されたものと考えてよいだろう。

それならば、この敵討ち伝説の発生に至る過程はどのようなものであろうか。

田宮坊太郎の伝説を記したものの中で、最も古い年記を持つものは現在のところ、「寛延二年（一七四九）浪華散人岡本一楽子」の序文をもつ実録『金毘羅大権現加護物語』である。(2)『日本古典文学大辞典』「一楽子」項(3)によると、一楽子には、

1、『今昔操／浄瑠璃／外題年鑑』（宝暦七年〈一七五七〉刊）の編者「岡本一楽」（延宝六年〈一六七八〉～？）

2、『八尾地蔵通夜物語』（明和八年〈一七七一〉刊）の作者「浪華散人一楽子」こと林義内（享保元年〈一七一六〉～安永五年〈一七七六〉）

3、『中山観音夢物語』（天明五年〈一七八五〉刊）を著した「岡本一楽子」（生没年不詳）

の三人が記載される。『金毘羅大権現加護物語』という書名から判断すると、2または3のいずれかが適当と思えるが、現在のところ特定はできない。しかし、いずれの一楽にしても寛延二年の時期には生存していた可能性が強く、この序文の年記も信用してよいだろう。

『金毘羅大権現加護物語』序文には、岡本一楽子の署名を持つものと持たないものの二通りがある。岡本一楽子の署名のついた序文は、過去に近石泰秋氏が紹介されている。(4)ここでは署名なしの序文との比較をするため、両者の序文を掲げて比較してみることにする。

有署名（近石泰秋氏蔵本）(5)

五風十雨の代道豊に人楽しみ都鄙遠境友会を催し花の晨の月の夕心を酒話に寄す。僕屢々岡野扇計翁が清話を愛して毛頴に属し貯へ置ぬ。元来筆拙く言陋しけれども金毘羅権現の霊験を受て田宮某が未生以前の亡夫の怨を報し孝心を感じて竟に云尓

寛延第二屠緒大荒落蘭池中旬日

浪華散人　岡本一楽子

無署名（金刀比羅宮図書館蔵本）

五風十雨の御代都鄙遠近貴賤となく安住にして花月の下弁酒盞をかたふけて雑話す。爰に或武門の老翁屢讃州金毘羅大権現の加護を以て田宮某が未生以前の亡夫が怨を報じける事を清談す。予其孝心を感じて発末を合て巻とす。しかれども元来筆拙くして言葉いやしければ情なく弁全からす。広く後人の削を乞ふのみ云尓

浪華散人　述

（傍線は両者における異なった表現を示す。なお、読解の便をはかって濁点、句点を私に付した）

両者は書き出しが同じであることや大筋の文意が共通しており、影響関係が容易に読み取れる。その上で二つの序文の違いを比較してみる。はっきり目に付く両者の違いは年記・署名の有無である。年記についてはすでに近石氏も指摘しておられるとおり、「屠緒」は「屠維」（十干の己）の誤りであり、「蘭池」は「蘭地」（陰暦四月の異名）である。「屠緒」の部分は内閣文庫蔵本も同じ誤りをしている。特に「緒」の字と「維」の字の間違いを起こすことなどは、岡本一楽が前出1～3のいずれにしても想像しにくい。おそらく、後代に書写した人物（博学とは言い難い人物ではな

いか）の誤写がそのまま引き継がれて行ったものと推測できる。

無署名序文をみると、岡本一楽の署名が見当たらないほか、「或武門の老翁」「田宮某」「亡夫」「浪華散人」など、あえて匿名性を強調するスタイルで書かれていることが注目される。それに対して、有署名序文では「岡野扇計翁」「岡本一楽子」など具体的な人名が記されることによって、匿名で押し通す姿勢が崩れてきている印象を受ける。

さらに、無署名序文では、「金毘羅大権現の加護を以て」と書名と対応させているのに対し、有署名序文では「金毘羅権現の霊験を受て」と、とくに対応させるわけでもない。ほかにも無署名序文では「元来筆拙く」の後に自己謙辞が続き、最後を「後人の削を乞ふ」と末尾を対応させているなど、文章全体が有署名序文と比較して整然としている。他の関係資料を提示できないため、両者の前後関係を決定できないが、はじめは無署名序文の『金毘羅大権現加護物語』があり、その後岡本一楽がこれをもとにして、有書名序文に作り上げたのではないか、と現段階では判断している。

序文の前後関係についてはなお考慮する余地があるが、宝暦年間には、『金毘羅大権現加護物語』から派生したと思われる実録が出現する（後項の表1参照）ことから、いずれにせよ寛延～宝暦期には、すでに田宮坊太郎の伝説が実録として広まっていたと推定してよいだろう。

また、別の方面からこの伝説の成立過程を考えてみる。田宮坊太郎の伝説を扱った文芸作品には、書名に「金毘羅」の語を含むものが多い。それは、本文中の随所に「金毘羅の加護」をうたっている箇所があるからだ。しかし、金毘羅の霊験を集めた『金毘羅御利生記』などのいわゆる「霊験記」にはこの敵討ちは記載されない。田宮坊太郎物が広範囲に流布していることに対して金毘羅信仰の霊験記の側から無視されているということは、田宮坊太郎の敵討ちは、一般に認識されている金毘羅の霊験譚とは別種のものであり、むしろ田宮坊太郎の敵討ちのストーリーに「作者」が

「金毘羅の加護」を結びつけようと、意図的な力を働かせたものと考えられる。

敵討ちストーリーに取り込まれるぐらい、金毘羅信仰が広範囲に流布するのはいつごろからであろうか。元来、金毘羅神は海の守り神として信仰され、また在地では農業神としての信仰もあった。寛文十一年（一六七一）には西廻り航路が確立され、船乗りたちによって、海難の守護神としての金毘羅信仰が全国的に広まったとされている。農業神としての信仰はいつごろからどのように広まったのかは定かでないが、元禄期には、琴平の門前町が遊女で賑わい、取り締まりが行われているとの報告もあるため[6]、この時期には多くの人びとが参詣していたことがわかる。享保六年（一七二一）四月になると、江戸谷中の修験長久院で金毘羅の賽開帳が行われたという報告がみられ[7]、さらに、延享元年（一七四四）三月には讃岐出身の大阪の船宿多田屋新右衛門が初めて金毘羅参詣船を仕立てたい旨願い出ている[8]。この時期には金毘羅信仰はすでに全国的に展開していたと理解してよいだろう。

このような金毘羅信仰展開期の時流にのって、その霊験と結びつけた敵討ちの伝説が生まれ、広まったとしても不思議ではない。ではなぜ伝説に組み合わされるのが敵討ちなのだろうか。今のところ、この伝説を生み出すモデルとも言うべき事件（実際の仇討ち事件など）は判明していないのだが、伝説の発生には他にも、たとえば浮世草子など、先行する文芸の趣向を用いた可能性もある。なお、浦山政雄氏が、宝暦三年（一七五三）初演の田宮坊太郎伝説を取り入れた歌舞伎「金毘羅／御利生／幼稚子敵討《おさなごのかたきうち》」の成立について「寛保・延享の頃の仇討ち狂言盛況の影響」[9]を述べており、この興味深い指摘は、当時の仇討ち狂言と田宮坊太郎物の実録との具体的な影響関係は不明であるにしても、金毘羅霊験譚が敵討ちのモチーフを取り入れたことの可能性を、じゅうぶんに感じさせる。

現在の段階では田宮坊太郎物の始原にたどり着くことはできず、今後も調査を続けるつもりである。しかし、金毘羅庶民信仰の流れや、文芸における仇討ちものへの注目といった事情から、『金毘羅大権現加護物語』が、その始原に近いものであろうとの推測は可能である。そして、この実録の成立時期を寛延年間前後とみなすことができる。享保から宝暦にかけては実録が質量ともに大きく展開する時期と目されるが、そのような背景を考慮してもこの実録群が寛延前後に成立したと予想されるのである。

二、田宮坊太郎物実録の流れ

前項で述べたように、現在の段階では、実録『金毘羅大権現加護物語』は田宮坊太郎伝説の嚆矢に近い作品だと思われる。本項ではこの作品を含む、以降の田宮坊太郎物実録の流れを追い全体像を概観する。はじめに『金毘羅大権現加護物語』によって田宮坊太郎物実録の筋をみていく。

紀州徳川家の重臣、四宮家の流れを汲む田宮源八は、讃岐丸亀藩で足軽奉公をしていた。彼は盗賊を捕らえるなどの手柄をたて、家中で名を上げる。だが家中の剣術師範堀源太左衛門は彼の評判に嫉妬し、寛永三年三月十八日、国府八幡宮境内で源八に言い掛かりをつけ、無礼討ちとして殺してしまう。源八の死後出生した坊太郎は、生まれた時から母より、父の敵を討つよう言われ続ける。源八の一周忌の日、母が坊太郎を連れ、夫の菩提寺である養源寺へ墓参にいき、坊太郎の敵討ち成功の祈願をして「南無金毘羅大権現」と唱えると、突如暴風雨が起こり坊太郎は絶命する。養源寺の和尚が真言を唱えると坊太郎は蘇生する。坊太郎は五歳の時に養源寺に引き取られ、聡明なため、「弘法大師の再来」と呼ばれ、寺の者にかわいがられる。養源寺で藩の剣術大会が行われた日、坊太郎は藩の侍たちの話から、江戸の剣術の名人、柳生但馬守宗矩の噂を聞く。坊太郎は丸亀藩の御用船にひそかに乗り込み、「金毘羅の山伏に連れて来てもらった」と偽り江戸へ向かう。江戸では柳生但馬守と、但馬守に剣術を習っている徳川光圀の二人が、金毘羅の山伏が坊太郎を連れてくるという夢をみていた。但馬守邸にやって来た坊太郎は、二人の庇護のもと大切に育てられる。坊太郎は十三歳になり元服し、田宮小太郎圀宗と名乗るようになる。小太郎はこの時初めて但馬守に父の敵討ちを打ち明け、敵討ちに出る許しを乞うが、但馬守は小太郎が十七歳になるまで思いとどまらせる。その後、小太郎は徳川光圀とともに時の将軍徳川家光に目通りし、敵討ちの許可を得る。寛永十九年、小太郎が十七歳になった時、但馬守は小太郎に柳生流の印可を渡す。丸亀へ帰った小太郎は、父の十七回忌の日、父の討たれた国府八幡宮境内で堀源太左衛門を討つ。

以上の筋はそのまま『金毘羅大権現加護物語』以降の作品にも受け継がれる。つまり、後の作品が成立するにしたがって筋が発展・改変していくという形をとらず、『金毘羅大権現加護物語』の段階で、すでに田宮坊太郎物における基本的な物語の構造は完成していたと言える。注目されることは、坊太郎が水戸黄門の庇護を受けること、そして坊太郎の父田宮源八が堀源太左衛門に殺害されるまでの「作品の発端」にあたる部分が冗長なことである。田宮源八の由緒話などは相当な分量になるのである。

これらのことから水戸黄門も登場せず、作品の発端に余分なエピソードを持たない、原形態の田宮坊太郎物の存在が予想されるのだが、現在までにそのような実録はみつかっていない。むしろ、田宮坊太郎物は口承のようなものから生まれ、実録として冊子化された時にはすでにこれらの要素を兼ね備えていたのではないか、と予想している。

次に『金毘羅大権現加護物語』を含めた田宮坊太郎物実録の本文系統を整理する。田宮坊太郎物実録の系統については、かつて近石泰秋氏(10)や中村幸彦氏(11)が述べられたことがあった。各氏の結論は次に示すようである。

近石氏：『金毘羅大権現加護物語』『金毘羅利生記』の系統と『田宮物語』の二系統に分類。

中村氏：『金毘羅大権現加護物語』系、『金毘羅利生記』系、『田宮物語』系の三系統に分類。この順に成立と推測。

田宮坊太郎物実録群は今回、五十三本の諸本を調査することができた。結果としては、中村氏の考え方を基本的に支持する立場をとる。以下、田宮坊太郎物の実録群を検討し、中村氏の説に補足をしていくことにする。

次の〈表1〉は田宮坊太郎物の実録群の形態上の特色を、〈表2〉は内容上の特色をそれぞれあらわしている。

〈表1〉

	書名	序文	巻数	冊数	章題	
	〔広本系〕					
1	金毘羅大権現加護物語	○	1	1	○	無名叢書のうち。カタカナ本。
2	〃	○	6	1	○	
3	〃	×	5	1	○	カタカナ本。
4	〃	×	不明	存1	○	巻下のみ存。享和二年写。
5	〃	○	10	存8	○	巻二、九欠。元は十冊本。
6	〃	×	9	1	○	
7	〃	×	12	3	○	
8	金毘羅権現応護実録	×	2	2	○	
9	田宮物語	×	10	2	○	寛政七年写。
10	〃	△	10	2	○	文化六年写。
11	〃	×	7	7	○	
12	〃	×	10	2	○	
13	〃	×	10	2	○	嘉永五年写。
14	〃	不明	(10)	1	○	巻四～七のみ存。元は十巻本。

15	〃	×	10	2	○	天保十五年写。
16	〃	×	6	6	○	
17	〃	×	2	2	○	
18	〃	×	10	5	○	
19	〃	×	不明	存1	○	
20	〃	×	10	存1	○	途中より『田宮国宗敵討聞書』の写本に変わる。
21	〃	×	10	10	○	
22	〃	×	10	5	○	元治二年写。
23	〃	×	7	2	○	
24	〃	×	10	10	○	
25	〃	×	10	3		
			（合1）			
26	〃	×	7	1	○	
27	〃	×	10	2	○	
28	〃	×	（10）	3	○	文化五年写。巻表示は有無のばらつきがある。
29	田宮子復讎記事	×	5	1	○	後半部欠。章分けは目録中でだけなされている。
30	四国田宮物語正説大全	×	10	2	○	『田宮物語』を増補したもの。明和元年成立。
31	〃	不明	10	存1	○	本27と同系列。文化三年写。
32	金毘羅霊験記	△		5	○	書写者の評注を随所に配す。
33	鶴子談	×	10	5	○	
34	讃陽田宮孝子伝	△	7	3	○	安永五年写。

35	金毘羅利生記	△	3	1	○	明治十五年写。
36	〃	×	6	3	○	
37	〃	不明	10	存3	○	巻五〜十のみ存。
〔略本系〕						
38	金毘羅加護物語	×	1	1	△	
39	讃州丸亀堀田宮敵討	×	1	1	△	弘化二年写。
40	金毘羅利生記	×	3	3	×	万延元年写。
41	〃	×	1	1	×	文化十一年写。
42	〃	×	3	存2	×	天明五年写。巻中欠。
43	〃	×	11	10	△	
44	〃	不明	4	存3	△	宝暦四年写巻一欠。
45	金毘羅御利生通夜物語	×	2	2	×	明治十五年写。原本は宝暦十一年写。
46	多宮国宗敵討聞書	不明	1	1	×	前半部欠。
47	金毘羅御利生讐討	×	3	1	×	内題『多宮小太郎国宗敵討聞書』。弘化四年写。
48	孝鑑明友伝	△	4	3	×	
49	金毘羅霊験記	×	1	1	×	文化十二年写。
50	〃	△	15	5	△	
51	〃	×	1	2	×	
52	〃	○	3	1	○	明治五年写。序文は「寛保之始」。評注も多い。広本系の要素も混在。
53	讃州象頭山金毘羅敵討	×	3	2	×	

所蔵　1：内閣文庫　2：金刀比羅宮図　3：金刀比羅宮図　4：山本卓氏　5・6：著者　7：香川大学附属図　8：諏訪春雄氏　9：群馬大学新田文庫（m）　10：島根大学桑原文庫　11：高知県立図山内文庫（m）　12：延廣眞治氏　13：東京大学教養学部国文学研究室　14：小二田誠二氏　15：名古屋市蓬左文庫（m）　16・17：上田市立図藤蘆文庫（m）　18：金刀比羅宮図　19・20・21・22・23：山本卓氏　24：鈴木俊幸氏　25・26：谷脇理史氏　27：内閣文庫　28：服部仁氏　29：延廣眞治氏　30：国会図　31：鈴木圭一氏　32：太田市立中島記念図（m）　33・34・35：金刀比羅宮図　36：谷脇理史氏　37：著者　38：丸亀市立図　39：小二田誠二氏　40：金刀比羅宮図　41：雲英末雄氏　42：鈴木俊幸氏　43：東京大学教養学部国文学研究室　44：著者　45：金刀比羅宮図　46：伊藤善隆氏　47：山本卓氏　48：小二田誠二氏　49：延廣眞治氏　50：高橋圭一氏　51：山本卓氏　52：服部仁氏　53：香川大学附属図

◇（m）は国文学研究資料館収集マイクロフィルムによる。

◇序文項の○は岡本一楽子による序文と同類の序文（異同、年記・署名なし等を含む）を付すものであり、△は○以外の形式で該当各本が個別に付す序文を付すものである。

◇章題項の○は広本系各本共通の章題を持ち、△は各本独自の章題を持つことを示す。×は特に章分けがされていないことを示す。

〈表2〉内容上の特色（a～e）の有無

凡例　△：一部存在する事を示す。欠：本の欠損により有無が明らかでないことを示す。47のeについては前後の文脈から脱文と判断できる。

a：唐土の二歳児の習俗の説明。

b：坊太郎、柳生邸で和歌・漢詩を詠じ、兵法の奥義を習う。

c：坊太郎、水戸藩上屋敷の池の大きさを言い当てる。

d：柳生流の奥義の説明。
e：坊太郎、正保二年に没する。

諸本	特色 a	b	c	d	e
諸本（広本系）					
1	○	○	○	○	○
2	○	○	○	○	○
3	○	○	○	○	○
4	欠	○	○	○	○
5	○	○	○	○	○
6	○	○	○	○	○
7	○	○	○	△	○
8	○	○	○	○	○
9	○	○	○	○	○
10	○	○	○	○	○
11	○	○	○	○	○
12	○	○	○	○	○
13	○	○	○	○	○
14	○	○	○	○	○
15	○	○	○	○	○
16	○	○	○	○	○
17	○	○	○	○	○
18	○	○	○	○	○
19	欠	欠	欠	欠	欠
20	欠	欠	欠	欠	欠
21		○		○	○
22	○	○	○	△	○
23	○	○	○	○	○
24	○	○	○	△	○
25	○	○	○	△	○
26	○	○	○	○	○
27	○	○	○	△	○

諸本	特色 a	b	c	d	e
諸本（広本系）					
28	○	○	○	○	○
29	○	○	○	○	○
30	○	○	○	○	○
31	欠	○	○	○	○
32	○	○	○	○	○
33	○	○	○	○	○
34	○	○	○	△	○
35	○	○	○		○
36	○	○	△		○
37	○	○	○	○	○
諸本（略本系）					
38	△				
39					○
40					○
41				△	○
42					
43					
44					
45					
46					○
47					
48					○
49					○
50					
51					
52					○
53					

これら〈表1〉、〈表2〉から、田宮坊太郎物実録の諸本について、おおよその傾向が読み取れる。

①田宮坊太郎物の実録は、〈表2〉「内容上の特色の有無」によって広本系と略本系とに大別される。また〈表1〉

によると、広本系にはそれぞれ共通の章題によって章分けされるのに対し、略本系の多くは章分けされなかったり各本独自の章題を立てられるなど、形態の上でも特徴がみられる。

②広本系はさらに、初めは序文が付されていたと予想される、巻冊数不定の『金毘羅大権現加護物語』の系統と、『田宮物語』などの、序文を持たない、十巻本を基本形とする二系統に細分類される。

このうち広本系は、序文が省略されていること、書名から「金毘羅」の文字が無くなり、より直接的になったこと、本の体裁が十巻本として安定してきたこと、などから、『金毘羅大権現加護物語』系統から十巻本系統へと変化したものと考えられる。十巻本系統は、その本文に様々な故事を付け加えた『四国田宮物語正説大全』（本30、31）が明和元年（一七六四）には成立しているので、それ以前には『金毘羅大権現加護物語』から転化していたものと判断してよい。また広本系にも、たとえば本27や35などのように、〈表2〉に挙げた特色を満たさない諸本もあるが、これらは幕末期になってからのものが多く、略本系との錯綜など、広本系のスタイルが崩れてきていることを示している。

三、略本系の諸問題

次に略本の系統に注目する。略本系は、前項〈表1〉によって各本の書写年記などを検討した結果、おそらく宝暦期前半には『金毘羅大権現加護物語』から派生していたであろう。前項〈表2〉に示した通り、略本系は広本系からいくつかの場面を省略して成立しているが、しかし、それだけでは説明しきれない問題を内包している。

〈表2〉に示したように、略本系は正保二年の坊太郎の死に触れる広本系を受け継ぐ種類と、坊太郎の死には触れない種類の二種類に分けられる。死に触れない方は、坊太郎の敵討ちの後、生駒家が改易となる結末を持つもの（本45、50、51、53）や、坊太郎が母親と諸国修行に出掛けるもの（本44）など、いくつかのバリエーションがある。とくに本50、51、53は文体もほぼ同じであり、書名も共通する。したがって、これらに結末が同様な本45を加え一系統を立てることが可能である。つまり略本系は、広本系にならって坊太郎の死に触れる一群とそうでない一群、さらに死に触れない一群は生駒家改易の話を含むものとそうでないもの、というふうに三種類に分類できる。しかし、分類はできても本50、51、53以外の諸本はそれぞれ文体が異なり、また前後関係を推定できないなど、略本系内においてさらに細かい系統を明らかにすることは難しい。これらの諸本は一つの祖本を基にしていくつもの系統に分化して成立したのか、それとも各本の「作者」の省略箇所が、偶然にも共通したのかは断定できない。しかし、共通して省略した箇所を分析することにより、略本系の作品傾向がうかがえるのではないか。

煩雑になるので全文は掲げないが、〈表2〉でとりあげた省略部分（aからdまでの特色）を検討してみる（底本には本文の誤脱の少ない「本3」を用いる）。

〔a〕

唐土江南ト云所ハ、土地ノ子生レテ二才ニナレハ、新ニ衣ヲツクリテ子ニ沐浴サセ妹敷粧ニ、男子ニハ弓矢筆紙ヲ用ヒ、女ノ子ニハ物サシ針糸ヲ用ヒ…（巻三・田宮後家墓詣不思儀有并小児坊太発明之事）

この後の本文をたどると、二歳児が「弓矢筆紙」や「物差し針糸」などの諸道具で遊ぶことにより「賢愚奸直ヲ考」え「其所作ヲ勤シム」ことが記される。さらに、幼時の親の教えにより、子はどのようにも育つことが説かれている。

〔b〕

兵法ノ深秘ト云ハ、心ヲ専一ニシテ規矩ヲ違ヘヌカ肝要也。暫譬ヲ取テ云ンニ、大和歌ノ道ハ唯一箇ノ和也。代々

ノ撰集ニ恋ノ部立モ淫乱ノ事ノ様ナレトモ…（巻四・坊太柳生家養育才智深キ事）

これは坊太郎が柳生邸の梅花について和歌・漢詩を詠じた後、但馬守が坊太郎に言って聞かせる会話部分である。この後但馬守はただ歌を詠むだけの者と歌道の奥義を極めた者との違いを「芸」（前者）と「道」（後者）とに分け、それが武道にも当てはまる事を説いている。

〔c〕

…心得難キ儀ニ侍ラハズ、経一三ノ法迚丸キ物寸法ヲ見ルニ、廻リ三尺有ル物ハ渡リ一尺アリ。渡一尺有物ノ三ツニ割テ其ヘリヲ経ノ寸ニ用ヒ極ルニ違フ事ハ無御座候。又、廻リ寸法ヲ知ルト是ニ同事ニテ候。是一ヨリ三ツヲ生スルノ理也…（巻四・坊太髪ヲ置名ヲ付ラルヽ事）

池の周囲の大きさを答えた後、坊太郎はその計り方を説明している。それだけにとどまらず、彼はこれに続いて国常立尊・国狭槌尊・豊斟渟尊の三神の例、源氏物語の箒木巻の歌の例を挙げて三という数の重要さを説明する。

〔d〕

剣術ノ奥義ト云ハ、神道ニテハ唯一宗源ノ深秘ニ同シ仏道ニテハ宗門ニ依極ル名目ナシ替ト云ヘトモ其実相ハ同理也。八宗ノ第一法相宗ノ…（巻四・柳生流剣術極秘小太郎伝受之事）

以下、「真言密法ト禅仏心トノ二法極理ニ至ラサレハ剣術極意ニハ至カタシ」として、延々と各宗の理を説き、それらは剣術の奥義に通じる事を述べている。

例として挙げた部分は、語り手が「作者」、坊太郎、但馬守の違いはあるけれども、ことごとく、中国故事、芸道、数理、仏教と、「作者」の知識を披露する場となっている。これらは省略されても作品の基本的な構造には影響を及ぼさない。とくに、坊太郎が梅花の和歌、漢詩を詠ずる場面と水戸藩上屋敷の池の大きさを計る場面などは、敵討ちのストーリーからは大きく離れてしまっており、才知に富んだ坊太郎を表すエピソードに仮託した、「作者」の博識披露の場とみて差し支えないだろう。「作者」が相当に広範囲な知識を持っていた人物であることがわかる。文化人的な人物であろうか、それとも弁舌たくみな講釈師なのであろうか。どちらの可能性も想定できる。

要するに、略本系の「作者」には、ただ単にストーリーを切り詰めるだけでなく、田宮坊太郎物実録の「平易化」という、明確な意図があったわけである。このことは、本44のように本文を易しく書き換えている例があることからも言える。略本系統には多くの異本があるため、これらの「作者」像を特定することは困難であるが、そこには田宮坊太郎物実録の享受者層を拡大―「大衆化」―しようとする意図を持った人物―たとえば何らかの形で貸本屋と関わりのあった人びと―も想像できる。読者がことごとく先に例示したような中国故事や諸芸神仏に通じているとはとうてい考えられない。そして、それらを削ってしまってもストーリーにほとんど抵触しない場合、「作者」は読者に分かりやすくするためにその部分を削除してしまうのではないだろうか。

このように博識な人物によって手掛けられたであろう『金毘羅大権現加護物語』は、「大衆化」して『金毘羅利生記』などの略本の系統を生み出したものと考えられる。

四、実録成長の「型」と「方法」—田宮坊太郎物の成立を窓口に—

以上、田宮坊太郎物の実録作品の諸本系統を検討・整理してきた。その結果、この実録群は、おそらく実録として成立した当初のもの（またはそれに程近い）と予測される本文をほぼ受け継いでゆく大きな流れ（広本系）と、その流れから派生して形態を変え、本文を平易化して書き直し、内容を省略した流れ（略本系）の二系統に分けて考えることが可能である。そしてこの実録群は、実録の特色の一つである、転写による内容の大幅な増補改訂といった成長はみられず、作品の基本的な構造は変化しない。むしろ、話の一部が省略や削除される傾向にあり、そのような略本化の時も同様に作品構造は変化しない。実録の転化・成長は、早い時期に成立した実録の後を受けて、さまざまなエピソードが増補されたり、作品の構造が変わるなどの例が一般的だが、田宮坊太郎物の実録群には実録一般の転化・成長の法則にそぐわない、独特の成長様式がみられる。

このことは、田宮坊太郎伝説が、『金毘羅大権現加護物語』から実録群の中で転化・成長していく以前の段階ですでに虚構のフォーマットが完成し、そのため別人によって作品内容の構造を変化させるのが困難になっている事を意味する。おそらく、田宮坊太郎物の例のように、成立した時点の虚構のフォーマットを改められなかった実録群はほかにもあると思われる。

ところで実録の成長の流れを概観すると、従来は次に図示するように考えられていた。

A → B

A：記録的なものに伝聞が加わり、読物性が濃くなる。登場人物に善悪、美醜などの性格のようなものが付加され、実録以前の段階から実録になる。「原始的実録」と呼ばれる段階。

B：原始的実録の次の段階。原始的実録が長編化し、内容も荒唐無稽といってよい段階。「所謂実録」という呼び方もある。[12]

ここで、本節で取り扱った田宮坊太郎物は、今述べたどちらの段階に組み入れるべきか、その判断は難しい。この実録群は幕末期成立の実録作品にありがちな、本筋とは全く関係ないような筋を途中で無理に取り込んだりする（本章第四節参照）ような箇所はなく、また特に長編化をはかった作品も見られないため、むしろ原始的実録に近いものと思われる。しかし、多くの実録で、最高権力者として事件の采配者をふるう水戸黄門の登場、坊太郎が金毘羅の加護と水戸黄門の庇護のもとに敵討ちをしおおせるという筋、さらには坊太郎の父である田宮源八の由緒話（紀州藩の家老の子であることや、丸亀にやってくる経緯など）を長々と冒頭部に置く、「実録加上の説」[13]とも言える操作がなされていることなどを考慮すると、田宮坊太郎物を原始的実録と呼ぶにも抵抗がある。

問題は、従来の二段階構成では田宮坊太郎物実録群の展開が説明できない、ということである。

田宮坊太郎物は、おそらく口承伝説のようなものから発生した物語であり、その後も筋の面では大勢が変化することのない実録群である。しかし、伝説として口承で伝わっていた時期に、原始的実録にあたる段階のものが存在し、それが広まっていく間に水戸黄門を登場させたり、坊太郎の家の由緒を増補してきたことはじゅうぶんに予想される（あるいは『金毘羅大権現加護物語』の「作者」が伝説を再構成したのかもしれない）。

そこで、実録の成長段階をもう一度考え直してみることにしよう。実録には、この田宮坊太郎物のようにすでに物語の構造を虚構で完成させて出現するものと、第二節でみた『嶋原実録』群のように前段階の軍記の作品構造を多分に残した、まさしく原始的とも言える実録とがある。後者は後になって虚構の作品構造を完成させる段階を持つものが多い。そしてさらに、前の段階で完成された虚構を利用し、物語の枝葉部分を増補して長編化する実録も、たとえば第四節で取り上げる石川五右衛門物のように、少なからず存在する。

だとすると、一つの実録群の流れを追うときに、「原始的実録」の段階を第一型（´A）と仮に呼ぶことにして、それから長編化を遂げていく段階までのある時点で、筋の上に登場する主要人物や、極端な例では、作品構造が変化し、後の規範となるものができる段階を、多くの実録群は持っているのではないか。この段階を第二型（´B）、その先にある、作品構造に直接影響を及ぼさないような長編化を遂げる段階を第三型（´C）とすることで、次に図示するように実録の成長の基本的な型が説明できる。

´A
↓
´B
↓
´C

´A：第一型。原始的成長。主要人物・話の筋など、作品の中核を占める部分は、おおよそ歴史的事実に沿い、記録性が残るも、そこに描かれる虚構に大衆性がみられるようになる。

´B：第二型。展開的成長。主要人物の性格や話の筋など作品の中核を占める部分は歴史的事実から大きく離れ、虚構による作品構造ができあがる（田宮坊太郎物の実録群はこの段階から成立し、流布する）。

´C：第三型。末期的成長。成長する際、他の実録を組合わせたり荒唐無稽な筋を取り込んだりして、長編化する。作品の基本構造は前の段階を踏襲し、変化しない。

典型的な例として、第二節で取り上げた天草軍記物の実録群を用いて考えてみると、仮名草子『嶋原記』の影響を受けた『嶋原実録』がいわゆる「A第一型」にあたり、その後、歴史的事実では乱に無関係の水戸黄門が登場したり、主要登場人物が大幅に入れ替わったりするような、天草軍記物の構造が完全に変化する田丸具房述作『天草軍談』が成立する。これが私にいうところの「B第二型」であり、実録の成長における中核をなしてもいる。ついでに述べると、『天草軍談』も田宮坊太郎物同様、寛延期にはすでに流布していたものと思われる。この系統は次に、基本的な筋は第二型の作品をそのまま用い、冒頭にキリシタン実録群（『切支丹来朝実記』『南蛮記』など・本章第五節・第六節参照）の筋を取り込み本文を書き換え長編化し、『金花傾嵐抄』へ成長する。明治十六年（一八八三）栄泉社刊「今古実録」シリーズの『参考天草軍記』の段階では、主人公天草四郎が大蛇を退治する挿話まで付される。これら『金花傾嵐抄』や『参考天草軍記』が「C第三型」である。『天草軍談』の成立時と『金花傾嵐抄』『参考天草軍記』の成立時の成長の方法は明らかに異なっている。そのため『天草軍談』と『金花傾嵐抄』『参考天草軍記』を「長編化したもの」として同列に扱うことは問題があると言える。第二型を展開的成長と呼ぶとしたら、第三型は末期的成長とでも呼ぶべきか。このように、作品構造が変化する段階を持つ実録群は、他にも田沼騒動を題材とした実録群[14]や、伊賀越敵討を題材とした実録群[15]、また慶安事件（由井正雪の乱）を題材とした実録群[16]など、長い間読み継がれた、いわば実録の代表的題材のものに多くみることができる。

ただ、いずれの実録も教科書的に右の段階の手続きを踏まえるわけではない。第二型と第三型を枠で囲んだのは、第二型→第三型と成長をした後、再び作品構造があらたまる場合が予想されるからであり、実録化した後の成長は、いわば大幅に内容が変わる時と、枝葉の部分が膨らむ場合との組み合わせであろう。「段階」という語を避けて「型」という語を用いたのは、全ての実録が等しく第一型→第二型→第三型という成長の順序を踏まえるわけではないからである（もちろん、成長じたいは段階的なものであるから段階の語を否定するわけではない）。

これら三つの成長の型は、成長時の「方法」という見方をすると、おそらく「前の伝説・記録・作品の構造は変えずに増補する方法」と、「基本構造を変革する方法」と二分して考えることができる。第一型と第三型は前者の方法を採り、第二型は後者の方法を採ることになる。

この中でもとくに、第二型と呼ぶ展開期の実録の変化には、享保期以降に軍書読みから徐々に世話講釈へと世界を広げ始めた講釈師の手がその成立に関わっている事は容易に想像できる。たとえば『金毘羅大権現加護物語』序文に出てくる「清談」をした「或武門の老翁」や『天草軍談』を「述作」したとされる「田丸具房」など、現在のところ実態は明らかではないけれども、講釈師と推定される人物が現れるからである（もちろん、実録の「作者」＝講釈師と即断してしまうのは問題があるが）。

おわりに

ここに述べた実録成長の「型」は一つの目安である。たとえば、今回諸本を検討した田宮坊太郎物などは、現在、第一型に相当するものはみつかっておらず、また、増補・長編化を遂げる系統もないのだが（一部内容が膨らんだ本もあるが、それは系統化するほど広く流布したわけではなさそうである）、むしろ略本系へマイナス成長を遂げたということになる。「実録成長の型」で言うところの第二型から成立し、マイナス成長をした上での第三型（略本系）が生まれるという、特異な現象になる。ただ、以降は第二型に相当する成長は行われないようである。第二型より実録化するというものは他にも多く存在するだろう。いちいち例は挙げないが、第一型のみで成長を止めるもの、第一型の、記録的な要素を多分に含みながらそのまま荒唐無稽な挿話を抱えた第三型の成長を遂げるものなどのケースも考えられる。それは事件の解釈をする人びとが、どのような成長の「方法」に結びつく事件解釈を行うか、によるのだろう。

実録の流れを概観するときに、その発生期のものを「原始的」とするとらえ方は首肯できる。そして、その先の展開は、筋の長編化を主とする「原始的実録の次の段階」の中に、ただ長編化するのではなく、以降の作品に踏襲されるような作品構造の変化を遂げる成長パターンを置き、「展開的成長」として、脇筋の増補によって長編化を目指すものとは明確に区別し、基本的な実録の成長の型を三型に分類すべきであろう。今なお熟慮検討すべき点はあると思うが、とりあえずの私見である。さらに、それぞれの成長の型にどのような背景が関係してくるのかということも考えるべきであるが、それも今後の課題としたい。

注

（1）内閣文庫蔵嘉永七年写本を参照。
（2）内閣文庫蔵（第二項〈表1〉の諸本1。ほかに（4）近石氏の御論文で氏のご所蔵本が紹介されているが、未見。
（3）馬場憲二氏執筆。岩波書店・一九八三年刊行開始。
（4）「讃州／那珂郡／小松荘／金毘羅大権現加護物語」（『ことひら』一九八一年新春号）
（5）（4）論文に翻刻掲載されているものによる。
（6）新城常三氏「金毘羅詣」（守谷毅氏編『金毘羅信仰』〈民衆宗教史叢書・雄山閣出版・一九八七年〉所収）による。氏は『金刀比羅宮史料』十二の記事に基づいておられる。
（7）松原秀明氏「金毘羅信仰と修験道」（前掲『金毘羅信仰』所収）の『金刀比羅宮史料』に基づいた報告による。
（8）『金毘羅庶民信仰資料集』第一巻（日本観光文化研究所編・一九八二年）所収「金毘羅への道」（松原秀明氏執筆）に抄録された意訳による。
（9）「金毘羅利生記の伝系」（『国語と国文学』第三十五巻第十号・一九五八年十月）
（10）（4）に同じ。

（11）「田宮坊太郎物」項（『日本古典文学大辞典』岩波書店・一九八三年刊行開始）
（12）河竹繁俊氏「実録の沿革」（『近世実録全書』第一巻所収・早稲田大学出版部・一九一八年。但し著者が参照したのは一九二七年版）
（13）中村幸彦氏「実録体小説研究の提唱」（『中村幸彦著述集』第十巻所収・中央公論社・一九八四年）。また、濱田啓介氏は「加上」が講釈者によって行われることを指摘しておられる（講演要旨「講釈者流の歴史作り—絵本太閤記—」〈『館報池田文庫』第十三号・阪急学園池田文庫・一九九八年〉および「絵本太閤記と太閤真顕記」〈『読本研究新集』第二集・翰林書房・二〇〇〇年〉など）。
（14）高橋圭一氏「実録「田沼騒動物」の成立と変遷」（『国語国文』第五十五巻第十一号・一九八六年・のち『実録研究—筋を通す文学—』〈清文堂・二〇〇二年〉に所収）
（15）上野典子氏「伊賀越敵討物「殺法転輪記」の転成」（『近世文芸』第四十七号・一九八七年）
（16）小二田誠二氏「ヨミの口演—江戸軍談から実録類まで〈由井正雪の場合〉—」（『散文文学〈説話〉の世界』〈江本裕氏・徳田和夫氏・高橋伸幸氏共編〉所収・三弥井書店・一九九六年）

第四節　末期的成長—「石川五右衛門物」を例に—

はじめに

各実録群の成長には幾通りもの方法があり、実態をとらえにくい。ただ、一回一回の成長がどのような性質のものであるかは、前節までで述べたように、大きく三つの型に分類できる。つまり、

第一型‥原始的成長。主要人物・話の筋など、作品の中核を占める部分は、おおよそ歴史的事実に沿い、記録性が残るも、そこに描かれる虚構に大衆性がみられるようになる。

第二型‥展開的成長。主要人物の性格や話の筋など作品の中核を占める部分は歴史的事実から大きく離れ、虚構による作品構造ができあがる。

第三型‥末期的成長。成長する際、他の実録を組合わせたり荒唐無稽な筋を取り込んだりして、長編化する。作品の基本構造は前の段階を踏襲し、変化しない。

というふうである。一つ一つの事例に即してみていけば色々な組み合わせパターンが想定されるが、基本となっているのはこの三型であろう。

前節までは天草軍記物実録と田宮坊太郎物実録の発生及び成長をたどり、第一型と第二型について言及してきたわけだが、今度は石川五右衛門を題材にした実録を例に、第三型についてみていくことにしよう。

一、実録形成以前の石川五右衛門

まず、実録の主人公として描かれる以前の石川五右衛門像について簡単にふれておくことにする。

盗賊石川五右衛門の実像は不明な部分が多いのだが、わずかに残された記録のうち、山科言経『言経卿記』や日本に滞在していたスペイン商人アビラ・ヒロンの『日本王国記』にある文禄三年（一五九四）八月二十四日の記事が古いものとして有名である（盗賊の集団が三条橋南の河原において釜で煮られ、あるいは磔に掛かったというもの）。だが、これらの記事には五右衛門の名はみられず、宣教師ペドロ・モレホンが所持していた『日本王国記』の写しに、注の形で「油で煮られたのは石川五右衛門である」と書かれていることによって、ようやく五右衛門が実在していたことがわかる。五右衛門の行状については三浦浄心『慶長見聞集』(1)に、次のように記される。

先年秀吉公の時代に諸国の大名京伏見に屋形作りし給ひ、日本国の人の集りなり。石川五右衛門と云大盗人伏見野のかたはらに大（き）に屋敷をかまへ屋形を作り、国大名に学んて、昼はのり物にのり、鑓、長刀、弓、鉄炮をかつかせ、海道を行き廻りおしとりし、夜は京伏見へ乱れ入ぬすみをして諸人をなやます。此事終にあらはれ、石河《ママ》五右衛門は京三条河原にて釜にていられたり。（巻七・関八州盗人狩りの事）

これによると、かなり大きな盗賊集団の頭領として行動していたことが読みとれる。大名にならって乗物に乗り行列を作って動き回ったとあるが、後に流布した実録『賊禁秘誠談《ぞくきんひせいだん》』にも、隠し目付を偽り諸国大名を騙る話として取り込まれている。

五右衛門を一躍有名にしたのは、釜煎りという最期であろう。実録以前にも井原西鶴の浮世草子『本朝二十不孝』、近松門左衛門の浄瑠璃「傾城吉岡染」、その影響下にある浄瑠璃「釜淵双級巴」などの文芸で五右衛門を扱っているが、それらは釜煎りの場面を一つのクライマックスとする。五右衛門親子が釜煎りの刑を受け、五右衛門が、わが子の苦痛を減らす為に釜の底へ沈め、殺してしまうというものだが、とくに浄瑠璃の影響により五右衛門は、大盗賊という恐ろしい存在という反面、悲哀感をその人物像に色濃く持つようになったのである。

ところが、実録の石川五右衛門像は、五右衛門が大盗賊へと成長していく過程をあたかも武勇伝のような具合に描き、最後は豊臣秀吉に「盗賊の張本」とまで言ってのける、小気味よい反逆者として造型される（次項梗概参照）。釜煎りの場面では悲哀感もないわけではないが、浄瑠璃にみられるような親子の情愛に基づくものではなく、滅び行く英雄に対する悲しみである。

要するに、浄瑠璃などの先行文芸と実録との間には、とくに五右衛門の人物造型において大きな隔たりがある、と言うことである。

二、石川五右衛門物実録の系譜―『石川五右衛門実録』を加えて―

先行文芸と実録の懸隔を埋めるものはみつかっておらず今後の調査を待つことになるが、今度は石川五右衛門物の実録に目を転じてみよう。はじめにやや冗長ではあるが、作品の基本構造を理解するために、実録『賊禁秘誠談』（石川五右衛門物の実録のうち、もっともよく読まれたと目されるもの）の梗概を掲げておくことにする。

堀河天皇の御代に宮中を追われ伊賀国に移り住んだ石川左衛門の子孫、石川五右衛門は、百地三太夫から忍術を教わる。五右衛門は百地の妻と密通、その後彼女を殺害し都へ上り、遊興にふけったり遊所で知り合った木村常陸介に忍術を教えたりして世を過ごす。その後盗賊の頭領となり、千利休の茶釜を盗んだり、大名家に押し入ったり、世尊寺中納言を追剥したり、偽の巡見使となって諸国を巡回し、行く先々の大名家から賄賂を取ったりするなどの悪行を尽くす。悪事が露見したため紀州根来寺の塔に隠れ住むが、そこも役人に取り囲まれ、京へ戻ってくる。そして大仏殿前の餅屋の娘を女房にして暮らす。その頃、五右衛門から忍術を伝授された木村常陸介は、豊臣秀次から秀吉殺害を命じられるが、秀吉の枕元にある千鳥の香炉が音を出したため暗殺が失敗する。常陸介は五右衛門に千鳥の香炉を盗み出すことを依頼する。五右衛門は官位につけてもらう約束を取り付け、また千鳥の香炉が音を出すのを防ぐために蜀紅の錦で作った陣羽織を秀次からもらい、秀吉の寝所に忍び込む。千鳥の香炉を盗み出し逃げようとするときに、誤って仙石権兵衛の足を踏み、捕らえられる。石田三成らの詰問・拷問に屈しない五右衛門は秀吉の前に引き出され、尋問を受けるが、「秀吉こそ日本の大盗の張本である」と言ってのけ、ついに釜煎りの刑に処せられる。この後、豊臣秀次・木村常陸介は自害する。最後に釜が淵の由来について記される。

このような五右衛門像の形成を考える上でヒントとなるものに、『市井雑談集』（宝暦十一年〈一七六一〉刊）がある。この書の石川五右衛門に関する部分は細谷敦仁氏によって紹介されており[2]、氏もそこで指摘しておられるが、五右衛門の書かれている記事をみると、五右衛門が忍びの術を会得していたり、豊臣秀次のために秀吉の寝所に忍び込み千鳥の香炉を盗もうとしたり、その時に蜀紅の錦を用いたり、仙石権兵衛にみつかり捕らえられるなど、『賊禁秘誠談』に書かれている記事と多くが共通していることがわかる。

『市井雑談集』のこの箇所は、豊臣秀吉についての話題の中に五右衛門の話が入り込んでいるわけだが、そこで『賊禁秘誠談』を参考にした可能性は高い（『市井雑談集』の刊年を考えると、逆の場合は考えにくい）。それとともに想起されるのは、この書の題名にみられる「雑談」の語である。千鳥の香炉や蜀紅の錦といった固有名詞は具体的な典拠に基づくことを予想させるが、反逆者的英雄としての五右衛門像は、「雑談」の語が示すような口承の場において形成されたことを連想させる。もちろん、五右衛門の人物像が変わって行くようなきっかけや実録における五右衛門の人物像を直接的に作り上げた者は、他にあるわけだが、このような五右衛門像が講釈をはじめとする口承の場で形成された可能性は、他の実録の場合と同様、じゅうぶんに考えられる。

さて、話を戻して石川五右衛門物の実録作品について概説する。この実録群の系統については、先述の細谷氏による調査が備わっており(3)、そこでは石川五右衛門物の実録作品を、

A『賊禁秘誠談』序文なし（著者注・最も残存数が多いと言える）

B『賊禁秘誠談』序文あり（そのうちの一つは寛文七年〈一六六七〉の年記と「東武残光」の署名入りである(4)）。

C　本文を簡略化し、章段に分けるのを省略した『賊禁秘誠談(5)』

D『聚楽秘誠談』（『賊禁秘誠談』に多くの挿話を含んだ作品）

の四系統に分類しておられる。くわしくは細谷氏のご論考を参照願いたいが、A系統を二十一本、B系統を三本、C系統を一本、D系統を一本紹介され、A系統が圧倒的に多いことがわかる。ここに、あらたに管見に入った諸本のデータを付け加えておく。

A系統

○雲英末雄氏蔵

題簽『賊禁秘誠録』・内題『石川五右衛門一代記賊禁秘誠録』・尾題巻一『賊禁秘誠録』・巻三尾題『賊禁秘誠談石川物語り《ママ》』・文化六年写・三巻三冊・二十章・最終章末部分が他の流布本に比べてわずかに省略される。

○著者蔵①
題簽・目録題・内題・尾題『賊禁秘誠談』・十巻十冊・二十章。
○著者蔵②
題簽（下巻のみ存）・内題・尾題『賊禁秘誠談』・文化五年写・上下二冊・二十章。
B・C系統はとくにみつかっていない。

D系統
○八戸市立図書館蔵（南部家旧蔵本）
題簽欠・目録題・内題・尾題『聚楽秘誠談』・二十五巻八冊・五十三章。
○酒田市立光丘図書館蔵
巻一〜十五までの五冊のみ存・巻一〜八までは各巻二章ずつ、巻九〜十五までは各巻一章ずつで構成される。残存部分と八戸本を比較してみたところ、内容の大きな違いはない。巻十四「前野木村五奉行と問答の事附前田利家執成の事」は八戸本の同じ章と比較すると、文章の細かい描写を書き加える方向で本文が少し書き直されていることがわかる。国文学研究資料館所蔵マイクロフィルムによる。
○有吉保氏蔵
題簽『聚楽秘誠談』巻二〜六、巻九〜十一の八冊が存。残存部分と八戸本とを比較してみたところ、内容上大きな違いはない。
○早稲田大学図書館蔵
この本は前出の細谷氏のご論考においてすでに紹介されているので、ここではこの本の章立てについての注記にとどめる。早稲田大学蔵本は、各巻頭の目録を合計すると二十七章であり、他本にくらべて少ない。しかしそれは目録に立項されていないだけであり、本文中には目録で欠落した章題が存在する（それらを合計すると三十九章）。ところがそれらは別の箇所の章題を誤って付けたものが多く、章題と内容が一致していない場合がほとんどである（章題だけをたどると、話の順序が前後することも多々ある）。同じ章題が重複することもあり、かなり混乱している。本文も他の三本と比較して欠落している章がある。

ここで、E系統とでも言うべき新しい一系統を提示する。

E系統『石川五右衛門実録』

○国文学研究資料館蔵　題簽『石川五右衛門実録』・目録題（巻一のみ存）『石川五右衛門記』・尾題（巻一のみ存）『石川五右衛門記』・内題なし・五巻三冊・二十六章。

E系統の特徴は、その内容においてD系統『聚楽秘誠談』に近いのだが、挿話の数が圧倒的に少ないことである。また、E系統のみにみられる挿話はない。ストーリーの流れはとくに混乱をきたしているわけでもなく、したがって、E系統は、A系統『賊禁秘誠談』とD系統『聚楽秘誠談』との間に位置する作品と考えられる。なお、現在のところ、E系統のものは他の所蔵を聞かない。

以上のことを整理し、石川五右衛門物の実録の系譜を図示すると次のようにあらわすことができる。

〔石川五右衛門物の実録の系譜〕

年代の古い物から順に上から下へと図示することとする。

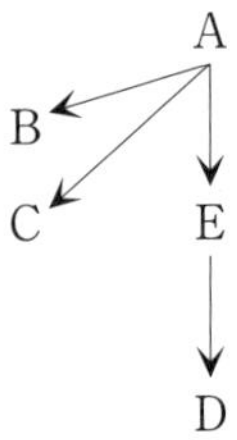

このうち、B、C系統の枝分かれの時期や先後関係、またB、C系統とE、D系統との先後関係は依然不明である。ただ、B、C系統がA↓E↓Dと成長していった本流から分岐した亜流であることは、

○B系統の序文がE、D系統には受け継がれない。

○C系統はA系統の最初の数段（源頼政が化鳥を射る場面）を大幅に省略しているのに対し、E、D系統ではその大部分がA系統と同文である。

○C系統は本文の章段分けを省略しているのに対し、E、D系統はA系統と内容の重なる部分では、A系統に準じた章段分けがされている。

という三点から推定できる。

三、『石川五右衛門実録』への成長

石川五右衛門物実録のうち、A系統『賊禁秘誠談』がその中心的作品であることは、他系統に比べて多くの諸本が残っていることからわかる。そしてこの段階で形成された作品構造が、これ以降の系統にそのまま受け継がれるのである。いわば三つの型の成長パターンのうちの第二型（展開的成長）に相当する。

それではE、Dの両系統は、A系統を受け継ぎつつ、どのように成長しているのだろうか。先にE系統『石川五右衛門実録』からみていこう。

『石川五右衛門実録』は『賊禁秘誠談』に比べて章数が多い。つまり、ストーリーが増補されているわけで、まずはこのことから確認する。

『石川五右衛門実録』にあらたに挿入された話は次のようである。

○五右衛門が山科の別宅で森如軒、専阿弥、五右衛門手下松波友九郎を呼び、茶会を開く。そこで専阿弥から千利休のあられ釜の事を聞く。

○五右衛門の手下松山代太郎が、正直者の貧しい家から金を盗み出し、五右衛門に叱られる。

○五右衛門たちは偽の巡見使となって岩村の田丸家から金を奪い取ったが、その後偽巡見使の触れが全国に廻ったため（ここまではA系統を踏まえる）、田舎道者に身をやつして全国の霊場を廻る。

○三河の鳳来山で五右衛門の手下の泉伴蔵がかなしばりにあう。

○五右衛門は摂津国の摩耶山に登り、天狗と問答する。

次に、登場人物の変化を列挙する。

○豊臣秀次の守役をしており、五右衛門から忍術を伝授される人物名が、『賊禁秘誠談』の時は「木村常陸介」であったのが、「不破伴作」へと変わる。

○五右衛門の手下、松波友九郎、松山代太郎、泉伴蔵などが脇役ながら作品中で動き回るようになる。

あらたな挿話は数箇所に分散して加えられるものの、『石川五右衛門実録』の成長は『賊禁秘誠談』で形成された「忍びの術を会得した五右衛門が豪快な盗みを次々に行い、豊臣秀次に加担して秀吉の寝所から千鳥の香炉を盗み出そうとして失敗し、捕らえられ釜煎りになる」という基本的な作品構造には全く影響を与えないレベルでの成長であることがわかる。右に挙げた挿話の多くは、『賊禁秘誠談』において簡単に述べている箇所をもとに量を増やしたものであり、たとえば三番目以降の挿話に関連して、『賊禁秘誠談』では「究竟の者共五人召連れ田舎者と様を替ひ所々《ママ》の神社仏閣え這入らぬ所もなく」（巻六・石川五右衛門岩村の城え上使に立事附根来の塔にかくるゝ事[6]）と記されているだけである。つまり、すでに簡単に触れられている箇所についてあらたに筆を費やすのが、増補の主な方法の一つに数えられる。

また、ここに列挙した挿話の性格として、神仏への信心や民間信仰に関連した話の多いことがわかる。表面には出て来ないが、例として一番目に挙げた挿話にも、五右衛門と森如軒とが信心について問答をする場面がある。

これらの民間信仰に重きを置いた挿話では、五右衛門はことごとく現実主義の立場をつらぬき、神も仏も恐れない姿勢を崩さない。田舎道者となって全国を旅する先々で「戸ひらを踏やふり灯籠をおろし己か忍の術を以て夜々神社に忍入御幣鏡を踏ちら」して（巻三・石川諸国霊場を廻る事并泉伴蔵かなしばりに逢う事）、霊場・神社を荒らし回ってゆく。だが、その反面、「伊勢を始め秋葉山、大山様は、山の守護厳重なれば流石の五右衛門、登山する事叶わず膝ぶしふるいて歩《み》えず」（同）とあるように、当時、民間信仰が盛んだった神社仏閣には立ち入ることすらできないでいる。

挿話の傾向に片寄りがあることは『石川五右衛門実録』成立の経緯を考える上で注意すべきであり丁寧に読み解いていく必要があるが、そこまでは立ち入らず、今は『石川五右衛門実録』が、『賊禁秘誠談』で築かれた構造に抵触するものではないこと、『賊禁秘誠談』において簡単に述べられていることを増幅させているという、第三型としての増補の方法を確認するにとどめる。

登場人物の変化にも気をつけるべきところがある。『賊禁秘誠談』では木村常陸介が担っていた役割に不破伴作を当てはめていることである。この二人の役柄は全く同じと言ってよい。そもそも不破伴作とはどこから出て来たのかが問題である。

不破伴作という名前は、石川五右衛門物の歌舞伎「艶競石川染《はでくらべいしかわぞめ》」（辰岡万作作。寛政八年〈一七九六〉四月一日大坂藤川座初演）の役名にみられ、真柴久次（豊臣秀次のこと）の守役として、三浦常陸介（木村常陸介のこと）以上に重要な役を果たす。

だが、不破伴作は、それ以前に世に出ていた『太閤記』にすでにみられ、「不破名古屋」と呼ばれる世界の登場人物、不破伴左衛門のモデルと目される人物であった。また彼は、井原西鶴の『好色一代男』巻一の四などにもその名を引き合いに出されるほどの美少年でもある。『石川五右衛門実録』では、とくに美貌をうたった箇所は見当たらないけれども、豊臣秀次に寵愛されたことが書かれており、不破伴作が美少年であったことが雰囲気としてわかる。しかし、そのことが筋の中に有機的に機能しているとは言えず、単に『賊禁秘誠談』の木村常陸介と交代しただけに過ぎないように感じられる。このことから、実録が突如として不破伴作を木村常陸介の代わりにはめ込んだとするよりも、同じ石川五右衛門物の歌舞伎「艶競石川染」のような先行作から実録が借りてきて、木村常陸介と取り替えたと考える方が穏当であろう。

不破伴作を「艶競石川染」から借りてきたと想像できる理由は、この劇が好評だったせいもあるが、「艶競石川染」の影響下にあると思われる人物がもう一人、『石川五右衛門実録』中に見いだせることにもよる。それは、森如軒である。如軒は『石川五右衛門実録』中では五右衛門の茶の湯の仲間として登場する。彼は『賊禁秘誠談』では、毛利宗意軒という名前であった。人物像は両者とも同様であり、「京都の医師であり、軍学にも通じる」人物として設定されている。

毛利宗意軒、もしくは森如軒は、元来、島原・天草一揆の首謀者の一人、森宗意軒に基づいており、天草軍記物の実録にも登場する（本章第一節・第二節参照）。慶安事件を扱った『慶安太平記』では「毛利宗意軒」と、『賊禁秘誠談』と同じ表記で出てくるし、他の実録にも「如軒」ではなく「宗意軒」の名でしばしばあらわれる。要するに、他の実録から如軒の名を借りたとは考えにくく、むしろ不破伴作とともに「艶競石川染」に拠った可能性が高いと言える。なお、彼は演劇の世界では妖術使いとしての人物像を持ち、他の演劇作品にも登場することを付言しておく。

石川五右衛門物の演劇作品であること、不破伴作・森如軒という役が揃うこと、以上の点を満たす作品は今のところ「艶競石川染」が初出であると思われ、そして、石川五右衛門物の実録における木村常陸介―不破伴作、毛利宗意軒―森如軒という登場人物名の変化から、『石川五右衛門実録』は「艶競石川染」の影響を受けていると考えられる。推論を重ねることになるが、もしそうだとするならば、『石川五右衛門実録』の成立年代の上限が定められてくるだろう。この作品は「艶競石川染」初演時（寛政八年）以降の成立であると推測される。

四、『聚楽秘誠談』への成長

今度は『聚楽秘誠談』が『石川五右衛門実録』からどのように成長・変化しているのかをみていく。

『聚楽秘誠談』は『石川五右衛門実録』と比較して、挿話数が圧倒的に多い。先に示した通り、『聚楽秘誠談』（八戸市立図本）が五十三章なのに対し、『石川五右衛門実録』が二十六章と、ほぼ倍の章数になっている。内容も同じような割合で増補される。

また、増補された挿話の場所も『石川五右衛門実録』が『賊禁秘誠談』から成長した時とは若干異なる。前項でも述べたが、『石川五右衛門実録』の場合は『賊禁秘誠談』の数箇所に分散して挿話が加えられていたのに対し、『聚楽秘誠談』は全二十五巻のうち、巻八の一章目から巻二十の終わりまで、つまり一箇所に挿話が集中するのである。この場所は、『賊禁秘誠談』では石川五右衛門が根来の塔に暮らしている所を役人に取り囲まれ、根来を脱出しおおせる章と、京都に出てからの章の間に相当する。この二章の間はちょうど時間的にも切れ目にあたり、『石川五右衛門実録』でも諸国の神社仏閣を荒らし回る挿話（前項で述べた）の入る場所である。新しい話を挿入するのに恰好の箇所と言える。

増補された挿話は、量が多いため、一つ一つを列挙することはしない。「聚楽」の題名から想像されるように、豊臣秀次の悪行、秀吉に対する反逆心、およびそれを秀吉へ讒する石田三成の事などの、豊臣家の確執に関する挿話が大半を占める。その中で巻十二「太閤両使に御対面之事并前田利家取成の事」以降、巻十五「三成前野を讒する事并一柳監物返金才覚之事」までは、ことごとく『太閤真顕記』（または『真書太閤記』）の本文をそのまま利用しており、このような、関連する他書をそのまま取り入れる方法もまた、第三型の成長の方法として注目できる。

これとは別に、『聚楽秘誠談』の挿話の中で、小西行長が森如軒を召し抱える章がある（巻十・小西摂津守上使之事并行長杉本忠左衛門を抱る事）。この章末部分に森如軒の来歴が出ており、それを要約すると、次のようである。

如軒は和漢の兵書に通じ力も他の人より勝っていた。父は伊勢国守北畠不知才に仕える杉本九郎右衛門という小身の家来であった。如軒は後に杉本忠左衛門と改名し、朝鮮出兵の時に手柄を立てた。小西家滅亡後は長崎に渡り医者となっていた。その後毛利宗意軒と改名し、キリシタンの徒党を組み天草四郎をかつぎ出した、島原・天草一揆の張本人である。

以上のような人物像は、和漢の兵書に通じたことと医術の心得がある（『石川五右衛門実録』では京都の医師となっている）こと以外は『石川五右衛門実録』にはみられず、『聚楽秘誠談』になってあらたに加えられたものである（毛利宗意軒と後に改名した旨をわざわざ記すのも『賊禁秘誠談』を意識していて面白い）。この如軒像は、当時の人々の伝説の中で生まれたのかもしれないが、本章第二節『嶋原実録』(7)にもこれとよく似た如軒像が出てくる。『嶋原実録』では如軒の名は用いられず、より実説に近い森宗意という名前で説明されており、次に示すように記される。

森宗意と云もの有。頗る文字に達せし者なりけれは、同国（著者注・肥前国）長崎の町において医術を家業として居たりけり（巻三・西国一揆濫觴之事）

四郎か謀略の師に森宗意と云者有。其性俗を尋れは、小西摂津守行長が家士にて杉本忠左衛門と申せし武功の者にてそ有ける（巻四・森宗意由緒の事并異見の事）

とくに、如軒の名が杉本忠左衛門であること、長崎で医師をしていたこと、島原・天草一揆の張本人となっていることなど、『嶋原実録』との交流が推測できるのである。『聚楽秘誠談』であらたに加わった如軒像は、「作者」が『嶋原実録』よりも成立年代は後と推定される『天草軍談』のような実録作品ではなくて、『嶋原実録』、もしくはそれと同系統の伝説を参照し、または重きをおいて利用していると受け取って差し支えないだろう。

おわりに――末期的成長の方法――

これまで『賊禁秘誠談』以降の『石川五右衛門実録』『聚楽秘誠談』までの成長の様子をたどった。これらの作品は成長の型に言うところの第三型（末期的成長）と考えてよい。最後に本文の章題、文体、構成から『石川五右衛門実録』と『聚楽秘誠談』の成長の様子を確認する。

まず『賊禁秘誠談』から『石川五右衛門実録』へと変化する場合をみる。各章の章題と本文との関係を比べると、

1、『賊禁秘誠談』と全く同一の章題を利用しており、本文の筋は同じだが、本文の文体が互いに異なっている場合（例『賊禁秘誠談』巻十／『石川五右衛門実録』巻五・五右衛門七条河原に於て釜煮の事并名所古跡改正之事）

2、『賊禁秘誠談』と同じ筋ではあるが、章題と文体が異なっているもの（例『賊禁秘誠談』巻六・田丸中務病気に付蔵本悪心之事附甚野右衛門主人を殺す事／『石川五右衛門実録』巻三・蔵本甚野右衛門逆心之事并田丸中務横死之事）

3、章題がやや異なっており、文体にはほとんど違いがないもの（例『賊禁秘誠談』巻一・石川左衛門鳴弦辞退之事附源三位頼政御召之事／『石川五右衛門実録』巻一・近衛院御悩之事并石川左衛門鳴弦辞退之事）

4、あらたに増補された章、及び挿話

以上の四つに分類できる。このうちとくに問題になるのは1～3までである。つまり、『賊禁秘誠談』と『石川五右衛門実録』の両者の共通する筋を比較した時に、筋や微細な部分までの内容が共通していながら、本文の文体が異なっている（3のように文体がほとんど違わない例は他に見当たらない）。また、3のような例でも、章段が同じところで終わるわけではなく、双方の一章の長さにずれがある。

これらのことから考えてみると、『石川五右衛門実録』の「作者」は、座右に『賊禁秘誠談』を置いて、非常に表現を似通わせながら、全文をあらたに書き直したのではないだろうか。本文の内容が共通する部分であらたに全文が書き直された例は、他の事件を題材にした作品群の場合、例えば天草軍記物の『天草軍談』と、その後の作品『金花傾嵐抄』を挙げることができ、実録群の同一系統の作品が成長する時の一つの方法であると言える。

『石川五右衛門実録』と『聚楽秘誠談』の場合はどうであろうか。これら二つを突き合わせると、後者があらたに増補した箇所以外は、章題、本文ともにほぼ同一である。『聚楽秘誠談』の「作者」は『石川五右衛門実録』を写し

ていき、途中で挿話、それも多くはすでに存在していたものを、本文もそのままに導入していったとみて間違いない。第三型『石川五右衛門実録』に比べて、『聚楽秘誠談』の「作者」の方がやや安易な製作姿勢であることは否めない。第三型成長の内部でも格差が生じている。

『石川五右衛門実録』と『聚楽秘誠談』の成立法・製作態度の相違は、石川五右衛門物に限らず、実録のストーリーや登場人物の性格がある程度定まってから、時代が下るにつれ、それらを変えずに成長・長編化する過程にも共通する。成長の第二型を経てある程度話型が定まった実録は、そこから挿話を挟み長編化する時、「作者」によって、前の型に拠りながらも、文章は書き改められる。そしてそこからさらに長編化を遂げる時—時代的には幕末期を想定している—そこで行われる操作は、前の段階の実録本文をそのまま流用し、それればかりでなく、他の実録からも本文をそのまま使い回ししてしまう。この粗製濫造とも受け取れる製作態度の変化には、根底には事件に対する解釈が「飽和状態」になってしまっていることが想定されるが、それだけではないだろう。当時、実録の需要が高かったこと、それに応じるべく、あらたな作品を作る時に、手間をかけて全文を書き直すよりも、他の実録から挿話を持ってきて適当な場面に差し込むという拙速な方法を採用したこと（そこには読者に常に新作を供給する貸本屋の姿が浮かび上がってくる）、そして、おそらくは他の小説ジャンル（とくに読本）の隆盛に影響され、実録や、実録の流通（享受者も含めて）に関与する人びとのあり方が変わってきたのではないかと思われるのである。冊数が多い（＝賃料が入る）、すでに有名な話を取り入れる（＝内容にある種の親近感と安心感を持たせる）など、商業主義が勝っている印象を受けるのである。だが、そのような安易な方法は長く続かない。変転を繰り返す代表的な実録群を俯瞰してみると、残存しているものの多くは第二型のものであることに気づく。第三型は後出のせいもあるのだろうが、内容の冗長さというのも原因にあったのではないだろうか。結果的に、第二型のものが後のちまで喜ばれ、その後出現した実録はあまり広範囲に流布しないことになる。
第三型と私に呼ぶ成長は、「成長・長編化」とは言いながら、実は作品構造は安定・あるいは硬化し（石川五右衛門物の場合は後者が適当か）、あらたな流れを作ることはできないものである。多くは幕末期に起こるものと考えられるが、明治期に実録が印刷可能になり、あるいは新聞小説の出現によって実録が終焉を迎えることを思い合わせると、この第三型成長のような内容的に活力を失ったものの存在もまた、やがて来る実録消滅の予兆を示しているように感じられるのである。

注

（1）中丸和伯氏校注『慶長見聞集』（江戸史料叢書・新人物往来社・一九六九年）

（2）「実録『賊禁秘誠談』と黄表紙『石川村五右衛門物語』」（『学芸国語国文学』第二十六号・一九九四年三月）

（3）（2）に同じ。

（4）この序文についてであるが、寛文年間に石川五右衛門を題材にした実録が生まれるとは考えにくい。また、序文に署名のある「東武残光」という人物について述べておくと、彼は『金花傾嵐抄』（本章第二節参照・やはり寛文年間の年記を持つものがある）、『敵討貞享筆記』（御堂前の敵討ち物の実録）他、多くの実録に序文が残る正木残光のことと目される。正木残光は、宮武外骨『改訂増補筆禍史』によると、「片島深淵子の高弟たりし江戸の講談師正木残光」とされる人物である。とくに残光が序文を付している『金花傾嵐抄』は、『天草軍談』（本章第二節参照）がある程度流布した後の成立と推測でき（『天草軍談』を大幅に増補したものである）、このことからも寛文の年記は信用ができない。

（5）唯一のC系統の本（千葉県立中央図書館蔵）は、『賊禁秘誠談』の全体に渡って本文が簡略化されているが、その中でもとくに冒頭部の、源頼政が化鳥を退治する箇所、それから五右衛門が処刑されて以降、作品の終わりまでの省略が著しい。また、内題に小さく「石川五右衛門」と書かれていることから、この本の書写者はA系統のような、本文が完全な『賊禁秘誠談』中の、石川五右衛門に関連する箇所を主として略述しようとしたものと考えられる。C系統をA系統より後と考える傍証として、C系統本文で、五右衛門が前野但馬守を襲う箇所と世尊寺中納言を襲う箇所との間に空白があり、その空白部分に「五より」と書いてあることを挙げることができる。A系統十巻本では前野但馬守が襲われる話までが巻四であり、世尊寺中納言が襲われる話からが巻五となり、おそらくC系統の「五より」という表記は書写者が巻の切れ目を示したものと推測されるからである。

(6) 国文学研究資料館蔵。本書第二部に翻刻を付す。

(7) 北海学園大学北駕文庫蔵（国文学研究資料館所蔵マイクロフィルムによる）。

(8) 小二田誠二氏「実録体小説は小説か——「事実と表現」への試論——」（『日本文学』第五十巻第十二号・二〇〇一年十二月）

(9) 現存する実録に書かれている書写年記を概観すると、文化文政期を境に、それ以降の年記を持つものが圧倒的に多くなる。このことは、単に時代が新しい物のほうが残存する数が多いというよりも、やはり文化文政期以降、大量に、広範囲に実録が広まっていることを示すものと考えられる。

第五節　「キリシタン実録群」の成立（一）

はじめに

仮名草子として出版された排耶書（キリシタン排撃書）『吉利支丹物語《きりしたんものがたり》』（下巻末に寛永十六〈一六三九〉年の年記を持つが成立年か刊行年か特定できない）は、キリシタンが日本に渡来し宗門が広まり、禁教によって取り締まられるようになるまでを描くという、ストーリー性を備えるものであり、また、他の排耶書と異なり平易な仮名書きで記されているという、興味ぶかい作品である。さらに本書のストーリーは、後になって成立する写本『切支丹宗門来朝実記』（江戸中期以降の成立と思われる）などの書名で伝わる「キリシタン実録群」にも踏襲され、そこでは作品の性質がより大衆的・通俗的に変貌していることが注目できる。このような変質が起こった一因には、当時のキリシタンに対する民衆の興味や解釈が反映されているからと想像されるが、それと同時に、キリシタンが当代の禁忌的な題材であり、出版が自主的に憚られたばかりでなく、享保の出版取締令によって公的にも出版することができなくなるなど、流通形態が版本から写本へと変化したこともまた、ストーリーの変化を後押ししていると考えられる。本節では『吉利支丹物語』と「キリシタン実録群」の内容を比較し、ストーリー変化の様相を具体的にみていくことにする。

一、物語としての排耶書―『吉利支丹物語』―

まず、『吉利支丹物語』から取り上げる。本書については阿部一彦氏「『吉利支丹物語』の構想と表現」(1)に詳細な論考があり、氏の説を承けて論を進めることとする。『吉利支丹物語』は上下巻二冊の「キリシタン渡来譚」であり、題名に「物語」と付いているように、物語文学としての姿勢を打ち出している。全体の筋を大まかに述べると、上巻では、南蛮人が渡来しキリシタンを伝え、織田信長の保護を受けたり豊臣秀吉の逆鱗に触れながらも宗門を広め、さらに大名の後室をキリシタンの後見にしようとしたハビアンバテレン（バテレン＝宣教師）が、後室の要望により「出家まさり」の伯翁居士と問答を行い、敗れる場面までを扱う。下巻ではキリシタン内部の者の密告によりキリシタンの日本侵略計画が露見し、宗門が禁じられ、取り締まりが行われること、そして島原・天草一揆が起こり、終結するまでを述べている。一揆について記した部分と、それに付随する君臣論は本書の重要なテーマとなっているが、その後の実録群に影響しないため、本節ではとくに触れない。作中のエピソードは虚実入り交じっており、その合間にはキリシタン宗門の解説や仏法論などを述べた章が挿入されている。それらの中で「げたうの法まほうなるべし」（巻上・きりしたんぶつほうの事）「（宗門に入った人をさして）あはれなる事共かな」（同）と、キリシタンに対する批判（それも宗門を信仰している人々に対してではなく、キリシタン宗門じたいに対する批判）を行っている。

この書は、上巻が、キリシタンが民衆を取り込み、めざましく勢力を伸ばす様子を描くのに対し、下巻が、密告→禁制→取締りとその凋落ぶりを描き、これら二つの巻が見事なコントラストを示していることから、ストーリー構成の面でも物語作品として工夫が認められる。上下二つの巻の方向をはっきりと分けるエピソードが、上巻最終章の「日本の仏法ときりしたん宗論の事」、そしてそれに続く下巻第一章の「ついてなから伯翁居士もんたんの事」である。

この二章は内容的には一続きになっているが、とくに前者の方がストーリーのうえで、キリシタン布教の転換点としての役割を顕著に示しているため、前者に重点を置きつつこの部分をたどっていく。

この章は宣教師がさる大名の後室にキリシタンを勧め宗門の後見にしようとするものの、後室が伯翁居士という「出家まさり」の仏法に詳しい人物に依頼し、キリシタン側のハビアンと問答させ、伯翁がキリシタンの教法を論破するというものである。従来この問答は架空の事件とされ、そのモデルの検討が行われてきたが、[2]今なお明確な結論が出るに至っていないし、本書でも言及しない。問題は、架空の問答がなぜ取り入れられたか、ということである。

まず、この問答で大きな役割を果たす伯翁をみてみると、彼は南都興福寺・三井寺・延暦寺・大徳寺・妙心寺などで仏法をおさめ、また京都五山において東坡・山谷・文選などの漢詩文に親しみ、さらに三輪流の神道までも行っていた人物として設定され、藤田寛海氏も指摘しているように[3]彼はいわば、ハビアンを南蛮から渡来するキリシタンの象徴とした場合の、日本の仏法の象徴という役割と理解してよいだろう。

また、問答の内容を検討してみると、この問答の主な論点は「デウス創世論」とも言うものである。

でうすと申奉る仏は、天地ひらけはしまりたる仏也、そのかみは、くう〳〵ばう〳〵として、一もつもなき所に。しんら万ざう、にんちく、さうもく、日月こと〳〵く、つくりいだされ。せかいこんりう、と云々（中略）でうすの御おきてに、たがはざるものをは、はらいぞうと申て、たのしみを、きわめ、あんらくに、ぢうす。あく人をは、ゐんへるのと申て。かなしみの、きわまりたる所へ、おとさる丶。

（引用は『仮名草子集成』第二十五巻所収『吉利支丹御対治物語』〈東京堂・一九九九年〉による・以下同様）

「人間・動物をはじめ、万物を作り出したのはデウスであり、デウスの教えを守ったものは天国へ行き、安楽に暮らせるのに対し、デウスの掟に背く者は地獄へ落とされる」とハビアンは主張する。キリシタン側の「デウス創世論」は、当時のキリシタン教義書などをあげるまでもなく、キリシタン思想の根幹として認識されるものである。そして、この論法に基づき、仏教と問答し（釈迦、阿弥陀など、もともと仏はすべて人間からなったものであり、人がその他の人を作り上げられるわけがない、というのがここでのキリシタン側の持論である）、自らの信仰を優位に立たせ、あらたな信者を獲得しようとする方法も当時の布教の方法であったとされる。(4) これに対し、

人げんを、つくりて、なにのために、入申やうの、いはれを、よく聞ん、のふどくの、なき事は、よも、あらじ。（中略）人げんにも。でうすのために、のふどくなき事は、あるまじ此返たうを、きかん（中略）たれか、やとふともなきに、人げんを、つくりて、はらいぞう、いぬへるの、と、いふ、ぢこく。ごくらくを、つくり、あげつ、おろひつ、すいきやう人なり

伯翁は「何のために人間を作り、天国地獄まで作るような苦労をするのか」と反論する。ハビアンはこういったさまざまな反論に適切に答えられず、伯翁に「畜生同然」と雑言を浴びせられ、退散してしまう。『吉利支丹物語』にみられる問答それじたいは、それぞれの教理に深く踏み込んでは行われず、かなり簡略にあらわされる。それはハビアンのモデルともいわれる不干斎ハビアンの記した『破提宇子《はだいうす》』などと比較してもわかる。(5) しかし『吉利支丹物語』で行われている問答は、日本の仏法の象徴とキリシタンの象徴との闘いであり、仏法の象徴である伯翁がキリシタン教義の最も根本的な部分を論破することができれば、つまり仏法の決定的優位性を明快に示せれば、それで十分であっ

たと言えよう。問答場面以前をみると、作者や豊臣秀吉によるキリシタン批判・処罰を記した章は配されるものの、日本における布教活動の根幹に関わるものではなかった。教理の否定も行われていない。ところが、この上巻最終章においてキリシタンは、問答という、いわば彼ら得意の方法で自身の教理（＝存在の正当性）を論破され、さらにハビアンが「犬の逃げ吠え」までして退散するという、何とも情けない敗れ方でその存在基盤を揺るがされるのである。

下巻第一章は前章に続き、キリシタンを「邪宗」として問答に勝利した伯翁が、今度は日本の仏法の正統性をはっきりと聴衆（＝作品の読者）に向けて述べる部分である。そしてこの章以降はストーリーの様相が一変する。キリシタンの内部から幕府に日本侵略計画を訴える者が現れ、キリシタンが禁じられ、この後は禁教下の取締りのエピソードとなる。もはや前半部のようなキリシタンの勢いはない。前半部において布教が順調に行われているゆえに、下巻は上巻とのコントラストが際だつようになる。このようにみていくと、上巻最終章と下巻第一章の役割が浮かび上がってくる。上巻最終章はキリシタンの否定を集中的に行うことによってキリシタンが凋落の道をたどるための転回点となる。『吉利支丹物語』のクライマックスと評価できるだろう。そこでは幕府による排撃という、高圧的な方法ではなく、「問答による勝負」という対等な者同士の議論によって理詰めでキリシタンを論破し、聴衆＝読者を納得させる方法が用いられているのである。この問答が作品のクライマックスとしてスリリングな効果を与えていることも見逃せない。そして下巻は仏法の正当性を明示した章によって物語が始まり、その後に待っているのはキリシタンにとって受難のストーリーであった。本作の中で、この二章は群を抜いて紙面が割かれておりその重要性を示している。

『吉利支丹物語』は、基本的には排耶書である。しかし、阿部氏が述べておられるように、(6)排耶の意図は「（キリシタンの）非を直感的に納得させ、大衆の心に潜むキリシタン蔑視と好奇心を充足」させることにあった。単に思想的な論破・批判にとどまらず、キリシタンの渡来から島原・天草一揆までを時間的な流れにしたがって平易な物語として作り上げ、その中で「問答」という事件を作り、適当な場所に挿入することによってキリシタンの活動の劇的な転換を図っているという、構成の妙を得た物語作品であると言える。

このように物語としての体裁をとった『吉利支丹物語』は版本として流布した。本書以前の排耶書は、元和年間（一六二〇年代）刊『破提宇子』を除いて、すべて写本で流布している。寛永年間になると商業出版がそろそろ盛んになりつつあり、写本より広範囲に情報が行き渡る出版メディアの力を利用しようとしたのであろう。そして、出版という方法が情報伝達の範囲を階層的にもより大衆の方向へ広めて行くことは言うまでもない。『吉利支丹物語』も寺院関係者や幕閣だけでなく、それよりも下の階層の読者が念頭にあったと想定される。広範囲に情報を伝える（＝人気商品にする）ためには単に排耶論を展開させるだけでなく、読みものとして平易で面白いものが要求される。『吉利支丹物語』の物語としての構成には出版という伝達方法が密接に結びついていると考えられるのである。また寛永十五年（一六三八）二月には島原・天草一揆が終結しており、この事件について興味を持つ者が多かったことは、記録や文芸が多数残されていることからもわかる。興味はさらに一揆の原因の一つであるキリシタンへも向けられる。『吉利支丹物語』は、一揆を契機に成立したものとみて間違いない。最後の三つの章に一揆にまつわる記事を置いているのも、読者の興味に応えるために最近の事件を作品中へ取り入れたものであると言えよう。こういったことからも『吉利支丹物語』の対読者意識の強さがうかがえる。人々は『吉利支丹物語』や島原・天草一揆の攻防を描いた『嶋原記』（本章第一節参照）といった版本の仮名草子作品の流布によって、キリシタンや一揆についての大まかな知識を得ることができた。

右のようにして流布した『吉利支丹物語』であるが、版元もキリシタンを題材にした本を扱う以上、ある程度体制に向けての配慮が必要であり、出版後もたとえば寛文五年（一六六四）には改版され、『吉利支丹退治物語』と外題を変えられて、挿絵を組み込まれ、三冊本に改められて出版される（上巻が二冊に分けられた形であり、伯翁とハビアンの問答の位置は中巻最終章〜下巻第一章に配される）。万治から寛文期にかけては、キリシタン取締りが飛躍的に進んだ時期であり、そのような政治情勢をにらんでの改題であろう。この作品は現在のところ元禄十二年（一六九九）まで書籍目録にその名が記される。しかし山崎麓氏『改訂日本小説書目年表』(7)によると刊行後「すぐに絶版を命じられた」ともある。これらの事情は今のところ不明であるが、トラブルの起きる可能性の高い題材であることは容易に想像がつく。また、元禄九年（一六九六）には『天草軍物語』と題して、徳川綱吉の吉の字を憚って「吉利支丹」の文字を「切支丹」と変えたり、当代となっては残酷となってしまった部分を削除し、版元名も「吉右衛門」とだけ記すなどかなり注意深く出版されたものもあるが(8)、ほとんど出回ることがなかったようである。そのうえ享保の改革による出版取締令により、さらに版行が憚られた。

このような版元側の事情に加え、一方では厳しい宗門改めの成果もあり、キリシタンを信仰する者はほとんど殲滅したと考えられる(9)。宗門改めによる検挙件数もこの頃を境にほとんど無くなり、あったとしても、すでにキリシタンを棄教した者があらためて検挙されたり、キリシタンの類族（子や孫）で宗旨じたいをよくわかっていない者が多かったらしく、以後キリシタンはほとんど根絶やしといってよい状態だったと言える。排耶書も、この時期の取締りに呼応するかのように、浅井了意『鬼理至端破却論伝』、鈴木正三『破吉利支丹』、そして『吉利支丹退治物語』などが出るものの、その後は目立った排耶書をみないことも、その必要性が薄れてきていることを示すだろう。江戸時代も半ばになると荻生徂徠が『政談』(10)の中で、

（キリシタンが）今は国中に有るまじき事也。

書籍見る人なき故に、其教如何なると云を知る人なし。

と述べているように、キリシタンを理解する者もほとんどいなくなった。教理を知らない者に排耶書を与えても、排耶書としての意味合いは薄い。幕府の取締令だけでじゅうぶんにキリシタン排斥の意識は植え付けられるだろう。当代の事を題材に扱っていること、キリシタン取締りの激しさ、及びその巻き添えに合うのを避けるために、また、キリシタンじたいの殲滅のために、などの理由から、排耶書の出版は控えられていく。『吉利支丹物語』もその中の一つと考えられるが、「キリシタン渡来譚」としての面が読者に受け入れられ、享保期の出版取締令以降も写本で流通し、実録へと成長する。次項ではそのような写本類がどのように『吉利支丹物語』を受け継ぎ変化しているかをみていく。

二、実録化したキリシタン渡来譚

すでに前項で述べたように、『吉利支丹物語』は江戸中期頃には出版・流布が憚られた。本書には写本も多く残っており、その中には、版本が手に入らなくなったために書写したものもあったであろう。公にできないこと、表向きには憚りのあることを知りたがるのは人間の常である。そしてそれらは話に甚だしく尾ひれのついた「実録」の題材になる。「キリシタン渡来譚」もその例に漏れず、『吉利支丹物語』のストーリーを受け継ぎつつ変化を加えてキリシタン実録群を形成している。(11) これらは『吉利支丹物語』以上に残存諸本が認められ、広く読まれたことがわかる。

キリシタン実録群が写本の実録として、どのようにこれまでのストーリーに手を加え、読者を獲得したか。その変化は『吉利支丹物語』にみられるそれぞれのエピソードをさらに具体的に、さらにくわしく記述し話を膨らませる方法をとっているためここでそのすべてを掲げることはできないが、主な変化を『切支丹宗門来朝実記』[12]によって挙げると以下のようになる。—①キリシタンが来朝した年代の変化（弘治年中→永禄十一年）、②キリシタンが来朝する以前の南蛮国における、国王やウルガンバテレンらのやりとりが加えられる、③キリシタンを広める織田信長の行動が重点的に描かれる、④ゴウスモウ、シュモンなどの日本人バテレンの活動描写が加えられる、⑤伯（本書では白と表記）翁とハビアンの問答場面の、作品中における位置の移動、⑥ゴウスモウ、シュモンらが豊臣秀吉の前で魔術を行う場面が加えられる、—などが挙げられる。一つ一つには、またさまざまな虚構が肉付けされており、それらは海老沢有道氏「切支丹宗門来朝実記考」[13]同氏『南蛮寺興廃記・妙貞問答』[14]に詳細な検討・解説がなされているので、ここでは繰り返さない。

右に掲げた①から⑥のうち、とくに作品の本質に関わってくると思われる②、⑤、⑥について考えていこう。順序が前後するが前項において、ハビアンと伯翁居士の問答を作品上の転回点として重要視してきたこともあり、⑤の問答部分から検討する。

『吉利支丹物語』では、問答場面は作品の転回点としてほぼ中間に置かれた。対してキリシタン実録群は、章題のない諸本もあるが、たとえば章題を持つ『切支丹由来実録』（著者蔵・一冊）では、全十二章のうち、問答場面は十一章目に置かれるなど、実録群はストーリーの後方に問答場面を据えている。問答後の展開は、キリシタンが禁制後、右の⑥のエピソードが置かれ、その後は島原・天草一揆に至るまでのキリシタン取締りの様子を描いて作品が終わる。『吉利支丹物語』では問答場面とその次に位置する、伯翁が論争の場に居合わせた人々に仏法を説く部分は最も紙数が割かれた箇所であった。しかしキリシタン実録群では、分量も他の場面より多いとは言いがたく、その地位は低下している。キリシタンが取り入ろうとする「さる大名の後室」が豊臣秀吉家臣中井修理の母親と設定されるものの、問答の内容は『吉利支丹物語』にほぼ準じ、新たな展開は加わらない。それればかりでなく『吉利支丹物語』下巻「ついでながら伯翁居士もんだんのこと」のような仏法について解説した部分は比較的難解なせいか「種々の仏法物語などして」とまとめられ、解説は削除されてしまっている。ほかにもハビアンが仏罰の存在を確かめるために、浄土教三部経と法華経八巻を破り捨てるなど、彼の悪役ぶりを誇張したり、ハビアンが逃げ帰るときに「無縁の衆生は度し難し」と漏らしたのを伯翁が聞きとがめ、つかみかかり散々な目に合わせるという、ハビアンの失墜ぶりを強調した場面など、問答部分以外の増補・誇張がみられる。

このように、実録群における問答場面は、他のエピソードと同列に扱われ作中の重要性が薄れている。質的にも仏法解説の部分がまるごと削られてしまうなど、平易化・通俗化が図られていることが読みとれる[15]。要するに『吉利支丹物語』にみられるような「民衆教化・排耶蘇」という指向が薄れてきていることがわかるのである。問答場面の改変はキリシタン実録群の性格の変化をよく示している。

さらに、『吉利支丹物語』のようにハビアンと伯翁の問答を境にして作品を前半と後半に分けると、キリシタン実録群は圧倒的に前半部に紙数が割かれていることがわかる。それは先の②に筆を費やしているからである。②では南蛮国王ゴウシンビがキリシタン宗門を日本に広めることによって人心をしたがわせ、日本を領国にしようと企て、ウルガンを日本に遣わすことが記されている。つまり南蛮人が日本に渡来する以前のことが増補される。この日本侵略思想は『吉利支丹物語』では下巻に置かれ、キリシタン内部の者から秀吉へ訴えることによって明らかになるのだが、実録ではそれに対応するような場面はなく、冒頭で国王の直接的な意向として打ち出される。つまり、初めに目的を提示しておくことによって、その後のキリシタンの動きをことごとく侵略思想に結びつけるのである。後の章でどれほどもっともらしく教理が説かれても、読者はそれらを日本侵略という前提のもとに理解し、それゆえ日本侵略のための詭弁としか受け止めない。『吉利支丹物語』では問答場面をクライマックスとして、仏法の優位性を説くことに重きを置いていたのだが、実録では仏法の解説も減少し、むしろキリシタンの日本侵略計画の失敗譚へと変質していると言えるだろう。

またこの冒頭部では、ゴウシンビ大王が、家臣に命じて、天輪峰に隠棲しているウルガンを探しに行かせる。天輪峰にいるウルガンは容易に大王の申し出を聞かず、奇術を用いて使者の前から姿をくらましたり、使者の言葉を聞いて、大王の日本侵略の計画を読みとったり、「雲気」を察してキリシタンの法が日本で受け入れられないことを予測するなど、仙人のように描かれる。

キリシタン実録群の後半部では、先に挙げた⑥のエピソードが注目できる。ゴウスモウもシュモンも共にハビアン同様、作品中では日本人バテレンの中心人物である。彼らはそれぞれ市橋庄助・嶋田清庵と名を変え、堺で医者をしていたが、彼らの行っていた手妻が評判となり、秀吉に召し寄せられ奇術を披露し、そこで秀吉のかつての恋人の幽霊を出して見せ不興を買い、キリシタンであることを見破られて処刑されるというものである。

これら前半部・後半部で増補された記事はもちろん実録「作者」の手による架空譚であるが、その一方で、ただの荒唐無稽であっても、彼らなりの南蛮観として読みとれる。ゴウズモウ・シュモンの挿話も、彼らの処刑のことよりも、処刑に至るまでのプロセス──豊臣秀吉に見せた奇術のエピソード──が主眼となっていることは明らかである。潜伏していた日本人ハビアンが、自らの妖術におぼれ、それが命取りになるという筋はあまりにも出来過ぎてはいるものの、キリシタンの西洋医学による医療・施薬に端を発する魔術・妖術の伝説もまた、読者の興味を引くものであった。そしてこれもまた、言ってみれば当時の民衆の多くが持っている南蛮観を端的に示すものであろう。

鎖国政策にあった当時、一部の人間以外は西洋の事情を知ることはほとんど不可能であり、西洋に対する興味はあってもそれを実際に知ることはできなかった。西川如見が『華夷通商考』を著し、草稿としてあったものが本人の許可を得ずに元禄八年（一六九五）に出版されたのも、それなりの需要（＝海外への興味）が見込まれてのことである。享保五年（一七二〇）には洋書輸入禁令が一部解除されることにより、わずかではあるが、西洋の学問が輸入される。これらのことからも西洋への関心の高まりがうかがえるのである。時代はさらに下りつつ、これらの世情に沿う形で「キリシタン渡来譚」は実録化して、流布していったと言える。

三、排耶から南蛮興味へ

これまで『切支丹宗門来朝実記』を例に、『吉利支丹物語』からの変化を追ってきた。とくに重要と思われる変化をみてきたが、それは次の二点にまとめられる。

A宗教的な議論、説明の全体に占める割合の低下。

B（虚構も含めた）南蛮人描写の増加。

このうちAは、伯翁とハビアンとの問答場面の地位が下がったことや、伯翁が仏法を説く箇所が削除されたことなどが含まれる。さらに『吉利支丹物語』では、キリシタンが渡来し、国内に広まるストーリーを述べる章の間に、キリシタンの信仰の様子を解説した章が置かれた（巻上「きりしたんぶつほうの事」、同「日本の出家衆を、きりしたん共、さげしむ事」）が、キリシタン実録群では、あるものは削除され、あるものはストーリーの中に組み込まれ、より連続したストーリーを持つように心がけられている。Bは南蛮国の様子を加えた冒頭部や、豊臣秀吉の前でバテレンが奇術を行う箇所が挙げられる。これらAとBの変化は、作者や読者の興味が排耶・仏法の優位性の確認という面から、キリシタンをも包括した南蛮への興味という面へ、力点が移っていることによると考えてよい。キリシタン実録群であらたに加えられたフィクションからは、宗教臭はほとんど感じられない。これはキリシタン実録群が、宗教関係者の手によるものではないこともまた予想させる。

読者及び作者はキリシタンの信仰を体得するつもりはなくても（おそらく思いもよらないことだろう）、キリシタン、ひいてはそれを抱える西洋には興味を持っていた。そして、もはや写本として流布するしか方法のなかったキリシタン物が、彼らの興味に応えるような要素を取り入れた。実録の転化・成長という特徴にみられるように、実録写本はそれを受け入れるだけの柔軟性を持つ。キリシタン実録群はいわば、版本から写本への情報メディアの転換と作品の方向性の転換が密接に結びついた好例と言える。

おわりに

近世における、商業出版の発達以前は、排耶書は写本で伝わっていた。それはキリシタンの教理そのものに非難を加えた書であり、ストーリー性は希薄であった。その後出版機構が発達すると、『吉利支丹物語』のように、広範囲の読者を念頭に置いた物語作品が登場するようになる。その後出版統制を経て、再び写本流通が主体となる。しかしそれは『吉利支丹物語』以前の写本で登場した排耶書とは性格を異にする。キリシタン禁令の内実が変わってきたこともあるが、出版規制によることも見逃せない。伝達手段が写本へと逆戻りしても、内容じたいはますます一般読者を意識したものに変化し、さらに流布していった。写本という手段は、出版という公的な営為に対する個人的営為という面がある。実録は、貸本屋などを介して多くの人に廻し読みされるという公的な面があるが、一方で、書写という個人的営為の面も併せ持ち、その建前を利用し虚実さまざまな記事を盛り込むのである。つまり個人間における個人的な情報の共有という手段に通じる。しかし、それらの情報は穿った見方をすれば、流言と同様、無責任な情報でもある。キリシタン実録群には『切支丹宗門来朝実記』や『切支丹由来実記』など事実記録を標榜した書名のものが多いが、これもまた個人間の秘密を建前にあやしげな「実話」を広めるという、矛盾を逆手にとった効果的な伝達手段であることは言うまでもない。そして、内容は彼らなりの南蛮観や実際のことを適当に織り交ぜる。このようにして、胡散臭いながらもリアリティを漂わせるのである。

キリシタン実録群における事実性の標榜とそこにみられる虚構は、版本から写本への、情報メディアの転換に負う部分も決して小さくない。「写本」「事実性の標榜」「虚構」という三つは、それぞれが絡み合って、そのまま「実録」というジャンルを形成する要素となる。このような方法で形成された実録は半信半疑で享受される。キリシタン実録群中の記事も、たとえば『長崎実録大成』（宝暦十年〈一七六〇〉序）などの地誌に用いられており、こうした実録や、それを利用した地誌、記録、随筆などの記事から当時の人々の対外観、対キリシタン観もまた読みとれる。『吉利支丹物語』からキリシタン実録群への内容の変化をみてきたが、次項ではもう少しキリシタン実録群の虚構に注目し、当時の人々の対外観・対キリシタン観の変化・特徴をとらえていくことにする。

注

（1）『『太閤記』とその周辺』（和泉書院・一九九七年）所収。

（2）藤田寛海氏「ハビアンと伯翁―キリシタン俗書私攷―」（『国語と国文学』第三十巻第八号・一九五三年八月）

（3）（2）に同じ。

（4）海老沢有道氏『京畿切支丹史話』（東京堂・一九四二年）などに指摘される。

（5）例えばデウス創世論を例にみると「天モナク地モナク、一物ナカリシ空寂ノ時アリシニ、此天地出現シ、天ニハ日月、星宿光ヲ放テ、明歴歴トシテ東湧西没ノ時ヲタガヘズ。地ニハ千草万木アツテ飛花落葉ノ節ヲアヤマタザルハ、能造ノ主ナクンバアルベカラズ。此能造ノ主ヲ𬼀ト号スト云ヘリ」（『キリシタン書・排耶書』〈岩波書店・日本思想大系二十五〉所収）とあり、このような部分を簡略化して作品中に取り入れているものと思われる。

（6）（1）に同じ。

（7）ゆまに書房・一九七七年。

（8）岡本勝氏「新出『天草軍物語』考」（『国語国文学報』第五十二集・一九九四年三月）

（9）万治・寛文期におけるキリシタン殲滅の様子については松田毅一氏『キリシタン研究　第二部論攷編』（風間書房・一九七五年）第二章「キリシタンの衰退と消滅」にくわしい。

（10）辻達也氏校注『荻生徂徠』（日本思想大系三十六・岩波書店・一九七三年）

（11）これら実録化にあたって、その直接的な典拠を『吉利支丹物語』、改版改題本『吉利支丹退治物語』、『天草軍物語』のいずれかに特定することは、目下のところできない。本節及び次節では実録群との対照には『吉利支丹物語』を代表させる。また、それぞれの実録間に極端な異同はほとんどない。島原・天草一揆を主題にした「天草軍記物」の作品に部分的に取り込まれているもの（『天草軍談』『耶蘇征伐記』など）や奇談集に含まれるもの（『老媼茶話』など）もあるが、一つ一つの実録の検討は今後の課題としたい。

（12）『続々群書類従』第十二（続群書類従完成会・一九七五年）所収。

（13）『宗教研究』一三九号（一九五四年七月）

（14）平凡社東洋文庫十四・一九八三年。

（15）実録の平易化・大衆化については本章第三節においても、田宮坊太郎物の広本系から略本系への成長を例に述べている。

第六節　「キリシタン実録群」の成立（二）

はじめに

キリシタンは、江戸時代を通じて幕府によって禁じられていたわけだが、寛永十四年（一六三七）の島原・天草一揆を機に取締りは強化され、前節で述べたように寛文期には類族を含め、ほぼ殲滅状態であったようである[1]。それに平行するかのように、人々のキリシタンに対する認識も変化を遂げていったことは容易に推測できる。荻生徂徠が『政談』において、「今は国中に有るまじき事也。書籍見る人なき故に、其教如何なると云を知る人なし[2]」と述べたことは近世中期における人々のキリシタン観を言い当てているだろう。幕府よりたびたび出される触書に禁教の条目が付されていることもあり、「キリシタン」の語は人々の脳裏に刻まれたが、それに付随したイメージは教義や宣教師本来の姿とは異なった、一種の幻想であった。たとえば「妖術」を用いて日本に対して「謀反」を企てる「邪法」といった具合である。

このような幻想の素地は早いうちから存在した。謀反のイメージについては、サン・フェリーペ号事件（慶長元年・一五九六）を機に豊臣秀吉がキリシタンの奪国観を示していたし、その後も新教を信仰するオランダ・イギリスが、日本との貿易の競争相手であるイスパニヤとポルトガルを締め出す目的で、徳川家康に両国カトリック教会の国土侵略の意図を進言することなどによって、キリシタンの奪国者のイメージは形成されていった。妖術にしてもキリシタンの持ち込んだ西洋医学や西洋科学などに端を発すると言えるだろう。

キリシタンに対して作られたこういった幻想は、いろいろな手段で人々に流布した。前節でみてきたように、たとえば島原・天草一揆直後には仮名草子『吉利支丹物語』が出版され人々に広まったと考えられるし、もちろん口承によっても流布しただろう。そして時が下ると人々の幻想は興味・好奇心によって膨らみ、さらには幻想を彼らなりの合理性をもって解釈し、そこに実像をとらえようとしたりもする。

「キリシタン実録群」も当時の人々によるこのような作用によって生まれたと言ってよい。好評だったらしくこの写本実録群は至る所に諸本が残存しており、またさまざまなバリエーションを持つ。

この一群の研究成果に目を向けると、早くに海老沢有道氏が実際の教義や事件と比較し、そこにみられる多くの虚構を指摘されたこと(3)が代表的な先行研究であろう。だがキリスト教研究の側からは、その虚構ゆえに、通俗的な排耶書と位置付けられ、言及はそれほどされてこなかったように思う。さらにこの実録は、所蔵機関の分類でも宗教の部に加えられてしまうため、文学、歴史などの方面からも注目されていないようである。とはいえ、広く書写され、読み継がれ、異本を生み出していったということは、読み物としての魅力を考えてみる意味はあるし、さらには当時の人々のキリシタンに対する認識を知る上でも重要な資料となってくるだろう。

そこで本節ではまず、この実録群の諸本の流れについて大まかな見通しを立て、その上で作品における虚構に注目し、この実録群の性格を探っていくことにする。

一、キリシタン実録群成立の背景

「キリシタン実録群」。以下にあらすじを記しておく。諸本の間に差異はない。

南蛮国のゴウシンビ大王は日本の侵略をもくろむ。はじめに人心をつかむためにキリシタンのウルガンバテレン・

フラテンバテレンを日本に送り込み、キリシタンを布教させる。ゴウシンビの思惑通りに事が進み、バテレン達は織田信長の許可を得、南蛮寺を建立。布教に励み、ハビアン・ゴウスモウ・シユモンという日本人のキリシタン僧（イルマン）を誕生させる。しかし信長の死後、ハビアンは仏教に精通した白翁と問答し、ぶざまに破れ、豊臣秀吉はキリシタンを邪教と判断し、さらに日本侵略の噂を聞き、都からバテレンを追放する。ゴウスモウ・シユモンは本道医に身を変じ国内に潜伏していたが、その合間に行う手品が有名になり、秀吉に召し出される。秀吉の前で種々の奇術をみせるが、かつて秀吉が手討ちにしたお菊という女性の幽霊を出したところからキリシタンと見破られ、捕らえられる。その後、時代は徳川の代となり、京における板倉周防守のキリシタン取り締まりの話、寛永頃の取り締まりのこと、島原・天草一揆のことを記し作品は終わる。

南蛮国から宣教師が渡来し、織田信長の許しを得て国内で布教活動をし、日本人イルマンの（不干斎）ハビアンが問答に敗れ、豊臣秀吉の禁教令のため衰退するというストーリーは、仮名草子『吉利支丹物語』の影響下にある。『吉利支丹物語』の展開についてもう少し述べると、この書は寛文五年（一六六五）に『吉利支丹退治物語』と、当時熾烈を極めたキリシタン取締りに対応するかのように改題・再版されるが、おそらく享保七年（一七二二）の出版取締令により、出版じたいが憚られるようになったものと推測できる。『吉利支丹物語』には写本も多く存在するが、それにはその辺りの事情もあったはずである。

この問題と実録群の成立の間をつなぐ部分は明確な証拠を提示できないので、その事情を想像するしかないのだが、おそらく次のようではないだろうか。――『吉利支丹物語』はハビアンと白（『吉利支丹物語』では「伯」）翁との問答が一つのヤマ場であり、キリシタンの邪教性をはっきりとうたったまぎれもない「排耶書」であった。寛文期には排耶性を高めるために「退治」の文字を題名に加えた。ところが取締りが一段落すると、キリシタンの「退治」に人々の目が向くようになった。そして退治されるべき「悪役」への想像が膨らんでいく。近世中期という時代はたとえば西川如見が『華夷通商考』を著したように町人階層の人々も海外へ科学的な興味を持ち始めた時代である。とはいえその海外とは「長人国」や「小人国」などがあると信じられていた海外でもあり、未知の場所が多い、現代よりも想像の幅を広げることが可能な海外であった。いっぽう、キリシタンに関係する書は出版が憚られる時期に来ており、写本として書写が繰り返されるうちに、こういった人々の興味を盛り込み虚構化を推し進めた一書が作られる。あるいは口承の場で同時代の空気を取り入れることもじゅうぶん考えられる。そのような経緯を経て排耶書としての性質は変わっていった。――いわば、享保七年の出版取締令に代表されるような（自主規制を含む）出版規制と、当時の町人階層にまで及ぶ広い階層の人々の海外に対する興味がこの実録群の成立に大きく関係したものと考えられる。ただ、後述するが、この実録群に示されるキリシタンや南蛮国についての記述が、当時の文人たちの著述にみられるような学問的興味によって生み出されたものとは異なり、むしろ大衆の好みを意識したものであることは留意しておく必要がある。

二、キリシタン実録群の流れ

次にキリシタン実録群の諸本系統及びキリシタン説話とでも言うべきものの流れについて概観する。ただし、今回調査しえた部分は膨大な残存諸本の一部であることをお断りしておく。また、各本独自の特徴を備えているものも多く（とくに末尾部分）、諸本間の異同は複雑多岐に渡る。その中で、書き出し部分の異同に注目することにより、非常に大ざっぱではあるが、全体的な流れを見通すことが可能である。次に諸本を比較した結果を簡単な表にしたものを掲げておく。

〈表〉

	書名	冊数	書出	書写年	備考
	【漢文体】				
1	南蛮志	1	A	延享五	延享元年写本を写したもの。下冊は『原艸紙』（欠巻）。
2	南蛮志	1	A		奥書に寛延四年の年記。後半部『原艸紙』。
3	南蛮志	1	A		奥書に寛延四年の年記。下冊は『原艸紙』。2と同系。
	【和文体】				
4	切支丹始末記	1	A		
5	南蛮妖法記	1	A		本文は他本よりも増加傾向にある。
6	南蛮寺物語	1	A	明和五	
7	伊吹艾因縁記	1	A	明治三	伊吹艾についての序文。
8	伊吹山艾の因縁記	1	A	文政十	伊吹艾についての序文。
9	切支丹伝来記	1	A		
10	切支丹発起	1	A	天明二	
11	切支丹宗門由来書	1	A		奥書に宝暦十四年の年記。
12	切支丹来朝実記	1	A	寛政九	
13	南蛮宗門天正太平記	1	A	慶応四	
14	南蛮記	1	A	天明九	五巻本。
15	切支丹来朝実記	1	A	天明八	島原・天草一揆の話につながる。

16	吉利支丹宗門渡和朝根元記	1	A		奥書に寛保三年の年記。
17	耶蘇始末記	1	A	宝暦十二	奥書に宝暦十年の年記。序文あり。
18	伊吹蓬	1	A	宝暦七	序文あり。序文に書出Bが混入。
19	切支丹渡来并四答集	1	A		A系統の異本。
20	切支丹宗門来朝実記	1	B	明治二	奥書に明和四年の年記。
21	切支丹来朝実記	1	B	明治十四	奥書に明和五年の年記。
22	切支丹宗門来朝実記	1	B	安永五	奥書に宝暦十年の年記。
23	切支丹宗門来朝実録	1	B		
24	耶蘇宗門渡朝根元記	1	B		
25	南蛮寺永禄実記	1	B	文久一	書出部分がやや増補される。
26	切支丹宗門由来記	1	B	文政十三	奥書に寛政六年の年記。
27	切支丹実記	2	B		五巻本。奥書に文政十年の年記。
28	切支丹由来実記	1	B	嘉永三	書出部分がやや増補される。
29	切支丹由来実記	1	B		五巻本。奥書に寛政九年の年記。
30	切支丹由来実録	1	B		
31	禁宗真影記	1	B		尾題『切支丹宗門伝来記』。
32	切支丹渡来記	1	C		田丸氏左衛門具房編。尾題『切支丹発』。

所蔵　1：東京大学本居文庫（m）　2：静嘉堂文庫　3：彰考館（m）　4：内閣文庫　5：東京大学附属図　6・7・8・9：国会図　10：新城市牧野文庫（m）　11：金沢市立図稼堂文庫（m）　12・13：高橋圭一氏　14：著者　15：仙台市民図（m）　16：名古屋市立鶴舞図（m）　17：小二田誠二氏　18：徳島県立図森文庫　19：京都大学附属図潁原文庫（m）　20：

国会図　21：内閣文庫　22：彰考館（m）　23：茨城県立歴史館（m）　24：今治市河野美術館（m）　25：高橋圭一氏　26：小二田誠二氏　27・28・29・30・31：著者　32：小二田誠二氏

◇（m）は国文学研究資料館マイクロ資料に拠ったことを示す。

右の表からわかり得たことを次に列挙してみよう。

○書名について

この実録群はさまざまな書名で流布している。その多くは「実記」「伝来記」など事実性を標榜した書名である。また「書名」項と「書出」項を並べてみると、書名によってこの実録群を分類するのが困難であることがわかる。ただ、その中で全体的な傾向を言うならば、「書出」項Bの方が、「切支丹」という語を用いてそれぞれが似た書名をつけている印象を受ける。

○文体について

和文体のものが平仮名本・片仮名本合わせて大多数を占め、漢文体のものは多くは伝わっていない。漢文体のものに共通してみられる特徴は書名が統一されていることと、奥書にみられる年記が和文体よりも早めであることである。もっとも1本によると延享元年に書写された本を延享五年に写した旨が書かれ、2・3本は寛延四年の奥書を持つ。和文体16本には寛保三年の奥書がみえるが、これだけが突出しており今後の精査を要する。(4)

○書出部分について

表中Aと記したものは「夫切支丹宗門は人皇百七拾代正親町院の御宇永禄十一年［戊辰］の比南蛮より渡る所の邪法也扨南蛮と云は…（4本）」のように、すぐに南蛮国の解説に移る書き出しの型を指す。伊吹艾についての序文（おそらく後になって付け加えられたものであろう）を持つものは、確認できた範囲ではこの型に集中している。これらのうち7本の序は8本を簡略化している。Aグループ内部にさらに小系統を立ててよいだろう。16〜18本は広島の浪人が廻国の修行に出、近江国柏原の寺で艾をみつけ、それに関連した南蛮の書をもらい、それが同国の浪人中山仙右衛門に贈られ伝来したというものである。また19本は書出はAの形態をとるが、全体的に記述を簡略化したものである。しかしこの本はそれだけにとどまらず、ハビアンと白翁との問答部分でハビアンが術を用いて姿を消したり、曾呂利新左衛門が登場したりと内容面ではあらたに付け加えられている部分もある。

Bの型は「抑切支丹宗門之来由を尋るに人皇百七代の帝正親町の御宇永禄十一［戊辰］年織田上総介信長といふ人あり奸邪の心の内にふかく外には神社仏閣を破却し其領地を奪ひ我慢放逸の振舞多かりし故に守護の善神も見はなし給ふにや（21本）」と、信長批判の後、南蛮国の解説に入る型である。しかし信長批判は作品全体に行き渡っているわけではなく、この部分にのみ現れるものであり、A系統にあらたに書き加えられたものと考えられる。

Cは32本のみにみられるもので、「日本より西に当つて西土天竺を打越大海を隔て国有其名をイスハンヤ。ホルトカル。カステラ。フランス。イタリヤ。ロウマ抔云り」としたものであり、他の二系統とは全体的に雰囲気を異にしている。ところがこれを読み進めてゆくと、本文内容は『吉利支丹物語』にならい、表記を仮名草子のような平仮名主体から漢字平仮名交じり文へと変えていることがわかる。それではこの本こそが『吉利支丹物語』とA、B系実録群との間に位置するものかというと、そうではなさそうである。なぜなら32本の尾題には「切支丹発終」と書かれているからであり、本来なら、「発」と「終」の間には「端」の文字が書かれ「切支丹発端　終」となるべきではないか。それならば「天草軍記物」実録（とくに『天草征伐記』系統）にみられる、一揆が起こる以前の切支丹説話部分を指すことになる。さらに32本とよく似た本文を持つものとして国会図書館蔵の実録『天草征伐記』の発端部を指摘できる。この本も「田丸氏左衛門具房」（田丸具房は本章第二節参照）の署名を備える。したがって32本は発端部が独立したものと今のところ考えている。

これらの作業を通じて、おぼろげながらも次のような流れが予想できる。つまり、近世中期に、それまで版本として出回っていた『吉利支丹物語』（あるいはその改題本）をもとに、キリシタン実録群のストーリーが形成され、すでに延享・寛延期には写本として流布していた。漢文体と和文体とのいずれが先行するのかは、さらなる検討を必要とする。その後程なく冒頭部に織田信長批判を加えた系統が生まれ、それも広範囲に広まった。また、A系統からは「伊吹艾」の序文を持つ系統や「広島浪人」の序文を備えた系統が派生してゆき、キリシタン実録群は複雑化していったのだろう。

さてこの実録群の後の展開について簡単に触れておく。この実録群はその題材のためか寺院など仏教関係者にも流布していたようである（17本奥書）。そして明治直前には杞憂道人こと鵜飼徹定により『南蛮寺興廃記』として出版される。鵜飼徹定は幕末期の「闢邪護法運動の大立物」(5)とされるほどの人物であり、教化目的の出版であることは明らかである。そこでは写本にみられるような南蛮国についての誤った地理を正し、南蛮国王らの日本侵略についての話し合いの場面を削除してある。

キリシタン実録群は当然、島原・天草一揆とも関わりが深い。『天草征伐記』などの田丸具房物よりも古態を示す『嶋原実録』（享保から宝暦頃成立か）や文化期前後に成ったと推測される実録『金花傾嵐抄』の冒頭部に取り入れられている。ただし、いずれもA、Bどちらの系統を参照したかは不明である。

三、キリシタン実録群の性格

キリシタン実録群と『吉利支丹物語』とを比較すると、キリシタン実録群の性格がよくわかる。その主だった変化については前節で列挙した。繰り返すことになるが次のようである。

①キリシタンが来朝した年代の変化（弘治年中→永禄十一年）。
②キリシタンが来朝する以前の南蛮国における、国王やウルガンバテレンらのやりとりが加えられる。
③キリシタンを広める織田信長の行動が重点的に描かれる。
④ゴウスモウ、シュモンなどの日本人バテレンの活動描写が加えられる。
⑤伯翁とハビアンの問答場面の、作品中における位置の移動。
⑥ゴウスモウ、シュモンらが豊臣秀吉の前で魔術を行う場面が加えられる。

このうち、縮小された場面である⑤「問答」についてはすでに前節において注目した。『吉利支丹物語』ではこの場面を境に日本国内でのキリシタンが凋落の道をたどるという、重要な転換点としての役割を与えられていた。しかしキリシタン実録群では、問答の内容じたいも平易化・簡略化され、また右に挙げたような場面の一つ一つがストーリー性に富んでおり、問答の作品中における重要性は低くなってきていた。問答部分はいわば仏教の正当性を示す役目から単に双方のやりとりを享受者に楽しませようという目的に変わってきている[6]。

その代わりにキリシタンの妖術を含む海外についての記述、右でいえば②、⑥が前面に出てきている。本節ではもう少しこの問題について述べることにする。

○南蛮国についての記述

冒頭部ではまず南蛮国の地理的説明がされる。南蛮国は西は天竺・那陀国、南は烏馬国、北は蜀国、東は蒼海に面していて、国内は四十二国に分かれる。日本より西南におよそ三万七千余里（ただし六丁を一里と考える）離れていると説く。このように具体的な情報が記されるということは（現在の目からみてたとえ内容がでたらめであったとしても）、人々が世界地理に対しての、科学的な興味を持っていたことが予想される。世界地図は、長崎において正保二年（一六四五）に刊行された『万国総図』（マッテオ・リッチによる『坤輿万国全図』に基づいたもの）を模倣したものがこの頃すでに上方や江戸で広く出版されたことは知られているし、一枚図でなくとも寺島良安『和漢三才図会』や、時代が下るが宝暦十一年（一七六二）刊『大福節用集大蔵宝鑑』(7)にも世界地図は付される。この時期の人々にとって、海外は全くの暗黒地域というわけではなかったのである。

南蛮国の位置は日本より西南にあるということで、おそらくは呂宋や阿媽港などを指していると想像できる。これらの国々は日本的中華思想においてまさに「南蛮」に相当する。ただし三万七千余里という距離はあてにならない。はるか彼方にあるということを強調したものであろう。周囲の国々の記事にしても、西の天竺、東の海はよいとして、その他の国名については地図類には見いだせない。その反面、四十二という国郡数などはたとえば西川如見『四十二国人物図』(8)跋文に「当時蛮人紅毛等交易往来ノ諸国人物ヲ以テ彼国ノ画工ノ図セシヲ写シテ長崎画師ノ図画セシヨリ世ニ弘マル事ト成ヌ　此人物ノ外猶又奇異ノ国多シト云トモ蛮人紅毛ノ往来無フシテ未タ其伝不分明者素リ除ク之其始四十国トス後人増加ヱテ四十二トス」（傍線は著者の手による）とあるように決して根拠のない数字ではない。したがって南蛮国の位置についてもまったくのでたらめを書いているというわけではなさそうである。

南蛮国内では日本侵略の相談の様子が記される。そこではゴウシンビ大王が、日本は「小国なりといへとも」「金銀多き大上国と見」えたので攻め取ろうと臣下に述べる。すると、ゴキ左大臣が日本は「神国にして神明の守護強く南蛮北狄七度まで責るといへとも終に勝利」できないから、道人を日本へ遣わしキリシタンの術法で人を手なづけ、金銀を与えて人心をつかみ、その上で日本を占領しようと進言する。当然ながらこれは日本人の視点から描いた南蛮国内像であるが、「大上国」「神国」など、ここにみられる表現からは海外と対置させた日本の優位性が誇示されている。キリシタン実録群の本質を考えるという意味で注目できる。

この後、ゴキ左大臣の息子ゴガがバテレンを探しに天輪峰へ行くが、山中で出会ったウルガンバテレンは早くも国王の欲深いことを悟り同心しない。バテレンは僧形であり、自由自在に虚空を飛び、雨を降らし風を起こすことができる。自らを「隠遁者」と呼び、ゴガの持参した土産物に対しては「如斯の物に目を附る者にあらず人間の欲ふかきとは相違也」と断り、姿を消してしまう。ウルガンが姿を消した後には黒雲が空を覆う。ここではバテレンに仙人のイメージが重ねられている(9)。ウルガンはこの後、ゴキ左大臣に半ば脅されるようにして国王に会見し、日本に遣わされることになる。いわばウルガンは南蛮国王の日本侵略の道具として用いられていることになるわけで、「キリシタンを憎悪の対象としてしかとらえていなかったとは必ずしも言えず」という大橋幸泰氏の指摘(10)は首肯できる。では人々はキリシタンをどのような感情でみていたのか。このことは次に掲げる妖術の点からうかがうことができる。

○妖術について

キリシタンに対する当時の人々の認識のうち、妖術が重要であることは言うまでもない。キリシタン実録群では『吉利支丹物語』に比べ妖術を使う場面が増える。だが、そのほとんどは―とくに日本国内で妖術を駆使する場面は―空中飛行とか怪物に国内を破壊させるというような壮大な術とは言えない。ではどのようなものだったか。先に示した『吉利支丹物語』からの主だった変化のうち、⑥が最もわかりやすいのでこの場面を例にみる。秀吉はすでに禁教令を出しており、ゴウスモウ・シユモンの両日本人イルマンはそれぞれ泉州堺に隠れ医業を行っていたが、二人の手妻が評判を呼び、秀吉に召し出される。二人が行ったのは水を入れた鉢に紙を入れると魚に変身するという術であり、呪文をとなえてこよりを大蛇に変身させるという術であり、卵を握るとそれがひよこ、そして鶏へと変わる術であり、あるいは名所を目の前に現わす術であった。最後に秀吉の望みで幽霊を出すのだが、秀吉が若い頃に手討ちにした女中を幽霊として登場させてしまい、そこから二人がキリシタンであることが見破られてしまう。

幽霊の術は、寛延二年（一七四九）刊『虚実雑談集』巻三「化身術の事」[11]に類話がみられる。果心居士が秀吉の妾を幻術によって登場させるというもので、『虚実雑談集』の刊行は『南蛮志』よりも遅れるものの、秀吉の妾を幻術によって現す話じたいはおそらくこの時期にすでに広まっていたのではないだろうか（果心居士が幽霊を出す話はすでに林義端『玉箒木』〈元禄九年刊・一六九六〉にもみえる）。秀吉と幻術という関連からキリシタンに利用したと推測できる。

他の幻術についてはどうか。結論から言えば彼らの術は人心を惑わすような幻術ではない。多くの諸本に「珍しき手妻」「放下」と書かれているように手妻、放下芸の類であった。彼らの術はたとえば紙が魚に変身する術と類似の術が『神仙戯術』（正徳五年〈一七一五〉刊）の「盆中走魚」にあるように、手品指南書をヒントにすれば容易に思いつくものばかりであろう。ウルガンバテレンが日本において信者獲得の折に用いる三世鏡（人々がそれを覗くと自分たちの顔が牛や馬となっており、キリシタンに入信すると美しい容貌に映る鏡）さえ、これもまた近世中期あたりから作られるようになったという[12]魔鏡の延長と考えられなくもない。

手品に関する指南書は元禄期に出版がはじまり、享保以降、続々と刊行されたと言う[13]。このことは単に座敷芸の体得という目的のみならず、近世中期以降の人々の、周囲のあらゆるものに対する科学的興味が手品の世界にまで働いたことを意味していよう。南蛮国の地理に対して働いた人々の科学的興味はキリシタンの妖術にも向けられ、妖術はそれを合理的に説明できるレベルに矮小化されてしまったと言える。また、このことはかえって実録としての事実性―摩訶不思議な現象も現実のこととして説明可能ということ―を強調する結果になりえたであろう。

キリシタンの妖術から神秘性を奪うかのようなこのような描き方は未知のものを解明しようとする意欲のあらわれであるとともに、当時の人々がキリシタンに対して憎悪や恐怖の念だけでなく、軽視蔑視の感情を抱いていることも読みとることが可能である。術を扱うバテレン・イルマンには放下師としてのイメージを重ね合わせることができ、とくに日本人イルマンのハビアン・ゴウスモウ・シユモンの来歴をみると、三人とも癩病や瘡を患い非人となり、流浪のあげく南蛮寺に連れて来られるというものである。南蛮寺が実際に行った救癩事業を踏まえているのだろうが、業病の流浪者が宗教者（ここでは異端の宗教者だが）になり、それが放下師的な活動をするという設定は共同体の周縁に置かれた存在としての性格付けもまた連想される。

南蛮国の描写における日本を優位に描く表現といい、キリシタンや妖術の描き方といい、キリシタン実録群の基本的な性格の一つには、彼らを軽視し、自分たちが優位に立とうとする感情が読みとれる。このような感情は共同体の内側にいる者たちが、その中に安住することによって得ることのできる、他者に向けられた一種の優越感と重ね合わせて考えることができるだろう。

おわりに

以上、本節では広範囲に流布したキリシタン実録群を整理し、その内容における性格を考えてきた。この実録群の成立には出版規制の影響とともに、近世中期ごろから幅広い階層に広まった、人々の周囲に対する科学的興味が大きく関わってきていること―それは第一項で指摘した海外への興味も当然含まれる―、それがキリシタン軽視の姿勢に結びついていくことも読みとれた。

実録は歴史記述の側面の強い読み物である。そこには享受する側の、真実を知ろうとする欲求に対応して生産者があらたな情報（虚実さまざまではあるが）を加えていくという力学が存在する。人々の科学的興味・合理的思考は歴史記述にも向けられる。「この事件の内幕はどうだったのか。」「なぜこんなことが起こりえるのか。」このような問いかけに答えるかのように「みてきたような」ことを述べる実録。この読み物ジャンルの出現、そして成長には、近世中期の人々の科学的興味や合理的思考の広まりが大きく関与している。

注

（1）松田毅一氏『キリシタン研究　第二部論攷編』第二章（風間書房・一九七五年）

（2）辻達也氏校注『荻生徂徠』（日本思想大系三十六・岩波書店・一九七三年）

（3）「切支丹宗門来朝実記考」（『宗教研究』第一三九号・一九五四年七月）

（4）伊東多三郎氏『近世史の研究』第一冊第二部―四「耶蘇邪教観の形成」（吉川弘文館・一九八一年）によると長崎大浦天主堂に「元禄（年数不明）九月三日」の日付をもつ『切支丹宗門来朝実記』がある旨記される。だが、実録の年記はあまり早いものには注意が必要であり、なお検討の余地がある。

（5）海老沢有道氏『南蛮寺興廃記・妙貞問答』（平凡社東洋文庫十四・一九八三年）解説。

（6）実録における問答場面の意義は小二田誠二氏「実録体小説の人物像―『天一坊実記』を中心に―」（『日本文学』第三十七巻第八号・一九八八年八月）に述べられている。

（7）海野一隆氏『地図の文化史　世界と日本』（八坂書房・二〇〇四年）所載の写真による。

（8）国会図書館蔵。
（9）村田安穂氏「物語的排耶書におけるキリシタンの理解をめぐって—道教との関連を中心に—」（口頭発表要旨・『日本思想史学』第三号・一九七一年）にも同様の指摘がある。
（10）『キリシタン民衆史の研究』終章・第二節（東京堂出版・二〇〇一年）
（11）東京大学文学部国文学研究室蔵。国文学研究資料館マイクロ資料による。
（12）青木豊氏『和鏡の文化史　水鏡から魔鏡まで』第三章・十三「魔鏡」（刀水書房・一九九二年）
（13）平岩白風氏『図説・日本の手品』「伝授本の展望」（青蛙房・一九七〇年）

第二章　他ジャンル文芸への展開

前　言

実録を研究対象としたとき、さまざまな研究方法が思い浮かぶが、他ジャンルとの影響関係をみていくことも重要である。なぜならば、実録が他ジャンル文芸の素材となることが圧倒的に多く、またその逆もあるからである。とくに、実録が小説・演劇など、種々の文芸に素材として影響を及ぼしていることは、成長とともに実録の大きな特徴と言える。極論になるが、これら他ジャンル文芸への展開や交流もまた、成長の一類と認めることもできるだろう。さらに暴論が重なるが、実録に投影されるような事件に対する人びとの認識を伝説と言うならば、実録はその伝説を書きとどめた一つの表現形態であろうし、それをもとにした版本小説や歌舞伎は、それぞれの表現様式に基づいた、伝説の一変形とみなすことも可能であろう。

話が拡散するので元に戻るが、要するに、実録と他ジャンル文芸との関係をみていくことは、両者の典拠研究にとどまらない、当代事件を通した、それを受け止める人びとのジャンルに対する意識や、そのままでは公にできないものを公にするときの考え方を把握することにつながっていく。

さて、実録が他ジャンルへ展開する様相を具体的にとらえていくにあたり、本書における実際的な方法について述べると、ここではさまざまな典拠を指摘し、一つの作品がどのように形成されているかを明らかにするという方法はとらず、版本小説や演劇と、その素材となった実録との一対一の比較をし、両者にみられる共通する要素と異なる要素を分析する方法を用いる。

例として取り上げる題材については、上方の絵本読本、江戸の草双紙、歌舞伎、講釈と、実録ととくに関わりの深いものを選んだ。

第一節　絵本読本への展開

はじめに

絵本もの、または絵本読本（本書ではこの呼称を用いる）と呼ばれている作品群には、すでに流布していた実録を種本として製作・刊行されたものも多い（やや長くなるが、適当な言葉がみつからないため仮に「「実録種」絵本読本」と称しておく）。明治期まで印行を重ねたものもかなりあること、[1]現在でも多数残っていることなどから読者の人気を博していたことが推測され、江戸時代の書物流通史の方面からも、その存在を無視することはできない。

「実録種」絵本読本の発生の一因として、すでに言われているように、[2]近世後期上方出版界の「描速主義」による産物という見解を挙げることができる。種本として用いられた実録は、そのころにはかなり流布していたものであり、版元が利用を考えるだけの魅力はあった。

だが、この「描速主義」とも言うべき方法は、あくまでも素材・種本の選択においてであり、実際に種本となった実録と「実録種」絵本読本とを読み比べると、絵本読本は、ストーリーの中核となる事件の骨格が実録の枠を大きくはみ出ることはないにせよ、かなり細かいレベルにまで種本の実録に手を加えていることが、最近、明らかにされつつある。

版本として世に出る「実録種」絵本読本の執筆の際には、当然ながら幕府への配慮から作品世界の時代設定を変更することがまず要求される。その上で制作者に求められるのは、既知のものとしてすでにあるストーリーをどのように書き換えるか、ということであろう。ここに絵本読本の文芸としてのあり方が生じてくる。この問題については濱田啓介氏が『絵本太閤記』を例に、(3)また、「実録種」ではないものでも、山本卓氏が『絵本堪忍記』を例に、(4)種本を読本化するときの様相を具体的に検証されている。

さて、絵本読本を多く手がけたとして知られる速水春暁斎もまた「実録種」絵本読本を多作しており、その代表的制作者といえる。本節では、春暁斎の『絵本顕勇録《けんゆうろく》』（文化七年〈一八一〇〉刊）を例に、その種本と目される実録『敵討貞享筆記』との比較・検討を行い、そのことを通じてうかがえる、春暁斎作の「実録種」絵本読本化の方法について、若干の考察をこころみたい。

一、『絵本顕勇録』まで

貞享四年（一六八七）六月三日、大坂南御堂前（東本願寺難波別院前）において磯谷兵右（兵左とも）衛門・藤助と彼らの従者船越九兵衛による敵討ちが行われた。相手は大坂で医業を行っていた元阿波徳島藩家臣嶋川太兵衛である。世に言う「御堂前の敵討ち」であり、『絵本顕勇録』（以降『顕勇録』と略称する）の題材となった事件である。事件にまつわる直接的な記録は現在のところ見いだすことはできないが、事件の翌年に刊行された井原西鶴『武家義理物語』巻二の一「身躰破る風の傘」及び同二「御堂の太鼓うつたり敵」や、『古今武士鑑』（元禄九年〈一六九六〉刊）、時代は下るものの『摂陽奇観』巻二十、また、「其時の書留」に拠ったとされる『過眼録』などを総合して基本的な部分を取り出すと、事件の実態は次のようにまとめることができる。

貞享元年四月二十四日、雨の降る日に、阿波徳島の新町橋において、嶋川太兵衛と本部（邊とも）実右衛門が、互いの唐傘が当たったことにより口論となり、太兵衛は実右衛門を殺害する。太兵衛はすぐに藩に暇を貰い、国を出る。実右衛門の甥である磯谷兵右衛門・藤助（二人は従弟同士）は叔父実右衛門の仇討ちを決意し、太兵衛が大坂にいることを知り、貞享四年六月三日未の中刻に大坂東本願寺難波別院前で従者船越九兵衛とともに太兵衛を討った。

この敵討ちは、磯谷方の人物関係が複雑であるため、図を用いて説明を加えておく。

本部兵右衛門
- 岡本雲益――磯谷兵右衛門
- 本部喜助――磯谷藤助
- 阿波徳島源久寺住職
- 磯谷藤兵衛
- 本部実右衛門

岡本雲益をはじめとする兄弟は、五人でなく六人とする説もあるが、早くに病没したとされ[5]、この事件には全く関わってこない。岡本雲益は紀州二（慈）尊院村で医師を営み、本部喜助は阿波スケトウ（助任の字をあてるらしい）村で浪人、磯谷藤兵衛は江戸町奉行所において与力職に就き、本部実右衛門は徳島藩士安留（冨とも）治左衛門の元にいた。安留は本部兵右衛門と古傍輩であり、その縁で実右衛門が引き取られていたらしい。磯谷兵右衛門は江戸におり、磯谷藤助は阿波スケトウ村にいた。また、『武家義理物語』では、磯谷兵右衛門は雲益から藤兵衛のところへ養子にされたこととなっており（実際にそうであった可能性も否定できない）、この記述は後の実録『敵討貞享筆記』でもみられる。そして右の図でわかるように、実右衛門は兄弟の中で末子にあたる。兄が弟の仇を討つことは目下の者の仇を討つことになり、慣例として許されなかった行為であった。[6] そのため、三人の兄に代わって二人の甥が敵討ちを行ったものと考えられる。

次に、事件後、『顕勇録』が刊行されるまでの代表的な文芸を確認することにする。先に述べたように、事件の翌年には『武家義理物語』に取り上げられ、元禄九年には『古今武士鑑』にも収められる。これら二作はどちらかと言えば実説に近いと考えられるが、『古今武士鑑』では、嶋川太兵衛がかつて本部実右衛門に相撲で負け、そのときの遺恨が太兵衛と実右衛門の喧嘩の遠因であるとしている。演劇では『役者《やくしゃ》大鑑《おおかがみ》合彩《がっさい》』（元禄五年〈一六九二〉までに刊）における荒木与次兵衛と篠塚次郎左門《ママ》の項によれば、事件の後、そう時間が経っていないうちに、大坂荒木与次兵衛座でこの仇討ちを題材にした歌舞伎が行われたようであるが、[7] くわしいことはわかっていない。享保十二年〈一七二七〉には長谷川千四作の浄瑠璃「敵討《かたきうち》御《お》未刻《やつの》太鼓《たいこ》」が作られる。「御未刻太鼓」は同年に歌舞伎としても演じられ、また繰り返されたり改作を生んだりと、人気が高かったことがわかる。これら演劇における特徴は嶋川太兵衛の人物像を憎々しい悪役として描くことである。[8] それらの後で、実録『敵討貞享筆記』（以降『貞享筆記』と略称）が成立する。最初に置かれる曾呂利新左衛門の逸話の中で『太閤真顕記』の書名が挙がっていることから（これをもとにした『絵本太閤記』が刊行される寛政九年以前、安永ごろには成立か）、それより後の作と目される。演劇などの先行作の影響は現在のところ認めにくい（嶋川太兵衛の人物像も憎々しい悪人には描かれない）。また、太兵衛と実右衛門が喧嘩になる前に、浪人中であった実右衛門の仕官の仲立ちを太兵衛が拒否した話があり、その事が新町橋における両者の喧嘩の伏線となっている。これらを経て文化七年に『顕勇録』が出版される。『貞享筆記』と共通の趣向がかなりの部分にわたってみられ、直接の典拠と言える。次項では、『顕勇録』[9] と『貞享筆記』[10] とを具体的に比較していく。

二、『絵本顕勇録』と『敵討貞享筆記』

はじめにやや長くなるが、『顕勇録』の筋を概説する。原本は、筋の順序がかなり前後するので、適宜整理しておく。

足利義満の時代、越後国塩沢に磯谷兵右衛門という郷士がいた。弟には同国村松で禄についている藤兵衛、古傍輩の阿波藩士安冨治左衛門の世話で阿波国源久寺の住職をしている第二の弟（名は不明）、同様に安冨の世話で阿波国で仕官している本部喜助、そして、兵右衛門の家に同居している本部実右衛門がいる。兵右衛門は病没、兵蔵・藤助二人の子息と実右衛門は藤兵衛に引き取られる。実右衛門には放蕩癖があり、ある時酒に酔い、塩沢藩の者の妻に戯れかかる。実右衛門は反省し、諸国武者修行の旅に出かける。大坂に出て、実右衛門は安冨に出会う。彼は実右衛門を仕官させようと先に阿波へ帰る。後に残った実右衛門は新町の遊女賤機を見初め身を持ち崩すも、賤機の諫言・援助で安冨のもとへ向かう。

いっぽう、大内義隆家臣嶋川太兵衛は、文武に秀で、義隆に百人一首の講説をするなど、信頼が厚かった。奸臣らの勧めで酒色にふけった義隆を諫めた折に、太兵衛は処罰される奸臣らを救うため彼らの身代わりとなって国を退去する。その後阿波に行き、手習い素読の師範となり、領主名和長俊に見いだされ仕官する。また、太兵衛の同僚安冨治左衛門は、阿波に来た実右衛門を仕官させるために、実右衛門に彼の友人である盗賊武笛を捕らえさせる。安冨は太兵衛に実右衛門を推薦するも、彼の素行の悪さから太兵衛は反対する。応永元年二月八日雨の日、城下の新町橋で実右衛門は太兵衛とぶつかり、仕官にまつわる遺恨から喧嘩となる。太兵衛は実右衛門を殺害、弟子桜木右膳（内匠）の勧めで播州瀧野へ逃げる。瀧野では薬種屋に立てこもった浪人関戸彦九郎を捕らえ、藩士垣沢右門と親交を結ぶ。

越後の磯谷藤兵衛は実右衛門の死を知り、藤兵衛のもとにいた兵蔵・藤助兄弟は藤兵衛の門人船越九兵衛とともに叔父の仇討ちに出る。旅の途上、兵蔵は鎌倉で留まり、藤助と九兵衛は四国へ向かう。四国への途次、琵琶湖を渡るときに嵐に見まわれ二人は離ればなれになるが、堅田の漁師正作の家で再会する。正作はかつて磯谷家に仕えていた家僕であり、彼は病を煩った藤助の薬礼のため、娘浅茅を売る。九兵衛は藤助を残し阿波へ渡り、嶋川太兵衛が瀧野にいるとの情報を得て瀧野へ向かう。途中、太兵衛が寄寓する寺の下男を山賊から救い、太兵衛の居所を確認し、その足で藤助のもとへ向かう。いっぽう兵蔵は鎌倉の小嶋屋に奉公し敵の情報収集を図るが、小嶋屋の娘に恋慕され、主人夫婦から縁組みを迫られる。しかし太兵衛の居所がわかったため、事情を主人に説明し鎌倉を発足、堅田で藤助・九兵衛の二人と合流し瀧野へ行く。主用で瀧野に来た桜木内匠は船越九兵衛を見つけ、太兵衛に危険を注進する。太兵衛は瀧野を辞して阿波へ向かおうとするが、垣沢右門の知謀で大坂の佐倉正賢の屋敷へ連れて行かれる。磯谷兄弟らは太兵衛が阿波へ行ったとの情報を得て、阿波へ向かう。阿波では桜木が本部喜助の下男林平を味方に引き入れ、磯谷兄弟らを土佐との国境までおびき出し殺害を企てるが、兄弟らは難を逃れ林平に太兵衛の居場所を問いただして大坂へ出る。大坂でかくまわれている太兵衛は自ら仇を討たれようと、屋敷の者に気鬱を申し立て市中を徘徊し姿をさらす。その一方、新町遊郭に売られた浅茅は幇間〆八に懸想され、賤機に助けられる。また賤機は喧嘩に巻き込まれた藤助を助け、自分のもとに連れて行く。藤助と浅茅は再会し、賤機から太兵衛の居所を聞く。兄弟は御堂前で太兵衛を待ち受け、本懐を達する。

時代を足利義満の時代に設定しているものの、かなりの部分にわたって『貞享筆記』との共通点がある。それらのうち主なものを列挙し補足説明をすると、次の通りである。

①本部実右衛門の人物像。

ただし、『顕勇録』では、実右衛門の悪人ぶりを示す話を新たに付加し、『貞享筆記』に比べて、その性格をより強調している。

②百人一首の講釈の話。

③嶋川太兵衛が実右衛門の仕官要請を拒否した話。

④太兵衛が播州瀧野へ逃走し、瀧野で関戸彦九郎を退治する話。

『貞享筆記』では播州龍野となる。

⑤船越九兵衛の来歴。

故郷で喧嘩をしたために立ち退き、鮭突きを生業としていたこと、藤兵衛の門人との立ち合いに勝ち、藤助の門人となったことなど細かいところまで一致する。

⑥兵蔵が小嶋屋に奉公し娘に見初められる話。

実録では小嶋屋の場所が江戸浅草となっている。江戸を鎌倉に変更するのはそのまま江戸の地名を用いるのが憚られるからで、読本では常套手段である。

⑦太兵衛が気鬱と称して大坂市中を歩き廻る話。

このように、実右衛門が殺害されてから兄弟らが仇討ちを遂げるまでの間の、いわば原史料類にはあらわれにくい、作者の創作によりやすい部分の多くが共通することから『顕勇録』の直接的な典拠として『貞享筆記』系統の実録を指摘することができる。

次に、『顕勇録』の段階であらたに施された変化を考えてみる。その手法は便宜的に以下の三つに大別して考えることにする。

イ、既存のものの改変

○時代背景の変化

○各章の順序の入れ替え

○登場人物像の変化・強調・その際のエピソードの改変

ロ、増補されたもの

○あらたな作中人物の登場

○あらたな挿話の付加

ハ、削除されたもの

○人物の整理

○章話の削除

イのうち「時代背景の変化」については説明せずともよいであろう。「各章の順序の入れ替え」は、例えば、嶋川太兵衛が本部実右衛門を討ってから後の話の流れ（太兵衛側と磯谷側の二つの動きをどのように配置するかが問題になってくる）をみると、『貞享筆記』では磯谷兵右衛門たちが実右衛門が討たれたことを知り敵討ちに出かける章から、兵右衛門が小嶋屋に奉公しそこの娘に恋慕される章を経て、嶋川太兵衛が龍野へ行き関戸彦九郎を捕らえる章が置かれるが、『顕勇録』ではまず嶋川太兵衛の動きを追い、瀧野で関戸彦九郎を捕らえる章までを先に置いて太兵衛の行動を一段落させてから、磯谷兄弟が実右衛門の死を知り敵討ちに出かける章をならべる、というように、順序が逆転する。このような筋の再構成は『貞享筆記』がむしろ時間軸に沿って各章を置いているのに対して、『顕勇録』が各人

物の行動ごとに構成しようという、事件そのものというよりも、事件中の各人物に注意を払う意図がうかがえる。(11)

検証の順序が崩れることになるが、ハの「削除」もまた章の入れ替えと同じように筋を再構成し、人物や仇討ちのストーリーを浮かび上がらせ読解の便を図ったものと推測される。たとえば、実説・実録では磯谷兵右衛門と藤助は従弟関係になるが、『顕勇録』で二人を兄弟関係と改めたのは磯谷・本部一族が複雑であるため、単純化し、仇討ちをする磯谷兄弟をはっきり浮き上がらせたものであろう。さらに言えば兵右衛門を兵蔵と改めたのも、実右衛門らの父兵右衛門が『顕勇録』では兄弟の列に加わったこと（これも家系の単純化であろう）による、家系の混乱を避けためではないかと推測される。また、「章話の削除」には、『貞享筆記』における、備前にいた嶋川太兵衛が国を退去するときの章を挙げることができる。太兵衛が国で禁じられていた踊りを踊ったために処分を受け、国を出るというものだが、その後で池田喜内（後大石内蔵助になる）が病の藩主に知謀を用いて薬を飲ませるという話になる。あまりにも本筋から離れすぎていることと、別の伝説の混入によって筋が緩慢になることから削除したものと言える。

後に残ったイの一つとロの手法も確認する。はじめにイ「登場人物像の変化・強調、その際のエピソードの改変」では、たとえば先に挙げた『貞享筆記』との共通点の①、②、③、⑦がそれをよくあらわしている。これらは本部実右衛門と嶋川太兵衛についてのことであり、とくに嶋川太兵衛像が大きく変化している。したがって嶋川太兵衛からみていくことにする。②について『顕勇録』では以下のようなエピソードとなっている──大内義隆の家臣博多主水が、歌が詠めない理由として自分の腹中に歌袋を持たないことを挙げ、義隆から歌袋を見せるよう命令される。途方に暮れるところを、太兵衛が御前で「年毎に春を知りてや梅桜木を割りて見よ花のありかを」と詠んで許される──というものである。『貞享筆記』ではやや異なり、豊臣秀吉の前では嶋川太兵衛ではなく細川幽斎が百人一首の講釈をすることになっており、歌袋を持参せよと命じられるのは織田信雄である。そして太兵衛ではなく、磯谷兵右衛門が加藤清正の家臣として登場し、信雄を助けるために曾呂利新左衛門を紹介する役として登場する。「年毎に〜」の歌は曾呂利が詠む。(12)この挿話はあまりにも本筋とかけ離れているため（磯谷兵右衛門は脇役としてしか登場せず、曾呂利新左衛門伝説を強引に取り入れた感が否めない）、読本化する際に兵右衛門から太兵衛の行動へと変化させ筋の連続を図り、同時に太兵衛の知者ぶりを示すエピソードへと改めようとしたものと考えてよい。池田喜内の伝説は削除したが、この伝説は手を加えたうえで残した。次に③をみると、『貞享筆記』では盗賊武笛逮捕の功を逃した太兵衛が、嫉妬ゆえに、武笛を捕らえた実右衛門の行状の悪さを言い立てて仕官の仲立ちを拒否するというように、太兵衛の嫉妬心をその大もととしている。『顕勇録』では、太兵衛は嫉妬心のない、全くの理詰めによって実右衛門の仕官要請を断り、これもまた太兵衛を理知的な人物に描いている。⑦は『貞享筆記』では、寄寓先の主名倉正賢が気鬱のために大坂を徘徊し、太兵衛はそれに付き添わされる立場である。『顕勇録』では太兵衛と正賢の立場を逆転させ、大坂における徘徊を太兵衛の仇を討たれる覚悟のためとすることで、太兵衛の人格者ぶりを強めている。

演劇にみられる太兵衛は傲慢な悪役としての性格が強調されていた。『貞享筆記』では、おおむね善人として描かれるものの、「生得武芸を好み学文をなし器量高く小事にかかわらず心のままに暮し役人中へ追従をもせず備前家中にて我儘者との取沙汰仕たる（巻四・島川太兵衛備前退去の事并古林見宣招請の事）」と評されたり、本部実右衛門の盗賊武笛逮捕によって手柄を奪われたことの嫉妬心が持ち上がるなど、善悪入り交じった性格であった。これは、濱田啓介氏が言われるような(13)「講釈の当座性」によって人物像が一貫しないためと思われる。『顕勇録』では明らかに善人としての太兵衛像を設定し、その太兵衛像にしたがって話を進め、時には実録と共通する話も太兵衛像に都合のいいように改変する。

これとは対照的に実録でもあまり好意的に描かれなかった本部実右衛門は、その身持ちの悪さを強調して描かれている。たとえば実右衛門が盗賊武笛を捕らえる話では、『貞享筆記』は実右衛門と武笛とは面識がないのだが、『顕勇録』では、武笛は実右衛門の悪友と設定されている。また、ロ「あらたな挿話の付加」に含まれるが、『顕勇録』では実右衛門が阿波へ行くことになるまでの経緯が新たに付加されており、そこからは越後を退去することになったとき（塩沢藩士の妻に戯れかかる）、大坂へ出てから阿波へ行くことになったとき（新町の遊女に夢中になる）と、それぞれ彼の身持ちの悪さが起因していることがわかる。実右衛門の放蕩ぶりを強調するのに役立っていると言えよう。さらに、太兵衛の人格者ぶりと実右衛門の放蕩ぶりを明確にすることによって人格者が放蕩者の敵として討たれてしまうという、この敵討ちのもつ不条理さも浮かんでくる。ちなみに「仇を討たれる者即ち悪人とは限らない」という、このような設定は元の実録に引きずられたためであろうが、読本としてはやや異質の印象を受ける。

ロについてあらためてみていく。これは『貞享筆記』と『顕勇録』とを比較したときにもっとも目に付く変化と言ってもよい。あらたな作中人物の登場はそれに伴って新しい挿話を生み出す。実右衛門となじみ、最後には敵嶋川太兵衛の居所を磯谷兄弟に知らせることになる遊女賤機や、実は磯谷家ゆかりの者であり、病に苦しむ磯谷藤助のために娘を売って薬礼を作る堅田の正作・浅茅父娘、本部家の下男林平などが登場しそれぞれに挿話が加わる。もちろん先にみた実右衛門の例のように、すでに実録に登場した人物にまつわる新しいエピソードもある。これらあらたに加えられた挿話は、阿波へ向かう途中の本部実右衛門による雲助退治や、播州瀧野を立ち退く際の嶋川太兵衛の妖怪退治、磯谷藤助・船越九兵衛が琵琶湖で嵐に合う話などの冒険的・武勇伝的な性格を持つものと、実右衛門に二十両の大金を与え阿波で仕官させようとする賤機や、色男ぶって懸想を仕掛ける幇間〆八に毅然とした態度を示す浅茅といった女性の性格的な強さ・潔癖さをたたえるエピソードが多くを占める。これらの要素を随所にちりばめる結果、ストーリーにいくつかのヤマ場が設けられ、読者を飽きさせず長編化が達成されている。

ここまで示したようなさまざまな手法—種本をもとにあらたな作品に書き改めるときの、基本的な手段と思われ、春暁斎画作物の独自の手法というわけではないだろう—によって、もとの実録の筋は複雑化し、実録とはまた違った作品世界をもつ。種本として実録を利用し、話の要所はそれに基づいてはいるものの、かなりの部分においてそこから変化させようと工夫した跡が認められる。『顕勇録』を例にすれば、それは登場人物の存在やストーリーを明確にしようとする意図に収斂すると言えそうである。とはいえ、その改変はストーリーの根幹を覆す類のものではないし、実録と話の重なる部分のアレンジも、実録からは大きく離れてはいない。基本的なストーリーの流れを、実録という枠で規定した上での改変が前提である。

三、挿話の方法

これまでみてきたように、速水春暁斎画作の「実録種」絵本読本は、終始実録のストーリーに沿って話が進むわけではなく、改変が加えられている部分が少なくない。前項ではいろいろな改変の手法を指摘してきたわけであるが、ロ「あらたな挿話の付加」のうち、とくに「妖怪」のエピソードと「強い性格の女性」のエピソードの二点について触れておく。速水春暁斎画作の「実録種」絵本読本を通覧し、原話と想定される実録と比較すると(14)、これらの挿話が頻繁に出てくるからである。

①妖怪

登場する妖怪は剛勇の登場人物に退治され、その人物の勇気や知略を強調するのに利用される。『顕勇録』では巻八「嶋川太兵衛妖をしずむる話」で妖怪退治の趣向がみられる。瀧野円光寺に身を隠している太兵衛が、瀧野の館に夜な夜な化け物が出る、という噂を聞いて館に行き、妖怪を退治してみると、妖怪は巨大な古狸が化けたものであることが判明する。このような例は他にも『絵本伊賀越孝勇伝』（巻五・沢井又五郎妖怪を斬話）が挙げられる。和田部行衛を殺害して輪部家へかくまわれた沢井又五郎は「其丈六尺余り眼光銀盤の如く、牙を噛出したるさまさながら鬼面に等し」い妖怪と出くわす、というもので、妖怪の正体は大きな狸であった。また、『絵本金毘羅神霊記』（巻九・八木丹波守坊太に剣法を教授の話）のような、八木宗規が民谷坊太郎の器量をためすために、夜中、庭に埋もれていた白骨死体を取りに行かせ、その帰途、坊太郎は妖怪に遭い退治するが正体は八木の家来であった、という趣向もある。

これらの他にも、『絵本孝感伝』（春城兄弟の敵討ち）や『絵本誠忠伝』（膏薬奴の敵討ち・小栗栖十兵衛の敵討ち）など、やはり妖怪退治の趣向が認められる作品がある。

このような妖怪退治の挿話は、結果的には退治する人物の武勇を示すために用いられ、山賊退治などの武勇伝と同列と言える。とくに妖怪である必然はない。妖怪がストーリーの根幹に関わってくることはないからである。では、春暁斎にとっての妖怪とは何なのか。妖怪は、「実録」という事実性を標榜するものと基本的には相容れないものであろう。一方、読本では怪異現象や妖怪退治などは頻繁に出てくる。「実録」を種本にした作品に、あえて繰り返し妖怪を登場させるということは、彼にとっての「実録の読本化」における、典型的な挿話の方法として理解することができる。

②強い性格の女性

『顕勇録』では、遊女賤機および堅田の正作娘浅茅というヒロインがあらたに登場する。賤機は遊郭で身を持ち崩す本部実右衛門を諭し、手持ちの二十両を彼に渡して阿波で仕官させようと図り、さらに実右衛門の死を知ると、髪を下ろしてしまうという、非常に貞実気丈な女性として設定される。浅茅は、かつて父が奉公していた御家の息磯谷藤助が病に掛かったため、その薬礼のために「堪えかねて」自ら身を売ることを申し出る女性である。そして、新町で幇間〆八に懸想されるも頑なに拒絶する。これらの場面では、登場する女性の弱さよりも、潔さ、強さの面が強調される。そして、他の春暁斎作品もみてみると、登場する女性の多くは気丈夫な女性であることがわかる。『絵本伊賀越孝勇伝』において、仇討ちの旅に出る志津馬に「今日から母は無者と思」うよう強く励ました志津馬の母などが挙げることができる。また、種本の実録でも気丈夫に描かれている場合は、読本化の際に、その人物像をそのまま取り込んでいるようである（例えば『絵本浅草霊験記』における伊南十内妻お民や『絵本忠臣蔵』における竹森喜多八の母など）。さらには『絵本金毘羅神霊記』に登場する坊太郎の母親のように、実録ではむしろ気弱に描かれていた女性が読本化の際にまるで正反対の烈女的性格へと変貌をとげるものまである（本章第三節参照）。今、これらに共通する作者の意識ははっきりとしないが、強い性格の女性を趣向として頻繁に用いるのもまた彼の「読本化」の典型的な方法と認められる。

妖怪の趣向も強い性格の女性の趣向もすでに存在するものであることは、あらためて言うまでもない。だが、実録をもとにしたあらたな小説を作ろうとしたときにそれらの趣向を取り入れるか否かは作者の判断による。ここで取り上げた二つの要素は春暁斎画作「実録種」絵本読本における挿話の方法の、一つの典型と認められる。さらには彼の「実録と読本の差異」いわば「読本観」とでもいうものの一端も浮かび上がってくる。

おわりに

以上、『顕勇録』の種本として実録『貞享筆記』を指摘し、両者の比較・検討を行ってきた。『顕勇録』で用いられた手法は、ともすれば散漫になりかねない実録の筋・登場人物像を強調・明確化する意図が汲み取れた。さらに速水春暁斎による、実録を読本化するときの、挿話における典型的な方法を例示してみた。その一つは「妖怪」のエピソードの挿入である。前項では触れなかったが、『絵本夜船譚』（嶋田源蔵妻娘による敵討ち・河村瑞軒伝）の中の、鎌倉が火災に襲われる場面の挿絵には、煙の中で猫のような巨大な獣がうごめいているのがわかる。本文ではこの妖怪についての記述はない。これなどは、春暁斎の読本における妖怪へのこだわりを示すものだろう。もう一つの方法は「強い性格の女性」を登場させることである。これらの方法は決して春暁斎のオリジナルとは言えない。そしてこれまでみてきたような改変は、実録の枠を大きく逸脱することがない。それは、既存のものを利用して即製させるという、上方出版界の事情も考えられるが、その一方で、歴史読み物としての実録とそれを脚色した小説という二つの差異を、作る側も享受する側も認識していたものと予想される。

　種本に基づいた絵本読本がかなりの期間にわたって版行されていることは、版元がこのような方法に商売としての可能性を見いだしたものと言えよう。絵本の名が冠されるように、「実録の絵本化」の側面もあるのだろうし、それならば種本の雰囲気を残しつつ、アレンジを加えるような改変が積極的に求められよう。また、彼が種本として用いた実録もそれぞれの題材の最も流布していた系統を用いていたものと考えられる。よく知られている題材と典型的な趣向。これらの手法は非常にわかりやすく、現代のテレビドラマの類にまで行き着くのは周知のことである。春暁斎作の「実録種」絵本読本が明治期まで読まれ続けたのも、そのあたりのことが一因となって、読者の支持を得たためであろう。絵本読本の中で一大群をなしている「実録種」絵本読本。それらにうかがえる共通のスタイルなどから、今後もその実態を解明していきたい。

注

（1）それらは印刷の状態が良くない上、たとえば、本節で参照した『絵本顕勇録』のように、明治期の前川（＝河内屋）源七郎の広告を付した作品も多く残っている。

（2）横山邦治氏『読本の研究』第一章第三節（風間書房・一九七四年）

（3）濱田啓介氏「絵本太閤記と太閤真顕記」（『読本研究新集』第二集・翰林書房・二〇〇〇年）

（4）山本卓氏「速水春暁斎画『絵本堪忍記』―絵本ものの種本の利用について―（『読本研究』初輯・一九八七年）、氏は実録種のものについてもたとえば『絵本忠臣蔵』を題材に種本との詳細な検討を加えられ、「実録種」絵本読本のストーリーは、単なる種本の敷き写しとは言えないことを述べられている（「義士伝実録と『絵本忠臣蔵』」・『文学』第三巻第三号・二〇〇二年五月）。

（5）後藤捷一氏「南御堂前の敵討」（『史蹟と史話』大阪染料商壮年会・一九四一年）

（6）平出鏗二郎氏『敵討』（文昌閣・一九〇九年〈中公文庫収載のものを参照・一九九〇年〉）

（7）たとえば荒木与次兵衛（立役）の項では、

…久しい事なれ共かの非人かたき討中比御堂のまへのかたきうち、そのおもひ入ふかく、古今無双の見物なり

とあり、「御堂前の敵討ち」を歌舞伎で演じたことが記され、また篠塚次郎左門《ママ》（敵役）の項では、

いつぞや御堂のまへのかたき討に嶋川大兵へとなって、さん〳〵に手をおひとゝめをさゝるゝ内に、五体ふるはるゝおもひ入本間のいきごみに取ちがへそうな…

と、嶋川太兵衛役を演じたことがうかがえる（『役者大鑑合彩』は『歌舞伎評判記集成』第一期第一巻〈岩波書店・一九七二年〉を参照）。

（8）この事件の演劇作品については、早川由美氏「御堂前敵討事件の劇化」（『江戸文学』第二十九号・二〇〇三年十一月）にくわしい。

（9）中村幸彦氏旧蔵（現関西大学図書館中村幸彦文庫蔵・国文学研究資料館マイクロ資料）を参照。この本の巻十最終丁には

版元として京都書林浅井庄右衛門、八幡屋金七、西村吉兵衛の名がみえるが、年記と版元の間は開きすぎており、他の版元が名を連ねていたと思われる。いっぽう、東京大学文学部国文学研究室蔵本の刊記は大坂河内屋喜兵衛他三都及び名古屋書肆十二名連名によるもの。年記は巻十最終丁に印刷されているが、版元名については版元名を印刷した紙を巻十裏見返しに貼付してあり、年記の後に続くはずの版元名を削除した後刷本。

（10）島根大学附属図書館堀文庫蔵本を参照。なお、同書は他にも東京大学附属図書館（正木残光序・万延元年の年記）、弘前市立図書館（正木残光序）、及び著者の所蔵が確認される。東大本と著者蔵本は島根大本と同系統である。弘前本は未見。

（11）春暁斎の手によるものでは他にも『絵本合邦辻』（文化二年刊）にも同様の事例がみられる。

（12）『新旧狂歌誹諧聞書』（寛永十七〜二十頃成立・『狂歌大観』第二巻〈明治書院・一九八四年〉所収）に「としことにさくやよしの、山さくら木をわりて見よ花のあらはや」という歌がある。曾呂利新左衛門の伝説との関係は不明。曾呂利と歌袋の話は、立川文庫『太閤と曾呂利』（立川文明堂・一九一一年七月）にもあり（ここでは秀吉から歌袋を見せるよう言われるのは千利休である）、講釈では広く行われていたようである。「としことに」の歌も詠まれる。

（13）（3）に同じ。

（14）「実録種」絵本読本の種本については、そのすべてを詳細に検証したわけではないが、ある題材の実録の中で最もよく読まれたと思われる系統のものを用いたものが大半であろうと想定している。もちろん、今後も個々の種本を検証するつもりである。

付言　初出稿発表後、大高洋司氏から、春暁斎画作読本のゴーストライター説をご教示いただいた。同一人物がすべてを手がけていたのか、それとも複数人物が絡んでいるのかなど不明な部分が多く、少しずつ明らかにしていきたい。また、春暁斎の署名を持つ「実録種」絵本読本において、本節でみてきたような傾向が、どのようにこの問題に関わってくるのかはこれからの課題である。

第二節　草双紙への展開

はじめに

実録は近世に起こった事件を題材にし、主要な人物も実名で登場する。そのため出版が憚られ、私的なものとして、あるいはそのことを建前として、写本で流通していた。対して他の文芸ジャンルは、小説作品にしても演劇作品にしても、何らかの公的な検閲のもと、版本として流通したり、舞台で上演したりできた。そして公的な検閲を通過するためには、時代背景や登場人物を実際のものと異ならせる必要があった。

見方を変えると、時代背景を変えたり、同時代性を持たない人物で作品を構成すれば、実録の筋を出版することは不可能ではなかったとも言える。

本節で取り上げる『夜話《やわ》／稚種軍談《わかくさぐんだん》』（井久治茂内作・画工不明・以下『稚種軍談』）は、「天草軍記物」の実録、その中でも田丸具房作とされる『天草軍談』を素材にしたと推定される黄表紙である。内容はおおよそ実録のストーリーに沿っており、ダイジェスト的なものである。実録の中でも、敵討ちのようなものではなく幕府への反乱という、危険な部類に属する題材を草双紙として江戸で刊行できたということが大変興味深い。この黄表紙はおそらく寛政の改革以前に刊行されたものと思われ、時代としてそれが許されるような雰囲気でもあったのだろうか。また、事件からある程度の時を経ていたことも出版に踏み切れた要因として挙げられよう（素材となる実録の場合でも、筆禍を受けるのは事件からほど経ないものの場合である）。もちろん出版が可能となった事情としては、右のような外的事情とともに、実録が版本にされる時の操作、いわば内的な事情もあるはずである。

この小節は、『稚種軍談』を例に、実録が黄表紙化される時にどのような操作が行われるのかを考えるものである。

一、『稚種軍談』の書誌的事項と流布状況

はじめに、『稚種軍談』の簡単な書誌的事項と流布状況を確認していく。

○書誌的事項

作者　井久治茂内
画工　不明
版元　西村屋与八
装丁　五巻五冊
丁数　二十五丁
刊年　不明（天明七年〈一七八七〉か）(1)
諸本　大東急記念文庫・慶應義塾図書館・国会図書館・東京大学文学部国文学研究室・京都大学附属図書館・京都大学文学部潁原文庫

題簽については、大東急記念文庫本に一枚（色刷り）と、慶應義塾図書館本に五枚（墨刷り）、京都大学附属図書館本に四枚（色刷り）、それから東京大学本に一枚（色刷り）が現存する。題簽の左側に『新板／夜話／稚種軍談』とあり、その下に、巻一では「馬喰町武丁目　西村屋」、巻二以降では西村屋の版元商標である三つ巴が印刷されている（慶應義塾本）。題簽の絵を囲む枠は上部に兜を、下部には鍬を描き、「郷士や農民たちの反乱」という作品内容に即し

ている。

ところが、この枠は天明七年を含む前後数年の西村屋の黄表紙にはみられないものであり、やや奇異な印象を受ける。井久治茂内作の黄表紙は幾治茂内表記のもの（同一人物と推定される）を含み、六点が確認される。(2) そのうち、『稚種軍談』を除く五点までが岩戸屋より刊行されており、あるいは岩戸屋から刊行すべきであったものが何らかの事情で出版できなくなり、(3) 西村屋から刊行されたものであろうか。あるいはこのことと絵題簽の枠の問題は関わってくるのだろうか。今のところはこれらの事情のことはわからない。刊年や版元に不明な部分の多い事情には、あるいは題材の問題が絡むことも想像できる。

東京大学本の題簽は右と異なる。巻一の一枚のみが現存だが、『新板／稚艸軍記』と改題されており、絵柄も異なるものの、多色刷りである。版元は手擦れがはげしく、確認できない。題簽の枠からは版元や刊行年の手掛かりはやはり得られない。

『稚種軍談』から『稚艸軍記』という改題は実録の方で『天草軍談』から『天草軍記』へと変わっていったことと重なり、興味深い。『天草軍記』という書名は、堀麦水『寛永南島変』（宝暦十三年〈一七六三〉）の中にみられる（第一章第二節参照）ものの、実際の諸本調査で幕末期のものに『天草軍記』が集中し、寛政以前の書写年記を持つものが『天草軍談』（『天草征伐記』はここでは考えない）に限られることから、人びとに流布した書名もまた『天草軍談』から『天草軍記』へと中心を移したのではないかと予想でき（講釈の演目も幕末のものは「天草軍記」で通用する）、それが黄表紙にも反映されているのではないかと思い合わされるのである。改題再刊ということから、『稚種軍談』は、ある程度流布したと認められよう。

二、『天草軍談』との比較

『稚種軍談』の筋は、肥前国に居住する貧窮した五人の平家の残党が、南蛮渡りの三味線「つてれん」（胴は桐、棹は紫檀で作り、キリシタンを当て込む）を村人に広め人心を掌握、反乱を起こし、鎌倉幕府の討手に鎮圧されるというものである。したがって、時代を鎌倉時代に設定し、『天草軍談』の筋と共通させたものと言える。本文は素材となった実録にくらべ簡略化されているため、『天草軍談』の筋に基づきながら『稚種軍談』との対応を確認すると、次のようになる。

○肥前国天草に芦塚忠右衛門、千々輪五郎左衛門、赤星内膳、大矢野作左衛門、天草玄札の五人の浪人が貧窮に苦しみながら暮していた。ある日、彼らが釣りに出かけたとき、彼らはキリシタンを村人に勧めて一揆を起こそうと密談を始めた。（『稚種軍談』巻一・一ウと対応）

○大江村の治兵衛はひそかにキリシタンを信仰していた。彼は、破れたキリシタンの絵像を秘蔵していた。（巻一・一オと対応）

○五人の浪人たちは、治兵衛の絵像をひそかに表具し直すことにする。赤星が表具を修理した。（巻一・二オと対応）

○治兵衛は絵像が修理されていることに驚く。このことは村中で評判になり、キリシタンが広まる。天草の代官はそれを聞きつけ取締りに向かうが、反対に村人たちに殺されてしまう。（巻一・二ウ～五オが対応）

○芦塚たちは、代官を殺してしまい呆然としている百姓たちを説き伏せ、一揆を起こす。（巻一・五ウと対応）

○浪人たちは、土地で神童とされていた四郎を総大将に立てる。（巻二・一ウ、二オと対応）

○唐津藩の家老は天草の一揆の蜂起を聞きつけ、原田伊予を大将として鎮圧に向かわせる。（巻二・一オと対応）

○唐津藩が鎮圧に来ることを察知した一揆は上津浦《こうつら》（地名）で迎え撃とうとする。上津浦の住人は一揆に加わっていないふりをして唐津勢を引き入れ、酒を飲ませ、酔わせてしまう。その隙に一揆は唐津勢に襲いかかり、彼らの武具を奪い、原田らを敗走させる。（巻二・二ウ～四オ）

○芦塚は島原地方の村々も一揆に加わらせる。（巻二・四ウ）

○幕府は一揆のことを知り、領主を急いで帰国させ、板倉内膳正を上使として発向させることに決める。（巻三・一オと対応）

○芦塚は、江戸幕府が軍勢を発向させたのを知り、原城を修理して立てこもることにする。（巻二・四ウ～五ウと対応）

○上使到着。十二月二十日、幕府軍の原城一番攻め。幕府軍は敗北する。千々輪五郎左衛門と鍋島甲斐守が戦う。（巻三・一オ～三オ、巻四・一オと対応）

○江戸では城攻め失敗の報告を受けて松平伊豆守を二番目の上使として発向させる。（巻三・四ウと対応）

○板倉内膳正は二度めの城攻めをするが失敗。そのことに責任を感じ、今度は自分の家来だけで城攻めをおこなう。結果は失敗に終わり、内膳正は駒木根八兵衛の鉄砲に当たって討ち死にしてしまう。（巻三・四ウ～五ウと対応）

○松平伊豆守到着。兵糧攻めを企てる。（巻三・三ウと対応）

○一揆軍の兵糧が尽きて疲労してきたために、芦塚は幕府方の陣へ夜討ちに出ることを企てる。夜討ちの数日前から、農民は幕府軍の陣屋近くまで近寄り、討手が出てくると原城内へ逃げ込む、ということを繰り返していた。何日も同じことを続け、討手が油断して出てこなくなった時を見計らって一揆は陣屋を襲った。

○江戸では打ち続く城攻め失敗のため、北条安房守を島原へ下向させる。安房守は着陣の翌日に原城攻めを下知する。（巻三・四オと対応）

○幕府軍による原城総攻撃。芦塚は森宗意軒に、女子供を集め「人質曲輪」を作り、そこに火をつけるように命じる。幕府軍の小笠原家は、軍功がなく焦っていたために、間違って「人質曲輪」に押し入ってしまう。（巻四・一ウと対応）（巻四・五ウと対応）

○鍋島甲斐守、原城の二の木戸一番乗りをする。（巻四・一ウと対応）

○千々輪は甲斐守と最後の戦いをする。覚悟を決めていた千々輪は、甲斐守に首を討たせる。また、千々輪は城の裏手にある荒神が洞に芦塚たちが潜んでいることを甲斐守に教える。（巻四・二オと対応）

○原城二の丸落去。大矢野の必死の防戦と長岡監物・帯刀父子の働き。（巻四・二ウ〜三オと対応）

○細川越中守の働き。大盾を用いて駒木根の鉄砲をふせぐ。深井藤右衛門、駒木根を討ち取る。（巻四・三ウ〜四オと対応）

○鍋島甲斐守、本丸一番乗りをする。（巻四・四ウ〜五オと対応）

○甲斐守は荒神が洞へ行き、一揆の残党を呼び出す。（巻五・一オ〜一ウと対応）

○荒神が洞に隠れていた芦塚、大矢野など一揆の残党が飛び出してくる。長岡帯刀は大矢野を討ち取る。大矢野の左腕は帯刀の鎧の草摺をつかんで離さなかった。帯刀の父長岡監物は、大矢野の勇士としての一念に感じ入り、大矢野の左腕を切り取って帯刀の鎧に残しておくようにいう。（巻五・一ウ〜二オと対応）

○一揆は残らず討ち取られる。芦塚は最期に立花家の若武者を谷底へ投げ込み、自分も谷へ身を投げる。

（巻五・二ウ～三オと対応）

○一揆方の総大将である四郎の首実検をする。四郎のものと思われる首はいくつもあったが、北条安房守はすでに捕らえていた四郎の母に首をみせ、母の表情から四郎の首がどれかを言い当てる。（巻五・三ウ～四オと対応）

○諸大名江戸へ帰陣。鍋島甲斐守は軍令違反をした罪でいったんは閉門を申し渡されるが、のちに許され褒賞として佐賀蓮池藩の領主になる。（巻五・四ウ・五オと対応）

〈参考〉人物の対応

『稚種軍談』	『稚種軍談』中の人物像	『天草軍談』
大ぬま武兵へ	郷侍。つてれんを村人にすすめる。	大江治兵衛
わしざか忠太夫	平家の残党。一揆の首謀者。智者。	芦塚忠右衛門
あかほり大蔵	平家の残党。したん（紫檀）の木からつてれんを作る器用な人物。	赤星内膳
矢のたくゑもん	平家の残党。勇士とされている。	大矢野作左衛門
ちくさ五郎兵へ	平家の残党。勇士とされている。	千々輪五郎左衛門
わかくさ四郎	一揆の総大将。実質的な大将ではない。	天草四郎
原田伊兵へ	梶原方の大将。一揆に騙し討ちされ、敗走する。	原田伊予
わだ大ぜんよしのり	鎌倉方の総大将。兵粮攻めをこころみるが一揆方の立てこもる小原城を落とせず、戦死。	板倉内膳正と松平伊豆守
こまごみ八平	一揆の武将。鉄砲の名手。	駒木根八兵衛
くまがへ小次郎直ずみ	鎌倉方の若武者。小原城一番乗りをする。	鍋島甲斐守直澄

ちちぶのしょうじ	わだ大ぜんの次に派遣された鎌倉方の大将。小原城を落城させる。首実検で四郎の首を見破る。	北条安房守と細川越中守
中川けんもつ・力之介	ちちぶの家来。小原城攻めで活躍。矢のを倒す。	細川家臣長岡監物・帯刀親子
もり宗太	一揆の武将。小原落城時に一揆方の女子供を一カ所へ集め焼き殺そうとする。	森宗意軒

『天草軍談』と『稚種軍談』の筋を比較すると、トピックの順序の前後する箇所がいくつかある。たとえば目立つものとして『稚種軍談』巻三の部分を考えてみる。『天草軍談』では、一揆が劣勢になるのは北条安房守着陣以後のことで、それまでに板倉内膳正重昌、松平伊豆守信綱と、上使が二度派遣される。そして、二人ともに攻略に失敗する。ところが『稚種軍談』ではそのような回りくどいことはせず、失敗した上使を「わだ大ぜんよしのり」の行動に集約する。これは草双紙の定型に理由が求められる。実録は基本的に巻・冊の定型はない。それに対して草双紙は一冊五丁・合巻が登場するまでは三冊や五冊という定型がある。それに合わせるためにはどうしても筋の改変が必要になってくるのである。幕府方の敗軍を一度にまとめてしまい（上使も一人に統合して）定型におさまるようにしたのであろう（後に述べるように理由はそれだけではないと考えられるのだが）。また、巻三は五冊本ではちょうど中間であり、それ以前を一揆優勢、それ以降を上使優勢というふうに再構成したと思われる。しかし、それでも『天草軍談』にみられるエピソードをかなり丹念に拾い上げている（たとえば『稚種軍談』に取り入れられた話のうち、ちちぶのしょうじ〈『天草軍談』では細川越中守〉の大盾の話などは、『天草軍談』全体からみてそれほど重要な話ではない）のが特徴である。

また、巻五・五ウは講釈が終わった場面になっており、これまでの話が講釈であるという体裁になっている。高座の上に扇を持った講釈師とおぼしき人物が描かれる。高座には釈台が置かれ、その上には本が開かれている。実録

『天草軍談』が講釈として読まれていたであろうことがうかがえて面白い。客も活き活きと描かれ「またこんやもいんきよがくじにあたつた」などと、釈場で籤が行われ（おそらく本を配布したのだろう）たこともわかる。さらに興味深いのは、講釈場の看板に「毎夜晴雨共に和漢諸軍談ずるけなし」と書かれることで、講釈師森川馬谷が「ずるけなし」という張り紙を貼ったことを想起させる。(4)ただし、馬谷が『天草軍談』を講じたかどうかは定かでない。

三、削除の方法

『天草軍談』と『稚種軍談』が対応し（それも、かなり丹念にエピソードを取り入れ）、実録を再構成していることが確認できたわけだが、今度は実録と異なる部分を検討してみる。

まず『稚種軍談』における、『天草軍談』にはみられないあらたなエピソードの有無だが、前項の最後に述べた講釈場の場面以外にはとくに見当たらない。

それでは削除されている箇所はどうであろうか。長編の実録を短編化するわけだから、当然ながらこの手法は用いられる。しかしここで注目したいのは、実録においては重要な部分でありながら、黄表紙で削除されてしまっている箇所である。『稚種軍談』の場合、乱を統括する水戸黄門こと徳川光圀が登場しないことが、それに当てはまる。『天草軍談』において、水戸黄門は実際的な乱の鎮圧者ではないが、早くから事件の深刻さを感じ江戸で幕閣を指揮し、最後に全体の解決をはかるという、影の指導者的存在である。付言すれば、水戸黄門は事件の総括をする人物として、『天草軍談』のみならず種々の実録に登場するという、実録の性格を考える上で極めて重要な存在である。(5)

しかし、『稚種軍談』では水戸黄門（に相当する人物）の行動をいっさい取り入れない。巻五の最後の場面では、すでに小原らくじやう《落城》しければしよ大め《諸大名》うきちん《帰陣》あり。かまくらどの《鎌倉殿》へおんめみへあり、だん〱御たつねあつて、ぐんかう《軍功》によりそれ〱にごほうび御かざう《加増》くだされける。べつしてくまがへ《熊谷》小次郎が此たびのはたらき、はなはだ御かん《感》あつて、おびたゞしくごほうびくだされける。（慶應義塾本による。適宜句点を付し、右横に漢字をあてた）

とだけ記され、恩賞を渡すのも「かまくらどの＝将軍」であるから、これもまた水戸黄門ではないことになる。

時代設定や名前を変えても御三家の一人であるから、登場させるのを憚ったものと推測される。だが、水戸黄門に相当する人物が草双紙に登場する例は、たとえば『念力《ねんりき》岩《いわをも》通《とおす》羽宮《はねのみや》物語《ものがたり》』（本章第三節参照）の北条時政がそれにあたる。そこでは父の敵をねらう羽宮僧太郎（田宮坊太郎）を保護する役目として登場する。とくに悪役的造型でない限り（そのようなことはまず無いが）『稚種軍談』でも水戸黄門が登場して良さそうに思える。

しかし、『稚種軍談』で水戸黄門が登場しないのは、他にも理由があった。それは、水戸黄門と同様に『天草軍談』では重要な位置にいながら『稚種軍談』ではほとんど登場しない人物と関係しているからである。その人物とは松平伊豆守（に相当する人物）である。

『稚種軍談』では伊豆守に相当する人物は、「わだ大ぜんよしのり」で、これは最初の幕府上使、板倉内膳正と人物像を共有する。しかし「大ぜん」という名前からも想像がつくように、内膳正の方に重きを置いていると考えられよう。わだ大ぜんの行動のうち、伊豆守に相当することは二つあり、一つは城攻めに失敗し、武力による城攻めをやめて兵粮攻めを行うこと、もう一つは敵の計略に引っかかり夜討ちに遭うことである。しかし、大ぜんが鉄砲に撃たれて死んでしまうことから、読む側が大ぜんの姿の向こうに連想するのは内膳正の方ではないだろうか。ましてや乱についての知識はありながら『天草軍談』を知らない人にとっては大ぜんを内膳正と考え、二度めの上使「ち、ぶのせうじ」を伊豆守に当てはめてしまうこともありうる（第一章第二節で述べたように、北条安房守は実際には事件には無関係である）。以後は北条安房守に相当する「ち、ぶのせうじ」が着陣し、『稚種軍談』では彼が事件を終結させてしまう。つまり伊豆守は、実説では乱の鎮圧の功労者でありながら、『稚種軍談』では存在を潜めているのである。作中の、一揆の夜討ちや兵粮攻めの話も、実説として知られていたから載せないわけにいかなかったという可能性も考えられる。

松平伊豆守の存在が『稚種軍談』で目立たない理由は、『天草軍談』において伊豆守を否定的に描くことが関係する。『天草軍談』では、伊豆守は小賢しい知恵者として描かれる。伊豆守は内膳正と異なりむやみに攻撃せず、釣井楼を作ったり兵粮攻めを企てるのだが、それらが裏目に出てしまい、北条安房守着陣以降は、何かと伊豆守が恥をかく話が連続する。『稚種軍談』巻五・三ウ〜四オにかけての首実検の話は、安房守に相当する「ちちぶのせうじ」が四郎の首を発見する手柄話となっているが、『天草軍談』におけるこの部分は、伊豆守が四郎の母の虚言に惑わされ、四郎の首は無いと勘違いしたことや、血にまみれた首を洗う時に、「知恵伊豆」と言われる伊豆守がかえって安房守の知恵にやりこめられてしまうなど、伊豆守にとって甚だ都合の悪い話であった。

伊豆守が恥をかく話は最後の賞罰を決める話で頂点に達する。伊豆守は合戦で城に一番乗りした『天草軍談』の英雄、鍋島甲斐守を、軍令違反として杓子定規に処罰してしまう。それを水戸黄門が伊豆守を強くたしなめることによって甲斐守は処罰を許されるのである。

つまり、『稚種軍談』における水戸黄門の不在と松平伊豆守の存在感のなさは、お互いに関係があってのことなのである。どちらも『天草軍談』では重要な人物であり、伊豆守は道化的な存在として登場することが、水戸黄門は小賢しい伊豆守を懲らしめ英雄甲斐守を救い事件を解決することが、第一の存在意義であろう。水戸黄門は伊豆守がいないと成り立たないのである。ところが松平伊豆守については、信綱以降も代々伊豆守を任じ、譜代幕閣の家柄として続いており、このような失態話を刊行物に取り入れることが憚られたのは当然である。話の都合上、水戸黄門と伊豆守とどちらか一方を残すことは困難であり、また紙数の都合もあり、その結果、『天草軍談』では重要人物であった二人は『稚種軍談』において影を潜めたのである。

まとめ

以上、実録の草双紙への展開をみるべく、実録『天草軍談』と黄表紙『稚種軍談』とを比較してきた。そこからうかがえた結果をまとめてこの小節を終えたい。

まず、実録を黄表紙化する時には、限られた紙数に話を合わせるために、簡略化及びストーリーの再構成がはかられる。

そして、時代設定や登場人物も変更される、それだけでなく、公儀に対して都合の悪い事柄は基本的に削除される。

また、これは黄表紙であることと関わるのであろうが、「ばてれん」を「つてれん」とし、つてれんの材料を「桐と紫檀（キリシタン）」と洒落るような工夫も、わずかではあるがみられる。あるいは、あまり気の利いたものとは言えないが、最後に講釈場の場面を描き、これまでの話を講釈の内容であったとする、作品のオチのようなものもつけられる。挿絵については、何か当代の人がみればわかるような仕掛けがあるのかどうかは不明。合戦の場面で鎧武者が描かれる以外は、当代の風俗で描かれている。

実録を種本にした草双紙は他にも多く存在する。たとえば『石川村五右衛門物語』、『羽宮物語』、『敵討浮木亀山』など[6]。『稚種軍談』もそうだが、これらは、全くあらたなものを作り出すというよりは、むしろ実録をダイジェスト化したものと考えた方が適当であろう。ダイジェストとしての草双紙は、周知のように実録種だけではない。本来、絵本じたいが元のストーリーをダイジェストするような性格を持ち、黄表紙以前の時代から軍記や一代記、演劇などは絵本によるダイジェストが行われていた。このような草双紙には（とくに軍記や一代記など実録的要素の強いものにおいて）五冊や十冊のものが目立つ。『稚種軍談』もまた五冊本であり、その流れの中に入ると考えてよいのだろう。ただし、実録のダイジェスト化は素材が当代の事件を題材とするために、独特の改変を必要としたのである。

平仮名書きで簡単な文体、挿絵を見るだけでも内容が把握できてしまうダイジェストの草双紙は、題材となった伝説や物語の享受層を拡げるのに一役買う。実録の内容も、写本や講釈だけでなく、このように草双紙化されることによっても享受され、民衆に浸透していったと思われる。

注

（1）棚橋正博氏『黄表紙総覧　前編』（日本書誌学大系四十八・青裳堂書店・一九八六年）のこの書の項目によると、『増補青本年表』はじめ、各種年表の記載によって天明七年刊としておられる。本節でもまたこれに従う。

（2）（1）書に同じ。

（3）天明五年から七年までの間、岩戸屋からの黄表紙出版は現在のところ確認できない。

（4）森川馬谷が「ずるけなし」という張り紙をしたことについては以下のような言説がある。

…馬谷時として出席なき事度々なれは自然不入となしかは看板下へつるけなしと出したるもおかし（「軍書講釈并神道心学辻談義之事歴」〈『只誠挨録』巻二〇六・菊池真一氏編『講談資料集成』第三巻所収・和泉書院・二〇〇四年〉）

彼は文学も有り、一家の見識を備えて居たが、気象至って活達、また壮時は酒色に耽溺して時々持席を休んだので、彼の技芸を喜んで集る聴衆も自然と愛憎（著者注・あいそう）をつかして、不入になるので、終いには看板の下へ「づる

けなし」と書いて貼出したという。（関根黙庵氏『講談落語今昔譚』〈平凡社東洋文庫六五二・山本進氏校注・一九九九年〉）

馬谷は町医森川玄昌の次男。はじめ馬場文耕の門に入り、以後独立した講釈師であり、講談寄席の看板やビラの書き方などを考案した人物とされ、また、「講釈師見て来たような嘘をいい」の川柳も馬谷をさすと考えられている（右『只誠挨録』の記述による）。

（5）実録に登場する水戸黄門的存在は、徳川光圀に限定せず、徳川頼房など他の水戸藩主も含むと考えられる。田宮坊太郎物の光圀、慶安事件物の頼房、中山大納言物の治保、大岡政談天一坊物の綱条など（ただし、中山大納言物ではいささか精彩を欠いてはいるが）。大概は事件解決を影で支える相談役的人物として登場する。このように実録で水戸家が相談役的な役割を担うのは、あるいは実際の水戸家の性格がポイントになるのかもしれないが、今はこれ以上のことは言及できない。今後の課題である。

（6）『石川村五右衛門物語』『羽宮物語』については細谷敦仁氏による指摘・翻刻が備わる（『石川村五右衛門物語』・「『石川村五右衛門物語』について」〈『叢』第十五号・一九九二年十月〉・「実録『賊禁秘誠談』と黄表紙『石川村五右衛門物語』―その典拠関係をめぐって―」〈『学芸国語国文学』第二十六号・一九九四年三月〉・『羽宮物語』：「『金毘羅御利生敵打羽宮物語』について」〈『叢』第二十五号・二〇〇四年二月〉・「赤本・黒本・青本解題集稿（六）」「『念力岩通羽宮物語』項」〈『叢』第二十六号・二〇〇五年二月〉）。氏の『羽宮物語』についての成果は叢の会編『草双紙事典』（東京堂出版・二〇〇六年八月）に結実される。また、『羽宮物語』については次節参照。

第三節　実録・草双紙・絵本読本——それぞれの田宮坊太郎物——

はじめに

第一節では実録と絵本読本とを、第二節では実録と草双紙とをそれぞれ比較して、実録の展開をみてきた。それぞれ異なる題材（事件）を用いて検討してきたわけだが、今度は前二節に加えるべく、同じ題材を通して、実録からの絵本読本、草双紙への展開をとらえていきたい。ここでは第一章第三節でも取り上げた、寛永十九年（一六四二）、讃岐国丸亀で起こったとされる通称「田宮坊太郎（小太郎ともいう）の敵討ち」を例に、三つのジャンルそれぞれの特質を把握する手掛かりがつかめればと考えている。

田宮坊太郎伝説を題材にした近世の版本小説のうち、よく知られるものに、黒本青本『念力《ねんりき》岩《いわを》通《もとおす》羽宮《はねのみや》物語《ものがたり》』（安永元年〈一七七二〉刊。富川吟雪画・以後『羽宮物語』と略称）と、読本、その中でも挿絵を二、三丁おきにいれた「絵本もの」とも「絵本読本」（本書ではこの呼称を用いる）とも呼ばれる『絵本金毘羅神霊記』（文化五年〈一八〇八〉刊。速水春暁斎画作）が挙げられる。つまり、田宮坊太郎伝説もまた写本の実録として流布する一方で、版本としても流布していたことになる。そしてこれら版本の小説は、その素材に実録を利用していると考えられるのである。

以下、これら田宮坊太郎伝説に沿った小説類を整理し、それらと実録との比較・検討を行い、実録から変化している部分を確認していく。

一、田宮坊太郎物実録

はじめに田宮坊太郎伝説の内容を、実録の筋に基づいて説明する。第一章第三節でも田宮坊太郎物の梗概を記したのだが、本節の論旨には先の梗概には取り込まなかった事柄が多く関わるため、重複するが、あらためて箇条書きのスタイルで掲げることにする。

①紀州藩家老安藤帯刀の甥安藤彦十郎は酒狂によって家の重宝を損じる。

②帯刀の同役四宮隼人正は藩主徳川頼宣を説き伏せ、彦十郎に切腹を申し付ける。

③安藤帯刀は四宮のことを頼宣に讒し、頼宣は熟考せずそれを受け入れ、四宮は家老職を罷免、改易を申し渡される。四宮は堺へ移り、町人になり呉服商を営む。

④四宮家の次男源八は侍になることを望み、讃岐へ渡り、丸亀藩生駒家の足軽となる。源八は母方の姓である田宮を名乗る。

⑤源八は忠勤を尽くし、足軽頭に取り立てられる。手跡にすぐれ、同僚の手本になったり、頼まれて屏風に書を書いたりするようになる。

⑥源八の出世をねたむ依田利助は、源八に剣術の試合を申し込むが、利助はその場に及んで逃げ出してしまう。源八は、利助の代わりに出てきた、生駒家剣術師範である堀源太左衛門の高弟大谷団右衛門と剣術の立ち合いをし、団右衛門を打ち負かす。源太左衛門は源八を憎むようになる。

⑦寛永三年、堀源太左衛門は国府八幡において田宮源八を討ち果たす。その時に、源太左衛門は源八が所持していた刀を奪ってしまう。

⑧源八は養源寺へ葬られる。その後源八の妻は男児を出産。子供には名前をつけず、坊太郎と呼んでいた。坊太郎は母から父の敵を討つよう言い含められる。
⑨坊太郎六歳。生駒家の菩提寺であり源八の菩提寺でもある養源寺へ引き取られる。
⑩養源寺で坊太郎は生駒家臣土屋（谷とも）甚五左（右とも）衛門と出会い、親交を結ぶ。
⑪生駒家の剣術試合の日、養源寺に源太左衛門をはじめとする生駒家重臣がやってくる。坊太郎は源太左衛門に茶を入れるのを拒否し、重臣の前で恥をかかせる。
⑫剣術試合の時、坊太郎は江戸にいる剣の達人柳生但馬守の噂を聞く。
⑬坊太郎は、役儀で江戸へ向かう土屋に、自分も連れて行ってくれるよう懇願する。土屋は坊太郎を置いて出発してしまう。坊太郎は先回りして、土屋の船に乗り込む。坊太郎をみて驚く土屋に、金毘羅権現の使いに連れられ、空を飛んで船まで来たと答える。
⑭坊太郎は品川で土屋の一行から抜け出し、柳生但馬守と出会う。柳生は坊太郎を徳川光圀に会わせる。柳生と光圀は、以前に金毘羅権現が子どもを連れてくる、という霊夢をみていた。そのため、光圀は坊太郎を柳生の家で養育するよう命じる。
⑮坊太郎十三歳。光圀の家で元服。田宮小太郎圀宗と名乗る。小太郎は柳生に敵討ちのことを話し、暇を乞う。柳生は光圀と相談のうえ、敵討ちを引き伸ばさせる。
⑯寛永十九年、小太郎十七歳。柳生は小太郎に柳生流の奥義を伝授する。
⑰小太郎は幕府から敵討ちの許可を得、丸亀に向かう。源太左衛門は源八から奪った刀を所持していたために敵であることを言い逃れられず、小太郎と立ち合う。寛永十九年三月十八日、小太郎は源八の命日に源太左衛門を討

つ。

⑱小太郎は丸亀に残り、病気の母を看病する。母の死後、剃髪し、空仁と名乗る。
⑲空仁は水戸黄門の招請によって江戸に出る。正保二年三月二十一日空仁は没する。上野谷中に空仁の塚があるとのことである。

田宮坊太郎伝説を扱った文芸作品群の中で、実録はその成立年代の古い方へ位置する。田宮坊太郎物の実録の成立、および展開については第一章第三節で示した通りであり、いちいち繰り返さない。ただ、広本系『金毘羅大権現加護物語』、「略本系」（いろいろな書名がある）、広本系『田宮物語』の順に成立し、寛延〜宝暦期には実録としてすでに流布していたと目されることだけ、もう一度述べておく。そしてこれまでは歌舞伎「幼稚子敵討《おさなごのかたきうち》」（並木正三作。宝暦三年〈一七五三〉七月十五日大坂三桝大五郎座初演）が田宮坊太郎伝説を題材とした文芸の源流とされ、(1)実録については、もっと後のものであると考えられてきたわけだが、こうしてみると『金毘羅大権現加護物語』の方が田宮坊太郎伝説の源流により近いものと言えそうである。

二、『羽宮物語』

実録として広まっていた田宮坊太郎伝説は、安永元年には富川吟雪の手によって黒本青本『羽宮物語』に仕立てられ出版される。(2)従来この作品は、歌舞伎「幼稚子敵討」、その改作である浄瑠璃「敵討稚物語」という、田宮坊太郎伝説の流れを受け成立し、さらに人気作の浄瑠璃「花上野誉石碑《はなのうえのほまれのいしぶみ》」（司馬芝叟・筒井半平ら合作。天明八年〈一七八八〉八月江戸肥前座初演）へつながる重要な変化を持つ作品として、主として演劇の流れの中で位置付けられてきた作品であった。しかし筋の流れが実録にならっていること、そして重要な変化とされていた箇所もほとんど実録と対応することから、[3]先行する実録作品を絵本化したものと考えるべきである。富川吟雪のこのような手法は他にも『石川村五右衛門物語』（安永五年〈一七七六〉刊）にもみられる。[4]

実録との違いではじめに目に付くところは、出版取締りを避けるため、主人公の名前を田宮坊太郎から羽宮僧太郎と、モデルをにおわせつつ変えていること、時代設定を鎌倉時代にしていること、それに伴って、他の登場人物も鎌倉時代の人物に置き換えていることなどである。

また、僧太郎が北条家の嫡子に池の広さをたずねられる場面は、実録における、田宮坊太郎が水戸藩の屋敷において水戸黄門に池の広さを尋ねられる場面を踏まえたものであることがわかる。この場面は実録の「略本系」にはみられない部分であり、また『羽宮物語』という書名から、この作品は広本系統の実録『田宮物語』を直接の典拠としているものと判断してよいだろう。

『田宮物語』じたいはいつごろに成立したのかははっきりとしないものの、『田宮物語』に、加筆した『四国田宮物語正説大全』[5]が、明和元年にはすでに成立していたと考えられることから、『羽宮物語』以前には成立していたと言える。

実録との筋の相違は、A省略、B増補の二種類に分類して考えることにする。A省略は、実録作品中にはみられるが『羽宮物語』の中にはないもので、B増補は、実録作品中には全くみられないエピソードが『羽宮物語』においてあらたに付け加えられていることをそれぞれ指す。なお、実録と『羽宮物語』との内容比較は本節末の内容異同表にまとめてあるのでご参照いただきたい。

A省略：本節末に掲載した内容異同表にある通り、あらたに加えられた部分はほとんどみられず、むしろ実録の筋を省略した部分の方が目立つ。草双紙という限られた紙数の中で作品を再構成しなければならないという事情がそこから理解できる（それでもこの作品は五冊全二十五丁であり[6]、三冊全十五丁が多いこの時代の草双紙にくらべれば分量は多い）。省略された箇所は多く、一つ一つを取り上げることはしないけれども、たとえば、実録中に記される、紀州徳川家におけるさまざまなエピソードや、それに伴う、田宮源八の父四宮隼人（『羽宮物語』では「うつのやかづま」）が浪人するまでのいきさつをみてみると、実録におけるこの部分はかなりの分量があるのだが、『羽宮物語』では、

ここにうつのやかづまといふもの有、いさゝかのことにてらうにん（浪人）し、みんかん（民間）にまじはり、うき（憂）とし月をおくりける（一オ・右横に適宜漢字をあてた。以下同）

とあるように「いさゝかのこと」という一言で片付けてしまっている。

これには草双紙の紙数の事情の他に、おそらくこの箇所の場合は、紀州徳川家が絡んでいる題材であるために意識的にその部分を避けたのではないか、と想像できる。前項の実録の筋③に示したように、四宮隼人正が改易されるのは紀州公の判断ミスである。御三家が関わることでもそれが主人公にプラスに作用する場合は、後に出てくる水戸黄門の場合のように取り上げられるが、そうでない場合、あるいは取り上げた結果、（前節の『稚種軍談』で述べてきたように）公儀の誰かにとって都合の悪くなる場合は利用を差し控えるのである。

「場面削除」とも言える部分はこの箇所の他に、実録作品の結末部分でもみられる、坊太郎の敵討ち以後のこと（母の死、坊太郎の出家・往生など）がすべて削除され、敵討ちで作品が結末を迎えるところも挙げることができる。ストーリーの中核からは外れており、敵討ちというテーマでまとまりを持たせるために削ったのであろう。

これらの削除箇所は、一つは本編に入るまでの導入部分であり、もう一つは後日譚であり、削除するのに適当な部分でもある。後者については、草双紙が基本的に正月出版であるとすると、めでたい結末で飾ろうという意図も推測できる。

実録本文を省略しつつ改変した結果、金毘羅の加護を実録以上に効果的に示すことになった部分もある。一つは坊太郎が江戸へ向かう場面である。

僧太郎こんひら（金毘羅）の御りしやう（利生）にてふねへとびのる（十五ウ）

林五右衛門ふねにのりてうみなか（海中）へこぎいだせしに、ふしぎなるかなこくう（虚空）より僧太郎こつぜんとふねへとびのりしゆへ（同）

実録では、坊太郎が江戸へ行くときに、土屋甚五左衛門（『羽宮物語』では「辻林五右衛門」）に置いて行かれたため、土屋の乗る船に先回りして乗り込んでいる場面である。海上で土屋は、坊太郎が船に乗っていることに気づき驚いていると、坊太郎は「金毘羅の天狗に、空を飛んで船まで連れてきてもらった」と嘘をつく。『羽宮物語』ではこの部分を「金毘羅の霊験」のせいにすることで、実録における、土屋の船に坊太郎が乗り込むまでのいきさつを省略することに成功した。それだけでなく、実録で坊太郎の嘘として用いられた金毘羅の加護を、実際のこととすることによって、この敵討ち伝説のもう一つの重要な側面である「金毘羅の霊験」を効果的にあらわしてもいるのである。

同様の操作は他にも、坊太郎が出生してから金毘羅の申し子になるまでの様子からもうかがえる。実録では坊太郎が生まれた後に墓参にでかけ、そこで一度命を落とし、蘇生する——ここで金毘羅の申し子へと再生される——など、彼

が生まれてからのエピソードが長々と続くのに対し、『羽宮物語』では、

さぬきのこんぴら《（讃岐の金毘羅）》（母の）むちう《（夢中）》にあらはれちからをそへ給ふ（十ウ）

として、坊太郎が生まれる以前にすでに金毘羅と関係づけており、実録を改変することで坊太郎と金毘羅との関係が効果的にあらわれ、同時に話の省略が一気に進んだ箇所として指摘できるのである。

B増補：『羽宮物語』にのみ備わっている場面を挙げると、坊太郎の父源八に剣術の試合を申し込んだ横田武助（実録では依田利助）が源八の妻に横恋慕する箇所が唯一、それに該当する。実録における依田は、手柄を立てて取り立てられる源八をねたみ、源八に恥をかかせようとして剣術の試合を無理強いするだけの、単純な役目である。しかし、『羽宮物語』では、源八の妻おひでにしつこいまでに横恋慕する。剣術試合をして横田は源八に散々に打ち負かされ、それがもとで中堀悪右衛門（実録の堀源太左衛門）をけしかけ、さらに、源八が殺害された後にまでおひでに言い寄る。実録ではすぐに作品から消えてしまう端役の依田が、『羽宮物語』では延べ三丁分にわたって登場するのは、一つには実録中で源八と試合をする（依田利助は試合前に逃げ出してしまう）大谷団右衛門と役目を統合しているからだろう（人物の統合は前節で扱った『稚種軍談』でも行われる方法である）。しかし、実録には源八の妻おひでに横恋慕する者はいない。敵役の人物が最初に討たれる者の妻に懸想する趣向は「幼稚子敵討」や「敵討稚物語」にみられる趣向であり、『羽宮物語』のこのような趣向はすでに演劇にあったものに基づいていると考えたほうがよさそうである。黄表紙前夜の草双紙というせいもあるのだろうか、この場面があるために、『羽宮物語』は何ともユーモラスな雰囲

気を備えている。

ここまで、田宮坊太郎伝説の実録と黒本青本『羽宮物語』とを比較・検討してきた。『羽宮物語』は、基本的には実録をもとに、おもに省略の方向で絵本化し、それに伴う作品の改変が行われ、また、そのことにより田宮坊太郎伝説の「金毘羅の霊験」という側面を効果的にあらわしていると言うことができる。それだけではなく、草双紙一般に多くみられるように、演劇の趣向も一部取り入れていると考えられる。

ところで、先にふれた浄瑠璃「花上野誉石碑」は、歌舞伎にも仕組まれたり現代まで繰り返し上演されるなど、田宮坊太郎物の演劇作品の中心的存在である。この作品は『羽宮物語』の影響を受けて成立しているというのがこれまでの見方であったが、実録の存在をここで無視するわけにはいかないと思う。「花上野誉石碑」が『羽宮物語』と共通している部分はそのまま実録と共通している部分である。劇中「志度寺の段」で坊太郎の世話をする乳母お辻の名前が『羽宮物語』の辻林五右衛門に由来している可能性があるが、それでも、直接的には、話の流れが時として唐突な部分もある絵本よりも、実録から摂取したとは言えないだろうか。少なくとも作者は、実録を参考にしなかったとは言い切れないと思う。田宮坊太郎物の実録と『羽宮物語』との影響関係を視野に入れることで、田宮坊太郎物の演劇の中心的作品である「花上野誉石碑」の成立状況など、この伝説にまつわる文芸の流れが、これまで考えられてきたものから修正されるべきだろう。

三、『絵本金毘羅神霊記』

速水春暁斎の手による絵本読本『絵本金毘羅神霊記』（以降、「絵本」を略）は、時代設定を南北朝時代に変えてはいるが、坊太郎が柳生但馬守（ここでは八木宗規）や水戸黄門（ここでは足利義満）の助力を得て未生以前の父の敵を討つという話の骨格は、実録を踏襲する。また、養源寺に養われていた頃の坊太郎の面倒をみた土屋甚五左衛門が、ここでは土屋内記と名前が変えられており、これは「花上野誉石碑」に登場する槌谷内記に由来すると考えられる。

田宮坊太郎物の実録の本文系統は広本系と略本系に分けることができるのはすでに述べたが、『金毘羅神霊記』は、広本系の実録のみにみられる、「坊太郎が梅花の詩歌を詠じる」趣向や、「柳生但馬守より武術の奥義を教わる」エピソードが含まれることから、広本系をもとにして書かれた可能性が高い。しかし、広本系のこれらの箇所に付随していた芸道や仏法の説明は省かれており、一般読者が理解しやすいように、「梅花の詩歌を詠じた」「武術の奥義を教わった」という事柄だけが書かれている。実録が数理、仏教、諸芸などの専門的な、広範囲な知識を必要とする広本系から、それら難解な箇所を削除して平易化し、略本系を生み出したことと同様の操作が、ここでは行われている。

実録との筋の相違は、はじめに全体的なことを述べてしまうと、本節末の内容異同表によれば、実録を省略した箇所はほとんどなく、実録の筋を取り込みながら内容を増補する傾向にあると言える。

また、『金毘羅神霊記』では源八や坊太郎、母など、田宮家の人々の人物像が勇猛果敢な部分を強調して描かれているのが大きな特色である。たとえば、異同表では、源八が鎌倉の浪人小谷藤十郎を退治する場面や坊太郎が妖怪退治をする場面、母が堀源太左衛門を討ちに行こうとする場面などがあらたに加えられていることからも、それはわかる。

前項のように、実録との相違をA省略、B増補という二つの点から比較してみると、A省略は、源八が四宮家臣たちの間で習字の手本になること、坊太郎が、寺へ寄進する手ぬぐいに「思無邪」といたずら書きすること、江戸へ行く坊太郎を母親が引き留めること、坊太郎が水戸黄門に池の広さをたずねられること、の四カ所が挙げられる。これら省略された部分は、実録においても話の筋に直接関係のないところであり、「思無邪」と落書きしたり、池の広さをたずねられる場面などは、実録が広本系から略本系が派生したのと同様の事情が想定できる。中でも前述小谷藤十郎を退治した場面は源八が習字の手本となった場面の代わりに書かれた感があり（作品中の位置も重なる）、田宮家の人々の勇敢な性格を強調するという、『金毘羅神霊記』の意図がうかがえる。

B増補の部分はかなりの数にのぼる。その中でとくに重要と認められる部分に限って検討していく。

実録と『金毘羅神霊記』を比較してみて印象的なのが、坊太郎の母の人物像の違いとそれに伴うエピソードの増加である。両者を読みくらべると、実録の母親像と『金毘羅神霊記』の母親像はまったく正反対だ。名前からして、実録では、坊太郎の母は「おみつ」というごくありふれた名前であったのに対し、『金毘羅神霊記』では、「潔」という、みるからに潔癖な、いさぎよい名前が与えられており、すでにこの女性の性格を端的にあらわしている。

実録における彼女は、はじめ坊太郎に父の敵討ちをするよう、言い続けていたが、やがて、次に示したように変化する。

母ハ聞ヨリ溜息付、成程其方望ノ通父ノ仇ヲ討セ度ハ自ラニテモ同事、去ナカラ未年ハモ不行其身ニテ遠キ東ニ下リ、柳生殿トヤランニ使ヲ求テ兵法修練ノ其上ニテ敵ヲ討ントノ大望、行末遙々ノ事ナラン（中略）向後心ヲ改テ敵討ノ望ヲ止メ法印様ノ御弟子ト成、父ノ後世ヲ弔、御寺ニ居ラレ、顔見ヌサへ恋シ床シト思ヒ居シニ、年ハモタラヌ其方ニ江戸山海へ放チヤリ、母ハ一日片時モ何カ命ノナカルヘシ（巻四・坊太母ニ暇乞江府江下向之事）

汝能聞ケ父上計親ト思ヒ、此母ヲナトハ親トハ思ハヌソ、江戸ニ住セシ此年月、何ト一筆ノ音信モセサリシソ、恨メシノ我子ヤトカコチ歎ク（巻五・田宮小太郎本国エ帰ル事）

母は坊太郎が江戸へ行く時には、彼を引き留め敵討ちを思いとどまらせ自分のそばにいるよう懇願する気の弱い人物、また再会したときには、音沙汰がないことを寂しく思い、坊太郎に恨み言を言う人物として描かれるようになる。しかし『金毘羅神霊記』になると彼女の様相は一変する。坊太郎が江戸へ行く場面では、坊太郎は母親に書き置きを残すだけで、すぐに土屋の船に向かってしまうため、この場面じたいが存在しないが、坊太郎が江戸から丸亀へ一時帰国して母親と七年ぶりに再会する場面をみると、次のようである。

今又何の為遙々海山を越此所へハ来りしぞ。汝が急務は敵の首級を得て父の霊魂を慰むるにあらずや。（中略）尤も嬢を慕ふ志も孝心の一端とは謂ながら。是は末なり復讐は本なり。本を廃て末を取は君子の為ざる所なり。（中略）此後嬢《はゝ》は死せしと意得。聊も介懐《こころにかけ》ず只管身を大切に守り。首尾能本意を達すべし。（巻九・小太郎帰国して母に逢ふ話・本文のルビは一部を残し省略した）

とても七年ぶりにわが子に再会した母の言葉には思えない。実録で坊太郎と母が再会する場面とは全く対照的である。実録では愛子と別れ、寂しさに耐え兼ねている母親像が強くあらわれているのに対し、『金毘羅神霊記』では、敵討ち本懐のために執念を燃やす母親像が強調されている。

母は、実録では夫を討たれたために悲嘆にくれ涙を流す場面も多かったが、しかし、『金毘羅神霊記』では、ほとんど涙を流すことはない。夫が堀口源太左衛門に討たれた直後に自分で夫の意趣を晴らしに出ようとし（巻五・潔女郷里に退く話）、それがかなわないとなると、敵討ちをさせるために、生まれてくる子供が男児であるように毎日金毘羅に参詣するほどの、強い意志を持った女性として描かれている。これらはすべて『金毘羅神霊記』の段階で増補されたエピソードと考えられ、読本化された時点で母の烈女的性格は強調されている。『金毘羅神霊記』における潔の性格は敵討ちが無事にしおおせられるまで変わらず、実録にみられる坊太郎の母親を「情」の母親とすると、『金毘羅神霊記』の母親は「理」の母親と言えるだろう。

このような母の性格造形の変化がなぜ起こったのかは現在のところ、はっきりとは言い切れないが、春暁斎の読本には他にも気丈夫な女性の登場するものが多い（本章第一節参照）。この『金毘羅神霊記』の場合もその特徴に連なるものと理解できる。

『金毘羅神霊記』においてあらたにつけ加えられたエピソードにも、登場人物の性格をより強調させるものが少なくない。先に触れたように、坊太郎の妖怪退治のエピソードや源八の浪人退治のエピソードも同様の効果をねらったものだろう。このことは『金毘羅神霊記』を実録と比較した場合の特色としても考えられよう。

田宮坊太郎物の実録作品と『金毘羅神霊記』との違いで際だっているもう一つの部分は、作品の結末部分である。実録では、敵討ちをしおおせた坊太郎が、柳生但馬守の養子の申し出を断って丸亀に残り、病気の母の看病をし、母の死後は仏門に入り、最終的には江戸に出て寛永寺の東隣りに庵をむすび、往生する、という結末が一般的なものである。それに対して『金毘羅神霊記』では、

義満公の恩遇殊に厚く家名の絶たるを興し末代の功績を称せらる（巻十・民谷小太郎再び鎌倉に赴く話）

として、敵討ちを遂げた坊太郎が、母親とともに鎌倉へ帰りお家が再興するという、つまり敵討ちの成功―お家再興、

という仇討ち小説の一つの典型とでも言えるような結末を持つ。実録では一部の本には、坊太郎親子が仏門に入り全国を行脚する、という結末のものもあるが（第一章第三節で紹介した実録諸本の、第44本）、いずれにせよ、田宮坊太郎物の実録では田宮家のお家再興という結末は持たないことになり、いわゆるハッピーエンドにはならない。坊太郎の死後、塚が建てられ、そこが敵討ちをこころざす者たちの拠り所になる、言い方を変えれば、敵討ちのための守護神のようなものへと変化するという、ある種本地物のような要素に引きずられている可能性がある。実録の源流には軍談だけでなく、神仏説話のように、宗教性を帯びたものも考えられ、したがって田宮坊太郎物の実録にこういった宗教色が残るのに不思議はない。(7) そして『金毘羅神霊記』においてそのような宗教性が薄れたことはじゅうぶんに予想できる。『金毘羅神霊記』にも、金毘羅の加護をうたったさまざまな不思議な場面があるが、それらはことごとく、金毘羅の霊験を読者に教え込むためというよりは、読本的な話の伝奇性を増幅させるために機能しているとみなせるからである。

実録と『金毘羅神霊記』とを比較すると、『金毘羅神霊記』は、実録の筋をほとんどすべて取り入れつつ、登場人物の性格を強調させるためにさまざまなエピソードを増補する傾向が読み取れた。そしてその結果、『金毘羅神霊記』は実録に寄り添いつつも、趣向を変えた別の作品へと再生されるのである。

おわりに

これまで、田宮坊太郎物の実録と、黒本青本の『羽宮物語』と、絵本読本『絵本金毘羅神霊記』とをそれぞれ比較・検討してきた。

本節で取り上げた版本小説の実録受容の方法を考えてみると、『羽宮物語』は、基本的には実録の筋に忠実に沿って絵本化し、主として紙数の都合によるが、その範囲で効果的な省略・改変を加えるのが特色であり、いっぽう『金毘羅神霊記』は、それとは対照的に、実録の骨格をもとにした上で、あらたな筋の展開を組み込むことが大きな特色であった。そしてそのような操作は登場人物の性格を強調するのにも役だった。むしろ、そのための挿話と考えた方が適当であろう。

これら黒本青本と絵本読本の実録の受容は、それぞれ別の方向性を持っていると考えられる。それは、黒本青本と絵本読本、そして実録という、メディアの性格の違いによるところが大きいと思われる。

黒本青本と実録の性格の違いを考えると、黒本青本が紙数を限定しストーリーをダイジェスト化し、文字よりも絵を主体にした「絵本」であるのに対して、実録は基本的には挿絵のない「読み物」である。ストーリー重視の実録と、物語の場面を一枚の絵に切り取って提示しつつ享受者に内容を理解させる絵本という違いが田宮坊太郎物の実録と『羽宮物語』の間にははっきりとあらわれている。

絵本読本の性質はどうか。これは「読本」という、実録同様に読み物としてストーリーに重点をおく面と、題名に「絵本」と冠するように絵本の持つ視覚的要素の両面を重視したメディアである。紙数制限も草双紙のように極端に切りつめる必要がなく、長編化も可能であることから（本屋の事情やジャンル様式などによる制約はあるだろうが）、増補・改変の方法を多く採ったと言える。さらに挿絵を頻繁に組み入れることによって、視覚的な面からもストーリーを示すという特徴があり、そこに実録との大きな差異が存在する。

黒本青本と絵本読本については、黒本青本が先行演劇から横田武助の横恋慕話を取り入れたり、あるいは言葉のはしばしなどからどことなくユーモラスな雰囲気が感じ取れるのに対し、絵本読本では滑稽味を求める風もなく、全体的にシリアスな作風であることも指摘できる。両者ともに敵討ち以降の後日譚を削ったのは、主題を明確にするということもあるだろうが、それだけでなく実録の備える、ある種土俗的な宗教臭を削ることで、「商品」としての洗練を版元が指向したことも思い浮かぶのである。また、黒本青本・絵本読本ともに挿絵が実録の内容を端的に示す―挿絵を追うだけである程度ストーリー展開を把握することができる―という意味では、実は両者は共通した性格を備えると言え、絵本による実録の筋の把握という点で興味深い(8)。

　前節でも述べたことだが、実録が出版される時の変化を考えるということは、写本の実録という、ある種非合法的なものが、幕府の管理下において合法化する時の変化を考えることでもある。実録が出版物になるときは、黒本青本、絵本読本のいずれにしても、まず時代設定を変えなければならない。だが、それだけの操作をしただけで実録がおいそれと出版されるとは思えない。たとえば、作者や本屋はどのような作品を出版物に選んだかという問題や、時代的、政治的な背景と実録の出版という問題も視野に入れる必要がある。また、江戸の草双紙と上方の絵本読本との様式の違いも考えていく必要があるだろう。

　最後に実録、『絵本金毘羅神霊記』、『羽宮物語』の内容異同表を掲げる。

内容	実録	読本	羽宮
紀州藩士安藤彦十郎、酒に酔い家の重宝を損じ、切腹。	○	○	
紀州藩家老安藤帯刀、徳川頼宣に四宮のことを讒し四宮隼人正は家老職を罷免される。	○	○	
四宮は安藤の毒殺を計画する。		○	
小姓瀧川・戸沢善右衛門、四宮の安藤毒殺計画を防ぐ。		○	
四宮、安藤に切りかかるが失敗し、切腹する。		○	
四宮の次男源八、丸亀養源寺へ身を寄せる。	○	○	○
源八、養源寺へ向かう途中、潔という女性を介抱する。		○	

源八、養源寺の世話で丸亀藩士土屋甚五左衛門に仕える。	○	○	○
鎌倉の浪人小谷藤十郎、源八に捕らえられる。		○	
源八、習字の手本となる。	○		○
依田利助、源八に武術の試合を申し込む。	○		○
源八、大谷団右衛門と立ち合う。	○	○	
盗賊となった大坂の役崩れの浪人退治。	○	○	
国府八幡宮警備の最中、源八は源太左衛門と立ち合い、討たれる。	○	○	○
源八妻、源太左衛門を討ちに行こうとするが止められる。		○	
源八妻、男児を授かるように、金毘羅権現に日参する。		○	
源八妻と坊太郎養源寺へ参詣、突如風雨起こり坊太郎一時死ぬ。	○	○	
源太左衛門、坊太郎ににらまれ落馬する。		○	
坊太郎、寺へ寄進する手拭に思無邪といたずら書きする。	○		○
坊太郎寺へ預けられる。弘法大師の再来と評判になる。	○	○	○
坊太郎、源太左衛門に茶を汲まず、恥をかかせる。	○	○	○
坊太郎、江戸へ行く前に母に暇乞いをする。母坊太郎を止める。	○		○
坊太郎、遊女黄瀬川に拾われる。		○	
坊太郎、柳生但馬守のもとで養育される。	○	○	○
坊太郎九歳の時、梅花の和歌を詠み、漢詩を作る。	○	○	
柳生、坊太郎に肝試しをする（人骨拾い・妖怪退治）。		○	
柳生、坊太郎と剣術の問答する。坊太郎入門を許される。	○	○	○
坊太郎、徳川光圀のもとで元服する。	○	○	○

坊太郎、池の広さをたずねられる。	○		○
坊太郎、柳生に敵討ちを打ち明け、暇を願う。柳生引き留める。	○	○	○
坊太郎一時帰国、母に会い、敵討ちをせかされる。		○	
丸亀の帰り道、大坂に逗留、坊太郎、吉則の刀を発見する。		○	
柳生、坊太郎に柳生流の奥義を伝授する。	○	○	○
坊太郎、将軍へ御目見得、敵討ちの許可を得る。	○	○	○
坊太郎、源太左衛門を討つ。	○	○	○
坊太郎、父の喪に服した後、母と江戸へ帰る。お家再興する。		○	
坊太郎丸亀に逗留。母を看病。母の死後、僧になる。	○		
光圀に招かれ、江戸へ出る。その後病死。	○		

・○は作品中にその場面がみられることを指し、無記入はみられないことを指す。
・登場人物名は基本的に実録のものにした。左に主要登場人物名を対照させておく。

〔○実録の人物名：読本の人物名／『羽宮物語』の人物名。内容異同表において、読本にのみ登場する人物は読本そのままの名前で挙げている。〕

○田宮坊太郎：民谷坊太郎／羽宮僧太郎
○安藤帯刀：高橋甲斐守（読本のみ）
○四宮隼人：二宮隼人／うつのやかづま
○田宮源八：民谷源八郎／羽宮源六郎
○堀源太左衛門：堀口源太左衛門／中堀悪右衛門
○土屋（谷とも）甚五左（右とも）衛門：土屋内記／辻林五右衛門

注

（1）浦山政雄氏「金毘羅利生記の伝系」（『国語と国文学』第三十五巻第十号・一九五八年十月）

（2）叢の会編『草双紙事典』（東京堂・二〇〇六年八月）「念力岩通羽宮物語」項（細谷敦仁氏執筆）によれば、はじめ明和九（＝安永元）年に伊勢治より『念力岩通羽宮物語』として出されたが、後に蔦屋が『金比羅御利生敵打羽宮物語』と改題再版したようである。所見本は『敵打羽宮物語』。

（3）浦山氏は（1）論文の中で、本作品におけるそれまでの演劇作品からの重要な変化として、1敵役が二分され、恋の恨みを抱くのと、闇討にするのとは別人である。2子供が一人になり、母子流離の苦難がない。3返り討ちがない。4後見者は金毘羅権現の託宣を受ける。5奴は現れない。の五点を挙げておられる。しかし、第一節に掲げた実録の筋からみてもわかるように、1を除くすべてが実録に共通する。

（4）細谷敦仁氏「実録『賊禁秘誠談』と黄表紙『石川村五右衛門物語』」（『学芸国語国文学』第二十六号・一九九四年三月）

（5）国会図書館蔵。

（6）五冊本の装丁が、軍記や一代記などをダイジェストした草双紙で多く目にすることは、本章第二節でも触れた。

（7）ただし、金毘羅の在地信仰としての霊験譚とこの敵討ち伝説とは、第一章第三節で述べたように、直接的な結びつきを想定できない。

（8）絵本読本にも草双紙同様、ダイジェスト的側面がある、という考え方は、大高洋司氏のご教示による。

付記　本節で用いた底本は次の通りである。
実録：金刀比羅宮図書館蔵『金毘羅大権現加護物語』、『羽宮物語』：東京都立中央図書館加賀文庫蔵本（国文学研究資料館マイクロ資料）及び大東急記念文庫蔵本、『絵本金毘羅神霊記』：学習院大学文学部日本語日本文学科研究室蔵本

第四節　歌舞伎への展開

はじめに

江戸時代における歌舞伎は娯楽の花形であり、人気役者の着物の柄や色が流行するというように、人びとの日常に深く結びついていた。たとえば文芸でも、舞台の様子をそのまま絵本にした「正本写」や、役者の似顔絵を作品に用いる例があるばかりでなく、歌舞伎の場面やせりふをもじったり、登場人物に役者の特徴を当て込んだりする例は早くからみられた。享受する側がそれだけの知識を備えている、つまり人びとに浸透していたことがわかるのである。

このような歌舞伎が、実録と関係の深いことはよく知られている。実録は素材として歌舞伎に取り入れられたし、また、すでに歌舞伎において事件や人物像に対する人びとの認識が定まっていたものについては、実録の側がそれを成長時に取り入れる。

さて、この小節では実録が歌舞伎に取り入れられている様相を、現在も上演が繰り返される石川五右衛門物の歌舞伎「金門五三桐」を例に、具体的にみていくことにする。

一、「金門五三桐」とその典拠

「金門五山桐」は初世並木五瓶作であり、初演は安永七年（一七七八）大坂角の芝居小川吉太郎座である。[1]江戸で上演されるときに「楼門五山桐」と外題を改められるなどの変化を加えられながら現在まで何度も繰り返し上演されており、石川五右衛門物の歌舞伎における代表作の一つに数えられる。

「金門五三桐」は歌舞伎の常でストーリーが複雑に入り組んでいるが、大枠にあるストーリーは、大明の宋蘇卿が日本征服を企て、此村大炊之介（＝木村常陸介）となって日本に入り込んでいたものの、それを見破られ、大炊之介が実父であることを知った石川五右衛門が真柴久吉（＝豊臣秀吉）への復讐を誓うというものである。

この歌舞伎にみられる最大の特徴は、それまでの演劇作品にみられた石川五右衛門像を大きく変化させ、ただの盗賊ではなく、大明の宋蘇卿の一子であり、時の最大権力者である豊臣秀吉の命をねらう謀反人として描いたことであった。謀反人としての五右衛門像は歌舞伎「艶競石川染」（辰岡万作作・寛政八年〈一七九六〉四月一日大坂藤川座初演）などの後続作にも受け継がれている。

だが、「異国人の息子が父親の仇を討つべく日本人の権力者をねらう」という謀反人劇のコンセプトは作者並木五瓶の独創というわけではない。たとえば近松半二作の浄瑠璃「山城国畜生塚」・「天竺徳兵衛郷鏡」（宝暦十三〈一七六三〉年大坂竹本座初演）が典拠として挙げられているように、[2]天竺徳兵衛物のような、すでに上演されていたものを石川五右衛門物にも流用したのである。[3]

石川五右衛門が宋蘇卿ゆかりの人物であるという設定は、謡曲『唐船』の影響がうかがえることは従来から指摘されていた。[4]近年では高橋則子氏によって、近路行者（都賀庭鐘）『古今奇談繁夜話』（明和三年〈一七六六〉刊）における宋蘇卿の人物像が「金門五山桐」中の宋蘇卿のそれと通じる事を指摘されている。[5]そして、五右衛門と宋蘇卿との関わりからは外れるけれども、これら先学のご指摘の他にも、五右衛門の人物像、及び「金門五山桐」の典拠は指摘することが可能である。

石川五右衛門物の実録作品については第一章第四節において概説した。そこに挙げた諸作品のうち、『賊禁秘誠談』

を「金門五三桐」における五右衛門像のもう一つの典拠として認めることができる。忍術使いとしての五右衛門像が『賊禁秘誠談』に始まることは、足立巻一氏によって言及され[6]、また、『賊禁秘誠談』の成立は、これに基づいた黄表紙との関係から安永五年以前と推定されることから[7]、安永七年の「金門五三桐」初演以前には『賊禁秘誠談』が存在したことがわかる。次項では、「金門五山桐」と『賊禁秘誠談』との共通点を具体的に挙げ、「金門五山桐」が直接的に『賊禁秘誠談』に拠っていることを明らかにしていく。

二、『賊禁秘誠談』と「金門五三桐」

まず、『賊禁秘誠談』が「金門五山桐」のどのような箇所に取り入れられているかを検討してみる。『賊禁秘誠談』と「金門五山桐」[8]との共通項を示したものが次の表である。

〈表〉『賊禁秘誠談』にみられる趣向と「金門五山桐」が対応する箇所

『賊禁秘誠談』にみられる趣向	「金門五山桐」が対応する箇所
①五右衛門が忍術使いである。	全編。
②豊臣秀吉と豊臣秀次の確執を題材に用いる。	全編。特に口明。
③五右衛門と豊臣秀吉とが対決する。	四つ目。
④五右衛門、千鳥の香炉を盗もうとする。	口明。
⑤五右衛門、世尊寺中納言を追剥する。	三の口。
⑥大仏殿前の餅屋の娘が五右衛門の妻である。	三の詰。
⑦五右衛門、根来の塔に居住する。	三の口。

③は『賊禁秘誠談』では、五右衛門が、捕らえられた後に秀吉に対面を許され、その場で秀吉に雑言を浴びせるというものであり、「金門五山桐」では桃山御殿に忍び込んだ五右衛門が真柴久吉に雑言を浴びせるというもの。④は『賊禁秘誠談』では、五右衛門が千鳥の香炉を盗もうとして失敗し、捕らえられるのだが、「金門五山桐」では、龍山国師に扮する五右衛門が盗み出す、という違いがある。⑦は劇中の、五右衛門を捜す松田勇助の台詞「紀州根来の塔に隠るゝと聞直様駆け付ました所最早あの地も立退此京都へ罷越たるとの事故」にのみ認められるものであり、とくになくてはならないというものではないが、他の六項目は、「金門五山桐」を構成する上で必要不可欠な場面であると言える。それらはことごとく、先行作である『賊禁秘誠談』に典拠を見いだせる。

①、②、④の三項目に関しては、宝暦十一年（一七六一）刊『市井雑談集』にも記される。しかし、「金門五山桐」との関係について言うならば、③、⑤、⑥、⑦項目は『市井雑談集』には備わらず、作者が色々な文献から寄せ集めたと推測するよりも、直接『賊禁秘誠談』を参照して「金門五山桐」を成立させたと考えるほうが適当であろう。

とくに前掲表の③にみられる台詞では、明らかに『賊禁秘誠談』を踏まえている箇所があり、「金門五山桐」と『賊禁秘誠談』との影響関係を強く裏付けているのである。該当する部分を次に抜き出しておく（傍線部は「金門五三桐」に取り入れられている箇所を示す）。

○「金門五山桐」四つ目

かゝる事をも夢にも知らず今日迄詮議もせず捨置きしは執権家老代官目代に至迄皆己が強欲に眼眩みしも久吉が政道行届ぬ明盲武将是でも四海を保つは心元ない

○『賊禁秘誠談』（巻九・木村常陸助伏見え来る事・本書308〜309ページ）

「…我ながらもつくづく人は外に有るまじ」と、「か様の事は夢にも不知、今日迄捨置し大老中老五奉行代官目附の輩迄、皆己が強欲邪智に眼くらみ政道は行届かず。…

○「金門五山桐」四つ目

其身は小田春永の恩を蒙り草履摑みより大名に経上りながら春忠の一子春孝を害し春雄春秀を幕下となし春永の四海を盗其上関白は春日の神孫摂家ならでは上らぬ位を匹夫より出て保つ是王位を掠め位を盗六十余州を盗取たる大領久吉五右衛門よりは抜群増りし盗賊我を成敗せぬ先キ汝から成敗してくれるハヽヽヽ爰な猿冠者めが

○『賊禁秘誠談』（巻十・太閤秀吉公え対し石川大音之事・本書312ページ）

五右衛門石田をはったと白眼、「我盗賊をすれども貧賤虚弱をあわれみ強盗福裕の者を倒す。汝が主君と頼む太閤秀吉は、織田信長公の御恩を蒙り中間より大名に迄経上りながら、御子信孝を害し奉る。信雄信秀を幕下になし信長公の天下を盗、関白は春日大明神の御末、五摂家ならでは昇らざる位成を、凡夫より出て保ち、剰日本国王と書翰に記し外国へ送る。是国王を盗関白を盗六十余州を奪取たる盗賊に附随ふ汝等は、手下とやいわん、同類とやいわん、己等が分に応じて国々の分地を取るに、盗賊五右衛門には遙勝れし身分を以、某を盗賊とは能も云たり。秀吉、法は上より下り、政事を行ふ者なれば、我を禁じて罪するならば、盗賊の張本秀吉同類の身に罪科は何で極る。大賊の棟梁、返答聞ん」

※『賊禁秘誠談』は読解の便をはかるため、適宜句読点を付し、明らかな誤字は訂正した。

「金門五山桐」との、かなり重要な共通点を『賊禁秘誠談』に認めることができる。

このほか、実父かそうでないかという違いはあるものの、此村大炊介が五右衛門に望みを託す（「金門五山桐」では久吉へ復讐を、『賊禁秘誠談』では衞の香炉を盗み出すことを託す）構図もまた踏襲されている。

『賊禁秘誠談』における五右衛門は、最後には白州において秀吉と直接対決するものの、彼自身が手を下して秀吉を暗殺する役割としては出てこない。あくまで国家転覆を狙う秀次・木村常陸介の手先として衞の香炉を盗み出そうとする役割である。だが、国家転覆の側に立ち、秀吉と最後には対決し罵詈雑言を浴びせる五右衛門の姿が、異国人の一子としての謀反人像に結びつけられるのは、すでに演劇に同様の趣向が存在していたことを考え合わせると、さほど困難なことではない。そう考えると、『賊禁秘誠談』における五右衛門像は、「金門五三桐」の五右衛門像を形成することになったきっかけの一つとして重要であり、その与えた影響の大きさを感じないではいられない。

『賊禁秘誠談』と「金門五山桐」との関係を、「実録の歌舞伎化」と一口で言うことには少し抵抗があるかもしれない。それは、全体を通した筋の流れを考えた場合、歌舞伎は各場面が見せ場であり、ストーリーの連続性にくらべ、一つの場面を、役者を、いかに魅力的に表現するかということの方がより重要視されるのに対し、実録は発端から結末までの筋を通していくことが（脇道に逸れることはあっても）求められるからである。加えて、歌舞伎には、御家騒動や重宝の紛失のような、ストーリーを構築する上での一種の形式が存在し、それは他のジャンルとの交流で簡単に動かし得るものではない。歌舞伎が実録を取り入れる場合は、そのような制約を踏まえた上で行われる（他のジャンルについてもそれは当てはまる）。趣向や実録の登場人物及び人物像を取り入れる方法が、実録を歌舞伎が摂取する――ここで言う「実録の歌舞伎化」である――ときの常套手段であった。並木五瓶はこの他にも、「棹歌木津川八景」（安永七年〈一七七八〉初演・辰巳屋一件を扱う）[9]「けいせい飛馬始」（寛政元年〈一七八九〉初演・天草軍記を扱う）など、実録を題材にした歌舞伎を比較的多く手がけており、これら他の作品も含めた総合的な検討を行っていくことが「実録の歌舞伎化」をより深く考えていく上で求められる。

ここまで述べて来たように、実録の趣向を取り入れたことと、これまでの石川五右衛門物の演劇には用いられなかった謀反人劇の趣向を、天竺徳兵衛物をはじめとする先行作品から利用したことで、「金門五山桐」は石川五右衛門物の演劇作品に全く新しい一つの系統を生み出したのである。

おわりに

以上、本節では石川五右衛門物の演劇のうち、画期的とも言える歌舞伎「金門五山桐」の典拠として実録『賊禁秘誠談』を指摘し、とりわけ、それまでとは大きく異なった五右衛門像が、『賊禁秘誠談』における五右衛門像を大きなきっかけとしているのではないか、という見通しを述べてきた。とくに、謀反人劇という大枠と結びつけることで、歌舞伎の五右衛門は格段にスケールが大きくなり、口承や『賊禁秘誠談』によって伝わっていた五右衛門像―忍術を使い、豊臣秀吉に立ち向かう―もまた相乗的にこれまで以上に広い範囲で大多数の人々に伝わったと考えられる。そして、それは現代の我々が想像する石川五右衛門像にまで受け継がれてくるのである。

歌舞伎は大衆の娯楽の花形であり、強力なメディアとして機能していた。それに対して、実録は出版が許されず「裏メディア」というたとえ[(10)]にもあるように、娯楽の花形になれるようなものとは言い難い。だが、「裏メディア」が、本節で取り上げた「金門五山桐」の石川五右衛門のように、これまでの人物像を一変させてしまう―石川五右衛門物で言えば、「天下を取る」というような豪快な五右衛門像への変化である―原動力になり得ることもあったわけである。

並木五瓶が『賊禁秘誠談』を「金門五山桐」に用いずにはいられなかった要素は何だったか。それは、多くの人々に読み継がせることのできた『賊禁秘誠談』の魅力と重なるだろう。その魅力を探り出すことは、『賊禁秘誠談』じたいの文芸性を考えていくことを意味する。ひいては歌舞伎作者が実録を用いずにはいられなかった魅力―実録の持っている普遍的な魅力に通じることは言わずもがなである―を丹念に考えることにつながっていくのである。

注

（1）江戸での「五山桐」の初演は寛政十二年に市村座においてであった（『歌舞伎年表』『日本古典文学大辞典』『演劇百科大事典』等による）。

（2）高橋則子氏「読本・歌舞伎・黄表紙―『花珍奴茶屋』と『金門五山桐』―」（『学芸国語国文学』第二十六号・一九九四年三月）

（3）天竺徳兵衛物については、他にも歌舞伎「天竺徳兵衛聞書往来」（初世並木正三作・宝暦七年正月大坂大西芝居初演）に出てくる謀反人徳兵衛の父親正林賢のモデルが、文禄・慶長の役で戦死した宋象軒（この名前は宝永二年刊『朝鮮軍記大全』にも登場する）を想定できることを、崔官氏が指摘しておられる（『文禄・慶長の役　文学に刻まれた戦争』講談社選書メチエ二十二・一九九四年）。「聞書往来」における徳兵衛の人物像、宋蘇卿と宋象軒という音の類似、宋象軒が豊臣秀吉による文禄・慶長の役の犠牲者だったこと、さらに並木五瓶が「聞書往来」の作者並木正三の門人であったことなどを考えると、「金門五三桐」に影響を与えた天竺徳兵衛物の列に加えても良いと思う。

（4）『日本古典文学大辞典』「金門五三桐」項（河合眞澄氏執筆・岩波書店・一九八四年）

（5）（2）に同じ。

（6）『立川文庫の英雄たち』（文和書房・一九八〇年八月）

（7）細谷敦仁氏「実録『賊禁秘誠談』と黄表紙『石川村五右衛門物語』について」（『学芸国語国文学』第二十六号・一九九四

年三月）

（8）『賊禁秘誠談』は国文学研究資料館蔵（本書第二部所収）のものを、「金門五山桐」は『歌舞伎台帳集成』三十六（歌舞伎台帳研究会編・勉誠社・一九九七年）所収のものを参照した。

（9）「棹歌木津川八景」と実録との検討は内山美樹子氏「『銀の笄』と「棹歌木津川八景―付・浄瑠璃における「大岡政談」ないし政談ものについて―」（『近世文芸研究と評論』第二十六号・一九八四年六月）にくわしい。

（10）小二田誠二氏「湯殿の長兵衛まで」『学習院大学国語国文学会誌』（第三十号・一九八七年三月）による。

第五節　講釈への展開

はじめに

近世から明治初期にかけての講釈・講談の様相を把握する場合、聞き書きや上演記事など、周辺の間接的な資料を用いることが主として行われる。講釈が「声」による文芸であり直接的な資料が残りにくいためである。その中で、あまり残存するものではないものの、台本はより直接的なものと言えるだろう。声による文芸といえども講釈師が頭の中でストーリーを創り暗誦するわけではなく、台本として書き記し、演じる際にも用いていたのである。そこで本節では講釈の台本に目を向けることにする。

講釈の台本は同時代の歌舞伎の台帳など以上に、世に出回りにくいものらしく、これまでほとんどかえりみられなかったものである。材を得た元ネタとの関係を考えたり、当時の講釈の内容がわかる可能性もあり資料的に大変興味深いものの、実態不明の部分が多い。そこで、まずその実態を分析する。講釈の台本には演者が演じる通りに記した、「丸本」と呼ばれるものと、要所のみを記した「点取り本（点取り）」と呼ばれるものがある。丸本については論じる余裕がないため後日を期すとして、ここでは点取り本について考えてみることとする。さらに、点取り本『義士銘々伝』とその題材となった実録との比較を通じて、講釈と実録の交流の様子を具体的に検討し、文字で表現されるメディアが声によるメディアへと変換される際の様相の一例を提示していきたい。

一、点取り本と講釈師

最初に点取り本と講釈師の関係を確認する。「点取（り）」本という言葉は、たとえば四代目宝井馬琴口述・野村無名庵筆記『講談界昔話』（『都新聞』掲載）[1]の中の、初代石川一夢についての芸談には、

…講釈を質に置いたといふのはこの人の事で、何うするかといふと種本を質屋へ持つて行くのです。それも外の読物ぢやア可けない此佐倉（著者注「佐倉義民伝」を指す）だけに限つてゐた。而もそれがどんな本かといふと、半紙一帖たつた二十枚綴ぢたもので、上下の表紙を除くと中味は只の十八枚それへ講釈の要所〳〵を記した所謂点取の種本だから、他人が見たのでは何が書いてあるのやら要領が判りません（以下略・昭和三〈一九二八〉年一月八日付・傍線部は著者による。以下同じ）

とあり、また、一立斎文慶と一龍斎貞昌にまつわる談話では以下のようにみえる。

…丁度七月十日のこと恐ろしい暑い日でしたが、琴凌（著者注・宝井）がいつもよりは少し早目に楽屋入りをすると、文慶と貞昌とが二人素裸になつて書き物をしてゐる、貞昌といふのは只今の貞橋の父親で古い講釈師でした、何をしてゐるのかと思ふと文慶が、この貞昌に教はつて桜田の点取をしてゐるのでした（以下略・昭和三年五月二十四日付）

…貞昌が教へるのをセツセと文慶が書き取つて覚えてゐる、そこで琴凌がそれはいゝ所へ気がついた、そういふ

事なら私も本を貸すから、寝てからでも読んで覚えたらよからうと、加賀騒動の丸本を九冊貸てやりました、点取といふのは要所々々を書き抜いてあるのだから当人だけにしか判りませんが、丸本となると高座で演る通りに書いてある、これは誰が見てもわかります（以下略・同五月二十五日付）

これら石川一夢の芸談から、点取り本は講釈の要所要所を演者自身だけがわかればいいように書いたものであり、それに対して高座で演じる通りに書いた丸本があるということがわかる。「点」とは要点の「点」を意味するのか、点取り本にみられる符号（後述）を「点」と呼びそのために点取りというのか、それらとは別にいわれがあるのか、判然としないが、「貞昌に教はつて桜田の点取をしてゐる」とあるように、演者自身がわかるように講釈を簡潔に記すことを「点取りをする」と言ったらしい。さらに、講釈種を知っている講釈師が脇で筋を教え、それを聞きながら点取り本を製作するという製作事情もここからうかがえる。もっともこの貞昌と文慶のエピソードは「世話もの」を得意としていた文慶に急きょ「堅いもの」を読む必要が生じ貞昌に教えを乞うというものであるため、点取り本がすべてこのように製作されるのではないことは注意すべきである。後でみるように、実録など、元ネタが書いてある本を参照しながら点取り本を製作することもまた広く行われたであろう。

点取り本が行われるようになった時期がいつごろか、今は年代の特定ができない。しかし、幕末から明治期に書かれた関根只誠『只誠埃録』巻二〇六「軍書講釈并神道心学辻談義之事歴」(2)に「此瑞龍召捕はれの時中山瑞夢録の点取本を取上られ…」と出てくる。これは講釈師赤松瑞龍が文化十三年（一八一六）九月十八日夜より『中山瑞夢録（瑞夢伝とも）』という、寛政五年（一七九三）のいわゆる「尊号事件」（光格天皇の父、閑院宮典仁親王に太上天皇の尊号を奉る件で中山愛親・正親町公明が幕府と対問に及んだ事件）を題材にした実録を講釈にかけたために処罰されたことを示す記事である。文化期にも点取りという言葉で呼んでいたのかどうかはわからないが、そのころには講釈師が点取り本を使用していたことが確認できる。思うに点取り本は、「太平記読み」のように本文が定まっている本を読んでいた時代と、幕末になり田辺派の確立する「無本読み」が現れ主流になっていく間のものと位置づけられよう。

さて実際に点取り本をみてみる。今回目にすることができたのは、『義士銘々伝』（以降、『銘々伝』と略する。）、『大坂御陣ノ伝』、『漢楚軍談』、『高津大明神』の四点（いずれも小二田誠二氏蔵）。このうち『大坂御陣ノ伝』は大坂夏の陣を、『高津大明神』は佐倉惣五郎伝説をそれぞれ題材に扱っている。これらのうち『大坂御陣ノ伝』の巻末には「安政三（著者注・一八五六）辰霜月上旬」の年記が付されるなど、いずれも幕末から明治初期ごろのものであろう。これら四点の点取り本は事件全体を記しているわけでなく一部分のみが抜き出されている。そして、『漢楚軍談』を除いた三点はいずれも一冊本である（『漢楚軍談』は七巻六冊）。一冊にまとめてあるのはおそらく演者が持ち歩きやすいように配慮されているのであろう。表紙は『高津大明神』・『銘々伝』が反故紙を表紙に仕立てた後補のもので、他本はいずれも本文共紙という簡素な造本である（『銘々伝』には後補のくるみ表紙が付される）。『銘々伝』の元表紙には『義士銘々伝』『義士細評』と並記され、その下に伊東燕柳、その左側に「伊東主」と書かれる。『漢楚軍談』二冊目の裏表紙にも「藤性《ママ》馬龍軒」と署名がされる。また、『大坂御陣ノ伝』の表紙は中央に題名を置き、その左下に「丸山真龍」と署名、題名の右上には「禁他見」とことわりが入っている。さらに裏表紙には「安政三辰霜月上旬・丸山真龍秘書・石川一照直伝」と書かれており、講釈における伝承の秘密性がかいま見え、大変興味深い。伊東を名乗る講釈師は、幕末から明治初期に隆盛をほこった伊東燕晋や伊東燕凌などの伊東派がすぐに思い浮かび、また、石川一照といえば、やはり幕末の講釈師石川一口や先の芸談に例として出てきた石川一夢などが即座に連想される。今は彼らの実態についてはくわしく知り得ないが(3)、これら点取り本が講釈師によって記され、用いられたことが裏付けられよう。

また、表紙として使われている反故のうち、『銘々伝』のおもて表紙には「名古屋山三」を題材にした講釈の、うら表紙には「佐倉惣五郎」を題材にした講釈の点取り本が、『高津大明神』では「田宮坊太郎の敵討ち」を題材にした点取り本がそれぞれ再利用されている。これらの反故は筆跡が中絶している様子もなく、書き損じとは考えにくい。演目が身に付いたために反故にしたのか、あるいはあらたに書き直したために古い方を処分したということなのか判断はつかないが、点取り本があまり残っていないのはこのような事情もあるのだろう。

「点取り本」や、はじめに触れた丸本のような台本は、「無本読み」が主流となっている最近では高座で用いられなくなってきているが、少し前の講釈師の中にはペンで点取り本を製作していた人もいたなど(4)、現在も全くないとは言い切れないようである(5)。

これまで芸談や点取り本をみて、点取り本と講釈師の関係を確認した。次項では、点取り本の本文に踏み込んでみる。

二、点取り本の本文

点取り本の本文で一番特徴的なのはその文体である。『銘々伝』を例にみてみる（次頁図1）。

先の石川一夢に関する芸談にみられるように、筋の要所要所を、演者がわかるように断片的に書いている。断片化の方法を考えると、題材となる事件を、事件全体を構築する個々の小事件に分割し（『銘々伝』の場合はいくつかに分けられる章段がそれに該当する。理論上では断片化の第一歩である）、さらにその小事件を構築するいくつかのエピソードに分け、エピソードを構成するのに必要な要素を抽出し、それを書きとどめるという方法であろう（現実にはエピソード

〈図1〉

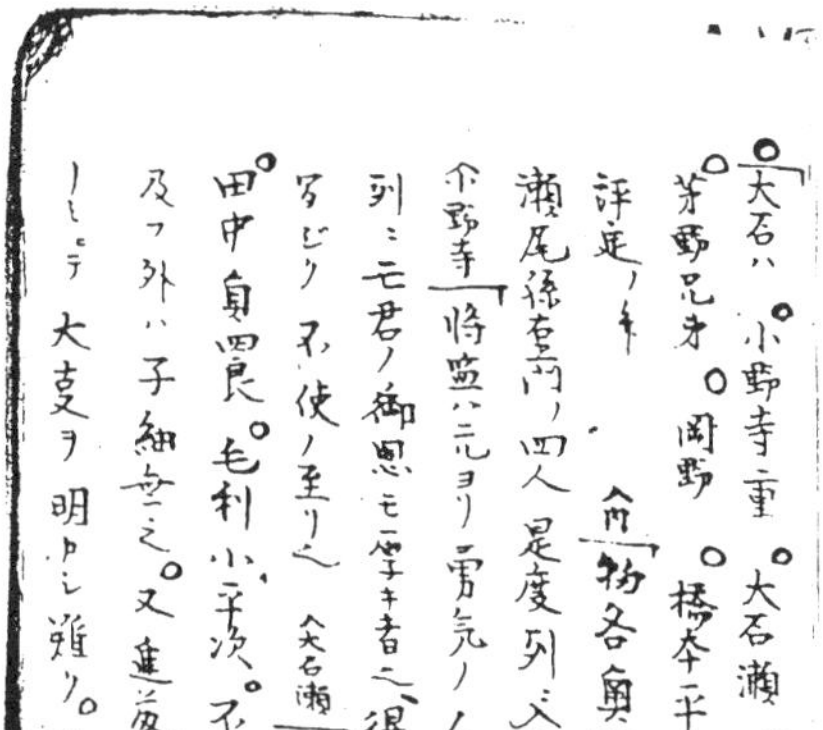

○「大石ハ　○小野寺重　○大石瀬　○吉田沢　○小野寺幸　○武林
○茅野兄弟　○岡野　○橋本平　○寺坂吉　「十二人集り
評定ノ弁　〈内「扨各奥野将賢　平野半平　尾山政ヱ門
瀬尾孫右ヱ門ノ四人是度列ニ入度旨申入ルカイカヽノ弁
〈小野寺「将監ハ元ヨリ勇気ノ人ニテ、億病佞人ト申ニ非ラズ、
別ニ亡君ノ御恩モ厚キ者也、得ト見届ケノ上ハ、子細有之
間ジク不便ノ至リ也　〈大石瀬「抑城中ノ一味ハ六十三人右ノ内
○田中貞四良　○毛利小平次　○不甲斐ナク　○女房ヨリ露顕ニ
及フ外ハ子細無之○又進藤源四良　○河村伝兵ヱハ勇気
ノミニテ大事ヲ明カシ難ク○引貫タルハ先味方仕合扨

〈図2〉

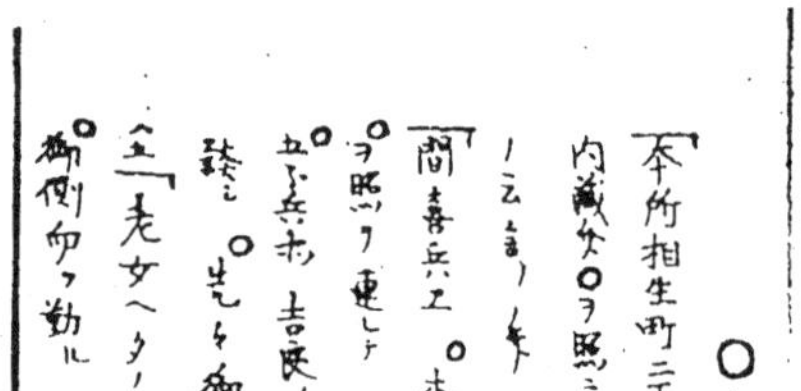

○山岡ヲ照吉良家奉公ノ事
「本所相生町二丁目　○伊勢屋五良兵ヱ　○吉良家へ出入ルノ弁
内蔵介　○ヲ照ニ申フクメ　○色情内閑ノ事　　〈照「夫覚兵ヱ
ノ云言ノ弁　　○ヲ照　廿三才　美人ノ弁
「間喜兵ヱ　○木村岡右エ門ノ両人　○七月四日ニ出立シ　山科ヨリ
○ヲ照ヲ連レテ　下向　　「伊勢屋五(良)兵ヱノ方へ来リ　妹ノ弁
○五郎兵衛　吉良ノ用人　○古沢善右ヱ門へ申入ル　○岩瀬舎人ニ
談シ　○先々御目見へ　「美人ノ弁　○奥女中モ伊勢屋〳〵
〈五「老女へタノムノ弁　「ヲ照八月十一日　○奉公済ノ弁
○御側向ヲ勤ル　口伝　「吉良公　○ヲ照ニ執心ノ弁

の要素を瞬間的に見つけ出し書きとどめる作業のみ、という場合がほとんどではないか）。エピソードの要素を書きとどめる段階において、各本の断片化の精粗は異なる。『大坂御陣ノ伝』のように長々と文章が続くものもあるし（合戦の描写、武士の装束描写など細かに演じる必要があるためであろう）、その逆もある。また、同一台本でもエピソードによって精粗の差は生じる。精粗の差は演者の裁量によるが、人名、地名、時間、行動あるいは会話など、講釈にとっての最重要情報を書きとどめておくという前提は、当然ながら共通する。

また、点取り本では人物名の省略や符号の使用なども行われる（前頁図1、図2）。これらの符号の意味するところを考えてみる。

①○印・「（かぎ）印・山形印

図1・図2を参照すると、○印や「（かぎ）印、山形印（図の翻字は〈で示す）などが用いられる。『銘々伝』ではこれらの符号は朱で記されており、演者の注意をうながすよう工夫されている（他本は墨書）。ここで○印は主に登場人物名に注意を払うよう付されている。また、図に示した箇所以外では、地名・人物の年齢・役職など、演者にとって間違えてはならない単語に記されている。一部、演者にとって重要な文節（図1の「不甲斐ナク」等）に付されるものもあるが、全体的に○印は単語を対象にしていると言えそうである。かぎ印は会話文をあらわすことと、各文の文頭に記すことによって前の文と区切ることを示している。文、あるいはエピソード単位で演者の注意を呼び起こさせる役割をすると言える。人名に付される○印とかぎ印が組になっている場合もある。山形印はその下に書かれている人名と組になり、下に続く会話文の会話主あるいは動作主であることを指している。

他本にも目を向けてみると、『漢楚軍談』では、ほとんど符号が用いられておらず、散発的に○印と△印が用いられる。いずれも場面転換時の文頭に置かれている。△印は○印に比べて圧倒的に少なく、会話や「武者揃え」、箇条書きなどの箇所に付され、演者がとくに力を入れる部分をあらわすものか、あるいは張扇を叩く印かとも思われるが、判然としない。『大坂御陣ノ伝』では、場面転換時の文頭には△印・□印・○印が付けられる。登場人物名の上にはやはり○印や、名前右側に線が引かれてそれとわかるようになっている。『高津大明神』では文を適当に区切る役割をするものとしてかぎ印が用いられ（『銘々伝』と共通する）、会話主は名前の頭文字を□で囲みそれとわかるようにしている。

②登場人物名の省略

登場人物名が省略されていることにも気づく。名前を記憶しており、すべてを書く必要がないためである。たとえば「小野寺重」は赤穂四十七士の一人小野寺十内を、「大石瀬」とは大石瀬左衛門を意味する。登場人物名がことごとく省略されて書かれているわけではないものの、このような箇所がかなり出てくるのが特徴である。このことは他本にもみられ、『大坂御陣ノ伝』では名字・名前における名前部分を傍線で略し、また『高津大明神』では会話主の時と同様、名前の頭文字を□で囲んでいる。

③「弁」

「弁」は点取り本における最大の特徴である。図2を例にみてみる。「山岡ヲ照吉良家奉公ノ事」という一章は、討ち入りの前に命を落とし、本懐を遂げられなかった山岡覚兵衛が妻お照に対し、大石内蔵助の役に立つよう言い含め、お照は江戸へ出て吉良家に奉公に上がり、上野介の妾になりおおせるという一章である。この部分を読み進めると、たとえば一行目「吉良家へ出入ルノ弁」「夫覚兵ヱノ云言ノ弁」「ヲ照廿三歳美人ノ弁」など、「〜の弁」という箇所が目立つ。「吉良家へ出入ルノ弁」は、この後、山岡お照を吉良家へ紹介するにあたって、紹介役の伊勢屋五郎兵衛

（＝赤穂浪士神崎与五郎）が吉良家の様子を探ろうとして、吉良家へ出入りの許可を得るまでの苦労や知恵（この章段以前に伊勢屋五郎兵衛が吉良家に入り込むことを述べる章段がある）を弁じる印と言える。「夫覚兵ヱノ云言ノ弁」も山岡覚兵衛が亡くなる前にお照に申しつけたこと（先の章段に書かれる）を繰り返す印であるし、「ヲ照廿三才美人ノ弁」はお照がいかに美人であるか言葉を尽くして述べる箇所であろう。かつて田辺一鶴氏に聞いたことだが、「弁」で述べる基本的な内容は、だいたい演者の頭の中に入っており、それを自分の持ち時間や場の雰囲気によって長くしたり短くしたり、その時どきの話題を取り入れたり笑いを入れたりするようである。セリフが完全に固定化しているというわけではなく、講釈師の裁量が要求されるかなり自由な部分である。このことは濱田啓介氏も『曾我物語』の講釈を例に触れておられる。(6)『銘々伝』以外の三本にもよくみられ、点取り本の代表的な特徴と言ってよい。

この他に「弁」に近いものとして本文中で「〜の事」（例「瓜畑ノ事」「喧嘩ノ事」〈『高津大明神』〉）などと書いてある箇所がしばしば出てくる。この場合は具体的な内容を省略しているものの、述べられる内容は「〜」に相当することであり、「弁」ほどの自由さはないのだろう。「弁」「〜の事」以外には「口伝」など、引き事の内容を省略している箇所もある。

ここまで点取り本の符号に注意してきた。点取り本の符号もまた講釈師によって記し方が異なる。たとえば今回取り上げた点取り本にはすべて「弁」がみられるが、四代目邑井貞吉による昭和二十年代の点取り本では(7)「弁」に代わるものとして縦線が引いてあった。点取り本を読み解くときにその符号は絶対的なものではないことに留意する必要がある。しかし、その上で符号に注目してみると、人名などの固有名詞に付される場合・場面転換に付される場合・会話に付される場合・講釈師が自由に弁じる場合など、符号化する所には共通の傾向があると言えそうである。

三、講釈・点取り本・実録―『義士銘々伝』と実録『精忠義士実録』

講釈と実録とは密接な関係がたびたび指摘されながら、それを直接的に明らかにすることはこれまでできなかった。そこには「声」による文芸と「文字」による文芸の間の溝があるからで、講釈の台本はこれらの媒体となりうる。そこで今度は赤穂事件を題材にした実録と点取り本の比較検討を通じてその様相をとらえていくことにする。

はじめに点取り本『義士銘々伝』の内容について触れておく。本文は全部で十三章からなっており、作中で扱っている場面は事件の一部である。元禄十四年（一七〇一）の暮れ、大石内蔵助が翌年の江戸下向を決定する場面から始まり、浅野内匠頭の弟浅野大学が閉門を許され、広島へお預けになるところまでが記される（原本には綴じ間違いがあり、それらを正した上でのものである）。その後に浪人不破数右衛門が義士の列に加わる章が立てられるのだがそれは中絶している。講釈にかかるものであるから内容上の虚構は多い。それらは講釈師の創作であったりすでに存在する伝説を取り入れた部分もあるはずであり、すぐには一つ一つを検証することは難しい。したがって今、他の作品との比較検討を通じて共通する箇所から講釈師の利用した作品を明らかにし、その作劇法を考えてみたい。

「銘々伝」とされるものは、たとえば『精忠義士銘々伝』、『義臣伝』など版本写本含め多数残されている。それらには互いの持っているエピソードの交流が多くみられる。だがこれらの銘々伝と点取り本『銘々伝』を比較してみると、取り上げられているエピソードの共通点がほとんど無く相互の影響関係は想定しがたい。

さらに範囲を広げて銘々伝以外の赤穂事件関係のものに目を向けてみると、経緯は省略するが、実録『精忠義士実録』（幕末頃成立であろう）との関係が注目される。現在も多くの諸本が残り、当時広く読まれたことがわかる作品である。

以下『精忠義士実録』（福井県立図書館松平文庫蔵・国文学研究資料館マイクロ資料を参照）と『銘々伝』の共通項をみていく。

①内容上の共通

まず検討を加えるのは、茅野三平が切腹する章段である（『銘々伝』「茅野三平切腹の弁」）。茅野三平は「仮名手本忠臣蔵」中の早野勘平のモデルで、主君の仇討ちを望む自分の意志と、彼を引き留めて在所に置こうとする父親との板挟みによって自害するのはよく知られている。ここで問題になるのは父の在所の地名であり、一般的には「摂州茅野村」である。ところが『銘々伝』『精忠義士実録』では「勢州茅野村」となっている。おそらく摂州が聞き間違えられて勢州となったのであろう。さらに他の資料では、三平は赤穂開城の後は摂州茅野村に父親と二人で暮らしているとされるのに、『精忠義士実録』では山城国小幡の里に矢頭右衛門七と一緒に暮らしていることになっている。『銘々伝』は「山城国小幡ノ里ヨリ立出シ所」とあるので、これもまた『精忠義士実録』に一致する。三平が茅野村にやってくる経緯も仇討ちのために江戸下向する途次ということで、両者は一致する。

また、赤穂浪士の一人神崎与五郎の江戸での改名についても他の資料では美作屋善兵衛（その後小豆屋善兵衛と改称するものもある）あるいは小春屋善兵衛と改名するのに対し（屋号は様々であるが善兵衛と改名するのが共通する）、『銘々伝』『精忠義士実録』では伊勢屋五郎兵衛と改名する。

②文章上の共通

〈資料Ⅰ〉は、『銘々伝』中の「杉野母之事」における杉野十兵次の母親の遺書と『精忠義士実録』のそれとを比較したものである（傍線は両者共通の箇所を示す）。

〈資料Ⅰ〉杉野十兵次母の遺書（傍線部は両者が共通することをあらわす）

『義士銘々伝』

○冷光院様ノ御事ニヨリ　○皆／＼申合セ候事兼テスヘシ候ヘドモ女子ニハ不知旨　○定テ法有コトニ有之ベク候故　○サラ／＼ウラミテハ存シマヒラセ候ス　○一　江戸表へ下ラレ事角兎童《ママ》ノコトノミ心ニカケ　○延引ノ様子尤ニ候　昔ヨリ古キ文ニモ　○忠孝ハ全タカラズトカヤ其元ノ様子老人ニ引サレ　○一大事ヲアヤマタスヤウ　○童七十ニ余リ　何カヒ有テナカラウ可ヤ　○凡武士ハ家ヲ出妻子親族ヲステ虎口ノ場所ニテ命ヲスツルコソ　○臣タルノ本意ト承リ候　○其元ハ未タ年若キ御事　○故○月日ノ立ニ随ヒ御恩モ忘ンカト　○案シマヒラセ候也　○唐後漢の時金女トイヽシ女ハ身ヲヤフリ　○貞女ヲ全ウス　○イハンヤ男子トシテ忠ノ志シ　○無クハ武士ノ家ニ生レシカヒナク　○世ニ無キ君ノ御恩ヲワスレス　○トウノ敵上野介殿ヲ母ノ仇ト存シ　○御憤リヲ晴シ玉エ　○過行玉エ父上ヘハ　○草葉ニテ　○ツケマヒラセン　○何事モ是迄ノ孝々忝シ孝子ノ門ヨリ忠義モ出ルト　○古人ノ仰カンハシク思ハレ　○モハヤ申置コトモナク　○メヒ途イサキ候マヽ　○筆トメマヒラセ候　カシコ

○十平次トノ　　母ヨリ

『精忠義士実録』

一　此度れい光院様の義に付皆々申合され候事かね／＼聞及候へとも女に知らせ候はぬ事は通例の式法なにうら

みには存不申候事

一　此一大事に付くらの介殿江戸へまいられ候に付との方も参り度との思ひ入尤千万に存候、就夫わが事心にかかり不孝などとのぞんじ入りにておそなはり候様に老眼に見置候事

一　むかしよりふるき文を見侍りしに忠と孝との二つはまったふしかたきとかや、かしこき人の仰こそいとかんはしく覚へ候、其方よく心見るに母に心ひかれ大事をゆるかせにすると見ゆる也　われ七十に余り幾程の命いくへきや夫さむらいは家を出るより妻子親族をわすれ虎口場にて命を忘るる社本意なれ、殊に其方若ければ月日のたつに随ひ殿様の御恩を忘れ遊興抔に心うつりしてたとえりやうらきんしうのしとねに座し七五三の滋味にてやしなふともいかてか嬉しかるへき

むかし後かんの金女と云し女は女なれとも身を破り疵を蒙り貞節をまつたふす、況やその方男なり、世にましまして時めく主人へ御奉公はつとめよきものなり、いかんといふに知行加増を得んといふいやしき下心なり、汝の御奉公といふは世になき御主人の御恩をわすれす御いき通りをはらし奉りてこそ真の士といわん、世のはは こころは武士の家に生れては忠義の二つにせまれはなり、故に我としより事とても先たつへき身なり、心に懸り候事なく君の御かたきをうたせんと如此の仕合せなり、上野介殿を母の敵となすへし是老母か頼ならねとも御主人様への心はせなり、すき行給ふ父御へもわれ能々告奉るへし、若また不義の心あらは草のかけより勘当なり、とかくくらの介殿へ付そひかの人のさしずそむくへからす、是こそ両親えの孝行の第一なるへし、申事は是より外になく候

かしく

杉の十兵衛次との

母より　　　　　　　　　　　　　　　　　　　　　　　　（巻十一・杉野十兵衛次母義死）

ここでは文章レベルの影響関係がみてとれ、口伝えによって伝わったというよりは、本を手元に置いてそれを参照しながら点取り本を作っていったと言えそうである。先に述べた茅野三平にまつわるフィクションや伊勢屋五郎兵衛という改名は、『義士伝実記』と題する実録にもあるのだが、この杉野十平次のエピソードが欠落しており、『精忠義士実録』以上の『銘々伝』との関係は想定しにくい。また管見に及んだ他の資料では、杉野十兵次母のエピソードを持つものがほとんどみえず、またあったとしても、遺書の内容がこれら二点と相違しており、関係が薄いと考えられる。

以上、一、二、三の例にとどめるが、ここまで共通する作品がないことや文章レベルの相似もあり、『銘々伝』は実録『精忠義士実録』との直接的な影響関係が予想される。

次に、『精忠義士実録』と『銘々伝』との共通する場面の中から、それぞれの相違点を検討していく。聴衆に対して声によって表現される講釈は、その「一回きり」の表現手段で聴き手の中に物語世界を想像させなければならない。文字という持続性のある表現手段によって何度でも読み返せる実録を、どのように仕立て直しているだろうか。長い引用だが、左の〈資料Ⅱ〉に掲げたのは「茅野三平切腹の弁」と、『精忠義士実録』の該当箇所を対照させたものである。

〈資料Ⅱ〉

①三平が茅野村に帰る箇所。

『精忠義士実録』

…三平伊勢路ニ赴キ芦野[8]ノ郷ニ至ル（巻十二・芦野三平義死談、以下同じ）

『義士銘々伝』

○岡野茅野ノ両人モ　六月十二日小幡ノ里ヲ立出ル　大津ニ出草津ヨリ石部水口土山坂ノ下関ノ宿ヨリ亀山へ一リ半　〈三平「関ノ宿ヨリ横道ソ　○ムク本へ二リ　○久保田へ二リ其間ニ　○茅野村ト云アリ　○我先祖ノ出タル処也殊ニ　○父七良右衛門ハ　○元藤堂和泉守浪人ニテ　○二君ニ仕ヘズ今是里ニアリ子トテハ　○我等兄弟斗リ親共当年七十三才　○去年三月書状ヲ遣シタル斗　○老人ノ如何暮スヤ又　○今生ノ名残余所ナカラ対面イタシ度各如何ノ弁　〈金右衛門「拙者伊勢参ラス杉野氏ハ　〈杉野「某シ前度御代参ニ鳥渡参リシカ　○イヤ三平　○茅野村ヨリ　○山田迄ニ何程有ヤ　〈三平「ヲ、ワツカ　○久保田ヨリ一リ半　○津ヨリ二リ　○雲津へ十八丁　○月本へ十八丁　○六軒茶屋へ一リ　○揃田へ二リ　○小畑へ一リ　○山田ワツカ　○内宮　○外宮カケテ　○拾六リ半　〈岡野「然ラハ我等ハ杉野参宮イタシ参ルヘシ　○其内父上ト念頃ニ名残ヲシマルベシ「三平大ニ祝ヒ承知早速ノ承知忝シ左有ハ外ニ心置コトナント其夜ハ関ノ宿ニ伯《ママ》リ　○「翌日ハ関ヨリ　○ムク本　○久保田ヨリ左リへ行　「三人色々気散シ咄シ世間不構行

②三平が母の葬列に会う箇所。

『精忠義士実録』

…是ニ三平礑と行逢テ是ハ々ト計ニテ一家ノ者共久々ニテ面談シ、彼者申ケルハ貴殿御母義久々御病気ノ処昨夜死去アリ只今葬礼相済シ罷リ帰ル、扨々是非ナキ御事ト物語ス

『義士銘々伝』
○茅野村ヘ二十丁斗　向ヨリ葬礼　「妹ノ於廉　「ヲマヘ兄サン
三「何者葬礼シヤ　〈廉「母上ノ弁　「岡野杉野諸共ニ寺ニ送ル　○「妹ヲ連レ三人七良右衛ノ処ヘ来ル

③三平の父が三平の下向を思いとどまらせようとする箇所。[9]

『精忠義士実録』
七郎左衛門以ノ外立腹シ言語ニ及ハヌ事トモ哉、今時分左様ナルコト仕出シテハ親ノ首ニ縄ヲカクヘキ所存也、母カ死テイマタ三月モ立サルニカカルコトヲ聞スルハ大不孝ト云ヘシト散々シカリケル

『義士銘々伝』
○左様ナル厚恩ヲ承リナカラ、外ヘ仕官ナトヽハ言語道断、左様ノコトハ毛頭止ヨ、第一ニハ主君ノ忠節第二ハ
○七十三オニ成リ婆々ニ死分レ、妹ヲ廉ハ外ヘ嫁メ入リノ約束、汝ハ止リテ孝々ヲシテクレヘ、コリャ　○三平「三平聞クヨリ父ノ申コト誠ニ尤去ナカラ、　○一大事ハアカサレスト　○「誠ハ仕官ノ好ミモゴザリマシタカ　○江戸表ニ色々掛合ノコリモゴザリマスレハ　〈七「何ノ掛合去年三月十四日ヨリ今年ニ皆ソラ事、老人ノ父ヲ捨テ何レヘ行不孝者
〈三「恥シキ事ナカラ内々申カハシタ女ゴザリマス故　〈七「其女ハ何レニ居ル武家カ又町人カ　〈三「イヤソレハ　〈七「サイハレマヒ皆ソラ事福貴栄花楽ント、　○柳沢殿ヘ仕官ソヤ《ママ》リナラス　○サヽ江戸テモ唐ヘテモ天

笠《ママ》ヘテモ勝手次第ニ行ケ　〇七十三才ノ七良右衛門腹切テ死ネハスム事　〇一人ノ倅サヘ老人ノ面ドウ見届ヌ他人尤シヤ

これら例として引用した箇所を検討してみると、共通の虚構を持ちながらも『銘々伝』の方が実録の同じエピソードに具体的に加上しているのがわかり、その他に「会話文の多用（①②③）」、その会話文を作り出すためのような印象さえ受ける「登場人物の増加（①②）」、「リズミカルな要素を持った道行き文の使用（①）」などが特徴に挙げられる。実録は文飾が甚だしいわけでもなく、必要にしてじゅうぶんな記述で済ませている。これは実録が語り物文芸の流れを受ける読み物とはいえ、そのいっぽうで「事実の記録」という姿勢を強く備えるからであろう。講釈は芸として聴衆を意識し、実録を再構築する。事実性をにおわせながらも聴き手を惹きつける要素に重点が置かれると言える。それはさらに「声」や「調子」のような演者自身の技術に求められもし、また紙に記されていない所にも何がしかの工夫があるものと推測される。

おわりに

これまで本節では点取り本に注目し、それじたいを明らかにし、さらに実録が講釈へと変化する時の様相を検討してきた。文字化されていたメディアが声のメディアへと変換される時には、その表現手段にとって、より理想的な変化が加えられる。実録と講釈の場合は、一つは声へ変換される前段階にあたる、文字テクストの断片化・符号化という形式上の変化である。これらは講釈師によってその度合いに差が出るが「どこを書き残しどこを符号化するか」ということ点取り本の本質的な部分は共通すると言えそうである。もう一つは題材となるストーリーを再構成するという、内容上の変化である。講釈の場合は『銘々伝』にみてきたような操作が挙げられる。

さらに、点取り本の場合は、単に文字化されたもののみが声に変換されるわけではない。「弁」の符号が包含するものや書かれている文字と文字との間から新たな「声」を生み出すという興味深い特徴を備えている。これは聴衆の前で台本を読むことが可能な講釈というジャンルの特性であると言えるだろう。

点取り本は、記録読みが通俗化し世話講釈になる時の、その質的変化の境界に、また、本として定まった本文を読んでいた時期から「無本読み」が確立するに至るまでの境界に、さらには文字テクストから声のテクストへと変換されるその境界に位置するものである。今回取り上げたような点取り本など台本の類は現実的にはあまり残存しない性質のものであろう。しかし、講談や、他の芸能研究の題材として、またそれのみならず文字と文字の間から声として発せられる「文芸」を考えるという点からみて、非常に興味深い題材である。

注

（1）本文は菊池真一氏編『講談資料集成』第一巻（和泉書院・二〇〇一年）を用いた。

（2）（1）書・第三巻（和泉書院・二〇〇四年）所収。

（3）伊東燕柳を名乗る人物については岡田哲氏「幕末の神道講釈師堀秀成」（『国語と国文学』第六十二巻第十一号・一九八五年十一月）・「〈解題と翻刻〉山梨県立図書館蔵『堀秀成書簡集』」（『日本文学論究』第四十五冊・一九八六年三月）において述べられている。それらによれば通称利右衛門。安政四年三月二十七日に甲斐御嶽に居住していた国学者堀秀成のもとを訪れ勉強し、四月四日に古典や和歌の相伝を受けたようである。また、学習院大学図書館蔵『堀秀成日記』（『堀氏叢書』所収）三月二十八日の条には「燕柳講談有之」とあり、伊東燕柳がこの地で講談を行っていたことがわかる。

（4）吉沢英明氏蔵四代目邑井貞吉の点取り本はペンによって書かれている。

（5）現在では、師匠は弟子たちに対して、高座では本を読ませない方向で指導しているということを、吉沢英明氏からご教示いただいた。著者も本を携えて高座に上がる講釈師をほとんどみたことがない。おそらく講談界全体の動きとしては無本で演じる形態が主流であるものの、点取り本を用いる演者もいるということなのであろう。

（6）「近世に於ける曾我物語の軍談について」（『近世文芸』第四十九号・一九八八年・後に『近世小説・営為と様式に関する私見』〈京都大学学術出版会・一九九三年〉に所収）

（7）（4）に同じ。

（8）芦野と表記するのは『精忠義士実録』の一群のみのようである。おそらく萱野と表記した一群の萱の字と、芦の別字「葮」「葦」などの写し間違いから芦野が伝わったものであろう。

（9）『精忠義士実録』では三平は父親にはじめから敵討ちを打ち明けるのに対し、『義士銘々伝』では自害するまで敵討ちの事を明かさない。これは、切腹してはじめて仇討ちの意志がわかるという方が三平のエピソードとしてより一般的なものであり、『銘々伝』もそれに倣ったものと思われる。

付記　初出稿発表後に、岡田哲氏「翻刻　國學院大學図書館蔵『旧幕町奉行写』—鏡台院一件—」（『國學院大學近世文学会会報』第十一号・二〇〇五年三月）が発表され、その中で「鏡台院一件」を題材にした、講釈の台本の体裁を取る書が翻刻された。くわしくは当該論文を参照されたい。前半は「科白中心の口語文体」、後半は「骨子のみが綴られた」文体で、点取り本と共通するものである。『銘々伝』ほどの省略がみられないものの、ここにも「弁」や「｢　｣」による区切りの符号が用いられている。

第三章　実録「作者」堀麦水

前　言

序章で触れたように、実録の、本当の意味での「作者」というものは存在しないとも言える。事件に対する、人びとの様々な解釈が反映され、それらがいつしか一つのストーリーに生成されるからである。だが、そのようなさまざまな解釈を一編の物語として文字を用いてつづり上げ、定着させるきっかけを作る（一編の書にまとめ上げる）人物は確かに存在する（とくに本書では事件の解釈をする人びとと区別するために、仮にカギカッコつきで「作者」と記している。目障りな感もあるがご容赦願いたい）。

ところが、実録の「作者」は、その実像が不明な場合がほとんどである。理由は言うまでもなく、実録が当代の事件を題材に、時代や人物名もそのままに書いているからであり、書いた人物が処罰の対象になりうるからである。したがって、「作者」とおぼしき署名のあるものは少なく、あったとしても特定できない。第一章で登場する田丸具房も、天草軍記物以外にもみられる名前であるにもかかわらず[1]、よくわかっていないのである。

実録を制作した人物のうち、最もよく知られているのは馬場文耕である。延廣眞治氏[2]、岡田哲氏[3]、高橋圭一氏[4]らによって、その人物について、あるいは実録制作の方法について言及されているが、文耕が他の「作者」に比較して研究が進んでいるのは（あくまでも「比較して」の話である）、作り上げたとされる作品に署名のあるものが多く、またその内容が過激だったこと、文耕が近世の筆禍史において極めて厳しい処分を受けたため比較的記録に残りやすかったことが主な理由だろう。

実録の「作者」の研究もまた、実録そのものの研究と同様、困難が伴うものであるが、どうしても欠かせない重要なものであり、少しずつでも進展させる必要がある。文耕の研究をさらに深化させることも求められるが、また、文耕以外の人物についてもわかれば、積極的に目を向けるべきであろう。

本章ではその試みとして、金沢の文人であり、俳人として名を残している堀麦水に注目する。麦水は天明期における、蕉風俳諧復興の担い手の一人であり、むしろ俳人として注目されているが、実は実録も多く手がけているのである。研究はまだ緒に就いたばかりであり、各作品を通じた考察は今後に待たれるが、本章では麦水が記した実録のうち、『寛永南島変』（天草軍記物）を窓口に、実録「作者」としての麦水像をみていく。

注

（1）田丸具房（または常山）の署名を有する書には、他に『関ヶ原軍記大全』、『難波戦記大全』、『野村奸曲録《のむらかんきょくろく》』『殺報転輪記《さっぽうてんりんき》』などがある。「伊勢国司北畠鹿流田丸源具房」と、来歴の正統性を主張しようという姿勢や、名前の後に「述作」とあるものが多くみられるところから、舌耕者であることが想定できる。

（2）『日本古典文学大辞典』「馬場文耕」項（岩波書店・一九八三年）

（3）岡田氏は馬場文耕が制作した実録のご研究を多年にわたり続けておられ、ご論文の一つ一つをここで紹介することはしないが、それらの成果のエッセンスが盛り込まれている一書として、『叢書江戸文庫十二・馬場文耕集』（国書刊行会・一九八七年）を挙げておく。

（4）氏のご著書『実録研究―筋を通す文学―』（清文堂・二〇〇二年）第一章には四編の文耕に関するご論考が収載される。

第一節　堀麦水の実録——『寛永南島変』略説——

はじめに

俳人として知られる金沢の堀麦水は、蕪村と並ぶ近世中期における蕉風俳諧復興論者の一人として、江戸文学史にその名をとどめている。その麦水が実録制作に手を染めていたことは、もっと注目すべきであろう。麦水の実録は自筆本も含めかなりの点数が残されていること、同時代の実録の「作者」としては馬場文耕ぐらいしかまとまった研究がされていないこと、麦水が金沢の人間であり地方における実録のあり方を考える手がかりとなりうることなど、研究対象として非常に興味深い。近年では稲田篤信氏(1)・堤邦彦氏(2)が『三州奇談《さんしゅうきだん》』ついて論考をまとめられているが、それ以外は全く手つかずと言ってよい。個々の作品の分析を踏まえた総合的な考察は、もうしばらく時間を必要とするため、本章では天草軍記物の系譜に連なる『寛永南島変《かんえいなんとうへん》』（以降『南島変』と略称）を一例に、その内容上の特色を検討し、彼の実録制作における姿勢の一端をつかんでおきたい。

一、堀麦水の実録

堀麦水。享保三年（一七一八）に加賀国金沢竪町の蔵宿池田屋の次男として生まれ、青年時代を上方で暮らし、元文末年に帰郷、兄の跡を継いだ甥の後見をする。はじめ美濃派の百雀斎五々に俳諧を学び、後に麦林舎乙由の俳風に親しみ麦水を名乗る。宝暦十一年（一七六一）六月、小松にて樗庵を結び町医者となる。宝暦十三年（一七六三）には大聖寺に移る、[3] あるいは金沢へ帰るなどの説がある。[4] 明和八年（一七七一）には京都に遊び、そこから長崎へ旅立っている。明和六・七年頃から貞享期の蕉風俳諧に傾倒する。天明三年（一七八三）没。

諸辞典類を参照して麦水の一生を簡単にまとめると右のようになる。この他『俳文学大辞典』（角川書店・一九九五年）「麦水」項（堀信夫氏執筆）によると、宝暦十二、三年頃に『越のしら波』『三州奇談』『南島変』などの実録類がよく読まれていた、とある。

さて、麦水の実録には右の三作品の他、『慶長中外伝《けいちょうちゅうがいでん》』『琉球属和録《りゅうきゅうぞくわろく》』『昔日北華録《せきじつほっかろく》』などがあり、北陸地方の奇談・雑談の類（『越のしら波』『三州奇談』）と、戦国時代末〜江戸幕府安定期にかけての軍談（『慶長中外伝』『琉球属和録』『寛永南島変』『昔日北華録』・ただし『北華録』は加賀藩創業史的なものであり趣が異なる）の類に整理できよう。これらは自筆本が残っていたり、自筆本中で自分の作品を挙げていることによって麦水が手がけたものと認定できる。

『南島変』の巻末には宝暦十三年の年記があり（次項参照）、この他麦水自筆『琉球属和録』（国会図書館・加賀市立図書館聖藩文庫蔵）には明和三年（一七六六）に書かれた旨が記される。今のところは宝暦末から明和初め頃を麦水実録制作年代のピークと考えておきたい。

以降、彼の実録執筆がいつまで続くのかは不明であり、また現段階では彼の俳諧にどのような影響が現れるのかを考えるに至っていないものの、明和六・七年以降とされる彼の蕉風復興運動本格化よりも前であることは注目できる。明和八年には長崎に旅立っているが、ひょっとしたら『南島変』の執筆で刺激を受けたのかも知れない。

二、田丸具房物と『南島変』

さて、『南島変』巻末は、以下のように結ばれている（『南島変』は底本に国会図書館蔵麦水自筆本〈八巻本・附録上下二巻。ただし附録部分は欠〉を用い、必要に応じ石川県立図書館蔵の自筆本〈巻六のみ存〉、著者蔵本〈自筆本ではない〉を参照した)。

于時宝暦十三年千秋の佳節独酌の酔にまかせて田丸常山か口真似に似たれとも樗下の放にて覚し迄にさみたりに筆を加州大日川の流に漱ぐと云

ここにみられる田丸常山とは田丸具房と同一と考えてよい。(5) 田丸具房はその実像は不明だが、天草軍記物の実録群における虚構を確立させたと目される人物であり、その虚構に基づいた『天草軍談』(本章ではこの書を『南島変』との比較に用い、「軍談」の略称で呼ぶ)、『天草征伐記』、『天草軍記』等を一括して田丸具房物と呼ぶ(第一章第二節参照)。つまり「田丸常山か口真似」とは『南島変』が田丸具房物に拠っていることを示している。麦水がこのように記すのは、田丸具房物が乱を記した他書と異なった内容を持つことに気づいていたからであろう。「酔にまかせて」、あるいは前掲文の少し前にみられる「事実は論せず」等の戯言はこのことの反映と考えてよい。(6) また、『南島変』享受者が田丸具房物をすでに知っていたことも想定され、その場合、享受者はこの内容が全くの虚譚とは言わないまでも、今ひとつ信用できないものであることがわかるだろう。麦水のこのような態度はいわば、「事実を標榜する」実録の特徴からははずれている。

ではなぜそのような胡散臭いものを素材として選んだか。即断はできないが、「全くの嘘」とは言い切れない田丸具房物のストーリー性が麦水の嗜好にあっていたということがまず考えられる。すでに第一章でみてきたように、田丸具房物がそれ以前のものに比べてストーリー性に富んでいることは否定できない。あるいは『南島変』を制作する麦水の身辺にそのようなストーリーを「事実」とする意識があった可能性も視野に入れてよい。

三、田丸常山の「口真似」

『南島変』執筆時に麦水が田丸具房物に拠ったことは疑いない。では彼のいう「口真似」とはどういったことを指すのかを考えてみる。

彼の「口真似」とは二通りあるとみてよい。一つは主人公格の登場人物やストーリーなどの根本的な部分の利用であり、もう一つは文章の利用である。

①登場人物及びストーリーの大枠の利用

主要登場人物の入れ替えは田丸具房物のもっとも大きな特徴である。実説では乱の首謀者が大矢野松右衛門、山（山野とも）善右衛門、森宗意軒、千束善左衛門、大江源右衛門の五名であったのが、田丸具房物の段階で芦塚忠右衛門、千々輪五郎左衛門、大矢野作左衛門、天草玄察（玄札とも）、赤星内膳、天草甚兵衛と変わり、中でも芦塚と千々輪が中心となる。また実説に基づいて、乱の鎮圧者である松平伊豆守信綱が出てくるが、彼は自分の知恵に頼るも実戦では全く役に立たない文官武将として否定的に描かれ、その代わりに若武者鍋島甲斐守直澄の奮戦ぶりが強調される。さらに実際は乱の鎮圧には無関係である北条安房守氏長や水戸黄門こと徳川光圀が登場し活躍するのが特徴である。『南島変』はそれら新出の登場人物と、人物たちが繰り広げる虚構のストーリーを余すところなく用いている。また、乱の発端となる日（実説では寛永十四年十月十四日とする）も田丸具房物に合わせている（同年八月十一〈諸本によっては十三〉日）。「田丸具房の口真似」とは一つはこのように作品の骨格を用いることに由来する。

②文章の利用

作品構造だけでなく、本文も田丸具房物の利用がみられ、これもまた「口真似」を指すと言える。具体例を一箇所、引用しておく。

○『軍談』

…偖彼荒神か洞の内に白米十石大豆三石味噌十樽菜迄残せり是は百姓の一揆衆に不残喰ひ尽したりと笑合ん事を恥て如此か洞の内は随分掃除して奥に仏壇を安置し内に弥陀の三尊を卓の上に置前に三つ具足弥陀経一巻を差置り然れは全く耶蘇邪宗にては非さりける又大帳三冊芦塚忠右衛門裁判と上書して去年八月十一日上津浦にて一揆の起たる子細より始る合戦の次第武功手柄軍法或は兵粮矢種玉薬の員数配当の日記念頃に記し置大将四郎か寝所と覚しき所一段高くしつらひ見苦しからす衣類手道具品〳〵並へ置誠に恥しからぬ有様也（巻二十・落去跡之事〈群馬大学付属図書館新田文庫蔵本・国文学研究資料館マイクロ資料による〉）

○『南島変』

…荒神か洞をさかし見るに万事尋常の有様なり洞の内に白米十石大豆三石味噌十樽其外寄麗成家具添り仏壇には天帝子像あり然れとも正法の弥陀三尊の仏像卓の上に三つ具足有又大帳四冊有之芦塚忠右衛門裁判として去年八月十一日より上津浦の一揆起りたるより前後合戦の剛臆得失を記せり或は金銀諸財道具米銭の出入を記せり大将四郎か寝所と覚しくて一段高くしつらひ見苦からさる衣類手道具検台に古今集を居へたり硯箱の下なるたとう紙に自詠と覚しくてかく書捨有之　たちへたつ波路はしほしはるけくもはるれはやかてのちの世の月と有之（巻十

九・乱後風説）

『南島変』は『軍談』を手元に置いて書かれたものであることがわかるが、四郎の寝所に『古今集』や自詠が置かれるなど、『軍談』より一言多い。このように前の作品よりも少しでも情報を加えようという姿勢は成長の典型的な方法である。

四、増補改変にみられる特徴

『南島変』にみられる増補改変は、『軍談』に登場する既知の人物像の強調・変化と『軍談』には無かった挿話の付加という二つにおいて顕著である。これらを巧みに組み合わせながら話が膨らむ。今、いくつかの具体例に基づきこれら二つを検討する。

①人物像の強調・変化

『軍談』における主要登場人物は天草四郎ではなく首謀者である六人の浪人であり、そしてそれに拮抗する鍋島甲斐守と北条安房守である。首謀者の描かれ方をみると、『軍談』では発端部で天草地方の地理案内などと連続して、首謀者の人物評伝が記される。しかし『南島変』では独立した一章が立てられる（巻一・魁悪六子伝）。登場する英雄たちの活躍に重きを置く『軍談』の姿勢を受け継ぎ、さらに英雄たちの活躍を強めようとの意図がうかがえる。このことは他にも、たとえば、一揆の軍師芦塚忠右衛門の知謀がさらに高まるところからもわかる。ことあるごとに城内や寄手の「気」を見極め一揆を采配し、勝利を収めていき、また「六士のうちにては此人殊に悪意なし然れとも衆の大義を聞て止むへきにも非す終に弟忠太夫子息左内とともに逆徒随一の軍配者と成」（同章）とあるように、彼の一揆の企ては悪意ではなく、民衆の大義に沿ったものであることが述べられるのである。『軍談』において好意的に書かれた芦塚忠右衛門であるが、『南島変』ではさらにその傾向が強まっている。

『軍談』ではあまり目立たなかった人物が『南島変』では存在感を持つ例もある。たとえば深江村の庄屋葭田三平をみてみよう。彼は上深江村庄屋左志木左次右衛門（本によって表記はまちまちである）に誘われ一揆に与するが、その経緯について『軍談』では左次右衛門・三平と一揆の首謀者が内談し、三平は「一、二もなく」同意する。しかし『南島変』では左次右衛門が三平を仲間に引き入れるべく画策しても、三平はそれらの策をすべて見透かしてしまうという、非常に知略に富んだ性格が加えられる。首謀者の一人ではないものの合戦においても武勇を示す有能な部隊長としての役割を与えられる。三平は『軍談』では、正月元日の合戦で討ち死にするのに対し、『南島変』では原城総攻撃の時まで生き残る。麦水としてはおそらく、最後の合戦まで生き延びさせたかったのだろう。その最期は、先の深江村合戦で一揆方に寝返った代官、中尾甚太夫・山脇七左衛門の両名（ことあるごとに逃げ出そうとする卑怯者として描かれる）らに切腹を勧め自分も切腹するというものである。中尾・山脇はもちろん三平を引き立たせる役目であり、三平は本文でも「此葭田三平土民といへ共義気さかんにしてかたち亦正し六人の古老十七人の評定衆といへ共三平をはゝかる事多かりしされは只隠として亦一敵国のことしと云しは此人の類ひなるへし」（巻七・原落城）と賞賛されている。

世上を騒がせた大乱のこと、一揆方に対する批判は大枠として存在するものの、麦水の彼らに対する好意は『軍談』以上にはっきりと伝わっている。

幕府軍側の人物も、北条安房守や鍋島甲斐守など、『軍談』において好印象で書かれている人物については首謀者同様、なおくわしいエピソードを付け加える。それらは一揆の首謀者の描き方に共通した手法であるので、これ以上取り上げることはしない。むしろ、幕府方では小悪役的な造型をされている人物たちに注目したい。

島原に続いて天草でも一揆が起こり、天草富岡の城代が鎮圧に出向く場面がある。その中で富岡城代三宅藤兵衛にまず注目する。彼は実在の人物であり、乱の前半戦におけるヤマ場とも言うべき嶋子・本渡合戦の時は、富岡城代であった（史籍集覧本『島原記』）。ところが、『軍談』では富岡城代の名は三宅藤右衛門へと変わり、「智勇兼備」の「老臣」と描かれる。実際には藤右衛門は藤兵衛の子である（前出『島原記』）。『軍談』において城代藤右衛門は一揆方にしてやられるも、「武勇の者」として描かれる。富岡城に追い込まれ、籠城するというわば負け戦なのだが、それでもぶざまな描かれ方ではない。

いっぽう、『南島変』における城代三宅藤兵衛は一揆の者に対しては権威を示すべく強硬な態度を表し、合戦の敗色が濃くなると真っ先に撤退を主張するという、横柄かつ卑怯者として登場する。三宅藤右衛門はそのような藤兵衛を諫める役目で登場し、原城一番攻めの折も勇戦する。役割こそ異なるものの、藤右衛門の人物像はそのまま『軍談』のものを用いていると言ってよい(7)。さて、藤兵衛は富岡を捨て唐津の本城へ退こうとするところを、鉄砲の名手駒木根八兵衛らに待ち伏せされ殺される。待ち伏せ作戦は前掲『島原記』では城方が一揆方を討ち取る作戦として記されているが、麦水はこれを趣向として逆に用いた。一揆方の知謀を示す意図もあったろうが、藤兵衛のような卑怯者の最期にふさわしいものとして利用したとみる方が適当であろう。ちなみに藤兵衛はその人物設定にも「此藤兵衛は明智十兵衛光秀か孫なり（中略）折節は目さましき事多かりけれは寺沢の家中皆此三宅藤兵衛をにくみし也」と、その人物像の因果が記される(8)。つまり藤右衛門という人物はその長所を生かすべく用いられ、いっぽうで三宅藤兵衛は城代として復活させ、その結果富岡城代の人物像は『軍談』と『南島変』とで、全く正反対の造型がなされたということになる。

三宅藤兵衛と対照的な変化を遂げたのが、唐津城代原田伊予である。彼は『軍談』では三宅藤右衛門のライバルとして登場する。藤右衛門の不手際を責め立てるために天草への援軍の出発を遅らせるだけでなく、軍功を独り占めしようと藤右衛門には天草到着を告げず、そのまま一揆に攻め込もうとする。一揆方はそれを察知し、謀略を用いて原田の軍を打ち破る（酒を勧め、酔いつぶれて寝たところを攻め込む）。結果、原田は藤右衛門に救われ、富岡城に籠城することになるのである。対して『南島変』では原田は一揆方の策略にはまるまでは『軍談』と共通するが、その後は武勇の将として性格が強まる。富岡籠城の後は三宅藤右衛門と共に城方の中心的存在へと変わっていき、富岡城火災の折の活躍の逸話も記される。非常に不安定な性格設定だが、これは『武将感状記』巻一「原田伊予肥前島原に於て軍功あげる」所収の原田伊予説話（直接の典拠と考えてよさそうである）を取り込んだために人物像が途中で変わってしまったものである。

一揆掃討の功労者でありながら権威を振り回す人物として描かれた松平伊豆守はどうか。彼も『南島変』では『軍談』と同様に、小賢しい「知恵者」として登場する。戦の指揮に鐘の音を用いようとするもうまくいかず、他の大名にあきれられる話[9]が付加（巻六・正月十一日合戦）されるなど、やはり『軍談』以上に多くの話を取り込もうとする意欲がみられる。そして少なくとも乱が終結するまでの伊豆守は明らかに実戦の役に立たない「知恵者」として行動する。しかし、乱終結後の伊豆守のエピソードをみると、これもまた人物像が揺らいでくる。軍令違反の原城一番乗りをした鍋島甲斐守の閉門について水戸黄門に咎められ、閉門を許すところまでは『軍談』と共通する。しかしその後北条安房守に教えを乞うようになり、おかげで慶安事件や承応事件で功績があったこと、夜中に急に抜穂の御用があった時にとっさに畳を引き裂いて抜穂を調達した話や、両国橋の掛け替えの時に橋の反り具合の程度を扇の開き具合で考えることを提案する話などは、新たに加えられた礼賛話である。

伊豆守にまつわるエピソードは近世中期に書かれた武家説話の類を参照すると、驚くほど多い。それらは伊豆守の知恵者ぶりを好意的に挙げるものとやや批判的に述べるものと混在する。『軍談』では武術軍術に秀でた者に好意を寄せるべく伊豆守は徹頭徹尾悪役に回った。しかし『南島変』では人物像の徹底以上に種々の情報を取り入れることに重きが置かれたと言える。情報量で『軍談』を越えようとする姿勢が明らかにみられるのである。先述の原田伊予の人物造型が作中において変わるのも、同じ理由によるものと考えてよい。構成がしっかりしていないと言えばそれまでだが、すでにある話に少しずつ新たな話が上乗せされる実録の特徴があらわれている。

人物像の強調・変化については、たとえば一揆の六人の首謀者のように実説と大きく離れ（あるいは架空の人物で）、かつ『軍談』において重要人物として人物像が確立している者は、それを踏まえつつ、それぞれの性格をより強める傾向にあり、松平伊豆守や原田伊予など、実在し逸話の残る人物は、人物像に多少の矛盾をきたしてもその逸話を取り入れることをはかったと言えるだろう。この姿勢からは麦水の博覧強記ぶりを示す態度もまた見え隠れする。

②新たな挿話の付加

『南島変』は事件の動きに平行して挿話が多い。中でも突出して目立つものに、加賀藩及び北陸関係の挿話、由井正雪の登場、諸家人物に関する挿話の三つを挙げることができ、それらをみていくことにする。

加賀藩及び北陸関係の話を中心にした章は、本編全七十一章中三章が割かれている。とくに際だった一章は巻四「加賀光高望討手」と題する章で、加賀に在する前田利常が一揆のことを聞きつけ、在江戸の前田光高に討手を願い出させる——真っ先に願い出たのが加賀藩だった——という逸話である。実際には光高が一揆の鎮圧を願い出た記事は見いだせない。当時鎮圧に向かった軍勢が九州を中心とした西国大名であることを考えればそれはもっともなことと言える（『加賀藩史料』第二編によると、足軽を遣わした記事がみえる。あるいはこのことに尾鰭がついた可能性はある）。しかし、続く「紀伊大納言遠謀」章では、加賀は大国であるがゆえに鎮圧に失敗した時でも成功した時でも大いなる脅威となることを水戸黄門が指摘し、光高の願いを退けさせたことが述べられる。さらに「加賀光高望討手」章では一揆の噂を聞いたとたん、利常が大坂の船を整え、船の調達ができずに困っている松平伊豆守を助ける話が記される。一揆を鎮圧した総大将の伊豆守も、加賀藩の助け無しには戦地に赴くことすらできなかった、表だってはいないものの事件解決の重要な鍵を握っていたのが加賀藩だった、ということが重要なのである。この章には「天草戦功只加州侯の一身に有るかことし」と加賀藩賛美の言が置かれている。これらを通底しているのは、大国加賀にいる麦水の郷土愛と自負心であろうし、あるいはこのような話を望んだ「共同体の声」でありそれに応えたと言ってもよい。一種の権威づけ、というと大げさだが、自分達の共同体がある歴史事件や伝説（良くも悪くも）とのゆかりを求める心情である。そしてそれは事件に対してより重要な接し方を望む。

『軍談』は加賀地方で生まれたとは到底考えられず、これらは他所で生じた実録が別の地方（共同体）に流れた時の成長のあり方をよく示している。

次に由井正雪に関する挿話をみていく。『南島変』では「由井正雪伝」という一章が立てられる。正雪の親岡村弥五右衛門の小者、山本与茂作が芦塚の腹心として仕えるが、十一月の合戦で討ち死にしたことにして原城外へ逃げ、廓然と名を変え僧形となること、この廓然が慶安事件における増上寺の廓然であることから由井正雪の伝記へと話が移り、天草島での話になる。ここでは森宗意軒から妖術を習う話（後出）よりも芦塚忠右衛門や天草玄察らとの天下時勢の話が中心である。なぜ大坂の陣は敗れたかという玄察の問いに始まり、芦塚は「時の利」について語り出す。

そして正雪に「天下をとるならあと二十年まて」と言い置くのである。慶安事件の伏線としての意味を持つ話である。

実録の世界では島原・天草一揆と慶安事件との関連は強い。そのことがよくあらわれているのが『慶安太平記』における、由井正雪が武者修行の折に天草島に渡り、一揆の大将分森宗意軒に幻術を習う箇所であろう。『南島変』が書かれた宝暦期に『慶安太平記』が広く読まれていたことは予想され、麦水も『慶安太平記』を読んでいたことは明らかである。[11]『軍談』には由井正雪が登場せず、『慶安太平記』では宗意軒が登場する。となると、『南島変』で由井正雪を取り込もうとするのは自然であろう。慶安事件は江戸幕府安定に至るまでの大事件として、麦水の意識でも島原・天草一揆に連続するものととらえていた。文中でしばしば「慶安変に委し」と書かれていることからも、それがわかる。

今度は、諸家人物に関する挿話をみる。評注的なものであり、その数は多い。他の実録にもみられるような一段下げて書いてある箇所も頻繁にある。また事件の後日談として評注を集成した印象のある「諸家小説」という一章も設けられる。これらの挿話は合戦や武士の裏話的なものである。いくつか例を挙げると、たとえば、幕府方の榊原左衛門佐が加藤清正や福島正則など廃絶大名ゆかりの浪人達が原城攻めに奮闘し、左衛門佐に原城先駆けの名誉を送る話であり、次の仕官が決まるまで面倒を見、その恩を感じた浪人達にじゅうぶんに禄を与えることができず、家臣のためを思い暇を出し、家臣もまた旧恩を忘れず涙ながらに別れる話、また別の一つは阿波蜂須賀家の家老蜂須賀山城が、最初の上使板倉内膳正下向の折には阿波藩の全軍船を貸し出し、松平伊豆守の時には風向きの関係で船が戻って来られないことを予想、その間に四国の大名に出陣の命令が下ることを想定して、伊豆守には船を貸さない、という山城の機転を褒め称えた話などがある。これら各武将の美談だけでなく、負の印象を持たせる話もある。松倉浪人飯村助兵衛が安芸広島で仕官を望み武勇を宣伝するが、一揆夜討ちの際の、松倉家の意気地のなさをその場に居合わせた天野半之丞に批判され、仕官をあきらめる話がそれである。

これら諸家人物に関する挿話をみると、義侠心に富んだ武士や判断の素早い武士に対する賞賛の姿勢と、武士にあるまじき臆病者に対する否定的な姿勢という、先の①人物像の強調・変化における指摘と共通してくる。これらの挿話を取り入れた麦水の人間的な嗜好が浮かび上がってくる。

以上、大ざっぱであるが『南島変』における増補改変の特徴をみてきた。全体を俯瞰すると、数多ある挿話からは彼の博覧強記ぶりを示す姿勢がうかがえる。さらに加賀藩に関わる挿話からは郷土加賀に対する思いや事件との関連を求める姿勢が認められる。そして人物の描き方・人物にまつわる挿話の取り入れ方に、彼の好悪が反映されていると言えるだろう。

おわりに

以上、麦水の『南島変』を概観した。『軍談』をもとにそこにさまざまな挿話や解説を組み込むというこの作品には、彼の博覧強記的な一面と義勇に満ちた登場人物への温かいまなざしや卑怯者への冷ややかなまなざし、そして郷土加賀への思いがあらわれている。著者は第一章において実録の成長パターンを三つの型に分けた。そのうち、第三型に相当する、虚構の構造（作品の骨格となる部分）には手を加えずに増補を加える型を、成長パターンの末期的なものと考えた。『南島変』は紛れもなくこの成長パターンに属する。『軍談』以降の天草軍記物には他に『金花傾嵐抄』や『天変治乱記』などがあるが、『南島変』はその荒唐無稽さとは趣を異にするように思える。だが、その内実はどうか。たとえば松平伊豆守の逸話。『軍談』における伊豆守批判は鍋島甲斐守という武官を権柄づくで閉門に追い込む文官としての伊豆守を水戸黄門が懲らしめる、という構図を用いて、その実は小賢しい権力者に対する庶民の反発――そこには彼らが現実の世の姿を二重写しにしていることが想像される――が見え隠れしていた。しかし『南島変』ではそのような姿勢は薄れている。確かに伊豆守や三宅藤兵衛といった横柄な人物は嘲笑の的になっている。だが、それはあくまでも武将らしくない武将に対する嘲笑であり、その背後に当時の世間や為政者―金沢―の現実を透視することはできない。『軍談』にみえた、権力者に対する批判的な姿勢が失われた点では、荒唐無稽なエピソードの連結に走った『金花傾嵐抄』や『天変治乱記』などの天草軍記物と同質であろう。

麦水は巻末に言う。「（参照書名を挙げた上で）皆是我仏尊もにて事々矛盾せる事尤も多し故に其聞て面白くなるに付て事実は論ぜず只是秋雨一夜の永きを一椀の茶の友とすへき外に用なし」と。麦水が「面白」いと感じたことを「事実は論ぜず」とは言え、多くの文献を参照し解説的注釈的挿話として増補していく態度は、どちらかというと考証的であり、そこからは宝暦・明和期の文人趣味が見え隠れしている。

このような麦水の姿勢は同時代の実録「作者」として名高い馬場文耕とも比較されよう。片や一説には幕府御家人を致仕し、東都の講釈師として、持ち前の正義感から政道を批判的に見据えた文耕、片や地方の裕福な家に育った文化人麦水。彼は後に「御医師並」で前田重教に召し出されている。文耕とは対照的である。彼の興味は慶長以来江戸幕府安定までの時間の流れを彼なりの史観によって『慶長中外伝』から『南島変』を経て『慶安変』へと続く一大歴史叙述を築くことにあったと言えよう。

麦水の実録は、近世中期地方文化人による実録への態度の一例を示している。麦水のその他の作品を含めた総括的な検討はまた今後の課題としたい。

注

（1）「北国綺談抄―『三州奇談』の成立―」（『江戸文学年誌』〈ぺりかん社・一九八九年三月〉所収・のち『名分と命禄　上田

秋成と同時代の人々』〈ぺりかん社・二〇〇六年二月〉第二部第三章に再録）
（2）「続・怪異との共棲―『三州奇談』と地方文化の一断面―」（『京都精華大学紀要』第二十二号・二〇〇二年三月）
（3）石川県図書館協会編・刊『麦水俳論集』（一九三四年）解説・日置謙氏「樗庵麦水伝」による。
（4）蔵月明氏は宝暦十三年秋刊の知十編『わせの道』に麦水が金城樗庵と署名していることを根拠に、金沢帰還の可能性を指摘しておられる（（3）日置氏解説による）。
（5）田丸具房物諸本の中には「田丸源具房入道常山」などと書かれているものも多い。おそらくは入道後に常山と号したのであろう。
（6）「酔にまかせて」とは次の「田丸常山の口真似」に掛かり、田丸常山の口ぶりが酔人のそれと似ていることを言うか。もしそうならば、田丸常山（具房）の実態が少しだけでもうかがえて、面白いのだが。
（7）もともと藤兵衛と藤右衛門は実在したが、紛らわしいために『軍談』では藤右衛門に統合したものとみている。
（8）三宅藤兵衛が明智光秀の子孫という説は『治代普顕記』にもみえる。また、『翁草』巻一四四にも明智との関係が記される。『南島変』とこれらとの関係の有無は不明だが、このような説が受け入れられていたということのみ指摘しておく。
（9）『南島変』とは内容を異にするが、伊豆守が軍勢の統率に鐘を用いて失敗する話は『可観小説』巻一「井上新左衛門口き丶の名誉」や『翁草』（注8と同じ箇所）にみられる。
（10）清文堂・一九八〇年（石黒文吉氏・一九三〇年刊の複製）
（11）事典類を参照すると麦水の著書とされているものに『慶安太平記』があるが、麦水が『慶安太平記』を作ったとは考えにくい。『南島変』中でしばしば「これらの事跡は慶安変に委し」と出てくる『慶安変』を指すものと思われる。いずれにせよ原本未見であり、情報をいただければ幸いである。
※『南島変』の情報ソースについてわかるものを指摘しておく。挿話には「～に曰く」の形で参照書名を挙げる場合も多い。そこから最低限の参照書がわかる。それを列挙すると次のようである。

『新刀銘尽』、『天草軍記』、『華夷通（商）考』、『武将感状記』、『五雑爼』、『関ヶ原記』、『落穂集』、『可観小説』、『庵中抄』、『肥州孝子伝』、『人国記』、『三壺記』

また、最終章には「東武の評判」、「諸家聞き書」、「鍋島家の物かたり」、『談海抜草』、『天草区説』、『加州覚書』を寄せて『南島変』を記した旨も書かれている。

これらのうち、人物逸話を除く、地理や武具などの博物的知識を述べるために参照されているのが、『新刀銘尽』、『華夷通商考』、『五雑爼』である。

右に並べた諸書は一度しか本文で紹介されないものが多い。その中で、『武将感状記』だけが三度も紹介されるのが注目できる。第四項で取り上げた榊原家、板倉家、蜂須賀家の逸話は皆この書に拠っている。また明確に書名が記されていなくても、たとえば寺沢家臣池田市兵衛の義心に富んだ逸話や先に挙げた原田伊予にまつわる逸話などはやはりこの『武将感状記』に拠っていると思われる。加賀藩関係の逸話は土地の伝聞なども取り入れていることは予測できるが、参照したものとして『加州覚書』とある。このような書名のものは今のところみつかっておらず不明のままだが、あるいは別の書名で流布していたのかもしれない。前田利常が、乱の騒ぎが江戸で大きくならないように急きょ江戸屋敷の大造営を始める話は『微妙公夜話』にあり、おそらくはこれに拠ったのではないだろうか。また、『三壺記』や『可観小説』（本文中にみられる北条安房守の門人の解説〈本章では紹介しなかった〉や伊豆守の逸話の典拠に挙げられる）などの他にも、加賀藩と関係の深い多くの書にも目を通していることが想像される。この他、豊臣秀吉の家来で武名を汚した尾藤左衛門の息子金右衛門が細川家臣として華々しく討死にし、父の汚名を雪いだ逸話や、紀伊大納言使者山中作右衛門が一揆の夜討ちに行き会い奮戦した話、第四項で紹介した松倉浪人飯村助兵衛の話などは、『武辺咄聞書』に同様の話を探すことができる。すべてを直接的な典拠とは断定できないが、麦水がこのような武辺咄・武家説話の類に深い興味を持っていたことは認めてよい。

第二部　翻刻編

（『賊禁秘誠談』）
（『大岡秘事』）

前言

第二部翻刻編では実録の翻刻を二点、掲載する。翻刻の対象となる実録の選定基準はいくつか考えられると思う。

一、当時、もっとも流布したと考えられる系統で未翻刻のもの
一、自筆稿本（ほとんど見つからないが）
一、ほとんど伝存を聞かない題材のもの
一、特異な本文を持つもの
一、書き込みなどの資料的価値の高いもの

などであろうか。これらのうち、本編では流布系統のものを二編、選ぶことにした。何よりもまず、当時もっともよく読まれていたものの内容を公にする必要があると思うからである。一つは第一部論文編でも題材に取り上げた『賊禁秘誠談』（国文学研究資料館蔵）であり、もう一つは『大岡秘事』（内題『大岡仁政要智実録』・小二田誠二氏蔵）である。これらは『近世実録全書』（全二〇巻・早稲田大学出版部・一九一七年刊行開始）にも収められず、手に取りやすい翻刻本がない。実は、『実録全書』に収載される実録は、末期的な成長のものや、明治の和装活字本である今古実録シリーズ（一八八二年刊行開始）を底本にしたと判断できるものも多く、近世に主として流布した類の実録には『実録全書』の対象から外されているものもかなりの数に上る。以降は実録だけの全集など刊行されるわけもなく、翻刻は散発的にみられる程度である。したがって、近世において広く読まれた系統の実録は、現在は手軽に読めるものは少ない。

ところで、近年の細密化された研究状況では、実録は研究資料としての翻刻には不向きである。なぜならば、翻刻

すべき底本の確定が困難だということが理由の一つに挙げられる。それは、実録の「作者」がほとんど不明であり、自筆本やそれに近い転写本など伝来のはっきりする本が滅多に残らないということや、どの伝本を参照しても表記がまちまちな上、多かれ少なかれ誤字、脱字、脱文、錯綜があり古態にたどりつけないこと、などの事情による。したがって、実録の翻刻に用いる底本はどれを選んでも一長一短あり、決して最善本とは言えない。

さらに翻刻作業についても、自筆本や資料的価値の高い諸本についてはともかく、流布本の場合は、ある程度の校訂作業がなければ、あまりに読み手に不親切なものになる―要するに、本文に何らかの手を加える必要が生じるということが、研究資料としての有効性を持つ上での障壁となっている。もちろん、底本の本文をむやみに変えることは避けるべきであるし、何らかの形で原本の姿を残すよう心掛ければその問題は乗り越えられるはずだが、校訂箇所が膨大の数に上り、非常に厄介である。表記や字体など、どのレベルまで手を加えるのかという判断もまた頭を悩ませる問題と言える。また、原本で意味の通じない箇所などがあると複数の諸本を参照することになるが、当該部分が諸本によってまちまちでなかなか判断を下せない場合もある。

このようにして校訂を進めると、結果的にはまさに翻刻を「作り出す」作業になってきてしまい、本書においてはたびたび方針に迷いが生じることとなった。

だが、研究資料としての厳密性は完全なものとは言えないにせよ、それでも実録の翻刻は「実録研究の窓口」という意味で意義のあることだと思う。ある程度諸本系統が調査された題材のうち、比較的本文の安定した流布本系統のものを選び、文章の不備を他本で補えば（先述のような苦労は伴うが）、テキストの一つの目安にはなるのではないだろうか。それを窓口にして原本にあたっていければ、近世文芸の中における実録の研究事情はずいぶんと改善されるような気がするのである。

◎翻刻・校訂の方針

読解の便を考慮しながら次の方針で行った。

一、漢字については、基本的には旧字体は新字体を用い、異体字は通行字体に直すことにした。当て字は多くは残したが、意を汲み取るのが困難なものを中心に一部を改めたり平仮名に改めたりした。

一、漢字・平仮名のような文字遣いにとどまらず底本を訂正（漢字の旧字、異体字の訂正を除く）した箇所については、該当箇所右横（　）に元の字句を記した。

一、明らかな誤字は訂正した。ただし、人名・地名などの誤記は一部を除きとくに改めていない。

一、仮名遣いは活用語の活用に誤りがある場合も含めて原本通りにした。ただし、「見給ひば」「骨をひしへで」のような混乱が見られるものは訂正することにした。

一、合字は開くことにした。

一、踊り字は仮名単数の場合「ヽ」「ゞ」を、漢字単数の場合は「々」を用い、複数の場合は「〱」「〲」を使用した。

一、原本のふりがなは、そのまま残した。

一、私に句読点を付した。また会話、心中思惟箇所には適宜「　」を用いた。

一、濁点が必要な箇所には補った。

一、格助詞の「へ」を表す「江」は「え」に、接続助詞「て」を表す「而」は「て」に統一した。

一、慣用的に使われている以下の漢字は意味に合わせてそれぞれ改めた。

「蜜」→「密」、「斗」→「計」、「脊」→「背」

一、捨て仮名、衍字は一部を残して削除し、元の表記を右横に（　）で記した。

一、送り仮名は意味の通じづらい箇所にのみ補った。その場合は送り仮名の右横に†を付し、それとわかるようにした。

一、脱字脱文は本文中（　）内に補った。

一、原本において、書写者により誤字や脱字が本文右横に訂正されている場合がある。そのような文字は本文右横に＊で示した。とくに誤字訂正の場合は、本文には訂正後の文字を記しその右横に＊を付け、＊の下の（　）内に訂正前の文字を記した。

一、本文中の割り注は［　］で示した。

一、本文中において、改行のうえ段を下げて記される和歌・評注などは同様にした。

一、各章題上には私に○印をつけて、本文と区別した。

一、巻によって巻首題や目録が脱落しているものは、そのままとした。

一、判読困難な箇所は■で示し、推定可能な箇所には（　）中に文字を示した。

一、『大岡秘事』には巻によって巻頭目録や章題が省略されているものもあるが、底本のままとした。

一、底本を翻刻するにあたり、『賊禁秘誠談』は国文学研究資料館蔵本（底本とは別本）・栃木県立図書館黒崎文庫蔵『賊禁秘誅《ママ》談』・著者蔵本を、『大岡秘事』は国文学研究資料館蔵『大岡仁政録』・鹿児島大学玉里文庫蔵『大岡政要実録』（国文学研究資料館マイクロ資料）・新潟大学佐野文庫蔵『大岡仁政録』（同上）・著者蔵『大岡政要実録』を、主として参考にし、長い脱文箇所を補足する時は、拠った本を記すことにした。また、『賊禁秘誠談』には巻五後半部に錯綜があり、別本の該当部分を巻五末に補った。
◎資料の翻刻・掲載をお許し下さった国文学研究資料館・小二田誠二氏に心よりお礼申し上げます。

第一章　『賊禁秘誠談』

翻刻に入る前に底本の書誌的事項を次に記しておく。

所蔵　国文学研究資料館（請求ヤ3－70－1〜2）

装丁　帙入り。十巻二冊。

外寸　タテ二四・四×ヨコ一六・七（単位は糎）

題簽　一冊め、二冊めともに存。表紙左肩に白地に罫線を墨書した短冊型のものを付す。『禁賊秘誠談　乾（坤）』と墨書。

内題　各巻首題（一部欠）、尾題（同）、目録題『賊禁秘誠談』。扉題『禁賊秘誠談』。扉部分が元の表紙だったものと推定される。

表紙　後補表紙。薄青色雷文つなぎの地に蔦の葉模様。

奥書　なし

印記　「池子氏方」印

内容　盗賊石川五右衛門を題材にした実録。最もよく読まれた系統で、異なった題名を持つものも多い。

その他　本文は表記などを除き著者蔵のものとほぼ同一。国文学研究資料館にはもう一点同作品が存在し（ヤ3－

12）、ストーリーは同じにもかかわらず本文の細かな言い回しにおいて底本とは異なる。

『賊禁秘誠談　乾』（一冊目）

賊禁秘誠談　惣目録

賊禁秘誠談巻之一

○石川左衛門鳴弦辞退之事　附源三位頼政御召之事

人皇七十三代堀川之院の御宇、大内によな〱怪異有。武将前陸奥守源義家朝臣、鳴弦を以て是を鎮めたり。其後七十八代近衛院の御宇に、仁平三年四月初より化鳥顕れ、内裏の上を鳴渡る。帝おびへさせ給ふ。依て北面守護の輩、昼夜相詰、諸寺諸社に仰て高僧貴僧を集め、種々御祈禱有といへども更に其験なし。依て諸卿詮議有て「北面之内にて器量を撰み弓箭を以て鎮めらるべし」と評奏有。其頃北面の武士には石川左衛門秀門、佐藤兵衛常清、遠藤将監持遠、安藤武者友宗是等は武辺の聞え高く、就中石川が父兵衛蔵人秀重は、往昔雷を得し軽の大臣が子孫也。弓法の術を伝へ、在京の武士多く門弟と成る。其子なれば「秀門宜からん」と衆儀は究り石川を庭上に召れ、右大臣実行きざはし間近く立出給ひ仰けるは、「其方事、先祖より弓箭の誉れ隠れなし。此度顕るゝ所の化鳥退治仰付らるゝ所なり。弓法の誉れ蟇目鳴弦を以て早速鎮め申べし」と仰られければ、石川「はつ」と頭をさげ、「勅命畏奉れど乍恐、私義は父秀重には遙かに劣り弓箭未熟に候得ば、中々可相勤様なし。若し†仕損候得ば家の瑕瑾と相成申べし。此義は御免し被下べし」と言上しける。諸卿是を聞給ひ「其家成る†を以勅命有処に、仮（緞）の辞退は格別、己が家の瑕瑾と言上する事、甚不届也。父秀重は天下に名を知られし、其子なれば、蟇目鳴弦にて及ずんば尋常の弓箭を以成とも退治をなし、一命をなげうち御悩平愈をなし奉べき事なるに、何ぞや家のかきんと申上、勅命をない（ひ）がしろ（ら）に仕候段、急度いましめらるべし」と諸卿一同に仰ける。宇治の大臣宣ひけるは、「秀門宣旨に応ぜざるは罪の重しといへども、今主上御悩（脳）に渡らせ給へ（ひ）ば、御憐愍を以て追放被仰付然べし」と奏聞有り。則石川を検非（違）使の手に渡され、北面の職を召上られ都を追放せられける。「石川だに斯なれば、中々北面の内にて此役相勤べき者有まじ。在京の武士の中にて器量撰ば†れ然るべし」と評定有て、少納言信西は「平家の大将成る清盛こそ大器量ある者なれば、是に被仰付可然」と言上ある。また右衛門守信頼は飽迄贔屓なれば、「下野守義朝は八幡太郎義家が跡を継て源氏の棟梁といひ、先祖の鳴弦の奇特を顕す。吉例なれば（義朝に被仰付宜しからん」と言上す。清盛、）義朝、源平の威勢を争ふ最中なれば、何れも公卿方え便り禁庭の首尾を拵られし故、各（とり）成《な》せし所、「義朝こそ」と云も有、「清盛を」と云も有、衆評区《まち》々にして一決せず。宇治の大臣暫く御工夫有て仰けるは、「義朝清盛何れ†も名家なれば其器量備るといへ共、先祖のごとき武名（名家）もあらず。若し仕損ずる時は、其身の武名も失ひ、且は禁庭の御恥辱、天子の御威勢も薄きに似たり。されば兵庫頭頼政は源の頼光が末孫也。弓箭の道を重んじ其上歌道に心ざし、いつぞや大内禁庭守護の時に、

　人しらぬ大内山のやまもりは木がくれてのみ月を見る哉

と詠ぜしは近代の秀逸、斯やさしき男、武勇はいまだ勝れずといへども、彼が家に先祖頼光、唐の養由が娘少花女が夢中に伝りたる『雷声動の弓』、『兵破水破の箭』を所持する事聞及ぶ。此弓箭の威徳を以て怪鳥退治有べし」と仰ければ、諸卿一同に「尤」と一決して兵庫頭をぞ召れける。此評定沙汰有ければ、義朝、清盛、「我こそ」と片唾を飲で待居たるに引替て頼政を撰出され、思ひがけなき兵庫頭、「何事やらん」と参内有る。大内記の官人、執奏によつて宇治大臣正笏有、「此度禁庭の化鳥退治の義、其方え被仰付の間、早々しんきんを休め奉るべし」と有ければ、兵庫頭「はつ」と烏帽子をかたむけ「勅命畏奉る。身不肖ながら頼政武門につらなり候得ば、朝敵に相成候化鳥のもの、身体をなげうつて退治仕り、御悩平愈を仰ぎ奉らん事なれば、庭上守護の武士、北面に至迄、歴々の武辺を差置き†御請†け申上ん事おこがましく奉存候。乍去、辞退仕候得ば勅に背く†の恐れ、且は一身をかばふに似たり。何れ成とも今壱人思召を立られ、頼政も引添、勅に応じ候わん」と恐れ入て被申ける。宇治の大臣聞召、「神妙成る申状（条）、何れおとらぬ武辺の輩守護なす其中にて、其方撰に合（似）しは武辺もたくまし。（心）清†らかにして先祖の射芸の名器置く†有。夫をもつて退治せんに余人を頼むに及ばず。辞退する事なかれ」と返すぐ仰られければ、頼政も重ねて「はつ」と領掌し、「此上は憚なく勅命を頭にいたゞき、一命は塵芥に仕り、怪鳥を暫時に亡し玉体を安じ奉らん」と御請を申て退ける。殿上には並居る公卿を始、諸士北面に至迄、「天晴頼政、勇々敷振舞や」と感ぜぬものはなかりけり。斯て頼政家館に帰り、郎等を集めて勅の趣申聞せければ、何れも大に悦び、「諸士多き其中にて、ヶ様の撰に逢給ふは御家の高名、御先祖の光り是に過ず」と悦しける。爰におゐて頼政休足して、身を清め、肌には白小袖を着し、薄金

の腹巻、白檀みがきの小手臑当て、上には紫緞子の小袖(袴)、ゑび色の狩衣の露を結て肩にかけ、立烏帽子に白綾の鉢巻長々と結ひ下げ、金銀の太刀をはき、先祖頼光より伝りし雷上(声)動の弓、水破兵破の矢を以て、うや〳〵しくも押いたゞき、「信(心)を取今日禁庭よりかゝる勅命は全く頼政が徳にあらず、先祖の武徳、弓箭の冥加に依て大役を蒙る、今、神霊感応あつて怪鳥を退治なさしめ給へ(ひ)」と弓箭を取て押戴き、郎等には猪早太忠澄、渡辺丁七（唱《とのふ》）、瀧口競三人の究竟（の兵）を撰び、何れも腰巻、小手、臑当てゞ身を堅め、侍烏帽子を着し、弓手に唱、妻手に競、後に扣し猪隼太、其外譜代の家来弐拾人、きらびやかに出立、前後を囲み内裏をさして急ける。

○源三位頼政禁庭にて化鳥を射る事　附御剣拝領詠歌之事

頃は仁平三年四月廿五(三)日の夜、「今宵は頼政禁庭を守護し怪鳥退治の勅を請たり」と聞しかば、公卿殿上人は申に不及、諸士北面の輩、各列を正し堂上堂下に居並び、女院の方迄今宵の様子を待給ふ。程なく兵庫頭源頼政、武門より参内し、家来の武士は御門前に居たり、三人の郎等は御門内迄召連、其身は陣の座に着、件の矢をたばさみ敷皮の上に座しける体相骨柄、あっぱれ(遖)とこそ(社)見得にける。其夜も既に丑満つに至り、東三条の森の方より黒雲一群(村)舞下り御殿の上に懸ると見へしが、彼怪鳥飛来り†、紫宸殿の上にて頻《しき》りに鳴ける声は鵺に似たり。帝、其鳴を聞し召るゝとひとしくおびへまいらせ給ふ。宇治の大臣大床に立出、「御悩只今成り」と仰に、頼政突立上り、弓矢を追取り雲中を伺ひ見れば、声有て（形は見えず。され共時々火ゑんの如き）光を放つ。頼政矢を打つがひて「南無八幡大菩薩、武の三社応護の力を添給へ(ひ)」と心中に祈念し、黒雲を急度見渡せば、声諸ともに孫びさしまで雲舞下り、光を目当にねらひを堅め、腕をかためて矢声をかけ、弦音高く切て放せば、あやまたず手応(答)して、はたと当り、さへぎつたる雲ぱつと散り、何かわしらず御殿の屋根よりまろび落る。郎等猪隼太忠澄は雲間の様子眼を離さず白眼付て居たりしが、矢に当て落る処を弓手《（妻）》に押へ妻手《（右）》に短刀、抜手も見せず、「柄もこぶしも通れ」と三刀迄刺しけれ共、此化鳥弱りたる気色もなく、尾首を動し死せざれば、猶も押へて惣身を九刀刺しける故、強化の業者たまりもあへず死したりける。堂上堂下「射たりや〳〵」と感ずる声、暫しは鳴もしづまらず。御簾も几帳《（とちやう）》もさわぎ《（ふき）》渡り御悩平愈ならせ給へ《（ひ）》ば、一同に万歳唱へ《（ひ）》、頼政が高名感ずるに限なし。扨検非（違）使の官人松明を以て彼化鳥を見るに、大さ五尺余りにして、左右の翼は虎ふのごとく、頭は猿のごとく尾先は蛇のごとく蟠り、四足有て虎のごとく、鳴声は鵺に似たれども、名付べき様なく怪き†粧なれば、うつろ船を拵て死骸を淀川え流し捨る。陰陽頭、凶を変じて吉に占ひ、神祇の伯《かしら》に大門を清め、先夜《（鵺）》（臨）時の節会行れ、頼政に正五位の上を被下、其上獅子王といへる剣を下し給わるとて、宇治の大臣自身御剣を携へ《（ひ）》、階を下り給ふ。大臣仰けるは、「頼政が今宵の働、怪鳥を一矢に射留しといひ、御悩《（脳）》平愈の段、各感じ浅からず。正五位上を給る所也。弥々大内の守護怠らず相勤べし」と有ければ、兵庫頭階下《かいが》にひれ伏、「こは冥加なき勅命、怪鳥を退治仕るは全く頼政が手柄にあらず。君の厚福に依てなり。恐悦至極」と辞退の言葉、宇治の大臣「重て此御剣を家の宝と成べし」と宣ふ内に御殿の上を時鳥鳴り渡りければ、宇治の大臣とりあえず、

　　時鳥名をや雲井にあぐるかな

と云かけ、御剣を給わる。頼政左《（左り）》の膝をつき、右の袂を打かづき、御剣を押戴きけるに、はや月さし出るをながめて、

　　弓張月の射るにまかせて

と返歌をつけたりぬ。ヶ様に連続して名歌をしける。帝を初め、（諸卿一同に「武芸と云、歌道と云、）天晴の武士也《（成）》」と感心なし給ふ。是よりして頼政の名、世上に響き古今の高名と成にける。此時官女菖蒲の前を頼政に被下しと云事、大き成る非也。あや

めといふは後に頼政京都より召被下し官女にて、梶原三郎景茂を恋慕ひ、其沙汰隠なし。頼政是を聞し召、同じ時に下りし京女六七人を一所に置れ、梶原を召れ「いづれあやめ」と「名をさゝば給わらん」と有るに、梶原景茂は父平三、兄源太同前の歌人なればとりあえず、

　五月雨の沢辺のまこもしげりあひいづれあやめと引ぞわづらふ

と詠じければ、頼政手づからあやめが手をとり給ひ被下しと也。頼政は武将といひ、大切成る御用を勤し事なれば、官女と御剱を被下し也。さ（去）れば頼政が化鳥を退治し、末代迄名を顕し、石川秀門は己が家の瑕瑾と申上、弓取の勇を失ひ、伊賀の国にしるべあつて其所に蟄居せしとなり。

賊禁秘誠談　巻二

○石川文（吾百）地が門弟と成る事　附式部石川が不儀を知る事

然るに石川左衛門は違勅の咎によつて追放被仰付、都近くはたゝずみがたく、しるべあれば伊賀の国え下り住居しけるに、流石大内北面の上座したりし身なれば、所の者どもいとをしき事に思ひ「石川殿〳〵」と称しける由にて、自然と彼が住し所を石川村と呼び、夫よりして子孫其村に居て、郷士のごとくに成暮しける。遙に星霜を経て、天下の豊臣秀吉公御治世にて、藤堂和泉守高虎は伊賀の国を拝領して大身に成し故、数（余）多の家来を抱て、筋目有者は児小性に呼出し給ひければ、石川子孫五郎太夫が一子文吾拾三才、大兵にして力強く、目の中するどく利口発明并びなし。「先祖の家名も引起す†べき者也」と取沙汰しければ、父五郎太夫、近年老年に及びしか〳〵となく、母のなき倅と不便を加へ育て†ける故、自ら気随我侭にして人を人と思わず、生得云出せし事変ぜず片意地、「武士となさば器量勝れん」と思ひ付、家老藤堂新七に頼（便）り、先祖を申立て†仕官を頼ければ、新七が世話にて文吾、和泉守殿の児小姓に被召

出、御側を相勤ける。兎角短慮にして傍輩と口論し、力《から》に任て打擲し、其上在所育ち故武家の行義を不知、取次の新七制止怠ずといへ共、曾て改めず。程なく不首尾と成て御暇を被下ければ、石川村に帰りける。父は是を苦にして老病重り、終に其年の暮、身まかりぬ。夫より独身と成て所を離れ、我侭に暮しける。其頃百地三太夫と云郷士有り。彼は元来伊賀浪人にて、武術嗜、其上忍の術を得て（妙を得たり。）所用有て在京したりける折節、花山院大納言殿十種香の節、大内より拝領有し柴船と云名香成しが紛失しければ、大納言殿甚だ惜ませ給ひ、色々御詮義有けれ共知れず。三太夫は御出入にて、京都逗留の内度々参上して御機嫌を伺ひ、御前え罷り出御伽を申上ければ、花山院殿三太夫を被召出、此事御物語有て、「其方才覚を以て此詮義成間敷や」と御頼み有ければ、三太夫畏り「御存之通、私義忍術鍛練仕る事なれば、何分一詮義仕らん」と御請申、「御殿の内にて紛失せし事なれば、兎角家来の内ならん」と思案し、夜な〳〵忍び伺ひける。案に違わず御側の侍宮部東馬、高金の物《者》なれば十種香紛れに盗取けるが、急には売代なすべき様なく、己が部屋に隠し置けるが見付、密に取出し、大納言殿え差上ければ、御悦び浅からず。「此褒美何をや」と思召けれ共、元来郷士にて内福なれば金銀の類はならず、幸ひ久しく召仕れし式部、今妻にて父母もなく幼少より御表の御側に育、容義勝れ、歌道もやさしき生れ付にて、御給仕に出ける折節、三太夫酔紛れ、手を取てたわむれしを見付給ひし事有しを思ひ被出、式部に仰聞されて、三太夫え被下ければ、三太夫「忝し」と御礼申上、夫より式部を伴ひ石川村え帰りける。別間をしつらい式部を入置、寵愛限なかりけり。宮部東馬は盗賊の罪重しと云共、御堂上方の事なれば、強き御咎もなく追払ける。さ《去》れば石川文吾は十七才にて元服《腹》し、百地が同村に住居し、近所なれば百地が宅え万事頼みに依て、三太夫も、父母もなきみなし子の文吾なれば心能く呑込、則弟子と成て諸芸を教けるに、別て忍の術には生れ付にや稽古よりも勝て、三太夫も「早くも我道を継べき者也」と気に入て、秘密口伝をおしへ、第一の門弟と成ける。然るに三太夫は先頃花山院殿より貰帰りし式部が色に迷ひ、寵愛限なし。本妻はあれどもなきがごとく、淋しく暮しける所に、文吾元来放埒成る生れ付にて色情深く、独身なれば昼夜心安く入込み†百池が女房にたわむれける所に、本妻は式部に見替られ夫を恨居ければ、終には文吾と心安く不義に及びける。「悪事千里」と隠すより顕わるゝ事早く、夫三太夫花山院殿え所用有、上京の留主、文吾得たりと忍び入事度々也。式部是をさとり思ひけるは、「三太夫殿留主の内に毎度忍んで不義を行ふ。常に我を退けんと尻目に懸、少しの事を大そふに執成し三太夫殿え告之、追出さんと志の憎し」と思ひ（ける事なれば）、「今宵文吾忍び入り†不義の楽しみする事なれば、何卒して見付出さん」と心付、宵より様子を考居ける。女房は夫の留主を幸ひ、文吾を寝間え忍ばす（こ）としきりなれば、毎度は障子襖の明立の音をいとひ敷居に水を流し、またはかもじにてぬぐひ、音せぬ様に拵けるを、式部はとくと見澄《（済）》まし、部屋より忍び出、かもじにて本妻がぬぐひし敷居の溝え用意の砂を敷置て、元の部屋に立帰り、襖明なば其侭立出て見付、悪事を顕さんと待居たる。最早明方近く成ければ、文吾を返さんと其身は寝間より立出て襖を明るに、荒砂を敷たる事なれば、音高く聞えける。式部は「爰ぞ」と手燭片手に一腰引下げ走り来る。女房はつと驚しが、襖の外へ出、跡をさして、驚く胸を押鎮、動気うつて声ふるへ《（ひ）》何といわんと工夫しけるを式部「心地よし」と声高く「三太夫殿留主といひ、聞馴ざる襖の明立怪く存、今宵何とやらん物騒敷候得ば、三太夫殿の留主を考、盗賊など心もとなし。家内を起し一間〳〵を吟味致さん」と襖の内に目を付てのつぴきならぬ様に詞を懸ける。女房手燭の明りにて敷居をすかし見れば、思ひがけなき荒砂有。「扨は式部が不義を悟り見出さんと工みならん、我最前かもじにて此溝を悉拭ひ、音せぬ様に成し置しを、かく計りしは式部めが業。憎き奴なれども荒立ては事の破れ、式部いか様といふともいまだ文吾殿を見付られねば云くろめん事安かるべし」と心をすへ、「扨々けたゝましき云様、我も夫の留主なれば万事心を付、宵より寝ずに考しが、今宵に限りていと静か†成しを仰山に、誠に心元なき事有ば弥静に様子を伺ひ可申に、襖の音に驚くとは近頃麁相也。仮にも武士の妻たる者、麁忽有て人に笑れんはしたなき振舞。

已後は嗜給ひ、気遣成る†事なかれ。寝所え入て休み給へ」と式部を退て文吾を返さんと云紛しける。式部一間に文吾が居るとは思へ《（ひ）》ども、本妻の寝間え我侭に這入られず、何となしに家捜†しせんと若党久平を呼出しける。最前の物音に目を覚し居ければ、早速立出申けるは、「旦那の御留主（の事成ば）、麁忽有ては申訳立難し。最早夜明に程近ければ、一間〳〵を家内見廻候わん」と文吾が子細は知らず、正直一遍に申候間、女房今は詮方なく襖にも《（持）》たれて「左様に思わるゝならば、玄関、物置、台処、奥座敷、納戸の辺《（当）》りを吟味すべし。幸ひ哉、式部一腰を携居給へば、怪しき者有ば打取給へ《（ひ）》」と差図に式部「得たり」と久平諸ともに一間〳〵を改めて、其上にて本妻の居間へ入て顕さんと玄関の方え行を待兼、女房は此間に文吾を逃さんと寝間え這入見れば、文吾が形は寝間には見えず。「扨は夫三太夫が教し忍びの術を以、姿を隠し給ふと見へたり、嬉しやとくにも斯と知るならば、式部めを寝間え引入、鼻明せんものを」と燈火をかゝげ待居る処え式部久平一間〳〵を詮義して本妻の部屋へ来る。式部先へ進み「今ぞ証拠を引出し罪に落さん」と遠慮なく内へ入り見るに、文吾が姿見へず。本妻壱人落付たる体にて、案に相違し「合点の行ぬ事哉、宵より部屋に忍ばせまた咄声物音文吾に紛れなかりしに、今の間に見へざる事、扨は日頃三太夫殿に習得し忍びの法を以、姿を隠せしと見えたり。此上はいか様に尋るとも見出すこと叶ふまじ。三太夫殿帰られなば此由を告て、本妻を追出さん」と思ひ「怪敷事も候わず」と久平諸とも寝間え帰り休みける。

○石川文吾謀て若党久平を殺す事　附百地が女房式部を〆殺井の内え入る事

斯て女房は式部久平が退し後、初のごとく襖を差、既に虎口を遁しが、心にかゝるは文吾殿、「いづくに《（何国に）》忍びおわするや、但しは帰られしや」と案じ《（安事）》詫たるに、思ひもよらず夜具長持の内より文吾すつと出、「嘸々御心遣ひ、乍併、百万にて取巻とも覚得し術を以て隠†るゝ事安し」と云ば、女房悦び「斯とはしらず、扨々案じ《（安事）》まいらせ候。夫に付、今宵の仕儀《（時宜）》若党の久平が業にて候」と云ば、文吾驚、「久平如何して此事悟り候や」と尋れば、女房は兼て工しことなれば、「何か式部は兼て久平と密通しけるを私は見付し事有也。其事夫に告ん先に我身を罪に落し、跡にて思ひの花を咲せんとの工夫故、家さがし《（我聞かし）》に事を寄せ難儀させんとの工み、思へ《（ひ）》ば憎き仕方。夫帰なば両人して告口せんは必定也。最早此侭には捨置れず。御思案あれ」と云か丶れば、文吾聞て「式部久平密通はしらねども、差当りて今宵の様子にては悟りゐると見得たり。かふ成ては彼等両人を恐るべきか、若党久平めは闇討にして仕舞《（廻）》ん。また式部めは如何すべき」と云。女房聞て「久平さへ密に討給はゞ《（わ）》、式部がことは自から《（らか）》仕方有。（必々気遣したもふな」と勇でこそは申ける。）文吾は完尓と笑ひ、「久平めは某が一両日中に討捨ん。彼《（彼れ）》は生得川狩を好めば、明晩謀にて夜網を打に遣すべし。能き所にて打殺くれん」と示合せて、文吾は夫より一間を出、鍛練したる忍びの術を用ひ、台所の引まどより抜出帰りける。翌晩に至り、文吾久平を呼び「明日は珍客を得候へば、乍御苦労、例の網を御頼み†申度」とわりなく云ば、久平好の道なれば「いと安き御用、手際の程御目に懸ん」と請合、暮頃より手網、びく《（し）》、籠たづさへて出行ける。文吾は頭巾にて顔を隠し、覚の一腰たばさみ、見へ隠れに跡を付て行とは夢にも知ず、能き場†を見定、一網さつと入れて余念なく引揚る所を後よりねらい寄、抜手も見せず肩先よりあばらを懸て大袈裟に切殺、死骸を直に水中え蹴込、夫より半町計り先に在の墓所有。其所に隠、人や来ると待居し処に、使と思しき足軽体のもの、提灯下げて通りける。「究竟の奴ぞ来る」と抜足して後より真の当身を入ければ、「うん」と倒れけるを、其侭提灯を消し†、悶絶したる骸をかつぎ、以前殺せし久平が場所え連来り、足軽が差たる刀を引抜、肩先四五ヶ所めつた切に疵を付、抜身を傍に捨置、相討の体にして帰りしは、不敵成ける振舞也。夜明て三太夫屋敷にては「久平が戻らざるは如何」と尋に、「久平が死骸は水中に沈み、傍に疵だらけの死骸有。扨は網の帰りにて喧嘩仕出し、夜討に成しならん」と沙汰極り故なく相済ける。文吾は「仕済したり」と悦びける。扨女房は式部を失わんと思慮を廻し、式部が寝間へ忍び入しに、運の尽にや、深く寝入りしを、女房足音もせず「仕済し†たり」と用意の抱帯をしぼりて式部が首へまとひ付ければ、「きやつ」と云て身もだへ《ひ》するを「声立させじ」と胸元へのつかゝり、無二無三にしめ殺ける。いたわしや式部は虚弱《きやしや》に生れ、其上京育にて花車なれば、返すべき力なく、本妻は田舎育の荒くれにて、男勝りに腕強く、悪女の為に終に命を失ひける。女房は灯火を消して心静に式部が死骸を横に抱き、広庭え持出し、手頃の石を懐へ入、かゝへてしつかと〆、同く袖へも石を入て、細引を以て足くびをくゝり、花壇の傍なる井戸の中へ沈めんと死骸を抱きあげしが、初めに引替て石にて重り強く、中々及難し。さしも強気の女なれども「如何せん」とためらふて、石を取ば死骸の浮ばんことを思ひ、兎角して隙取ば人の知らんことを恐れ、夜叉《刃》に成たる猛女の念力、死骸を又も抱上て、よろめきながら井戸の下《本》へ持行、両足を持《以》て逆様に井の内へ差入、井桁をふまへて細引をたぐ《さ》り、そろり〳〵と水際まで釣おろし、頃よき処を左右の手にて細引がば《わ》と放せば、水中へしがひはざんぶと沈みける。女房ほつと溜息つき、辺《傍》りを伺ひ元の座敷へ這入りしを、知る人更になかりける。

賊禁秘誠談　巻三

○百地女房釣筆を以謀書之事　附三太夫井の中を伺ふ事

さ《去》れば三太夫女房は、妾式部に己が不義を知られて人々に知れんことを恐れ、若党久平は文吾に殺させ、式部は我手に懸けしめ殺し、死骸を庭の井戸へ沈め、さあらぬ体にて寝間え帰りしが、又思ひけるは、「夜明ては家内の者尋べし。家出の体にせん」と表の戸を明置、出奔の道を付、我部屋え来て、能々工夫をするに、「書置なくては済まじき」と硯引寄せ三件四件りさら〳〵と書けるが、「いや〳〵、此まゝにては『我手跡』と、夫《夫と》を初め人々迄知らんこと却て我より顕す道理也。如何して書置を拵ん」と筆を差置、思案をちゞに廻らしける。日頃浅間敷女なれども、夫を掠る悪心百倍して増長、風与思ひ出し、「夫の物語に、『密書を送るに、若党（途）中にも人に奪れ他見《（身）》に懸る時は顕る、もの也。我手跡と知らざる《（知らる）》様にするは、筆尻え強く重りをかけ、二の腕を急度くゝり脈処をしめる時は、其手跡平生より至て相違に出来、夫としらぬもの也』と門弟中への噺聞及たり。然ども其通をせば、教へる程の夫、悟らひで置べきか。其上の工夫をして一通を認ん」と打紐を出し、筆尻をしつかとくゝり、紐の端を鴨居に結付、筆を中にさげ、墨をふくませ筆先を引ぱり三筆四筆認しに、ふしぎや書面大きに相違し、我ながらあきれる計、何がなし一通思ひのまゝに認め、「嬉しや妙術調ひ《（へ）》し」と式部が部屋に入置、其身は寝間へ入り休みける。恐しといふも余りあり。扨翌日に至て家内起き出、式部が見へざるを怪しみける所に、書置の一通有。早速家内の人々集り披露すれば、

一、私事花山院様え御宮仕之内に深く申かわせし人御座候処、思わずも御主人の仰にて此方様え参り心ならずも彼人え道を破りし事、一旦申かわせしことは立難候得ども、一向《（う）》なき身と覚悟致し月日を送り被参候処、此度上京の御留主を幸ひに此家を遁れ命をちゞめ被参候、かしく

（いづれも様へ）

と認め†有。皆々大きに驚、「扨は戸口表門明有しは、夜のうちにぬけ出、欠落せしならん。遠くは行まじ、追手をかけ、つれ帰らねば三太夫殿え申訳なし」と家内を初め†村々の人々を頼み、大勢にて手分し所々を尋させけるに、更に行衛知れず。此趣早飛脚にて京都へ知らせける。百地三太夫、若党久平横死といひ、式部が家出と聞より足を早めて立帰り、一々様子を聞、「扨は式部、忍び男有て我留主を幸ひに出奔せし也。とくにも斯《（角）》と知るならば討捨てくれんず」と甚怒り†、女房の悪事に身を亡せしとはつゆ知らず。夫より京都えもの馴たる人を撰、「式部を尋出し連れ帰るべし」と申付、心を鎮めて書置を見るに、一向見知なき手跡、式部が筆とは抜群の違、墨付大容《（対様）》にして筆の当りなく、二つには心得難き書置、此家を立出る程ならば人を頼んで書べき様なし。思ひ廻すに、我大勢の門弟に密書の書様伝

へし事有り。夫をたくべる筆のはこび、「扨は遠き者にあらず」と心付も、少しの手がゝりもなく、急に詮義すべき様もなく、「此書置人の知る時は却て吟味のさまたげ」と、ならぬ体にて心能げに打過ける。京都え遣したる者も立帰り、一向知れざる旨通じける。女房斯迄思ひのまゝに計ひ負せ、心に笑ふて暮しける。夫より月日を重ねける処に、頃しも強暑に趣き、木々の梢も照にいたみ若葉巻ければ、水かきせんと三太夫自身に竹釣瓶を以て彼井戸へ掛り、数十盃汲揚ける処に、水泡立、匂ひ有。髪の毛釣瓶に懸りければ、三太夫大きに怪しみ、とくと見るに、三尺計の女の髪の毛、水かき濁り、泡立、匂ひ、合点の行ぬ井戸の中、今年に限り水のくさきは、水底にいか成ものがはまりあらんも知れず、竹をつひて探り見るに和らか成もの竹の先にこだわり、弥怪しみ水底をつき見るに、泡立につれて黒髪揚る。「扨は女の死骸有之と見得たり。凡一身をなげる《（離るゝ）》者、廿四時後には死骸浮び、二度沈事なし。然るに黒髪抜け有程ならば死骸浮べき筈成るに、浮ざるは子細ぞあらん。何にもせよ此井戸かへ《（ひ）》干て吟味するより外はなし」と思へ《（ひ）》ども、「今宵は侍官中に招きに合、最早刻限来りければ、明日の事にせん」と座敷え戻り、衣服を着替へ《（ひ）》、家来を呼て「明日は庭の井戸殊の外水悪く成り、得ならぬ匂ひすれば、あの井戸其まゝ捨置れず。水をかへ《（い）》て様子を見ん。出入の者に手伝の趣申付べし」と云付、家来をつれて出行ける。

○石川百地が女房を殺し立退事　附伊賀式部塚の事

斯て女房は夫を謀り負せ式部を失ひ、誠に出奔にせしを悦びしに、井戸水かへ《（ひ）》てと聞より大きに驚、顕れんことを恐れ、思案を極めひそかに文吾を呼て申けるは、「日外の様子、式部両人が中を悟りたるゆへ、我計りてしめ殺、庭の井の中へ死骸に重り付て沈め置、釣筆にて書置を認め、今日迄まんまと仕負せしが、三太夫殿、樹木え水を懸んと自身に水数盃汲揚られしが、『大暑に趣き水色替り匂ひ悪く候』とて、『明日井戸がへ《（い）》をせん』と云付け他行致されたり。

是非《(悲)》明日は井戸替になれば顕れんこと必定。今宵の内に兼て申かわせし通りわらわを連て此家を立退、何国にても身を忍ぶ《ひ》覚悟をし給へ」と動かぬ気色にて申ける。始終を聞てさしもの文吾、大胆不敵の心にも百倍増たる女が仕業、身の毛もよだつて（大きにあきれ）暫し返答せざりしが、「きやつつれ立退時は斯恐ろしき心底、後には我を害せんも計難し。連れ†立退ねば事顕れ、必定大事に及べし」と心を鎮め†申けるは、「御身たくましき仕方、御存之通今日を漸送る某、差当て難義は路銀の貯。如何すべき」と聞より、女房「其儀は気遣不可有。三太夫貯置し金子有。是を取て立退ん」と其ま丶奥の納戸へ行、金子百両余り取出し、文吾に渡し、「是にて路銀は有べし」と、「今宵四ツの鐘を相図に切戸より抜出べし。御身其時を不違、戸口の辺に待給へ《(ひ)》」と示合て、文吾は金を懐中し立帰りしが、つら〳〵思案をするに「我悪党に生れ付たるゆへ師匠の女房を盗、其上科なき若党を殺、相討に拵へ《(ひ)》首尾能く†仕負せ今日迄過しが、式部がことは出奔と思ひしが、女房が業にてしめ殺したるを井戸へ沈め謀書迄釣筆にて認めしとは、言語にたへたる悪女。久平を我に殺させしも女が業、工みの程のすさまじさ、我悪党に勝りし振舞、行末思ひやられたり。色欲は格別、仮にも人を計て殺させ（我も女を）殺して、謀は女の情にあらず。空恐敷事也。女を連れ立退*く時は後日の妨げ、百両持こそ幸ひ、女を打殺し心静に立退ん」と所存を極め、暮るを待居たり。女房は夫の留主を幸ひ、何角の用意を風呂敷に包み、宵より切戸のしまりを明置、何気なき体にもてなし、四ツの鐘を待居たる処に夫三太夫立帰しかば、女房はいつものごとく挨拶有。「最早御休みもや」と云ば、三太夫家来を呼て「弥明日、庭の井戸替出入の者に申付候哉。朝は涼しく働き†安からん。其心得致すべし」と申付、茶の間え行て其身は台子をたぎらせ居たりしが、短夜の刻限四ツを知らせの鐘の音、女房は「相図の時刻」と庭へ抜足、飛石の間を伝ひ、音せぬ様に切戸を明け「人や見るか、文吾（殿）はおわせぬか」と差覗く。戸口には文吾一腰を鍔元くつろげ待とも知らず、女房は切戸を明て立出る。文吾戸尻に身隠し、抜手も見せず一刀と切付たり。踏込強く切†先余り、切戸の柱え打込、肩先より乳の元八寸計り、鍔にて切損じ、「きやつ」と一声倒れける。「仕済たり」と文吾三寸計り柱え切込だるを引抜く間に、内より三太夫、声に驚き刀引提げ飛来る気色に、家内一同に灯火を持馳来る。文吾は二の刀にてとゞめさす間もあらばこそ、家内の人音に「見付られし」と血刀振て逃て行。向ふへ百姓大勢寄合済て帰がけ、大勢連にて提灯とぼし来懸ければ、文吾身を隠さんと思へ《（ひ）》ども、一筋道の詮方なく、早業文吾行掛り、提灯二ツに切て落し、是を見て驚く百姓、手元へ寄せじと弐、三人切倒し跡をくらまし逃失ける。三太夫は女房が声に驚き走り出、見れば深手に苦しむ体、先死骸を家来にかゝせて座敷を明させ、其身は家来諸とも「そこよ爰よ」と曲者尋る。所の村の者ども追々逃来り騒しき体、三太夫「何事やらん」とけわしく問ば、「只今寄合の戻り、提灯を切落し、二、三人切伏せ候」と云ば、「偖は女房を切りしもきやつが業、何もの成ぞ」と尋れば、壱人「慥に石川文吾と見得たり」と聞より三太夫、一さんに文吾が内え走行き見るに、表に錠をおろし内に居ざる体、直に引返し手分をして尋させ、其身は女房を介抱して体相を見るに、衣類を着替帯をしめ、風呂敷に着替を包み出奔の体、三太夫大きに驚、「其方が体たらく正しく我に知らさず出奔の様子と見へたり。何者に切られし」と問へば、深手に弱り一言半句の答もなく、次第〳〵に弱りける。家内を集め詮義しける所に、文吾と女房と兼て密通の様子、うす〳〵かたる者も有て荒増物語しは、「偖は文吾と云合せ、欠落せんと企しならん。爰に合点行ぬは、連れ立退べき文吾が切殺し逃たるとは、但し余人の業成るか、吟味を遂て意趣を晴さん」と四方八面に心を配り、家内の者ども呼集め、有し様子をだん〳〵吟味しける所に、式部と女房夜分の争ひの様子、その翌日に久平横死、また「次の夜鴨居に釣筆くゝり付て何か書給ひしを、私、用達に参り襖の間より見候」と下女が申ける。「偖は夫より思ひ合する事有。式部が書置釣筆とは《（釣筆とこそ）》古今独歩の妙計、式部逐電心元なし。察する処、昨日井戸より黒髪揚りしは殺して死骸を入たるやらん。既に今日井戸替させんと申付しゆへ、顕れん事を恐れ、此家を立退んとせし也。風呂敷包を持、抱へ《（ひ）》帯の体は、何卒一言の答をさせ、殺せし人の実否正さん」と云掛れど、早事切てすべき様なし。先死骸をかた付、心懸りは井戸の中、「干て疑を晴さん」と人数を集め†井戸替せし処に、案のごとく水底に死骸（有り）。引上見れば、形《形ち》は損じたれども人体女也。着物は式部が衣類、「偖は密通を式部に知られ、我に《を》告んことを恐れ、井戸へ突はめたるに相違なし。弥是にて事顕れたり。文吾が逐電に女房を害したるとも、証拠なければ定め難し。扨々不便成るは式部、口惜しき事哉、憎きは女房、文吾がことは時節を以て†正さん」と、或は怒り、又は愁ひ、亡き骸則其井戸え直に埋み、小高く築上げ芝を伏せ、印の《を》墓を建、最期の場所を墓所となし、里人も哀れを催し、誰名付るともなく伊賀の式部塚是也。斯て文吾は金を取り、密通したる女房は殺し、伊賀を立退、京都え出けるが、其頃太閤秀吉公、洛東大仏殿御建立にて、川原殊の外繁昌しければ、石川も大仏殿前に家を借り住居し、石川五右衛門と改名し、酒色に溺れ、独身の浪人なれば誰《たゝ》憚ることもなく放埒我まゝに暮しける。尤人品《人品ん》骨柄人に勝れ、身の丈《丈け》六尺弐寸、力強く自然と武芸を覚、忍びの術は百地が流れを伝へ、人を足下に見下し大名高家も恐れず、昼夜遊所へ入込み過分に遊宴を拵へ†奢に超過しければ、貯し金も失ひ、すべき様なく、覚たる忍術の師範をせんと思へ《ひ》ども、百地が所縁も京都に有れば、「若旧悪を語り忍びの術の沙汰あれば、我を密に妨んも計難し。如何せん」と工夫しけるに遊所にて出会せし木村常陸助が方より使来りければ、石川五右衛門幸と使を打連れ木村が宅えといそぎける。

賊禁秘誠談　巻ノ《ママ》四

○木村常陸助石川が弟子に成る事　附前野但馬守伏見え行事

爰に木村常陸助重高と云者有り。父は木村隼人佐とて太閤の御幼年の時より付随ひ、志津ヶ嶽合戦の時三《二》番に備へ《ひ》、柴田が先手を追崩し越前に働入、勝家に自害させたりし。其重高、高名抜群たると御感に預り、城州淀の城主と成り《也》、寵臣成しが程なく病死して其子常陸助家督を継ぎ*けるが、父と違ひ御前体もさのみ勝れ†ず外様同前にて、父の代とは威勢遙に劣りけるを常々無念に思ひ、芸術を励けるに、不計も五右衛門に出会、「彼が器量たゞ者ならず」と一能有ん事を思ひ、懇意に出会しが、五右衛門大身をも物の数ともせず付合しゆへ、いとゞ其心底を称し、使を立、招きける処に、早速入来しけるを、常陸助則居間え通し、様々饗応して武術の咄に至りけるに、「忍びの術を得たり」と聞て大きに悦び、夫より弟子と成り忍術を習けるに、元より器用成常陸助、間もなく上達して五右衛門は木村が陰《影》にて安楽に暮しける所に、秀吉公関白職を御養子三好秀次公え譲給ひ、太閤と成らせ給ひし時、「木村は数年の老臣職にて目出度家筋なれば、秀次も秀吉が如く果報を尽《つく》べし。先例に任て木村を秀次が家老と成べし」と被仰出、十八万石にて関白の執権と成り、威勢万人の上に立ぬ。師匠の事なれば、「五右衛門をも大知にて召抱し」と云けるに、五右衛門聞て「仕官の望有ばとくにも能所え有付べきなれども、生得奉公を嫌ひ主取を面倒に存る故、斯浪人にて暮し居ることなれば、何程給わるとも其義は御免被下」と取あは《へ》ねば、木村心に思ひけるは、「彼が器量抜群なれば陪臣を嫌ふならん。秀次公の御家来と成し置か《な》ば、まさかの御用にも可立者」と心付、時節を見合居たりける。五右衛門は無双（の）我侭者なれば、奉公は勿論、木村が執権の位に昇り諸士敬ひかしづく故、気詰りの付合を面倒に思ひ、後には木村が方へも来らず。常陸助色々に世話やきけれども、生得気随にて一向行末抔をかまわず、其日暮し†の遊楽をたのしみ、覚の芸は有ながら人にも教へず、木村が方えも来らず疎遠にのみなり《也》、斯て今は不自由になり、そろ〳〵悪心生じけるに、類を以て†友を集める習、非道にて人を殺せし浪人、亦は大酒淫乱腕立のあぶれ者、五右衛門が弟子と成て数多有といへども、是等も家業を嫌ひ人を掠め天性をはづれ、悪事を専になす。惜哉、五右衛門芸術に器量勝れながら、三太夫が女房を殺し百両の金を取しに味付、悪事増長するに随ひ強き者どもの上に立、行ひ抜群なれば自然と棟梁に備りける。其頃太閤は伏見に御在城有て、諸士大名は勿論、京大坂にきら星のごとく居並び伏見え交代として参勤す。五右衛門工夫して、手下の者を使者に仕立、夜に入て前野但馬守安長の屋敷え遣しける。前野は初†め勝右衛門と名乗、志津が嶽合戦の時、四番の軍列にて誉有ゆへ、だん〳〵御取立に預り、後には但馬守と号し出石の城主と成、三万石の身の上なれば甚だ内福にて有し故、（五右衛門）手下ども、その噂しける。五右衛門思ひ付、此度謀を拵へ《ひ》筑紫権六を似せ使者として遣しける。権六は五奉行石田治部少輔が家来、嶋六郎左衛門と名乗、前野が屋敷え行、取次の者に対面し、「今晩火急に御評定の義有て、前野但馬守様御召也。御存之通、太閤様は性急成る御生得、主人治部少輔仰を蒙り、御殿より直に申付候故、馳参候。只今伏見え御参向有て可然。遅なわりては双方無念に可相成候。此段使者を以申入候」と《に》、大友浪人の事なれば、骨柄口上左《に》も立派にこそ述ける。元来石田少身より成上り家来は皆新参者なれば見知もなく、偽とは夢にも知ず、早速に主人え其通申上ければ、但馬守御召と聞より「畏奉る」と使者を返して支度をなし、高提灯きらびやかに其身馬上にて、供人数多前後を守護し伏見をさして急ぎける。藤の森迄来りける処に、押へ共両人わらぢをはき替て壱町計り跡へ下りけるを、跡より付来り両人の盗賊、うなづき合て走り寄り、思ひがけなき後より物をもいわず引かつひ《へ》で二間計り投げ居、起上る所をあばらも折よと蹴付ければ、「うん」と一度に悶絶するを、手早く衣類大小を剥取、其ぶつさき羽織を両人が着し、大小手挟み†前野が押へと身を変じ、京を差て走りける。程なく千本通の屋敷え馳付、あわたゞしく門をたゝきければ、「何者成ぞ」と咎る間もなく「大変出来て、只今殿様藤の森に於て、何者とも知らず大勢行先をふさぎ、抜て切て懸る。先手を初め御近習抜き†合戦ふといへども、夜分といひ、不意を打れ、剰へ殿様にも手を負せ給ひ、社家の方え退せ給ひしを、大勢にて取巻大事に及び、残る御家来戦ひ真最中、我々両人は跡供にて居候故、御注進の為馳帰り候。急ぎ御加《家》勢有之、狼藉者を討取給へ《ひ》」と大音に呼ければ、門番玄関番大ひに驚、其通を一家中へ触廻す。玄関の番頭武藤作左衛門猶も様子を聞んと「両人の供人是え呼べし」と云ば、門内へ這入れよと云をも聞ず、「我々は御主人の御せんどを見届ん」と着せしかんばん脱《抜》捨て門内へ投込み、一さんにかけり行。門番其通を訴へ《ひ》ければ、武藤作左衛門看板を取寄見れば、押への着せし合紋、「扨は疑ふ処なし。早々各被出よ」と追取刀に馳出れば、是も初め一家中、老中、用人、得物〳〵を引提て「急げ〳〵」と馬乗歩行立、大門開かせ走り行、（噪しかりし次第也。「御家の大変一大事」と）皆々聞付、門番其外歩行立叶わぬ老人子供、門を固《堅》る計り也。石川五右衛門ヶ様に一家中を謀出し、遠見の知らせ「時分はよし」と我身は肌にくさり帷子、小手、臑当に大太刀横たへ《ひ》、筋金（入り）の兜頭巾、手鉾を杖に突立出れば、劣らぬ荒物五拾五人、得物〳〵を携へ《ひ》前後を囲ひ、松原通の前野が屋敷表門へと向ひける。筑紫《芝》権六は使者に似て、屋敷の案内見知たる事なれば、先に進み門口をけわしくたゝき、「注進」と聞より番人くゞり戸明ると飛込抜連、番人両人抜打に切倒し、大門を開ば五右衛門初め一同にかけ入門戸をさして、「人を出すな」と初めのごとく表を〆、石川下知をなして「女童は勿論、男たりとも手向せずば捨置べし。雑物《言》に目なかけそ。金銀、重器、武具の類、随分と奪取り表門より運ぶべし。一家中の馬鹿者ども、主人の行衛知ざれば、跡を追て伏見迄馳行んは必定、立帰る気†遣なし。夜明前迄緩々とせかずに各働け」と不敵の下知に、手下ども勇進んで乱れ居る。

○石川大名之館え盗賊に這入る事　附役人をくゝりあげる事

此時前野但馬守屋敷には、殿の御事気遣敷、僅に残りし侍も、そよとの風も心を付、老人の輩大勢の物音に驚き見れば、夜討と覚しき者入込たれば、「南無三宝」と追取刀、或は手鑓を引提げ、「曲者遁すな」と切て掛る。こなたも抜つれ「ちよこざひ《へ》な老ぼれめ、斯入込て汝等を苦にすべきか。むだごといわずと金銀を早く出せ。不承知ならば打殺ん。且主人と頼む†但馬守は、早先達て藤の森にて搦置たり。貯の金銀早く出さば、但馬守が命を助ん」と云ば、「憎き盗賊ども、武士の館え這入しは命知らず」と切てかゝり、大胆不敵の盗賊ども、手ごわき者を討取突伏、或は太刀打落し、拾余人の侍を高手小手に戒しめければ、（中間下部は）振ひ恐れて、逃んとすれども出口〳〵に抜身を引下げ身構たり。下郎の悲しさは手向もせずかゞみ居る。数多の女中は奥方を囲ひ、「立寄らば目に物見せん」と長刀の鞘をほかし扣たり。大将石川八方に眼を配り、仁王のゆるぎ出たるごとく大勢の真中に立はだかり、但馬守が具足櫃を出させ腰打懸け、搦め置たる侍どもを目通へ引出させ、面体を窺ひ、中にも虚弱ら敷者を引出し、首筋をふまへ、鉾の柄を三寸の縄目え差通し、力に任てねぢければ、「腕はちぎれん」と苦しめば、五右衛門寛々と見下し、「己れ苦しくば用金の有所を云べし。否といはゞ《（わゝ）》但馬の守が命を取ん。女原迄切捨、其上家財残らず取帰る《（り）》。金銀に替難き主人の命、助んと思はゞ、用金の有所を早くいふべし」と切付れば、くゝられし侍ども、主人を助んと思ふて用金の有所を悉く申ける。手下の者に差図をなし、残らず取出させ、腰打かけし鎧櫃を明させ中より具足を取出し、とくと見て、「是式の具足は取にたらず。望ならば手下ども持帰れ」と投出す。杉山大太郎「紫縅しの胴丸、銀の筋金打たる兜、某持帰る。売代なさば酒手は有ん」と、諸肌ぬひ《（へ）》で小手を当て、兜を着し、臑当に身を堅め、鎧をくゝり引かたげ、明櫃え用金を入させ、中にも究竟の泉の伴蔵、木曾川弥八に持せ、先へ帰らせ《（りける）》、「銘々望みの品有ば、勝手次第に持帰れ」と下知するに随ひ、悪党どもほしひまゝに持帰り、跡には五右衛門、何思ひけん、段平すらりと抜放し、用金の有処を教し侍共え向ひ、「己等は但馬の守が用金の有所申たる者、命大事と思ひ臆病不忠の録盗人。某が賊よりは増たる大賊、主人え申訳はえ立間敷。迚も遁れぬ命、介錯して取せん」と段平振上げ水もたまらず首打落し、戒しめ置たる残りの侍ども、「汝等、命此まゝ助け遣す。明日迄此処を守べし」と云捨手下をまとめ、右の手に抜身、弓手《（妻）》に鉾、跡を押へて表門よりしづ〳〵と帰ける。大勢と云、強敵なれば、恐れてあとより追付者もなき処に、奥付の侍木野川友右衛門老体なれば、切て出んも力不及、盗賊の帰るを幸ひ、「有所え付行き†見届ん」と跡より慕ふて一町計行ける処に、石川元来無双の忍びの術を得たれば、町屋の軒下に寄と見えしが、腕木より手を懸け、両足を上げ、直に上へ伝ひ身を廻し、跡より付来らんことを考へ《（ひ）》居るとも不知、友右衛門付行く†処をやり過して、後より思ひがけなき大げさに討放し、跡先見廻し帰りしは、抜目なき振舞也。屋敷にか様の事有とは夢にもしらぬ一家中、息《（息き）》を計りに（藤の森え）馳付見れば、藤の森には音もなく、社家を人々尋れども、「一向左様の事、無之候」と、取敢へず各々不審に思ひ、其辺を皆々尋求れば、押へ共両人が死骸、面を見知し足軽ども、「扨は爰にて騒動有しに違ひなし」と心迷ふて前後をぼうじ、各評義に及ける。「何にても伏見へ行、御主人の御先途《（度）》を見届ん」と一決して、伏見をさして急ぎける。向ふより前野但馬守殿引返して来り給ふにはたと行合、たがひに「是は」と驚、但馬守馬を留られ、「何事有て其方共来りしぞ」と尋給ふ。各申けるは、「先斯《（角）》の注進故、早速馳付申す†処、御行衛しれず、直様伏見へ参る処、先以て†御安泰《（体）》にて恐悦至極」と有増申上れば、但馬守殿大きに驚、「夫は心得ざる事也。途中は少も障なく伏見へ立越、石田治部少輔が宅へ行伺ひしに、『某え御用之義、ゆめ〳〵《（夢々）》無之、使者を遣《（せし）》したる事は勿論、石田氏の家来嶋六郎左衛門と云侍候わず。是は取次の聞誤り、但しは酔狂ひの輩座興に遣したる使ならん』と、『此事太閤の御耳え達しなば、何にしても貴殿の不調法、御召も無之に参向は却て御咎め有べし』と、『三成知らぬ分にて済すべし。沙汰なき内に帰られよ』と以の外の次第也」唯事ならず天狗の所為かと疑ひ、但馬守殿工夫有て、「是全く我に意趣有者に似せ使者を拵へ《（ひ）》おびき出し、跡にて一家中を騒したるものならん。何にもせよ、立帰り事を正さん」と一家中打連†れ松原通の屋敷え帰り、「御門を明よ」と呼けれども、答る者はなかりければ、各怒り「殿の御帰館何ゆへ明ぬ」と云ども一向答なし。足軽共開かんにもくゝり揚られて手足叶わず、また強盗の来りしと恐れて詞も出さねば但馬守殿気をいらち裏門へ乗廻し見給へ《（ひ）》ば、戸明て番人なし。一さんに乗込給ふ。家来も続き走り入見れば、館には戸障子引破り、調度道具は引ちぎり、侍下部はくゝられ乱妨の体なれば、殿を始め†一家中、夢見たごとくあきれ果、「様子いかに」と気をせけば、面目なげに有の次第を一々に申ける。「扨は盗賊の謀計にて有りしか」皆々無念のはがみなし、諸道具を改め、用金は云に不及、武具、重器悉く失けれども、大名が盗賊に合と云ば、人前立難し。「此事一切沙汰すべからず」と、一家中の口を留め内々にて吟味に及けれども、一向しれず。大勢兵具を帯せしかば、（都辺の）盗賊にては有る間敷、人をわけて遠国をさがしけるゆへに、弥々手がゝりもなかりける。此時前野但馬守は関白秀次公え附人なれば、五右衛門に計られ夜中に伏見へ参向せし事、後に至りて石田言上しけるゆへ、太閤の御疑懸り、秀次公御生害の節、同意の様子に相成り切腹被仰付しは、不肖なりしことどもなり。

賊禁秘誠談　巻五

○石川五右衛門中納言季忠公を剥取る事　附禁庭え忍び入る事

然るに五右衛門は謀を以思ひのまゝに大金を掠、寛楽に暮しける。人柄能見えし故、盗賊の頭をするとは誰有て知らず、歌、茶道などにも心を入、高家福家に付合しに、其頃太閤にも殊の外茶の湯を好せ給ひ、千の利休を初、古田織部、小堀遠州、瀬田掃部、茶の道に名を顕したる者ども、別て利休は（師として）、製したる花生、茶杓迄も諸人賞翫し、専ら利休が所持せし霰釜、天下に一つの名器也と聞及び、石川思ひけるは、「我茶の湯なるからは、其釜を懸けて楽まん」と覚悟し、忍の術を以、利休が他行を伺ひ、難なく彼霰釜を盗取、己が囲ひの内に懸置、折々には茶の湯を楽しみ《（みし）》ける。其頃松原寺町毛利宗意軒と云医師有り。軍学知謀たくましき者なれば、五右衛門大器を慕ひ、茶の湯にてたび〳〵出会しける。後には此宗意軒は小西摂津守行長に抱へられ、一将と成れり。さら《（去）》ば互に入魂と成り、宗意軒がかたへ来りし時、奥へ通し、女房にも近付にしける。其女大内にて（官女勤しものなれば、五右衛門思ひけるは、「大内の）官女は歌道も勝れ、立振舞格別也」と非分の望を起し、「我も官女を求め女房にせん」と思ひ、たび〳〵聞合けれども、大方は禁庭付の娘なれば、猥りに浪人の妻には遣わさず。爰におゐて「我忍の術を得たれば、大内え忍入、（よき女をえらみとり逃ん」と、夜に入り）禁門に差懸り、外の築地をはね越、日花門より后町へ懸り、官女の部屋〳〵伺ひ通り廊下へ忍び入りしを、知る者更になかりしが、実に無双の術者也。流石御神孫の天子おわします禁庭、八百万神守護なれば、五右衛門奇術を以て是迄忍入たれども、膝ぶし振ふて廊下を踏音響ければ、「我、斯迄奇術を以て忍入るとも、兼て聞及ぶ大内には三種の神宝おわしませば、非道戒しめ玉ふ故か、我覚ずも足音高し。押して通らば顕れん事必定。こは口惜しき次第、今宵此まゝ立帰、工夫をして是非《(悲)》見入たる御殿なれば、本望達せずに置べきか」とはがみをなして立帰りける。五右衛門つく〴〵思案して思ひ見るに、「我浪人を立て帯刀すれば武士也。民百姓といへども装束を着する時は御殿へも登ると聞及ぶ。然ば位は装束に有。是を求て着し、思ひのまゝに紫宸殿に至迄発向し、后の部屋に入、我が気に入しを引立帰らん」と独笑して、「何成とも能公家を引剥くれん」と、白川のかたへ行けるに、世尊寺中納言季忠卿、祇園へ参詣有之。夜に入、白川橋に差懸り給ふ処え、五右衛門公卿と見るより差寄て、「どなたぞ」と尋れば、乗物付の侍「世尊寺中納言殿」と、聞より五右衛門だん平抜放し、答し侍を大袈裟に打放し、返す刀に乗物かきを横になぐれば、太股より切落されわつといふて乗物かきともに大地へ倒れ、数多の家来提灯を捨、逃散たりける。五右衛門刀を鞘に納、乗物の戸を引放し、震ふてゐたる中納言殿を見て声を上げ、「汝、命をしくば早く出て装束をぬぐへし。左もあらば命を助けん、異義に及ばば討殺す」と切刃廻せば、長袖の御身なれば詞も出されず差うつむき給《(玉)》ふ処を、首筋擱んで引出し、冠装束手早に引剥、「仕負せたり」と小脇にかひ込、心静に立帰る。中納言殿、夢の覚たる心地して辺《(傍)》りを見給へ《(ひ)》ば、家来一人もなく、此もの音に辺《(傍)》りは戸をさし出る者もなく、漸々に橋を越給ふ処に供の家来こわ〳〵尋来り。御主人を見付、白無垢計の御有様、御言葉も出されずをわしけるを御介抱申上、最前の乗物へ乗せ奉り、家来引添帰り給ふ。五右衛門は剥取たる装束を着し、一腰ぼつ込、「今宵は本望達せん」と二度内裏え忍び入、奇術を以て人の目をくらまし、后町え指掛り、一間〳〵を伺んと廊下を伝ひ、鈴口へ懸り、「是より内は思ふ女の居る所ならん」と内より様子を窺ひ聞に、丑満つの頃なれば、ひつそと静り人音もせず。「仕負せたり」とひたゝれの袖をしぼり、鈴口の戸を明て内に入、次の間の入口（几）帳懸（れ）り。左右の手にてかなぐり退、内を差覗き見れば傍に老女休み居たり。「扨は官女を守る大老ならん」と目差処え程近《（近かし）》しと一足二足奥をさして行んとせしが、不思議や、燭台は明らかに有ながら、行先一向見えわかず。「是は」と五右衛門心を鎮め燭台かゝげ、さし足抜（足）にて又もや奥へ入らんとしけるに、いぜんのごとく両眼くらみ、足の踏ともわからねば、すべき様なし。どつかと座し、我心せくまゝ気を取上《（登）》せ「斯あらん」と鈴口の方を見るに、物のあひろも明らかなれば、胸押下ろし、立上がり奥をめがけ行んとするに、真の闇、「こは心得ず」と又立留りけるは、「無官の者は殿上え不叶と聞及ぶ。中納言の装束を奪ひ取爰迄は来りしが、実に天子よりくだされたる官位にあらねば《（被下ず官職なれば）》、我身にとつて位なし。是より奥え忍入事成がたし。実にも御神の御末にや。我術も不及。是迄幾度か忍び込みしに、両眼くらみ足振ふなどは夢にも不知。『宝の山え入りながら手を空敷』とは是也。口惜き次第哉、我今強盗の棟梁には恐らくつゞくものなし。一旦見入たる処、我手に不入と云事なし。今日只今此まゝ帰るとは残念成事也。無益の此装束」とかなぐり捨、二足三足立出しが、「思へ《（ひ）》ば無念」と尻引からげ、奥を目懸て行んとするに、五体ふるへ《（ひ）》て骨くじけ、両足もよろめけば、さしもの《（差物）》五右衛門大きにあきれ、「最早詮方なし。斯迄心を尽せども、其甲斐なく帰る事こそ残念也。是に過たる不覚はなし」と宮門高塀忍び越、こぶしを握りはがみをなし、己が居宅え帰りける。

○石川隠目付と偽り国々を廻る事　附水口之家中相談の事

然るに世尊寺中納言季忠卿は白川橋に於て家来五人切落され、其身は装束剥取られ、ほう／＼の体にて帰館し給ひ、其趣を伝奏え御届有ば、伝奏より関白殿え被仰遣ける。偖翌日、后町御殿鈴口の外に冠装束抜捨て有を、官女方是を見付て、公卿方の来給ふ処に非ず、皆々あやしみ御房方より此趣を奏し給ひければ、殿上の御沙汰と相成る時、関白内大臣秀次公を初め、伝奏義奏の公卿、御詮義に成て、其装束を改め有るに、中納言の装束也。世尊寺中納言白川橋にて盗賊に取られ給ひしとの訴へ、前夜の事なれば、双方御詮義有る処に、季忠卿の装束に紛れなし。明白に相知れける。「有間敷処に落有しは不思義の事」と誰有て実否《(にロ)》（を）正す者もなき処に、五奉行内裏懸り前田徳善院《(印)》法印、才智深き人にて、つく〴〵と考へ《(ひ)》て曰く、「尤世尊寺を剥取たる盗賊、其装束を着し、公卿に身をやつし内裏え忍入たると見へたり。察するに官女の内に心を懸け、色情に依て忍び入し処、鈴の口よりは皇位に恐れ入、事不叶、装束を捨て逃帰りけるか、但は世尊（寺）殿に恨之有者《(物)》、内裏の禁法を破り罪に落さんと計りしかも不知。何れにしても、人を害し公卿を剥取て内裏へ忍入る事大罪、草を分て詮義仕出し候わん」と厳重に吟味ありけれども知る丶こと更になし。太閤、朝鮮御征伐初り、文禄元年三月加藤主計頭清正、小西摂津守行長、両先手として五畿七道の大小名軍勢を卒し朝鮮国え渡海をなし、太閤も肥前の名護《(古)》屋迄御出陣有。秀次公御留守を預りましませば、「か様の事急度正すべし」としきりに御下知有て、奉行役人は云に不及、御用人にも被仰付、木村常陸助、前野但馬守、熊谷内膳正等人を分け心を配つて詮義に及ける。此時五右衛門思ひけるは、「今度朝鮮国征伐にて諸大名数多留守なれば、家来等をおびやかし大金を取らん」と手下どもを呼集め、夫々に役割をなし、衣裳をきらびやかになし、格能き籏本に出立、若党手廻等に至る迄、皆武士のなれ者なれば其格備り、上下五十人計にて水口さして急ぎける。此時水口の城主長束大蔵少輔、五奉行なれば朝鮮陣に付、肥前の名護《(古)》屋に相詰、居城には家老用人留主を守り居る処え、立派成る旅装束の侍、下部一人召つれ案内を乞、「今度朝鮮御征伐にて諸国の大名在陣建に仍て留主居の者守護するといへども、空き城たれば、旅の輩、専ら徘徊せん事御耳に達し、依之諸国見分に可相廻旨、被仰付。当地へ立越万事聞届け、御賢察に及ぶ段、差心得らるべし。明日申の下刻、当城え着到《(致)》の間、（案内）申入候」と相達する。奏者番《(蕃)》各之趣承て用人え通しければ、早速に立出、「拙者は大小路伴吾、御口上之趣、承知如仰。（是までかやうの御順見御座なく候故、格式など承知不仕。）主人留主と申し、諸事御内意にて承度し」と叮寧に述ければ、使の者聞て面を和らげ、※【「御念の入たる義、尤御《御口》上より厳重に被仰出、一向沙汰なしに相廻り吟味可仕の処、左《私》有ては大小名の善悪、留主居の捌等を以て主人を得し禍は下より生ずるを以て†隠し目付を差越さる処を、拙者が主人存居り、『得と書上相済ては聊の事もならず』と有て、拙者を密に遣さる事、至て内分也。他家へ聞へては贔屓《負》の沙汰に相成ん。万事遠慮なく拙者に被仰聞付候得。国中順見無之内に宜敷取計ひ致さん。村々より書上相済ては表向きに相成候。如何様に御頼有とも叶ふまじ。主人明日着の上、五、七日相休み、其間に民百姓の善悪を聞正して、夫よりして村々え立越え書付を取事なれば、此処を聞分られ、役人中越度なき様に御思案あれ。思召の事有らば拙者に内意有べし」と、「諺にも、『水は方円の器物に随ふ』と申せば、聞様一つにて品よく相済、波風なく国も豊に却て太閤より御褒美有べし」と弁舌を以て抜†差ならぬ様に申ければ、伴吾を初め役人どもも是を聞て、「いか様隠目附なれば百姓にて直に訴へ《ひ》させ事を正さす。先達てたび〳〵百姓訴ゆへ主人の大事に及ばんと、私の心入に前日案内仕る。此義は手前主人の内分にて申入る。役人の（ともがら此）旨を差心得然るべし。且又逗留の程計難し。此義に於て心安く取計可然候。尤国中相廻り村々にて直に百姓ども書付を取り、右之趣を以て†改高を初め、役人の理非満ちたるを上て正さる故なれば、此義末に至迄、其役人え被仰聞心得居候様、是は拙者が内分也。当地主に限り禁制御聞へ可有候得共、下としては上を恨る習ひ、是迄廻り候処、甚役人の横道書上しもあれば、留ま†る処は主人の身の上、先非を悔み候とも叶ふまじ。是には役人の思慮薄しと見得たり。主人は大切の役義なれば、其席に望で如何様に被仰上事有ども役義の外は聞届られず。書上にて太閤の御評定に極る時は、軽くは閉門、或は国替、重きは改易切腹にも及ぶ。先納を申付†け、其上在陣の用金等厳重に取立たる趣、是を幸ひに悪様に言上、既に今、百姓ども愁訴《処》を企て、聞届ざる時は一騒動に及ばんとの風聞なれば、旁以て†

御家の為あしかりなん、逗留の間に賄賂を以、村々より書上なき様に計ひ貰わん」と相談して「先役人を取込、云様にて手段を付ん」と一決し、種々の馳走して、其夜、国家老長束七郎左衛門を初め、高縄右近、茂木貞右衛門、岩下勘右衛門、辻、矢柄等重き役人十三人「御近付に相成、万事具に承らん」と或は菓子箱、扇子箱、反物、巻物何れも台に乗せ、皆々金銀を中に入れ、目見への印と進上する。】態々辞退の上、漸に受納し、諸事差図をしける。翌日に至り、迎へ《ひ》の人を出し待間、程なく供人大勢召連、乗物城門迄付させ、戸を明て立出るは、年頃五十余りの人品骨柄威有て（猛き）立派の出立、左も太閤の御近習と相見得、城中に入て上座に直り、家老を始数多の役人立替り入替り敬ひ、種々の御馳走申上、夜に入て連来りし近習侍に、太閤の御前体の噺をするに、次の間に扣たる役人是を聞に、平生大蔵殿の物語に符《府》合し、如何様にも御側にて今度の大役承りし人と相見得、弥役人中恐れをなしける。是よりして万事先役の侍に相談して頼みける処、「成程最初に申通り、拙者取なし申べきなれども、何れにしても明日御内談致され」と其夜は様子いわず捨置しは、賄賂をとらんとの計略なり。

賊禁秘誠談　巻五終

※巻五の錯綜部分（【　】で括った一連）を、次に国文学研究資料館蔵寛政八年写本によって補う。

「御念入たる義、尤御上より厳敷仰出され、一向さたなしに相廻り吟味可仕処、左あつては大小名の善悪、又留主居の捌を以て主人の大事に及ばんと私の心入に前日に乗物仕候。此義は主人内分にて申し入る。将又逗留の程計がたし。勿論此事に於ては随分手軽く取計らい然るべし」と「尤国中相廻り村々にて直に百姓より書付を以て政事を改、役人の理非滞たるをあげ正さゝる事なれば、此義も末々に至る迄其頭人へ仰聞られ心へ居る様に、是は拙者内分也。当地に限り禁制御座有べく候得共、下として上を恨る習ひ、是迄廻りし処、甚役人の横道を書上しもあれば、留主の所は主人の身の上先非を悔ともかい有まじ。是らは役人の思慮薄きと見へたり。主人は大切の役義なれば、其席に於ていかやうに仰上られ候事有共、役義の外は聞届けられず。書上にも上の御評議に極る時は軽きは閉門、或は国替え、重きは改易、切腹にも及ぶべし。禍は下より生るを以て隠し目附を差越さる、所也。拙者主人存しは、『書上相済ば聊の事（も）ならず』と有て、拙者を密々にて遣はす事、至て内分也。此段外へ聞へてはひひきの沙汰に相成らんか、万事遠慮なく拙者へ仰聞るべし」と「国中巡見なきうちに宜敷取計ひ致さん。村々より書上相済ては表向に相成り、いか様に御願あり共叶まじ。主人着の上五、七日《にち》相休み、其間に民百姓の善悪を聞留て、夫よりして村々へ立越書付をとる事なれば、此処聞分られ、役人中越度なきやうに御思案有て、思召の事あらば拙者方へ御内意有べし。諺にも『水は方円の器に随ふ』と申候べし。聞やう一つにて品よく相済み、なみ風なく国も豊に返て太閤より御ほうび有べし」と弁舌以て抜さしならぬやうに申ける。伴吾を始め役人どもこれを聞て、「隠（目）付なれば、百姓より直に訴させ事を糺さば、先達て度々先物を申付、其上在陣の用金等きびしく取立たる趣、是を幸いにあしざまに言上するに、今百姓共、愁訴を企、聞届ざる時は一揆にも及ばんとの風聞なれば、旁以て御家の為あしかりなん。逗留の間に賄を以て村々よりの書付取上なきやうに計ひ貰らはん」と相談し、「先役人に取入り手段を付ん」と相談し、種々の馳走をして、其夜国家老長束七郎左衛門を初め、高輪右近、茂木貞右衛門、岩本勘左衛門、辻、矢柄抔《（迄）》重き役人拾三人、「御近付に相成り万事具に承らん」と、或はくわしの折《ヲリ》、扇子箱、端物、巻物何れも台にのせ、皆々金銀を中に入れ、目見への印として進上す。

『賊禁秘誠談　坤』（二冊目）

賊禁秘誠談　巻六

○田丸中務病気に付き蔵本悪心之事　附甚野右衛門主人を殺す事

さ《去》れば水口の家中、殿の留主といひ、太閤の隠目付なれば、「直言上の段におゐて国政の善悪忽顕れ、第一は主人の御為、我々迄も如何様の御咎有んも計難し。兎角先役の侍に頼み早々目附を返すにしくはなし」と相談して、彼先役の侍を（招き）、国家老長束七郎左衛門、茂木定右衛門両人にて饗応に及ぶ。定右衛門申けるは、「貴公様には御深切に御内意被仰付、忝き仕合、夫に付存知之通、主人は御用先に罷在候得ば、我々出精仕、留主の内は殊更政を専に取計ひ、村々に麁略なき様に致し置候得ば、村々御順見に及申間敷かと奉存候。緩々御休足にて当所御発足有之様に、貴公様御執成し宜敷被仰上可被下候」と頼ければ、先役の侍眉をしかめ、「夫は一向出来難き事也。是迄もか様の品あれども、十ヶ村を一ヶ村と云様に、聞へ悪き処を重て廻る役なれば、何とも左様に申難し。上田、下田、貧福の村々え案内の道筋といひ、旦那の機嫌を見合拙者が執成も可有なれども、見分なしとは被申まじ」と六ヶ敷云ければ、元来取方悪敷、「見分に掛《かけられ》らば大事に及ん」と各《我》心を痛め、七郎左衛門申けるは、「貴様を御頼申也。御遠慮なく御差図に預たし。御前へも器物にても差上度候」と打入て膝を抱き頼ける。「左様ならば御内意申べし。器物珍物、折角御心遣ひ添らるゝとも、主人懇望なき時は其甲斐なし。何卒して貴公方の御心休る様に《て》と有て、旦那より望も申かけ難し。一向金子捧進致されよ」と云ば、役人中畏り早速金千両差出し「何分宜敷御執成し被下候得」と頼ければ、先役の侍金子取納め、夫より主人の前に出、やや《（良）》久しく閑談して家老長東七郎左衛門呼出して、「難義なれども御頼に付、拙者働、巡見之義延引と相成候間、御安《（案）》気有べし。併其役義と候得ば、旦那名代として拙者貴殿同道にて五ヶ村十ヶ村一通は相廻り、帳面に繰合見可申。左候わねば公儀え相済がたし。拙者廻り候得ば、何事も悪敷処は能に計ひ可申」と云ば、七郎左衛門大きに悦び、「重々の御世話、忝†き仕合」と礼を述て、翌日領分を廻り、其上にて知行所々見分無相違相済†み候帳面を認させ、長東大蔵少輔と印名を認させ、無滞取計ひ、別て五日の逗留を十六日と帳面に記させ水口を立、美濃路え差懸て、美濃岩村の城主田丸中務殿久々病気にて居城被致けるに、「女子計にて病死あれば家督の事如何あらん」と、一家中評定に及ける。家老蔵本甚野右衛門、己が妾腹の男子を殿の御子といひ立家督を継せんと悪心を生じ、病気の殿を欺かんとしける。中務殿病中ながら是をさとり、甚野右衛門を病床へ呼寄せ、密談の体にて枕刀を追†取り切付給ひしに、病中なれば手の中くるひ肩先三寸計り切込、二の刀を振上んと仕給ふ処を甚野右衛門したゝかに受留め、「陰謀の路顕せし」と切られながら主人の刀を奪ひ取、胸元を差通けるを、近習の面々追々に馳付、即座に甚野右衛門をずた〳〵に切殺しける。主人の天罰立処に報ひける。中務殿も暫くは存命成しが、終に空敷成給ふ。依て一家中相談して、変死を隠し病死と云立、家督の義は奥方の弟伊沢兵庫之介《（助）》の次男を立んと病中の内から願書を拵へ《（ひ）》京都へ差出しける処、病気改検使として福原大七郎大名目附の役なれば、美濃の国岩村の城え下向有る。道中此事隠《（し）》なく取沙汰しければ、五右衛門是を聞て、人なき所にて手下へ向ひ「水口にて役人を似せ弁舌を以欺《（役人共を欺かんため）》き、まんまと千金を取たり。今噂を聞ば、岩村へ検使の目附来る由、是は幸ひ、途中に待伏して其目付を上下ともに皆殺し、今度は我其目附役と成、居城へ行き、死骸を改め善悪を分かたば、権威を以大金を取らん（こ）と、此事我掌に有り。用意せよ」とて下知しける。地の理を考へ《（ひ）》、里遠き脇道へ手下の者を手分して前後より待伏させ、其《（夜）》身は岩村の家中と見せて、供人十人余り召つれ、上下にて一日路へ先へ出迎へ《（ひ）》「私義田丸中務家来、御上使迎の為に罷出候」と平伏すれば、福原大七郎殿「念の入たる義、案内せよ」と仰に随ひ五右衛門先へ立、脇道え伴ひ行とは知らずうか〳〵と通られける処に、待伏しける筑紫権六、木曾川弥八、泉の伴蔵を初め究竟の者、前後より討て懸る。思ひがけなき事なれば、「こはいかに」と驚うろたへ廻る下部ども、打伏せ〳〵大勢にて四方を包み「余さじ」と取囲み、福原大七郎武術抜群の人なれば、「命しらずの山賊め、忝《(悉)》くも太閤の上使たる福原大七郎、悉く召捕大罪に行は†ん」と大音に呼は†り、家来に下知し刀を抜、切てかかりける。後より迎と見せる石川五右衛門、抜手を見せず福原が首中に打落し、血刀振て侍二人を切倒し、いとゞさへうろたへたる供の者ども、主人を討れふるへ《(ひ)》わなゝき逃んにも四方ふさがれ、「命計は御助」と地にひれ伏て泣詫る。五右衛門声かけ押へ、手早く首打落し皆殺し、五右衛門辺《(傍)》りを見廻し、「一人も取逃しはなきか」と問ふ。手下ども声を揃へ《(ひ)》「四方囲み候得ば洩出たる者候わず」と云。「然らば安心」と五右衛門は福原が体に出立、供の者それ〴〵に拵へ《(ひ)》、田丸が居城へと立越ける。是迄は五右衛門先役と成て手下を見立†て順見させしが、此度は検使の事故、其身主人と成て手下どもを先走りの役として、「検使入来」と知らせける。岩村の家老役人途中迄出迎へ《(ひ)》、敬ひ平伏すれば、五右衛門は上使の権威を顕し、さも《(左)》横柄《(大平)》に入城し上段の間に座したる骨柄、実に大名と謂つべき有様也。されば《(去)》太閤の御代に至て皆民間より出て大名役と成たる者多ければ、一家中の輩、誰有て五右衛門を見知たる者なし。実に上使と心得敬しも理《(断)》といひつ《(いつゝ)》べし。元来変死を隠さんとの為なれば、格別に饗応し、供の者迄も機嫌を取、首尾能仕廻んとそれ〴〵に引出物遣し、其上にて寝所えこそは請じける。

○石川五右衛門岩村の城え上使に立事　附根来の塔にかくるゝ事

されば《(去)》五右衛門は忍びの術を得たれば、態と夜に入迄は休足して、其間に田丸が寝間え忍び入、変死《(化)》の様子得と見定、心中に笑をふくみ、さあらぬ体に座敷え戻り、案内に連て居間え通り、家老役人遙かに平伏し、中務が死骸は夜着蒲団に包み屏風を立、近習三人側に手をつかへ扣《(ひ)》へたり。検使は三間程へだゝり座をもふけ、上成る衣を取て面体を見せける。五右衛門一と目見て眉をしかめ、「中務殿御病死のよし御届ゆへ、上意を以て†罷越候某、今面体を見るに、病死の相《(想)》に非ず。剣難《(灘)》にて相果られしと見て、無念の眼自然と顕れたり。家中の衆中真直に被申よ」と見通すごとく云ければ、皆々大きに驚、「恐しき眼力、斯迄隠せし密事、上使え洩るべき様なし。実に大切の使なれば、人をえら《(い)》み遣されし物ならん」と弥恐れ入り、「上意に詞返す段、憚に候得ども、主人永々の病気にて相果候に相違無之、偏に上使の御憐愍をば願ひ奉る†」と一同に述ければ、五右衛門「急ぎ養子の願には、か様の事も有んかと検使をたてられ、役義なれば一目見ても善悪を別つ。強く争はゞ、自身に死骸を改めば忽ち†事顕れ、申訳なく家退転は必定と申は表向、武士は相身互ひ、情を知らぬ某ならず。兎角は家の立行く†様に（各相談被致べし。身はしばらく休足して、さいぎんみに及ん。）尤検使の事なれば、隙取ては上体の首尾宜しからず《(ん)》。明日は発足致さん、其旨心得候得」と云渡し元の座敷え退き、枕を取て横に成り、打くつろぎし其有様、賄賂にて済さんといわぬ計りのしかけ也。家老役人先は安《(案)》気し、「情ある役人、千金を積ても御家を立ん」と各相談して、供の侍を頼み、密に内意を窺わせ、千五百両進物しければ、五右衛門また／＼再見分に及び、「中務殿未だ中年と云ひ、病苦に依て無念の死相《(想)》あるに決せり。無相違段見届たれば、家督無相違被仰付也」と云渡ければ、家中難有旨、御請申上ける。夜の間に支度して、翌朝岩村を出立し飛がごとくに急ぎける。後にて家来ども主人の亡骸を葬礼し、伊沢が方え使を出し二男を招きける処に、伊沢兵庫介は朝鮮在陣有しが、（田丸が奥方縁成をもって急養子となり）、岩村へ入来有し処に、検使福原大七郎事岩村領にて上下とも残らず切殺さ†れ†たる趣き追々相知れ、京都御留主居《(御)》五大老五奉行の面々大きに驚、上使を殺害の事、上を恐れざる大罪、其義反逆にひとしく厳敷御詮義に相成り、田丸が家中被召出、吟味有しに、「上使相済候」と有増言上しける処に弥御疑ひかゝり、近習の侍、側女中迄被召出、揚り屋え入られ拷問に懸りければ、中務殿変死の様子并に†甚野右衛門が手討に逢ひし事ども明白に顕れ、上を偽たる越度申訳なく、家老三人切腹被仰付、田丸の家断絶せり。「上使を害したるも家中の業ならん」と、猶も御詮義有けれども、元より不知事なれば白状すべき様なし。上使を拵へ《(ひ)》入来りしもの有に極り、「さてはその者を詮義すべし」と草を分て御吟味有る。五右衛門は夫より尾州え立越、また隠目附と偽り、所々にて此格を用ひ金銀を掠め、諸国を廻りける処に、長束大蔵少輔御用有て京都え帰り、水口の家来を呼寄、国改を申付し時、隠し目附入来のよし、長束七郎左衛門物語しければ、大蔵少輔甚驚き、「太閤より被仰付の義、我不知と云事なし。其隠目附と云は跡かたもなき偽者、(我)領分さへ欺く程ならば余国は思ひやられたり。是其侭に捨置難し」と五奉行の事なれば、早速諸国え触出し「太閤より御内意承りしと偽り隠し目附様と号し、国々を《(え者)》廻る(者)有之由、若し†左様の者有ば、其所に召捕り†早速注進を可致者也」と触流しける故、五右衛門是を聞伝へ《(ひ)》、手下の者に向ひ、「是迄は汝等諸とも能慰したれども、か様の触を聞ては最早此手段成難し。暫別々に成て又参会すべし」と云渡し、皆々分散しぬ。其内究竟の者共五人召連れ田舎者と様を替へ《(ひ)》、所々の神社仏閣え這入らぬ所もなく、日本無双の盗賊なれば其心広く、貧賤の者へは金銀をあたへ人を恵み、福祐の者ならでは掠めず。夫より紀州え渡、根来の中塔の上壇をおのれ《(是)》が隠家として、下には我手下の者を差置。紀州にても所々へ盗賊に這入ては根来へ帰り、撥《(刎)》釣瓶伝ひ†塔の上壇え飛込事、「中々凡夫の及べきに非ず」と手下の者さへ恐れをなしぬ。然るに泉の伴蔵、或日根来の寺中へ入、夜明方に塔へ帰りしを見付し者有て注進しけるゆへ、「偖は盗賊ども塔に隠れ居るならん」と大勢にて押寄ける。五右衛門早くも其気をさとり、手下の者を皆々逃し其身一人留り、態と大勢に取巻せ、塔の上に顕れ出、「我は日本盗賊の王也。汝等数万にて取巻とも、いかでかわれに及ぶ事叶わん。是迄住居せし証拠を末代迄も残さん」と堂のくさりを振廻し（二筋までちぎり、塔の中へ入、手にだんびら、片手にくさりふり廻し）、一重目の屋《(家)》根より飛鳥のごとく下りければ、わつと恐れて近付ず。五右衛門は大勢追ひ散し、山中さして入にけるが、行方知ずと成にける。（されば根来の塔の後にくさりを二筋拵しゆへ）古来より普く知る所也。夫より五右衛門二《(二)》度京都え出て、大仏前の餅屋の娘、五右衛門が妻成ければ、其処（に）来り住居しける。妻もか様に盗賊の大将とは夢にも不知、筋目ある浪人と大切に仕へ《(し)》ける。是迄の悪党、近き京に住ける五右衛門が業とは知る者なし。専ら余国を詮義厳重なりけれども、一向に知ざりしとなり。

賊禁秘誠談　巻六終

賊禁秘誠談　巻七

○捨君御誕生に付秀次公悪心之事　附木村伏見之御城え忍入る事

爰に太閤秀吉公の御妾淀殿、大坂城中に於て御平産有。御男子御誕生にて捨君秀頼公と申奉る。御寵愛不浅、御実子の事故、御家督は此君と思召けれども甥秀次を関白に迄なし給ひ御養子たる上は、今更改べき様なし。御思案区々なるに、淀殿「我が子に天下を保たせん」と様々に進め給ひ、石田三成は己が天下を望む所存有れば、「太閤の御在世の間は不叶、滅御の後は事を起さん」と思へ《(ひ)》ば、「秀次公有ては面倒也」と、讒言をしける故、太閤も自然と其心に成らせ給ひける。秀次公思召は、「大坂の秀頼公御誕生以後は迚も天下は譲給ふまじ」と夫より御身持不宜。六角義郷、細川三斎等諌め奉るといへども更に御承引なく、弥々大酒淫乱募ければ、太閤も御立腹有て内々に秀次公を退去の御相談に成りしを、石田三成手を廻して態と秀次公え知せ申ければ、秀次公甚怒り給ひ、「我一旦太閤の跡目を立関白に昇りし身の、今更退去して、何の面目にながらへん」急ぎ木村常陸助召れ、斯の様子を聞かせ「所詮秀頼実子なれば、迚もわれ安穏にては置くまじ。さ《(左)》すれば今《(命)》の内に謀心を廻らし、天下を保ん様に計くれよ」としみ〴〵仰有ば、木村頭を下げ、「私義は父隼人佐と違ひ、太閤の思召に不叶候処、君の御情に依て当時は十八万石を領し執権の列《(烈)》に加る事、高恩山川にひとしく報じ奉るの†後なし、先達此義も推察致て候得共、御父の事なればほどこすべき謀なく、思案にくれ罷有」と忠誠を顕し言上す。秀次公重て「其方我が為に命を捨べきや」と問せ給へ《(ひ)》ば「こは新しき御仰せ†、一命は元来君に差上置たれば、いか様の事成とも御心を置給ふまじ。可被仰下」と申ければ、秀次公悦び給ひ「其方は忍びの術を得たりと聞及ぶ。何卒太閤の御寝間え忍入、人不知害し奉くれよ」と、「子として父を害する事、天罰の程思ひやると云ども唐の太宗は兄を打殺し、武田信玄は親を退治して国を奪し例も有。斯成行ば是非に及ばず偏に頼」と仰ける。常陸助も思ひがけなき事なれば、はつと驚、暫御答もせざりしが、やや《(良)》有て申けるは「御上意御尤には候得共、今関白と成給《(玉)》ふ事、偏に太閤の御恩、当時御父子の間快からざる事、是讒臣のなす業、是を亡す計略は格別、太閤様は則御主人も同前也。重高が所存に不及、御賢《(堅)》慮有て可然」と諫言すれば、秀次公「悪と知て悪をするからは君父をいとふべきに非ず。重高左様に存るからは、秀次運命尽る処、太閤の使を待ず生害に及ぶべし、介錯すべし」と、御目も血ばみいからせ給へ《(ひ)》ば、木村も差当†り御生害にこまり、「左様迄思召詰給はゞ《(わ、)》重高が一命を差上、一大事を計り可申。同じ主君と云ながら、先刻申上るごとく、格別に御恩蒙る某、君の滅亡居ながら見るべき謂れなし。如何にも上意に随ひ奉らん。御生害の義、幾重にも思召留らせ給ひて」と言上しける。秀次公大に御喜悦在て、「兎角其方を頼也。首尾能仕負せ帰るべし」と仰を請て木村常陸助私宅え帰、又も思案に及けるが、「石田を初、太閤の御為とて秀次公を亡さんとする彼等が為にも同主君、さ《(左)》すれば主君の御父といへども、我は秀次公の執権なれば、勿体なくも太閤を失ひ奉り天下は安々と秀次公に奉り、其上にて腹掻切り冥途黄泉にて太閤には申訳仕らん」と心を決し、家来どもに向ひ「我要用の事有て二、三日他行すれば其旨心得よ。尤大切の御用なれば、供は一人も無用」と十八万石を領したる木村唯一人大坂へ下りける。此節朝鮮《セン》のたゝかひ日本勢大に討勝、両王を虜《(捕子)》として朝鮮王、命からぐ\逃籠《(罷)》、大明を頼みだん/\と和睦の使来り。一先和義に及びけれども、未だ軍勢は引取らず、太閤には一旦大坂へ御帰館有しゆへ、木村大坂へ下り御城内え忍び入、難なく御座の間え入込しを知る人†更になかりける。木村御寝間を窺ひ見るに、其夜は伏見え御越有て、大坂には御座不被成。「こわ残念や」と引返し、夫より伏見え立越、また〳〵御城えぞ忍入る。伏見の御殿には太閤渡らせ給へ《(ひ)》ば、夜分と云、大勢の御家人泊番多く、別して御居間之次には多くの不寝の番眼を配り扣へたれども、木村少しも不恐、覚†えし術を以†て安々と御次迄忍入伺ひ見れば、太閤御寝間にて御鼾雷のごとく、木村は「得たり」と御居間え片足踏込や否や、御枕元に有し衙の香炉音を出しければ、太閤跳《(例)》起給ひ「忍びの者入しと覚えたり。者ども来れ」と大音に宣ひ、御太刀取て立せられければ、御次の不寝の番は云に不及、御側の衆中我も〳〵と御座の間え馳来る。木村は「仕損じたり」と草隠れの法を以†て身を隠し、漸々に遁れ出にけり。御殿には諸士灯火を取て鎗長刀を構へ《(ひ)》、御居間の次は云に不及、御殿くま〴〵《(すま)》さがしけれど、怪敷者も見へず。太閤は大勇の御生得なれば、元の御寝間え入給ひ御寝《(也)》なりける。御側の衆中は夜明迄守護奉仕る。理《(断)》成哉、此香炉、唐の太宗皇帝より伝り駿州今川家の重宝成しが、今川氏実没落して織田信長え譲、信長薨後秀吉公の御手に入、常に御居間に置けるが、忍び入時は音をなし妙を顕す無双の名器也。木村はすべき様なく表迄出けるが、つく〴〵思ひけるは、「我は主君諌め奉り†、其上にてか様に忍入といへども、衙の香炉音を発せしゆへ、太閤へ近付事不叶。然といへども、此まゝに立帰らば『我身をかばひ忍不入』と疑給わんは必定、武士たる者、人に頼れ一旦の義を変ずる事恥辱の第一、況や主命に於をや。忍び入たる証拠を顕し御疑を晴さん」と、遁れし御殿え再び忍び入ける木村が心の不敵也。程なく御次の間迄這入、辺《(傍)》りを伺ひ見れば、いつも御次に飾置かれし台子有。「惣金の一色、是は秀次公も御存のしななれば究竟の物也」と、印子の水差の蓋を取つて懐中し立帰りしを、不寝の番大勢有ながら見付し者なかりしは、不思儀成ける妙術也。夫より木村常陸助は京都え帰り、直に御殿え出ければ、秀次公早速召て様子を尋給ふ。木村有のまゝに一々言上し「忍び入たる証拠のため是を取帰り候」と印子の水差《(指)》の蓋を御覧に入ければ、秀次公大に感じ給†ひ「其方なればこそふたゝび忍入、此品を持帰る器量は天晴高名。併其香炉有ては如何して本意を達せん。工夫をすべし」と仰ける。木村申けるは、「凡忍びの術を行ひ候得ば幾重の堅め有とも安々と這入候得共、彼香炉其術を留め候へば、すべき様なし。当時忍びの名人と申は私師匠、石川五右衛門、彼に相談しなば、先香炉を可取手段も候わんも知れず。さ《（去）》りながら彼《（彼れ）》は生得我まゝ放埒に候得ば、私が頼抔と申て得心仕る†間敷。若御家人に被召抱、過分の領地等も可被下旨御直の上意、御墨付等を給はゞ《（わゝ）》承知致べし」と言上しければ「此義だに成就せば天下は我物なれば、如何様にも其方能きに計候得」と仰ける。木村畏て夫より私宅え立帰りける。

○木村常陸助石川五右衛門を頼む事　附石川官位を望む事

斯て木村常陸助は屋敷え帰、早速自筆状を認†め、五右衛門が方え遣しける。石川は木村が大名に成しより付合面倒に思ひ居ければ病気と偽り入来せず。依て木村供をも連ず只一人夜に入五右衛門が宅え行、対面に及ぶ。四方山〳〵の物語、其上にて木村申けるは、「貴殿も長々の浪人気の毒に存じ、主君え御噂申せし処、何卒召抱られんと有義故、手紙を以御招き申せし也。貴殿御望はいか成事ぞ、御心置なく被仰聞よ」と「師弟のよしみ御取持申べし」と云ば、五右衛門聞て「先は御心入不浅、忝し。併し秀次公関白の位にて数多大小名幕下にし給へ《（ひ）》ば御家来に事をかゝる《（り）》べき様なし。今五右衛門を招き給わんとは子細有ん。元より仕官は望ぬ某、此義御世話御無用」ともぎどふに返答しける。木村莞《（完）》爾と打笑み、「凡人間たる者望なしと云事なし。さ《（去）》れば古歌にも、『思ふ事一つ叶へば又二つ三つ四つ五つ六つかしの代や』と申せば仕官は兎も角も、外に御望の筋も有べし。尤此方より御頼み†申度子細も在り。是を叶へ給はゞ《（わゝ）》、当時関白の御威勢、何成とも貴殿の願思召叶へ†ん」と聞て、五右衛門暫く工夫し、「大名と違ひ天下の主同然の秀次公、何を以五右衛門を御懇望被成候哉。某が能は（忍の術）一通得たる計、是は貴殿え伝受致しければ、別に召抱らる丶に不及。当時泰平なれば武術至らざる某、御招有とて何を以て申†立に罷出ん。か様之義は貴公御存之上、忍んで執権たる身の直に御出にて、『何成とも望を叶へん』と迄仰聞らる丶は推察《(権)》するに、拙者が命御所望と見得たり。品に依て一命をも進上致さんが、先其子細を承らん」と申ける。木村聞て「尤の事也。左様の義にてもなし。併†し口外へ出し候上御得心なくては拙者相立難し。右申通†り主人の頼、御承知ならば貴殿の御望、如何様成筋にても取計ひ申さんや」と誠に余義なく云ける。大勇の五右衛門打うなづき、「然らば拙者が望を先申て見ん。違背被成候とも浪人の某なれば恥しからず。貴公は大名の執権なれば心に叶ひ候義ならば、其上にて被申聞よ、うかつに口外へ出し給わぬこそ《(社)》尤なれ。先某が望といふは、官位は中納言以上にて冠装束かけたき望出来致さんや。領地金銀の類、山に積ても望なし」と聞より木村大きに驚、「是は存寄らぬ御望、百石より千石、千石より万石と立身を望世の中、尤官位の義は天子より被下、公卿、殿上人、格式定の第一と云ながら、大内雲の上のまじわり、武士のさ《(左)》のみ望べき事ならず。夫よりは大地を領し威をかゞやかし、大名に成こそ《(社)》武門の眉目、子孫の栄、領地を不望官位とは、何共合点の参らぬ御所存。御先祖石川左衛門殿京家より出給へ《(ひ)》ば、内裏勤の御望か」と不審をすれば、五右衛門から〳〵と打笑、「我官位を望事、公卿に全く成度と云に非ず。中納言以上の官位を給わらば、其装束を着し大内え忍び入、十二の后の内を見立、心に叶ひしを見、(引つれ)立帰り女房になさんと望む。我数年心を懸るといへども、忍びの術にも及ばぬ。内裏官位だに有ならば思ひのまゝに計わんと、扨こそ《(社)》官位を望也。我一旦思ひ込たる事なればひるがへさぬ魂、浪人なれども栄耀栄花相（不）極といふ事なし。此上は十二の后を女房とせば一生の思ひ出、半年と壱年と立ば命はおしまぬ栄花の仕納、是だに叶はゞ《(わゝ)》いか成御用成とも相勤ん」と始終を聞て、木村横手を打て「如何さま他人の及ばぬ処を御望、貴殿の願は某命にかへても取持べし。乍去、貴殿御存の通、官位の義は武家の侭にも成がたしといへども、関白公の事なれば、此義は奏聞の上如何様にも御望に任すべし。御頼み†申度一件は私宅にて御咄申さん。屋舗え入来給われ」と云ば、五右衛門聞て打笑、直に打連木村が宅え来りければ、木村は五右衛門を留置、其身は聚楽の御殿え登り†御前へ出、右之趣言上し、五右衛門望を申上れば、秀次公驚給ひ、「扨々過分成る望、国郡は格別、筋なき者官位昇進成べきか、禁庭は済とも諸侯の思わく是計は成間敷」と仰あれば、木村申様、「こわ御意とも不存。御父は太閤関白と成らせ給ひしより大老の面々、大臣納言に昇り、皆筋目なき(家からなり)、御家督だにつがせ給はゞ(わ、)天下の事御心任せ御遠慮に及ず。先々五右衛門を被召出、御目見え被仰付、『彼義成就の上、官位可被下』と御上意有ば、(心)たくましき者なれば右の事調ひ候わん」と進み申せば、秀次公御得心にて、則五右衛門を伴ひ罷出候様に被仰付、木村は屋舗え立帰り五右衛門え此由云聞せ、衣服改させ同道して御殿えこそは出にけり。

賊禁秘誠談　巻七終

賊禁秘誠談　巻之八

○関白秀次公五右衛門を被召出事　附石川蜀紅之錦を預る事

さる(去)程に関白秀次公木村が進みに随ひ、石川五右衛門に御目見被仰付て御居間にましく、密事なれば御近習をも遠ざけられ待せ給ふ処え、木村は石川を伴ひ御次迄罷出候て其由を言上す。則被召出、御簾をまかせ「石川五右衛門は汝よな。先達て常陸助噂する処早速の参向祝着」と御懇の仰、石川五右衛門頭を下げ、実に関白の御威光也。秀次公重て「五右衛門が願の趣聞届たり。追々沙汰すべし。此方より申付の次第は木村委細噺可申」と上意也。木村畏り、五右衛門え向ひ「頼の一件余之義に非ず。君関白の御身分何事も御心に任せぬ事なしといへども、御父太閤の御方に御の香炉と名付たる名器を度々御望在といへども、進ぜられず。元来太閤には女色にめで給ひ、思召に叶ひ(へ)し女には、如何成重宝も惜せ給ふ事なし。若右之香炉余人え下さらば、長々他人の物と成らんことを歎き思召、一通御望有ても御免なき上は、密に盗取り†隠置可申旨被仰付、御伝授の忍びの術を以て†難なく忍び入といへども、不思儀成哉、御居間え一足踏込やいなや、瀬戸物の香炉といへども音を出し、忽太閤目覚され、不寝の輩詮義厳敷、中々寄付がたく、手を空敷す。左様の妙成る器物故、達て御望有。是を取得んもの、恐らく御辺の外はなし。何卒太閤の御寝所え忍び入、右の香炉を取、差上なば、御約束の通り†貴殿の願も達すべし」と声をひそめて申ければ、五右衛門聞て「何事かと存ぜしに、夫は珍敷重宝、御尤の義。乍去、忍び一通は木村殿御存之通り、鉄城石門と云とも越つべし。其香炉（音）を発すれば術をもくだく名物、夫取ん事、甚成がたし。併し†一色を用る時は安く手に入らん。なれども恐らくは（此品は）秀次公の御方には有まじ。五右衛門数年心懸ると云ども所持致さず」と云ふもあへぬ《（云に切らぬ）》に木村常陸助「おろかや石川、天下をしろし召関白殿、何成とも調ずと云事なし。其品はいか成もの」と尋れば、五右衛門申様「蜀紅之錦を以是を包めば音を出す事あたわず安々と手に入べし。さ《（去）》れ共日本にすくなき、有ても二寸三寸の小切にて間に合ず。是計は関白の御方にも有まじ」と云ば、木村手を打「如何様尤成る存付、流石忍びの術の師匠也。石川（殿）、名《（言）》物は名錦を以覆ひとらんとの手段、天晴驚入たる鍛練也」と感ずる。秀次公打笑給ひ「聞しに勝れ《（り）》し名言、数多の臣下軍術武勇有といへども、いまだ懸る事を聞ず」と甚御賞美有ければ、五右衛門頭を下げ「惣てか様の義は私家法にて、或は身を隠し又は両眼をくらますの類、すべ《（都）》て流儀の極意也。妻子にも語らざる義なれども、重き事故、大事を申上る」と答、秀次公座を御立有て手づから一つの箱を出し、中より鳳凰を織付たる蜀紅の錦の陣羽織を取出し給ひ「汝今中条、錦を覆ひ音を留め†取来らんとの義、弥無相違、唐渡（の錦）是也」と宣へ《（ひ）》ば、五右衛門「其義ならば拙者請合奉る。若仕損じ候はゞ、我命を落し盗賊と成て相果、御頼の義、しゝびしほに成ても口外え出すべきか。身不肖なれども先祖は弓馬の家と呼れたる石川左衛門が子孫、浪人こそ致ども、一旦人に頼れひるがへさぬ魂なり《（成）》」とさ《（左）》もすこやかに言上せり。秀次公弥感じ給ひ「いさぎよき心底、斯る大事を心よく請たる悦び。我は太閤の養子と成、中納言に任ぜられ初て参内遂し冠装束、当座の褒美として取らする。此上の望は働を（以て）官位を与《(と)》えん。常陸助右之装束あたへよ」と仰の下より、木村御納戸より取出し、梨地の広蓋に乗せて石川が前に差置ば、五右衛門はつと押戴、秀次公重て「是は後のち《(血)》なみ、名も改めて石川中納言次門と名乗べし。秀次の一字を与へる事也《(ひ)》」と次の字を被下ければ、（五右衛門が勇み悦び「残るかたなき御恵み、御望みも）五右衛門が方寸の内に有、仕負参らば御契約の事、禁庭え奏聞有、公卿と成て某が数年（の）望を達すべし。片時も早く手練の程御覧に入れん」と給わりたる冠装束并錦の陣羽織を預り奉り、聚楽の御殿を退、我家をさして帰りける。

○石川五右衛門鵆の香炉を盗る事　附仙石薄田石川を生捕る事

偖石川五右衛門は是迄種々の大悪強盗をなし、栄花を極、心に思ふ事仕遂（ず）といふ事なし。誠に珍敷盗賊の張本なれども知る人更†になかりし処に、此度思わずも秀次公の御家人と成りて中納言に任ぜられければ、「此上は公卿に成、兼て心に懸りたる望み、十二の后の内、撰取にして楽†まん」と「香炉を取事は掌の内に在り。今宵伏見へ行て香炉を盗取、秀次公え渡し、其上にて公卿に成てくれんず」と一途に思ひ込し。夜に入て大仏の妻が宅を出、伏見をさして急ぎける。誠に五右衛門が先祖は、北面弓馬の家より出、かゝる乱世に至て功を顕し立身もすべき処に、大盗強悪の長となり《(也)》（ぬ）。此時は太閤秀吉公伏見に御座在り、先達て木村が御居間え忍び入しより『伺ふ曲者有』と一入御用心厳敷、石田が輩折を得て「是も秀次公の臣下の業ならん」と讒言しける故に、御疑も有ながら証拠なければ先其まゝにて差置れけれども、御油断なく不寝の番も人を増、究竟の侍ども不寝の頭に被仰付、替り〴〵昼夜相詰ける。其夜は名にあふ仙石権兵衛、不寝の頭として弐拾八人御居間を守護し、眼を配り扣へたり。不敵の五右衛門、安々と御殿に忍び入、御次の前え来りけれども、仙石を初番人是を知らず。「仕負たり」と五右衛門が御居間を伺ひ見れば、太閤御寝なりと見へ、御枕元に御の香炉有。「扨は」と懐中より錦の陣羽織を出し、ひらりと投ればねらひはづれず香炉えすつぽり懸りければ、そろり〳〵と抜足にて御居間え忍び入、実に蜀紅の錦の（徳）いちじる（し）く、名香炉と云ども音を出さず。「得たり」と羽織諸とも香炉を抱、立帰らんとせしかば、太閤の御寝顔をつく〴〵と打詠め、「誠に日本開闢より立身出世をなす者数知ずと云ども、正敷松下嘉《（加）》平次が草履取より今天下の主、関白太政大臣太閤に迄成給ひしは、古今其例を不聞。実に壱人といひつ《（っ）》べし。我盗賊の張本として思ふ事叶わずと云事なし。栄耀栄花を究ると云ども彼に及ばずと乍云、香炉さへ手に入る上は、公卿に成て禁庭え思ふまゝに徘徊し、十二の后を妻となし、此錦を以て本朝の神宝三種の神器《（祇）》を奪取、帝王の位に昇り日本に壱人と呼れん事、時至らば先頃大内后町え忍び入し時不覚を取しは無官故、今秀次公より中納言の位を譲り与へられしに依て、官位備り太閤の御側え近付、心のまゝに事をなす。然らば天子にも成間敷者にも非ず。既に平親王将《（政）》門が例も有、万乗《（上）》の位に昇り、我は帝王彼は武将、御簾をまかせて秀吉に目見をさせん」と強悪不双の望を起し、差足抜足にて、次の間には仙石を初め数多不寝の番、如何成ことにや眠きさし、前後を失ひ曲者を不知畳にひれ伏襖にもた《（持）》れ正体なし。番人の中を身をひそめ通りしが、誤て仙石権兵衛が足の指を踏付ける。権兵衛はつと驚両眼を見開、「大の男後に在り、さしつたり」と両手を廻し後様に両足しつかとかひ込ける。「仕損じたり」と五右衛門足を抜んとすれども、大力の権兵衛、強くしめ付大音上げ、「曲者を組留たり。寄《（下り）》合給へ《（ひ）》」と呼ければ、番人一度に立上り四方より搦捕んとするを、五右衛門片手に香炉を抱、片手に近付者を投退ぶちすへ働ば、仙石権兵衛猶《（猶を）》両足しめ付自由をさせず。長谷川弥市後より五右衛門が腕をからみしつかと抱き、五右衛門ひぢ尻にて弥市があばらをしたゝかに突かんと云てのつけにそる。菊田兵庫、長尾権八左右より「捕た」と懸るを五右衛門手早く香炉を懐中し両人が首筋摑み、頭と頭を打合せければ、眉間砕けて眼へ血入り、たゞよふ処を遙に投出し、段平抜んとする処を、鈴木杢兵衛、三村七左衛門、伊庭藤太夫三方より飛懸り、鈴木三村は左右の手を取、藤太夫後より組たれば、一腰抜間も振はなさんとするに、何れも太閤の御近習究竟の者どもなれば、暫く諍ひしが、取れし手を振放し、二人を左右へ投すへたり。（薄田隼人正兼（相）等は其夜泊ばんなりければ、）此騒動を聞とひとしくいだてんの如く†御次の間え飛来り、此体を見るより傍成る御台子の灰を茶碗にすくひ、五右衛門が眉間え投付れば、額破れ、灰は散り眼くらみて働がたく、仙石もともに眼に灰入り†、目見へざれ共、「少しの猶予に溜たる」と盲摑に片手に五右衛門が帯を握り、其身諸とも組んでうつむけに打付れば、五右衛門向ふへあまされて倒るゝ処を、薄田隼人正背骨にまたがり押付る。仙石も両足を押へ、其外大勢むらがり懸り、終に五右衛門を生捕ける。か程の強賊なれば、太閤御はかせを取て立せ給ひ、御近習衆中の輩守護し奉り、伏見の御城に在番の諸大名簇本に至迄残らず馳参し、提灯松明万灯のごとく、組子の面々「同類や有ん」と御殿の内は云に不及、すみ〴〵くま〴〵迄尋ける。「斯御寝所え這入し程の曲者、厳敷詮義すべし」と千筋の縄をかけ、侍溜りへ入置、二十人の番人を付置、御の香炉錦の陣羽織、薄田隼人正御前へ持出、事《殊》の子細を言上し、「仙石権兵衛見顕し大勢にて搦捕候。無双の曲者にて不寝の輩数多損じ候。此二品懐中致し罷†在候」と差上ける。太閤聞し召「我が寝所え忍び入事、尋常の盗賊に非ず。我を害せんとの巧みなる《也》べし。日外我居間え忍び入しもきやつならん。其節御の香炉音を出したる故、影を隠し《隠くし》逃退しと覚たり。今宵に限り音を出さず其者の手に入しは心得ず」と彼羽織を取上よく〳〵見給ひ大に驚、「是は某が秘蔵せし蜀紅の錦の陣羽織、秀次え譲り与へしが、曲者の所持せしは子細ぞ有ん」と御工夫有。「誠に蜀紅の錦は宝物を覆ふと伝へ聞しが、きやつ錦を所持するゆへに御の香炉音を出さゞるや。汝等如何思ふぞ」と仰の内、石田三成「上意の如く†御居間え入し曲者、盗賊の類に非ず。惣じて怪敷事有ば音を発する香炉の徳、御身に近付事成がたし。依て先香炉を先盗†ませ、其後《跡》にて尊体へ仇をなさんと反逆の張本有て忍びの上手を頼、錦の羽織を与ひ《へ》、其香炉の音を留め盗せしと相見へたり。然れども此錦秀次公御所持となれば、麁忽の事申されず。又世に似た物も有る習ひ、あながち此陣羽織関白殿に限べからず。先曲者を拷問せば、頼し人も相知申べし」と言上しければ、秀吉公「先其者を詮義すべし」と石田三成、長束大蔵両人、石川を引出し、「其方は何者に頼れしぞ、真直に白状せよ。左も有ば命を助けん。偽に於ては骨をひしひ《（へ）》で拷問せん」と申ければ、五右衛門から〳〵と笑ひ、「我は石川五右衛門と云盗賊の大将也。夫故太閤の寝間え入、衜の香炉を盗たり。頭たる者何ぞや人に頼れて働をせんや。我元来名器成事を聞及、盗取らんとして仕損ぜしは天命、捕へられずば云訳なく腹を切らんに大き成る仕合、者どもいか様に拷問するとも、頼れたる覚なければ云べき様なし。また同類等《（所）》も白状する石川五右衛門ならず」と空うそぶきて終に秀次公（の）御頼成由を白状せざるは盗賊なれども珍しき秀傑なり。

賊禁秘誠談　巻九

○木村常陸助伏見え来る事　附石川五右衛門拷問の事

さ《（去）》れば石川五右衛門は秀次公の御頼に随ひ太閤の御寝間え忍び入、衜の（香炉）奪取しが、誤て仙石権兵衛が足の指を踏付し故顕れ、忍びの術空敷鈴木に虜《（捕こ）》と成、権兵衛が働抜群なれば、則其香炉を仙石へ被下ける。惜哉、五右衛門を組留たる時懐中より板の間え落し、少し欠損じ、今は音を出さず。さ《（去）》れども代々仙石家の重宝と成。其節一所に有し蜀紅の錦の陣羽織は外に類なく秀次公の御所持なれば、先御試しに御使を被立、福原左馬助京都え立越、聚楽の御殿え罷出、御付の衆中へ「御意得たし」と申入ければ、熊谷内膳正出向ひければ、左馬助申けるは、「前夜太閤の御寝間え忍び入ける曲者有。早速召捕置候処、彼が懐中に錦の陣羽織有。先年太閤より秀次公え進ぜられしに能も似たり。依て御内意承に拙者罷越たり。乍御面倒、右御羽織一覧仕度」と述《（休）》ければ、熊谷も内証を知たる事なれば、「はつ」と驚しが、左あらぬ体にて「夫は存寄ぬ珍事、先は同役木村に談じて御返答可申」と左馬助を留置、奥え入木村に此事を語る。常陸助大きに驚、「五右衛門仕損じたりと見へたり。然ども器量勝れし者なれば、此方の頼におゐては聊白状すべきに非ず、差当て錦の云訳どふか」など思案せしが「先御使を返し其上にて申訳せん」と左馬助に出会、「御口上之趣、奉畏。錦の義は木村が預奉り罷在候得ば、某持参仕るべし。貴殿は先御帰り可被下。某参上仕らん」と有ければ、「左様ならば御出有べし」と福原は帰宅しける。夫より木村、秀次公の御前へ出、委細申上、少も御気遣ひ有る間敷、品よく申披「罷帰り候わん」と言上し、伏見へ下向して石田三成、増田《(薄田)》左衛門尉に対面し、「今度福原左馬助殿御出にて承候得ば、太閤様御寝間え曲もの忍び入被召捕、則錦の陣羽織所持致し罷在候よし、先達て秀次公え進ぜられし御羽織、兼て預奉り罷在候処、先頃紛失仕候に付、草を分て詮義仕候得共、今に相知不申、天下に弐つとなき品なれば、定て夫にて候わん。一覧の上、夫に極り候はゞ、関白の御方え返上有て給わるべし。御預の重宝を盗れし誤、申訳には木村切腹仕るべし。御前体宜敷各様御執成し可被申」と覚悟を極め申ける。「扨こそ《(社)》」と思ひ、「御尤の御届、何分言上の上にて御沙汰有べし」と御前へ出、急ぎ其趣を申上、「是は（木村がとがを引請、事を済さんとはかりしもの也。）木村に切腹させては却て詮義の筋成難し」と「正敷秀次公の思召より出たる義にて、尤木村、熊谷等反逆にて計候わん《(木村咎を引請事を済さんと尤熊谷同腹にて計候わん)》」と申上ければ、太閤甚だ怒らせ給ひ「今迄よもやと思ひしに、我を害せんとする不孝不儀、天罰何ぞ遁んや。汝等宜敷事を正し可申」と被仰出ければ、石田畏御前を退き、木村に向ひ「委細言上に及候処、御寝間へさへ入程の盗賊、御預の重宝を奪れしとて左のみ誤ならず。切腹の事、ゆめ〳〵《(夢々)》有べからず。無益の至、不忠の筋たるべし。錦の義は今一応詮義の上、此方より遣すべし。関白殿御立腹有ば君より御なぐさめ有べけれ。左様に心得られよ」と思ひの外和らか成る趣、木村も少し安堵して「然らば帰宅仕るべし。此上宜敷頼存る。御沙汰に任せ暫く存命仕らん」と己が誤に引請て、京都えこそ《(社)》は帰りける。爰におゐて石田また石川を引出し、「汝が骨柄を見るに中々盗賊すべき者に非ず。察するに人に頼れ荷担を致し、名香炉を盗取、一声を失ひ、後にて事を計わんと巧し之相違は有まじ。真直に申べし。白状次第、某が情を以て返†り忠訴人と成り、却《（返）》て御褒美可被下様に計わん。斯とりこと成し上は天罰遁ざる処、尋常に可申」と和ら（か）を以て問†か丶る。五右衛門から〳〵と笑、「五奉行の随一石田治部少輔は弁舌者と聞及しに、実に実也。舌頭を以て主を欺†き《（く）》奸佞専に出頭をするは、五右衛門には遙劣りたる振舞《（廻）》、己が心に引競べ白状抔とは片腹いたし。元より人に頼れか様の時宜に至るとも、男たる者白状抔をすべきや。無益の詮義重て無用」と云込れば、石田はさ《（去）》る者にて曾て怒らずにつこと笑ひ「聞しに増る甚ふとき根性、凡盗賊をするも《（を）》今日の露命をつながん為也。然ば何ぞや太閤の御寝間え入事有ん。其上金銀衣類等に目を懸ず、鵆の香炉を奪ひ取しとて天下に二つなき品。売代なすとも買取者なし。命かけての働き†盗賊ならざる証拠、二つには其節懐中したる錦の陣羽織、是又秀次公の御手に有し重宝、中々盗賊など取扱ふべき物《（者）》に非ず。身不肖なれども石田治部左様の事を不知してか様の詮義成べきか。権威を恐れざる面《（面ら）》魂、天晴の器量、治部少輔感心に及ぶ。心ざしを改め早々白状すべし」とのつぴきならず尋ける。五右衛門大きにあざ笑ひ、「某を盗賊と知らぬ眼力にて奉行職心元なし。古へより盗賊の張本といわれし袴垂大太郎藤原の保輔、熊坂《（谷）》長範藤沢入道が輩、露命をつなぐごときの小盗人に非ず。我は其者どもに勝り日本無双の盗賊なれば、金銀はあく迄百年の貯有。大身高家に勝りし身の上、栄花の為に所々の名物名器を取、既に先頃前野但馬守が屋舗え押寄大金を奪ひ取、夫より水口にては太閤の隠目付と偽り長束大蔵居城迄領分の検見を企て大金を賄賂させ、其外所々を廻り、美濃国岩村にては田丸中務が病気の時、福原大七郎を途中にて皆殺して我上使と成て入込、金銀の山を築せ家督を云渡し、白川橋にて公家を剥取、其装束を着し大内に忍び入后を盗まんとせしに、流石は王位に恐れ手を空敷して立帰しは是のみ一生の不覚。其外、国々神社仏閣へ這入、神仏はあるかなきかを見るに伊勢を初、秋葉、讃岐の金比《（毘）》羅、まやさん、鞍馬、愛宕などは両足振へ《（ひ）》参詣だに叶わず、其外恐しきと思ひし事なし。我ながらも続《（つくづく）》く人は外に有まじ」と、「か様の事は夢にも不知、今日迄捨置し大老中老五奉行代官目附の輩迄、皆己が強欲邪智に眼くらみ政道は行届かず。弱き者は非に落し、強き（ものは）募、我意の振舞（廻）左様の事も捨置。何ぞや我壱人に恐れ反逆人に組すると度々の詮義、いまわしや、穢らわしや。反逆を思ひ立ば香炉を盗隙には太閤の首打落さん事安かるべし。其所え気も付ず一途に白状せよとは片腹痛し。汝等如きの馬鹿者に五奉行を勤さすとは天下に人は有ざるか。重て尋は無用にめされ。我旧悪も是迄也」と飽迄の雑言に、石田は「流石聞ば聞程、是迄詮義明白ならざる事ども、きやつが業也」と初て驚き詞†もなく、並居る役人舌をまき、各一同に申けるは、「盗賊の筋、有増白状するといへども、なみ〳〵ならぬ大罪、重き御詮義あらずんば叶ふまじ。先今日は獄屋に入置、重て御詮義可然」と一決して、其日の詮儀は果にける。

○浮田石田増田五右衛門を詮義之事　附五右衛門直白状を願ふ事

さ（去）れば五右衛門此日に当て秀次公の頼を隠さんと思ひ、是迄の旧悪を態と白状し盗賊の罪に落んと覚悟し、天晴の悪卒といひつ（いっ、）べし。然れども是よりして若や太閤の御聞に達し、大老中老五奉行を被召出、「皆々立会吟味を遂、一言半句の誤をも明白に糺すべし」と被仰付、歴々の大名一同に畏り評定所え出席有り。則五右衛門を引出し口々に尋給ふに、五右衛門一向に返答致さず。浮田中納言秀家、権を以はつたと白眼、「我口を閉る時は、骨をひしぎ肉を放し苦痛させていわせん。大金を掠めしは格別、御の香炉、錦の陣羽織を盗しには子細ぞ有ん。役人ども背骨をさへて塩を流せ」と怒らるゝ。増田右衛門「此義暫く御†用捨可被下」と押留、五右衛門に向ひ、「今聞†く通り、堪がたき苦痛して白状せんより二品を取たる訳を白地に申べし」と和らかに問かゝる。五右衛門打笑ひ「二品を取つたるは天下の重宝と聞及、御の香炉は其家に怪しき事あれば音を出し、蜀紅の錦は音を留ると聞及、先珍敷物と思ひ盗取たり。既に利休が秘蔵せし霰釜を盗取、夫を以て常†に茶を楽しみ、我運つきずとりことならずんば、蘭奢待を盗取、くゆ（よ）らせんと思ひたり。何ぞ弐品を取たるに子細有ん。おろかの尋」と空うそぶきて白状せねば、諸侯、入替立替強拷問にかく《(こ)》るといへども、竹木のごとく返答せず。初めより申上太閤の御聞に達しける処、甚怒らせ給ひ、「重悪の罪人、同類を尋ね急度刑罰すべし。なみ〳〵の奴に非ず、か程の手段をするを汝等不知と云は油断不届者」と五奉行を初め御呵に合。是に依て閉門遠慮を伺ひけれども其儀は御免にて相勤ける。夫々日々様々の責にかけ尋る処に五右衛門申けるは、「尤手の者有といへども、我家来も同前なれば何とて名ざすべき。弱き者はすくひ強きを破る我なれば、拷問を恐れて白状する我に非ず。我より上の張本有、聞度ば申聞さん。乍去汝等ごときにしらすべきか。太閤直に御尋有ば白状すべし。左なくば白状は命とつりがへ《(ひ)》、存分に責殺せ」と、にがり切てぞ申ける。石田三成是を聞、「扨は我推量のごとく五右衛門を頼んで事を計る秀次公、夫故直白状せんと云ならんと。御前に於て秀次公の御頼の様子云は忽也。関白殿滅亡は必定、我数年の望み達する時節到《(至)》来せり」と心に悦び御前に出、「真かくの次第」と申ける。太閤聞し召「直に白状せんといはゞ《(わゝ)》明日目通へ出すべし、直に尋問べし」と被仰出所に前田徳善院法印申けるは、「五右衛門盗賊の張本と云賤しき者也。直御尋の段恐れ有。此義は御無用に被遊可然」と言上あれば、前田利家卿「実に法印の申通、『君子はあやうきに近ず《(若怪敷に近付と)》かず、尊体は刑人を見ず』とは古人の戒め、君《(若)》太閤殿下の御身、『目に諸の不浄を見ず、耳に諸の不浄を不聞』とは神の掟、旁以穢わしき罪人、達て御無用に被遊可然」と御諫め申ければ、秀吉公笑わせ給ひ「夫古へは天子といへども自分政事を治め公事を始、公事訴訟を聞給ひ、夏の禹王は罪人を召て、『か様の咎をする事、皆我政事の誤故也』と手取て歎き給ふ。是を聖王と称する末代の鏡也。我いわんや王にあらず、凡夫下賤と云（とも）政事によつて《(実)》は自分尋問ふ《(給)》べき事也。汝等謀る事なかれ」と御聞入なく、翌日御殿の御庭え五右衛門を引出し、御前には（五）大老、三中老、五奉行左右に居並び、中座には片桐市正、其外薄田隼人正、仙石権兵衛尉、土方勘兵衛、槙嶋玄蕃、南条中務、是等は御用心の為、縁側え居揃、御後には織田有楽斎、大野道犬、松浦法印等扣へたり。縁先の白州には究竟の簱本五拾人、捕縄鉄刀鎗抔、厳重にこそ《(社)》扣へける。町奉行疋田三郎左衛門、白須賀伊予守、左右に付添引居ける。五右衛門少も恐る丶気色なければ、石田三成はつ（た）とにらみ、「己れ上を恐れず陳じ偽る段、不届至極、今日有様に白状仕度願ひ†に依て、勿体なくも被召出、直に様子御尋なれば逐一申上べし」と云ども、五右衛門首差のべ居丈高に成て四方を見廻し、石田をはつたと白眼「己れ†、奉行職を笠に着て出過たる取次、汝等が才覚にて如何様に問ふても白状する五右衛門に非ず。数万人の手下あれども我を頼て露命をつなぐは君臣の道理、いかで《(争)》†か罪に落さん、我行へば大内殿下と云ども見入し処に這入らずと云事なし。左程に妙を得、凡日本無双の我につゞく者有まじと思ひしに、此石川に勝れたる一人の張《(長)》本有。今日只《(唯)》今訴へるは大老奉行の面々耳をさらひ《(へ)》て承れ。其張《(長)》本の罪科を糺し、数万の手下に我より先に罪に行へ《(ひ)》。是数度我に向て盗賊と侮るは何ぞや。石田《(川)》づれが権を振ひ、忝も我は禁庭北面之侍、石川左衛門秀門が後胤。悪を好んでなしたればこそ、汝等にはづかしめらる丶、某が目には、太閤并大名も匹夫下賤と思ふ也」と大音に罵《(訇)》りければ、有合大小名、五右衛門が体相、太閤の御前を恐ざる有様、「何事か云出さん」と各舌を巻てぞ居たりける。

賊禁秘誡談　巻九終

賊禁秘誡談　巻十

○太閤秀吉公え対し石川大音之事　附蒲生秀行刑評之事

然るに石川五右衛門計は御威光強き太閤の御前にても少も恐る丶気色なく諸役人をきめ付、「直に張本の言上せん」と罵《(訇)》りければ、太閤彼が強勇を感じ召れ、御簾を巻て遙かに御覧あれば、五右衛門「今ぞ張本を云（べし）。諸役人耳を洗ふて聞べし。太閤の大盗人、張《(長)》本」と云て罵《(訇)》り呼わりければ、詰合の諸侯大に驚、太閤の御機嫌を恐れ、手に汗握る計也。浮田秀家大に怒り給ひ「己れ白状と偽り勿体なくも上を誹り奉るの大罪、所詮遁ぬ命と思ひ血迷ふてのたわごと、咎重ると知らざる愚人国賊人、出御恐れ」と御簾をおろさんとするを太閤「暫」と留給ひ、大に笑わせ給ひ「恐らく日本に於て我に詞を返す者なし。天晴盗賊には惜き器量、一年小田原征伐の時、花房助兵衛我を愚将と誇りしにひとしく、盗賊の張本とは何を以て云ぞや」と仰有。石田三成は秀次公の事を白状せんと思ひの外なれば心中にいきどをり、五右衛門に向ひ、「己れ、人に頼れ御寝所え忍び入、夫を云くろめんと様々の事を咄出し、天道を不恐極悪人、如何様幼少より盗賊に育、人《(入)》道上下の差別を不知、取所もなき奴なれども、御上意なれば尋る。上を誹謗なしたる申訳可致」ときめ付れば、五右衛門石田をはつたと白眼、「我盗賊をすれども貧賤虚弱をあわれみ強盗福裕《(祐)》の者を倒す。汝が主君と頼太閤秀吉は、織田信長公の御恩を蒙り中間より大名に迄経上りながら、御子信孝を害し奉る。信雄信秀《(孝)》を幕下になし信長公の天下を盗、関白は春日大明神の御末、五《(御)》摂家ならでは昇らざる位成を、凡夫より出て保ち、剰日本国王と書翰《(籍)》に記し外国へ送る。是国王を盗関白を盗六十余州を奪取たる盗賊に附随ふ汝等は、手下とやいわん、同類とやいわん、己等が分に応じて国々の分地を取るに、盗賊五右衛門には遙勝れし身分を以、某を盗賊とは能も云たり。秀吉、法は上より下り、政事を行ふ者なれば、我を禁じて罪するならば、盗賊の張本秀吉同類の身に罪科は何で極る。大賊の棟梁、返答聞ん」と御殿もひゞけ《(闇く)》と大音に罵《(詈)》りける。秀吉公を初め諸侯五右衛門に云詰られ、暫く詞もなかりしが、太閤くわつとせき上げ給ひ、「我国政を治る事、四海大に乱れ合戦止時なく、信長には不慮の最期、秀吉なればこそ其敵を討ち諸国の動乱を鎮め、帝の玉体を安んじ奉り下万民の歎を助ける。此功を以て天より我に与へ《(ひ)》給ふ。信雄信秀器量なし。人気彼を拝すべきか、仍我国政を治る。汝等如き知る事ならず、死物狂ひに悪言奇怪也」と御怒、有合諸士も一同に何と云べき詞なし。恐れ入てぞ居たりける。五右衛門臆せず声はり上げ「張《(長)》本の大将、だまり召れ。信長の子馬鹿者ならば、後見して保護すべ《(き)》し、北条九代の間、頼朝の子孫を立て執権と成て四海を治め、君臣の道を立る。北条の賢臣汝はしらずや。大敵と不道を行ひ、我物にしたるを天命のなすとは口かしこき云分、斯運つき捕ると成たれば存分に誅すべし。此身牛ざきならば貴殿は八つざき、同類は一分だめし、是迄の強賊なし数多の上に立とも、汝が賊には遙に劣り、栄耀栄花に暮し、国中は（誰）有て斯大言を云者、我より外にあるまじ。五右衛門が最期の一句は是也。早々命を取べし」と云も切らぬに太閤御気色替り「憎き罪人、白状さするに不及、刑罰に行へ」と上意有ば諸侯一同に詞を揃「渠、血迷ふて様々のたわごとと相見へたり。先は獄屋え引立し」と御前を追下げ後にて諸侯の面々、「並々ならぬ大罪人、如何成刑罰に行わん」とて評定に及けるに、浮田秀家は「逆磔に掛られよ」と云、石田三成は「車裂になさん」と云、長束大蔵は「鋸引に行わん」と、評定とり《（取）》〴〵未だ一決せざる処に、蒲生飛騨守秀行若輩なれども進出「きやつが刑罰に是迄在《（有）》来りにては事足らず。大釜に油をたぎらせ其中え煮殺し、末世の見せしめに被成りし」と言上あれば、太閤うなづかせ給ひ「釜煮とは能存付。急ぎ罪に行へ」と被仰出ければ、石田三成其旨を役人え申渡、用意にこそ《（社）》は及ける。既に文禄四年七月（三日）、京都七条川原においてて釜煎《（入）》の罪に行ふべき旨相極、則七条川原に矢来を結び、真中にかなへをすへ、大釜を懸け油をたゝへ、警固の役人差図して待居たり。此沙汰隠れなく洛中洛外は云に不及、近国迄も聞《（の）》伝《（ひ）》へ、我も〳〵と見物は山をなし、蟻のごとく集りける。斯て獄屋より雑色《（式）》金棒をならし、抜身の鑓数十本、突棒、さすまた、琴柱《（地）》の類二行に並び、其間は五右衛門が願に依て白無垢を着せ、高手小手にいましめ馬に乗せ、捕手の役人前後を囲ひ、町奉行疋田三郎左衛門、其外与力両馬にて供人きらびやかに立出後をおさへ、別に石田が差図を以て†南条中務手勢弐百人を引連、しづ〳〵と乗出し八方に眼をくばり扣へたり。是元来白状には及ばねども、「蜀紅の錦の羽織所持せしは秀次公の御頼に（よって太閤の御居間へ忍び入しならん」と）言上し、太閤にも御疑も有しゆへ「途中に於て奪取者もあらんか」と斯は用心有し也。

洛中洛外を引まわ《（渡）》し、四条寺町より五条寺町え引んとす。既に松原通寺町え差掛りける処に、西側に住居しける毛利宗意軒とは兼て五右衛門茶の友成りし故、五右衛門願有て馬を留させ、役人に向ひ「喉かわき候へば茶を壱つ所望したし」と「幸い家は毛利宗意軒、京都無双の茶人と聞及ぶ。被仰付被下候得」と望ければ、刑罰の科人といへども途中に於て食物の類は望に任するならひなれば、奉行疋田え斯と通しける。「望に任すべし」と有ければ、其由を宗意軒え申聞す。毛利は五右衛門が盗賊をするとは不知、忍の術の器量を感じ居けるが、五右衛門が引廻し刑罰に行わるゝと聞、痛はしく思ひ居たる処に茶を望む由役人ども申ければ（畏て十徳を着し薄茶をたて出ければ）、五右衛門茶碗を取んもいましめたれば（叶わず）、警固の役人腕さし延べ是を与へる体、宗意軒も哀を催しける。石川も茶道を《の》好み、度々出会しければ心の内にて暇乞せし、態と詞を出さず。是よりして、其処を今に於て、罪人たるもの引廻しの時は、茶を与へる場所となりぬ。宗意軒が跡は、今、浦辻と云ふ筆屋住居仕けるとなり。

○石川五右衛門七条川原に於釜煎《入》之事　附名所古跡改正之事

さる《去》程に五右衛門は七条川原に至ければ、矢来の内へ引入れける。数万の見物今と集り延上り押合、我勝に眼を張て見物す。五右衛門四方をぱつと見廻し雷のごとき大音にて「数万の見物よつく聞給へ《ひ》、我元来強盗をして数多の人を殺し、其止る処に依て今は釜煎《入》の罪に逢ふ。恐らく五右衛門につゞく盗賊は有間敷。警固の跡乗の役人、当時太閤の供ならではせざる面々、五右衛門が最期の供につれたるは今日の面目、死後の大慶、貴殿等太義〳〵」と呼りける。諸人「聞しに増る石川や」と思ひける。斯て馬よりをろし、釜の中え入、下より焼立ければ、次第〳〵に油煮返り、何かは以てたまるべき。さしもの五右衛門さへ苦しむ有様、あびせうねつと謂つ《つ、》べし。あへ《ひ》なくも此所にて刑死を遂けると也。此処を釜が渕と云事、此義に非ず。其上融の大臣、陸奥の千賀の塩釜の体を写され此所に塩（浜）を立られ、摂津国難波津、高津、汐津より汐を汲せ、汐を焼せ御覧有。御悦の余り一首を詠じ給ふ。

　みちのくの千賀の塩釜引よせていつれみちのく引そわつらふ

とよみ給ひ其所に塩釜みち〲たるを以て塩釜が渕と名付たりしを後世誤て釜が渕と呼。五右衛門を刑せし釜を沈め†し跡也と云は相違也。五右衛門を煮殺したる釜、七条川原にをゐて捨置有しを、此節太閤には秀次公を疑せ給ひ、秀次公も秘計を廻らし反逆の企露顕し、高野山え入山し給ひ仰訳有といへども、御聞入なし。諸侯太夫是を諫め奉る。中にも筒井順慶法印の子息、筒井侍従定次と秀次公とは懇情成を以、太閤の御機嫌にも不恐、しひて助命の義を言上す。然れども太閤大に怒り給ひ、「汝等秀次が悪逆を知ながら達て救んと云は渠に一味成」と御叱り有ければ、筒井は折角君臣の道を思ひ御諫め申上けるに、御疑を蒙り退きけるに、此節秀次公一味の大名余多御咎を蒙るに、木村常陸助は京都妙心寺におゐて切腹に及ける。さ《（去）》れば筒井は太閤の御叱を請しなれば、若や一味の沙汰に落ち†如何様成咎を請んもしれず、腹心の家来を集め評定しけるに、何れも申けるは「御家信長公の名家、思召もなく丈夫（おの〲無実）の罪に落んこと、よ《（私）》ふなし。御疑申来らば南都え立《（楯）》てこもり一戦をとぐべし。内々にて軍馬の用意しけるに、南都は要害宜しく究竟の場なれば」とて斯迄催ける。此事内々知らせければ、大坂順慶町の屋敷は川村与三郎、万賤十郎兵衛密に南都えかけ下り、京都より中坊忠次郎、布施小太郎南都え趣けるに、七条川原にて五右衛門を煮殺せし釜捨有り。中坊忠次郎申けるは「軍陣には兵粮を八重にすれば火急に至ば野陣出張《（忠）》、軍兵を分て所々に構べきに利非ず。然ればか様の大釜入用也。是を幸《（逢・サイワ）》ひ兵粮釜にせん」と家来に為持、南都へ帰りける。（しかるに筒井元来秀次公一味にあらざれば）太閤も御疑も晴、御直筆を被下ける。其趣には「先頃秀次が助命を願し事、主君を思ふ忠貞奇特千万感じ思召るゝ」との書翰を以て挨拶を申入、春風と云茶入を贈り被下ければ、案に相違して上下悦び、御礼のため筒井定次は伏見へ登城し国中静謐に治り、中坊が七条川原にて持来りし大釜、五右衛門を煮殺したる釜なれば、南都興福寺え納め今に於†て其釜寺中に有。さ《（去）》れば後世に至て名跡の宝物所々へ分散《（訳けちらす）》す。既に山門二《（三）》井寺度々合戦有しに、西塔武蔵坊弁慶三井寺え責入、鐘楼堂え馳入、俵藤太秀郷が寄附せし鐘妙音なれば「陣鐘にせん」と引下し、ゑひ山え持帰り、近国えひゞかせんと突ける処、不思義成かな、此鐘一向音を出さず。弁慶大に怒りをなし山の絶頂より投落しけるに数百丈の谷底に落入しに此鐘砕け†ずひゞれ破れしを、三井寺え持帰宝物としける。誠に妙鐘なれば次第に割言ひゞれ合ひ、近世は筋計残る。此山に大釜有。俗に弁慶が食釜と云。是又非也。弁慶は山《(三)》門の衆徒也。敵中にて終日飯を焚べきか。是は三井寺法師の兵粮釜也。又秀吉公紀州根来を攻給ふ時、出陣なれば陣鐘太鼓の用意もなく敵一戦にお《(及)》びやかさんが為也。「日高道成寺の鐘を取来れ」と下知し給ふ。軍兵ども道成《(城)》寺へ馳行、鐘を尋るに、此寺に昔真名子《(稀也古)》の庄司が娘、山伏を追かけ来り、鐘の中へ隠れしを怒、蛇体となり《(也)》て鐘を巻しを云伝るは仏者の説。夫よりして此寺に鐘楼建、鐘をつく《(鋳)》時は忽火災有て焼失する事度々也。其後南都後村上院の時に当て公卿吉田源頼秀公、正平十四年三月十一日菩提の為、鐘寄付有しを又焼失しければ是非《(悲)》なく鐘を坊中に埋置しを、秀吉公の命に依て掘出し陣鐘とし、軍終て道成《(城)》寺に入て有し鐘なれば、都え持せ《(し)》遣し二条妙満寺と云法花寺に被下、紀州道成《(城)》寺に有る鐘、京都二条妙満寺に有。斯のごとく都の国乱の節は、か様の類上げてかぞへがたし。五右衛門が釜南都にある事、爰を†以て知べし。関白秀次公も同年七月十五日高野山にて御生害有。御年二十八歳也。五右衛門大仏前の妻が宅にはとらの尾を踏心、身に至りぬ《(ら)》と案じ居るに、白状せざるゆへ其事しれず。多の金銀をもらひし事なれば、程経て大仏の寺中え石川が石碑《(牌)》を立、餅やなれば菩提の為なみ〳〵より餅を大きにして売けると也。其頃大仏餅と云は是也。後々五右衛門が同類、所々にて被召捕、刑罰に行れける。誠に石川古今独歩の盗賊にて、仮初にも上たる者を掠、剰太閤の前にて並びなき大言を申たる故、御憎み深く珍敷釜煎《(入)》の罪に行れし事、異国には有といへども、我朝には末代の見せしめなるべしと云々。

賊禁秘誡談　巻十終

第二章　『大岡秘事』

翻刻に入る前に底本の書誌的事項を次に記しておく。

所蔵　小二田誠二氏蔵

装丁　六冊（正編五冊・員外一冊（「内容」項参照）。

外寸　タテ二三・〇×ヨコ一六・六（単位は糎）

題簽　全冊存。表紙左肩に白無地短冊型のものを付す。『大岡秘事　一（～五・員外）』と外題を墨書。

内題　扉題、各巻首題、目録題、尾題『大岡仁政要智実録』。六冊目のみ内題『大岡仁政要智実録後編』、目録題、尾題『大岡秘事後編』。

表紙　いずれも原装、無地、渋引き。一～五冊目は朽葉色。六冊目は茶色。

奥書　なし

印記　「越後／村上山辺屋（「〈カ」の字の商標）」印。

内容　名奉行大岡越前守忠相の裁判物。よく読まれた『大岡仁政録』『大岡政要実録』の系統に属するものである。『仁政録』『政要実録』に収められる話の大半を網羅しており（とくに煙草屋喜八一件や直助権兵衛一件、縛られ地蔵一件など現代まで伝わる有名な話はすべて備わっている）、この一群の大岡政談の典型を考えるのに有効と言える。他の流布本と大きく異なる特徴は、冒頭に「御定」として触書を載せていること、『仁政録』『政要実録』にもみられる板倉政談の短編を「員外」「後編」として巻十五以降に置くことである。また、大岡政談写本の諸本を、多数比較検討したわけではないが、この系統では板倉伊賀守の裁判話となっている「浄土宗信者と日蓮宗信者の公事」が底本では大岡裁きになっていること、「野田文蔵召し抱え」の話の末尾に彼に対する批判が記されることなども特徴。最終巻の内題が『大岡秘事後編　巻之壱』となっており、以下続く可能性もある。

『大岡秘事　二』（二冊目）

御定

一　煩はやり候節悪説を申出し札并に不実の薬法を致流布に於ては引廻しの上死罪之古例

一　怪き事に付似せ手紙認め候者は家財取上所払

一　死馬捨馬等は村境之不及沙汰近村入会たるべし

一　檀那寺に不似合無慈悲成致方に付離旦致に於ては帰旦の不及沙汰

一　心願有之又は父の遺言有之其身一代致改宗に於ては可免之

一　帰願所は帰依次第たるべし

一　旦那を疑宗旨印形於滞は逼塞

一　諸寺院より什物仏具建具等書入又は売渡証文にて金銀借候当人共に咎申付尤金子済方不申付

一　神木たりといへども入会之地にて理不尽に伐採におゐては神主逼塞

一　押て密会致す出家は死罪女は得心之儀無之といへども不埒に付髪を剃親類へ渡之

一　武家の供へ突あたり或は雑言等申もの追放

一　金子拾ひ候者訴出候はゞ三日さらし主出候はゞ半金主へ相渡し拾ひ候者へ為取之品物類は不残主へ相返し拾ひ候者へは落し候者より相応に礼を可為致

一　落し候者不相知候て半年ほど見合せ弥々不相知候はゞ拾ひ候者へ不残為取之べし

一　両人連判にて金子借受候所一人於相果は為済之半金

一　証文雖有之貸金に候哉代金に候哉於不相決は半分為済之

一　名主五人組印形無之は家質に難立借金に准す

一　主人の女房臥居候処へ忍入又は艶書を遣すに於ては死罪

一　主人の後家と下人密通致に於は後家下人共追放

一　主人の娘を申合て誘ひ出るに於ては所払

一　証文人主請人無差別召抱候者は戸〆

一　欠落人の給金済し方請人へ申付る若し於滞には身代限り申付る

一　引負人之親類其外も弁金致候者無之当人も可済手段も無之者は五十か百敲《たゝ》き放し

一　父跡式於不極置は血筋近き者可相続

一　重病之節一判之譲状は不用也

一　当人相果借金有之跡式親類之内にも望無之は借金方へ家財可為分散古例

一　自分の倅を養子に可遣巧にて離縁の於致腰押は追放

一　軽き者養娘を遊女奉公に出し候儀実身より願出候共取上なし

一　懐胎の妻離縁之事は夫の心次第也出産之上男子は夫へ可引取

一　離縁状不遣といへども夫の方より三年来通路不致又は外へ嫁し候共先夫の申分立がたし

一　女房得心も不致に衣類等質に置遣に於ては不縁之事女之親元へ諸道具返さすべし

一　押て縁組之事申募に於は本人は勿論取持人共手鎖

一　夫有之女奉公之内傍輩と於致密通は男女共死罪夫有之を男は不存候はゞ追放之古例

一　破船之節取上落物之内浮荷物は廿分一沈荷物は十分一取上候者へ被下べし

一　離縁之上同町にて同商売致に於は養子所を為立退

一　町人刀帯に於ては追放

一　帳面に記置候借金印形無之附込帳に書入有之とも取上なし

一　質地年季之内不致戻候はゞ流地に致候段証文に有之質地は証文之通申付る一（ママ）　御朱印地質地に取候事停止之

一　水帳と相違候質地証文は不取用借金に准ずべし

一　無証拠不埒之証文を以於及出入には地面公儀へ取上之

一　流地之直小作之滞は棄（弁）損に可申付

　　但し別々小作滞は如通例日限申付る

一　質地倍金手形之分は取上なし

一　他之水帳書物等論所の証拠と偽り文字等書替に於は死罪又は遠島

一　用水人足諸色組金惣高割用水は田反別にわり可為割之

一　二十年小作預け来地面無謂取上る事禁之

一　入会等にて無之草礼等之場は田高に応じ刈之

一　入会野開発等は高に応じ割合之

一　乗物腰籠にても角棒引戸は乗物に罷成候乗物作りにても丸棒あげ戸は駕籠（籠駕）に成申候

一　被殺害候者を致頓死分に於訴出は兄弟名主重き追放

一　博奕頭取并三笠附点者金元同宿致候者流罪但し町方屋敷方之無差別句拾ひは身上取上非人之手下に（以下欠）
一　博奕打候者は身上限家蔵迄取上
一　師匠より弟子不埒に付家業構候義心次第たるべし
一　欠落者を囲置候於ては過料或は戸〆
一　及出入肩書於書加は手鎖
一　字宛所無之証文は不取用年号無之も同断
一　離別状を不遣といへども夫之方より三年以来於不致通路は外え嫁し候共先夫申分難立
一　倅相果候故娵を差戻候親は持参金不及沙汰諸道具可差戻也

御定

一　年限無之金子有合次第才覚次第可請戻之証文質入之年より拾ヶ年過候はゞ流地
一　拾ヶ年以上之年季質地は無取上
一　年季明不請戻候はゞ可為流地之証文斯月より二ヶ月過訴出候はゞ流地二ヶ月之内に候はゞ可為請戻*
一　年季明不請戻候はゞ永々支配又は子々孫々指（別）無之旨且又此証文を以何年も手作可被成候抔相認候文言有之候証文流地に准じ可申候

不埒証文之事

一　質地名所位反別無之或は名主加印無之不埒
一　年限無指別無取上名主過料尤名主質入之義不存証文加印不致候はゞ不及咎に
一　但右金主承届相対之上地主を定水帳可相改にて名主へ可申渡尤名主質入相名主無之村方は組頭加印於有之て定法

之通済方申付候事

一　半頼納と唱へ《ひ》候質地之年貢計金主より指出諸役地主相勤候証文

右附紙之通挨拶有之候右は杉岡佐渡守公事方御勘定奉行之節質地之義悉く世話致し右之通相極候由其節孫三郎申聞候事（半丁白紙）

大岡仁政要智実録

巻之壱

目録

大岡仁政要智実録巻之壱

○大岡越前守忠相人と成昇進之事　附り大岡殿江戸町奉行被仰付事

大聖孔子の曰、「訴を聞事、我なを人のごとし、必訴へ《ひ》なからしめん」とか*や。訴は今いふ公事訴詔の事などなり。譬ば孔子聖人にても公事出入出来る時はことわざに違ひなきとの事なり。我人の如し。さ《（去）》りながら孔子聖人奉行と成て、其訴へ《ひ》自然と世の中に絶るやうに天下を治め、仁義を以て民百姓を随へ《ひ》、道に落たるを拾わず、戸ざゝぬ御代とせんと也。誠に舜と云ふ聖人の御代には庭上に鼓を出し置、舜帝自ら其非義を糺し改め、悪き御政事有時は何時にても此鼓を打て奏聞するに、帝、譬御食事の時にても鼓の音を聞て忽出させ給ひ(へ)、万民の訴を聞しとかや。誠に難有事共也。然るに当世の奉行役人は、町人百姓を夜中をもかまはず呼出し、腰掛に苦労させ、己れは我意に任せ退出後に出んと緩々休息し、酒盛抔して、夜に入て評定し、又流れて帰すなど能々舜帝の御心を恐れ、乍役人学ぶべき事也。然るに舜帝の鼓を世こぞつて諫鼓のつゞみと云ふ。其後程なく天下此君に随ひ(へ)徳になつきければ、其鼓は自然と埃り溜りて苔を生じ、諸鳥も来りて羽を休め有しとなん。「諫鼓苔深ふして鳥驚かず†」ともあり。今専ら江戸大伝馬町より神田御祭礼に諫鼓の作り物を出し、祭礼の第一番に朝鮮馬場に於て御上覧有之也。往古常憲院様の御代迄は、南伝馬町の猿の御幣を持し作り物の出しを第一番に渡し、諫鼓は二番に渡しけるが、或時の祭礼に彼猿の御幣俄に折れける故、其隙に先え行ぬけ、諫鼓の出しとて一番に引渡し候様との厳命にて永く一番に渡しけり。是天下泰平堯舜の御代の面影のありしとかや。

　此猿の面は南伝馬町名主の又右衛門と云者の作なり。

　主計が猿といふよし也。今に彼方に有しとぞ。

然りといへ(ひ)ども繁花の日夜に増けるゆへ、少々宛の訴へ(ひ)はふんぷん(〱)として更に止時なし。さればこそ奉行頭人、是をしらしむべき為の第一なり。(三)二代将軍より(四)三代大猷院大相国公の御時代に跨りて、板倉伊賀守同周防守同内膳正は誠に智仁の奉行なりし(也)かば、万民こぞつて今に其徳を慕ふ。板倉の冷火燵とは、少しも火がないと云ふ事也。非と火は同音なればなり。夫より渡世の奉行、何れも賢理といへ(ひ)ども日を同じく語るべからず。然るに享保の初め、大岡越前守忠相といふ人、町奉行と成てより年久しく吉宗公に勤仕しけるが、此人天晴大丈夫にして、其智万夫に勝れ、遠き板倉の輩に同じ。されば奉行勤功の大岡越前守、能々上を敬ひ下を憐みて、廃れたるを起し絶たるを継給ふ事、誠に賢なりと云つべし。是は大岡忠右衛門とて三百石にて御書院番勤仕し、其後二百石加増有て五百石となるを、越前守殿家督を継給ひ、御小姓組となりて勤仕し、其後有章院様の頃、御初代に御徒頭となり、其後伊勢山田奉行被仰付、始て芙蓉の間御役人の列に入にけり。

○大岡越前守忠相江戸町奉行被仰付候事

諺に「千里の道を走る馬常に有といへ《(ひ)》ども是を知る伯楽もなし、其智に逢ば断《いな》く」と云へ《(ひ)》り。人間も又同じ。忠臣《(信)》義臣《(信)》、実に其人多く有といへ《(ひ)》ども、其君の心暗くして是を用る事なくんば、空しく泥中に玉を埋めんが如くに成果ぬべし。すべて人の君たる人は、悉く是を察すべき事也。舜も人なり、我も人なり。智に臥龍、勇に関羽の如き、何ぞ当世にもなからんや。爰に有章院様の御代、大岡越前守殿伊勢山田奉行被仰付、かしこに至り、諸人の公事を多く裁許有けるに、先年より勢州路と紀州路との境論の公事止時なく、山田奉行替り度《(替りに)》毎に願ひ出るに更にわからず、今以て落着せず。元来紀州殿非義なるといへども、御三家の領分を相手に致す事なれば、紀州の大身を恐れ、時の奉行も物事扱のならざりしをしりて、終に扱崩れられによつて、度々訴へ《(ひ)》けるとかや。然るに此度大岡越前守被仰付しかば、百姓共又々境論を願ひ出るに、忠相段々聞れけるに、紀州殿方甚非分成しかば、明らかに取捌けり。只今迄の奉行、いかなれば穏便に致し置けるや、幸ひに越前守相糺して紀州の方散々に負と成て、勢州方利運甚しかりき。爰に於て年頃の鬱憤を散じ、大に悦び、越前守の智を感じける。誠に正直理非全ふして糸筋のわかれたるが如しとかや。其後正徳六年の四月晦日、将軍家継公御他界まし〳〵、則有章院殿と号す。御継子なきに依て御三家より御養子なり。東照宮に御血脈近きによつて、御三家の内にても尾州紀州の御両家御対座の処、則紀州上座に直り給ふ。此君仁義兼徳にまし〳〵吉宗公と申奉り、則将軍に成給ふ。其後諸侯の心を考給ふ。「凡奉行たる者は、正路に非んば片時も立難し。其正直にして仁智の者当世に少し。然るに大岡越前守、山田奉行として先年境論有し時、何れの奉行も我武威を恐れ、我非分をしりながら是を取捌く事遠慮する処なり。然るに彼越前守、奉行となりて忽是非を糺し、我領分を負にしたる段、天晴器量格別にして、仁智勇の三徳兼備の大丈夫なり。彼を我手元え呼下し天下の政事を談じなば、万民の為ならん」との上意に大岡殿は江戸へ馳下り、吉宗公に御目見しけるに、則忠相をもつて江戸町奉行被仰付けり。誠に「君、君《(々)》たれば、臣、臣《(々)》たる御代」とは此事をや申べき。

○過料銭疑惑之事

享保の初の頃、将軍吉宗公、江戸町奉行は大岡越前守殿なり。御評義有之、農工商の罪有者に被仰付、或は追放遠島の替りに金銀を以て罪をつぐのひ《(へ)》給ふ事始《(初)》りける。是を過料金と云て、大に益有御仁政なり。然るに賢君の御心を不知、忠信の奉行の心をしらず、此過料金を「如何」と御政事を難じ云ふ輩は「人の罪を金銀をもつて容免する事、上たる人の有まじき事なり。第一欲にふけり以の外いやしき掟なり。然らば金銀有者は態と悪事をなし、『むつかしき時はわづかの金子を出せば済ぬ事はなし』と高をくゝりて悪事をする、是却て罪人多くならん媒なり」とあざけりし人有しとかや。これ非学者の論なりし。古より我朝の掟にてかゝる事なけれども、利の当然なれば新法を立らるゝ事、天晴の器量有しとかや。西戎《から》にも周の文王は、罪有民百姓に金銀を出させて其罪をつぐのふとあれば、聖人の掟には有事なり。然れば悪敷御政事にては無に決せり。非学者の論じて曰、「文王は、有徳なる百姓町人を罪死刑に当らざるものを過料を出させ、其金銀をもつて、道路に彳み暑寒を凌ぐ事能わざるもの或は領分に飢渇を患ふ《(患ふる)》者には其金銀を与へ、苦しみを救ひ給ひ《(へ)》しと有。当時の有様を見るに、さして凍へる人を救ひ給ふ事もなし。皆公儀の用金と成は如何」といふ。是又上の御賢慮《(御賢慮の)》、奉行の良智をしらざる故也。其迷を説て聞せん。今江戸其外処々より出す過料金は、公義の御入金には決して用ひ給はず、唯橋道の御修復《(覆)》と成し事なり。多く橋の普請のみ入用なり。是にて飢凍へる人を救ふ道理にて、此内にこもれる聖賢の御賢慮御いさをしなり。

　橋功徳経に曰く

渡りに船をつながず、闇夜に燈火を得たるがごとく也。裸成者は衣を得たるが如く此経文の心にて見れば、飢たる者食を得たるが旅人の為ならん。偏に裸なる者衣類を得たるが如くとあれば、こゞへる人に衣類を下されたる御情に同じ事也。飢たる者食を得たるが如くとあれば、御憐愍の御政事成こと、爰を以て考ふべし。或時、常憲院様五十の賀の御時、「何を以て功徳の長と成べき」と、知他の上人を桂昌院一位様御尋遊しけるに、知他の僧侶対て申上けるは、「凡君たる人の御功徳には、橋なき処へ橋をかけ、旅人の煩を止め給ふ事、肝要ならん」と申ければ、則両国と永代橋との間へ新大橋をかけられ諸人の為と被仰けるとかや。右過料の御政事図に当りて、誠に諸人の為と仰られける。右御政事可なり《（也）》しとなり。

扨江戸池上本門寺は紀州の御菩提処なれば、八代吉宗公簾中本門寺え御葬送遊されて深徳院と号なりし。依て去頃、九代家重将軍是に被為入候に付、御成前俄に新しき御成門として出来ければ、浄土宗の輩皆々是をねたみ、御成門え夜の内に南無阿弥陀仏を書付たり。誰ともしらざれども不届の仕方也。よつて「改て又々新に立通し度」と、本門寺住僧より奉行所へ「昨夜御成門え斯の如くいたづら仕る、何ものにや、南無阿弥陀仏と書しは誰やらん、慥に浄土宗の輩ねたみて仕候と相見へ申候。又々致し候はゞいかゞはからひ《（へ）》申べきや、何卒公儀の御威光を以て、いたづら者無之様に被仰付被下候様、願ひ奉り候」と訴出ければ、大岡殿是を聞給ひ「尤の願なり。御成門の義大切限りなく、夫を弁へなしに大胆の者ども不届千万、言語同断のいたし方なり。然らば御門の事なれば、其方共にも厳敷計ひ成難かるべし」とて、大岡殿白紙に一首の狂歌を被詠、「是を御門え張べし」と也。

　西方の主じと聞し阿弥陀仏今は法華の門番となる

斯の如く遊されて本門寺に渡候、「是を御門へ張置べし」と仰渡されける。よつて右の狂歌を張置ければ、是に恥入て、かさねてさやうのいたづらはせざりしとかや。

○大岡越前守殿え諸訴詔御裁許之事

ある国の田舎者、はじめて江戸へ出て御繁栄の有さまを驚き入ける。中にも所々御堀の中に水鳥の夥しく遊びゐるを面白く詠め居けるが、何心なく小石を拾いて彼水鳥に打ける。然るに運あしくも水鳥にあたりて鴛鴦壱羽死したり。辻番の役人是を見付大に叱り、捕へて町奉行大岡殿え差出す。越前守殿御聞有て、辻番諸共御召有。大岡殿申されけるは「其方、公儀の御法度を弁へず御堀へ礫を打、其上水鳥を殺したる段、不届至極なり。此段相違なきや、明白に申上べし」田舎者は恐れふるへて泣々申上けるは「私は田舎よりはじめて御江戸へ出、何事も不存、御堀へ石を打たる事、申訳無御座候。何卒御慈悲を以て御助け被下るゝ様、偏に奉願候」と申上ける。大岡殿辻番を召れ「其方水鳥の死したるを慥に見たるや」辻番の役人申けるは「唯今迄も堀中に水鳥の死骸見へ候」と申上ける。「然らば其水鳥の死骸持来たるべし。若し水鳥なき節は偽りなるべし。尤大切の水鳥故、其方の肌にしつかと付て持来るべし」と被仰付ければ、辻番迷惑ながら無拠彼所へ至り、色々工夫して水鳥の死骸を取り、仰之如く肌にしつかとあて、手をはなさず持来り大岡殿に差上る。大岡殿手に取給ひ（へ）御工夫の体に有りしが「イヤ此鳥は未だ死せず、あたゝかみ有。病中と見へたり。是見られよ」と下役の方々に見せ給へば、皆々「成程あたゝかみ有」と申けり。大岡殿申けるは「此水鳥いまだ死せず。療治を加へなば急度助かるべし」と仰られける。然れども彼田舎者は不案内の事故、此意をさとらず、恐れ黙して居けるを、又々被仰けるは「其方、此水鳥を大切に持参して鳥屋へ行、療治をいたし本復（腹）させて御堀へ放すべし。然らば罪は免すべし」と仰有ける。田舎者漸々其意をさとり、御慈悲の程を感心し奉り、涙ながら退出しけり。

一　又ある田舎もの、江戸へ出、借店をいたし、香の物漬を売て渡世とし、辛抱ものにて金五両を貯《溜》ける。然るに此五両の金を孫子の如く思ひ、朝出る時はぬか味噌漬の中へ入、又暮に帰り来ては是を出して見、朝夕是を楽しみけるを、隣借店のもの密に是を見て、彼《彼れ》が出たる後にて忍び入、金子五両を盗み取けり。是をば夢にもしらず香の物屋立帰り、いつもの如く出してみんとするに金なし。「是は」と驚き桶の底を押て尋ねけれども、更に見えず。「扨は盗賊の所為ならん」とあきれ果かなしみけり。「かくては果じ」と町奉行所へ右の趣訴へ出ける。大岡殿始終聞給ひ《へ》、早速其町内十五才より六拾一才迄の者男女不残呼出しあり。町役はじめ皆々其故をしらず、「何事ならん」と急ぎ御白洲へ出ける。大岡殿被仰けるは「其方共町内某が借店香物屋、昨日金五両盗まれし由訴出たり。定めて町内の者なるべし。明白に申上べし」と申けれども誰有て盗みしといふものもなく、唯「不存候」と申上る。時に大岡殿申けるは「我は知らず居りしが、我母の申には、ぬか味噌の中へ手を入しものは三日の間其匂ひ去らず、との事也。依之、我前へ壱人ヅヽ出て手を出すべし。匂ひをもつて吟味すべし」と被仰ける。然るに片隅に居けるもの、顔を傾けて手を嗅ける。大岡殿目早く是を見つけ「其者縛れ」と大音に呼はる声の下より、同心飛掛て高手にいましめけり。「己れ憎き奴《奴つ》なり」とて拷問にかけければ、盗みし次第一々白状に及びけり。誠に遠智の程こそ恐しけれ。

一　江戸神田にて有しが、題目講とて日蓮宗の者大勢打より太鼓を打、題目を唱る事月に三度づヽ有けり。隣は禅宗にてやかましき事に思ひ、亭主大に腹を立、彼題目講の者寄たる日は、家内中大音に「南無阿弥陀仏」の念仏を唱へさせける。隣の題目講の者共大きに是を嫌い相談いたしけるは、「何卒隣の亭主をも此講中に入たき物哉。然れども禅宗なればいかゞせん」と工夫しける。中に壱人申けるは「是は心安き事哉。連中にて金子五拾両をこしらへ隣の亭主をすヽめなば、金に惚れて日蓮宗に成事必定也」といふ。皆々是に同意して右金子を才覚し、隣の亭主の心安きものを以て、日蓮宗に成やうにすゝめける所、案の如く金五拾両に心迷ひしにや、終にこの題目講に入、一日に題目千遍《（返）》づゝ唱へける。依之講中大によろこび半年余り暮らしけるに、隣の亭主題目講に出ず内にて念仏をのみ申しける。題目講中大きに立腹し申けるは「其許、金子五拾両取改宗いたしける所、又々禅宗に立帰り念仏を申さるゝや」といひければ、「成程、其許達《（元）》講中より金子を取、一旦日蓮宗に成候へ共、先祖へ対し不孝と思ひ、又々本宗に立帰り候」といふ。「然らば金子五拾両返済すべし」といふ。隣の亭主申には「其替り、我半年余り、家内中日蓮宗に成題目を唱へし事、数不知。是に五拾両の金は相済なり」といふて合点せず。依之題目講中より右之趣訴へ出、「何卒金子返済致させ*下さるやう」御願申上ける。大岡殿両方御召有て、先づ禅宗の者に申けるは「其方、題目講中より金五拾両取日蓮宗に成*、又々本宗に立帰り候哉」と御尋有ければ、「右之通り相違無御座候」と申上る。「然らば其方、半年の間、題目何程唱へたるや」「家内五人にて半年之間、壱人に壱日に千遍《（返）》づゝ、都合一日に五千遍《（返）》づゝ唱へ候へ共、何の方便もなく、依之元の禅宗に立帰り候」「其方、金子返《（帰）》さゞる段不届なり。急度返済いたすべし」と仰られ、夫より題目講中の者を呼び、「其方共、金子を遣し日蓮宗に改めさせ候所、彼者又々禅宗に立帰り金子を不返、右願に付金子は返済いたすべし。乍去、彼者五人家内にて一日に五千遍《（返）》づゝ題目唱へたる由、其方ども、今日より半年之間、一日に五千遍《（返）》づゝ念仏を以て唱へ返し、其後金子を請取べし」と仰有て御下げ有しとなり。

又爰におかしき事あり。或うなぎ屋より願出けるは、「私右隣にて、うなぎをも買ず、三時の食に一菜をも用*ゐ《（え）》ず、私渡世のうなぎの匂を以て家内中食事の菜と致し候。右年中のうなぎの匂ひ代金三両被仰付、私へ被下候様、奉願上候」と度々願出ける間、大岡殿腹筋をかゝへながら、右うなぎ屋亭主隣の亭主を御呼出し有て、うなぎや願之筋申聞せ、「其方、うなぎの匂ひ代金三両出すべし」と厳命有ければ、是は無理とは思ひながら、上意を恐れて無拠三両差上ける。大岡殿、右三両をうなぎ屋へ遣し、「其方うなぎの匂ひ代請取べし」と仰ければ、「有がたし」と頂戴し、既に懐中いたさんとしけるを、越前守殿「先々其金子是へ」と取上げ給ひ《（へ）》、「其方、うなぎをも喰せず匂ひ計りの事なれば、代金も見た計りにてよろしからん、金子は元え返すべし」と有て御裁許相済みけり。

一　江戸木綿商売の店の手代、白木綿を一荷負ふて御屋敷方へ行道にて雪隠へ行たくなり、白木綿荷を石地蔵尊の有ける側に置て、手水に入。然るに此荷物を盗まれたり。手代大きに驚き、早速大岡殿え訴へ出けり。越前守殿御聞有て、「其石地蔵こそ胡乱也。召捕来れ」と同心大勢遣しける。同心共畏り、石地蔵に縄をかけて連れ行けるを、此町内の者面白き事におもひ、「いかに大岡様なればとて地蔵様を吟味は出来まじ、いかなる御仕方成や」と、大勢同心に付添、南御番所へ這入ける。然る所、大岡殿御出有て石地蔵を白洲へ出し、御吟味有かと思ひの外、御番所の御門を〆させ仰られけるは「大勢の其方共、御公儀の役所を恐れず此所え来るや」と叱り付られ、皆々心付恐れける。大岡殿「不届至極也。何町の某と一々帳面にしるし、科代として木綿壱反づゝ、銘々名前を書記し今日中に差上べし」と急度被仰ければ、皆々迷惑ながら畏りて退出しけり。夫より夕方まで帳面通り不残集りければ、右之手代を呼「其方木綿見印あらば是を見るべし」と多くの木綿を出しける。手代念を入て見候所、「此内に壱反、慥成私の木綿御座候」と申上ける。依之其木綿の名前の者を呼出し、拷問いたしける所、無相違白状いたしけり。

一　八代目将軍吉宗公、大岡越前守が裁許のよろしきを御感心有て、或時六ヶ敷訴詔の目安をこしらへ給ひ《（へ）》、越前守を御召有て「其方、裁許方甚上手也。此間徒然の慰に訴詔を工夫し置たり。則訴詔書を出させ給へ、其方裁許すべし」と仰有ければ、越前守「臣、何を以て裁許の上手とせんや。唯々御公儀の御威光一《（一と）》通りにて裁許仕り候」と申上ける。吉宗公「然らば公儀の威光を以て裁許すべし。此方訴詔人なり」と仰有。大岡殿申上けるは「乍恐、訴詔人上座し給ひ《（へ）》奉行役人下に居ては、裁許は成難し。唯々御公儀の御威光を以て仕り候。其上何事も奉行の申事を訴詔人の方にて一々返答仕るべし。かやうならでは裁許成がたし。御公儀の御威光一《（一と）》通り也」と申上ける。吉宗公も流石の御君なれば、早速越前守を高き所に上げ、君は遙の下に居給ひ（へ）、右之願書を差上げ下々の訴詔人の如くなし給へば、其時大岡越前守殿願書を見給ひ（へ）申けるは「訴詔の其方、願文に名前なし。何国の者成哉」と申ける。吉宗公、訴詔の筋を裁許するかと思ひの外、名前所をとはれて迷惑し給ひ（へ）、漸々「江戸の者にて候」と申ける。大岡殿「江戸は何町、名は何といふぞ」と申、流石の君も困らせ給へども、漸々工夫し給ひ（へ）「何町名は某」と申給ふ。其時大岡殿「家内何人有て、其方年は幾つぞ」と又尋ねける。吉宗公大きにこまらせたまひ（へ）、又々御思案有て「家内五人、年何十才」と申上る。「何商売」と申けるに、吉宗公度々の御困りを御工夫被成しかども、此度の商売にはとんとこまらせ給ひ（へ）けるを、越前守殿「其方御上をも不恐、かやうの六ヶ敷訴詔をいたし候段、不届至極也。これによつて牢舎申付る」といふて遙の末座に引下り、平伏して申けるは「如斯仕り候」吉宗公「其方公事の裁許はいたさず」と仰ければ、「ヶ様の六ヶ敷公事は先づ如斯牢舎申付置也」と申上ければ、吉宗公大きに笑わせ給ひ（へ）けり。

大岡仁政要智実録

巻之弐

目録

大岡仁政要智実録巻之弐

○直助権兵衛主殺し裁許之事

享保の初、大岡越前守殿奉行たりし時、直助権兵衛と云ふ主殺有。此直助は深川万年町大谷了意といふ医師の下人也。然るに此医師は、元浅野内匠頭の家来小山田源右衛門と云し者の一子に小山田庄左衛門と云し者有しが、元禄十四年内匠（頭）殿、殿中にて吉良上野之介を切付し騒動より、終に内匠（頭）殿は切腹、其家は断絶せし折から大石内蔵助始四十七人の者、主人内匠（頭）殿の敵吉良上野之介を討んとする時、小山田源右衛門は病気にて腰立ず、依て庄左衛門へ「かやう〳〵」と云含め、其徒党に随分真忠を見せて内蔵助に随順す。元禄十四年過て翌年十二月の夜の事なるが、此前に早庄左衛門如何して心替りしや、内蔵助より諸士の宿賃并に買掛り抔有ては死後の批判も恥かしく金弐百両を庄左衛門え渡し、「諸払をして給はれ」と頼みけるに、預り居たる其金を己が物といたし、又其前に内蔵助より脇差一腰もらひける、此脇差は肥州忠行の打たる大業物にて、内匠頭殿の御所持の腰物なりしとかや、然るに庄左衛門、是を所持して何方共なく出奔しける。父源右衛門は隠居して、高輪の伊勢屋重兵衛といふ茶屋は源右衛門が聟なれば、此処に掛り居たりしが、十二月（十五日に至て昨日）上野之介の屋舗へ夜討したる（と）云事を聞、「定て倅庄左衛門も敵討《(打)》すまし、若し討死にてもせぬか、万一手柄して上野之介の首を取たるか」抔あんじ居けるに、我が子不義にして逃たりとの事を源右衛門聞て恥かしとや思ひけん、「浅間敷彼が心底、形は人に生れたれども魂は生れ付ず、むねん成哉、老の身にて人目を包み、我歩行叶ひなば一番に進み出て君の御恩を報ぜんものを無念也」とて夜の内に腹十文字に掻切て相果けるこそむざん也。されば此庄左衛門、己が所存よりして親を殺し、其罪の遁るゝ所なし。己が手にて殺さずとも、其罪遁れ得ずして斯のごとく親にそむきし大不孝、主君の大事を忘れし大不忠、天地の間に身の置処有べからず。よく〳〵命はおしき物やらん、医師と成て深川万年町に居たりけり。其下人に直助といふ者有しが、主人の金を取んと或夜忍入て箪笥え手を掛る所を、主人了意目を覚し起上らんとする所を、側に有合ふ肥前忠行の刀にて唯一打に切殺され、女房驚き起る所を、是も一打に切殺して此家を立のきけり。是より直助は人相書をもつて尋られける。されば小山田庄左衛門は積悪のむくひ、其罪責て終に下人直助が為に殺害せられし事、天罰の程こそ恐るべし。此後直助はあなたこなたを忍びあるき、人相を替て、髭(髪)をはやし、前歯を打折て、麹町一丁目の鍵屋四郎兵衛といふ米屋へ権兵衛と名を改て奉公に入、爰に米搗をして居けるを見付られ、忽に捕へられ、白洲へ出ても「私義、曾て直助といふ者にては御座(無)候」由、申語り†けり。大岡殿此直助を見給ひ(へ)しに、前歯二枚かけて髭(髪)をはやしたり。大岡殿心中にあやしく思われけるが、態と捕へ来る者を散々に叱り給ひ(へ)、「是は人違也。早々立さるべし」と申されけるにぞ、心中嬉しく思ひ帰らんとする。不意に後より大音に「直助まて」と思ひもよらず呼かけ給ひけるにぞ、「はつ」といふて下に居るを「夫れ†、縄を掛よ」と仰られける。「己れ曲者、不意に我名を呼れ、思はずはつと返*答*なしたる事、天命なか〳〵遁るべからず」と、はつたとにらみ給ひ、件の直助を拷問に及ければ、終に白状して、最早権兵衛と名を改め形を替て居たるを、態と人違也とて追立やり心をゆるめ置て、不意に本名を呼かけ給ひし事、誠に当意(時)即妙の大智とかや。

○人殺詮義之事

或時、神田小柳町にて旅人をしめ殺し金銀衣類等を奪ひ取けるが、此人殺し一向しれず。されども越前守殿是を聞及び有て、死骸を包みたる渋紙を取よせられ、是をぬらして壱枚〳〵はがして見るに、諸用の手紙、又はひかへ帳面等、居所家名迄しるしたる。尤売反古にてもあらず、慥なる事を見出し給ひて、其殺せし人を果してしれりと頓て呼出し白状させ、解死人にし給ひしとかや。又一年、鍋島の屋敷にて、足軽の面々七八人にて、酒やへ「両替の小粒を三両分持参いたすべし」と勝手より申遣しける。此酒屋より樽ひろひ《へ》の小僧、小粒を持参しけるを、打殺して其金子を奪ひ取、其死骸を桶に入て其上へ味噌をぬり、味噌桶と見せて門を持出し、虎の御門外へ持行て味噌を塗たる桶のまゝ死骸を捨たりけり。翌日、辻番より是を見付て公義へ訴へ《ひ》けるが、此時は樽の側に落たる棒の印にて顕れたり。多く解死人出るに、是を鍋島の味噌漬、よく〳〵人のしりたるはなしなり。

○実母継母の論裁許の事

或時、屋敷の武士に奉公勤めて居たりし下女、懐妊して女子を設けるが、屋敷にては養育成難き故、里え帰し、見継扶持等遣し置けるが、此女子十才に成しころ実母思ふやう、「我も今屋敷の暇を乞て身侭に成し故、預け置たる女子も生れ付器量能く†発明にて有ければ、何方へ奉公に出すとも一かどの親の為にも成べき也」と「其子を取返《帰》さん」と申ければ、預りし方の女房、返《帰》す事をおしみて曽て戻さず。終に争しが下《下も》にて事済ず、奉行所へ訴へ《ひ》出るに、其時の奉行大岡殿なり。両方より「実の母なり」と申上けり。互に水かけ論なり。預けし母も「我れ里に遣し置し」と云、預りし女房「いや〳〵、我子に相違なし」と更に証拠と成し物もなく奉行所へ申出けるに、大岡殿「扨々事六ヶ敷訴なり。さあらば二人の女ども、其子を中へ入置て、双方より左右の手をもつて引ぱり合ふべし。引勝し方へ其子をとらすべし」と白洲に於て其子の手を両方へ引合けるが、中なる娘は左右の手いたみ、思はず「わつ」と苦しみ泣けるにぞ。壱人の女、驚きて手をはなしけるが、引勝し女は「しめたり」と申けるを、大岡殿声をかけ「己れこそにせもの也。実の母は中なる娘の手のいたみたる故、思はず引まけ手を放したり。其方は元他人なれば、其子の痛をもかまわず、唯勝手をのみ心に用ゐ《え》しならん」とにらみする。「是紛れもの也」と縄を掛て拷問しけるに、終に白状に及び、疑もなく継母にて、娘は実母の方へ下されける。是等は天地自然の御裁許なりとかや。

○密夫御詮義の事

江戸四ツ谷辺に、軽き町人上方へ在番の御番衆へ頼まれ供をして京都へ登りけり。後には女房壱人残し置けるが、今年四月登りて、来年の五月帰りて女房の様子を見るに、留守の内に懐妊して居たり。亭主大ひに妻を折檻し密通の相手を詮義すれども更にいわず。いか様にしても申さゞる故、あれかこれかと疑付候得共、何とも晴れやらじ。終に奉行所え訴へ(ひ)、間夫の詮義を願ひけり。大岡殿聞給ひ(へ)、其女房を呼尋ね給ふに、「更に覚なし」と云ふ計なり。町人の行事并に家主五人組を一々詮義有、「心当りの者は無や」と仰けれども、是ぞと御返答申上べき者なく、唯「存当りも御座なき」由、申上る。大岡殿仰られけるは「亭主、誰ぞ心易く出入する者は無や」と仰られけれども、「左様の者は一向に無御座候」と申し、「又、宿に人もなく候」と申上ければ、越前守殿重ねて申されけるは、「内に何ぞ飼鳥か犬猫の類は置ざるや」と仰られければ、「外に何も置き不申候得共、猫壱疋飼置候」と申上ければ、奉行聞給ひ「其猫こそ合点ゆかず。大方其猫ならん。しからば其猫を連て来るべし」と仰有ければ、皆々不審に存じ、「密夫御詮義に猫は何ゆへやらん」と云しとかや。さて其猫を差上候処、大岡殿、右の猫を自分の膝元に置給ひ、扨、町内の若者共大勢呼出し給ひて、壱人づつ白洲へ呼出し段々御詮義有ける。四人目迄何の事もなく「立て〳〵」と仰られけるが、五人目の男罷出、白洲にて御詮義の中に、彼の大岡殿の側に居たる猫、其男の顔を見るより嬉しげにちよろ〳〵と行て、件の男の膝の上に上りけり。これによつて大岡殿、大音にて「其者縄を掛よ」と詞の下より終に高手に縛り上たり。件の若もの曾て身に覚なき段を申上けるを、大岡殿「何の己れ、しらぬと云て云訳立べきや、言語同断の曲者なり。密夫は其方に違なし。既に其女房の所へ度々通ひし故に斯の如く也。必争ひ偽云ふ事有べからず、真直に白状すべし」とて拷問に行れけるにぞ、終に白状す。果して此者密夫なりしとかや。誠に面白き御詮義と諸人是を感じあへ《（ひ）》り。

○下総《（野）》国不動院願ひの事

下総《（野）》国市川不動院といふ、ちいさき貧地の真言（寺）にて不動尊を安置す。則成田不動の片脇に有。此僧、平生心に思ひけるは「同じ不動にても成田は繁昌し、我方ははやらず。何卒一工夫して繁昌させん」と思ひ、或時、江戸町奉行大岡越前守殿へ願ひ出けるは、「拙僧儀、下総《（野）》国不動院の住僧にて、拙僧安置仕所の不動尊、一七日続て我枕上に立せ給ひて云様、『我を江戸堺町の狂言役者市川海老蔵方へ連行べし』と仰られける間、余りの不思義の事に付、御訴申上候也。何卒市川海老蔵方へ御使下され候て、不動尊の御迎へ《（ひ）》に参る様に仰渡され被下候様に」との願ひなり《（也）》ければ、大岡殿大ひに笑ひ給ひ、「海老蔵は名高き者なり。呼出して彼が心底をためし見ん」とて、早速海老蔵を御呼出し給ひ、「不動院斯の通りの願ひ也。其方迎へ《（ひ）》に参り候や」と仰られければ、海老蔵申上けるは「私義、年来古里にて御座候成田の不動尊信心仕候。然る処に、下総《（野）》国市川不動院の不動尊、私方へ御入被成度由にて別当を責給ふ由、難有次第には御座候へ共、夫程不動尊の思召下され候はゞ、壱度は私方へ夢の告有べきに、未だ一向に御沙汰無之。是は不動尊のちと御不念と奉存候。此上にも私方へ夢の告御座候はゞ、何時成共御引受仕候」と申上、「御沙汰無之内は御迎不申候」と御答へ申上けり。「天晴、流石海老蔵が返答也」と奉行所にても感じ給ひ、大岡殿別当へ右之段仰渡され、「其方、一《（ひと）》先づ立帰りて不動尊へ此由申聞せよ」との御事にて帰されけり。実におかしき訴へ《（ひ）》にぞありけり。

大岡仁政要智実録二

大岡仁政要智実録

巻之三

目録

大岡仁政要智実録巻之三

○盗賊人違ひ裁許の事

爰に江戸本石町辺に、苫屋九五郎と云者有けるが、或時店にて金子五拾両紛失して、盗賊更にしれず。所々せんさくをするといへども、家内の者共一向しらず。然るに手代の内に豊助といふ者有。人々此者を疑ひかけ厳敷折檻しけれ共、更に盗しといわず。爰に於て件の豊助を召連れ奉行所へ訴へ《(ひ)》、「此者義、盗しに紛れ御座なく候へども白状不仕。何卒御詮義下され候」やう願ければ、大岡殿是を聞給ひ「弥々此者盗しといふ慥成証拠はなしと雖、疑掛り、当人并に五人組名主共、『是非に此者』と申事に於ては盗賊の御仕置き被仰付也。乍去、白状せざれば死罪に行ひがたし。よつて其方共より一札の証文を出すべし、右一札証拠として盗賊の罪に行ふべし」と仰渡されけるにぞ、皆々畏り書付を出す。尤名主はじめ亭主久五郎、件の手紙「豊助盗賊に相違なし」と印形おして差上ける。是より四五日過て、又々苫屋家内の者并町役人名主、不残以《(已)》前の如く呼出し給ひ《(へ)》て、「先達て其方にて紛失いたし候金子五十両、盗賊の証拠なしと雖何れも口を揃へ《(ひ)》『豊助と云ふ手代盗し』と申故、拷問にかけ候へ共、更にいわず。よつて仕置は致し難しといへども、達て彼者に相違なしといふ証文に及ぶ間、是非なく死罪に行ふ也。其旨心得よ」と仰渡されける。皆々難有旨、申上て退きける。其後はるか程過て、奉行所より苫屋家内の者共不残、并に町役人、始の如く御呼出し被成、大岡殿被仰る、は「先達て其方共願出し置盗賊豊助、死罪に申付候処、此節外より盗賊出たり。則神田紺屋町にて八蔵といふ者也。其方店に於て金五拾両を盗取し次第及白状たり。然れば其方ども申出したる豊助は盗賊にあらず。人違にて罪なき者を殺したれば、奉行の不念となりて御役も勤難し。其方共にも罪無者を殺せし上は、苫屋家内、町役人、名主迄証文加判の者共、残らず首を刎て公義の掟を立るなり」と申渡されければ、何れも色を失ひ、麁忽の訴へ(ひ)申上、今更申訳なくうづくまりて泣居たり。奉行重ねて仰出されけるは「先達て願出候手代豊助、白状せざれば罪に行わず、今以て牢舎いたし置たり。只今引出し赦免いたすべし」と也。皆々蘇生したる心地してほつと溜息つく計也。大岡殿宣ひけるは「其方共麁忽の願書差出し、甚以て不届千万也。依て過料金百両被仰付也。手代豊助へは無実の罪を申掛し其替り、彼が一生安楽に暮す程金子を遣すべし」と仰渡す。双方無事に相済けり。能き取扱也とかんじける。

○栗橋にて人殺し大岡殿仁智の事

幸手栗橋古河縄手と皆人々のいふ名所也。此栗橋の辺に穀屋といふて穀物問屋幸右衛門といふ大身代(体)の町人、家内も廿余人の暮しにて、夫婦の中に子共弐人有。惣領は娘にて、しげといふ。今年十八才にして美麗なり。弟十四才幸之助とて、当時手習の師匠へ行、学問出精の時分に有し。此師は近辺の浪人沢田左内と云て師匠をして有しが、倅左内は当年弐拾五才にして美男也。殊更手跡の見事、剣術の早業にて名を得ければ、父の左内よりは人の用ひもよし。折々幸右衛門方へ倅幸之助が指南として来りける故、家内の者共「先生さま〳〵」とあがめしに、或時店の番頭申けるは「先生には剣術に達し給ふと承る。我等親方の用事にて金子抔を持て旅立、或は夜道をいたし候節、少々心掛置なば用心の為にと存候間、何卒御教被下度、頼奉」と是より左内を師匠として出入けるに、此大津屋幸之助姉しげに、ふと左内若気のあやまりにて容色に迷ひ、終に文を人しらず娘の小袖に入ければ、娘は自分の部屋にて見て居たりしを、乳母が奪ひ来りて是を見て「かやうの事有ては旦那へ申訳なし」とて此文を兄の喜平次に見せて「無事に兄さま計ひ給へ」と乳母が頼みけり。此乳母が兄の喜平次は実体成者にて、幸右衛門方に久しく勤て居、終に居附地面を支配す(る)家主役を言附けられ、大津屋裏通り長屋、後に表店、残らず支配す。手前の妹に主人の娘の乳母を勤させ置ける。依て此文喜平次へ持て来るを喜平次《(治)》思ふやう「御主人の娘に不義をさせては、彼左内とやらんが娘に疵を付る道理也。此上は左内をよせ付ぬやうにするが肝要ならん」と、早速大津屋え行き「左内殿、ヶ様〳〵の訳ゆへ、足を遠くなし給ふやう、随分店へ来りても余り心易く致すべからず」と申付ける。此喜平次《(治)》事は店の番頭始、重く取扱程なれば、皆々左内をうとむべしと思ひ居たり。左内二、三日過て幸右衛門方へ行、いろ〳〵咄し抔しけれども子共なども茶さへ出さずいづれも《(いつよりも)》不機嫌成しかば、左内も手持なく「幸之助殿は如何なされしや」と既に奥へ通《(通ふ)》らんとせし処を番頭引留申けるは、「幸之助に御用あらば呼出すべし」喜平次《(治)》申付置き†候間、「『貴公様御出ならば御通し申間敷』と申付候」よしいひければ、左内も面目を失ひ、「彼文の事顕れし」とすご〳〵宿へ帰り、其後二、三日過ぎて幸右衛門が所の小僧に道にて出逢ひ、左内声をかけ「少し尋ね度事有之。先此方へ来り候へ」と、酒屋へ連行、酒肴などふるまひ《(へ)》左内申けるは、「先達て其方店にて番頭が挨拶、何とも合点ゆかず。我を奥へ通《(通ふ)》さず、いかなる事ならん。知つてならば委細聞せよ」と尋ねければ、子共の事ゆへ言葉をも酒狂にたわむれ「喜平次《(治)》が申付候事也。必々私が申せしと沙汰し給ふ†な」といふてわかれけり。斯て左内は思ふやう「扨は娘が喜平次《(治)》に見せしか、情なき仕方哉。喜平次には猶以て遺恨也。店の者に迄申付て我に恥を与へたる此恨、いかゞむくはん。己れ喜平次め憎き仕方」と心中に憤り、是より左内は心悪く成て、今迄とは違ひ勝負事を好み、ばくちに掛り大分まけてつまらぬ身とは成にける。是に付ても喜平次ゆへと明暮恨みけるはおろかなり。然るに、彼大津屋の内は格別の分限者にて、諸方より彼娘に縁組を云込けり。扨縄手の是も穀物問屋にて稲葉屋又三郎とて大きなる者也。幸右衛門方へ媒をもつて娘の縁組を云込けり。相応の縁組なれば早速調ひ、吉日をゑらみて、終に娘を縄手へ縁付けり。其後左内は此事を聞し故、いよ〳〵喜平次を恨みて、折もあらば「此うらみを晴さん」と心にかけて居ける所に、爰に一つの喜平次が災難出来ける。本店の大津屋より或時喜平次方へ手紙が来る。此手紙は旦那名前にて栗橋より縄手へ仕切の金を取に行べき、喜平次兼てより是は手前の役也、然るに今日の手紙は明日旦那殿の「縄手へ用事有て参り候間、序ながら仕切の金は自ら受取に参る間、其方態々参るに不及」との事也。喜平次「毎度手前の役にて受取に行べけれども、此度は旦那殿自分受取被成との事、承知仕」とて其侭手紙を多葉粉入の中に入、自分の用を弁じながら他行しける。然るに此節喜平次が隣りに弥太郎といふ者有。博奕好にして平常博奕は打けれ共、一体男気の者にて、仮初にも悪事をなさず、尤妻子有ける。今年八才に成《成な》りし弥三郎といふ子有ける。或時此弥太郎が博奕場より帰る道にて多葉粉入を拾ひし事なれば、宿へ持帰り中を見るに、表の大津屋より隣の喜平次方へ来る手紙にて、「明日縄手へ参る序に仕切の金子百五拾両、自分受取参り候間、其方参るに不及」との文体也。「扨は隣の喜平次殿が落したる物ならん、返し遣わさん」と側に置て食事をした〻め居たる所に、左内は此節大分負て単物一枚となり、見苦敷ざまにて弥太郎方へ来る。尤左内は毎度博奕の友達にて心易く相成、折々左内も爰に遊に参るゆへ、いつもの如く来る。「此節誠に不仕合」など咄し居けるが、ふと彼多葉粉入の側に有し書付を見て、何心なく取上見るに、喜平次方へ幸右衛門方より来る手紙成しかば、左内ふと悪心起り、弥太郎に向ひ《へ》、「此手紙は何故貴公の所へ来りしや」と尋ねける。弥太郎いひけるは「夫は隣の喜平次の道へ落されたるを我拾ひて此多葉粉入の中に有し也。明日返さんと存候」と咄しければ、左内思ふやう、「此多葉粉入、書付共に我にくれ《呉》よ」と云ふ。弥太郎も友達の事なれば、「用ならば遣すべし。おれが物でもなし、喜平次落して嘸困るべし。此やうな物を何にするや」と云ひければ、「用事有間、是非〳〵被下」とぞ申ける。「若又くれ《呉》られずば売て被下、あたひ《（へ）》は是也」と、懐中より金弐分出し、「是はまけ残りの金子なれば取て置れよ」といひける。弥太郎申けるは、「夫程入用ならば入らぬ、持て行べし」と一向金を取らず。左内も是非なく弥太郎が女房に彼金子弐分渡し、「是は少しながら綿入裏にても買ひ給へ《（ひ）》」と、無理に渡し、「此事必沙汰なしに頼む也」と云捨て帰りける。是左内が悪心なり。幸右衛門縄手より帰るを待伏して切殺し、此たばこ入手紙を死骸の側に置、此人殺しを喜平次にぬり付、日頃の恨みを晴さんとのたくみ也。然るに翌日昼八時過に大津屋幸右衛門縄手の方へ行、色々馳走有て仕切の金を百五拾両受取、夜に入て帰り、子供に提灯持せて若き者壱人聟の方より送らせけるが、権現堂の堤に差掛りけるに、堤の蔭より黒き装束に手拭をほうかむりせし男壱人立出、矢庭に提灯を切落しければ、幸右衛門「是は」と驚く所を後より大げさに切たをす。此間に若ひ《（へ）》者子供何国ともなく逃失ける。左内は懐中へ手を入、彼百五拾両の金を奪取り、何国ともなく逃失ける。扨大津屋にては、子共の知らせに依て番頭はじめ家内の者ども駈付見れば、幸右衛門大げさに切殺さ†れたり。番頭大きに驚き其辺りを見るに、たばこ入壱つ有ける。是を皆にも知らせずそつと懐中して、其後検使を願ひ役人来て能々改め、何者の仕業ならん事を曾てしらず、驚き合る事なり。聟の方にても若き者のしらせによつて駈つけ、「宵に私方にて金百五拾両請取帰られけるが、此金見へず。扨は盗賊に紛れなし」と此所は死骸引取り†相済候。

大岡仁政要智実録三

大岡仁政要智実録

巻之四

偖翌日大津屋は火の消たる如く成しが、番頭奥へ来り幸右衛門女房に向ひ《（へ）》、「人殺しの科人はしれ申候也。側にて拾ひたるたばこ入の内に手紙有」とて見せたり。「昨日拾ひたれ共隠し置也。是より喜平次が足を留させて直さま公儀へ願《へ》ひ、喜平次を御吟味願ひなば、金子も出べし」と申けるにて、後家も以之外驚き、「如何さま斯る慥成証拠有に、扨は喜平次百五拾両の金を取ん為に旦那様を殺しける時に、此二品を落したり」と、番頭持参して町奉行所へ訴《ひ》へ出けるにぞ。早速喜平次召捕、与力同心「御上意也」とて、喜平次を矢庭にいましめ引立行。女房大きに驚き夢見し心持、如何なる事や訳さへしらず、十方にくれて泣居たりしを、近所の者どもさま〴〵いたわりける。扨奉行、彼たばこ入を喜平次に見せ給ひて、「其方此品を覚有や」喜平次是を見るに我落せしたばこ入なれば、「如何にも私落せしたばこ入にて候」大岡殿聞し召「然らば人殺しは其方ならん。先づ牢舎申付る也」と宣ひければ、其日皆々下りけり。翌日大岡殿内々にて喜平次壱人を呼出し、「其方、権現堂の堤におゐて幸右衛門を殺し、金子百五拾両を奪取しならん」と仰せければ、喜平次殊の外驚き、「私義は大津屋に数代奉公を勤め、只今にては地面支配役を勤候て、決して左様の覚御座なく」と申上る。然れ共、番頭彼が外に心当り無之候間、是非拷問を願ひけるゆへ、大岡殿「然ば拷問致すべし」とて伊奈半左衛門殿へ渡し、「番頭其外の者共追々此方より呼出す間、夫迄ひかへ申べき也」其後御詮義相済、喜平次白状のよしにて御仕置に逢ける由、奉行所へ大津屋番頭を御呼出し有之仰渡されける。扨又左内は、先夜幸右衛門を殺害し、百五拾両の金子をうばひ、其夜彼弥太郎方へ来り、戸を叩《押》きければ、弥太郎起てこれを見るに、左内血刀を引下げ内に入、「最早当地に足を留難し、今宵直に神奈川へ参る也。彼所にゆかりの者あれば趣く也。是は山分《訳》にすべし」とて彼百五拾両を差出しけり。弥太郎申けるは「其方も他国に住ことなれば、此金子をのこらず持行随分身を全ふして落付給へ。手紙にても折々遣し給へ。我は此金子を入用なし。壱両もいらぬ故、貴様持行べし」と云ひければ、左内も是非なく暇乞して出奔し、夫より神奈川宿へ来りて知る人の方へかゝり居けるに、手跡指南して半年計りも暮しけり。此近辺のはたご屋多き中に、井筒屋徳右衛門と云ふ者の宿屋の倅、此左内の門弟と成て朝夕に左内は出入しける。此井筒屋は甚だ†美なる後家にて暮しければ、左内ふと此後家へ密通して終にこゝの亭主と成、金子を持参して井筒屋徳右衛門と名乗、繁昌して有けるに、或時、表へ来る人有。左内是を見るに、栗橋の弥太郎也。互に悦びさま〴〵もてなしけり。扨弥太郎申けるは、「此節都合あしき故、金子拾両かしてくれ《（呉）》よ」と云ふ。しかたなしに承知いたし、「早速返金いたしくれ《（呉）》よ」と遣しける。是は左内が悪事を弥太郎知りたる者故、是非なく拾両遣しける。其後又弐拾両の無心に来る。是をも用立けるに一向返さず。又或時、弥太郎来りて「不仕合にて又々三拾両かしてくれよ」と云ふ。左内も此ごろ入夫して、度々の事、自由ならず。「只今は手元に壱両もなし、是非もなし」と断りける。弥太郎是非無ことなれども、「なるたけかしてくれよ」といへ《（し）》りける。「仕合よくば早々返済するなり」とて更に合点いたさず。左内思ひけるは、「此者は我が悪事したるを知て付込、弐拾両の上に又三拾両かさぬ時は事むつかしくなるべし」と思案して、弥太郎に向ひ、「我今から品川へ用事有て参るなり。先方より金子遣しなばかすべし。同道来り給へ」と一腰ぼつこんで松原さして出かけたり。左内心中に思ひけるは、「此者金三拾両かしたれ《（り）》共、又々無心に来りなば、所詮我身も置処なし。其分にては置べからず」と夜明方*にてほの〴〵くらきを幸ひ、やり過して弥太郎が後より切かけしに、弥太郎もさる《（去）》者故、飛しさりて抜合せ、「己れ左内、大悪事をしりたる我なれば殺さんとはひきやうの仕方、是より直に公義へ訴へ《（ひ）》幸右衛門を殺して金百五拾両を盗し訳を申上るなり。そこのきて通すべし」と申けるを、「弥太郎め、いかしては置れぬやつ、覚悟せよ」と呼わり戦ひけるが、左内が手練に敵し難く、終に弥太郎大げさに切られけり。此時山の上の非人小屋にむしろを引かぶりて居たりしが、両人が云ふ事を聞て、おそ（る）〳〵むしろの間より首を出し、戦を居ながら見て居しが、終に壱人切殺されける間、其侭むしろをかむりて居たりける。いまだ夜明ざれば霧深く、左内も是をしらずゆる〳〵と我家へ帰りける。夜明て此処の非人、斯と達しければ、役人衆立合検使を願ひ改め見るに、何者の殺したるといふ事をしらず、一向に非人共を呼出し委細御尋之処、非人共、弥太郎が戦ひながら申せし事を申、又左内が申せし事共逐一に申上げ、則口上書をして大岡殿え申上ければ、大岡殿、弥太郎懐中の紙入を取寄せ、中を改めて見給ふに、栗橋といふ処しれければ、早速尋当りて弥太郎が女房御呼出し有て尋ね給ふ。女房申けるは、「昨日も神奈川宿井筒屋徳右衛門と申者の方へ尋参候」と。依て彼非人が申せし通りの口書出し給ひ《(へ)》是をよませければ女房大ひに驚き、「扨、左内事幸右衛門を殺し金子百五拾両盗し事を、我夫弥太郎、是を存候間、顕れん事を恐れ殺候ものと覚申候、憎き左内が仕業哉」と有之侭に左内が身の上を委敷言上す。是を聞し召「左内を召捕べし」とて捕手の人数向わせらる。頓て神奈川へ来り村役人案内として井筒屋へ至り、「徳右衛門御上意」と二、三人立かゝるを取て投けるが、大勢来りて終に縄をかけ、是より奉行所へ連れ行、井筒屋徳右衛門家内の者、所の名主、役人不残呼出しなされ、偖白洲へ左内を呼出し弥太郎女房と対決也。女房申けるは「左内、汝何の恨有て我夫を殺したるや。先達て幸右衛門を殺し百五拾両の金子を奪ひ取し時、金子を半分山分《(訳)》に我夫に遣わさんといひけれ共、男気の弥太郎殿、中々左様の非義の金は受ず。其後不仕合にて弐、三度汝が方へ金子を借に行れるをうるさく思ひ殺せしならん。汝《(汝し)》、喜平次がたばこ入を持行時、我々に口留をして出奔したり。思へ《(ひ)》ば〳〵憎き仕方、有之侭に尋常に白状すべし」と申けるを、左内から〳〵と打笑ひ「小ざかしき女が何を知べき。幸右衛門を殺せし者は先達て御仕置有て事済たり。夫を只今彼是といふは裁許を破るといふ者也。我決して幸右衛門を殺したる覚なし。弥太郎とても金をかへさぬ上に我を殺さんとせしゆへ無拠ころしたり。我は井筒屋徳右衛門也。左内とやらんいふ者にあらず」と少しも恐るゝ色なく申ける。大岡殿是を耳にもかけ給わず、神奈川井筒屋女房并村役人御呼出し仰けるは、「其方ども此徳右衛門は何方より来りたるものにて仲立は有て入夫致せしや」村役人申けるは、「是は井筒屋後家と相対にて入夫仕り夫婦と相成候て、所の者一向存不申候」と言上す。大岡殿井筒屋女房に向ひ、「其方、此徳右衛門入夫いたせし時、何方より来る者ぞ。何ぞ持参致し候哉、品は何や」と申され候へば、女房申けるは「栗橋にて手跡指南仕候由、私方へ参候節、金六拾両持参し『是にて子共をもやしなひ渡《(後)》世の助《(介)》と致されよ』と私にくれ《(呉)》候。何か様子のしれ不申候得ば遣はし候高、財布の侭にて手を附ず置候間、今日持参仕候」と差上ければ、金子を壱両づゝ、御改め有て、栗橋大津屋番頭并聟又三郎を近く召出され「其方*家にて金子に合印のこく印は何ぞ打置候哉」と御尋有ければ、又三郎承り「如仰私方にて彼所へ出し候金子は残らず『今』の字にて極印を打出し候」と申上る。大岡殿彼後家が差出したる六拾両の金子を見給ひ、「此小判は『今』の字の極印有。汝が方より出たるや」と御尋有けるに、又三郎是を見て「相違無之、私方より大津屋へ遣したる金子にて候」と答へ《(ひ)》ける。大岡殿左内をはつたとにらみ給ひ、「己れ曲者、権現堂の堤に於て幸右衛門を殺し百五拾両の金子を奪ひ取しに相違なし。最早叶はず、真直に白状いたせ」と仰ける。左内笑ひて申けるは、「当奉行大岡様は賢人と承りしが只今の仰は一向取所もなき御吟味也。其故は金は世上の廻りもの也。いかなれば大津屋の金も外の金も博奕場へ参る間敷といふ事なし。又、幸右衛門を殺して金を取し盗賊は、先達て大津屋方より願ひ出、喜平次と申者御仕置になりしと承る。然ば又幸右衛門を殺したる者出る時は奉行にも越度也。喜平次は何故御仕置に成しや」と空うそ吹て申ける。大岡殿大ひに怒らせ給ひ「汝裁許済たるといへ《(ひ)》ども喜平次は無罪也。汝は大罪也。若し喜平次存命ならば、汝科人なるや」と仰有ける。左内あざ笑ひ、「喜平次此白洲へ出候はゞ白状仕るべし」と申ける。大岡殿役人に申付給ひ、「兼て申付置たる喜平次、只今是へ連れて出すべし」と仰ければ、役人畏りて立て行。皆々「喜平次は死したるに出べきやうなし、奉行如何なる事をしたまふか」と不思議に思ひて見合せ居たる所へ、役人喜平次を白洲へ連れ出ければ、大岡殿大音にて「いかに左内、先年汝喜平次がたばこ入をもつて幸右衛門を殺し、其科を喜平次にぬり付栗橋を出奔し、神奈川井筒屋徳右衛門方へ入夫いたし、又弥太郎をも殺害致したるに相違なし。先年『科人也』とて大津屋より喜平次を殺害願ひ出けれども、我、喜平次を吟味致せしに、全く人殺しにあらず。『是は外に有べし』と、夫より喜平次を隠し置、死したる体にもてなし、外の科人の首をさらし、今年迄弐年の間扶持して隠し置、汝を捕ん為なり」と、はつたとにらみ給ひ、「夫れ、縄をかけよ」と仰の下より直さま縄をぞかけたりける。爰に於て流石の左内も大岡殿の御裁許明らかにて其仁智にかんじ、「誠に噂に違なし、奇妙の賢人也。ヶ様の奉行の御裁許に預るは此身本望也」とて根本ともに漸（遙）々白状に及びければ、頓て町中引廻しの上刑罪にぞ行はれけるとなり。

大岡仁政要智実録四（一冊目終）

『大岡秘事　二』（二冊目）

大岡仁政要智実録

巻之五

一　麻布谷町人殺しの事
　　附り大岡越前守殿明智の事

大岡仁政要智実録巻之五

○麻布谷町人殺しの事　附り大岡越前守殿明智の事

江戸麻布谷町にて桶屋甚八といふ者、町内に壱人の口聞にて*人に立らるゝ者なり（也）しが、老母壱人有て、妻子もなく常に邪の心なく正直を表として男気の者なれば、大岡殿初めは麻布近辺にて、常に大岡殿の御屋敷へ出入し桶の御用を達しければ、大岡殿御存じの者也。此甚八の所に幼少之時より世話致せし長吉といふて、今年十七才の若者なりしに、商売に精出し随分発明にて主の心を見習ふて邪事を決してせず、同じき生まれ付なり（也）ければ、甚八并老母も「末々は我孫になして跡をも譲り、死水を貰はん」と日頃心を付、目をかけて遣ひけるに、此甚八元より家貧敷、細工の隙なる時は此長吉近辺を「桶のたが〳〵」と呼あるき五町六町或は十町も手広くあるきて仕事を受取、其身も少々小銭も立廻りたるに付、若気の至りにてふと博奕場へはまりけるが、此近辺に鳶の甚太郎とて名高き者、土場を立て居りしが、長吉も度々此ばくちばへ来り博奕いたしけるが、長吉初めは小銭にて勝負もさのみいたみにもならず、此節に至り自分の仕着はいつか持出して質物に入尽し、猶たらずして色々工夫しけるは、「内のはゝさまは足たゝずしてどこへも出る事なし」と老母の着類を持出し質に入、「若し勝たらば直に受返して元の如くに入置ん」と持出し、是も不残負て仕廻、今はせん方なく「今度は親方の着物内々持出して、今度は是非とも勝て、今迄の質物皆々受返して元の如くに入置べし、若又負たらば、内へ帰らず直さま出奔」と思ひ極めて行けるが、又まけて今は後へも先へも行く*事ならず。主人親子の着類をみな〳〵なくしてすご〳〵内へ帰りけるが、甚八長吉に向ひ、「細工しあげて持行、銭は一向取て来たらず、如何成事ぞ」と問ふ。長吉も是非なくまけ残りの銭壱貫文を出す。夫より長吉は元手なければ無拠内に居けるが、兎角残念出て「何卒して」と工夫をこらして居けるが、「壱度勝なば質物受出して返（帰）さん」と思ひ居る所へ、大岡殿の屋敷より居風呂をあつらへ（ひ）に来り。侍壱人注文を持参り、甚八は受書して値（直）段つもり手附三両借けり。扨甚八、大岡殿の屋敷へ罷り出て金三両受取来り掛硯の引出しへ入置、木を買出して作らんとせしに、長吉ひとり店に居けるが、ふと今甚八掛硯の引出しへ入置たる金子三両を見て心迷ひ「さる（去）にても今壱度行て駒の壱両も買ひ、座中を引さらひ取上てくれ（具）ん」と存じ付、「さあらば」とおもひ此金を持出して「もしまけたらば首をくゝりて死ぬより外はなし」と思ひつめ、又「運よく勝たらば今迄の質物不残請出し、そつと元の箪笥へ入置き、夫れ切†にしてさつぱりとやめにせん」と思ひこみ、又「負たらば命を捨ん」と覚悟を極め、掛硯の引出しの金をこわ〳〵ながら持出し、直に土場へ来り甚太郎に向ひ、「けふは是非〳〵勝て帰らねばならぬなり。先駒を壱両がのを買べし」とて、件の金子を壱両投出しける。若ひ《（へ）》もの子分共大勢集り博奕†始め居けるが、皆々申けるは、「長吉此頃は久敷見へざりしが、大分金持になりしな。金五両の所を請合ざるや」と、爰に於て元より覚悟して来る事なれば、一義にも不及請合けるが、誠に一心は恐しきものにて、長吉が手に入しかば大ひに悦ける。夫より暫く見合せ居けるが、仕廻際に大きなる山出来て、もはや打留めにて弐《（拾弐）》拾両と云ふ山也。座中甚太郎共に三十余人也。尤是切の由なるに皆々手に汗を握りける。長吉は今の勝にて心勇み、以前の弐両と都合五両有しかば又座を請合けるが、又長吉が手に入けり。甚太郎始子分共、口をあんかんとしける。夫より長吉は勝ける故、甚太郎は座中の駒を集て金を引かへけるが、いまだ弐両不足なれば「長吉、明後日迄かしくれ《（呉）》よ」と則弐拾両長吉に渡し、あと《（跡）》弐両は「明後日急度済すべし」とて此日は皆々帰りける。長吉は思ひがけなく壱両の駒にて大金手に入、大ひに悦び飛で内へ帰り、彼硯筥の引出しへ三両入、質物不残受出し、元の如くに入置ぬ。扨三、四日過て甚太郎方へ行、金弐両催促しければ、此日は甚太郎留主にて子分共五、六人居けるが、長吉を見て「此野郎めは此間中は大きな目に合せおつた。其上親分始我々まで今以一文なし。皆汝が為也」とうらめしげに申ける。長吉「いや其恨†み聞には来ぬ。残り金けふ迄の約束、甚太郎留主なれば、又明日来るべし」といふ。子分の者共「留主はしれた事。居るとも残りの金子はやる気なし。あんじずと帰るべし」などゝ子分共負腹立にて長吉を悪口しける。長吉も無念には思へ《（ひ）》ども堪忍して帰りける。又長吉翌日甚太郎方へ催促に至る。此度は甚太郎も内に居けるが、長吉を見て「遅く成て気の毒なれども夕方に来てくれよ、間違なく工面して置べし」といひければ、長吉は帰りける。夫より又長吉、夕方甚太郎方へ行けるが、いまだに甚太郎は帰らず。子分共長吉に向ひ「残り金はわづか也。其様に催促せず共よさそふな物じや。親分も商売同前の是が出来ぬゆへ、我々迄も酒をも呑ず、長吉、鳥渡貸してくれ《（呉）》よ」など悪口して申ければ、長吉大ひに腹を立、「汝ら達は人を負したる時は忝ひともいわず、負たる時計り†腹を立は手前勝手といふもの也」といへ《(ひ)》ば、「慮外千万、聞捨には成難し」と二つ云ひ三ついひ募り、後には子分ども五、六人長吉を中に取込けるが、はやりての子分ども長吉をかつぎ出し、町はづれえ連れ行、夜に入、心の伬に大勢にて打擲しける故に長吉も散々の目に逢、顔も体《(骸)》も泥だらけに成て帰り、細工に遣ふげんのふもつてかけ出しけるゆへ、親方甚八、是を見付て早速だきとめ、「何ゆへにきつそふ替《(けて)》てげんのふ持て行くぞ」といわれ長吉は「親方ゆるして下され、さ《(は)》らばで御ざる」と振はなして勇にいさんで駈出しける。甚八も心ならず跡より追かけ行けるが、頓て甚太郎が内へ這入ければ、跡より続て甚八もはいり、委細の訳を聞て大ひに驚き先々長吉を内へ帰し、扨甚太郎が留主なれば呼にやりける。尤甚太郎とは男気同士、互に平生心安ければ、甚太郎来て甚八に段々のはなし、子分があやまちをわびて、へつつひ《(へ)》に掛りし物どふこをはづし、子分に是を質に置せ、弐両才覚して甚八に渡し、此場は丸く相済、甚八へ酒など出してもてなしけるが、夜も更ければ「甚八を送らせてやらん」といふを甚八辞退し、「提灯をかして帰さん」と云ふ。甚八は聞ず只ひとりよろ〳〵として甚太郎が内を出けるが、小便をせんとせし時、先程長吉を追かけ取たるげんのふを腰にさし居けるが、ぬけそふに成しを取て腰へ入たりける。此時甚八が後ろより一腰さしたる男来りしが、懐中の重きを見て欲心起りしにや、抜打に甚八が肩先より乳の下まで切下げければ、二言といわず死したりけり。彼者甚八が懐中を見るにげんのふにて金にはあらず。かの男大きに力を落し、「扨々是程の金子と思ひの外、げんのふ也。よしなき殺害せし事不便也。さ《(去)》りながら外に何ぞあらん」と、又々懐中さがし見る。紙入有しかば、取出して中を開き見るに、金弐両あり。彼者「是非もなき事也。せめて此金なりとも取ん」と彼弐両をもつて何国ともなく逃行ける。夜明て所の者甚八が死骸を見付、桶屋へ斯と告ければ、老母長吉大きに驚き愁傷大方ならず。「何者の仕業ならんや」と老母は狂気の如く、長吉暫く小首を傾け「是は必定甚太郎が仕業成べし」といふ。老母も力を落し「何は兎もあれ町内の人を頼み大岡様へ訴へ《(ひ)》ん」といふ。町内の人々にも日頃甚八男気の者故、大勢見舞に来て「何ぞ手掛りの事も有や」と聞に、長吉「是は大方甚太郎が仕業ならん」昨日の一件残らず語り、「何でも甚太郎は解死人也」とわめきけるを、町内の者長吉をとゞめ、「先々しかとしたる証拠を見ず、めつたな事をいひ出し難し。先後にても分る事也」夫より甚八が葬送をいとなみける。是日頃より甚八随分人に立らるゝ程有て、親をも大切にせし故なり。母はなげきに泣沈み、然るに大岡殿此事を聞給ひ(へ)、甚八は出入といひ元よりなじみの者なれば、大ひに力を落されける。扨翌日大岡殿へ甚八親類并町内の者ども訴へ(ひ)出にけり。大岡殿委細聞し召て、甚太郎を呼出され御尋有けるに、此甚太郎、博奕は打ども男気の者にて、仮初にも邪をせぬ者ゆへ速に申披き、惣どふこを質入にして金弐両甚八に渡し、其後夜更たれば送り帰さんと申せしを辞退致せし其夜の事成よし、分明に申披きければ、「此人殺しは外に有べし」と大岡殿仰ける故、「此方より呼出す迄は扣て居るべし」と仰渡され、其日は何れも退きけり。大岡殿さま〴〵工夫いたされけるに一向しれず。是より五十日計りの内、手掛りなし。扨其後大岡殿、自分屋敷へ甚八が母を呼れ「最早四十九日も過たれば、嘸や淋しく候はん」と仰られければ、老母は涙を流し、「今以忘るゝ間なく、夜分泪のかわく間もなく、夜更るに随ひ九つ時分と存候得ば、只今頃は甚八が殺害せられし時分かと思ひ出し、翌八つ時に及候得ば、葬送出したる時と存じ、夜の九つ時と昼の八つ時には思ひ出し、兎角九つと八つはうらめしく候」と老母申候得ば、大岡殿、明智才能万人に勝れたるおのこなれば、随分と御不便かけられ、金三百疋香典として被下、暇を遣して帰されける。後にて首をかたむけられ、周易の卜筮を立られ、「九つ八つに老母なやめば九八といふ者ならん」とて書付、翌日奉行役所え出され、麻布、青山、龍土、伊皿子(奈古・ママ)、目黒、其外此近辺壱里四方へ仰付られ九八といふ者を御呼出し有けるに、二本榎より壱人、飛坂より壱人、伊皿子(更古)より壱人、都合三人連れ来り。一番に二本榎の九八を呼出し給ひ、大岡殿被仰けるは、「其方、去る五月十二日の夜、麻布谷町に於て桶屋甚八といふ者を殺し金子を弐両奪ひ取しならん」と仰られしかば、彼九八は大ひに肝を潰し「私事は二本榎にても人にしられたる商売人にて、出店三軒有て百両や弐百両の金子には事かき申さず。ましてや人を殺す抔は中々存もよらぬ事」と申上ければ、「然ば立て」と追立たまひ、次に飛坂の九八を呼出し見給ふに、是は鳶の者の頭と見えて、りつぱ成男にして、めくら縞の腹がけ股引、金銀もの尽しの大たばこ入をさげ、たのも《（頼母）》しそふなる男なり。大岡殿被仰けるは、「いかに九八、其方五月十二日の夜、桶屋甚八といふ者を殺し金弐百両取しならん」と仰られければ、九八、大岡殿の顔をじつとながめて「恐ながら御奉行様、私が人体にてしれそふな《（なる）》もの、飛坂にても頭の九八とてしらぬものさへ立引づくにては三両五両の金は只今にても貸申候也」と申上ければ、大岡殿「しからばたて〳〵」と仰られける。第三番に伊皿子《（更古）》よりつれ来る九八、単物に縄のやうなる帯をしめ、齢三十才ばかり也。大岡殿被仰けるは「其方は独身者なるや」と仰られける。九八「御意に御座候」「商売は何をいたす」「定小屋《（しこや）》通ひ申候」といふ。大岡殿「其方、五月十二日の夜、麻布谷町におゐて桶屋甚八といふ者を殺して金子弐両取しならん、真直に白状せよ。もし少しにてもちんずるに於ては急度拷問に行ふべし」と仰けり。彼九八申けるは、「決て覚無御座候」と申上ける。其音声何とやらん曇りしかば、大岡どの内々にて此九八が宿へ同心を遣され「改め参るべし」と被仰付、早速伊皿子《（更古）》九八家主、案内して参り、同心改めけるが、家内には何もなくへつつひ《（へ）》ばかり、手桶壱つ、土瓶壱つ、薪壱把、此外に何もなく、壁に状さしのやうなものゝ中に家賃の通と思しきものはさみあり。取て見るに家主の名前、九八殿と記し家賃の通也。此外に何もなければ、右の通りを奉行所へ持参しけり。大岡殿の前にて通を開き見るに、当正月まで家賃一向済ず。大岡殿、九八が家主を召呼れ、「其方、此宿に店賃何ヶ月程貸候や」家主申けるは、「当正月より払不申候得共、月々五百文づゝの店賃少々の義故、無拠かして遣し候」と申上ければ、「然るに『五月十四日預り』と書て有。「五月十四日金弐分受取候や」と被仰ば「五月十四日金弐分持参致し預け置候間、受取置候」と答へたり。「其者しばれ」と被仰、直さま縄をかけて其罪は†定まりしとかや。夫より九八白状して、牢舎の後にさま〳〵拷問有て、終に不残白状に及び、此者にてぞ有けり。誠に大岡殿の明智、凡慮の及ばぬ程とて感ぜぬものはなかりけり。

大岡仁政要智実録五終り

大岡仁政要智実録

巻之六

目録

一　麹町二丁目加賀屋四郎右衛門駿河屋三郎兵衛一件之事

附り大岡越前守殿遠智之事

大岡仁政要智実録巻之六

○麹町弐丁目加賀屋四郎右衛門駿河屋三郎兵衛一件　附り大岡越前守殿遠智之事

爰に享保の頃、江戸麹町弐丁目加賀屋四郎右衛門とて間口十八間余にて番頭若者でつち五拾余人、奥は夫婦子供乳母下男下女弐十人余、都合七十人余の暮しにて、地面も三、四ヶ所持て商売は呉服太物を商ひ、日々繁昌して何不足なき身分。又向ひに駿河屋三郎兵衛とて近頃店を開きて是も呉服太物を商ひけるが、小店といひ（へ）、向ひは買手ばかり行て商売有、此駿河屋一向商ひなし。然れども屋敷方へ商ひし、夫れにて取続き居ける所に、駿河屋或年三月節句前、金弐拾両不足に付、是非なく向ひの加賀屋四郎右衛門方へ行、奥へ通り亭主に向ひ、「此三月節句前、金子弐拾両不足にて問屋の払成兼、難義に及。見掛て御頼申けるは外の義にては是なく、何卒節句過まで金弐十両借用仕度」旨、申けるにぞ。此四郎右衛門、至て情有者にて「夫は嘸御難義ならん。商売は相互ひ、御遠慮なく仰越れよ」と心能かしければ、三郎兵衛大きに悦、「書付を入申さん」といふ。四郎右衛門、「書付には及不申。貴殿と拙者の中、殊更御商売の御都合と有ての事、書付抔取候ては拙者が真実無に成。左様の義にて候はゞ御用立申間敷」と真実面に顕申ける。三郎兵衛大ひに悦び、厚く礼をいふて帰らんとするを、四郎右衛門「先々」と下女に云ひ付酒など出してもてなし、互ひに念頃に物語して、三郎兵衛は暇乞して帰りける。其後三月十日に三郎兵衛、金弐拾両加賀屋え持行、奥へ通り先達ての礼をいふて金を返しける。四郎右衛門も色々挨拶有て、其日は別れて帰りける。其後五月節句前、「三拾両不足に付難義致す間、何卒三十両借度」由、言ひ入ければ、四郎右衛門又心安く貸くれ(呉)ける。夫†れは又五月十日に返し、七月前五十両かり、同月廿日に返し、九月節句前に八拾両借、是を晦日に返し、扨此次の度は暮の事なれば、誰も金をはなす事を嫌ふ時分なるに、此四郎右衛門只真実のみにて利も貰わず実義を以てかしける故、此度は百両借り、斯のごとくうなぎ登りにかりける事、三郎兵衛元よりたくみ有事なり。扨此百両は、十二月大晦日に持行ける。四郎右衛門、其日は勘定合抔して正月支度に奥取込ける。三郎兵衛来りてもろくに挨拶もそこ〳〵、あたりは帳面にてむらがりけれども三郎兵衛金子百両持来りければ、則是を請取帳え付、懸硯の上に彼百両を置、下女に云ひ付三郎兵衛に酒など出させける。三郎兵衛ゆる〳〵咄して居ける内に、御屋敷方より何か六ヶ敷出入を云ひ来り。四郎右衛門、其挨拶に此請取ものなどにて世話しく居たり立たりせし。其紛れに三郎兵衛、懸硯の上に有百両を取て我懐へ入たるを、誰もしる者なかりけり。其後三郎兵衛暫く咄し抔して帰りける頃にて四郎右衛門、三郎兵衛より請取し百両をさがし見るに見えず。「もしやいそがしき時なれば、外の金の中へ這入はせぬか」といろ〳〵尋ると雖、一向しれず。勿論大晦日の事なれば、屋敷方より三百両、四百両払を取り、手代ども或は壱両、弐両、又は三両と度々持来りて置ける故、入帳には附たれども、百両不足して合点ゆかず。「もしや三郎兵衛」とは思へ(ひ)ども是非なし。今年の厄(疫)落しにあきらめ其暮は過しける。是をけちの始として其年の五月、壱人の娘有けるが至て秘蔵にして、しかも惣領なれば、聟もゑらみ跡を継せんと思ひしに、大病にて此娘終に相果ける。間もなく妻も病死して、壱年の内に妻子に別れ、夫より手代共抔も引負ひなんど多く、掛先のたをれも多く、さ程の身代瞬く間に不廻りに成ける。其上四郎右衛門大病を受、種々療治をなし漸々本腹はしたれ共、足腰弱く成て弐町は歩行も叶はず。毎日〳〵家内の事を苦労し色々物入多く、手代共引負多ければ、*自身病気其外にて五年程の内に身代も悪敷成、地面も段々売尽し、今は糀町六町目加賀屋茂兵衛といふ者の方に掛り人と成て居けるが、此加賀屋茂兵衛といふは四郎右衛門方に数年勤めし者なるが、かゞ屋繁昌せし時分なれば四郎右衛門少々元手金を与へ、かゞ屋茂兵衛とて同町六丁目に小切れの類を見世にかざり暮しける。此茂兵衛も元手の不足故漸々細き烟りを立けるのみに、四郎右衛門は掛り人と成て居られける。誠に浅間敷零《（涙）》落なり。扨又こなたの駿河屋三郎兵衛は彼百両を取て我家へ帰り、其金を商の種として、是より見世の者に云ひ付代物に色を付て商ひけり。色を付るとは、或は壱分の中形に袖口か半襟か又は裏つきかと言ふものなどまけに添て売けるなり。尤僅の品は夫々にて下を附て売ける故、是にて人の思ひつき能く、段々商ひ繁昌しける。彼百両をもつてまけ品を人々目に立程に売ける故、日々はんじやうし、後には段々見世をひろげ若者大勢抱へ一とかどの身代と成、向ふの加賀屋の衰微するに従ひて次第〳〵にはん昌しける。扨又かゞ屋四郎右衛門は、彼茂兵衛が内に掛り人と成居けるが、其身は病気なり、年寄て近辺をあるく事漸々也。四郎右衛門思ひけるは、「茂兵衛方に居ても小使計り遣ひやくにたゝず、気の毒なり。殊更茂兵衛は貧にして、夫婦に子共に四人、漸く其日を送る事なれば、何卒少し死金を拵へん」と、或時駿河屋三郎兵衛方へ来り「奥へ通らん」といふを、番頭、四郎右衛門が*見苦しき形を見て古しへ《（ひ）》を思ひ気之毒に思ひけるが、三郎兵衛は奥へ居るゆへ四郎右衛門来る由を達しければ、三郎兵衛は若ものを叱り「四郎右衛門に用事なし。『留主成』といへ《（ひ）》」と申ける。若者「然れども『内に居ける』と申候故、今更左様に申されず」三郎兵衛は小言たら〳〵「大方無心に来るべし」と、ふし（や）うぐ〳〵に奥へ通し、其身はしとねを三つ重ね、其上に座して女房に肩をもませ、唐ざんの小袖を重ね着て、寛々と四郎右衛門を横目に見、「何用有て来られしや」と申ける。四郎右衛門段々と不仕合を語りて「元より其許に少々金子を御用立申候事もあり、何卒其事しれ給わずば此身分にて難義致し候間、少々合力をかし給へ《ひ》」と申ける。三郎兵衛申けるは「合力一向相成不申。勿論むかしは少々借用金したれ共、夫は残らず返したり。さすれば何と申ぶんは不可有」といふ。四郎右衛門申けるは「成程不残請取たれ共、仕廻の百両は大晦日の事にて帳へ付たれども金は見えず。不思義の事と思へ《ひ》ども、最早夫はむかしの事也。夫は拙者の厄落しと思ひ切て済したり。夫は申立るにはあらず。当時茂兵衛も身上あしく、我へ扶持するも難義、其上斯のごとく病身に相成、せめては死金の少しも茂兵衛に渡し置んと存じ、斯の仕合なり。何分毎度貸したる利分と思ひ、少しの金子をかし給へ《ひ》」といひければ、三郎兵衛更に承知せず外の咄しに紛らかし取合ざれば、四郎右衛門も大きに腹を立「是程に事をわけて頼むに恩をしらぬ人非人なり」とのゝしりけるを、三郎兵衛も腹を立「人非人とは不礼千万也」と、銀のきせるをもつて四郎右衛門が頭を打けるにぞ、ひたひ《へ》にあたりて血流れ出ける。四郎右衛門「今は堪忍成がたし」とは思へ《ひ》共、病身なればいかんともせん方なく、邪見の三郎兵衛が志しの悪心をいかり、「所詮かやうの無得心、幾度いふても合点せまじ」とあきらめて、すご／＼と無念を堪へ《ひ》帰りける。四郎右衛門が心の内、思ひ遣るべし。又其後、湯屋にて三郎兵衛逢ける時、三郎兵衛は四郎右衛門をとらへ、人中にて又色々悪口し恥しめける故、四郎右衛門今は堪へ《ひ》かね大ひに憤りけれ共、病身ゆへすべきやうなく、不図心付、「三郎兵衛が後より夜分忍び入て、蔵の間へ火を入置、今宵の中に残らず此家を焼尽し、最前の意恨を晴さん」と思ひ居たるぞ流石に老人のおろかなる仕方こそ是非もなし。然るに其火もえ上り、折節風はげしく既に大変に及びけり。然る所、台所の男共并近所の人、寄合ふて火を消し「是は附火也」とて方々さがしけるに、四郎右衛門火を附て逃んとする所に人の出入多く逃そこなひ、火のもえ上りたる時漸々逃出て三郎兵衛が下男につかまへ《ひ》られ、「火付は爰に居たり。出あへ《ひ》／＼」と大音に呼わりける。近所の人々是を聞、大勢来り是を見るに、向ひの四郎右衛門なれば、三郎兵衛来り「いや／＼人違ひにはなし。火付は此者ならん」といひける。是は無心を聞ぬ由人に言はるをうるさく思ひ、火付に落し殺さんとする。近所の者大勢色々なだめる事を聞ず。「何故四郎右衛門此所に有べき筈なく此通り訴ん」といふを、町内の人々「先々我々に預け給へ《(ひ)》」とむりに四郎右衛門を連れ行ける。流石に元はかゞ屋とて近辺の分限者にて情有る人†なれば、火付などになさんも気之毒に思ひ、家主宅えつれ行、四郎右衛門に訳を尋ねけるに、四郎右衛門、前々よりの実義のこらず咄し、三郎兵衛が無得心、湯屋にての悪口、落もなくはなし、「余り残念に思ひ斯の仕合也」と、一々咄す。皆々三郎兵衛を憎み四郎右衛門を気の毒に思ひ、町内申合無尽を取立、都合金子十両ばかり集めて四郎右衛門に与へければ大ひに悦び、茂兵衛共々厚く一礼しける。然るに三郎兵衛は先日四郎右衛門を火付に落して殺さんと思ひけれ共、皆々止めける。され共三郎兵衛が元の身分を彼が口にて人々の口の端《(葉)》にかゝらんも如何なり。「いかにもして四郎右衛門を殺さんか遠嶋にせん」と、夫より願書を認めて「四郎右衛門事、私物置へ火附致し候」段、大岡殿奉行所え訴へ《(ひ)》出ける。大岡殿是を聞し召有て、則駿河屋三郎兵衛、かゞ屋四郎右衛門并茂兵衛、其外拘りの町内の者残らず御呼出し御吟味の所、皆々四郎右衛門が申せし通りを有の侭に言上す。大岡殿三郎兵衛を近く召され「其方、毎々四郎右衛門に借用致せしに相違なきや。勿論、入用の訳にてかり候や」と御尋有ける。三郎兵衛申けるは「御意の如く十ヶ年跡の事にて御座候得共、三月前弐拾両、五月前三拾両、七月五拾両、九月七拾両、十月八拾両、暮に百両、斯の如く借候へ共、残らず返し候に相違無之候。其後四郎右衛門無心に参り候を、拙者請合申さず候故、意恨に存じ、私物置へ附火致し候段、相違無御座候。何卒御吟味下し置れ候様、願ひ奉る」と申上る。大岡殿御聞有て「四郎右衛門火附に相違なく、彼百両もいよ〳〵返し候や、又は暮の事なれば事に紛れ忘れたるや、とくと考へ候べし。偽り包むにおゐては急度致し（方）有べし。其方、うなぎ登りに金を借る程の者なれば油断ならざる男なり。彼四郎右衛門流石身代《(体)》の果†る程有て、致し方無之の義、誠に不便の至り也。勿論、火付に相違なければ急度申付る也。いざ其方いよ〳〵百両を返したるや」と御尋有けれ共、三郎兵衛返答に差詰りたるを、大岡殿、三郎兵衛を近く召れ、「其方両手の指を差出すべし」とて人さし指を二本合せ、こよりをもつて一所に結びたまひ上《（へ）》を紙にて巻、継目へ自分（の）印形をしかと押給ひ、「是、物忘れの事を思ひ出す法也。是にて宿へ帰り、能々考へ尽し、若し返さぬならば明日早速持参仕るべし。尤、此封じめ少しにても損じなば、其方未だ返さぬべし。先立帰りて得と考へ見よ」と、事有げに申給ひて、其日は皆々下りけり。扨又三郎兵衛は、大岡殿にゆびをむすび付られ宿へ帰れ共、何とやらん流石の悪徒も是に困りけり。皆々相談いたしけるに「是はゆび掟とて、疑敷者には是を用るとかや承る。是非なし、是は『忘れたり』とて出す方がよろしかるべし。只今の身上にては百両の金はさのみ痛みにもなるまじ」と申けるにぞ。三郎兵衛詮方なく翌日百両を持参して出たりけり。大岡殿宣ふは「如何に三郎兵衛、其方はいよ〳〵失念致したるや、相違是なきや」三郎兵衛「恐れながら失念いたし候」と申上ける。「然らば」とてゆび掟を取り給ひ、「いよ〳〵其方四郎右衛門より借用致したるに相違なければ、右の百両の利を遣すべし。十ヶ年の利分は弐拾両一分の割をもつて百五拾両添て四郎右衛門方え遣すべし。早速宿より取寄るべし」と仰ければ、誠に理の当然に是非なく三郎兵衛申上けるは「当時中々利分の百五拾両は出来兼申候間、何分勘弁いたしく《（呉）》れ候様、四郎右衛門方へ御慈悲に仰聞され下し置れ候やう、願ひ奉る」と申ける。大岡殿三郎兵衛を大ひに叱り給ひ「百五拾両出す事難義ならば、其方が百両を忘れ返さぬ内は十年の間四郎右衛門いか程難義いたし候や。然れ共出来兼るに於ては只今百両出すべし。是をも出さずば牢舎申付ん」と仰られける故、是非なく三郎兵衛宿より又々取寄せ出しければ、大岡殿「元利共に弐百両、四郎右衛門に遣わされて残り金五拾両は年賦にいたし出すべし。如何に三郎兵衛、残り金五拾両は毎年金壱両づゝ、四郎右衛門へ急度遣わせ。右五拾両相済次第、四郎右衛門火附の御仕置仰付るべし。残金相済まで急度預る也。左やう相心得べし」と仰渡され御裁許相済。天晴天然自然の利、悪をこらし、正直を助け給ひ、万事斯の如し。

右四郎右衛門は六十余の老人なりしを、五十年御あづけのよし云々。

大岡仁政要智実録六終り

大岡仁政要智実録

巻之七

目録

爰に、上州より太物を商ふて毎年江戸へ出る商人に、井筒屋茂兵衛、金屋利兵衛といふ者、両人平常兄弟の如く親類よりも中睦敷付合たのもしく、両人共妻は懐妊にて有けるが、或時、両人江戸より帰り道にての咄し、利兵衛申けるは「我、今年四十才に成て初て子といふものを持なり。其許は二十余りになる息子あれば、今度生れたりとも我々程には思ふまじ」と申ければ、井筒屋茂兵衛申けるは「我成人の倅あれ共、其許しつての通り、五年以前出家して諸国行脚に出たれば、我子とても我子にあらず。末のやくに立難し。夫に付壱ツの相談有。今、両人の妻、同月の産なればば、生れ次第男女ならば両家にて夫婦にすべし。両方とも男子か又女子ならば、長く兄弟として、成人の後まで一家たるべし」と両人の末前を約束して、夫より道を急ぎ夜を日に継て程なく国元え着けるが、間もなく両人のつま安産しけるが、今度利兵衛が方は女子にて菊《（兼）》と名を付、井筒屋茂兵衛方は男子にて吉三郎と名を付ける。両人の悦び大方ならず、「兼て約束のごとくせん」と末を約束し、妻にも其趣きを聞せ、是より両人別て睦敷付合ける。然るに両人の子共拾三才の時、吉三郎が父井筒屋茂兵衛大病を煩ひ、種々養生するといへども叶はず、既に命危く見えければ、枕元え金屋利兵衛を呼、并に女房蔦、娘菊、手前の妻いね、倅吉三郎残らず呼集め「我此度の病気快気覚束なし。依て江戸の得意を残らず利兵衛殿え預け申也。倅吉三郎成人迄何卒此方の得意をよろしく廻し置き被下べし。是計り心に懸り、縁者同様の貴殿なれば何事も任せ候間、妻子の事頼むなり」と、能々利兵衛夫婦え遺言して、又吉三郎に向ひ《（へ）》「利兵衛、おきくを其方胎内に有時よりいひ名付致し置候事なれば、随分利兵衛を父と思ひ大切にせよ、必ず背く事不可有」と能々教訓して五十三歳にて終に空しく成にける。是よりして利兵衛は毎年壱人して江戸の得意井筒屋茂兵衛分まで廻りける故、俄に商ひ多にて金銀多く儲《（設ふ）》かり、自分弐人前稼《（拵）》げるにぞ、五年程の内に余程金も出来し、度々江戸へ出けるが、後には江戸へ扣へ店を拵へ、通《（通り）》油町へ間口拾間計り、奥行は新道までぬけ、板塀を張出し、余程大身代《（体）》となり、若ひ者番頭子共、都合二十人に及ける。是偏に井筒屋茂兵衛が能き得意の沢山是有けるを、己が得意と一集にして壱人にて商ひし故也。然るに又上州にては、吉三郎并母いね両人は利兵衛江戸へ店を拵へ早速迎ひに参る約束之処、三四年立とも一向沙汰なし。其後吉三郎は、人の世話にて僅の商抔して親子漸々其日を送り、江戸より迎の来るを楽しみ居けるが、案に相違して一向手紙も来らず。此方よりは度々文通をするといへども壱度も返事なく、吉三郎母いねも大に腹を立、「頼みし事ども忘れはせまじ。余り情なき仕方」と利兵衛を恨ける。吉三郎も今年拾七才になりけるが、至て孝行にて母をなぐさめて申けるは「利兵衛殿も約束変じ音信せざればとて、此方に居て如何詮方なし。もしや病死にてもいたされしや。夫にしてはおつたどの菊事約束にて、此方の得意迄も任せ置しものなれば、是非迎には参るべし。さのみ案じて煩ひ給ふな」と申ける。母は我子のみすぼらしきなるを見て不便に思ひ「少しも早く菊とそわせ、むかしの井筒屋を立させん」と思ひ直し、又半年待けれども更に迎もなく、或時吉三郎、母に向ひ申けるは「一と先づ二人して江戸へ出、先達ての噂の如く江戸通《通り》油町ならば尋行て利兵衛殿に逢ひ、若し心替りして我々親子を引取まじといふや、其心底を探り、繁花の大江戸なれば親子弐人渡世のならぬ事も有まじ。若し運よく立身いたしなば、其時今の難義せし顔を見返す事も有べし。何はともあれ一先江戸へ出るべし」世帯を仕廻ひ家財を売て路銀となし、親子諸共江戸へ出、馬喰町武蔵や清兵衛井筒屋（「同」ミセケチ）茂兵衛が定宿なれば爰に先づ宿を取、翌日吉三郎壱人（通）油町金屋え行、勝手口より入り、「利兵衛様に御目に懸り度、上州より参り申候」といふ。取次奥へ斯と達しければ、利兵衛是を聞、「上州より誰も参る筈なし。扨吉三郎尋ね来しならん。此方へ通せよ、様子を聞ん」と申て利兵衛吉三郎に向ひ「其方、何用有て来しや」といふ。吉三郎申けるは「余り久敷御疎遠なれば如何とぞんじ御左右承り度、母を同道いたし馬喰町武蔵屋清兵衛方に罷在候」と申ける。利兵衛はとくより心替り、持参金の有聟を取る所存なれば、今吉三郎が来るをいま〳〵しく思ひければ、「何卒して田舎へ追返さん」と心にたくみ「此方にて替る事なければ何尋に不及、何も用事なし。早々国へ帰り母を大切にいたせよ」といひ捨て奥へ行んとするを、吉三郎今はこらへ《ひ》かね、利兵衛が裾をとらへ「何故左様の事仰せられ候や。此方に成ても御無心に参りしにはあらず、其許には我父御頼み申せし事忘れられ候や」と言葉をはなつて申ける。利兵衛何事もいわず振切て奥へ行ける。吉三郎あきれ果、頼切たる利兵衛、如斯の心底なれば所詮何といふたれ《り》共取上べきやうなく、我身一人ならば此所にて自殺をもすべけれ共、母をも連て遙々と来る事なれば、何事も辛抱して夫よりすご〳〵金屋の家を出て二、三丁帰りけるに、跡より「申〳〵」と呼掛る者有。吉三郎振返り見るに、田舎にて見覚有お竹といひし女なり。此女は金屋井筒屋とも出入する織物屋の娘なり。利兵衛江戸へ店を出せし時分、国にて母にわかれ父親と弐人にて暮しけるが、利兵衛方へ尋来り、親は番頭となり、娘竹はお菊相応の年恰好なりとて腰元として召仕ひ《(へ)》けり。子共の時より吉三郎共心安く、お菊と云ひ名付の事も知て居けるが、今吉三郎台所より来て居るを不図見付てお菊に斯と達す。母蔦も聞付て呼度事に思へ《(ひ)》共、利兵衛得心せず無拠打捨†て置けるなり。娘お菊は吉三郎来たりと聞て逢たく思へ《(ひ)》ども、父利兵衛に叱られん事を思ひ、密に腰元竹に頼みける故、竹は吉三郎の跡より追かけ来る也。扨竹は吉三郎に向ひ「お菊さま、御前様に是非御逢†ひ被成度との事なれば、こなたへ来り給へ《(ひ)》」といひければ、吉三郎、扨は娘未だ心替らず我を云ひ名付と思ひゐらるゝ事嬉しけれども、利兵衛殿心底に相違しければ、我嬉しく逢ふ事相成†り兼、お竹は無理に吉三郎が袖を取り元†の所へ来り、此度は新道へ廻り庭口の切戸より吉三郎を入、お菊が部屋へ伴ひける。吉三郎申けるは「利兵衛むかしの約束を変じ、外より聟をとらんとの心底にや。我を追出さんとするに、何故呼返し給ふや」といふ。娘お菊申けるは「夫に付、色々咄し度事有、御身を待居たる也。何はともあれ、今は何事も申難し。明日の晩此処まで忍び来り給へ《(ひ)》。ゆる〳〵はなし申さん」と吉三郎を帰しける。扨翌日、吉三郎夜に入†り彼板塀の所へ来りけるに、内より竹出て吉三郎が手を取、菊が部屋にぞ連行ける。然るに此菊は、幼少の時より吉三郎を云ひ名付とのみ聞て、今年拾七才にて始て吉三郎を見るに、色白く人品より形は見苦しけれ共賤しからぬ風俗なれば心に悦び、閨に入て睦言数々、是より毎度此処へ通ひ《(へ)》、竹が手引にて吉三郎をお菊に逢せけるが、或夜此隣の両替屋伊勢屋三郎兵衛といふ大身代《(体)》の者有けるが、夜九つ時分に表の戸を叩き「旅僧なるが一夜の宿をかし給へ《(ひ)》」といふを番頭目を覚し「爰は旅人の宿る所にあらず。今少し行ば馬喰町といふ所にはたご屋多ければ夫へ参りて泊り給へ《(ひ)》」といふ。彼僧申けるは「愚僧今腰痛にて一足も歩行叶はず。願くは板椽にても一夜を明させ給へ。薬を呑て御湯を壱つ御振廻給へ」と云ければ、番頭「盗賊ならん」と思ひ構わず休みけるが、其僧も詮方なく此処に大八車有、其蔭《*(影)》に風呂敷をしき、其上に座し頭陀袋より薬を取出し呑て暫く其所に息を休め居けるが、段々夜も更、深々と辺りも淋敷なりける所に盗賊と覚しき男、伊勢屋の板塀を乗越し壱人の男の肩に乗り、難なく塀を越し内へ忍び入けり。彼肩へ乗せたる男は塀の外に有て待けるが、程なく忍入たる男来て、内か（ら）ひそ〳〵囁き、内より出たる壱人の男は西の方へ行けるが、件の男壱人残り居て猶辺りを見て居たり。旅僧は是を見て「もし見付られたら殺されん」とおもひ息をこらし伺ひゐたりける時に、隣の金屋の板塀の開戸を明て吉三郎は今宵もお菊が方へ来て、つもる咄しの上はたご屋へ帰る。永々逗留して多分入用かゝり、夫より母の病気にて薬抔にたくわへ《（ひ）》も遣ひ《（へ）》果したる由、段々咄しけるに、お菊もきのどくに思ひ「我故に斯成給ふ。何卒見継度く思へ《（ひ）》ども、父利兵衛は外より金子持参の聟をゑらみてお前を入まじといわるゝを聞、いとゞ悲しく、親子養るゝ此身なれば何事も心に任せず、是は少しの物なれ共私が手道具なれば大事ない、売て成共はたごやの用、母さまの薬を調ひ上給へ《（ひ）》」と、鼈甲の壱枚板の櫛壱つ、外に琴爪の菱の紋付し後指弐本吉三郎に渡しける。吉三郎大きによろこび、「其志を聞く上は、此上夫婦にならず共本望也《（成）》」といひければ、お菊は涙を流し「必ず夫は案じ給ふな。母さまも共に父をなだめ申べき間、時節を必待給へ《（ひ）》。我身においては外に男は持心なし」といふて終にわかれける。腰元竹はいつもの通り吉三郎を送りて開戸を明て出し、跡をしめて内に入。吉三郎、母の病気を案じけれ共、お菊が情に引されて、毎夜〳〵通ひけるが、いつも泊る事なし。夜更に帰りける。今宵も早丑の刻なれ共、小灯をさげて馬喰町をさして急ぎ帰りける。扨又件の跡に残りし壱人の盗賊は、今金屋の開戸より男の出行く跡より女送りて別れ行を見て、「扨はきやつばらは色事也。是屈竟の事也」と、彼開戸の所へ行、外よりほと〳〵叩きけるに、内にはお竹未だ庭に居ければ、「扨は吉三郎が何ぞ忘れし事有て帰りしならん」とて何心なく開戸を明けるに、吉三郎にはあらず外の男にて、抜打に切懸ければ、竹は肝を潰し奥へ逃込ながら「盗賊這入たり、出合〳〵」と半分云わぬ内、かの男お竹を後より只一打に大袈裟に切殺し、障子に映《（移）》る明りを目当に奥へ来る様子なれば、お菊は竹が盗人といふ声を聞よりうろたへ廻り、屏風の蔭へ隠れふるへて居たり。盗人は菊を見付ず娘の手道具手にかゝり次第ひきさらひ《へ》、元の開（戸）より出行ける。娘お菊は盗賊出行しかば頓て家内を起しける。利兵衛も起て来り見るに、取散し、庭には竹が切殺されて有しを見て大きに驚き、家内の者を呼起し、家内の居間其外隅々残らずさがし見れ共、早逃行けん、庭の切戸明て有ける故、わか者表へ走り出、そこ爰と尋けるに、又隣の伊勢屋三郎兵衛方にても盗賊入たりとて騒ぎ出し、男共大勢出て見るに、板塀の上を越て逃行しと見えて、足台《代》などは其侭に有けるゆへ、「扨は爰より出たり。夫れ追懸よ」と大騒也。此時、前の旅僧は車の蔭に隠れゐけるが、男共内にわめくを聞て「我此処に居るならば盗賊の疑かゝりておさへ《ひ》られんも残念也。一向はやく此処を去て逃行がよかるべし」と壱人言ながら急に立、一丁計り逃行けるを、伊勢屋の男共是を見付て「扨は盗人は此僧ならん」と大勢にて難なく旅僧を捕たり。三郎兵衛家内を改め金子五百両あらざれば、「扨こそ同類有て金は先へ遣わせしならん」と、彼旅僧を縛り、色々詮義しけれ共、元より覚なき事なればいふべきやうなく、然れ共番頭「先より表を叩き宿をかしくれ《呉》よと申せしは旅僧也。必定此者成べし。爰にて詮義せんより奉行所へ訴へ《ひ》拷問を願なば同類もしれ申すべし《く》」と願書をしたゝめ大岡殿へ訴出けり。此事同夜なり。扨金屋利兵衛方にては早速検使を願ひ、程なく役人来り、お竹が死骸を改め、「是は内へ逃込む処、後より切殺したるものならん。扨又盗まれし品々、書付を以て訴へ《ひ》候へ」と仰有て役人は帰られけり。此家の番頭は竹が父親成しが、大に悲しみ歎きける。扨利兵衛、娘お菊を呼、「其方盗人の面体人相を見たるや」といふ。菊申けるは「中々恐しく、見る事さへならぬ故、人相面体いかなるか一向しれ不申」利兵衛重ねて尋けるは「然らば竹は何ゆへに夜更迄庭へ出たるや」と問ければ、菊はさしうつむいて言葉もなし。暫く考へ「此盗人我少し心当りの者あり。然れ共是といふ証拠なければ訴へ《ひ》がたし」（と）盗まれし娘が手道具の品々、書付をもつて大岡殿へ訴へ《ひ》出にけり。扨吉三郎は、彼お菊より貰ひし櫛と後ろざしを持帰り亭主に見せ申けるは「是は我母若き時にさゝれたる品なれども、今病気の入用多く難渋に付、売払、薬の料にいたし度く存候間、頼み申」と言ければ、亭主も気の毒に思ひながら「手前の心易き小間物や与兵衛と申者、いつも我方へ来るもの也。此人に頼み遣すべし」と。或時与兵衛来りければ、亭主与兵衛を頼み吉三郎に逢せ、彼品を見せ亭主請人に成て終に是を金弐両弐分に売渡しける。吉三郎悦び是にて薬など調へ《ひ》医師を取替、其身も側を離れず看病しける。扨此与兵衛は平生金屋へ心安く出入すれば、或時、彼吉三郎方より買たる弐品を見せければ、利兵衛女房見覚の有る娘菊が手道具なれば、大きに驚き、夫利兵衛に斯と達しける。利兵衛も是に違なき故、利兵衛申けるは「一昨夜我方へ盗賊入て娘が手道具盗まれけり」と申ければ、与兵衛大きに肝をつぶし「彼はたご屋の客人より求たり」といひければ、利兵衛はたと横手を打、「それにて盗賊しれたり。我推量の通り違わず、此盗賊は吉三郎、訳は先達て我方へ尋来れども彼が様子を見るに、思の外見苦敷形《形り》をして来るは我を恥るつもり也。斯働の無き者を我聟にはなし難し。殊更頼のしるし遣したるにあらず、彼が心をはげましたるに、それを憤り我家へしのび入、色々盗み取逃んとする時、竹は見し故声を立んとする処を殺したるならん。とくよりかやうと思ひけれども、是ぞといふ見定たる事なければ、今迄は扣へたり。もはや証拠あれば、彼が天命遁れぬ所なり」早速願書を認めて吉三郎盗賊人殺し相違なき旨、与兵衛同断に訴へ《ひ》ける。此時女房つた夫をいさめ、「吉三郎中々左様の事致す者に非ず。是には何か訳の有べし。もし吉三郎盗みしにもせよ、娘菊がいひ名付なれば此方の聟也。是を訴んとは此方の恥ならずや。曲てゆるし給へ」といさめけるを、利兵衛少しも聞ず「何ぞ己れが知るべきや。『女さかしくて牛を売そこなふ』との譬有。必ず口出しせな」と叱り付、直様与兵衛と共に奉行所へ訴へ《ひ》けり。是は利兵衛、内心には是を幸に吉三郎を科《料》人に落し、外より持参金の有聟を取気なり。大岡殿、金屋利兵衛よりの願書を御覧有て則「吉三郎を召捕べし」と役人を遣わされたり。扨吉三郎、母の病気の重りければ、側をはなれず付添居て看病し、大切にいたわりけるが、近所の医師へ薬を取に行く所を、捕手の役人両三人、声をかけて吉三郎を「上意也」といひ、高手にいましめ引立て行。皆々大におどろきける。吉三郎が母、是を聞き狂気の如く、「何故に我子を縛り連行くや」と、更にあきれて泣居たるを、亭主是をなぐさめ「是は定て人違ならん。必ず案じ給ふな」と申ける。扨吉三郎は「何故かゝるうきめに逢ふ事あらん」と更に合点ゆかず、「元より此身悪事をなしたる覚なし。我身は更にいとわね共、我居ぬ時は誰か母の看病をよくする者あるまじ」と思ひ、しきりにかなしく、心は後へひかされて、人心もなく奉行所え来り、白洲へ引居たり。此日、彼伊勢屋三郎兵衛方にても旅僧をつれて訴へ《(ひ)》出たり。番頭申上けるは「私義は（通）油町伊勢屋三郎兵衛と申両替屋にて御座候。此夜九つ時過、此法師みせの戸を叩き、一夜の宿をかしくれ《(呉)》候様申候に付、はたご屋にあらざれば断り申候得共、其後は音も不仕候故、何方へ参りしと存じ休み申処、夜七つ時分忍び入、金子五百両取て逃出る時、家内の者目を覚して追掛出る所、此僧足早に走り候をとらへ候。何卒御吟味を願ひ奉る」と願書を出しける。利兵衛も同じく願ひける。大岡殿先づ吉三郎に向ひ《(へ)》給ひ、「いかに吉三郎、其方上州より遙々来り、何故に利兵衛方へ忍び入盗賊をなし、逃たるとき腰元竹を殺したる事、大たん不敵の振舞也。伊勢屋方より訴へたる旅僧も同夜の事なれば、是も汝が同類なるべし。殊更汝金屋にて盗みし櫛、かんざしを小間物屋与兵衛に売たる由、彼が金屋え持行しより此事顕れ、則ち利兵衛与兵衛訴へ《(ひ)》出たり、かゝる慥成証拠有る上は、少しもちんずる事なく白状いたせ」と仰ければ、吉三郎思ひよらざる事をいひかけられてあきれ果けるが、急度思案し「必ず物の間違ならん」と思ひて両手を突て申上けるは「私義は、上州より毎年江戸表へ太物を商ひに参る井筒屋茂兵衛と申者の倅、吉三郎と申者に御座候。是なる利兵衛は、私親茂兵衛とは兄弟同様に交り、其上利兵衛娘菊は私胎内よりの言名付なり。然る時私十三歳の時、父茂兵衛病気にて種々養生仕り候へ共、相叶わず病死の時、利兵衛殿に江戸の得意不残預け、私成人の後娘に娶せ、得意を分て商ひいたさせくれ《(呉)》候様頼み置遺言を残し、夫より利兵衛殿、江戸表へ出て三ヶ年に及候へ共、国元私方へ一向音信も無之によつて、母と相談仕、世帯を仕廻、江戸表へ出、利兵衛殿を尋候へ共、存の外に心替り、以前の約束変じ寄せ付不申。母も其不実をいかり候へ共詮方なく、頼み切たる利兵衛、如斯の心底なれば親子力をおとし候へ共、何をいたし候て成とも繁花の御当地なれば口すぎも相成べしとぞんじ、其後には一度も尋不申。又、彼櫛とかんざしの義はお菊よりもらひ、母の病気にてたくわへ尽し候故、与兵衛に是を売て母の病気をたすけ申候。全く盗みしには非ず。何卒御慈悲に此所を御見察被遊、御免を蒙り、母の看病仕度」と、涙ながら申上ける。大岡殿是を聞て、「汝が申所尤なり。然れ共、うろんなる所有。其訳は、其方はる〳〵利兵衛を頼みに思ふて来る処、約を変じよせ付ず、其後は一度も来らずといふや、一度もゆかぬものが何ゆへに娘菊に逢ひ、彼品をもらひしや」と尋られければ、流石に大勢の故いひかねさしうつむいて言葉なし。大岡殿重ねて「此二品の出所しれざれば盗賊の名は遁れ難し。扨は其方ひそかに菊が方へ通ひしや」と宣へ《ひ》ば、吉三郎顔赤くしてうつむきける。大岡殿大方是をさとり給ひ、又旅僧に向ひ、「汝、出家の身として大胆なる曲者也。何国の者なるや、早く名乗れ」と被申ければ、旅僧申けるは、「私は上州の生れにて名は雲源と申もの也。十五歳の時より出家仕候へ共、幼少より盗心有て成人に随ひなを〳〵募り、昨夜伊勢屋へ入て金五百両集取、其隣の金屋とやらんへも忍び入色々盗取、出る所に女に見付られ、無拠切殺し候。されば天命遁れず斯縄目に及ぶ事覚悟也。然るに此若ものを盗賊なりと疑懸り候由、何共見兼申候。私、委細白状仕候。科《料》なき若者を盗賊に落さん事、いかにも不便に候也。何卒彼を御助け被下、母の看病いたさせ被下べし」と、臆したる気色もなく、言葉涼しく申ける。是を聞給ひて「汝申所分明なり。伊勢屋にて五百両盗み、金屋へ入て色々盗み女を殺したりと白状すれ共、盗みたる金も見えず。また女を殺したるならば刃物も有べし。夫もなし《く》」旅僧申けるは、「取候品も刃物も逃る時取落し、身壱つに成候処とらへられ候」と申ける。大岡殿、伊勢屋の番頭に向ひ給ひ《へ》、「此者とらゆる時、何ぞ所持したる者なきや」と尋られければ、番頭申上けるは、「外に何も無之。あじろ笠に頭陀袋計御座候」（と）申。「其頭陀袋を是へもて」と有ければ、則†ち取寄、さし出す。大岡殿、中を改めて書付など色々読給ひ《へ》心にうなづき、「子細有れば追々此方にて呼出すまで利兵衛三郎兵衛、今日は下るべし」小間物やは町内預け、吉三郎、雲源弐人は牢舎にて其日の御尋相止ける。扨翌日、大岡殿、吉三郎壱人を呼出し給ひ、「其方、弥々菊と密通し櫛かんざし貰ひしや。恥かしとて隠すべからず」と念頃に仰ければ、吉三郎「仰の通り相違無之候。猶菊を御呼出し御尋被下べし」と申上ける。大岡殿頓て同心に被仰付、馬喰町旅篭屋清兵衛方へ被遣、「吉三郎母随分いたわり申すべし、一両日中には吉三郎無事にて返すべし、其間亭主随分看病大切に取扱」を申付らる。次に金屋利兵衛、同娘菊、伊勢屋三郎兵衛、小間物屋与兵衛、はたご屋清兵衛、雲源等のこらず御呼出しなり。扨、菊は我送りし二品にて吉三郎殿無実の罪にて牢舎となり、有にもあられず歎き、ひとり気をもみ、此事いふにもいわれず、「いわねば吉三郎殺されん」と思ひ、ひそかに母に委細語りけるにぞ。母は驚き「扨、此度御呼出しはそなたと吉三郎と対決させせんとの事成べし。色々御尋有べくなれども、其時委細申時は父御の越度と成、又いわねば吉三郎殺さるべし。両方全き様に何事もいわず能く†勘弁して御返答申べし。必正直に申上ると父の罪を訴るも同前、随分心静に双方無事に成やうに御答あれ」といひければ、菊は得心して出行けり。扨、大岡殿の御前に出ければ、「いかに利兵衛、其方櫛かんざしを証拠にして小間物屋与兵衛とも〴〵訴へ《（ひ）》吉三郎を『盗賊人殺しなり』と申せ共、吉三郎事は、兼て其方娘菊と密通し、娘より貰ひ与兵衛に売たりといふ。此事明白に吟味せんため其方娘を呼出したり。其方是をしらざるや」と被仰ければ、利兵衛申けるは「あとかたもなき偽りにて候。是全く罪を遁れん為の拵事にて候。いかに菊、吉三郎と密通いたせし覚なきならば、其通り早く申上よ」とせきたてゝ申されければ、菊は生れてより始て奉行所へ呼出され、大勢の中にて吉三郎がいましめられ其やつれたるを見て、涙を浮めしかば、大岡殿《（方）》是を御覧じ大方を察し給ひ、「いかにお菊、此越前仲人して吉三郎に頓て添せ遣す間、随分安堵いたし有やうに申上べし」と高らかに仰けり。吉三郎も側より「お菊どの、何故明白にいひ給わぬぞや。そなたにまでかくされては、我身いつゆるされて、母の看病薬や何かに気を付て上る者あらんや。定めて他人手にて何事も不自由ならんと、此事のみ心にかゝり、忘るゝ隙もなく牢舎したる我心、少しはくみわけ早く有の侭に申上て、此苦しみを助け給へ《(ひ)》」と申ける。お菊は猶々かなしく思、「あからさまにいわん」と思へ《(ひ)》共、昨日母の教の通り父の罪を訴る同前、「いわねば吉三郎殺されん」と心壱つになやみけり。大岡殿早く是を察し給ひ、「其方、吉三郎と牢舎するや。父利兵衛を牢舎さするや」と御尋有ければ、菊申けるは、「何卒利兵衛を御ゆるし被遊。其替りに私と吉三郎を一集に牢へ御入被下ませ」と泪ながらに申ける。大岡殿是を聞て大に感じ給ひ、「夫にて何もかも相分りたり。吉三郎は当惑《盗カ賊カ》にあらず。追付ゆるして其方と夫婦にいたし遣すべし」と仰有て、扨又利兵衛を近く召れ「其方、以前の約を変じて茂兵衛倅吉三郎を追返し不実の上、†剰へ罪なきものを盗賊人殺しなど、麁忽の訴へ《(ひ)》、甚以†て不届なり。急度曲事に申付べき処なれ共、娘菊が孝心に免じ汝が越度さし免《ゆる》し遣すなり。落着の後は娘を吉三郎に娶せ、其身は隠居致すべし。然れども弐人の盗賊いまだしれず、依て盗賊知るまでは扣申べし。追て此方より沙汰いたすまで小間物屋町内預け、伊勢屋は追て呼出すまで扣申すべし。吉三郎は当時旅篭屋へ預け町内のもの気を付母の看病いたさせよ。又諸入用は金屋利兵衛方より送るべし。急度申付たるぞ」と仰られけり。「はたご屋清兵衛は入用何程かゝり候共、利兵衛方より請取候へ。いかに利兵衛、吉三郎は勿論、母も病中の事、夜着蒲団に心を付て食事によろしく見継べし」と仰有て皆々退出有之。扨旅僧壱人残し給ひ大岡殿申されけるは、「其方何故偽りを申すや」雲源「全く偽りは申上ず。私盗賊に紛れ無御座候。御仕置被下べし」と申ける。大岡殿重ねて被申けるは「吉三郎義、其方とは兄弟にあらずや。人相面体能く似て†則音声も壱つ也。もしや弟を救はんためよく〳〵罪に落候はゞ、是を殺す事あらんや。汝井筒屋茂兵衛が惣領ならずや」と仰有ければ、雲源誠に驚きかんじ、「今は何をか包申べき。御見察の通り茂兵衛が倅にて、十五歳の時訳有て出家仕、諸国行脚、其後弟出来たる事ほのかに承り候故、国元へ参り尋候所、弟吉三郎、金屋利兵衛に訳有て国元を仕舞江戸表へ参り候由承り、御当地へ罷り出、何卒一度母弟に対面いたし度く†御当地へ参り候処、はからずも斯の仕合也。弟無実の罪に落、殊更母ははたご屋にて病気の事、同じくならば弟を助け孝行を尽させ、我身事は出家の身、殊に母弟を助け候事なれば身命を捨て救はんと存じ、態と盗賊と申候也。全くは盗賊は外に有之候。其訳は私、母や弟を所々方々尋ね、今日に及し也。先夜伊勢屋の前にて腹痛いたし難義仕、夜更なれ共戸をたゝき湯をもらひ候はん（半）と存候所、一向明くれ不申候故、是非なく此所に車の有之候蔭に暫く相休み居り候所、夜も丑満頃、盗賊弐人来り。壱人は伊勢屋へ入、暫く有て出る。今壱人は外に待居たるが、先にはいる男内より出て何かさゝやき外に居たる男を残し西の方へ馳行、残りし男は金屋の切戸より人の出行き†し跡へ這入しに、女のさけぶこゑして、程なく以前の男、風呂敷に何か包たるものを背負、是も西の方へ行候也。然るに伊勢屋の家内起立て騒しき様子故、私此処に居ては盗賊の巻添にあはんと思ひ、恐れて逃行候を如斯とらはれに成。此仕合にて候」と申。大岡殿聞給ひ、「是は必定外に盗賊有べしと兼て覚たり。窮屈ながら今少し辛抱せよ」といたわり給ひ（へ）て又々揚り屋へ遣わされける。

大岡仁政要智実録七終（二冊目終）

『大岡秘事　三』（三冊目）

大岡仁政要智実録

巻の八

一　白子屋庄三郎一件の事

一　加賀屋長兵衛実義の事

一　大岡越前守殿御裁許の事

并白子屋一家御仕置の事

斯て新材木町白子屋庄三郎一家騒動を委しく尋るに、享保の初の事也。今、和国餅といふ餅や有し所、則白子屋地面、間口拾弐間、奥行は新道の方へ弐十五間、則千三百両の地面を一軒にて住居し、此辺にての大身代（体）也。主は入聟にして庄三郎六十歳、愚鈍にして、女房は此家の娘なり。女房おつね四十七歳なれ共、生得伊達の者にて大どしま也。娘はお熊とて容顔甚美しく傾国の粧ひあれば、心持動かぬ者もなく、二八の春秋を過て早く年頃に及ければ、恋の道の山路なく、引手数多の身なれども、「世に逢坂の関よりも、我下紐はゆるさじ」と、清少納言の教も今は忘れ果、誠に知る者の仇、彼童は習はぬ書をも読とかや。「朱に交れば赤くなる」と歌舞妓狂言座の隣の町は朝夕見る芝居の矢倉、八百屋お七、油屋おそめはいたつらなる仕組狂言、大経師の娘おはんが常ならぬ恋路に浮名たて、粟田口むかし語りをおのが身に押あて、伊達なる心のうわきより、平生身持蓮の葉に育しは、其父母の教方よろしからぬ故也。取分け母親は常に甚だ心かたましく欲深く、亭主庄三郎は売買の道少しは知りても世間世事にうとく、世常は女房御つねに任せ置ければ、女房は夫のうつけを尻に敷、我侭を働き身上向を我侭に仕廻、町内廻りの髪結の清三郎といふ人と密通し、夫のみならず見物遊楽に物の費をいとわず、若盛の娘を下女抔と結構にかざらせ、上野浅草花見或は墨田（多）川の船遊び、芝居などにて上なき奢りをなしけるにぞ、必家の禍遠からずとつまはじきして笑わぬ者ぞなかりけり。此女房のむかしを江戸中に誰知らぬものもなく、其仇名を一つ印篭のおつ（ね）といひしとかや。されば娘の子は父親より母親の教方にて其志《志し》もひとしかるべきに、か丶る母親故、お熊幼少よりの育よりも賤しき拵、髪結の風俗は芝居の役者の如く仕立、浄瑠璃三味線の外は正しき事を一つも聞ず、自然と悪しき道に心を傾けけり。爰に白子屋の

（手代忠八といふもの有。）商売にかしこく庄三郎名代を勤め、世間にても此家の番頭となしけるが、いつの頃よりかお熊と人しらぬ中とは成にけり。母は自分密夫有故、是を制する事なく、却て取持けるこそ人外といひ《（いっ）》つべし。是より家内の男女皆々色欲深く、お常はいつも庄三郎に銭百文あてがひ講釈へ遣し、後にて娘お熊番頭忠八髪結清三郎も来り、下女おはなおきく抔いふて、常に仕込れ皆々同様なれば、毎日〱酒盛相手なり。お常金弐分出して下男にいひ付酒肴とりよせ、或は唄うたひ、三味線引など入来り「おひげのちり」也。爰に又、杉の森の新道孫右衛門店に横山玄柳といふあんまあり。是はわけて白子屋へ入びたりて、いかさま白子屋壱軒にてのすぎわひの身の上なれば、お常は勿論、忠八が申事でも背く事ならず。時々かのごときの奢りに長じ、身代《（体）》日々におとろへけり。享保八年夷講前、金弐百両不足なれば、女房お常、番頭忠八と申合、亭主庄三郎に斯と申けり。庄三郎甚だ†困り入、すべきやうなく親類一家は元より女房が奢りを見て誰有て用立者なく、是非なく日頃懇意なればかゞ屋長兵衛方へ行て、右之趣あらまし咄しければ、長兵衛気之毒に思ひ、材木屋を頼み無尽を取†立たり。其人には今以て†繁昌す山形屋、かゞ屋、箱根屋、瀬戸物屋、其外庄三郎共十人†、壱人前金弐十両づゝ、尤世話人にて庄三郎分まで都合四十両出し、弐百両となし庄三郎に渡し、皆々馳走して帰しける。庄三郎大に悦び、夷さまの棚へ彼弐百両を上て、其夜かゞ屋長兵衛方へ礼に行けるが、かゞ屋長兵衛は同町かゞ屋弥兵衛方へ十歳の時より十年奉公勤め、又十五年勤め、都合二十五年勤め、終にかゞ屋といふ家名をもらひ、同町え材木店を出し次第に繁昌しけり。此春飾り松の御用元はかゞ屋弥兵衛の株なれ共、長兵衛に譲りたる也。時に白子屋にては其夜の内に夷の棚へ上置たる弐百両見へざれば、お常忠八うろたへたる体にて庄三郎へ斯と申ける。庄三郎仰天し、うろ〱しながら「其分《（訳）》には差置がたし」と明七つ頃、かゞ屋長兵衛方へ来り、右之趣を咄し「是は是非訴へ《（ひ）》ねばならぬ」と庄三郎大きにせつこみけるを、長兵衛これをきい《（え）》て「如何さま是は外より入たる盗賊にもあらず、戸尻も能固めあれば、変なる事也。今是を訴ふる時は、我々は兎も角も、仲間の者え気の毒也。弐十（両）出されたる上、又々御番所へ引出しては何分我等済難し。扨々夫にては明日の払ひも出来まじ」と、「是非なく我等弐百両用立申べし。これは何ぞ御用を御受取りもふけ給はゞ、其時は御返済なさるべし」と、金弐百両出して渡しける。庄三郎押戴き「段々の御深（心）切、斯る災難まで貴公様に御苦労かけ、御礼申尽し難し」と誠に悦び涙を流して帰り、其年も過しける。此金の盗人は外にあらず、おつね忠八と申合、奢の入用に致しけり。扨其年も暮、翌年享保九（年）三月、江戸中大火にて此白子屋も大きに御用多く儲（設）け、る。屋敷方の普請計りにても弐箱程も残りしと也。然れ共、彼かゞ屋長兵衛より借りたる弐百両を忠八色々庄三郎に偽りいふて返さず。其年も過て、翌年身代（体）廻り難儀致し、庄三郎聞て「何故其様に成しぞ」忠八申けるは「御屋敷方の普請は存之外積り給ひ、壱箱余りも損じ、其外色々の損も多く、弐箱余りも損仕たり」と、口より出次第に申ける。おつねも側より色々口車にて云くるめける。庄三郎是を誠と思ひけるはあんまり馬鹿〳〵しき事なり。夫より又かゞ屋長兵衛方へ行、段々入訳を咄しける。長兵衛又々庄三郎難儀之由いとおしき故、或時、庄三郎に向ひ「時節とは申ながら、古き御家を斯まで不如意に成給ふ事、是非もなき事也。夫に付き少し相談有。其訳は娘お熊どのへ金子持参（の）聟を入給ひては如何ぞや。尤外に男子とても持給はずお熊どのもあまり年もふけぬ内、聟養子して、右持参の金子にて山方并に問屋もつくろひ、内の暮しも気を付け立直しも有なれば、是を相談いたし見給へ」と申ける。庄三郎「夫は段々御世話忝し、是に過たる事はなし。然れ共我々方へ被参候哉、能く〳〵御聞有て何卒頼み申也」と言ければ、「然らば先方へ申入べき間、おつねどのへも此段能々御相談被成置給へ。明日拙者方より聢と致したる返答申上べし」とて庄三郎を帰しけり。夫より長兵衛は、大伝馬町三丁目家主平右衛門方へ参り、挨拶相済「扨、先達て御咄し申候聟どの、何卒白子屋庄三郎方へ貰ひ受度候間、御世話下さるべし。白子屋も材木町にては間口拾弐間奥行弐拾五間、千三百両の地面持なり。御屋敷方へ出入は是又沢山なれば、五百両持参有てもよろしかるべし。殊更娘お熊は当年二十二才なれば聟どの三十に近しと承る、随分相応の縁組なれば、能々御咄し頼入候」と申ける。平右衛門聞て「夫は相応の相談よろしかるべし。拙者同町の地主弥太郎、最早六十歳にも相成しに、壱人も子なし。金計り沢山有て殊に地面拾弐三ヶ所有。此人親分と成候て遣すに気遣なし。先方能々咄し、明日御返事仕るべし」と、長兵衛を返しける。其後双(相)方相談極り、吉日をゑらみ、五百両持参にて彼又七を聟養子と致しけり。是もおつねお熊忠八相談づくにて、大きにわるだくみなり。其訳は忠八「お熊がいやがるを色々すゝめて、跡は兎も角も先五百両手取り、当分また楽しむべし。其上にて此方の思案にて向ふより出て行く時は金は戻さずに済しやる様、いか程も有べし」とてさま〴〵すゝめ、終に又七を入けれ共、壱つ寝屋に入る事なし。毎晩〳〵「しやくにて難義なり」とて母の側へ寝せ、忠八を出合せける。母も髪結清三郎と四人一処に寝る事、誠に人外の仕方なり。又七是を一向しらず、壱年に及べども壱度も床入なし。誠の病気と心得しが又七辛抱人なれば、此家へ来る時、主人弥兵衛又七を呼付て何かと教訓し、「五百両千両にて白子屋の身代(体)中々求難し、兎角辛抱第一なり」と来る度毎にいひければ、又七是を守りて壱人にていつも淋しく休みけり。庄三郎も如斯壱人にて休みけるとかや。お常、お熊、忠八、清三郎、此四人集りて、夜の明る迄毎晩色々の肴にて大酒盛いたせしとかや。又七は家内突出しものにて、やさしき言葉を懸る者もなし。爰に下男の長助と言ふもの壱人又七を大切に致し、彼四人の者共をにくみける。其訳は長助或時、「我給金三両を田舎へ遣さん」とて手紙に封じ入て瀬戸物丁嶋屋へゆく途中、橋の向ふ伊勢丁にて、昼鳶に彼金子入の手紙を取られ、ぼうぜんとしてあきれ果、内へ帰りて台所に力を落し色青ざめて居ける所、又七是を見て「何故あしき顔をするや、心あしきか」と問けるに、長助、有の侭に金をとられたる訳を咄し、涙を流し憤り居る。長助を不便に思ひ、「其金我あたへん」とて懐中より金三両取出し長助にあたへければ、大ひに悦び又七を伏拝み、此恩をわすれまじと。扨こそ此長助、毎度内通して又七を救けるなり。或時彼四人打寄て、「扨又七は此家を出る気色なし、いかゞわせん」と相談しけるに、お常言けるは「何ぞ毒薬にて急に殺しては顕るゆへ、壱ヶ月計り有て死ぬやうにくすりをもらせ用るに外なし。まづ新道の玄柳方へ行て相談すべし」夫より皆々出行、お常、清三郎、お熊、忠八、下女お花、お菊、皆同様也。扨、彼長助は毒薬の事少し聞ければ、「又悪事ならん、何れ又七様の事、如何成事をかせん」と立聞しけるが、新道の玄柳が方にて毒薬の相談相極めて帰りける。扨、玄柳は受合けれ共、中々針医の事なれば、毒薬求めんにも殊の外うるさく思ひ、風薬二服《(腹)》四拾文にて買、是をほうろくにて能々煎り、銀紙に包み大層《(荘)》にしてお常に渡しける。お熊も内証にて金を此玄柳に遣し、「余りおそく死ぬやうにては馬鹿〳〵し、程よく頼む」と申せしとなり。玄柳はお常より三両、忠八より五両、お熊より壱両もはづみしならん、只四拾文の銭にて都合九両、誠「薬九層倍《(百)》」とは此事成べし。夫より此薬を下女に言付、又七が飯汁にも入て毎日〳〵あたへける。長助是を聞て気を付るといへ共大勢にてする事なれば、いつの間に入けるやしらず、或時よきひらめ一枚能く煮て皿にもり、彼毒薬をもり掛、お熊が手より御前に上んと「新場より取寄たる肴なれば、お上りなさるべし」と、壱年程の間に初てお熊が口より又七に愛相言ける故、又七是を喰んとするを、長助が目まぜにて是を止る故、兎角長助に習ひて喰はず。夫より又七は新道の湯に行ける。長助も跡よりおなじく湯に行、段々咄し、又毒薬の事をも咄し、「私にも壱服《(腹)》よこして『御まえ《(い)》さまの食事に入てくれ《(呉)》よ』と頼み候」其薬を見せ、昨日の一件不残咄しければ、又七「しからば是より私等かゞ屋長兵衛方へ参るべき間、其方も跡より参るべし」とて、又七はかゞ屋へ至り委細語るに付、長兵衛以の外に驚きけるが、先づなだめ居たる所へ長助も来り三人打寄り相談しける。長兵衛彼薬を取しらべ、猫を呼呑せけるに何の事もなく、「是には様子有」と言含め、又七を返しけり。其後二、三日過て長兵衛白子屋へ来り、庄三郎妻おつね二人を呼、段々内証の事ども聞、「何とも夫れは気之毒なる事也。然らば聟又七お熊中はよろしければ家を渡し世帯を任せ、番頭忠八は暇を遣し、家内の取廻し能成やうが肝要也。先々御両人は御隠居有て又七に任せ給はゞよろしき事も有べし」と、事を分て段々遠廻しにおつねへ異見しける。庄三郎大ひに歓び、

「段々厚き思召の程、承知いたし候也」と申けるに、おつね長兵衛に向ひ「又七に世帯を渡せと被仰候得共、弥彼が振舞を見るに壱として商売の道に叶はず。其上勝手の事は不覚、忠八を暇出しては猶々見世は勝手あしく、手代多き中忠八壱人発明者なり。又七事は元より私やお熊をあしく取扱也。下女抔に不義をしかけ持参金を鼻に掛るにや、我々を見下し、何壱つ是ぞといふ事は扨置、忠八に暇を出せ抔とは、乍憚、長兵衛殿にはあまりなる御差図なり。我々隠居するより又七を離縁いたし度思ふ也」と申ければ、長兵衛「夫は何とも済がたき事、下女に手を掛る抔する事はお熊取扱あしき故なり。何は兎もあれとかく家を丸く治るがよければ、何事も堪忍有て隠居有べし」とすゝめける。お常は大ひに腹立して「色々争ひ候ても気に入らぬ聟の又七、地面を売て成とも金子を戻し不縁致すべし」と言葉を放つて申ければ、長兵衛も是非なく色々諫けれ共一向お常承知せず、長兵衛を兎角問答して返し、夫より庄三郎に銭百文おしあて講釈へ追やり、跡は番頭忠八、お熊、髪結清三郎来りて四人と成り酒盛をはじめ、扨かゞ屋長兵衛が云し事委細に咄し、「此上金子五百両こしらへ又七へ添て離縁せば、長兵衛に何も彼是言るゝ筋なし。聟又七を追出すに於ては忠八此金才覚致すべし。お熊もよろこびそなたもよし、我又よろしく取計ひ遣すべし」と云ければ、忠八悦び「私元主人、通油町新道両替屋にて分限なるが、内の勝手能々存じあれば、首尾能しおふせ申べし」とて髪結清三郎を一人頼み、扨（通）油町新道伊勢屋三郎兵衛方へ夜盗み入、金五百両うばひ取、清三郎は其隣金屋利兵衛方へ忍び入、腰元お竹を切殺し、娘の手道具色々盗みて此品々を杉森新道の玄柳方へ偽りを云ふて預け置、忠八にも「是ほど働をせし」と奪ひたる品々を色々改め見るに、蝦夷錦の楊枝さし、一角の箸、其（外）紙入、笄《（并）》かんざしの類ひ、何れも金目《（もく）》の物多ければ、両人「是はもふけ物也」とてよろこびける。されども「今此品売ては顕れ申すべし」と暫く玄柳方へ預け置けるが、はたして此品より二人の盗賊顕れける。扨も白子屋にては聟の又七事を、お常は長兵衛に「地面を売ても不縁いたすべし」と立派にいひし言葉なれば、忠八を頼み五百両才覚させけるに、いまだ弐百両足らぬ訳あれば、庄三郎に相談して証文を出し、地面書入にて金五百両借り出すやうに申ける。庄三郎是非なく又々かゞ屋長兵衛方へ行、色々なげきあらましを咄しける。長兵衛「是もお常が仕業ならん」と思ひけれ共、庄三郎たつて頼みけるにぞ。長兵衛申けるは、「何とも気の毒千万なり。拙者様々工夫いたし何卒身代《(体)》持直し給ふやう心はやたけに思へ《(ひ)》ども、時節到《(至)》来是非なく、右故代々よりの地面人手に渡し給ふ事、嘸々御残念なるべし。拙者五百両用立申べし。然れ共金子出来次第、百両にても五拾両にても又は三十両にても御返し被成べし。利分は取不申、金子相済次第、証文は返し申べし。外方へ借用書入し給ふ共、利分取揃へては大金なれば出来兼、却て御太儀なれば、拙者御用立申べし。弥御承知ならばお常どのにも御咄し被成、御三人にて御印形御持参御出有べし」と申ければ、庄三郎大ひに歓び立帰り、お常忠八にも長兵衛が申せし通り委敷咄しける。お常申けるは「夫は長兵衛殿此地面自分もほしければ左様なるべし。何は兎も角も右五百両かり申べし」とて相談極り親類を連て三人揃印形をもつて長兵衛方へ行、五百両かりて帰り、お常は又此金手に入ければ、はなす事いやになり、何れおしく相成事、誠に白子屋亡家の天罰としられたり。扨何をがな聟又七が越度を案じけるに、或時庄三郎、又七に言付けるは「松平相模守様御屋敷へ参り、金六十両受取るべし」と申せしかば、忠八是を聞《(きえ)》てお常に斯と達し、夫より髪結清三郎を呼て何か囁て頼みける。清三郎承知して出行けるが、是は途中にて悪ものに喧嘩を仕かけさせ、屋敷より請取来る六拾両をうばひ取、又七此金を取て遊女通ひに遣ひ込しと言立、夫を科に離縁せんとのたくみなり。扨、又七は下男長助を供に連れて出行ける。清三郎は悪もの弐人をかたらへ壱人前金壱両つゝもたせ、「喧嘩を仕かけ其まきれに又七か持たる金を奪ひ取らん」と手ぐすね引て待居たり。扨又七は屋敷より彼金子請取、呉服橋へ懸り四日市へ出るに、其時分四日市は今と違ひ昼にても淋しく人通り稀なり。清三郎此処に待伏して居けるを少しもしらず、又七四日市へあゆみ来る処を、手拭にて顔を隠せし大男三人、矢庭に又七に組付、又七ふりはなさんとする処を、又七が金を胴巻に入れ碇《(ト)》と肌に付居けるを、壱人の男、手を差こみとらんとする故、又七長助に声をかけ「盗賊〳〵」と大音にわめきければ、長助先程より壱人の男を組伏居けるが、此声を聞て「金とられては大変」と振はなして、又七が懐中へ手を入たる男の横面を力にまかせしたゝか打けるが、彼男打倒され其間に悪もの共を又七と弐人にてさん〴〵に打倒しけるゆへ、皆々逃失けり。終に金はとられず長助は少々力の有者故、つひに打勝けるなり。扨また又七申けるは、「何とも合点のゆかぬものなり。是も四人のものゝたくみなるべし」といふ。長助申けるは、「夫に付色々申事有。なんでも家内中で御前さまを突出し候工面に懸り居る」訳も、忠八お熊に訳有事、清三郎お常不義の事など落もなく咄しけるを、又七此時おくま忠八と訳有事初て聞し故、「扨は日頃の仕うち思ひ当れり。余りうつかりしたる事哉」と、夫より弐人帰りて庄三郎に金六拾両渡し、又七は腹立まぎれに寝屋へ入けり。お常忠八お熊三人打寄て、「清三郎に頼みし事相違して手筈違ひしかば、又新道の玄柳方へ行て兎も角も相談すべし」と、夜明て三人玄柳方へ行ける。扨、清三郎は四日市にて長助に打れ顔に疵付ければ場所へも出ず引込居けるが、玄柳方より呼に来りしかば早速来り、四人打寄て又の悪事を工み、又七に越度をさせ金いらずに出す工面を案じけるに、お常申けるは「我一つ思ひ付たる手立有。其訳は下女菊はおろかなる者なれば是にいひ付、又七が寝屋へはせこませ、剃刀に又七に少し疵付させ、其後心中《相対死》といわせ、菊は又七にだまされ悔しければ又七を殺して我も死ぬるといわせ、其所へ我々欠込み色々せんぎし、菊が口より又七さまといひかわしたれどもお熊さまに心を引れ我を見捨給ひし故、無理に心中いたし候は《（半）》んといわせんは、如何なるや」と申ける。三人聞て「それは奇妙〳〵、誠に智者也」と誉にけり。「然らば菊はおろかなる者なれば我等得心させる手段有。お熊が小袖三つ、外に金壱両も付て是をとらせお花にいひ付頼まば承知すべし」と、夫より帰りて、年増の下女お花を密に呼寄せ、段々咄して小袖三つと金を出し言付候へば、おはな承知して夫より我部屋へお菊を呼、始終をはなし、又七殿へ右の疵付、其身ものどの所へ少し疵付、心中《（身終）》といふて又七さま（に）だまされて悔しければ殺して死ぬるといふ事迄、委しく教て頼みける。長助は物かげにかくれて是を聞、大きに肝を潰しける。お菊は金と小袖に心迷ひ、殊に愚鈍の生れなれば、欲に目をくれ何事もなく受合ける。扨長助は又七に右之趣あらまし咄し、「御油断有べからず」と申ける。又七聞て「然ば今宵もし菊来らば我直に取て押へ縄をかくべし。其時其方何がさし置†きかゞ屋長兵衛殿を呼に行、其上にてかれらが泡をふかせん」と示し合せて別れけり。菊斯ともしらず、其夜丑満頃、又七が臥所《（伏戸）》を忍び入、剃刀をさか手に持、又七が夜着の上より飛懸り差込けるに、又七は居らず夜着計り也。「なむさん」と思ふて居る所を後より又七踊り出、菊を打倒し、高手小手にいましめ剃刀を取上げ、長助*を呼声に家内目を覚し、庄三郎、お常、お熊、忠八、清三郎此所へ来り、此間に長助はかゞ屋へ走り行、戸を叩き「又七様より只今一寸御出被下候様、申越候」と言ふ。長兵衛「何事やらん」と長助と同道して来りける。お常申けるは「又七平生度々異見をいたせしに用ゐ《え》ざるゆへ斯の通りなり。長兵衛殿、御聞被下、お熊をさし置下女菊と不義働き、終に心中《（身終）》と迄成し事、夫故お熊とも中悪敷、是にて家内治り難く、ヶ様の大胆此上もなき踏付様也」と申ける。又七大ひに怒り「決して左やうの覚なし。今宵菊が何故に刃物を以て我床へ来しと怪しみ、ものかげにかくれ様子をうかゞひけるに、我夜着に飛かゝり候故、押て縄を掛しなり。此義上へ訴へ《（ひ）》此者御吟味を願はん」と申けるを、長兵衛「まづ〳〵事穏《（隠）》便に済事ならば、世間へ聞えぬやうに内済程能事はなし。お常どのにも能御賢《（堅）》慮有べし。悪事をして其身あんおんになる事なら、たとへ又七菊に密通したるにもせよ、お熊どの御両人異見有て菊に暇を出せば済事なり。今度又七殿此義を訴へ《（ひ）》なば大変となり、白子屋の家名立難し。流石女の事故、其所迄は気も付ず尤の事也。随分又七をなだめ家内和合せば、不如意の所は不及ながら此長兵衛見継べし」と段々利害をとき言けれども、お常一向得心せず、「又七事、菊と忍び合心中《（身終）》せんとせしに違ひなければ御上へ訴へ《（ひ）》出ても我申抜きいたすべし」と片意地張て、「持参金も返す、此上又七に難題を言掛、金を取て、其上証文ならでは相済がたし」と言ける。忠八も側より「日頃又七様下女に手をかけられし事、私共随分存居候」と無体に言まくり、清三郎も口を出し「是お常さま、御腹立は御尤なり。聟さまの仕方余り踏付也。持参金鼻にかけ我々迄見下し給ふが故、其やうな事は有そふな物也」と側より焚付、色々申けるを、長兵衛清三郎に向ひ「其方は髪結ならずや。何故に夜中此所へ来りいらざる差出、過分千万也。長助あのもの叩き出せ」と言葉の下より長助「畏り候」とて清三郎が首筋を力に任せ摑み、表へ突出し門口の材木へ投付けり。清三郎大きに腹を立、「此間四日市にて我を叩き、今又此様になげ、此返報覚えよ†」と憤りて申ける。長助「扨は四日市のどろぼうはおのれ」といわれて「はつ」とは思へ《ひ》共、是非なくすご〱逃帰りける。扨長兵衛はお常に向ひ、いろ〱異見し、訴へ《ひ》ては怪我人大勢出来る故、何分穏《隠》便に白子屋立たく思ひ、「我等が申事に随ひ給へ」と申けるを、お常中々承知なく「又七義不届なれば、どこへ出ても私申抜き仕る」と片意地計りいふて少しも得心せざれば、長兵衛も今は是非なく又七をつれて我家へ帰りけり。時既に夜も明にけり。夫より長兵衛は大伝馬町平右衛門方へ行、右の荒増咄しけるに、平右衛門大に立腹致し「地主弥太郎殿へ此由を申さん」と、平右衛門は出行ける。夫より平右衛門弥太郎方へ行、右之趣くわしく咄しける所に、番頭忠八、清三郎両人弥太郎店へ来り「又七を預け手形を取て行ん」といふて店先にて悪口す。弥太郎「今は堪忍成難し。是は上へ訴へ《ひ》ん」と申ける所へ又々下男長助此所へ又七を尋来り、夜前清三郎が言し四日市の事を咄しけるにぞ、又々意恨を重ね右之趣を願書に書入、訴へ《ひ》んとする所へ、かゞ屋長兵衛来り申けるは「我等何分取扱申す†間、今少し御待被下。白子屋方へ種々異見し内済にて終る方、つくらふべし。何卒御待被下候得」とて、夫より白子屋へ行、右之趣咄し「訴へ《ひ》ては此方亡家の基、是非内済に計ひ給へ」と進めけれ共、運の尽る時節到《至》来にや、お常少しも合点せず「御上様まで出て親子の理を分ん」と申けるこそ是非なき事共也。長兵衛今はすべきやうなく打捨ける故、終に弥太郎方にて大岡殿へ願書を差出しける。越前守様是を聞給ひ「大強な罪人、八逆の者多し。誠になげかわしき事也。外に勘弁のいたし方なきや」と流石の大岡殿胸を押られけるなり。長兵衛内済色々扱けると雖、又七并主人弥太郎親類一統得心なし。是非なく御吟味とは成にけり。頃は享保十二年十月、惣御呼出しにて其人々には白子屋庄三郎并女房お常、娘お熊、番頭忠八、下男長助、下女菊、聟又七、髪結清三郎は出奔して行方しれず。大岡殿又七を呼出し有て「其方、願書の趣弥々相違なきや」「御意の通り少しも相違無之」由、申上ける。頓て庄三郎を召して「其方妻常、娘熊、番頭忠八儀、斯の通りの悪事をなす事、其方存じてさし置や、又しらずや」と仰ける。庄三郎、「真以て存不申」由、言上に及びけるとぞ。大岡殿、常に向ひ宣ひけるは「其方、聟又七を毒殺のたくみいたし候や」と仰有。お常申けるは「決て覚是なく、又七儀女房をさし置下女と不義をはたらき不届に付、離縁いたさんと存候へ共、斯の如く訴へ《（ひ）》申せし迄に御座候。何卒御慈悲をもつて又七離縁仕るやう、願ひ上ます」と申ける。又七申けるは「毒薬の義相違なく証人も有之。則新道横山玄柳と申医師に申付、薬をもらひ候也。御呼出し御吟味被下べし」と申けるにぞ。早々玄柳御呼出し御尋候所、玄柳はお常が頼みなれども毒薬を風薬にて間に合せし段申上たり。次に下女菊召出され、大岡殿大音に宣ひけるは、「汝不届のもの也。主人の寝屋へ刃物をもつて忍び入大胆不敵の者也。但し其方が一存か、又は頼まれしや、正直に申さずんば一命に及ぶべし」と仰られしかば、菊はいきたる心地もなく恐れおのゝき、有の侭に白状に及びける故、先是に縄をかけ、其後手代忠八お熊両人召出され、「其方共両人、日頃密通し又七を殺さんと致したる段、不届に付、死罪也」と被仰渡ければ、役人直様両人に縄をぞ掛たりける。お常も今は是を見て其身も後悔し差うつむきて居たりしが、大岡殿宣ひけるは「其方、養子又七に疵付候様、下女菊に申付たる段、不届也。然れ共、又七為には仮初にも姑なるに依て死罪をゆるし遠嶋に申付る也。庄三郎義、其方、家内の者如斯の不届を存ぜざる段、一所に在ながら不埒の至り也。外に何ぞ替りたる義は是なきや」と仰られける。庄三郎申上けるは「外に心得難き義、無之候得共、髪結清三郎が平生入り来り候事、心得難く存候」と申ける故、越前守殿同心に被申付、白子屋家内留主の所へ被遣、御改め有けるに、清三郎見えず。かるがゆへに残らず「内にヶ様の品有」と諸道具持来る。其中にえぞ《(い)》にしきの箸入に花菱の紋付たる一角の箸、べつかうのかんざし抔見事の物有しが、怪しく思ひ奉行所へ差出しければ、大岡殿是を御覧有て即時に金屋利兵衛を呼出し「此品々其方覚へ《(ひ)》有や」と仰ければ、「慥に覚有之。私娘菊が手道具也」と言上に及びし也。夫より御吟味、おつね、おくま両人きびしく御尋有しかば、「忠八、清三郎より貰し段何事も存ぜず」と申けるにぞ。是よりいよ〱忠八を拷問有ければ終に白状致しける。依之金屋利兵衛の盗賊しれたり。夫より清三郎追手を懸られ再び白子屋家さがし幷に玄柳方を御尋有しかば、風呂敷包にも色々手道具有けるを持出しけるゆへ、金屋利兵衛に御見せ有しかば、利兵衛面目失ひて御答申上ける。則牢より旅僧の雲源を呼出し御ゆるし被遊しなり。伊勢屋三郎兵衛をめして「五百両の盗賊相しれたり。人違ひにて雲源を苦しめ候。其かわりによろしく雲源を扶持致すべし。利兵衛も得意を吉三郎に不返段、不届也。依之身代《(体)》を半分に分て吉三郎に遣わせ、娘菊を娶《メアワ》せ、弥太郎方より又七を呼入れ、養子として利兵衛夫婦は隠居致すべし」と仰られ双方目《(方)》出度相済けり。

白子屋一家御仕置の事、享保十二年二月落着御仕置御書付左之通

白子屋養子又七妻
熊　弐十三歳

此者義手代忠八と密通致し不届至極に付、町中引廻しの上於浅草獄門に行ふもの也

白子や庄三郎手代
忠八　弐十八歳

此者主人庄三郎養子又七妻と密通いたし其上（通）油町伊勢屋三郎兵衛方へ夜盗賊致し金子五百両盗み取候段重々不届に付、町中引廻しの上於浅草獄門に行ふものなり

白子屋庄三郎下女
菊　十八歳
此者義主人の妻何程申付候共主人の事なれば致し方も可有之所、主人又七に疵付候段不届に付、死罪に申付候、但し引廻しに不及申候
白子屋庄三郎妻
常　四十九歳
此者義養子又七に疵付候様下女の菊に申付候段母子の儀に候得共悪事露顕に及び候に付、遠嶋申付、但し享保《ママ》迄は牢舎なり
横山玄柳は所追放也
白屋《下》子《上》庄三郎
六拾歳
此者義養子又七に菊疵を付候節も更に様子も見届ず、其上妻并娘熊手代忠八不届之儀を一所に在ながら不存段重々不埒に付、江戸追放、此時髪結清三郎上総より召捕れて拷問の上不残白状に及び、同時に引廻し獄門也
白子屋庄三郎手代
清兵衛
荒八
長助
伊助

右之者共　御構無之、但し此節下女お花は死す

其頃の狂歌に

実に寔名は畜生の熊なれや

不義の雲にはむねの月の輪

しろこやを下からよめばおやころし

聟を殺さんたくみなりけり

身も婦人こゝろも不仁はゝのつね

実に無尽のたくみなりけり

此時お熊引廻しに出る時、上には黄八丈を着し下には白無垢三ツ縄にてくびられ馬に乗り、襟に水晶の珠数をかけ、口に法華経普門品をとなへて引れける時着したるものなればとて、人々の妻や娘「黄八丈はお熊が引れし時の縞也」とて嫌ひける故、当世ははやらず。是大ひに非が事なり。八丈は目出度織物なり。お熊によつて何ぞ捨らんや。然れ共不義の女の着したる服なれば是を嫌ふ事少しは貞の道に叶しなり。後々はなを〳〵つゝしむべしとて是にて白子屋一件皆々落着せり。恐しき次第なり。

大岡仁政要智実録八終り

大岡仁政要智実録

巻之九

○麻布原町煙草屋一件　附り火附盗賊人違ひの事

爰に下総国古河の穀物屋吉右衛門方に勤めしきざみたばこ売喜八が一件は、大岡越前守殿無類の御仁政にて、喜八一度無実の罪に落、既に御仕置に定りしを、大岡殿脇差を以て是を見出し、公事忽ち引くり返し、正直無実を助け給ひし事、古今稀なる御裁許なり。其始末を爰にあらわす。頃は享保八年秋の末、下総の国、宇都宮近辺に、古河といふ所あり。其所に穀物問屋吉右衛門とて古河壱番の分限者有。江戸に出店十三軒有て、何れも地面土蔵付、十三ヶ所の出店は親類又は番頭持て、手前宅も番頭若ひもの大勢召仕へゆたかに世をおくりけるが、壱人の倅吉之助とて、今年十九歳、人品よき生れにて父母の寵愛限りなく、然れ共田舎の事なれば不自由にて、遊芸を習わせんと思へ《ひ》共、然るべき師匠もなく、よつて江戸両国横山町三丁目角の加田屋といへる右の角屋敷、押廻し間口奥行十三間の穀物干物るいの商ひ店、則古河吉右衛門が出店にて番頭伝兵衛といへる者に此店を預け支配さす。此所へ吉之助を遣わして何によらず諸芸の師を撰んで習わせ、入用にかゝわらず立花茶の湯其外諸芸明暮是を役にして居ける。或時、両国米沢町立花の師範友達寅屋六之助とて、両国広小路にて寅屋のむすこなり。何事も如才なき男にて、平生吉之助とは中よく交りけるが、七月涼み船に吉之助をさそひ《へ》、船中より直に催し吉原灯籠見せにすゝめける。吉之助元より御当地始ての事、殊更吉原は不案内の事なれば、此日はやめて宿へ帰り、番頭の伝兵衛に此事を咄しければ、伝兵衛申けるは、「六之助殿は江戸子の事なれば何事も如才あるまじ。明日にも吉原へ同道あらば茶屋へ入し時かやう〳〵に金の三両も花にまき給へ。六之助殿にまけては顔のよごれる事なれば、随分きれいにかやう〳〵」とくわしく教へ《ひ》ける。吉之助承知して、其後又涼み船にて花火見物の時、六之助吉之助をすゝめ船をほりへ付させ、直に仲の町宝来屋といふ所、六之助が出入之茶屋故是へ上りたり。皆々「六さん〳〵」と大騒ぎ也。吉之助は「伝兵衛が教へ《ひ》しはこゝならん」と女房娘分若者などに近付にならんとて亭主をはじめ六七人のものに花をやりければ、六之助も大ひによろこび、是より自分相方春風といふ女郎来る、（吉之助も）江戸町壱丁目玉屋内はせ留といふ女郎を上させけり。程なく女郎屋へあがり先々爰にて酒盛、何事も吉之助は初ての事なれば肝を潰して居たりけるも尤なり。程なく床もおさまりけるが、六之助ははせ留を我座敷へひそかに呼寄、「吉之助殿は古河壱番の大じんの息子にて、江戸の店へ遊芸稽古の為来られ此所へ初ての事、随分よろしくはからひくれよ、我又此後連だち来るべし」と内証を吹込ける故、一たいこのはせ留きりやう《（きりう）》よく発明なる女、殊に吉之助は男ぶりも能、大身代《（体）》の息子株と聞て真実を尽し逢けるにぞ。吉之助も岩木にあらねば此女郎に打込で、雨の夜雪の夜差別なく、元より金は沢山なり。其上たいこ持芸者などへもきれめ能、はせ留も今は吉之助ならではといふて、互に深くいひかわし、一日も逢はねばならぬやうにうつゝをぬかして通ひける。番頭伝兵衛も度々異見を致し、「少々の儀は苦しからず候得共、最早弐箱余りも御遣被成、国元の旦那へ聞え、此伝兵衛申訳なし。御とゞまり給へ」といろ〳〵異見しけれ共、一向用ゐ《（え）》ず終に翌年享保九年七月迄に弐千百両遣ひける。今は伝兵衛もあぐみ果て、是非なく此由をしらせければ、父吉右衛門是を聞て以の外おどろき「倅大まいの金を傾城狂ひ《（へ）》に遣ひ捨たる段、言語同断也」とて、早速江戸へ登り「勘当也」とて着類を不残ぬがせ、古き伊勢縞の垢じみたる袷壱つ、縄の帯をしめさせ、銭三百文あたへ《（ひ）》、「何国へなりと出行べし」と追出す。番頭若ひものさま〴〵詫けれ共、吉右衛門承知せず古河へ帰りける。吉之助は今更十方にくれ此形にては所詮はせ留には逢れず、今は覚悟を極めて其夜両国橋へ行、既に橋の上より身を投んとしたりし時、小提灯を持たる壱人の男走り寄て吉之助をとゞめ顔を見れば、いかにも吉原のたいこ持にて五八といへる者なり。吉之助なを〳〵面目なく「はなして殺して」と身をあせるを五八申けるは、「私もあなたに多く御恩を蒙り何角御ひいきに御世話被下候者なれば、先々訳は後の事、私宿へ御供申、宜敷相計ひ申べし。はせ留さまにも久しく御出がないとて毎日〳〵こがれたまふ。先々こなたへ御出有べし」と、茶屋へ入て酒肴を出させ、さま〴〵馳走し「いかなる訳にて危くも身を投んとはしたまふぞや」と尋ねけるに、吉之助「今日国元より父吉右衛門来り、弐千両余遣ひたるとて、如斯古き袷壱枚、縄の帯を〆、銭三百文あたへ《（ひ）》追出され、所詮此なりではは せ留にはあはれず、生てせんなき身の上なれば死んと覚悟究しなり」とて一部始終を咄しけり。五八是を聞て「扨々それはあやうき事、此上ははせ留さまも諸共不及ながら此五八が御かくまい申、御勘当御詫仕るべし」と夫より五八宅へ連れ行、はせ留にも引合けるにぞ、早速来りて吉之助に逢、「私故に御勘当の御身の上、嘸々憎きやつと思召れん。此上は私が何もかも御見継申。あなたどこへも行ず五八方に居給へ」と夫より呉服屋へいひ付、吉之助が着類并に鼻紙入、きせる、たばこ入に至るまで身の廻り一式調ひ、何壱つ不自由なく日を送りける。誠に真実とこそしられけり。或時、吉之助をさそひ《（へ）》五八浅草へ参詣しけるに、地内にて吉之助が後より呼懸るもの有。「誰ぞ」とふり返り見れば、古河に有し時（の）若もの、喜八といへる者也。吉之助を見て「何故にかゝる身にて江戸には御出被成や」と、「途中《（とちら）》ながら御様子承りたし」と申けるに、吉之助諸芸稽古の為横山町へ来りし訳、「夫より弐千両遣ひ込し故勘当をうけ、既に身をなげんとせし時、是なる五八に助けられ、今は則五八方、新吉原揚屋町に在て女郎より見継不自由なく暮し居る、勘当のわびを首尾能せんため、今日観音へ参詣の所思はず其方にあひし也」と委敷咄しける。一体此喜八は古河吉右衛門方に十年の年季を首尾能勤め、吉右衛門より金子五十両をもらひ、穀物見せを江戸へ出しけるが、二年の間に三度やけ、元手も何もかも失ひ、是非なく今は麻布の原町にきざみの多葉粉の小店を出し、其身は町屋敷方へせり売をなし、女房に店をまかせ漸く其日をかすかに送りけるが、此喜八元より実体なる者にて人に無尽合力など決ていわず、右の渡世にて憂き無常を送りけるが、今日浅草へ用事有て来りしに思はず吉之助に逢ひ、委細の訳を聞て申けるは、「先以†て五八殿とやらん、深切の段忝なし。乍去、親旦那も余りなるなされかた、天にも地にも只壱人の御男子を弐千両位の事に勘当とは余り気強き思召也。今の身代《（体）》にて弐千両や三千両は風前のちりなり。尤当分の見こらしなるべし。去ながら今にもあれ私参り御わびを仕るにも、吉原に居て女郎の世話に成居給ふと有ては御わびの時節至らず。今より直に御同道申され、少しも早く御勘当御わびの種なれば私御供申さん」

と申ける。五八も「いかさま是は御尤、私が方に御出有ては却て御詫の妨げ也。此よしはせ留さまにも申べし。此上は御手紙は私方へ被遣御取次申べし」と、是より五八は吉之助を喜八に渡し、別れてこそは帰りけり。扨喜八は吉之助を連れて我家へ帰りける。誠に貧窮なる九尺間口のたばこ店も漸々其日を送り、石で手をつめたる身の上なれ共、夫婦ともまめ〳〵敷吉之助をいたわりけるが、夜の物とては三布のふとん壱つ夫婦が着て寝れば、吉之助に着せるものなし。其夜は吉之助に三布ふとんをとらせ夫婦は夜中辻番にて夜を明しける。是にては主人をあたゝかに寝かす事ならず、兼て質に入置しかいまきふとん金弐分の質に入置しを「何卒受出さん」と思へ《（ひ）》ども、其日を送る事さへ心に任せず、其上吉之助壱人口が殖、難義至極の事故、夫婦膝をついて相談しける。女房お梅とて弐十三才きりやう《（きりう）》†能く心ざしやさしきものなり《（也）》けるが、夫に向ひ「何事も御主人の為なれば私壱ヶ年の間何方へ成共水し奉公に出べし。其給金を以て夜具ふとんを質受して主人をあたゝかに休めさせ給へ《（ひ）》。外に思案も有まじ」と貞節を尽して申ける。喜八も涙を流してわづか弐分か三分の金故に女房を奉公に出さん事も残念なれども外に工面の致し方もなく、「此上は壱人の口をへらし夜着ふとんあれば主人へ不自由なく暖に休め申べし」とて近所の口入を頼みけるに、早速能き口ありて麻布がぜんぼ《（ふ）》谷火消屋敷の与力小笠原粂之進といふ方へ住《（済）》ける。尤お梅給金三両と定め、主人に願ひて取替弐両借り、内壱両はお梅が身の廻りにかゝり、元より何壱つなき身なれば鏡台、櫃、其外のものに弐分入、残り弐分をもつて質に入置たる夜具を受出さんと相談極り、お梅は終に奉公に出けるこそ不便なる事どもなり。夫より喜八は早速同町質両替屋源右衛門方へ行、当夏入置し夜具ふとん元利揃ひ受出しける。質屋は此辺にての身代《（体）》よし、下質を取けるが今外より*下質を出し、金八十両亭主請取読揃、財布に入、懸硯の引出しへ打入れける。喜八は夜具を出す内じつと是を見て、心の内に「扨々有所には沢山に有物哉。我は弐分の質を請出す工面なし、女房を奉公に出すさへ有に、八十両といふ金を石瓦の如く取扱ふ事、扨々世の貧福是非もなき事哉。我身にあの八十両有ものならば主人に不自由もさせず、勘当のおりる種にもなり、一ツには女房につらき奉公はさせまじきもの。つく〴〵思ひ廻らすに爰の身代《体》にて八十両位の事は我等が百の銭ほどにも思ふまじ、何事も主の為なれば思ひ切て八十両盗み取らん」と喜八が胸にうかみ、出来心は災難の根元也。喜八は我家へ帰り吉之助を休ませて、頓て丑満頃兼て研すましたる出刃庖丁を懐中し、手拭にてほうかむりして我家を忍び出て質屋の前に行、あたりを見るに土蔵普請の折節にて、足代か丶り居りければ、是を屈竟の足代と丸太へ登りたれ共、足はふるへ《い》胸はどき〳〵、難なく屋根へ登りけるが、流石に恐しくわな〳〵ふるへ《い》て居ける所に、思ひもよらず片足の引窓より雲つく如きの大男壱人顕れ出ければ、喜八は魂も消る計りなり。彼者見て「汝は何者なるや。我今宵此質屋へ忍び入、思ひの侭に盗み取らんと思ひ、今窓より店へ出けるに、屋根にて足音したる故、不思議に思ひ出たり。声を立なば一打なるぞ」と氷の刃を突付ける。喜八申けるは「何をか包み申さん。私は足下と同じく盗賊に入らん為、今屋根へ登りし也」彼男「汝盗賊をせんには其やうにふるへては出来ず。扨は質にせまり出来心の新米どろぼうよな」喜八申けるは「仰の通り何をかくそふ、私喜八とて、幽なる暮しのもの、今日主人の若旦那私方へ預り申候所、夫婦の着たる三布ふとん壱ツ、外に夜のものとてもなし。金の才覚はなを出来ず。是非なく女房を奉公に出し、弐両かり、壱両弐分は支度入用、残り弐分は今質入せし夜具を受に此内へ参り候所、有所には沢山有て八十両の金を懸硯の引出しへ入たるをとくと見済し、此内では八十両位は風前のちり、何卒是を盗み主人の不自由を救ひ、勘当のわびの種にし、女房も戻し度、是非なくては叶ざる事、何も主の為に親をも殺して、もし後日に首をとらる丶とも今の難義を遁れんと、先ほど見たりし八十両、道ならぬ事ながら盗に参り候」と、有の侭に申けるにぞ。彼男「汝がほしがる八十両は是なるや」と懐中より取出して見せければ、「いかにも是にて候」と云ければ、彼男喜八を見て「其ふるへ《い》にては此金を取らん事思ひもよらず。汝がいふ所偽りにもあるまじ。主の為に出来心にて盗に来りしといふ事不便也。とらぬむかしとあきらめ是を汝にあたへる間、難義を救ひ女房も取戻せよ」

と彼財布を其侭喜八に渡しければ、押戴き〳〵「扨も〳〵多くの中に足下のやうな盗賊は稀也。命をかけて取たる金を我にあたへ給ふ事、誠に難有し忝し。然らば申受べし。其元の御名聞せ給はるべし」と申ければ「我はたこの伊兵衛とて並壱通りの盗賊に非ず。百両や百五十両の金はさのみ大金と思はず。今迄火付が十八ヶ所、人殺し七人、夜盗は数しらず、今にも召捕れ其罪に行れたらば、汝今の情を思はゞ我跡を弔ひ、なき跡に花を一本立てくれよ。外に頼むものなし。汝に逢しはせめて我みらいの助け也。見付られぬ内に帰るべし。我はいまだ仕残したる仕事有」といひつゝ、又引窓よりつる〳〵這入、蔵へ忍び入、質物共五品盗み、其上台所へ火を付、いろ〳〵悪事いたし何国ともなく逃て行。折節風烈しく忽もえ上り、近辺大騒ぎ也。喜八は猶々うろたへ漸く屋根は下りたれども、足もすはらずがた〳〵ふるへながらも、我身かゝるなりで金を持ち†庖丁を懐中せし事なれば「若し見咎られては大変」と早々逃出しける。向ふより加《(火)》役御改麻布がぜんぼ谷奥田主膳殿組与力小笠原粂之進馬上にて組下の同心四五輩連て此所へ来る。喜八は夫と見るより一さんにかけぬけんとしける所を、粂之進が組下の山田軍平、喜八が姿をちらと見、「怪しき曲者まて」と声かけ追付て左の袖をとらへ《(ひ)》ける。「火消しが火付をとらへたり」と大音に呼はりける。喜八は南無三宝、一生懸命にて軍平がとらへし片袖を引切て逃行ける。軍平も後より追かけけれ共人込の中なれば終に見失ひ、切たる袖は軍平が手に残りしを、小笠原粂之進が前に持出、「只今火付をとらへ候所、斯の如く袖を切候故取逃し候」と申ける。「扨々夫はおしき事哉。然らば其切たる袖の合ふ者は火付盗賊後の証拠」と粂之進馬上にて同心の組下四五輩つれて右の証拠受取見るに、弁慶縞の単物の古きを染直したる茶の布子なり。頓て是を持て火も鎮《(慎)》りければ、皆々帰られける。喜八は危くも袖を切て遁れ我家に帰り、はじめてほつと溜息をつき胸なで下し、「誠に神仏に助《(受)》られたり」と、よう〳〵胸を落付て、吉之助には「火事にて肝を潰したり」と偽り、八十両の金は戸棚の角、重箱の中へ入置、既に休まんとする時、表の戸を叩く者有。「扨こそ役人は後を追かけ来りしか」と更に心ならず。「喜八さまはこなたでございますか、早く明て被下ませ《ませし》」といふ。聞ば女の声なり。不思議に思ひ戸を明て喜八「そなたは何者なれば此夜中壱人にて我等方を尋ね来り給ふぞ」と問けるに、彼女「私は新吉原はせ留でござんす」といふを聞、吉之助走り出、「はせ留か、どふして夜中はる〴〵の所を来りし」といふにぞ、「五八方にて文のやり取計りにて逢ふ事ならぬ籠の鳥、あまりになつかしく明暮あんじ、一日も忘るゝひまなく終にくるわを欠落して爰に来りし」と一部始終物語り、程なく夜も明ければ、喜八は直に店を明て火など焚付ながら、「扨々夕部《夜ン部》は危き事哉」とひとりごといゝ、吉之助はせ留を起しける。爰に又、夕部《夜ン部》喜八をとらへたる山田軍平は、朝湯へはいり戻りがけ、喜八が店にてたばこをかはんと喜八が店の戸を明て居る所へ来り、たばこを五匁買行時、喜八が着物「昨夜の縞に能似たる哉」と煙草を出す時袖口を見るに、はすに切て有。喜八うろたへ《い》てぬがざりしは是非もなき事也。軍平能く†見済し「直に召捕行ん」と思ひしが、「取逃しては一大事、何卒首尾能とらん」とさあらぬ体にて帰りしが、直に小笠原粂之進方へ行、「昨夜の火付は知れ申候。則原町のたばこ屋の亭主也。今朝拙者たばこ買し時、彼が着たる布子、切たる袖に能似たる也。心を付て見る時に、袖に見覚有。風を喰ふて逃ぬ内早く召捕給へ《ひ》」と申ける。粂之進是を聞て「然らば召捕の用意せよ」と既に支度に懸りけり。扨又谷町平兵衛といふ者は煙草屋喜八が家主にて、近辺に評判の高き如才のなき男にて、至て慈悲深く人をあわれみけるが、平生喜八が正直なる志《志し》を感じて不便をかけけるが、或時町内自身番人へ火消御役奥田主膳殿の与力小笠原粂之進来りて平兵衛を呼付「其方店にたばこや喜八といふ者有由、案内せよ」と有ければ、平兵衛肝を潰し、「喜八には如何様之御用候や」粂之進「昨夜の火付、其喜八なれば召捕に来り。早々案内いたせ。此方に慥なる証拠有」と彼切たる袖を出し、直に同心弐人喜八が宅へ入、高手小手にいましめ引立行。折節吉之助、はせ留も居合せ大きに驚き「こはいかなる事ぞや」とあきれたる計り也。粂之進は彼切たる袖の切を喜八が着物の袖と合せ見るに、しつくりと合ければ、「扨は此者に相違なし」とて家内をさがしけるに、戸棚の角、重箱の中に財布に入たる金八拾両有ければ、いよ〳〵盗賊火付に紛れなく、此趣を添状にて大岡殿町奉行所へ引渡しける。吉之助はせ留は家内を預りける。大岡殿、喜八事火方より召捕盗賊吟味の由相違なく、添状にて送り越しければ、「先づ†牢へ入置」とて伝馬町へ送る。其時家主平兵衛は喜八をこかげに招き、段々様子を聞に、最初よりの事、有の侭に、主人の為に女房を奉公させ其給金にて質屋へ行、質物を受、八十両の金を見てふと出来心から忍んで行、たこの伊兵衛といへる盗賊の由、又其金を貰ひしよし、つぶさに語りけるにぞ。家主平兵衛始終を聞て不便に思ひ、「先我家へ立帰り、成丈《（丈け）》御慈悲を願ひ見るべし。又牢入にはつるを持参いたし候哉」喜八「つるとは何の事にて御座候哉」「つるとは金の事なり。牢へ入ても金なき時は辛き目に逢ふ由也。我懐中に金弐分有。是を持行べし」と紙入より金弐分出し喜八が口に含せ、終に牢迄送り別れて、夫より平兵衛は宿へ帰り、吉之助、はせ留に向ひ「扨々喜八は不便の事也。最早近々に御仕置になるべし。是といふも元は吉之助殿、こなたの勘当のわびの種と又女房を呼戻さん為に、ふとしたる貧の盗みに質屋へ盗賊にはいり、金八十両盗みたる事顕れて召捕れ、今既に牢に入たり。元は主の為、扨々是非もなき事也」といひけるにぞ。吉之助大きにおどろき「扨こそ喜八は我勘当の詫せん其為、彼是我不自由を気之毒に思ひ、出来心にて盗みしを、既に御仕置になる時は我手で殺すも同じ事。喜八を殺しぬく〳〵と生ては居られぬ」と既に首をくゝらんとする。はせ留もとも〴〵是を聞て「私までも此中にかかり居る故、入用多く其故に事起りたり。私も共々」と是も首をくゝらんとて大騒動と成にけり。家主平兵衛あわて《（で）》ふためき漸々と両人を止め、「今両人此所にて死れては我壱人の難義也。何分此一件は我に任せ給へ《（ひ）》。よろしくはからひ無事に行ず共、せめて喜八を御慈悲願の致し方も有べし。夫に付、兼て古河へ人をやりたき物なれ共、外の人を遣しては事わかるまじ。我自身古河へ行、吉右衛門と相談之上、喜八が命乞首尾能済し申べし。其間必はやまりたる事仕給ふな」と、女房にも能々言付置、長屋の者を頼みて平兵衛は是より急に支度して、只壱人下総古河へ出行けり。

大岡仁政要智実録九終り

大岡仁政要智実録

巻之十

扨も家主平兵衛は古河をさして道を急ぎ、程なく穀物屋吉右衛門方へ尋来り、「拙者江戸麻布原町家主平兵衛と申者也。吉右衛門殿御在宿ならば御面談致し、御子息吉之助殿義に付御相談申度義有之。態々参りたり」と申ける。番頭此事を主人吉右衛門に告ければ、奥より吉右衛門出来りて互に一礼終り、平兵衛を奥へ伴ひさま〴〵馳走しける。扨平兵衛申けるは、「拙者店に喜八と申者、元は足下の御内に勤め居られしとの由、此度不慮の災難にて火付盗賊に落たり。元の起りは御子息吉之助殿故也。其訳はヶ様〳〵の事と、浅草にて吉之助に逢ふて委細を聞ん所、不埒にて弐千両余遣ひ親御の勘当受、其夜*両国橋より身を投んとしたまふ所へ吉原の芸者に助けられて、夫より女郎はせ留が諸色を送り、勤の身にて吉之助を何壱ツ不自由なく扶助なし置しよし聞て、夫にては勘当の詫出来ず、依て喜八方へ引取是非勘当の詫を願んと明暮思へ《ひ》ども、何を申ても喜八は其身貧にして、朝夕の夫婦の口過さへ漸々に其日を送る。吉之助を伴ひ帰りたれ共、着て寝かすものなく、我女房を下女奉公に出し其給金を借りて夜着ふとんを調へ《ひ》しが、何に付ても主人の不自由、勘当の詫の種にも哉と、ふと出来心にて、同町の質屋へ夜盗に入、金八十両盗みし事顕れ、右の通り既に御仕置に極るべし。夫故御慈悲願ひをせん為、又吉原より女郎はせ留吉之助を慕ひ欠落して来りしが、喜八が右の一件に付て弐人《弐人リ》共生ては居られぬとの事、元の起りは吉之助殿故也。御慈悲を願ひ喜八が無実の罪をたすけたく、態々拙者是迄参りたり」と、一々具さに咄しければ、吉右衛門夫婦は大ひに驚き「扨々夫は御深切忝し。倅義勘当致せしも当分の見こらしと存じ候也。五八とやらん芸者に似合ぬ実義なり。又其傾城誠にやさしき心底なり。

其様な女ならば君傾城にても苦しからず。身受して吉之助とそはせ被下べし」とは、親の頼みなれば、吉右衛門平兵衛に向ひ「此上御世話ついで、何卒貴殿に御任せ申。宜敷御取計ひ下さるべし」とたのみける。「夫は何より安き事。吉之助殿はせ留は我等方に預り置候間、案じ給ふな。夫は兎も角も、先喜八が難義を救はんば、みす〳〵無罪にて殺さるべし。地獄の沙汰も金次第とあれば、少々金子を御遣ひ被成て喜八が事を願ひ候はゞ死罪を遠嶋にいたし度存ずる也。我と共に江戸へ御出有べし」吉右衛門「何がさて金が多く入ても苦しからず。何卒御頼み申」と、夫より吉右衛門平兵衛両人、駕籠通《（通ふ）》しにて早速江戸迄来り、御老中松平右近将監殿へは吉右衛門度々御用金を差上し御縁にて、此度の喜八が一件を歎き願ひしに、「最早罪科極り老中の判すわりたり。今少し早くば致し方も有べきに、最早青紙下りては是非なき」との事也。吉右衛門平兵衛十方に呉てすご〳〵と帰りしが、「いか程金子入ても何卒喜八を助けん」と、さま〴〵平兵衛と相談する所に思ひもよらず喜八が女房お梅主家を逃て帰りしは、先達て喜八をとらへし火方盗賊御改麻布がぜんぼ谷奥田主膳殿組の与力小笠原粂之進といへるは、弐百五拾石にて則此家へ喜八女房お梅奉公勤め居けるが、この粂之進をば独身にて、女子壱人有けるが、喜八妻梅がきりやう能にれんぼし折々くどきけるが、此梅至て貞女なれば決してしたがわず、「夫有身なれは御免被下べし」とのみ。粂之進さま〴〵おどしすかしけれ共、「夫喜八と申者有内は、御心に随ひては女の道立申さず。夫故随ひ難し」と一寸遁れに言ぬけけるが、有時粂之進梅に茶をくませ持来る其手を捕へ《（ひ）》、「我是程までに其身を執心し、さま〴〵くどくといへ《（ひ）》共、夫有故随ひがたしといふや。しからば夫なくんば随ふや」と有ければ、梅はさしうつむき言葉なし。「其方夫有といふや。最早夫は無き†身也。何と我になびくべし」といひければ、「何故に夫なしとは合点ゆかず。夫喜八と申者有に違ひなし」と申ける。粂之進「其方が夫喜八は火付盗賊をなし、近々御仕置に可成。其妻其方なれば同罪なれ共、我其方を深くかくし是迄恙なく忝も全く我情なり。よつて我に随へ《（ひ）》、所詮喜八が命はたすからぬ也」といひければ、梅は大きにおどろきけるが、

「是は粂之進我を手に入んとのたくみならん、喜八は中々悪事抔する気性にあらず」と思ひけるが「もしや」と思ひ「夫は何故喜八を火付盗賊と思召候や」「其方夫喜八、先達て質屋源右衛門台所へ付火いたし、金子八十両代物弐十五品奪ひ取、逃行所を軍平に袖をとらへられ、是非なく出刃庖丁にて袖を切て逃たり。則切たる袖也。爰に有」と出し見せ「我喜八を召捕り家内を改め見るに、金八十両は内に有。よつて火付盗賊相違なく、大岡越前守へ送状にて届たり」といひ《（へ）》ければ、梅ははつと計り胸轟き「扨は夫喜八、主人の為に貧の盗みの出来心、常々邪のなき心なるが、扨も〳〵情なき」とおもひ粂之進に向ひ、「何卒私に御暇被下べし。夫と共に御仕置に成べし。科人の女房御召仕ひ有之ては御役の障りにも成べし」と申ける。粂之進申けるは「我其方に心をかけ不便に思ひければこそ沙汰なしに致し置たり。其恩を思はゞ我方に居よ。暇は出すまじ」と無体に留置ける。梅は中々耳にも聞入ず「是非暇を給るべし」と申ければ「主人に向ひ無理に隙を乞る事、甚以て不届也。今は是非なし、我、ヶ程心を尽したるかいもなくつらにくし、おもひしらせん。我心に随へ《（ひ）》ば其通り、随はずんば斯の如く」と刀を抜て胸元に押当けり。梅は夫の事のみ心にかゝり、粂之進が仕方を恨、「いわゞ夫の敵也。何故に己れに随ふべきや」と散々に罵りけり。今は堪忍成難く刀を振上る。梅は少しも騒がず「夫喜八も其方が手に取て出し、いわゞ夫の敵、とも〴〵殺せ」とひしめきける。粂之進は刀を抜て驚しけるに、中々おどろく気色もなく、「はやく《（ぐ）》殺して仕廻、此恨死しておもひしらせん」とさま〴〵のゝしり、粂之進刀は抜たれ共元より殺す心なし。「死しては事むつかし」と心にこまりて居る所へ、台所より仲間七助といふもの、先刻より主人、梅をおどし刀を抜て持あつかひ居るを見ておかしく思ひ、走り出て主人を止め、「先々御待被下べし。只今承り候所、御腹立は御尤也。さり《（去）》ながら女を手に入んと思召にはだましにしかず、おどし給ひては却てあしく、是は不及ながら私に御任せ有べし。梅にとくと申聞せ御心に随ひ候やう得心致させ申べし。先々御刀を御納被下かし」と申ける。粂之進能き折からと是をしほに刀を納め「弥々其方が取持くれんとならば任する程に、随分能働き手に入よ。是は当座の褒美すべし」と金三両投出しけり。七助「有難し」といたゞきける。「又不承知ならば其金取返す間、左やうに心得よ」といふ処え「御廻り有べし」と顕れ来る。則粂之進支度して廻り方に出行ける。跡にて七助、梅に向ひ「所詮其方も旦那はいやにて有べし。我取持せんも骨折損也。出来ぬ時は却て首尾わるし。聞ば其方主の難義と有、少しも早く此処を欠落すべし。我も云訳なければ是より宿へ帰るべし。走るに増る上手なし。少しも早く帰り給へ《（ひ）》」とすゝめける。「我宿は牛込かいたい町重兵衛店いもや六兵衛といふもの也。用事あらば言越給へ《（ひ）》」と二人言合せてすご〳〵《（そこ）》支度して七助は牛込、梅は原町平兵衛方へ逃出し帰りける。右之委細を咄しける。家主平兵衛始終を聞て「面白し。喜八を助くる事出来たり」吉右衛門「夫は何故助り申候哉」平兵衛申けるは「喜八科なき次第、女房梅に欠込訴詔させ、首尾よく喜八を助け申さん事、何事も我に任せ給へ《（ひ）》」と、頓て梅を呼寄せ欠込訴詔の仕様を教へ《（ひ）》、壱通の願書を認め、「汝、是を以て奉行所の門を入、右之方書もの場へ行、かやう〳〵致すべし。され共主人を相手に取ての公事なれば、此方よりあからさまには訴へ《（ひ）》がたし」只「暇を願へ《（ひ）》共出し不申、何卒暇をくれ候やう御願申候」と計り認め、是を梅にもたせ、平兵衛同道にて、或夜、奉行所の屋敷近辺迄行、内々委細教へ《（ひ）》けり。翌日梅ははだしになりて奉行屋敷の小門より入、書物場へ行、大音に「御願申ます〳〵」と申ける。役人是を聞て「町役人をもつて願へ《（ひ）》」といへども聞入ずわめきける故、頓て門の外へ送り出す。お梅は腰掛にてしばらく休息し、又々夕方書物場へどつさりすわり以前の如く也。又々送り出され、殊に夜に入御門しまりければ、是非なく腰掛に夜を明しける。其夜平兵衛はひそかにしのびて弁当を持来り梅にあたへて、「明朝は御門より奉行駕籠に登城有べし。其時駕（籠）に付て願ひ、役人しかりてもかまわず願ふべし。駕籠の内より『何事や』と御聞あらば、『夫の難義御救ひ御慈悲を願ひ上ます†』と言べし。『今は登城先、のち迄腰掛にひかへよ』とあらば、其時又爰へ来りて休息せよ。昼時分、呼込有る時、其方をも『駕籠訴へ《（ひ）》の女罷出よ』と有時はいり、今度は左《（左り）》の方より白洲《（左り）》へ出、此書付を出すべし。奉行の側なる役人是を読上る時、『此書付何者が認たり』と御尋有べし。其時『我書たり』と言ふてはあしく、依て『昨日御門へはいり兼て御門前をうろ〳〵と致し候所へ御侍様御通り懸り、〈其方は欠込訴詔か〉と御聞被成候間、〈左様にて御座候、どふ致したらよろしくどこからはいりませう〉と承り候へば、〈ヶ様〳〵いたせ、訴詔は持来る哉〉と被仰、〈訴詔是なく候〉と申時、〈しからば認めて遣わすべし〉とかやうに書て貰ひ候』といふべし。夫さへいへ《ひ》ば跡は此方のもの、向ふが大岡殿なれば何事も察し有べし」と、こまかに教へ《ひ》ける。梅は悦んで夜の明るを待詫ける。平兵衛は帰りて程なく夜も明け、大岡殿毎朝の登城に出られければ、梅は「爰ぞ」と平兵衛教の如くなしければ、「扣へ《ひとへ》よ。」との事にて、其後よび込有て訴状の事を御尋ね、右之通り申せしかば、役人是を高声に読上る。大岡殿「梅、其方主人に暇を願へ《ひ》共出さず、其上度々不義を申懸候得共、夫有身なりとて随はざれば刃を以ておどろかし、一向暇を出さず、夫故願ふとあれども、今此処へ粂之進を呼出し此事を問ん時、『左様の事覚なし。不義仕掛たる覚なし』と互に言ふては水掛論にて、証拠なければ主人を相手に公事をなすのみならず、奉公人の方よりいか様の事有共主人に無理暇を乞ふ事不届なり。此義は其方不調法也、何と証拠があらば其時申出べし」と仰ある。梅申けるは、「証拠人は御座候。則牛込かいたい町重兵衛店に六兵衛と申者方に七助と申者証拠人にて御座候」と申ける。「しからば其七助呼出すべし」と、是より牛込かいたい町家主へ遣し、七助罷り出けり。此日御吟味有べき所なれども、大岡思召有て、七助お梅両人共に何事も御糺しなく、「近々此方より呼出す迄、七助梅家主へ御預け也」と仰られ其日は相済けり。爰に又彼盗賊たこの伊兵衛は、質屋の火付召捕れ近々引廻しに出る由噂を聞、「扨は我金を八十両やりたる喜八とやらんとら（は）れたるや。又は外に火付有ての事ならんか」と不審に思ひ居る所に、喜八は段々御吟味有之処、着物の袖口といひ《へ》、八十両の金を盗みかくし置たるを見付られたれば、粂之進方より送り状といひ《へ》、終に火付盗賊と定り、御老中へ言上青紙へ御判すわり、既に近々引廻しの上、品川に於て火あぶりとの事也。

たこの伊兵衛是を聞、科なきものを無実に殺さん事不便におもひ、我と名乗て奉行所へ出ける。「火付十三ヶ所、人殺し七人、盗み数不知、其外麻布原町質屋へはいり金子八十両代物二十品奪ひ取候」と白状に及ければ、大岡殿喜八を呼出し則白洲に両人対決也。喜八は牢より出来る有さま、月代延、痩衰へ足にはほだを付たり。見るに見られぬ形也。大岡殿喜八に向ひ「其方、質屋源右衛門方へ入り、金八十両、代物二十品盗み取たりといへども、其科人外より出たり。此もの則盗賊伊兵衛とて、右の事覚有之と白状せし也」喜八「いや〳〵、盗賊は私也。あの者は御助け被下べし」と申ける。伊兵衛喜八に向ひ「其方、我寸志の情をむくはんとて命捨て我を助けんといふ、其心底うれしけれ共、益なき事也。我今迄罪多く、此義計り遁れたりとて外に科多くして助かる身にあらず。夫故益なき事也」といひ(へ)ければ、喜八はさしうつむき言葉なし。大岡殿しばらくもくねんとして両人が言葉を聞れけるが、甚感じ給ひ(へ)、「伊兵衛、其方八十両喜八に遣したるに相違なきや。しからば弥々詮義すべき事あり。今日は先ひかへよ」と、両人共牢舎也。其後程過て、大岡殿双方御呼出し、小笠原粂之進は椽の上なり。家主平兵衛、盗賊伊兵衛、喜八、梅、何れも白洲へ出る。越前守粂之進に向ひ、「此梅は貴殿に御召仕候哉」粂之進「左様にて候」「夫の難義と有て暇を願ふに何故暇を遣さゞるや」粂之進承り「暇は出し申候」といひければ、梅は「いや〳〵、暇を一向くれ(呉)不申」といふ。家主平兵衛申上けるは、「先達て梅事、私へ御預ケの間委細承り候所、粂之進様、梅は暇をやると計仰られて一向下されず、難渋仕り無拠欠込み中上候由、承り候」大岡殿粂之進に向ひ「ヶ様に難渋いたし候。よつて暇を願ふに留置き給ふ事心得ず。是は何ぞ訳有べし」と、態とあぢに仰られしかば、粂之進申けるは「すべて奉公人主人に暇を願ふは人替りを以て願ふべき筈也。何故人替りもなく、主人方不自由なれば、人替り無き内は暇を出し不申」といひはなしければ、大岡殿申されけるは「小笠原殿、夫は何をいわるゝ。只今暇を遣したりといわるゝ口の下より『替りなき故、暇を出さず』とは前後そろわぬ申条、殊さら夫の難義と有に人替りを尋る隙の有べきや。夫に貴殿方余り情なし、早速先宿へ遣わされ、夫の難義と有ゆへ不自由にても先暇を出さるべきに其儀なく、何か様子がなくては叶はず」と又々仰られしかば、粂之進やつきとなり「小身たれ《（り）》共某も公儀の扶持を頂戴致し殊に御役をも勤る身分、人の理非を糺す役目なり。夫に何の訳有べきや。扨は奉行にはえこ《（い）》ひひき有て某計り片落しにしたまふならん」といわせも果ず大岡殿、居丈高に成て大ひ（に）怒り「えこ《（い）》ひひきとは慮外千万。して此梅をかゝゆる時、其方請人は何者が判をおして口入は何方の者なるや」粂之進答て「則彼が夫喜八なり」大岡殿重ねて「其喜八は火付盗賊に相違なしとて某方へ添状を以て送り遣す。其方が何故此科人の女房を、役を勤る身分にてしりつゝ、召仕ひ†置給ふや。願はず共此方より暇を出すべき筈なるを此故に何か様子があらん」と申せし也。「定めて不義申懸たるに相違有まじ」と仰られしかば、「不義仕かけ候覚さら〳〵なし」と申ける。其時大岡殿「牛込かいたい町の者呼出せ」と仰られければ、「はつ」と答て彼仲間七助白洲へ罷出うづくまる。粂之進、七助を見てはつと思へ《（ひ）》ども、態と「あのものは拙者方を取逃致し候者なり。いや七助、不届至極の曲者、扨は其方梅と密通し我金三両奪取て欠落せし憎き奴也。只今爰へ出て何事をかいふべき、言語同断、何事にてもぬかし見よ、手はみせぬ」とはつたとにらみける。大岡殿、粂之進に向ひて「下郎は拙者尋る子細有て呼出し候也。其方はかまひ給ふな、だまり候得。いかに七助、有やうに申せ」七助申上けるは、「全く私は取逃は不仕。是迄多くの女中奉公に来られけれども、壱月とも勤めず早々暇を取りて下り候得ば不審に存居候所、此度も又お梅どの暇を取候間、様子うかゞひ候所、不義仕懸承知せぬと刃物ざんまい《（へ）》、私中へはいり止め候得ば、私に金三両くれ《（呉）》候て取持致し候様、申付られ候得共、お梅どの貞節の心底故、迚も叶はぬ事、私も申訳立難く、是非なく宿へ逃帰り候」と一々申上ければ、粂之進は面目なくさしうつむき恐れ入て扣へ居る。大岡殿、粂之進をはつたとにらみ「公儀の録を頂戴いたし御役を勤め、人の理非を糺す身分也といわるゝ者が誠の火付盗賊是なる伊兵衛とらへず、科なき喜八をとらへ、能吟味もなく送り状を添て某にまで越度をさせ重々の不調法、夫にて人の理非を糺すや。此越前守に向てえこひ（い）ひきなどゝは法外千万、ヶ様の不埒にて御役勤るべきや、不届至極、牢舎（申）付る也」と仰有しかば、同心飛懸り粂之進を椽より引ずり下し忽ち縄を懸たり。扨、外の者共追々又呼出し、七助、梅は家主へ御預け、粂之進、喜八、伊兵衛三人牢舎也。扨翌日、大岡越前守登城有て御老中松平右近将監殿月番也。是に付て願われけるは「何卒此越前守御役御免下し置れ候様、願ひ奉り候」といふ。右近将監殿「何故御退役願わるゝや」大岡殿「此度煙草屋喜八捌き違ひ、罪なき者を科人となし、既に上へ言上に及び御判すはり候処、外より盗賊出候。此度の裁許、越前守が落度なれば、御役御免を願ひ、知行をさし上、切腹仕り†申訳仕らん。何卒宜敷御披露被下べし」と申上けり。右近将監殿大ひに驚き「先々はやまり給ふな。とくと談じ候て上へ申上候わん」と御老中相談之上、公聞に及びければ、吉宗公以の外おどろかせ給ひ、直に越前守を御前へ召され「必早まるべからず。只いつ（ま）《底本虫損》でも忠勤を尽し、此後猶出精（情）に相勤むべし。捌（き）《底本虫損》直してよろしき方は其方の勝手取計ひ、苦しからず候」よし上意なりしかば、大岡かしこまりて御前を退出し、是より公事を引くり返しけり。時に享保七年秋八月廿四日、双方御呼出しの面々には小笠原粂之進、煙草屋喜八、同妻梅、家主平兵衛、たこの伊兵衛、仲間七助等也。大岡殿大音に「小笠原粂之進義、其方御役をも勤める身分として盗賊の人ちがひ、罪なき喜八を罪に落し苦しめ、其女房に不義を申掛たる段、不届に候。此故に弐百五拾石召上られ重き刑罰にもせらるべき所なれ共、格別の御慈悲をもつて打首に仰付らるゝ也。既に家絶†えたり。次に仲間七助義、其方主人をたばかり、其上私に宿へ帰り主人の家を逃候段、重々不届也。然りといへども終に正直をもつて御上を偽らざる故其科をゆるし、印として過料金三両被仰付なり。次に盗賊伊兵衛、其方重罪の科人なれども神妙に名乗出、其上喜八を助くる仁心をなしたる故、御慈悲をもつて多くの罪をゆるし伊豆の大嶋へ遠嶋被仰付也。次に煙草屋喜八、もとの通り。女房梅同様。并に家主平兵衛、此度のはたらき町人には稀なる大器量也」とて御ほめ遊さるゝ也。是にて双方首尾よく相済ける。夫より穀物屋吉右衛門は吉原の傾城はせ留を八百両にて身受をなし嫁として、倅吉之助は勘当をゆるし、喜八夫婦には横山町角屋敷の干もの店を金三百両付て是をあたへ《（ひ）》、家主平兵衛へは右之角屋敷の地面、間口拾間奥行十八間《（軒）》の所を証文に熨斗を付て則吉右衛門より御礼として是を進上なり。吉之助夫婦中むつまじく目出度相済けり。此時吉原の芸者五八、大仕合にて吉右衛門より「倅吉之助が命の親なり」とて金三百両其外色々貰ひ急に分限者と成にけり。

大岡仁政要智実録十終り

（三冊目終）

『大岡秘事　四』（四冊目）

大岡仁政要智実録

巻之十一

目録

一　六歳の子供火附流罪之事

一　浅草山谷町八幡屋市兵衛事
　并女房持参金之事

一　市兵衛女房離縁之事
　并大岡越前守殿御捌之事

一　深川之酒屋蔵を建る事
一　芝口之町人弥兵衛跡式争論之事
　　并大岡殿後家文字割御捌之事
一　大岡殿捨子御捌之事

大岡仁政要智実録

巻之十一

○六歳之子供火付流罪之事

爰に江戸表神田辺に加藤屋与兵衛と云ふ者あり。此与兵衛六才に成し倅を持けり。然るにある時近所の子供といろ〳〵の遊びをして居けるが、いつの間にか火入に火を入れ硫黄を添て裏へ行き、鉋屑を入たる俵ありしが是を摑み出して火を附しに、家内の者は是を不知居る所に、彼俵にもえ付、夫より雪隠の屋根にもえ上り火の手上りし故に、火の見よりはや是を見付て鐘を突ければ、「火事よ」と江戸中騒ぎける故、早速火も鎮りける。故に町内より右之趣御奉行所へ訴へける。大岡殿聞し召れ「其子共連て出べし」と有ければ、則母にいだかせ連来りけるに、大岡殿仰有けるは「六才の子供といへども火付とあれば遁れがたし。入牢申付べし。尤両親の内、壱人介抱致すべし」と仰有ければ、町役人「何卒親子ともに町内へ御預け下さるべし」と願ひければ、大岡殿仰られけるは「仮初にも火付といふ科人を子共なればとて用捨はならず。御慈悲を以て急に仕置を定むべし」と宣ひければ、町役の者ども不残御前を下りけり。斯て母子共にあがりやへ入ける。三日めに与兵衛を呼出し、大岡殿仰渡されけるは「其方が倅与之助事、幼少之事なれば命は御助け下され、御慈悲を以て流罪に仰付る」と有ければ、与兵衛申上けるは「何卒十五才になる迄御日延被下べし」と願ひける。大岡殿「十五才迄待ち†仕置いたさば火あぶり也。依て此度流罪申付る。不便に思ふならば家内中嶋へ附行べし。則当廿日には流罪に極むべし。其間に用意致すべし」と有ける。与兵衛しほ〳〵として御前を退出致し、廿日といふも間の無こと故、早々用意をなし当分不用之物は船を借て積込み相待居る。斯て廿日に成けれども、何方へ行といふ事《いふも事も》もしれざれ共、早朝に店をかた付、近所へも暇乞して相待所、与兵衛御召有て仰渡されけるは「いよ〳〵与之助流罪申付る間、難有存ずべし。則向ひ《フ》嶋なり。只今彼地の役人に相渡す間、嶋へ行き†役人に相対していかやうともすべし。勝手あしくば月日を経て又々帰参を願ふべし」と有ければ、与兵衛大きに悦び、難有涙をこぼして御礼を述、いそ〳〵御前を下りける。

此向ふ嶋といふは江戸の川口の嶋にて、大坂の*ゑびす嶋、江の子じまと同じ所なり。江戸の内にて相替らず繁昌の地なり。畢竟流罪といふ名計りにて町払ひ《へ》同様なり。此仕置方吉宗公の御機嫌に入りしとかや。

○八幡屋市兵衛女房敷金持参之事　并女房離縁大岡殿御捌之事

浅草山谷町八幡屋市兵衛といふもの有しが、此者の女房麻布之辺之者成しが、世間に有る習†、金三百両持参いたしける。此金を鼻にかけて、平常我まゝを申。下女下男に至るまで悪しくなり《なたり》しかば、内外の者迄憎まぬものはなかりける。然れども市兵衛は堪忍つよきもの故、敷金に面をはられ無念に思ひながらしのびて暮しける。ある時、夫婦いさかひを仕出し、わづかの事より段々大口論となり、女房の悪口譬るにものなし。夫に向ひ「気にいらぬ女房ならば離縁といたされよ。お前のやうな男は江戸中には掃溜を尋ねても百人や弐百人は有ます。気にいらぬ女房持て下されとは申ませぬ」と敷金がいわせける。理も非もしらぬ三才の童も斯はいわれぬ悪口成し故に、今は男もこらへ《ひ》かね「憎き奴哉、己れ離縁してくれん」と分別を定め、「夫程此方をいやならばいとまをつかわす、出てうせふ」と云ひければ、女房申やう「成程帰るべし。夫れに付て我等持参せし諸道具并持参之品不残渡してから仰あれ」と申せば、市兵衛「何時成共取に参り次第、相渡すべし」「いや〳〵只今請取らねば《ぬ》帰りませぬ」といふ。市兵衛が曰「己れ壱人にて残らず持て帰るでもあるまじ、何時にても人を遣すべし。不残揃へて渡すべし」といへども女房中々合点せず。「只今金計り渡さぬ内は帰らぬ」と意地張、「急に金は調ふまじ」と思ふて困らすつもりにて有しが、「サア金が調わずば帰らぬ」と度々いひしかば市兵衛ずつと立て戸棚より金三百両取出しほうり付、「サア〳〵持て帰れ、最早片時も置事叶はぬ」といへ《ひ》ば、女房案に相違して、「これ迄は幾度かかやうに申た事も有しかど、終に此やうに金を相渡し追ひ出されし事なかりし」と、「口に過しか」と始て思ひ付、「なんと市兵衛さん、いよ〳〵わたしを離縁なされますか」といへ《ひ》ば、市兵衛いふやう「いなす〳〵、もふいなすからは、門口もふます事相ならん。おれのやうな男はきだめにも百人や弐百人は有といひしを忘れしか。みれんの事は少しもなひ。少しにても早く帰れ」と若者に申付、「麻布の兄の所へしかと渡して帰るべし。次手に金の請取を取て来よ。跡にて兎や角有ては悪しかりなん」といひ付ければ、「畏り候」と衣類を着替、「サア〳〵御立なされませ」と申ければ、女房今は後悔して詫言をいたしけれ共、中々聞いれず、是非なく支度をして立出、兄の方へ帰りける。斯て翌日市兵衛より申遣しけるは「いまだ荷物これあり、取に遣し下さるや。但し此方より送るべきか」と尋ねければ、兄の方より「返答には暫らく御預り下されかし」と申て取にも越ねば「一向此方より送り遣さん」とて荷拵いたし居る所へ兄の方より人を以て挨拶を致せども、市兵衛中々不聞入。「家内の者聞し通り、あの女めがほうげた中々聞憎し。家内のでつち小者にても中々あのやうにいわれぬもの、江戸中の掃溜に己れの様な男は百人や弐百人は有といふ。夫故にひま遣せといふ。是迄差向ひの時はヶ様の事有ても畢竟内証なれば堪忍もいたすべきが、若者始、下女、でつちの居る所にていわれては是等の手前にても顔の立ぬ事故に、此上はいかやうに御挨拶有ても此義は了簡成難し。此方が申に不及、女にとくと聞わけ給へ。荷もつは只今戻し申さんと此通りこしらひ置たれば持帰られよ」とて中々聞入るけしきなければ挨拶人も是非なく帰りける。斯て兄の方にもせん方なく、「又何方へ成とも似合の縁があらば」となだめけれども妹聞いれず、「御公儀様へ願ふて成共市兵衛方へ帰らん」といふ。扨も女の思ふやう「市兵衛殿の内勝手よろしく成しも此方の敷金故也。自《ミ》分を麁末にしやつたなら罰があたるだらう」と、夫程慕ふ心にも敷金の事忘れぬは、扨々愚智のいたりなり。扨市兵衛方より荷物を戻せし故に悲しさやるかたなく、奉行所へ掛込み願†ひを致しければ、大岡殿御聞届け有て、八幡屋市兵衛を呼出し御尋なされければ、市兵衛申上けるは「家風にあわぬ女故に離縁仕り候。持参致せし品は一品も不残戻し候」と申ければ、大岡殿仰られけるは「諸道具不残戻す上は女の方に申分なき筈なり。併し其方が妻でありしか、女房にて有しか」と御尋有ければ、市兵衛心の内「いかゞ申てよろしからん」とはつとして差うつむき居たりしを重ねて仰られければ、いよ〳〵返答にこまりける。大岡殿見兼給ひ「其方がもらひしか、但し親に約束して貰ひしか」と御尋有ければ、市兵衛申上けるには「私、若年のころ親にはなれ、先方にも親はなし。兄を親分にしてもらひ候」と申上ければ、大岡殿御聞有て「然らば女の方に少しも申分なき筈なり。互ひに我々同士もらひし事なれば、去るゝとも是非なし。折角四五年もなじみし女房を去からは女にあやまりなくては去まじく、聞に不及。定めてあやまり有べし。此上は挨拶人を頼みて見るべし。其上得心なくば是非もなしとあきらむべし。罷り立て」と有ければ、是非なく御前を下りけり。

役人中跡にて御奉行様に御尋申上ける。「女房と妻と違ひ候か」と。大岡殿仰られけるは、「妻《つま》と妻《さへ》と女房と三つ有。先ツつまといふは上々に有事也。生れ落ると言ひ名付ある。是をつまといふ。是は去事不叶。又親々が約束してもらひしはさへなり。是も我まゝにはさられず。扨また我等同士の女房を去るは男の心まかせなり」と仰られしとかや。

○深川酒屋蔵を建る事　并紺屋歎き訴詔之事

享保年中の事なるが、深川に紺屋商売《とせい》いたし居る者有。紺屋の西隣に明屋敷有しが、さる《(去)》酒屋此屋敷を買取、大きなる蔵を建たり。然るにこなたの紺屋の染物の干場へ日が一向あたらず、是に依て大岡様へ御願ひ申上けるは「私西隣境目際より大きなる蔵を建られ、一向日当りあしく相成候に付、私渡世殊之外難義仕候。何卒御慈悲を以て蔵を少々西へ引く《(具)》れ候やう仰付られ下さるべし」と願ひける。右之次第を大岡殿より酒屋へ申付られ候処、酒屋申上けるは「私《(私し)》彼所へ蔵たて候はねば殊之外勝手あしく、殊に私の地に御座候へば、何れへ建候ともくるしからずと存じ建候」と申上、大岡殿仰られけるは「然らば紺屋、彼者の蔵を建し地は酒屋の支配とある、左様なるか」と御尋故に「いかにも酒屋の地に御座候」と申上る。「然らばあの者の侭なり。此方とてもいたし方なし。酒屋、其方用事はなし、罷立」と有故、酒屋は御前を下りける。夫より大岡殿紺屋に仰られけるは、「ヶ様の事は間々有事なり。我等以前の屋敷隣の隔に垣有しが、余り見苦敷相成、此方の座敷迄見越るも気の毒と思ひ、此方より高塀を掛たり。扨隣屋敷の者うつとしいとてやかましくいふ。されども此方折角塀を掛し処、且又此方の屋敷の内なれば高塀切るにも及ぶまじと其侭にいたし置しに、隣屋敷より塀際へ深き溝を掘たり。故に石垣崩れて難義也。乍去、溝掘しは隣の地なり。詮方なく水道を埋みもらひたり。ヶ様のものなれば、汝も了簡致すべし」と有ければ、紺屋御前を下り、思案して急に酒屋の蔵の際へ大きなる深き水道掘せけり。酒屋是を見て申やう、「其所へ左やうの水道ほりては石垣の為あしく、蔵ゆがみ候」と申。紺屋申けるは「我地水道あしく、それ故に難義致すなり。余程深く掘ざれば成まじ。乍併此方の地なれば何程掘候とも此方勝手次第」と申故に酒屋是非なく蔵を西の端へ引しとなり。

○弥兵衛跡式争論之事　大岡殿後家文字割御捌之事

芝口に有徳なる町人弥兵衛といふ者あり。此女房七年以前より来りけれ共、子共なし。亭主の妹十三才に成ける時に、弥兵衛頓死致しければ、一家親類打寄て、野辺の送りをいとなみける。斯て子供もなきゆへに皆々打寄て跡目の義を相談いたし、「兎も角も本家の次男を養子にもらひ、妹おみつにめあわすべし」と相談極りけれども、後家不得心にて埒不明故に、一家中又々打寄相談致し《（致しし）》けれども兎角不合点成ゆへ、止事を得ず御公儀へ訴へ《（ひ）》て「御上の御下知次第なり」と願書を差上ければ、両方の親類并後家御呼出し対決なり。時に亭主の一家申上けるは「弥兵衛頓死仕り候処、子供無之候故、おみつと申妹有之候、本家の次男を養子に仕り、おみつをめあわせ度相談極り候へども、とかく後家得心仕らず。何卒同心致すやう仰付られ下さらばありがたく奉存候」と言上す。大岡殿聞し召れ「本家といふは弥兵衛が出し内か」と御尋有ければ、一家共申は「親弥兵衛が出所にて御座候」と答ける。扨後家に仰られけるは「何事も本家の差図に任すべし。夫とも其方外方へ嫁入がいたし度ば、其方の持参せしものを持帰り何方へ成とも勝手次第に参るべし。但し後家を立るつもりならば妹を娵にして後見いたすべし」と仰有ければ、後家答けるは「夫《（夫と）》弥兵衛が存生之内に申置し事も有、『跡目の事は其方の目鑑に叶し者を致すべし』と申置ければ、此義私が心次第に仕り度、殊に後家とはのちの家とやら書ますれば、何卒私が次第に致し、兄の子を養子にいたし度存じまする」と云へ《（ひ）》ば、大岡殿聞し召れ「扨々其方は女にまれ成学者哉。成程後家とはのちの家と書べし。然らばいよ〳〵後家を立さすべし。後家を立るには其姿にては夫へ立まじ。法体して後見いたすべし。先づ今日は皆々立帰るべし」と仰付られければ、畏りて御前を退出致しける。頓て二、三日過て一家親類不残御召あり。御前へ罷り出れば、後家は法体して並居ける。大岡殿御覧有て心の内おかしく思ひ、「近江屋弥兵衛一家の者皆々揃ひしか」と有ければ、「御意にござります」と申上ければ、「弥兵衛跡式の義は妹おみつ相続申付べし。養子之儀は本家の心任せにいたすべし」と仰有ければ、後家罷り出て申けるは「先達て御意遊されし通り何卒私《わたくし》の甥を養子に被仰付下さるべし」と申上ければ、大岡殿仰られけるは「其方は能く文字を捌くではなきか。後家とはのちの家とは書てはないか」「成程左様で御座ります」「然らば今にては後家にてはあらず、出家致せしでないか。出家とは家を出ると書べし。しかるによつて其方は家を出るべし。乍去、一家の者共隠居屋敷を建渡し、飯料を遣す程の事は其方達の相談次第、もはや罷り立」と有ければ、畏りて退出いたしけり。

曰、なまなか女の鼻の先智恵を以て「後の家と書」などゝいひし故、却て憎しみをうけ、一家中に追出さるゝほどの心にくゝもなかりしが、苦もなく追出されし事、誠に鎮むべしつゝしむべし。

○大岡殿捨子御捌之事　并仕立屋悪心之事

近年打続て米穀高直なる故に、江戸中殊の外困窮にて、別てとしの暮つまりたる故にや、毎日〱町々より捨子有けるよし、訴へ《(ひ)》有ければ、大岡殿聞し召れ町人を召出し、「此頃殊之外捨子を訴へ《(ひ)》けるが、定めて物入など多く有る事《†》か」と御尋有ければ、町人共申上けるは「彼捨子を町内より夫々に子のなき人を見立、養子に遣し候へば、五両七両も相添遣し候」と申上ける。越前守殿聞し召れ「夫れは大なる物入哉。畢竟親に見捨らるゝ程の果報つたなき子なれば、成人いたしても立身得いたすまじ。以後捨子有とても銭壱貫文相添乞喰に遣すべし。必訴へ出るに及ず」と町人共へ触させられしとかや。

評に曰、是尤の御政道なり。家柄を見かけてよろしき所へも養子にやらるゝかと思ふて捨る者もまゝ有べし。捨ると乞喰に成といふ事をしりながら捨る人は十人に弐人は有まじ。左すれば捨子するものなくなるべしと人々感心いたしける。

江戸京橋南かぢ町に仕立商売をする者有ける所、女房子を産しが、元より家貧しき故、子有ては足手まどひ《（へ）》になり、「女房も勿論、我身手職も出来がたし」と内々相談して、常に出入をいたす所の銀座町某といへ《（ひ）》る有徳の質屋の門へ夜更て捨にける。しばらくして彼質屋の門にては子の泣声いたしける故、起出て拾ひ上げ、「先づ〱今宵は内へ入、明日訴へん」とて其夜は家内中休みける。偖翌日かぢ町の仕立屋何気なき体にて彼質屋へ行申けるは「夜前手前の女房産をいたしける所、子は■（藁か）の上にて死したり。扨々残念の事にぞんじます。第一、殊之外乳に難義いたします」と申ければ、質屋の亭主、幸の事に思ひ、「夫は定めて力落しならん。夜前我等が門へ捨子を致せし者あり。誠にりゝしき女の子也。只今町役申出、御公儀へ訴へんとぞんずる所、幸ひの事なれば其元へ遣す間、そだてゝはくれまじきや。然らば御公儀へ御願申に不及、余の人不知こそ幸ひ、唯内証にて此子をもらひ、夜前生れし我等子とこゝろ得、養育頼入」と有ければ、仕立屋心の内してやつたりと思ひ、「成程、外様の事ではなし、いかやうとも仕るべし。先づ其子を見せて下さりませい」と立よつてとくと打ながめ「夜前我妻のうみし子に赤き所が似て候」と笑ひ《（へ）》に紛らし、「扨旦那、外之事に違ひ、ヶ様之事は私が得心いたす共女房が得心なくては麁略の元に候間、立帰り女房に相談いたし、其上にて返答申上べし」と立帰り、暫くして質屋へ参り「只今女房と相談いたせし所、女房も大きに悦び、『早々申受て帰られよ』と申により、直様参り候」と申ければ、亭主も悦び「我等も其元へ遣しなば安心致す」とて銀弐百匁計り附て与へけり。然るに此子生れ落るや否（や）、夜風にあてし故か二、三日過てあだし野の露と消にけり。此趣を彼質屋へ断りける。猶も女房の乳は益々はりける故、近所の子を頼み呑でもらひする内に、諸方より乳無子を連来り預けて行も有、或は人の子を留て置、「先二、三日われら預り申べし」と断り悪心生じ、又銀座町質屋の門へ捨ける。然るに質屋にては捨子ありとて拾ひ上ける。扨又仕立や何心なく質屋へ行ければ、亭主大きに悦び「我等が門へ子の捨てある翌日は其方の参らるゝこそおかしけれ。何卒又もらひてくれ《（呉）》かし」と申ければ、仕立や心の内悦ぶといへ《(ひ)》ども「成程、御尤なれども我等の内にては子が育ち《(ぢ)》がたく候間、いかゞ致してよろしからん」といふ。亭主の曰「先達ての子は生れてより間のなし。此度の子は月日余程立し故に」と、すゝめければ、終に承知いたす。是に依て又弐百目付て遣しけり。扨子は親元へ返し壱ヶ月程経て子の死したる由を質屋へ断りけり。質屋は是を偽りとは夢にもしらず居らるゝ故に中々うまき事におもひける。又有時、さる《(去)》方の子を借て来り、同じ所へ捨る事もならず、此度は馬喰町何某の門へ捨にけり。いつもの通り翌日参りて時候の挨拶いたしければ、亭主申やう「夜前我等門へ捨子致せしもの有。依て今会所へ届に行所也」といふ。仕立物や申やう「いや〳〵夫には不及、捨子を御公儀へ申上るは貰手の無故也。もらふ相手の有ならば御公儀へ訴へるに不及」といふ。亭主の申やう「併、捨子を御公儀へ願はずして我等もらひに成ても気味わるし」といふ。「いや〳〵夫は他人むきの事也。御公儀へ願へ上るにも余程の物入、是に付、能き事有。江戸橋布屋某、此間子にわかれ『人の子なりとも育て度†』との事故に、我等親分に成て遣しなば金子入不申。そこ〳〵の衣類壱枚こしらへ遣しなばよろし。右に銀五拾匁あればよろし」と申。亭主偽りとはしらず仕立やへ子を与へけり。扨仕立や、子は又親元へ返し五拾匁を〆付けり。仕立屋是を面白き事に思ひ、其後彼質屋へ行、今日は親類の葬礼に行候間、袴羽織の利上をいたし借来り、其夜さる《(去)》所の子を借て捨置、翌日袴羽織を返しに行、捨子の事を聞、又「下され」と申ければ、亭主心付「憎き奴哉」と思ひ申けるは「貴公の所へ子を遣しても死に〳〵、我等が門へ計り捨る事の心憎し。此度は我等了簡致すべし」と取合ず、直様御公儀へ訴へ《(ひ)》近在へ遣しける。仕立や大きに困り、親元へ返さねばならず、子の行方はしれず、難義なるゆへ人を頼み近在を尋ねけるに、やう〳〵しれける故、仕立屋罷り越し彼所へいひ入けるは「此度銀座町質屋より子をもらひし人は此御家にて候や」と尋ければ「我等也」といふ。「然らば其子を手前へ御返し下され。其子に付て段々六ヶ敷もつれ有る†事によれば、公辺にも及び貴殿達にいかやうの難義かゝるもしれ難し。早々此方へ返されよ」と申ければ、百姓申やう「我等此子を銀座町よりもらひ来りし故に、返して能ば銀座町質屋へ返すべし。見た事もなき其元へ渡す事、相成不申。察する所、我等《マ》を百姓子《マ》を盗みに来りし賊ならん。長居致さば縄に懸て詮義いたさん、いかに〳〵」と百姓に白眼付られ、せん方なくほう〳〵逃帰りける。扨此百姓、心得能者故に、仕立屋の跡に付て家を見届け、此由御公儀へ訴へ《ひ》ける。大岡殿、銀座町質屋急に御召有。「京橋かぢ町の仕立物屋、其方に何ぞゆかりの者か」と御尋あり。依之質屋今迄の事不残申上ければ、早速捕手の役人仕立屋へ来り見れば、早風をくらいてぬけし様子故に女房を御前へ召れ、段々御尋之上白状致せし故に、先入牢申付、扨また質屋は度々ふせんさく故に町預け被仰付、仕立屋は長の御尋なれども行衛しれず。さるに《去》依て女房は男の行方を度々の御責に心気をいため、終に牢死しける。後質屋は御免に相成けり。仕立物屋は何方へ行ても住処なく、道中にて死したりとかや。右に附て御公儀は相済たり。誠に悪を好むは其身の穴とかや。能く〳〵悪心をつゝしむ事肝要なり。

さる《去》質屋の門に捨子有、身に綿をまとひ短刀を添て壱首の歌あり。

捨はせぬ質屋としつて置に来た元利を
そへてうけに来るまで

大岡仁政要智実録巻之十一畢

大岡仁政要智実録

巻之十二

目録

一　お三婆々横死之事
　　并山伏感応院横死之事
一　宝沢肥後国へ来る事
　　并荒もの屋利兵衛が事

大岡仁政要智実録巻之十二

○徳川天一坊発端の事

抑東照神君家康公より八代目の将軍有徳院殿吉宗公と申奉るは、則神君の御十一男紀州大納言頼宣卿の御長男、紀州大納言従三位光貞卿の御三男にて渡らせたまふなり。則紀伊名草郡和歌山の城主五拾五万石なり。光貞卿御長男は綱教卿とて従三位中納言なり。御次男は頼職卿とて同少将にて内蔵頭殿と号す。御三男は吉宗卿にて後々は天下の武将とならせ給ふ。此君はじめは徳太郎殿と申奉る。光貞卿の御三男なれども御本腹也。御簾中於波の方、或夜の御夢に日月を両の手に握り給ふと御覧有て、終に御懐妊まし〳〵、月満て御誕生、其時も色々奇瑞有。御男子といひ御本腹の事なれば、一家中にて万歳を祝しける。又御父光貞卿にも御祝ひ有けれ共、爰に一ツの難義あり。光貞卿は当年四十一才にして、今、若君出来ければ、「四十二の二ツ子」とて至て嫌ふ事也。是に依て家老加納将監を近く召て光貞卿宣ふやうは「其方妻も近頃出産して其倅相果たりと聞たれば、妻事も定めて懐淋敷思ふべし。幸なる哉、此度出生の徳太郎を其方が子に遣す間、育て丶家督させよ。我為には四十二の二ツ子とて、側に養育なし難し。是に依て汝が妻の乳を与へ成長之後、汝もし男子もあらば我方へ返せ。外へ養子にせん。又世継なくば則家督を徳太郎に相続致さすべし」と仰られしかば、加納将監恐れて申上けるは、「忝も御本腹の御男子を厄年の御子なりとて某へ下し置る丶事、勿体なく奉存候。しかしながら妻にも申聞、其上にて御請仕るべし。小児育ては偏に女の手業にて候得ば、私計りにては行届き申さず」と言上に及ぶ。光貞卿尤に思召「いかさま女房にも申聞候へ」と仰られけるにて将監畏て退出し宿へ帰り、女房おたかに右之段申聞せ「いかゞはからひ《へ》御請申べきや」と有ければ、女房是を聞て大に祝び「乍去、若君を我子に下されん事は、余り勿体なければ此方へ預り奉り、御成長の折からは何方へなり共御養子に遊ば†され候が宜しからん。我方へ入らせ給はん事思ひもよらず、我御乳を上て御育て申上ん」といへ《ひ》ば、将監右之趣申上る。光貞卿大ひに歓びたまい「然ば成長まで其方へ預るなり」里扶持として弐百五拾石被下、将監六百石なれば都合八百五拾石と成ける。既に光陰を送り給ひ、御元服有て主税頭吉宗と号す。主税頭殿十八才の時江戸詰となる。江戸麹町屋敷へ引越し候に付、吉宗殿にも倶々江戸へはじめて出給ひ《へ》、平常は何も役用なき故、御忍びにて御供僅召連れ給ひ《へ》、両国浅草其外賑なる所へ毎日〳〵見物に行給《玉》い、何事も如才なく渡らせ給ひ《へ》ける。然る所将監女房たか、腰元沢野といへ《ひ》る女、国元紀州和歌山の城下に有し時より召仕へ殊の外心誮《婲》しき女なれば、江戸へ引越さるゝにも召連れ来りければ、吉宗殿、彼沢野に風と御手を懸させたまひ《へ》て、内々にて彼沢野へ金子五拾両被下仰けるは「其方懐妊なれば奉公は勤るまじ。依て病気と号し宿へ下るべし。是は後の証拠として持参いたすべし」とて粟田口近江守が打たる壱尺弐寸の御脇差を下され、外に御書付下されける。其文に曰、

一　其方懐妊我覚へ有、男子ならば折を以て持出せ、若女子ならば苦しからず、宜しく相計ふべき者也

宝永元年申十月　　主税頭吉宗　判

沢野へ

此時沢野五ヶ月にて奉公勤りがたく、終に病気と号し首尾能暇を給はり、紀州和歌山の城下我宿へ下りけり。沢野が母は和歌山の城下平沢村お三婆々とて、産婦の世話をする取揚婆々なり。右之世話を渡世にして壱人住居にて暮しけるが、娘沢野江戸より帰りて後、様子替り腹大きく成ければ、段々尋問ひけるに、紀州の若君様の御種を宿し、

後の証拠として一腰并金子書付を見せければ、母の御三は大悦び、ひたすら安産を祈りける程に、月満て宝永二年三月廿四日夜の九つ時に玉の様なる男子誕生有ければ、沢野が悦びいわん方なく、母の御三悦び限りなく、紀州若君の御種子なれば御男子と祈りし甲斐有て、「親子の出世此時なり」と踊り上りて悦びけるが、かなしい哉、生者必滅のならひ、此若君三月廿四日夜御誕生有て明け七つ時に相果給いける。お三母子実に力を落し居たりしが、斯て果べき事ならねば赤子の死骸をお三婆々内々旦那寺の幸伝寺といへるは近所なれば、お三御寺へ持行、先祖の墓の側に埋めける。沢野も今は頼みなく、是も四日目にむなしく成たるよし。母お三は天にこがれ地にふし歎きて半年余り泣くらしけるが、近所の人々に諫められける。然るに宝永三年の始、紀州大殿光貞卿御国元にて御大病、終に御年六十三才にて御逝去也。此時吉宗殿御同家青山百人町松平左京太夫殿とて御高三万石の大名へ御養子にて則彼所に居給ひ《へ》しが、国元よりのしらせに早速駆付給ひ《へ》ける。然るに光貞卿の御物領綱教卿は御病身なれば御家督に直り給ひ《へ》けれ共、是も程なく御逝去也。御次男の頼職卿も相続て早世なりしかば、爰に於て御三男吉宗殿は一旦御同家へ御養子に成たまいしか共、本家の血脈なれば是より又々本家へ直り給ひ《へ》、御家督となり給ひ《へ》ける。其後正徳二年将軍家七代目家宣公と申奉るは同年の十月御他界なり。御継子は御幼年にて鍋松君様、未だ八才に渡らせ給へども、諸臣補佐して天下の武将と仰ぎけるが、是も終に同年御他界也。依て此度は御継子無之、殿中闇夜にともし火の消たるごとく、爰に於て御三家の内より天下を継給ふべき御評定にて、此時紀州方へ神君の御血脈近きによつて吉宗卿終に天下の武将となり給ふ。誠に御運目出度御君にてまし〱ける。紀州家にては一家中万歳を唱へ、城下和歌山領在々に至る迄みな万歳を祝しける。然るに又かのお三婆々此事を聞て歎息したる計なり。其頃此平沢村に山伏感応院といへ《ひ》る修験あり。則お三婆々近所にて、此近村にては何事も加持祈禱等都て此感応院壱人に頼み尊みけるが、此感応院が朋友に宮地嘉伝といへ《ひ》る浪人有けるが、元来土屋相模守殿に勤て有けるが、俄に浪人し、其後此感応院を頼みける。山伏不便に思ひ、近辺の小家を借り此処へ住居させける。浪人夫婦の中、男子壱人有けるが、我れ浪人の事なれば商売の事をしらず。是によつて感応院世話して手習師匠をいたさせ、是にて渡世しける。三四年も此処に世を送り年を重ねて不斗夫婦ともに傷寒を煩ひ、此小児六つの年、夫婦とも相果たり。感応院色々世話し、小児を我方へ引取弟子となして名を宝沢と呼けるが、生れ付発明にて万事かしこく、感応院妻子とてもなき事なれば、宝沢を我子の如くおしへ、程なく宝沢十一才に成ける。他人の十六七才の智恵有て手習十露盤に達し、余程役に立けり。感応院元より彼お三と懇意にいたしけるが、或日宝沢よごれ単もの三つもたせ「お三方へ行、洗濯を頼み参るべし」といひ付遣しける。宝沢も人なつき能き生れ付にて、方々にて可愛がりけり。此お三婆々は分けて宝沢をいつくしみ、何が有てものけて置やうにいたしける。然るに彼感応院の用事にてお三方へ行けるに、折節冬の事なれば、お三は巨燵にあたり宝沢をもあたらせて、何となく年を聞けるに、「当年十一才なり」といへ《ひ》ば、是を聞て我孫の事を思ひ出し、頻りに泪を流しければ、宝沢其故を問けるに、お三婆々云ひけるは「我娘沢野が産たる子、今迄生て居るものならば此様な見苦敷形はせぬものを。かたじけなくも当将軍様の未だ紀州若君たりし時、わけ有て我娘御種を宿して下り、産たる子は男子にて、今居るならば其方と同年なり。シテ其方は何《ン》月生れたるや」「我生れ年月は袋の守に書付たり」と則出して見せければ、お三是を見るに宝永二年三月廿四日夜九つ時誕生と有けるゆへ、お三は猶々すゝり上〱「年月も日も時も違はず我孫と揃ふたといふも不審也」と、頻りに歎きける。宝沢云ひけるは「何故さやうに歎き給ふや。あり様に聞せ給へ」といひければ、お三泪を流して「外の者にはいわね共、其方には咄し申べし。我れにひとりの娘有て沢野と呼けり。紀州若殿の御手付て宿を下り安産し、男子なれば親子の出生悦びし甲斐もなく、三月廿四日の夜九つ時誕生有て暁七つ時に相果給ふ。此子居たるものならば、今の天下の落し種なれば、我々此やうな有様にて暮すまじと、思へ《ひ》ば〱浅ましき我身哉」と涙を流して噺しける。宝沢聞て「気の毒なる事也。定めて御胤にもせよ証拠なき事を夫とは云ひがたし。

何ぞしるしの有事や」と問けるに、お三婆々「証拠のなき事いふべきや。慥なる証拠は内々其方に見すべし。必他言はするな」と云ひつゝ、箪笥の引出しより粟田口近江守の御脇差并に御証文を出し見せければ、宝沢是を読み終り心中には「此婆々は扨々能き物を持居るよふ、何卒して此二た品をうばひとり、『我れ天下の落し胤』と云ば歴(暦)々の大名には心安し」と心中に「密に是を取ん」と思ひける心の程こそ恐しけれ。其後宝沢十二才の事なりしが、或時師匠感応院の供をして、近所の薬種屋市左衛門方へ行けるが、宝沢は皆々に可愛が*られける故に、感応院奥にて加持祈祷して居るうち、此日薬種屋の虫干なりしが、宝沢二階へ上り見るに色々並べ置ける。番頭半兵衛と云者番して居けるが、宝沢側へ行き色々薬種の名を聞けるが、むかふに一段高く棚に壺三つ有けるを見て「あれは何を入給ふにや」と何心なく問ひけり。番頭云く「あれはハンメウとて毒薬也」と教ける。宝沢「さては」と思ひけるうち、番頭半兵衛「素麺(緬)たべて参るうち、其方番して居てくれよ」と頼み下へ行ける。跡にて宝沢はずつと立て紙を口にくわへ毒薬の壺を下し、二た品の毒薬を少しづゝ紙に包みひねりて懐中し、知らぬ体にて居る所へ番頭参り「太義〳〵。其方も下へ行素麺(緬)たべて参るべし」といひければ、宝沢「しからば」と云て二階を下りけり。程なく夕方にも及びければ、師匠と供に平沢村に帰りけり。かくて彼毒薬は台所の椽の下の土中に埋め置「折を以て用ひん」と工みける心の程こそおそろしけれ。

○お三婆々横死并感応院横死之事

去る程に享保元年十一月十六日、折節大雪にて寒さ堪へがたき折から、感応院方へ寄り何事の例なるか、村中より酒二舛送る。元より酒好ざれば近辺の懇意なる方へわけ遣しける時に、宝沢師匠に向ひ「あの酒を私に少し下さるべし」と申ける。山伏曰「其方呑ならば勝手に参るべし」といふ。宝沢「イヱ〳〵、私は呑不申。お三婆々日頃より私を不便がりくれ候得ば少々持行て呑せ度存候。幸い今日は雪降て寒さ堪へ《(い)》がたく候」と申ける。感応院「夫は安き事なり。随分沢山遣すべし」といふ。宝沢悦び徳利にうつし、大雪をもいとわずお三方へ持ゆきすゝめて呑せける。ばゝは元より酒を好みける故、大きに歓び沢山呑ける。宝沢はいろ〳〵とすゝめ推て呑せける故、たわいなく酔つぶれ、眠りたりしを見済し、宝沢あたりを見たるに、壁に細引懸りて有をさつと外し、是をお三婆々が首にしかと巻しめ殺し、兼て見置し二た品をうばひ取、婆々が死骸は細引をはづし元の通り壁に懸け、囲炉裏の廻りに酒徳利、茶碗、外に肴少し並べ置、死したるお三をいろりの中へうつむけに頭を押入、いかさま酔潰れ囲炉裏へ転び込み焼死したる体にこしらへ置、急ぎ我家へ帰りける。大雪にて近辺の人々も是をしるものさらになし。宝沢はさあらぬ体にて山伏に礼など云て済けるが、心中に思ひけるは「先づお三は殺したり。此後は我成人して此二た品を以て紀州公の落し種といひ立なば御三家同格か軽くとも会津侯位には成べし。うまし〳〵」と壱人うなづきける。又暫く思案し「我将軍の胤なりと名乗、此二品を所持せば、いかなる者をも欺くけれども、一つ難義は師匠の感応院、我親のしり人にてあれば、感応院の口より『あの者は幼少よりかやう〳〵』といわれては事の破れ也。所詮毒薬を以て害せばや」と思ひ、「是迄七年の間養育せられし師匠なれども大望には替がたし不便ながら師匠を殺して誰《(誰れ)》知らぬやうに成人の後天下へ対し名乗り出ん」と、十二才の時はじめて大望を起しける。既に其年も暮に及び、感応院方も年の暮なれば煤払をしけるが、下男宝沢三人、家内を掃除し餅を搗、膳を三人前拵へ出し、宝沢は此時油道具をふきて居けるが、彼膳の出来たるを「はやく師匠へ参らせん」と、表の方へ出て見る。感応院は草臥て寝転びて居たりしかば又々台所へ来たり、当夏薬種屋にてうばひ置し毒薬を椽の下の土中より《*(し)》堀出し、下男が水を汲に行し跡にて彼毒薬を附木にてすくい、師匠の膳部の平の中へ入れ、しらぬ体にて下男を呼、「我は油手なれば其方師匠さまへ御膳を差上くれよ」と頼みける。下男此由を感応院へ申けるに、程なく宝沢油をふき仕舞、師匠と下男三人台所にて食事しける。然るに夜六つ半時頃、感応院毒薬廻りて七転八倒して苦しみければ、宝沢態と驚天し近所へ此よし達しけるに、早速村長役人来り、医者を呼よせ見せけるに、「食物のあたりならん」といひけるにぞ。さま〲介抱しけれども感応院夥しく血を吐て終に死したり。庄屋をはじめ皆々詮義をなし、「何ぞ替りたるものを食したるや」と下男を詮義しけるに、「煤払の祝ひ餅を喰し計り、外に何も参らせず、膳部は皆々打よつて倶に喰し候間、何もあたり候ものはなきはづ也。是は大かた食滞《（体）》なるべし」皆々夫れに究りて、終に跡をおさめけり。然れば此感応院は村にての修験者にて外に山伏は壱人もなく、皆々困りけり。或時庄屋感応院方へ大勢呼集め「扨は感応院事、不慮に死して最早子供なければ誰れ跡を継ぐ事不能、然ば宝沢若年なれども六つの年より感応院に随ひ執行せし事なれば、必法印の真似なりともして、成長之上、感応院の跡を立さすべし。我はじめ村中を世話して宝沢を跡目に立んと存る也。此事いかゞに」《（とゝに）》と相談に及ける。庄屋のいひ出したる事なれば誰か違背すべき。皆々「尤」と申ける。此とき宝沢申けるは、「庄屋さまの思召、難有奉存候へ共、凡山伏はあらゆる霊山をふみ難行苦行をなし、野にふし山に伏し修行仕るに依て山伏とも申なり。私事師匠の跡へ直し被下事過分と存候へ共、いまだ修験の道をしらず。依て一つの願ひあり。今より五年の間諸国修行仕り誠の山伏となりて帰り、其時師匠の跡を継度存るなり。何卒夫れまで替り入置れ、五年過候はゞ御世話被下べし。夫迄の所は何方様も御情にてよろしく御頼み申上候也。平生此事心に思ひ候へば、師匠感応院へ噺し置候。よつて只今御願申事、私日頃の願ひにて候」と、思ひこみて申ける。庄屋をはじめ皆々是を聞て「尤なる願ひ也。然ば五年過立帰り、感応院を継べし」とて夫より宝沢は旅用意をなしければ、村中より餞別として、或は弐百文、三百文、または金五拾疋方々より贈りける。都合金八両弐分あり。浜松ざしの風呂敷、柳ごり、菅笠、蜘の巣絞りの繻袢、其外色々贈りければ「難有し」と感涙をとゞめ、さて宝沢申けるは「私明朝出立仕り候間、各様方定めて御送り被下ならん。此義は御免可被下候。旅出の送りは別るゝ時心細く成、却て修行の妨げと存じ候へば、必御免」と留め置、其夜下男惣助に頼みて握り飯を二つ三つ拵へさせ、是を懐中し、彼二品は密に隠し持、丑満の頃は出立して、緩々加田の浦へ出ける。時は漸暁七つ時にて、程なく薄明るく成けるが、向ふを見れば白犬壱疋伏して居たり。宝沢此犬を呼、かの握りめしを二つあたへければ犬は悦んで是を喰けるを、又一つ喰せ、白犬の首筋摑んでしつかととらへ、兼て用意の小刀を咽ぶえ《(い)》にぐさと通しければ、もだへ苦しみ犬は死す。宝沢犬の血を己が手にぬり付け、彼菅笠、襦伴、風呂敷に悉く血を塗り、着たる衣類其外のものへ疵を付置、急度殺されたる体にもてなし、犬の死骸は加田の浦の海へなげ込み、其身の衣類不残抜捨、兼て用意の伊勢参りの形と改め、柄杓壱本、苞に脇差をかくし、貰ひし品々皮篭様々に取ちらし、是より姿を替、何国ともなく出奔しける心の内こそ不敵なり。程なく夜明ければ、加田の猟師是を見つけ、風呂敷皮篭取ちらし、菅笠の類は血だらけなるを見、「さては人殺し也」と、此由紀州の浜奉行へ訴へ《(ひ)》ければ、頓て役人来りて改けるに、衣類其外のものへ所々疵を付置、全く殺されたりと見えたり。此由所々へ聞へ、平沢村の者聞付、駆付見るに、宝沢に遣したる品々なれば、右之由浜奉行へ早速申上けり。「此品々は私方に覚有。其訳は平沢村に感応院と申山伏有之候。右山伏の弟子に宝沢と申者なりしが、師匠感応院相果候後、この者を跡目に直さんと相談仕候処、五年之間諸国修行仕り度願ひに依て、此品々を遣はし、外に餞別の金子八両弐分所持いたし居候ゆへ、盗賊に付れかくのごとくむごくも殺し、死骸は海中へ投込み候と見へ、彼金子は見へ不申候故、是は全く小児の身分にて多くの金子所持いたし候故、右の仕合盗賊の仕業に紛れ無御座候」と申上ける。浜奉行是を聞て「さて〳〵それは不便の至り也。乍去右の品々厥所蔵の二階へ上置也」かやうの品は御取上にもならず、売る事もならず、依て厥所蔵へ入置のみ也。是にて相済み宝沢は相果たるに成て、皆々も不便におもひ夫きりにて打過ける。扨又爰に彼お三婆々は宝沢に殺され死骸をゐろりの中へ頭の方を入けるに、火に焼たゞれ髪も燃ふすぶり、あたり近所へ匂ひけるにぞ。隣のおきよ婆々是を嗅ぎつけ、追々近所の人々「此匂ひはいかなもの、やけるやらん」と尋ねけれどもお三婆々起ざれば戸を叩けれども、内には音もなし。「扨は」と人々戸をこじ明て内へ入りて見るに、其匂ひ内中にみちて、お三は囲炉裏へ頭をくべてうつぶし居ければ、人々大きに驚き、近辺よりも駆付〳〵あらため見るに、徳利茶碗肴辺りに取ちらしあり。「扨はお三は酒に酔てゐろりの中へのめりこみ死したるならん」殊更御きよ婆々是を見て「昨日大雪にて壱度も尋ねざりし故、是をしらざること不便也」とて皆々相談し検使を願ひ、程なく役人来りて改め見るに、全く囲炉裏へのめりこみて死したりと見へけるにぞ。終に是に決着して、近辺に死骸を請取、菩提所幸伝寺へ葬り事相済にけり。誠に浅間敷お三が身の果なりと人々不便におもひける。

右お三婆々一件はいまだ感応院死せざる已前のことなり。

○宝沢肥後国へ来る事　并荒もの屋利兵衛が事

扨も夫より宝沢は次第〳〵に髪もはへけるにぞ、参宮と形を替、柄杓壱本持たりける。（著者蔵本・たどり〳〵肥後国の熊本の城下に来りける。）然るに空腹に成ける故、ある餅屋の門にイみ手の内を乞いしばらく椽に休み居けるが、店に亭主と覚しき男、宝沢を見て「やれ〳〵いまだ年も行ず参宮するか」と尋ねける。宝沢亭主に向ひ「旦那さま、此もちの代は何程にて候や」と銭を払て五つ六つ是を喰して茶を乞ければ、小もの茶をあたへける時に亭主、「其方の笠を見るに参宮とあるが、何国より参宮いたすや」と尋ねければ、宝沢答て「私は紀州和歌山の城下平沢村の者にて候」と申ける。亭主大きに肝を潰し「紀州より参宮して此処まで大きに来過たり」といひける。宝沢申けるは、「私義は継母に憎まれ家を出、かくのごとく艱難の旅をいたし候」と涙を流し誠しやかに偽りけるにぞ。亭主聞て「夫は不便の事也。是は左のみ賤敷ものとも見えず、其方継母に憎まれ参宮するとて家を出たるは定めて行べき方も有まじ。何国へ行ぞや」といひければ、宝沢尚々しやくり上げ〳〵、「何をか包み申さん、斯の如く御慈悲深きあなた御尋故、ありやうに申べし。参宮に出しは父母にも沙汰なしに出候処、先達て大神宮様にて近所の懇意なる人々逢い候、其人の中には、私家出候と聞て継母大に立腹し、『帰りたらば〆殺さん』との、しり候由語り候。夫を承り候て、誠に十方にくれ、右のやうすにては中々宿へは帰られず、と云て、外に行べき宿もなく、難苦を凌ぎ此処までさまよひ候」と涙を流して左も哀れげに申ける。亭主も不便に思ひ「然らば其方、我方に少々の間置て遣すべし。其内には奉公の口も有べし。我、店にて商ひも多く、手廻りかね困るあいだ、当分の内居るべし」といひけるにぞ。宝沢大きに悦び、夫よりこの所にて名を五郎八と偽りける。（著者蔵本・壱ヶ月計り居けるに、毎日〳〵人より先に起て茶を拵らへ飯を焚て此後夫婦を起し、其身はみせに出て縁抔ふき、「中々拾弐歳の子供の働きには稀也」と夫婦共悦びいさんで平生銭をちらし於ても気遣なく、或時夫婦が五郎八に向ひ（へ）「我等は今日は法事に付遠方迄参候間、夕方に帰るべし。其方随分店を気を付て売べし」其餅の数を）亭主心の内には「幾つ〳〵」とむな勘定して態と「数はしれねども此餅を売たらば奥の箱より出して売るべし」と云ひ付置て、夫婦は昼前餅を拵へて他行致しけり。五郎八壱人店に有て商ひしけるが、程なく夕方に夫婦帰りける。五郎八は夫より店をしまひ行燈をともし夫婦に膳を出しなどして何事もかゆひ（へ）処へ手の届く如くなり。頓て亭主溜りを勘定しける。五郎八「今日は多く商ひて餅はのこらず売申候」といふ。亭主は一々勘定して見るに、銭壱文も違ひなく餅の数に合ければ、「扨はためし見るに此もの誠に正しきもの也」と頼母敷おもひ、其後度々銭など土間へ落し置てためし見るに壱文も掠める事なし。誠正直なりし（也）かば大きによろこび、折々目をかけて遣ひけり。程なく三年此処につとめ、既に五郎八十五才に成ける。一体此餅屋の本店は荒もの屋利兵衛とて、是より壱丁計り先に大なる店にて細川さまへ荒物一式を御用立、家内豊かにくらし若もの十人、小もの、番頭弐十四人の暮し也。此餅屋の亭主も此家につとめ、親方より餅店出してもらひける。或時五郎八を連れて親方へ行、「此者、私方にて三年召遣候処、正直者にて発明なり。されば私方にて召遣候も余りおしく候故、今日より親方にて御遣有て然るべし。何事もかゆき所へ手の届くやうに心付申候」と云ひけるにぞ。荒もの屋大に悦び「夫れは近頃忝し。幸い小者に困る也。然らば今日より我方にて奉公せよ」とて、是より又此処にて実体につとめ、外の若もの共は湯の帰りに唯遊女通ひなどしけるが、此五郎八湯へ行ても人より先に帰り何でも店に商ひするに、五郎八は居ぬといふ事なし。商ひも功者にて、買物に来る人は終に売そこなふ事なし。後々は屋敷方に通ひつとめけるが、役人の気にいり、今迄の通ひとは違い商ひも多く、亭主も大に利分を得て、前々よりも繁昌しけるにぞ、頼母しく思ひ居ける。既に此所へ又五年の間勤め居けり。誠に亭主の気に入、何事も五郎八〳〵と家内の者も尊みけり。五郎八心におもひけるは「我かくいつ迄も土民に交り居るべき身ならね共、兼て大望は幼年にて達しがたく、奉公せしは我身を養はんが為也。兼ての大望おもひ立は今なり。最早二十才に成しかば二品をもつて日頃の望を達せん」とうかゞひけるが、「とかく家を出奔して上方へ登り、其上にて事を計るべし。乍去大望を企んには金子なくては叶ふまじ。何卒金子弐、三百両もこしらへ、其後出奔すべし」と心にうなづき、左あらぬ体にて又二年つとめける。最早二十二才に成ければ、「今は時至りぬ」と専ら金の才覚をのみ心につくしけり。

大岡仁政要智実録巻之十二

大岡仁政要智実録

巻之十三

目録

一　赤川大膳宝沢に合躰の事

大岡仁政要智実録巻之十三

○五郎八熊本を逐電の事　并赤川大膳素性の事

さる程《(去)》に、五郎八「兼ての大望時至りぬ」とおもへ《(ひ)》ども金子なくては調ひがたし。依て享保九年七月盆前の事なるが、荒物屋利兵衛、五郎八を呼て申けるは、「此度もの前は屋しきの払も少し御用隙にて金〆高四両右の通り也。今日参りて請取来るべし」と通を渡しけるにぞ。五郎八畏り、早速熊本の城下に入りて勘定方の部屋へ行、通を出し「荒物屋利兵衛御勘定下さるべし」と願ひける。役人則是を改め金四両と有けるにぞ、役人へ達しける。然るにこの部屋御勘定役人四人居て、夫々の払を改め相違なければ「金子何程銭何程右書付無相違御渡可被下候」と書て睕と判をすへ、則ち是をもたせ金子方の部屋へ遣し払ふなり。今、五郎八通を出し、荒もの屋払、合金四両を役人立会相改め、添書に「右之通り御渡し可被下候」と書て五郎八に渡す。五郎八毎度勝手しりたる事なれば直に金方部屋へ行きけるに、此勘定方の部屋と金子方の部屋と其間三丁計り隔たり、五郎八は金子方へ行く道にて、彼役所より添書せし通ひを出し見るに、

一　金四両也

　　右之通り相改め無相違候間御金御渡し可被下候

　　　　　　役所判

是を見て〆高の四両の上に一を引ば百両也。さつとしたる四の字なれば五郎八あたりを見るに折節人も居ざれば、腰より矢立を取出し四の字の上に一を引て百両と読せ、態と隙取て夕方金方の役所へ持行、「荒物屋利兵衛、御勘定願ひ奉る」と通ひを出す。役人請取て是を見るに、夕方にて、殊に老人の役人と近眼の役人と弐人居合せ改め見るに金

百両也。「右之荒物屋利兵衛払ひ相改無相違候間御渡し可被下候」と書付有ければ、則役人百両の金子を出し、「五郎八、此度は殊の外御用多く有りしな」といひければ、五郎八「へイありがたう奉存候」と云ふて百両を請取ける。是より屋敷を出るや否や、兼て隠し置たる二品をもちて何国ともなく出奔しけり。爰に又、水戸宰相卿の家老に藤井紋太夫といふ者有けるが、兼て反心の有ものにして柳沢に組せしに、黄門光圀卿の為に見顕され御手討に成けるが、壱人の倅に大膳と云ふ者あり。生得大悪無道故、父紋太夫御手討に成し後、其身御門前よりあほふ払いとなりて行方しれずなりしが、美濃国長洞といふ所に乗楽院といふ修験者有けるが、彼れは大膳が為には徒弟なりし故、爰に落付て夜な／＼往来の旅人を切取りて此事顕はれ乗楽院方にても置ざれば、是非なく江戸を志して出けるが、又々道中の旅人を切りとり下りける。然るに東海道神奈川宿にて亀屋徳右衛門といひける旅篭屋をたばかりて泊りける。夜にも及びて隣り座敷に泊りしは女中の様子成しかば、大膳、から紙の引手落たる穴より覗き見るに、十八九の婦《美》女、ふくさづゝみの内より小判百両余り取出し、其内を四五両わけて紙に包み、後の金は又々帛紗《(沙)》に琁とつゝみ、床の下に入置ける。大膳是を見るより悪心きざし、「凡百両余りの金を女の身として持居る事心得ず」と思ひ、宿の女に祝儀とらせて悦ばせ、左あらぬ体にて「隣りの女中は一人旅なるや。綺《(寄)》麗なる女中なり」と咄しかけけるに、下女の口さがなく申けるは、「あれは大身代《(体)》の娘といふて、江戸の大店に嫁入なされ候処、先方の聟さまをきらい鎌倉の尼寺へ夜逃して来り給ふよし。わるき了簡の女中なりと、駕籠の善六といふものがこちの近付き駕籠かきの頼みによつて今宵は宿をかし候」と何がな愛相に噺しけるを大膳能聞済し、左あらぬ体にて「夫は不了簡の女中也」など、私語休みけり。夜も丑満の頃、大膳そつと起出て隣座敷へ抜き足して間の襖を明て、彼女中の臥したる所を氷《(氷り)》の刃を以て情なくも突通ふす。女はもだへ苦しみ声を立んとするを、口に手拭を押こみ、しかとおさへて声を立させず、まん／＼と殺しおふせて彼金を残らずうばひ取、何喰ぬ顔にて暁七つ時とも覚しきに女を起し、「我は急なる御用にて八つ半に出立すべき所、大きに寝忘れたれば、直に今より出立する間、汁も菜もいらぬ、一寸して飯出しくれよ。早ふ〳〵」とせき立けるにぞ。女うろたへながら膳を持出けるを早く食事を仕まい、用意そこ〳〵にして、終に宿を出、足に任せて逃行けり。跡にて亭主起出、此事を聞て大きにあやしみ「其やうにあわて出行事不審なり」と座敷〳〵を改め見るに、何の替りし事もなく、不斗隣り座敷を明て見るに、昨日駕籠の善六が頼みたる旅の女中、朱に染て殺され居たり。「扨はこの女中を殺し立退しならん。追手を懸んにも間もあり。人を殺し中々近所に居るべき筈なし。罪人を取逃せし上は代官所へ此由訴へ《い》なば科は此方へ懸るべし。殊更壱人旅を泊ぬ法なれば、女中は駕籠の善六が請合なればよけれども、侍を泊た申訳立がたし。所詮此事を隠すにしかじ」と家内の女の口をとめ、あたりの血をぬぐい、女の死骸は庭の此頃植替せし樹木を引ぬき深くかくし手早く死骸をうづめ、取分けそこら片付《*方》居る所へ、駕籠の善六といふ者、是は神奈川近所にての正直者にて有けるが、今日も通《通ふ》し駕にて尼寺へ行く約束にて爰へ来り亭主に向ひ「是は旦那、御はやい事也。昨日の駕籠参り候よし女中の御客へ御しらせ下さるべし」といふ。亭主聞て「最早立れし」といひければ、善六聞て「イヤいまだ立れる筈はなし。其訳は昨日『駕籠の下へ敷て下され』といふて此通り敷て、夕べ此処へ泊られし節申されしは、『又々明日迎ひに参りし時此小袖を敷て下され』と頼まれしゆへ、我是を預り置ける間、何とも先へ立る、筈なし」といへ《ひ》ば、亭主「イヤ〳〵偽りならず、女中の客さま夕部我にはなし申されしは、『何かあの駕籠は心元なし。明朝迎ひに見へたらば能きやうに断りいふて下され』とたのみて今朝早く立れしなり。偽りと思はゞ家さがし致すべし。亀屋徳右衛門偽りがましき事いふべきか」とやつきとなりて申けるにぞ。善六も是非なく「夫は何とも気の毒なる事也。然らば此小袖は私《私し》預り置べし」といひ捨て駕籠をかたげて出行ける。亭主をはじめ家内の者共ほつと溜息つきける計り也。夫より善六は神奈川の台におろし、棒組とはなしけるは、「何とやらん、先程亭主の顔色合点ゆかぬやうに見えたり」などゝ噺し居る所へ、江戸の方より拾人計り股引羽織にて旅人とも見えざる人々、息をきつて来りけるが、善六に向ひて「昨日此所へ年頃十八九の女中、黒縮緬の小袖にて其外に八丈の小袖を着し、もふるの幅広の帯を〆たりし女中壱人通りしや。跡の宿にて聞たるに、昨日昼時分通りしといふゆへ、もしや見当りはせざりしや」と尋けるに、善六は小袖を出し「此小袖を見覚へ居給ふか」と申けるを、彼人々「いかにも是は其女中の小袖なり。どふして是をもち居るや」と問ひけるに、善六申けるは「私昨日駕籠に乗せ申、鎌倉の尼寺まで通しの約束にて、坂の下亀屋徳右衛門といふ旅篭屋《（屋や）》へ昨日私引受泊申せしとき、女中申されしは、『明朝又々私に迎ひに参れ』と仰られ候ゆへ、今朝御迎ひに参り候所、はや御立なされ候よし亀屋亭主申候間、昨日小袖を預り我々へ沙汰なしに御立なされ候由、何とも合点のゆかぬ事と只今も其噂いたし候」と云ひければ、彼人々の中にても年ふけたる男壱人進み出て申けるは「夫れは駕籠の衆太義なり。世話の段々忝なし。とかく物事は念を遣ふがよし。然らば貴様達、其宿へ我々を案内致しくれ《（呉）》られよ」と頼み、「骨折は急度報ずべし」といふ。「畏り候」とて亀屋徳右衛門方へ善六先に立て十人の衆来り、亭主へ対面し委細を尋しに、「今朝はやく立れし也」と申けるに依て、十人のうち三人を鎌倉の尼寺へ遣し、残り七人は此亀屋に宿をとりて安否を待にぞ。程なく三人鎌倉より立帰り、尼寺へ行尋ね候に参らざる由申けるにぞ。皆々大きに驚き、是より詮義にかゝり事六ヶ敷なり、代官所の沙汰となり吟味つよく、亀屋の女ども亭主のこらず召連れ其跡へ役人来りて家さがし、あたりの庭の梅木の根より女の死骸出ければ、亀屋の亭主早速牢舎し拷問之上、有し次第白状に及けるが、殺害せし当人を取逃し、殊更法を破りて壱人旅をとめたる越度によつて申訳立がたく、罪を徳右衛門に極りて重き御仕置に逢ける由。此大膳後に悪事顕はれ拷問に逢ふて此泊りの事ども白状しけるとなり。大悪無道をなし罪を亭主に負せて其身は安々と其場を遁れ、江戸へ出ずして上方へ志し、又々道中夜な〳〵切取強盗をなして山野を家として、中国筋へ忍び〳〵、往来を夜な〳〵切取して暫く月日を送りける。

○赤川大膳宝沢に合体の事

時に享保九年の冬十月、五郎八は熊本にて金百両盗み取て出奔し、旅粧ひをなし又々髪を剃て元の如く宝沢と名乗り僧の形にやつし、たどり〳〵て備後の国に来りけるが、此日は宿を取はづし、行ても〳〵野原にして、更に一軒の家もなく、次第に日もくれ最早夜の九つ時とも覚へしかば是非なく「今宵は野宿せばや」と辺りを見るに、片々の藪の蔭に小さき辻堂あり。開き内に入て探り見るに、壱畳も敷程板の間有しかば、「是幸い、今宵は爰に明さん」と開き戸を〆、頓てひじを枕としてまどろみけるに、はるかに人音す。「さては此所に人の来るらん」と扉の口より覗き見るに、六尺余りの大男、朱鞘の大小をさし、のそり〳〵と辻堂へあゆみより、椽へどつさり腰打懸、懐中より火打取出し木の葉を集て火を焚付、是にあたり壱人多葉粉を呑はじめたり。宝沢内より是を見てしわぶき二つ三つして立出ければ、御侍「旅人なるや」宝沢「某にもちと火をかし給へ」と煙草を吸付、互にじろ〳〵詠め合けるが、大膳申けるは「旅僧には何方より参られ候や」と云。宝沢聞て「我は諸国行脚の僧にて、何国を定めたる当てどもなし。其元には、見れば旅人とも見へず。扨此所は何と申所なるや」問ひければ、侍申けるは「爰は備後のともといふ所なり。又某は定たる宿もなく、毎晩旅人をおびやかして路用を奪ひ世を渡る浪人なり。足下を見かけて頼む事あり。我今貯を失ひ難儀いたす間、少々合力をなし給へ」と云ける。宝沢少しも騒がず「扨は盗賊ならん」と思ひ、懐中より金三両を取出して大膳にわたし、「見らるゝ通り旅僧なれば多く貯とてもなけれ共、是は我寸志」と云ければ大膳大きに悦び、心中に「此僧は貧僧と思ひの外、合力を云ひかけしかば弐朱か壱分もくれる《（呉）》（著者蔵本・ならんと思ひ《（へ）》しに、三両出し心能くれる）事、扨は多くの金子を所持したるならん」と、又々欲心起り、「いかに旅僧、重ね〳〵の無心なれども、とても事に有だけ我にあたへよ」といひつゝ、懐中へ手を入、又財布をひらきて見るに、（壱）尺弐寸の脇差あり。改め見るに縁頭葵の金紋にて正真の粟田口近江守が作なり。彼侍つく〴〵是を見て「旅僧には似合ぬよきものを所持するな。是をも我に得させよ」と頓て取上げ既に其所を立去んとしけるにぞ。宝沢は先刻より黙然としてゐたりしが、「今は是迄」と覚悟をきわめ、彼侍が刀の鐺に手をかけ聢と捕へて「侍まて、其方我金を不残とりあげ、其上はかせ皮篭を取らんとあれば我も一生懸命、何をか包み申さん、其金は肥後国熊本にてかたり取たる金なればおしくも思はねども、其脇差は是迄弐人の人を殺して奪ひ取たる大切の我命にも替がたきもの也。其品故にわれ紀州の城下平沢村のお三婆々を〆殺し、右の品は彼等が所持の物なりし処の当将軍様の御朱印御佩刀なり。是を以て我「将軍の落し胤」とあざむき名乗出なば、御三家同格か軽くとも会津侯位には心安し。されば師匠感応院、我素性をしるものなれば、是をも七年の養育の恩を仇にして毒にて殺し、辛苦して此二品を携へ来り、時節を待て大望を起さんと思ひ、肥後にて金子百両かたり取、今迄種々の悪事をなしたるも其二品をもつて一たび天下に名乗り出、将軍をたばかり一廉の出世をなさん我大望、夫を今其方に不残取られ†、何をもつて命をながらへん。早く我をも殺せ。それとも我に味方して大望の助けをするや。お三婆々に感応院、両人共我手にかけて殺したる甲斐もなく兼ての大望叶はぬは、命有ても益なし。味方をするか我を殺すか二つ一つの返事せよ。我を殺さば汝をも安穏には置まじ。宝沢が死にものぐるひ観念せよ」とはた（礑）と白眼し其つらだましい、身の毛もよだつばかり也。是を聞て侍は何思ひけん、飛去て「某は水戸家の浪人大膳と申もの。唯今承る所の御大望、驚き入たる御心底。夫を承る上は今より某御味方仕るべし。御立身の上にては何卒大名になし被下べし」とて、いよ〳〵平伏して金子も皮篭も残らず返しける。是より両人示し合せ宝沢が云ひけるは、「我今年二十二才、既に大望思ひ立んと思へ（ひ）どもいまだ金子（百両）余りも不足也。殊更幼年の時こしらへて、然して後数多の家来を召かゝへ何国にて成長せしといふ処をこしらへ、数多の家来と二品を一と先大坂へ出て勢いを見せ、其後京都へ出べし。江戸は老中奉行数多の中なれば卒爾には伏しがたし。依て江戸は後にせむ。先当時用金不足なれば、是を手段の為に一先我四国へ渡り金子調略すべし。其方、夫迄時をまちて当地へも隠れ居られよ」とい〻ければ、大膳申けるは「用金不足の所は某所持の金子百五拾両余り、是は神奈川宿にて女の旅人を殺し、其外往来の旅人をおびやかして掠め取たり。扨又某徒弟に乗楽院といふ者美濃国長洞と申所に住居致す山伏有之候。此者を欺き、君は将軍の御種なれば御幼年より彼所に於て御成長といわせ暫く彼が方にかくれ、其後浪人もの又は野武士町人百姓にても役に立べきものを召か〻へて、其時は両人の金子を合せ弐百五拾両にて諸入用は沢山なれば、今より某御同道にて美濃国迄御出有べし。大望首尾よく一度名乗出さへすれば金子は多く調略せん。我又手段有」といひければ、宝沢は天へも登る心地してよろこびいさみける。誠に「目の寄る所へは玉がよる」と大悪不道の大膳、宝沢に合体し、是より両人同道して美濃国長洞を志して急ぎけり。

大岡仁政要智実録十三

（四冊目終）

『大岡秘事　五終』（五冊目）

大岡仁政要智実録

巻之十四

目録

一　天一坊大坂へ名乗り出る事

并御城代土岐丹後守に対面の事
一　天一坊江戸（へ）出る事
并大金掠る事
一　平井平次郎紀州へ発足之事
并人別あらため之事

大岡仁政要智実録巻之十四

○徳川天一坊大坂へ名乗り出る事　并御城代土岐丹後守に対面の事

さる《去》程に宝沢は赤川大膳に同道して美濃国長洞に来り、乗楽院を欺き彼二品を見せて味方をさせ、是より宝沢此所に隠れ専ら野武士浪人などを抱へけるが、既に五十五人抱へけり。今は「心安し」と夫々に役を申付、乗物大小挟箱の類のこらず調へ《ひ》たり。其後宝沢、大膳を密に招き「先是迄は仕おふせたれ共、爰に一つ出来兼るものあり。其訳は我衣装の類、残らず取揃へ染出し、又紫の幕を三張染させずんば叶ふまじ。是第一の入用の品なり」と云ひけるに、大膳申けるは「其品々兼てより工夫仕候所、五十五人の内にて壱人江戸紺屋もの、欠落人あり。則其者へ申付不残手当、斯のごとく此方にて調へ、彼者一人の手際を以て出来せり。近日御覧に入申さん」とて其後大膳かの品々を宝沢が前に持出けり。宝沢大ひに悦び、幕は四方に張り又小袖羽織は着して見るに、上着は黒の紋縮緬に白く葵の御紋を染し、羽織も同様に下には白無垢五つ、何れも上ものを以て拵らへ、其外刀掛に至る迄不残紋をちらしに出来ければ宝沢大きに悦び、五十五人の内にて器量有者を撰み、両人を近習として名を渡辺次太夫、本多権太夫と呼けり。此両人は浪人者にて物馴れたるものなれば、何事も相談相手に平常側に放れず。是より宝沢は徳川の天一坊と名乗り、五十五人の同勢不残夫々に役を定め、享保十一年三月、終に大坂に出、乗物にて、天一坊駕籠脇に両人の近習付添、次は大膳一番家老の役目にて同勢しづ〳〵と押出し、兼て大膳大坂三筋町に心安き者有し故、是を頼み置し事なれば、此者の口入にて、同町紅屋庄蔵方の貸座敷を借り、「聖護院の宮様御触下天一坊様の御旅宿なり。随分丁寧に御馳走致すべし」と両人の近習申ける。紅屋庄蔵「是は能き客の御入」とよろこび、其夜さま〴〵馳走申付、既に其夜も明方近く成ける時、紅屋庄蔵表を明させ白地に葵の御紋を染出したる幕を張たり。内には紫に白き御紋を染抜たる幕をはり、表に札を建て、「徳川天一坊旅宿」と書付たり。程なく夜も明けるに、町内のもの是を見て、家主も同じく大騒ぎになり、江戸にては御紋も多き事故騒ぎもせざれども、かく町家の紅屋庄蔵貸座敷間口拾五間、奥行弐拾間の大家一ぱいに幕を張し事なれば、近辺にて驚き騒ぐも理《（断）》りなり。紅屋亭主は大きに肝を潰し、本多権太夫迄恐れ〳〵申けるは、「昨日は聖護院の宮様の御触下と有し事にて御旅宿被仰付候故、御座敷へ通し御貸申候所、今朝斯の如し。御紋付の幕を御張り被成候うへ徳川様の御表札建られ候ては奉行所より御咎め有べし。何卒表札幕とも御引入下さるべし。何分願ひ奉る」と申ける。権太夫亭主に向ひ「忝なくも是は徳川の御連枝にて渡らせ給ふ。則御紋を付、徳川を名乗り給ふ事、何か憚りあらんや。又、奉行所より咎めたらば此方へ呼て急度申渡す間、気遣無用。町人の存る事にあらず、御馳走申せ」と云ひければ、亭主も少しは安堵しけれども、後日の咎めを恐れ名主へ届け、終に町奉行所へ訴へ出けり。町奉行所へも此事既に聞たる上、又々三筋町紅屋庄蔵支配頭人、町役人訴へ出しかば、此時の大坂西の町奉行は稲葉淡路守、東は松平日向守也。西の方月番にて稲葉殿より同心弐人遣され、紅屋庄蔵案内にて程なく役人庄蔵方へ入来る。近習両人取次を以て「奉行より同心弐人参り、天一様に見参仕らんと申候」と述ければ、「両人の者召せ」と横柄《（大平）》にいひければ、両人の同心頓て案内と倶に天一坊が前に出、是を見るに、年の頃二十二、三才の僧にて身には黒き縮緬の小袖、花色の羽織に葵の御紋を染出し、けふそく《（曲濛）》に寄懸り、両人を見て「其方共奉行の使なるか」と横柄《（大平）》に申けり。両人申けるは「何故奉行所へ届もなく御紋付の幕を張り、徳川の表札を名乗り給ふはいかなる御方にて候。

奉行淡路守御見参仕り尋ね†度子細有。依て某両人を遣し候。只今我々と一所に御出あるべし」と申ける。天一坊是を聞て「其方共立帰り、奉行淡路守に申せ。『天一は徳川を名乗べき筋有て是を名乗。葵は則我定紋なれば是を付る也。又我を奉行所へ連んとは何事ぞ。奉行の門《(役)》は科人囚人の出入する、穢れ所へ行べき身分にあらず。稲葉淡路守用事あらば此方へ来れ。対面は免す』と申聞せよ」といひ捨て、褥の上を立て奥に入。後ろに扣へし本多権太夫は両人に向ひ「何れも立帰り、上意の趣達せられよ」と是も天一に随ひ奥へ入ける。両人の同心は只ハットばかり気を呑れていふ事もいわず、すご〳〵と立帰りて奉行稲葉殿にかくと達し荒増を申上ける。奉行是を聞て「夫は一大事なり。いかさま御紋付の幕を打徳川を名乗事、只者にあらず、定めて子細あらん」と夫より御同役松平日向守殿へ御相談有けるに、是も「（一）大事也」とて「何にいたせ御城代まで申上ん」と、夫より大坂御城代土岐丹後守殿へ是を申上ける。此丹後守殿は三万石にて甚だ器量ある人なりし故、「実否を糺し実正を語らせ試むべし」とて物馴たる役人両人紅屋庄蔵方へ遣し、「城代土岐丹後守使両人罷り越たり、天一さま御対面下さるべし」と申入たり。取次の者かくと達しければ、天一坊「是へ召せ」と云て、程なく両人入来り、頭を下げて申けるは、「主人丹後守申候は、『御苦労ながら城代屋敷迄御出下され、丹後守御対面仕度』」との口上なり。天一坊「心得たり。即刻参らん」と挨拶し役人を返し、夫より乗ものに美々敷出立て、真先に二た品を敬々敷さゝげもたせ、御朱印御腰の物と書印し、道々「下《(下た)》に〳〵」と城代屋敷へ入来り、表門を開かせけり。丹後守殿玄関迄出向ひ「天一坊と云へるはいかなるものかしらねども、兼て噂を聞く二た品は正真のものならんか」と先づ頭を下げて敬い書院へ通し、上の間に至り丹後守平伏して申けるは「恐れながら、貴公いかなれば奉行役人へ届もなく、理不尽に御紋付の幕を張り町家に旅宿致さるゝ上に、徳川といへる表札を建給ふ事不審に存じ、御対面之上尋申さん為、是迄御招申候。委細に承らん」と申ける。天一申けるは、「葵は則我定紋なれば是を付る也。某事は当将軍未だ紀州におわす時、家老加納将監が方に入らせらるゝ将監が女房の腰元に沢野といふ女、則我母にて、御種を宿し、後の証拠として右の二た品を下され、其後母のかたにて安産致し、母は産後相果て†其後老母も相果たり。則某は沢野が産処の男子にして、紀州和歌山の城下平沢村に出生いたし、両人相果し後、親類たるを以て美濃国長洞乗楽院方にて成長し、只今徳川天一坊と名乗るなり」といひければ、丹後守「然らば御証文拝見仕らん」とて箱より出し是を読むに、

一　其方懐妊我覚へあり、男子ならば折をもつて召出す、若女子ならば苦しからず、宜しく相計ふべきもの也

宝永元年申十月　主税頭吉宗　判

沢野へ

又御佩刀を見るに、縁頭赤銅の目貫、葵の金紋散らし、違ふ方なき粟田口近江守実正の物なれば、是より恐れ敬いて様々饗応す。其後天一坊出るや否や「下《した》に〳〵」と呼はり旅宿へ帰り、今は憚るものなく幕は一ぱいに張らせ、町役人昼夜町内の木戸〳〵に相詰けり。依て土岐丹後守殿より右之趣早打を以て江戸へ注進し、右之証文之写し御佩刀の寸法くわしく書付を以て御老中へ披露あり。扨、赤川大膳密に天一坊と示し合い、近所の町人方へ沙汰して「徳川天一様は将軍のおとし種、近々御目見之上御三家同格の大名と成給ふゆへ、今の中早く御用金差上よ、尤金子千両に付千石の御墨付を下さるゝなり。五百両は五百石の御墨付と引替下さるゝなり」といひ触しければ、「何でも早く差上て御用の間を合せ、別てひゐきの知行に預らん」と、我先にと持参しける。紅屋庄蔵方へ毎日〳〵有徳なる町人百姓又は医師など思い〳〵に隠居料に五百両出し、五百石下し置れ候様にと持参するもあり、又は「地面替りに千石取にて一生暮すかたが大丈夫なり」とて千両上るもあり。其外弐、三百両づゝ毎日引もきらず紅屋方へ持込みし事夥しく、既に八万五千両に及けり。天一坊心中に悦び、大膳諸共笑壺に入り「此上は京都へ出て勢いを見せん」とて、夫より城代へとどけ《（と、げ）》「京都見物に参る」と号して紅屋方を立出、程なく京都へ出て、三條通り銭屋四郎右衛門方の貸座

敷をかり、此度は閑院の宮様御触下天一坊と欺き、又々夜明方に表札を立、御紋付の幕を張り廻しければ、爰にても大騒ぎ、銭屋四郎右衛門訴出ければ、役人天一坊を引立奉行所へ連れ行んと思ひの外、「科人出入の門より天一潜り入べき身分にあらず、奉行此方へ来れ。対面せん」との挨拶によつて右之趣所《(諸)》司代へ言上す。所《(諸)》司代牧野丹後守役人を遣し、天一さまをまねき彼二た品を拝見して、夫より江戸へ早打を遣しける。夫より両の木戸に番人を置き、昼夜相詰けり。又々近辺の有徳なる者共をすゝめて用金を出させけるに、大坂の如く毎日〳〵引もきらず集る所の金子〆六万五千両に及けり。大坂にて八万五千両、都合拾五万両に成にけり。然るに先達てより大坂の早打、江戸の御老中へ到《(至)》着して右之由訴へ、いかゞ計らい申さんとの事なり。夫より御老中松平伊豆守どの、松平右京太輔どの、酒井讃岐守殿、其外相談之上吉宗公御伺ひ申さんと思へ《(ひ)》ども卒尓には申上難く、御側役石川近江守殿へ右之訳を達し「貴殿より御機嫌を見合せ御伺ひ下さるべし」と頼まれける。其間大坂の早打を待たせ置、石川近江守殿折を見合せ吉宗公へ右之一件言上に及ける。君にも兼て御存じ有ければ、「なる程、其事は少々心当り有事。書付を遣したり」と上意有けるにぞ。近江守、上意の通りを老中へ達しけり。早速此趣大坂表へ届け、「随分麁略なきやう追付又々伺ひて申達せん」とて早打は大坂へ帰る。程なく京都よりも早打来て、則右之通り替りたる事なければ、是も伺ひ又々挨拶をなしけるにぞ。京都も首尾能かたりおふせ、「扨此上は江戸へ出ん。乍去江戸は手重く老中諸役人列座の場所なれば、京大坂の様子にては行難し。一と先づ江戸（へ）行、臨機応変、首尾能御目見さへ済むものならば、最早気遣なし。然らば江戸へ出立すべし。其用意せよ」とて、五十五人の同勢きらびやかに道中「下《(下た)》に〳〵」と大音に呼はり、旅宿は例の通り御紋付の幕を張り、表札は「徳川天一坊」と書付、殊の外の勿体なり。諸人是を見ておどろき、誠に天一坊は勢い盛んにして朝日の登るがごとくなり。

○酒井雅楽頭天一坊と出合之事　并天一坊江戸へ出大金を掠る事

偖も天一坊は赤川大膳と示し合せ、江戸へ出んとて道中目をおどろかせ、しづ〳〵下りける所に、程なく三河国岡崎の宿に着たり。此岡崎の宿は上の本陣《(陳)》と下の本陣《(陳)》と弐軒あり。天一坊は上の本陣《(陳)》に旅宿を取り、例之通り幕をはり表札を建たり。然るに下の本陣《(陳)》には酒井雅楽頭どの、江戸より御下りにて旅宿也。酒井殿は「兼ての噂の有し天一坊、此所にて出合せしは是非もなき次第なり、何卒出合ぬやうに登るべし」と見合せけるが、物馴たる近習を密に呼「其方、天一が旅宿の近所へ参り、明日出立なるや、又逗留なるや、尋探るべし」と申付たり。近習の侍畏りて上の本陣《(陳)》の近辺にふら〳〵歩行けるが、天一坊が家来を見付、近く寄て「天一さまは明日御立被成候や」と聞けるに、侍「イヤ明日は御逗留なり」と挨拶しければ、近習は悦び帰りけり。是は兼て本多権太夫皆々へ能く申付置、もし酒井方より出立を聞に参らば、斯の如く云ひ付置ける故、かく云ひけるなり。酒井の近習は早々立帰りて右之由申ければ、「然らば明日は早々出立すべし」と其用意をとゝのへ、程なく夜も明ければ、しづ〳〵と同勢をくり出す。天一坊も兼て昨夜支度とゝのへ置し事なれば、同く早朝より同勢を揃へ、既に本陣《(陳)》の間にて行逢んとの工みなり。案の如く酒井殿行列にて来る所を此方は「下《(下た)》に〳〵」と大音に呼はり〳〵、二品を真先にうや〳〵しく立たり。酒井殿は遙かに是を見られ、跡へも引返し難く、是非なく乗物より出、彼二品を敬ひ頭を下られける。然るに兼て相図に申付置たる事なれば、天一坊二品の側へ駕籠を矢の如く馳せ付て駕籠の戸を明け、酒井殿頭を下らるゝ所に「是は乗物御免あれ」と云ひ捨て馳せ退きければ、酒井殿思はず土下座をなし、「無念」と足摺して後悔すれども詮方なく、無念をこらへ無事に此所を通られけり。寔に酒井雅楽頭殿は下馬将軍といわれし仁にて、当時御高拾五万石播州姫路の城主也。「思はずも今天一坊に土下座をせし事返す〳〵も残念也」と後悔しけれ共詮方なし。首尾よく御入部なり。天一坊は道中にて酒井殿に土下座をさせたりしかば、尚々威勢強く東海道誰有て恐るゝ者なし。大手を振て下りける。程なく江戸へ到《(至)》着し、芝高輪八ツ山にて大きなる家をかり、又是をも例の通り幕を張り表札を立しかば、「扨こそ噂の有し天一坊江戸へ出たり」と大評判となり、「将軍様のおとし種なる由、不礼して咎に逢ふべからず」とさゝやきけり。此事御老中の御聴に達しければ、「今迄は遠方に在し故、其まゝに差置けれ共、最早江戸へ出ては捨置難し。得と相改めし後、上聞に達し事を計はん」と御老中御月番松平伊豆守どの、町奉行大岡越前守を以て相糺し申べき旨被仰渡ける。越前守畏つて同心弐人、芝の八ツ山天一坊の旅宿へ遣し、「町奉行数寄屋橋御門南の御番所大岡越前守方より参りし」と申入ければ「召せ」と有て、案内に連られて、両人天一の前へ出ければ、天一坊「何用有て参りしぞ」両人頭を下げ「町奉行越前守相糺すべき子細有て、只今我々と御同道被下べしと申付候」と云ふ。天一坊云ひけるは「其方共立帰りて大岡に申せ。『町奉行の門は科人の出入する、穢れたる所へ此天一坊行べき身にあらず。用事あらば越前守此方へ参られよ』といふべし」と云ひすて、奥へ入ける。近習の両人詞を揃へ「只今の如くの上意なれば、各方早々退き越前守殿御入来有やうに仰られよ」といひすて、天一坊に随ひ奥へ行。両人是非なく立帰りて此由大岡殿へ達しければ、大岡殿しばらく工夫いたされ、「両人の者今一遍《(返)》参るべし。此度はヶ様〳〵に申べし」と云付遣す。同心弐人再び天一坊に対面し申けるは、「越前守申付候は、『たとへ町奉行の門より科人が出よふが引廻しが出よふが、天下の決断所なり。又尊公には将軍様のおとし種にもいたせ、又御兄弟にもせよ、未だ町宅いたさるゝ上はいつ迄も町奉行の懸り也。是に依て此方へ呼よせ吟味致すに何の憚りあらんや、急ぎ参られよ。もし遅滞に及ばゝ役人を遣し召捕て連れて来るべし』」と申ければ、流石の天一坊も是にへき易して「いかさま町宅のうちは町奉行の懸りとの儀尤なり。然れ共明日参らん。其旨申せよ」と役人を帰し、夫より天一坊は例の如く御朱印御佩刀を真先に立「下《(下た)》に〳〵」と町奉行の門へ来り、大門をひらかせんとするにひらかず、「小門より御出有べし、さもなくば召し捕て参るべし」と役人来り申ける故、則小門より這入、玄関へ通《(通ふ)》る。大岡殿出迎ひ二品を敬ひ礼をなし、奥の間へ通《(通ふ)》し、天一坊に向ひ「其方は徳川の天一坊と名乗たるものや」と、あたまから横柄《（大平）》に云ひければ、天一坊「いかにも我天一坊なり」大岡殿「某は当月番の奉行大岡越前守と申者なり。何故当方へ届もなく町家へ御紋の幕を張り表札を建しや」天一坊答て「其方にはいまだしらざるや。我母に御手かゝりて紀州名草郡和歌山城下平沢村といふ所にて安産し、老母并我母共に其後相果、夫より美濃国長洞乗楽院といへる修験者の方にて成長せり。則我母は懐妊にて御暇給はり、其時後の証拠とありて右の二品を被下たり」と例の如く申ける。大岡殿「然らば御朱印を拝見仕らん」とて聢と改め見て申されけるは「かゝる慥なる御証拠御座候上は、近々老中へ相達し候て上聞に達し、宜敷御取持仕るべし」と、「先今日は御帰館有て御休息然るべし」と申ければ、「越前守太儀也」と天一坊挨拶して玄関へ出ければ、大岡殿跡より送り出て皆々役人土下座をなす。天一坊は「大岡伏しける上は心安し」と大門をひらかせ「下《（下た）》に〳〵」と芝八ツ山へこそ帰りける。大膳壱人旅宿に待受「首尾いかゞ」とあんじけるが、先づ首尾よく大岡をたばかりたれば、「今は誰をか恐るゝものなし。近々御目見有べし」と専ら其用意をなし、又々町人共へ先格の通りにて「御用金を差上よ」といひふらし、所々より集る金は八万八千両にぞ及けり。是より勢い強大《（太）》にして、両木戸には町役人昼夜相詰厳重なり。集る所の惣金高弐十三万八千両、此金を高く積置、大膳と日々相談して「御目見はヶ様〳〵」と、大岡殿より沙汰の有はいまや〳〵と相待けり。扨又大岡殿は、右之由御老中迄相達しければ、松平伊豆守殿、大久保石見守（殿）、其外御相談にて此度は直に上聞に達し御賢慮を伺ひけるに、吉宗公上意には「兎角吟味を遂げ、相違なくんば早々目見へ申付よ」と、流石御若年之時初ての御子なれば見たく思召けるにや、右の通りの上意成しかば、御老中方へ早速大岡殿をめされて、「一大事得と吟味をいたし、相違なきに於ては御目見へ遊ばされんとの事なり。若し胡乱がましきものならば、遠慮なく相糺すべき」旨仰渡されしかば、大岡殿畏て退出して、是より自分屋敷へ帰りて工夫有て、腹心の郎等に平井平次郎といふ者を呼、「其方、今より町人に姿を替へ、紀州和歌山の城下平沢村に至り、ヶ様〳〵

の者を得と相糺し帰るべし」と路用をあたへて申付られける。江戸（より）百五十六里也。平次郎畏り、夜を日に継て紀州に至り、平沢村のとある酒屋に入て酒をのみ食事をなして後、亭主に向ひ「我等は江戸より来たるものなるが、此村におさんといへ《（ひ）》る老女有しが知り給ふや」ときく。亭主申けるは、「夫は最早十四、五年跡の事にて有しが、我等が母は其お三とは念頃なりしが、母に聞給へ」とて奥より老母を呼けるに、老母は平次郎に右之事を聞て「扨々珍しき事を御尋、其お三どのは我友達なりしが、時しも冬の事にて大雪降りし時、お三酒に酔て壱人いろりの中へのめり込で死し居たり。不便之事を致したり。外に人もなく跡たえたり。弔ふものもなく命日には我等仏へ花を上げて進《（進ん）》ぜる計り也」といふ。平次郎肝を潰したる風情にて「扨はお三は相果候か。私儀は二親もなく、時々其お三婆々方へ書状遣し候のみ。然るに此十二、三年以来一向便りなく、私も奉公の身分なれば参る事もならざりしが、扨は不便の事を致し候。然れば其お三に壱人の娘御座候を御存じ有しや」ときく。酒屋の老母答て「其娘はお三より先に死にまして、慥か名はお沢といひし也」といふ。平次郎又申けるは「其お沢に子が出来たといふ事、ほのかに承はり候が、御存じなるや」老母「それは聢と聞ざりしが其様なる事は不覚」と申ける。平次郎申けるは「菩提所はいづれにや」「これより十四、五丁も有幸伝寺といふ寺なり」と教えければ、平次郎は大に悦び一礼をなして酒屋を出て、則ち今の幸伝寺に至り住僧に対面し、金百疋回向料を出し、「私儀は平沢むらお三婆々甥にて候が、江戸へ奉公を致し廿年の間音信仕らず、此度相尋候所、十三年跡相果候由、驚き入候也。何卒過去帳を御くり《（操）》被成下さるべし」と申ければ、住僧は則過去帳を出し見、（著者蔵本・享保二《ママ》年十一月廿日に）婆々死去す。又其前にお三娘沢野宝永二年三月八日に相果、其脇に水子の死したると見えて法名はなけれども、同年同月廿五日とあり。平次郎是を見て住僧に此訳を問けるに、八年跡寺替り候故しれず。依て平次郎は右之訳不残書付寺を出けるに、兎角手がゝりもなくすご〳〵江戸へ帰り、右之訳大岡殿に申上けるに、越前守殿是を聞給ひ《（へ）》、是にては分り兼る故、工夫有て大岡殿自身赤坂の紀州様御屋敷へ罷越され、御家老三浦長門守に御対面あり。此長門守殿は弐万五千石なり。則ち大岡殿申されけるは、「何卒尊公より被仰遣、御国の城下平沢村の人別を改度儀有之候也。公用にて是非〳〵急に相改申度。尤人別は十三年跡を吟味いたし度候也。此方より役人遣し候間、尊公より御書状壱通御添下され然るべし」とある故、早速認めて状を大岡どのへ渡す。越前守是をもつて自分屋敷へ帰られ平次郎を呼出し、「其方太儀ながら又々紀州へ立越て城下へ入り此書状を渡し、十三年より前の人別をくわしく改め、手懸りもあらば能々吟味致し帰るべし」と仰渡されける。平次郎畏て又旅用意して、此度は役人の形にて供人召連れ、鑓を持せて紀州へ至り旅宿にしばらく休み、夫より城中へ入て重役の家老へ右長門守の書状を渡し、夫より平次郎は旅宿へ帰りける。跡より多くの長持へ十三、四年以前の人別不残帳面屋敷より平次郎が旅宿へ送り、則平次郎役人に申付て自分立合、所の村役人名主不残呼よせて人別をあらため、平次郎一々村役人等へ尋ねける。一体此紀州は国法にて毎年の人別を五年目に大改を致し、改め替にて或ひは死去、又は江戸他国へ出ても五年目に其親又は親類より人別がゝりの村役人へ届ける時は則ち元の通り、もし五年目に届なき時は親類取上構わず、国法にして申合《（分）》の事あれども、平次郎は廿五年跡よりくり《（操）》合見るに、爰に壱人の山伏《（伏し）》感応院弟子宝沢といふもの、十二才の時五年目の届なく、平次郎是を見て名主村役人等を呼び、「此者はいかなる訳にて届けなきや」と尋けるに、村役人名主言葉をそろへ《（ひ）》申けるは、「是は感応院弟子にて親類よりみなし子を預り養育仕る処、此宝沢十二才の時、いかなる事にや感応院食滞にて相はて、跡に山伏なく、よつて幼年なれども宝沢を跡に直さんと存候所に宝沢申けるは、『五年之間諸国修行仕、其上師の跡を継申べし』と望みけるゆへ、村中餞別として遣はし候銭都合金にして八両弐分、外に襦袢、布子、皮篭并菅笠、都合七色の物を遣し候所、翌朝加田の浦にて其者を殺し金子を奪ひしもの御座候。右宝沢に遣し候品々血に染み捨て是有候也。尤死骸相見へ不申、盗賊の仕業ならんと存じ、則浜奉行へ訴へ申候所、右の品々は厥所蔵の二階へ入置候由にて御取上御座候」と申ける。平次《（治）》郎是を聞て「然らば其浜奉行へ案内致し候へ」とて夫より平次（治）郎は村役人を連れて浜奉行屋舗へ行、厥所蔵へ案内させ、右の七色を改めんと旅宿を立て息をも継ず急ぎけり。

大岡仁政要智実録巻之十四

大岡仁政要智実録

巻之十五

目録

大岡仁政要智実録巻之十五

○平井平次（治）郎帰府　并天一坊を召捕　附赤川大膳天一坊白状之事

さ（去）る程に平井平次郎は旅宿より村役人を召連れ、同国加田の浦奉行屋敷へ至り、いさいを咄し、彼宝沢が衣類を乞ひける。役人早速厥所蔵の二階より是を出して平次郎が前にて是を改め見るに、浜松染（ざし）の布風呂敷、皮籠壱つ、蜘（蛛）の巣絞りの繻伴、松坂（板）じまの布子并に小倉帯、菅笠宝の字、何れも血に染たりと雖もはや十二、三年過し事ゆへ煤にまみれし事なれば、血は黒く成たり。平次郎是を取て「則ち是が宝沢が加田の浦に捨置し衣類なるや」相違なき段役人申けるにぞ。是を持て旅宿へ帰り、人別を仕舞、是より平沢村にて「右の宝沢を能見知りたるものあらば壱人出すべし」と申けるにぞ。何れも死したるもの、あの如くに尋ねらるゝ事不審にはおもへども、屋敷の役人附添改めらるゝ事なれば色々詮義しけるに、爰に平沢村に以前の山伏《（伏し）》感応院方に下男の奉公せしもの、惣助とて老年に成たれども、此時に百姓にて在しを連立来たり。平次郎大きに悦び、是よりこの惣助を具して江戸へ帰り、大岡殿に右之段之委細言上しければ、越前守殿も大きに悦び給ひ《（へ）》、七品を取納め、平次郎に褒美し、惣助をば自身屋敷におき、「是にて天一坊正体はしれたり。我又外に手段をなし置たり」是より大岡どの役人に夫々謀事を授け、同心八拾人計り一々手筈をなし相図を定め置、其後芝八つ山天一坊が旅宿へ同心弐人を遣され、此度はさもいんぎんに申けるは、「町奉行大岡越前守申上候は、『明日自分屋敷へ御来駕被遊候様。御取持仕らん』とて則待受仕候間、明日午の刻、手前屋敷迄御来駕被下べし」との口上なりしかば、天一坊「仕済しけり。然らば明日参らんと越前守へ此由申せ。太義也」との挨拶也。同心は則帰りけり。跡にて天一、大膳を呼申けるは「最早大望成就せり。時節来りぬ」と大膳諸共「明日大岡越前守屋敷にて老中松平伊豆守に対面との事なれば、其用意すべし」との事にて彼集め置たる金子を以て支度と、のへ、不残用意して大岡方より迎へ《（ひ）》の来たるを今や遅しと待居たり。程なく役人三人上下を着し、御迎として大岡越前守方より参り候由申入ける。天一坊是をきゝ「然らば用意致せ」と同勢五十五人、尤大膳は旅宿に残る。夫より「下《（下た）》に〳〵」と数寄屋橋御門より南の町奉行所の表門をひらかせ、真先に二た品を立、玄関より是まで大岡殿出迎へ《（ひ）》、手を取て奥座敷へ伴ひ種々馳走し、「追付伊豆守参上仕らん、しばらく是にて御休息被遊かし」といふ所へ取次の侍出て申けるは「伊豆守殿、今日御上使にて佐竹右京太夫殿へ参られ候間、当方へ参り兼候。兼ての御取持仕り候御方之儀《（御儀之方）》は、明日の事に仕り度候間、右之趣件の御方へ宜敷被仰下べし」との口上なり。大岡殿天一坊にむかい「御聞之通り唯今老中伊豆守方より右之通り申越候間、是非なき次第。明日は是非今一度御来駕被下べし。先今日は是にて暫く御休息有べし」とて越前守しばらく外へ出行けり。夫より八ツ半時、天一坊「最早帰宅致さん。然らば又々明日参るべし」と云捨て立上る。大岡殿跡より送りながら、兼て隠し置たる彼平沢村より連れ来たる惣助を近習の内に入れ置て天一坊を得と見せ、「弥宝沢に相違なければ袖を引べし」と相図をなし置けるゆへ、惣助は近習となりて先刻より度々天一坊に目を付、透間より伺ひ見るに、相違なき宝沢に候へば、大岡殿の跡に付て送り出、密に後ろより袖を引。大岡殿心得て猶々送り出ける所に、天一坊が立行鼻の先にかの七品の衣類宝の字の書たる菅笠皮籠など竿に釣してあり。天一坊思はず是を見て心にびつくり顔の色変じけるにぞ。兼て相図をなし置けるが、越前守殿大音に「それ縛れ」といふ程こそあれ、襖の蔭、板塀のかげより同心百人計り顕れ出、天一坊をはじめ五十五人を不残高手小手にいましめたり。天一坊大ひに怒り「コハ何故の狼藉、不礼至極」といひけるにぞ。大岡殿声をはげまし「不礼狼藉とは慮外千万。山伏感応院が弟子宝沢大か（た）りめ。余人を欺くとも此越前守は汝《汝じ》如きにあざむかれんや。早く白状すべし」と呼はり給へば、天一坊居丈け高になりて、「白状とは何事を白状、か丶る明かなる証拠を以て名乗り出る事」云はせも果ず越前守殿「ヤア〳〵者共、赤川大膳を是へ引出すべし」と仰の下より大膳を高手小手にいましめ白洲へ引出しける。大岡殿「曲ものかく有らんと思ひし故、兼て汝等が旅宿の近辺へ隠し目付を付置て、汝等が出たる跡へ押入、大膳を召捕りさま〲拷問いたしたれば白状せり。彼《彼れ》も水戸家藤井紋太夫倅同苗大膳、大悪無道の曲ものにて、神奈川に於て女の旅人を殺し金子を掠め取たる盗賊人殺し、其上汝に合体し天下へ対し欺き奉る事、言語同断不届至極なり。猶是にても陳ずるや、早々白状いたせ」とはたと白眼み給ひしかば、流石の悪党天一坊もハット計りに胸ふさがり、「是までは仕負ふせ近々将軍へ御目見いたし、大名になりおふせんと思ひしが、十に八つは調ひしを、大岡越前守が眼力に見顕され無念骨髄に徹したり」と足摺して悔しがりけれ共、今は是非なく、是迄とや思ひけむ、平沢村にてお三を殺し、其後毒薬を以て師匠感応院を殺し、お三婆々が彼御朱印をうばひ取、夫より肥後国熊本に至り細川殿の屋敷にて金子百両取し始終、残らず白状にぞおよびけり。

○天一坊大膳御仕置　并大岡越前守殿立身寺社奉行に成給ふ事

さる《（去）》程に悪徒天一坊が始末残らず白状に及びければ、大岡殿右之由御老中方へ相達し、其後上聞に達しけるにぞ。将軍様はじめ何れも舌を巻感じ、大岡殿の智略の程を恐れぬものはなかりけり。扨又右五十五人の内にても、大膳外に本多権太夫、渡辺次太夫此三人は勝れし悪徒なれば御仕置被仰付、残りの者共は皆々十里四方御構ひ《（へ）》なり。其後御老中より御仕置の書付渡る。天一坊第一の悪徒なれども、天下をかたり公儀向きの事なれば、札に顕はす事ならず。依て当時無宿の宝沢当年二十四才此者儀、紀州名草郡平沢村にをゐて人をあやめ盗賊をなしてその後江戸へ出、上を偽り多くの金子を掠め取候之段、不届至極に付、町中引廻しの上品川に於て獄門に行ふ者也、享保十三年秋八月、其外赤川大膳引廻しの上獄門なり。権太夫、次太夫は打首なり。是に依て天一坊一件にかゝり合ひしもの、彼金子を出して置たる町人共不残御呼出し有て、金子不残取上げの上、壱人前三貫文づゝ過料銭仰付られけり。此外に美濃国長洞乗楽院は、天一坊をかくまいし罪によつて追放なり。かく首尾よく見顕はし給ふ事、天晴抜群の大功といゝつべし。此功によつて寺社奉行被仰付、御加増有て直に壱万石となりたまひ《（へ）》、三千石より大名に成給ふ事珍しき御立身也。吉宗公上意にて「大岡なくんば安々と賊僧に語られ録を貪らるべきを、能くも計らひ《（へ）》*しなり」と御褒美被遊けり。まことに此一件、大岡殿の知行を捨て切腹するか、また立身あるか、二つ一つとおもひ、八つ山の旅宿へ大膳を捕へし時は未だ証拠も無時にて、「もしや誠の御連枝なる時は兼て切腹」と覚悟をきわめて先づ大膳をとらへ、一々白状せし故、是にて双方の崩れとなりしなり。

大岡仁政要智実録巻之十五大尾

大岡仁政要智実録

別記員外

目録

大岡別記員外

○加茂社境目論御捌遠智之事

京都加茂之大社は山林殊之外なる景色なり。然るに、此裏山に近衛様の下百姓の地と紛敷処あり、依之互に際目を争ひ、直に公辺と成て、凡そ二十ヶ年京都町御奉行御替りの度毎に、御訴詔申上けれども御取上なし。いかさま六ヶ敷公事ならん。尤百姓といへども近衛様の御下の事、相手は加茂の神職なり。公事に贔屓沙汰はならず。しかしながら、惣じて際目論といふものは、互に一理を申上、わづかより事むづかしく相成もの、さのみ互に難義に成といふ事は無故に、是迄の御奉行御訴状御取上なし。然るに此度石川土佐守殿御奉行に居り給ひ、万民を御労り《(痛わり)》、御慈悲深く、御真通の御捌なり。是に依て加茂より右際目の論、訴状差上候処、石川殿御覧あり、「追て呼出しあるべし」との事なり。願主は心の内、是迄御取上なき訴状を御聞届被下、難有恐悦して、御前を退出す。あとにて役人衆御前に向ひ申上けるは、「乍恐、此山公事の義、御取*上有てはよろしかるまじきやうぞんじ候。其故は、これ迄御奉行替る度毎に御願ひ申上候得共、御面倒に思召御取上なし。夫と申も互に長袖の公事に候故に」と申上ければ、石川殿、御聞有て「成程、尤の申分なり。しかし捌き安き事計り聞届け、捌悪き公事を捨置は役義にあらず。我に捌て得さすべし」と、夫より五七日も過て、加茂の神職を呼出し給ふに、直さま御前へ出ける故に、石川殿仰られけるは、「右其方より差上し訴状之趣はよろしく捌いたし遣し度存ずれども、拙者神職の儀一向不知。然れば捌難きに附、相尋る。其方、太義ながら神道の講釈いたして聞すべし。得《とく》と聞し後、捌申べし」と仰らる。神主畏り奉り御前を下りけるが、神主つく〴〵思ふに「神道の講釈いたせとは合点ゆかず。是には何ぞ訳なくては叶ふまじ。幸ひ当処に懇意の役人も有事なれば、先々此方へ罷り子細を尋ねん」と、夫より彼役人衆の処へ行て申様、「扨、今日御召に依て罷り出候処、御奉行被仰候は、神道講釈を致せ、左やう無ては此公事捌がたしとの仰なれども、我等家職ながら実に神道不案内故に返答も成難く、扨又殿には神道不案内に候哉」と尋ければ、役人中申さるゝは「中々神道に疎き殿にてはなく、急度委しく、是は御辺達に講釈をさせて置、跡にて戒しめらるゝに相違なし」といふ。神主聞て「左様ならば先づ〳〵帰り、得と思案をいたし置て、又返答仕るべし」と罷り帰り、夫より如何いたせし哉、神職より願ひ下げを致しける。殿被仰けるは、「しからば申分なきや」「いかにも申分無之」と答へける。「然らば百姓、互に申分無との一札を認め差上べし」との事故、双方より「一円申分無」との証文差上、故無只一言にて相済、又候哉願ひ申事成難く、偏に御遠智の程恐るべし。

　惣じて神道の掟は正直第一の事にして、邪なる事人より申掛ても夫をねたまざるを神道と申なり。さる（去）に依て、神前に翠簾を掛るなり。是、園の竹のゆがまぬ所なり。夫に何ぞや愚痴無智なる百姓を相手にとり公事いたす不埒、此故に神道講釈を被仰付しとなり。

○石川土佐守殿堺門之事

京堺北の橋に門あり。此門いか成事にや、昔より開く事をゆるさず。夫故堺の町殊之外不勝手也。度々御町奉行え御願申上、開かせ被下候様、しかれども「むかしよりメて有、由緒しれざる故に不叶」とあり。此御奉行に又々御願申上ければ、町人に御尋有ける。「是迄奉行へ願候哉」「度々御願申上候得共、御聞届無御座、殊之外難義仕候」と申上けり。「惣じて先奉行のゆるされざる事をゆるす事ならず。左様相心得べし」と仰られける。町人共「右之門一つにて殊之外難義仕候間、何卒御聞届け被下」と押て願ける。石川殿申けるは「扨々叶はぬ事を押て願ふ者哉。しかしいかやうの処にある門ぞや。絵図にくわしく写して差上べし」と仰有により町人共御前を下り、絵図を認め差上ける。石川殿得と御覧有て「扨々絵図にてはあきらかに不知。我等明朝見分いたす間、掃除をいたし門を開きて相待べし」と仰られける。町人難有奉存、御前を下りて、翌日夜のうちに門を開て相待ける。石川殿、朝の五つ時に北の野道より右の門を御通り被成御見分有て、町人共へ仰らるゝは「此方とくと見分致したり。しかし我等只今通る為に此門を開かせし事なれば、我帰るまで開きおくべし」と仰られ、南をさして御出馬有。いまだ御帰りなしとかや。

○曲渕甲斐守殿江戸町奉行之事　并牢ばらひ四月に成し事

毎年極月二十五日には、江戸表の科人の仕置罪極り、みなそれぞれ軽重に依て獄門、磔《（梁付）》、死罪、遠嶋、町払、又は国払とわかつ定日なり。此度曲渕殿、大坂より下向有て江戸町奉行に成ける。当明和六丑のとしの暮、御老中へ申上けるは、「御仕置の者、極月廿五日に例之通り然るべし。牢払之者は明年四月迄延し遣わさるやうに」と申上ける。

御老中聞し召され、「是迄例年之通り極月廿五日御代〳〵御払被成しをいかゞして四月まで延引」と御尋ねあり。曲渕殿御返答に「入牢いたし候者共は、皆々解き分け一つ着し候へば、出牢致し候時、差当て難義いたし候也。此節世上騒ヶ敷御座候故、雇ふべき人なく、殊に一飯も喰兼る者は、猶以難義に候。斯すれば、是非共に渇命に及ぶ故、人の物を盗むなり。外に致し方なく止む事を得ずして、或は火を付け屋敷を切おどり込み、又は追剥をして果は又牢舎して払はれ、又重ねては成敗に及ぶより、是に尽すべき術もなし。是は其身も悪事をしりながら是非なくいたす業なり。又四月迄牢扶持を喰せておけば、身に薄く着るとも凍へ死致す程の事は有間敷、四月に相成候得ば、世上暖かになり、道中へ出て荷を負ふても五十文と三拾文の銭はとれる故、十人に三人はおのづから盗み心もやむの道理と存候」と利を責て申上ければ、御老中尤に思召、是より牢払之儀、四月に相成しとかや。誠に甲斐守殿の賢慮、利の当然なりと聞人感じけり。

○曲渕殿浅草の駕籠舁御預り之事

曲渕殿、浅草辺へ御出有て暮方に成ければ、態と家来共を後に残し辻駕籠をからんといわれしかば、駕（籠）舁共「三百文なり」と申ける。「弐百文にまけてやれ」と仰ければ、畏りてかき出しける。扨、何方にても駕舁の習ひにて、四方山の噺しをいたしける時、駕（籠）の内より申されけるは「何と此度の町奉行はよろしきといふ噂か、但し悪いと申か、町方の評判はどのやうな」（と）尋ねられける。駕（籠）舁共、御奉行とは夢にもしらず「成程、此度の町奉行様は御捌が能と申ます」といひければ、先棒の者申けるやう、「町奉行様は御発明で噂が能御座りますれ共、兎角役人方が悪ふて、中にて取計ひがござりますそうな。是はみなまいないと申ものにてヶ様に相成ます。兎角此まいないい致しますゆ故に理《(利)》を非に落しますと申事でござります」曲渕どの聞し召れて「是まいないといふものは、いかやうのものなるや」と尋ける。駕（籠）舁共又申けるは、「双方よりの公事、何れ一方は理《（利）》前があり、又一方は非があらん。其非の有方に金が有ますと、金を出して役人衆中様に菓子料とか肴代とか、何と成とも名を付て送ります。其金に目がくれて、みす〳〵負と思ふ公事にても言葉尻をもじり勝にいたします故に、理が非に落ます《（すま）》する。兎角地獄の沙汰も金次第成」と云ければ、甲斐守殿つく〴〵と聞し召れ、「先づ此所は何町と申す†、当町の会所の門へ駕（籠）をおろせ」と有ければ、駕（籠）の者、をかしき事に思ひて会所の表へ駕（籠）を立ければ、曲渕殿、会所へ御入ありけるが、俄の事故、丁代大きにうろたへ《（ひ）》ける。「扨、駕（籠）の者、明日役所へ呼出し候間、今晩は預け置」と仰られける。丁代畏りて御請申上ければ、甲斐守殿番所をさして御帰り被成。丁代来りて「駕（籠）の者共、何事の慮外をいたせしぞ」と尋ければ、かやう〳〵の噺しをいたせしなり。「扨々夫は大事の儀なり。大体の事では済まい」と申ければ、駕（籠）舁泣出し、「何卒御取成御願申上ます」と申ける。翌朝、丁代、弐人の者共を召連れ御前に出にける。然るに常に替て諸役人不残厳重に並び居けり。曲渕殿仰られけるは、「扨、駕籠の者、夜前は太儀にて有し也。其方共呼出したる事、余之義にあらず、昨夜噺せし通り、今一度爰にて能はなして聞すべし」と仰られければ、両人の者共汗をかき、ふるへ《（ひ）》〳〵恐れ入て「私共は何にもはなし仕らず」といふ。曲渕殿「扨も大事なき事なり。夜前道々にて申せし通り、今一度申べし」と仰ければ、後棒の者罷り出て申候は「御奉行様の事御尋被遊候ゆへ、世間の風評をはなしいたしまして候」と申上ける。「成程、其儀は中に不及。夫先棒の者、夜前の通りを申べし」と有ければ、是非なく申ける。「町奉行様の御捌は町方にても悦びました」と。「扨、其次はいかに」と又々仰ける故、「町奉行様はよろしく御座候へ共、御役人衆がまいないを以て御捌有故に、中には非も理に成ますと申上候」といひければ、「もふそれでよし。扨々何方も役人衆中能聞れよ。まいないと申ものは、いかやうの義か計り難かりしに、此駕（籠）屋が噺しにて能分りたり。皆の方々、此以後はまいないとやらん申事なしに御捌有べし。夫々夜前の駕（籠）代相渡す」

と、鳥目弐百文投出し被成ける。「夫を請取帰るべし」と有ければ、命を拾いし心地して帰りけり。

○板倉周防守様牛を御預け之事

元和五年、京都諸司代板倉伊賀守様御役御免になり、替りの御諸司代御越との事故、町人共爰かしこに集り「是迄の殿様は甚だよろしかりしに『能跡わるし』と申諺なれば、どふでろくな人であるまい」など、申合り。然るに二月十六日、板倉周防守様都入之御下知に附、京都の年寄のこらず大津迄御出向《むか》へに出たり。頓て殿様も大津へ御着に付、段々と都へ御入あり。然るに遙向ふより牛の来ると見えて、一声吼たりければ、周防守様御乗物の中より「しばらく立よ」と仰られ、近習に向ひて「我等、今日将軍の御名代として来りし前にて牛をなかせるとは憎きいたし方なり。今日此道通行致す牛飼、預け申付べし。又吼る牛は首を切べし」と仰られける。時に壱人の家来出て申やう、「殿様の御意とも存じませぬ。牛は畜生の儀故、御赦免被下かし」と申上ければ、「畜生なりとて御名代の前、用捨はなしと有ける故に、其通りを皆の面々申送りけり。時に京都の年より共、目引袖引「『どふで能人は参るまじ』と思ひしに違はず、牛の吼しを御咎め預けらる丶からは、丸で気違ひなり。此人が二、三年も京都に居らる丶ならば騒動の基也」と皆々つぶやき〳〵京都迄帰りけり。扨其後、年寄中東山にて参会申けるは、「先今日寄合致す事、他の儀にあらず。此度御上、京の板倉殿一向気違ひなり。此人に公事など捌かす時は、或は盗人に褒美を与へ取れし者はわらはる丶かも不知、兎角公事を以て行ぬがよしと存じ候。いかやうの六ヶ敷事出来やうとも、役人へは申さず、兎角其筋其町の年寄を以て扱いたし。夫にても治らずば、五丁十丁の年寄打寄て扱ふべし。皆々心得ならば、印形おさるべし」と申に付、「是は如何さま、左様よろしからん」と得心して、判を出しける。然るに、御番所は二月十六日より板倉周防守様御居り被成、七月朔日迄何の願書もなし。役人中打より申さる丶は、「扨々是は隙な事也。あまりに訴詔人

の無のも拍子なし」と、只昔ばなしする計り。然るに周防守様笑わせ給ひ《（へ）》、「我等江戸表にて将軍家より被仰付ける
は、京都静謐のみ頼むと有し故、大津にて牛に咎申付し一つの計略にて斯静謐也。故に上様の御あつらへなり」と仰
られける。尤なる哉。京都御入の時、牛を預られしより、斯静謐とは成たりけり。

○田中善助堀江に住居之事　并浪人波多甚助たばかる事

爰に備前の国主池田新太郎殿の時代にいさゝかの仕落ありて浪人せられける田中善助といふ者あり。女房は泉州界《さかい》の町人、岸の和田屋九兵衛といふ福祐の酒座の娘なり。夫《（夫と）》善助は段々と尾羽打からし、大坂堀江辺に裏棚を借て、刻みたばこの請売を致し、家内五人口を養ひ、兼†て家内の者の着替をのこらず質屋へ預け置し故、早霜月に成ければども夫婦は不及申《（申に）》、子供に綿入を着せる事成難ければ、女房申やう「是迄は子供も育てしが、此冬は凍へ死なるべし。恥かしい事も今はせん方なく、太義ながら《（き）》堺へ一と走り御出なされ。右之噺しをして綿入を一つもらふて来て被下」といひければ、善助「いかさま左様などいたさねば此冬は送りかねる。明日昼から行て貰ふて来るべし」と、翌朝早々起て、商ひに出て、小早く帰り支度して堺へ行ける。跡には女房三才になる子に添乳して居る所へ、浪人者と見えて「善助殿の所は此方か」と内へ入ければ、女房出て「成程、爰元で御座りますが、今日は留主でござります」といひければ、「御留主トナア、扨々残念の事なり」といふ。女房申やう「どなた様で御座ります。何ぞ御用ならば仰置れませい」といふ。浪人申けるは「先以て善助殿にも御堅†勝にて御目出度し。拙者も備前の浪人にて波多甚助といふ者也。善助殿とは懇意の中、某は善助殿より余程早く浪人致し、只今は京都に居ますが用事有て当地に下りし故、御目に懸り久しぶりの噺しを申さん為立寄しが、御留主なれば是非なし。此子供衆が弐人ともに善助殿の御子息か。能似申た発明そふな」と誉そやし、「年は幾つ」と問ば「七つでござりますがいまだぐはんぜが御座りませぬ」といふ。

時に浪人、紙入より五匁計りの小玉弐つ取出し紙に包みて兄弟に遣しければ、母は大きによろこび「是はマア有難ふござります。御礼申しや」といふて茶（釜）の下を焚にかゝれば、浪人申けるやう「御在宿ならば見せてもらひ度品も有、見てもらひ度物もあれ共、御留主とあれば是非もなし」といふ。「何で御ざります。仰られましたら帰られ次第、御宿まで出ますやう申ます」といへ《(ひ)》ば、「拙者此頃波の平行安の刀を求しが、善助殿にも波平の壱腰御所持之事、兼て存じ居候ゆへ、万一此方の刀似せ者《もの》にてはなきか、くらべて見度に附、態々参りたれ共、御留主なれば是非なし。早今晩罷り登れば又重ねて下りし時、御意を得申べし」と立ければ、女房は何がな愛相にと心付、「其刀をくらべ被成る計りなら御目に（掛け）申べし」と何の心もつかず引出しより取出し見せければ、浪人悦び請取て抜はなし、双方くらべ見て目釘をぬき、中心《なかご》を見合すふりして手ばしかく取替、鞘に納め、「扨々忝なし。少しも違ひなし。善助殿御帰之節よろしく御伝声被下べし」と一礼述、暇乞して帰りける。

○堺の町人岸和田屋九兵衛聟善助に合力之事

偖又善助は堺へ行、舅九兵衛が門口に立やすらいゐければ、下女物もらひかと思ふて「通れ《(通ふ)》」といふに付、猶々這入もせず居たりけるを、亭主ちらりと見て思案を廻らし「あの風体にては這入まじ」と思ひ、女房にむかひ「是より薬師様へ参詣いたし度思ふ故に着物を出せ。今日は寒し、壱弐枚も常より余慶着て行べし」といふ。女房畏りて持出ければ、常の衣類の上に又綿入を着たる故、乳母笑ひ出し、「下地めしたる上に帯も解給はず、其上に御召なさるはあまりなり」といへ《(ひ)》ば、「アヽ寒し〱」とて其侭出にける。善助を手招して木蔭へつれ行、上に着たるをぬぎて着せ替させ、夫より段々の事を物語りして、暫く時を移しける。短日の事故に日も山かげに傾けば、「最早能時分」と、我家へ連帰り「サア〱御客が有ぞ、御膳の用意せよ」と申附、座敷へ通り女房を呼、「聟の善助殿が見えた故、何かの噺しを聞た。孫共も皆々達者なさうな。行て逢めされ」といへ《ひ》ば、女房悦び座敷へ出て、挨拶終りて「段々の難義の訳は九兵衛様へはなし置ました故、存じます」といへ《ひ》ば、「何角扨置、娘とてはあれ壱人、所さへしれたれば、是より便りは自由なり。先今日は急な事なれば、何なりと調へ遣しましよ」と心よく請合て、「御膳出せ」と勝手へ行、夫より何か見繕ひ《へ》、風呂敷に入て「是を持て御帰り被成」と差出せば、「左やうならば夜も更まする故、女房も定めて案じ居らるゝ。少しも早く帰りませう」といへ《ひ》ば、九兵衛曰「長町迄送らせませう」と男に風呂敷を背負せ、提灯《灯挑》ともし道頓堀に至りければ男を返し、善助は頓て亥刻《四ツ》前に我宿に帰り、始終のはなし終りて先づ包を明て見れば、家内五人の着替弐つ宛来りし故、女房悦び茶釜の下を焚付て申けるは「今日、波多甚助といふ人が見えました。前方の傍輩で有たといふて懇に訪ふてゞ有ましたが、御まへさま覚が有ますか。そして小玉を壱つ宛被下ました」といふに「甚助といふはしらぬが、扨々不思義な事哉。定めし夫れは聞違ひならん」と申ければ、「いへ〳〵波多甚助に相違なし。則書付て置れましたが『御まへに逢ふて御噺しも申たし、見てもらふ物も有』とて段々残り多ふがつて有ました故、『用事の筋ならば申置れ』といふたれば、『我等波平の刀をもとめしが、御内に有のと見合せたし』といわれし故に、何之心もつかず刀を出して見せましたれば、抜て見合せられ、少しも違はぬといふて悦び帰られました」といひければ、善助ひたゐに皺をよせ「ナニ刀をくらべさせしとな。夫は大方摺替られしに違ひなし。夫れ出して来い」と有ければ、女房周章て行に、其身も供に行、直さま抜はなして「これを見よ、かたられしに違ひなし。最早頼みも綱も切果たり、一生埋れ木、武士になる事叶はぬか、しなしたり、残念や」と歯がみをなし「こりや女め、己れが鼻の先智恵で武士の魂を盗まれ、二度侍に成事不叶、則此刀をいとまのしるしにとらせる。乍去、詮義して元の刀に替て帰るべし。其時は是迄の通り夫婦なり。まさかの時の用意に其刀の鞘に壱分の数八つつめ置たり。其金子皆にならぬ内に手がゝりもあらば片時も早く急ぐべし」と申渡しける。女房聞て「畏りました。いよ〳〵詮義して元の刀に替て参りましよ。其時はもとの女房にして給はれ。三之助を私に御預け被下べし」と堺より送りし布子を親子ども取て着、三之助を懐へ〆てり、しげに出立、「追付詮義仕負ふせて帰り、再び御目に懸るべし」と口には立派に申ながら、かなしき事はやるせなふ思ひなからもちから足空にしてこそ出て行。実武士の女房、心の内ぞゆ丶しかりける。

○善助女房京都所司代へ直訴之事　并板倉殿刀詮義鍛冶国広が事

さる《（去）》程に善助が女房は、夫の留主の内に刀を語られし落度によつて夫にさられ、いとまのしるしの刀をさして三之助を抱き、八軒屋へ走り登り船を尋ければ、折節仕舞船の有ければすぐに打乗、翌朝伏見へ着き直に京都へ駈付、二条の御城を尋ね行て、溜りにしばし休みて、硯をかりて自身に訴状をした丶め、懸込願ひをいたしける。役人中申けるは、「今日は公事日にあらず。明日罷り出べし。殊に女の帯刀して出る所にあらず。早く門前に出よ」としかりければ、是非なく門外へ出て溜りの人々に様子を聞合せければ、「今日御所司代御他行」といひし故、又しばらく休み居る所へ東の方より乗物にて供廻り美々敷帰られける。皆々下座をいたしければ、女房待受て訴状を御乗物に投こまんとすれば、附々の侍声をあら丶げ「何者なれば慮外なり。殊に刀を帯して何事ぞ。願ひの筋あらば明日出べし。途中の願ひ不叶」としかりければ、乗物より殿の御声として「家来共、乗物立よ」と有し故、御乗物を舁すゑ《（ゐ）》れば板倉殿「願書是へ」と仰ける。善助が女房うれしく差出す。取次の者差上ければ、殿押開き、とくと御覧の上「こりや女、当地にて宿は何れに居る」と仰ければ、女答て申上けるは「伏見より直に参り未だ宿は求不申」といひければ、「然らば此辺にて宿を申付遣すべし。暫く溜りにて相待べし」と乗物急がせ御入城有て、公事宿の行司を召れて「此女に宿をいひ付べし。親子共にいたわり、何事も不自由なきやうにして置べし。入用之義は此方より遣すべき」と申渡し、「女は明日役所へ出べし。委しく聞たる其上にて計ふべし」と有ければ、畏りて御前を退出いたしける。斯て公事宿の行司は女を伴ひて帰り、仲ま中を呼集め、「御所司代様よりかやう〳〵言ひ付にて連て帰りしと也。はなれ座敷を持たるは差詰宇治屋殿なれば、貴様宿なされ」といへ（ひ）ば、貧乏公事に当りし心地にて「此方には病人が有ほどに、外へ遣して被下べし」と申けれ共、「何分離れ座敷のある宿を御差図有からは其方に置しやれ」と、終に宇治屋半助といふ宿へ申付し由を訴へける。斯て翌日、宇治屋半助、かの女を伴ひ役所へ出ければ、一間へ呼入れ、何かと暫く御聞有て、「先刀を以て帰られよ」と仰られて、宇治屋半助呼出し、「此女、武士方の女中なれば随分麁末のなきやうにいたすべし。此方より呼出すまで歩行たしとあらば、案内者を付て心任せにいたさすべし」と仰られける。半助畏りて退出す。偖又周防守殿、出入の小道具屋を呼よせて、「随分直段にかゝわらずよろしき品を持参せよ」と有ゆへに、色々と差上ければ、殿御覧有て、「鮫は是、目貫は是」と、夫々に御望有て、「急に拵させて持参いたすべし」と有ければ、刀や畏り、殿の仰の事故に大勢夜を日に継で、翌日八つ時に持参いたしければ、殿御覧有て代金三拾両相渡しければ、刀屋は難有請取帰りける。夫より小使を呼出して、不残与力同心へ「御酒出したし」とふれさせける。皆々暮方より入来り互に挨拶終りて、周防守殿被仰けるは、「拙者此ごろ刀を求めし故、心祝ひに御酒壱つしんぜ度招きしなり。肴はなくともよろしく呑で給はれ」と、蠣の吸物にて小附めし、肴は酢蛸壱種にて酒一ぺん廻りて後、周防守どの彼刀をもちて座敷へ出、「扨、此度求めし刀、見てもらひたし。各の目利に預りたし」と差出して、「次第〳〵に一見頼む」と有ければ、先上座の与力請取て、「是は結構なる御拵へで御座ります」とほめければ、「抜て見てくりやれ」と仰られ、夫より抜て見て、「これはけつこふなる御道具にてござります」と次へ渡しければ、段々とこしらへを誉て、誰有て名を付る者なかりしに、向ふの角に居たりし黒田万右衛門といふ与力受取て、拵へを見て、鯉口少し抜懸て「はつ」といふて鞘に納めければ、殿被仰けるは「何と万右衛門、刀は如何」と仰ける。「中々見事なる御拵へ」と申上る時に殿、又「刀は誰が打たると見られしぞ」万右衛門「是は新身にて専ら打出しもの」と申ければ、殿聞しめし「然らばもはや見るに不及。しかとそれに相違あるまいか」と仰有ければ、万右衛門答て「相違無御座候」と申上ける。「然らば何れもよろしく呑てゆるりと咄さるべし。万右衛門は相談あれば座敷へ来られよ」と申捨て、居間へこそ入られける。扨、人々は思ひ〳〵に呑て家来衆へ頼みて「宜敷御礼被仰て被下よ」と申置き退出いたしける。万右衛門は一人台所へ入て待ける所、「万右衛門を居間へ通されよ」と有ければ、万右衛門承り次の間へ入。「是へ」と側へ呼出し、「扨此刀の義はいよ〳〵そこもと目利之通りに相違あるまじきや」万右衛門答て「成程此刀、国広が打し刀に相違なし」と申ければ、「然らばこゝを見られよ」と有し故、目釘をぬき、中心を能見れば、波《(彼)》平行安と有ける故、「是は替りし事哉。乍去、銘は兎も角も国広が打たる刀に相違なし」と申せしかば、「成程〳〵、夫に付て詮義いたす事があり。夜中に呼付も騒しく候間、今宵其方宅へ呼よせ其銘の詮義を遂たし。身共も同道致すべし」と仰ければ畏り奉りて「然らば見苦敷候へ共程近き故、御近習計り御連れ被遊」「いや〳〵、供は無用也。身が家来のうちにも此銘を切らせしもの、有まじともいわれず。ひそかに忍び行ん」と有ければ、則万右衛門御供申て帰りける。斯て万右衛門宿所へ帰りて殿を座敷へ請じ、勝手へ出て家来を呼、「彼鍛冶の所へ急用有間、只今早速屋敷へ参るべし」と人を走らせける。国広畏りて来りける。万右衛門玄関へ出て挨拶終り、「扨急用之義は別事にあらず、見てもらひ度品有て呼に遣せし也」と刀を出して見せければ、国広請取拵へを見て、「扨々見事成御こしらへ」と申せば万右衛門「身を見られよ」と有故に、畏りて鯉口をくつろげ「是は近頃迷惑なり。私《(私し)》風情が打たる刀にこのこしらへは何事」「されば夫には段々不審《しん》有。某が其身の打たる刀と思ひしに、先々中心を見られよ」国広目釘をぬき銘を見てびつくりし、わな〳〵と震ひ出しければ、万右衛門が曰「何と肝がつぶれしか。某も其銘を見てびつくりせしなり。此銘に覚有や」と尋ねられけるとなり。

○国広行安之銘を切る事　并万右衛門刀吟味の事

其時国広申やう、「此銘に付て既の事命をもとらるべきにて有し程故に、思ひ出して今に震《い》へがやみませぬ。忘れもせぬが先々月廿八日、嘉右衛門といふ浪人、私の店へ御出有て、刀を見たいと有し故、有合を見せければ、『気に入し』とて金子三両に相談仕り、『今晩暮方に石薬師の今出川米屋七兵衛借座敷へ持参いたすべし、則其節代金相渡すべし』と有し故、『畏り候』と請合ければ、『次手に銘を切る道具、懐中いたさるやう頼む』といふて帰りける。拙者何之心もつかず暮方に参りし所、表へ出て待居られしが、夫より路次へはいりければ、路次口のかき《鍵》がねを懸てあとよりはいり、扨座敷へ上りしかば、門口の錠をおろして、『此方へ参れ』と奥へ連れ行、刀を出させて、『波平行安と銘を切るべし』といひし故に、『此義は御免被下べし、商売のならひにて他家の銘を切る事は堅くいましめて候』と申ければ、浪人『斯頼み懸たる上は否といふて免すべきや、達ていやといわゞ其方の命がない、夫合点なら勝手次第』と、横に車を引出され、詮方なく銘を切し故右之仕合。又此刀如何なる訳にて御前さまの御手へは渡りし」と尋ければ、周防守様衾を押あけ立出給へ《ひ》ば、国広二度びつくり平服いたしける。板倉殿、国広に向ひ申けるは「委細はあれにて聞た。何とも浪人の居所替らずや。明日万右衛門と同道して、もし其座敷に居らずば其家主に尋ねてとくと其居所を吟味致すべし」と仰られける。刀鍛冶国広かしこまり、「然らば明朝、早々参上仕り御供仕るべし」と暇乞して帰りける。斯りし程に板倉殿、御迎ひの御同勢来りし故、御帰城ある。偖翌朝万右衛門と国広両人、石薬師今出川の米屋七兵衛がかし座敷へ行て見れば、座敷は錠をおろして有故に米屋へ参り、「先々月此表座敷に居られし浪人衆は何方へ参られしぞ」と尋ければ、七兵衛申けるやう「されば其浪人衆は先々月中頃より漸半月の約束にて其月きりに家を明て帰られしが、十日計り以前に五條坂の鬢付屋の向ひに格子付の小さき家の門を掃て居られ＊ましたを通り懸り見ましたが、此方の事をば見しらぬ顔で居りました。五條坂の北側の大きな鬢付屋の向ひで御座りますれば、あれにて委敷御尋なされ」とおしへ《(い)》ける。「直さま其所へ行て尋ねん」と礼を述て立出、両人彼鬚付屋へ行、腰打懸て元結を四五づゝ買、万右衛門亭主に向ひ申けるは、「何と向の格子付の家に居らるゝは何人ぞ」と問ければ、「されば浪人衆でござりますげな」時に万右衛門がいふやう「何と能い骨柄の浪人かな」と脇道より問かければ、亭主も「中々能い男振でござります。侍にいたしたならばあっぱれ《(遖)》の者でござりませう」「何と其元懇意ではないか。よろしき所へ入聟などには行まいか。能口が有」と申せば、亭主申けるやう「先月より向へ参られしに、私が店へは日に四、五度も参ります故、心安う成て、昨日も能き奉公口に有付たしと申されたり」と語りければ、万右衛門「一寸近付に成たいが、逢ふたる上にて品により咄して見たし。夫とも独身か妻子が有やらしれねば噂をしてくれ《(具)》やれ」と申せば、亭主かしこまり、走り行て有増をかたる。浪人聞て「夫は耳より、然らば一寸参るべし」といへ《(ひ)》ば、「いや、此方へ御供申べし。とくと御相談なされませい。手前のでつちを遣し御茶でもはこばせ申されよ」といふて内へ帰りて万右衛門に向ひ「見苦敷候へ共、御出被下やうにと申候間、一寸御案内致します。御越被遊」といふ。万右衛門聞て承知いたし、国広をかくし其身壱人浪人の所へ行。双方挨拶終り、「扨、さつきやくながら向ひ《(へ)》の亭主に申入ました事、御望ならば御取持申べし。手前は黒田万右衛門とて、当時与力をつとめ候が、此度板倉殿御家来御用人役死去なされて、養子なりとも人は入聟なりとも急に相談いたすべしと被仰、所々方々と尋ね見れども、貴公の如き御人相を未だ見受じ。故に卒称ながら向ひ《(へ)》の亭主に尋ねしに、よろしき口もあらば御奉公の望と承り、夫故申入候」といへ《(ひ)》ば、嘉右衛門答て「是はありがたき御言葉、拙者は因幡の浪人にて、長々尾羽打からし罷りあれば、小録にてもよろしき哉と存じ居る所に、殊に四百石とあれば身に取て不相応の大録。何卒御世話之程奉る」と申せば、「しかしヶ様なされ。拙者明日七つ時より番に出候程に、八つ時分に屋敷へ御出有べし。只今申談じ度候へ共、ちと急用有候間、明日無相違八つ時に御越被下べし。屋敷は与力町真中程角屋敷也」「然らば明日参上仕り、委細は其節御意得申べし」とて万右衛門は帰りける。右之委細不残板倉殿え申上ければ、殿、万右衛門と暫く密談有て、明八つ《未の時》前に黒田方へ御入被成ければ、間もなく浪人来り案内いたしければ、万右衛門心得て玄関の障子を明て「是へ御通りあれ、貴方、御苦労」と木に餅のなるやうな挨拶いたしければ、浪人は次の間に刀を置て座敷へ通る。「扨、殊の外冷まする、先火に御添被成」と火鉢をさしよせ、間の衾をさして「早速ながら、昨日申合せし事を、帰りがけ先方へ立寄て段々と対談仕候所、先方にも殊之外悦び、何卒急々世話いたしくれるやうにと申されける」と始の程は浪人にうまい事共を聞せければ、浪人うつゝをぬかし飛立*やうにおもひ、「先づ何でも四百石の知行に成ける」と心のうちにてぞく〳〵と悦びける。万右衛門又申けるは、「爰に一つの気之毒あり。先方の過行れし人の兄有けるが、跡取にいたし度思はれ、段々と相談いたせども、兎角後家が合点せず。其母親は猶更なり。それ故是迄も延引いたし候が、相応の事有ても此兄の方がきまらざりしが、此度は大方相談も相きはまるべし。今度間違ひなば、最早是ぎり」と嘘八百を申ならべ居る。次の間にて板倉殿、かの浪人が抜置し刀を見れば波《を》平行安に相違なし。よつて彼女が持参せしにせ行安としかへ《い》て勝手へ行、召遣ひの女に申含めて「只今七つ時打ました」といわせければ、兼ての相図なれば「是より拙者番に出べし。とくと対談之上此方より御返事申べし。かならず御出には不及」と暇乞して浪人を帰しける。斯て周防守殿は何の苦もなく刀を取替て御帰城被成。善助が女房を御召有て「扨々、其方は女に稀成孝貞哉。浪人させて置はおしき事也。某が使者を以て備前守殿へ帰参いたさすべし」と御褒美の御言葉有て「扨刀の儀は誠の波平に取替たり」と御渡し有ければ、善助が妻大によろこび「難有奉存」と御請、御礼述ければ、万右衛門申けるは「正しく殿様の御計略難有存ずべし」と挨拶有ければ、板倉殿被仰けるは「此方の働きより万右衛門の働きが第一なり」と有ければ、女はこま〴〵と御礼をのべ御暇を述ければ、大坂迄家来を相添、田中善助宅まで送り届させて、其後備前守殿へ御通達有て田中善助は帰参被仰付、先の知行を再び給はりけるとかや。是全く妻の発明ゆへ板倉殿の御計略にて田中の家を再び引興しける。扨嘉右衛門事は夫切にて、何の御とがめもなく相済しとなり。

説に曰、五常の道を守る者は禍も却て幸となり、不吉を行ふ者は幸も禍となる。只天命こそ恐るべし〳〵。

（五冊目終）

『大岡秘事　員外』（六冊目）

大岡秘事後編巻之壱

目録

大岡仁政要智実録後編巻之壱

〇舜を学ぶ者は舜の友たる之弁

人の善を見て等しく其真似して善をなすものは、則善人也。盗みをし火を附る時は悪人の真似なりといふ共、盗賊の刑罰遁るべからす。真似によきとあしきと二つ有。「鵜の真似をする烏は水を呑」といふ事、貧なるは冨貴なるもの丶真似し、病身ものが達者なるもの丶真似をする。是ぞ「鵜の真似をする烏」なり。仁義を真似るは君子也。ある時、将軍家吉宗公思川辺へ御鷹野として成せらる丶。其道筋先にて御先払の御徒士、扇子を持て人を払ひ（へ）しが、一人の男、老女を負ふて御先へ出る。「ヤヲレ退けよ」と制しけれども此者更に退かず。御徒衆捕へて糾明す。彼者答て曰「御成先誠に恐入奉り候へ共、御覧之通背負し老母義、私駈退んと欲すれば絶入やうす、御公儀は恐入奉れども老母のいたわり故、止事を得ず急ぎ兼、斯の如くの体たらく、真平御免被下べし」と平伏す。将軍家遙に是を聞召宣ひけるは、

「天晴成もの哉。匹夫にはやさしき孝心、それ孝は老*人*を子たるものが是を負たる形《（形ち）》の文字也。公儀を恐れずして母を大切にする心底感心せり。渠《カレ》に褒美を取せよ」と御上意有て白銀五枚下し給はりける。此事世上にしらぬものはなかりけり。其年の暮に又将軍家小松川辺へ御鷹野として成せられ候節、去頃品川辺へ出候男の如く、老女を負ふて御先を不恐歩行所に、御先払の御徒衆呵り付れば、彼男答て「私背負しは老母也。此母目眩《（舞）》が持病に候故、急ぎ駈行ては絶入る俣、御公儀は恐入候得共、母の辛労を厭ひ斯の仕合せ」と申演れば、御供の面々大にあきれ「コハ横着成奴哉。さる頃御褒美頂戴仕りし品川辺の孝行もの、噂を聞、工みに致せし事ならん。斯の如くの有様、憎き匹夫め。如何計ひ《（へ）》く《（呉）》れんや」と大に怒りて罵《（詈）》りければ、将軍家聞召、御目附衆を呼宣ひけるは、「件の男を必呵り威すべからず。尤先頃の者に褒美をとらせしを羨敷思ひ金子を欺きとらんとの仕打ならん。よしや夫とても善き事を真似て褒美に預らんとは同じ事ながら孝行を真似るやつ狂言綺語にも忠貞軽からず。舜を真似るは舜の友なり、褒美の金子は取らすべし。此事世上へ聞へなば有難や、孝行といふものは嘘にしても御褒美に預るものさへあるに、況や実の孝行をするものに於てをや、いかやうなる幸をも得*んと思ふ時は世に不孝の志は絶て、一向平等に孝行を尽すべし」との上意にて御褒美金下されしとかや。「此旨町中へ触て、面々の心得に致すべし」と町司大岡越前守忠相相ふれられしとなり。

○馬売買公事の事

或人享保のはじめ、浅草の馬市に相応の価を出し馬壱疋買求め立帰り、其夜の中に彼馬死したり。買主売人の方へ行て曰「昨日買受し馬、昨夜死したり。然れば一度も用に立ず。左候得ば馬代金此方に損すべきいはれなし。依之右之分相返すべし」といふ。売人合点せず、「一旦売買相談決着致し売遣す上は、今更何ぞ其金子返すべき筋これなし」といふ。又取返さんと争ひ果ず、内々にて相済ず、終に御町奉行処へ訴へ出る。越前守殿聞し召れ「金子相払†ひ代物を受取来て、汝方に死失なば売人の知らぬ事也。其売人は損もなし。買人に元より損もなし。兼好が書なるつれ〴〵草を読て聞せん」とて、白洲に於て読せらる。「徒然草二十四段に曰、馬を売者あり。買人明日其価を渡して馬を引取んとの約定なりしが夜の中に馬死失ぬ。買んとする人に利あり、売んとする人に損ありと語るものあり。是を聞て片居なるものが曰、馬の主実に損有といへども又大ひ成利あり。其故は生あるもの死近きをしらざる事、馬既にしかなり。人同じ。はからひつるに馬は死す、はからざるに至ては損せり。一日の命万金よりも猶重し、馬の価鴻毛よりも軽し。万金銭を得て一銭を失はんや。損ありと《ママ》　いふに人嘲りて其理は馬の主に限らず」といふ。是に感心して双方退きけり。

○外科怪異に逢し事　并和哥を以て公事裁許之事

京都諸司代板倉周防守殿勤役之節、綾の小路辺に外科を業とする高木陽仙といふ医師、ある時奉行処へ訴へ出けるは、「私義、外科にて独身の者に候が、此廿日程以前黄昏過の頃、宿に只一人罷在候所、何国共相知らず大の男共五人来りて私を引立、無二無三に縄を懸け、口に手拭を押込、声を発する事なからしめ、理不尽に駕籠に打乗、上より何やら物を覆ひ《(へ)》かけ、急ぎ何方やら連行しが、尤行先の東西曾てしれずといへども、落付し処は山奥と思敷、森々として松風の音のみ聞へ、爰に一つの大家あり。近所に隣家迚もなく、其所へ私を引立し主と覚しき大男出て曰、『其方は外科業のよし、今我手下の者悉く手負、金瘡を痛む。何卒療治を差加へ、膏薬を手当《(宛)》し、大疵は縫く《(呉)》れ候』様申候。尤疵人五、六人、大方全快致させ候得ば大に悦び、今は古郷へ送り帰すべしと薬代金五両く《(呉)》れて、又々駕籠に乗せ、夜中に元の私宅へ送り届け、駕籠の者何方へやら逃行、更に行衛しれず。此儀余り不審に存候得ば、隠し置†き後日に相知れ候て御咎に預りもやせんと為其御訴申上候」といひ《(へ)》ければ、板倉殿聞し召れ、「夫は怪異の事共なり。先方角旁しれぬとあれば手懸りなし。其方廿日余り居る中に何ぞ異なる儀はなきや」「食事等、其外に至る迄さして替りし事も無御座候。併、外々の山には聞馴ざる鳥の声折々聞へ候。仏法僧〳〵と唱つるなり。承れば鳥の名も仏法僧と申」よし言上に及びければ、板倉殿聞し召「よし〳〵、夫にて相分りたり。其金瘡の者は皆盗賊の徒党成べし。此方より捕手差向ん」と即時に与力同心数十人、松の尾の山の奥へと差向らる。与力同心等不審くおもひ「如何成訳に候」と伺ひければ、板倉殿曰「彼医師が申立には仏法僧といふ鳥唱しと也。彼鳥は高野山日光山の外になしといへども高野日光迄は連行まじ。推量するに松の尾の山の奥なるべし。子細は藤原の俊成卿千載集の哥に、『松の尾の山の奥にも人ぞすむ仏法僧の鳴につけても』此哥を考る時は、必定松の尾山の奥なるべし」と有けるが、果して松の尾山より盗賊数十人搦め捕来りし也。されば板倉殿、和哥の道にもくはしき故、万事抜け目なく裁許いたされしとかや。「大和哥は人の心を種として万の言の葉となれり。目に見へぬ鬼神をも感ぜしめ、男女の中をも和らぐるは和哥の徳ぞかし」と紀の貫之が筆のすさみ、我日本は歌をもつて旨とするとかや。されば板倉殿松尾山の盗賊を捕しも哥の徳によれり。爰に又享保のはじめの頃、大岡越前守町奉行之節、一つの訴あり。其訳は本所(庄)石原辺に渡辺才右衛門といふ武家の幼子、乳母を付て守らせ居たりしが、或時其長屋へ入て密通せし者あり。其間に幼子隣家の子といさかひ(へ)し、手遊びに持し鉦を隣家の子の眉間へ打付しが、急所故即死したり。隣家の父大野定右衛門といふ浪人残念に思ひ(へ)終に出入に成。大野は渡辺の子を解死人に殺さんと大岡殿へ願出る。越前守殿申されけるは、「十五才以下の子を解死人といふ法は曾てなし。其上是は七才未満の事、されば猶更其儀申付難し。されども殺され損といふ事にも相成まじ。此子十五才に至りなば出家得道させ、殺されし子の菩提を弔ひ候様に致すべし」と旦那寺を呼立しかば、早速罷出、「其子を弟子となして出家得道成就さすべし。もし其者還俗しても奉行所の不念にはならず、只住持(寺)の不調法ならん。能々教へ還俗させざる様にすべし」とぞ仰渡され、却て俗に差置候様にとの教成べし。天晴面白き唀《さば》きなり。扨又其乳母を呼出し、「其方、小児の守として其業を疎にし、己が不儀を働し段、言語同断、いたづらもの也。其罪に依て一生の間新吉原へ奴に下さる〻」との事也。彼女を早々引取べき旨仰渡される。其時女御白洲に於て一首の哥を詠ず。

果しなき幾世の末にすみ田川流れの水をいつ迄かくむ

と涙ながらに吟じけり。大岡殿是を聞し召れ「天晴艶しき女也。目に見へぬ鬼神の心をも和くるは哥也とかや。爰は奉行所、此方は越前守、廡汝等が目には閻魔王共与力同心は牛頭馬頭の鬼とも見ゆるならん。今賤敷女の哥に我心和げり。一生流れの奴と被仰付しといへども年を切て今より五ヶ年の間、勤奉公さすべし。尤年季明なば此女勝手次第身佋たるべき」とぞ仰渡されけり。是、年切奴の始なり。角（住）丁万字屋の九重といい（へ）ひし遊女の事なりとかや。扨又「博奕は慶長年中の始は盗賊より其罪重し。『盗人の根元は博奕より起る也』と東照宮の上意として死刑に当りしと也。然れども世治りて当世の御掟と成ては博奕の御仕置少し過たり」と大岡殿申されしと也。制札の表をも何卒認め直し度思し召るれども、成難しとて歎き申されしと也。或時、江戸に於て博奕したる者四、五人捕はれ禁獄せられ、其中に一人坊主あり。奉行尋て曰「己れ俗にもあらずして何とて博奕仲間へ入しや。甚だ不届也」と呵りければ、彼者答て「私は曾て博奕は仕らず候へ共、身極めて困窮故彳む所なく、彼等に養れ当分厄介を受申候。実は私連哥師に候」と申上れば、奉行大に笑わせられ、「連哥師と博奕とは大きな違ひ也。弥々申立る通りならば連歌いたせ」と有ければ、縛られながら「頃は十月はじめつ方の事なり。『はつ霜やまだ解やらぬ縄手道』」と吟じければ、奉行大に感心せられ其罪をゆるし給ふとなり。

○心中御仕置疑惑之事

「賢を賢として色にかへよ」といふ子夏の詞、色には命をも捨るもの多し。夫婦契約して遂に添得ずして互に命を落す、是を世に心中といふ。凡心中といふは甚だ誤り也。心は五体の神也。主也。中とは片よらず、かた／＼ならぬを中といふ。仏者の中道実相、儒者の忠といふ文字は中の心と書也。大黒の打出の小槌も中といふ字なり。何ぞ色欲にふけり邪婬のもの抔をさして心中ものといはんや。人として仁義に止り、臣として忠を尽し、女として貞心の操を正しく両夫に見へず、是を心中ものと誉べし。孝経に身体髪膚は父母に受たり、敢てそこなひ《（へ）》破らず、是を孝とすと云り。親の為にさへ捨ざる命也。然るに色欲の為に大切の命を落す事、人間の心にあらず。享保のはじめ制札相定りたり。京大坂に心中にて相果しものは真裸にして下帯もとり、男女とも野べえ捨る、是則畜生の形を現世に顕し世上へしらしめ給ふ。されば心中の文字はよき文字なれば、向後相対死と申付べし」と大岡越前守殿申触られ候也。

○春の野の和哥の論

はるの野に求食る雉子の妻こひ《（へ）》におのがありかを人にしられつ

あさるとは食を尋ね求る事也。雉子たま／＼餌食を見当り、めん鳥を憐み呼声高ふして在かを狩人にしられて遂に命を落す。愚なる人、口故に災を受るにたとへ《（ひ）》し哥也とぞ。いふには必落る、語るには顕る丶なり。爰に甲州郡内領にて、毎年往来する絹売、或広野にて盗賊に出合たり。彼盗人、件の絹売をころし、金子を奪ひ取逃行。あたりに人もなければ「あら嬉しや」と思ふ所に、野中に石地蔵あり。能刻て地蔵の面体更に人間の物いふに似たり。かの盗賊、地蔵にむかひ「どれ地蔵どの、此事必いふまひ《（へ）》ぞ」と言ければ、不思義や地蔵、口を動して「おのれはいはぬが汝云な」と申されたり。此後一年計り過ても絹売を殺したるものしれざれば、奉行所にも尋ねあぐんで在ける所に、其詮義も今は疎になれり。彼盗賊安堵して女房を引つれ江戸の方へ志して出しが、去年絹売をころしたる野原を通りか丶るに、女房、道の傍に立給ふ地蔵尊を拝礼して夫《（夫と）》に向ひ《（へ）》「此地蔵さまは実に生たる如く口を開き、ほんに物を申さる丶やうに見へる」といひければ、夫《（夫と）》答て「されば〱、此地蔵が不思義なる事こそ有。物をいはる丶事疑なし。兼て其方へ咄した通り、去年爰にて彼絹売をころし、金子を奪取し時、此地蔵より外に見る人なければ『必此事沙汰なしに致されよ』といひ《（へ）》ければ、『おれはいわぬが汝いふな』と申したり」と、身の毛をふるはし語るにぞ。女房も肝をつぶして念仏を唱へ足早に通り行。其後江戸へ出て一、二年程居たりしが、ある時、何やら聊の事に付女房と喧嘩起り、腹立まぎれに此女房奉行所へ駈こみ夫《（夫と）》の悪事を訴へけるにぞ。かの絹売をころしたる御尋の節なれば、早速盗賊を召捕、首を刎らる丶。是口故に命を落す。地蔵の「汝いふな」といひ《（へ）》しに能符号せり。恐るべし。

一　享保の頃の寺社奉行井上河内守殿、平生平家を好れしが、公事訴詔を聞せらる丶節も只平家を口の内に申されしが、或時、天台宗と真言宗の寺、法論に付訴へ出たり。上野の役人、真言宗は弥勒寺、何れも歴《（暦）》々の僧侶両方より出けるに、河内守殿「坊主〱」と呼立らるれば、僧答て「拙僧は多くの出家を支配仕り、数年の学功も積り、相応の寺格に候得ば、若僧、所化、同心、発心者への御取扱とひとしく坊主〱との御呼声、何とも残念に存ずる」と憤りの色を顕はし申ければ、河内守どの聞し召れ「出家沙門は数年の学功積み智恵の秀るを以て上人或は能化とも唱ふらん。其方共は触頭又は本寺抔と申せども、支配下の内に聊の論談さへ納る事不能して御公儀へ御厄介を懸る条、爰をもつて何ぞ能化知識といふべきや。無智無職の出家は同心発心ものと同然たるべき也。然らば坊主といはんに何がくるしからんや」と笑はせらる丶とかや。此河内守殿は、万端質素の人にして、平生差料の大小柄巻改て「新敷は如何也」とて紙に油をそ丶ぎ幾度も拭ひ《（へ）》、然して是を用ひ《（へ）》られしとかや。御奏者（番）御勤被成し時、正月六日寺社の御礼これあり。奏者の時「播磨の国書写山社僧正物代」と唱へ《（ひ）》申上る事を何れの奏者番も困り果、旧冬よりひたといひ《（へ）》習ひ其当番を相勤らる丶也。たとへ申損じたりとも迷惑の体赤面の上からは御構も無御座候を、「書写山」申損じたり。赤面の所なるをにつことわらひて引退き、此事を吉宗公御覧遊ばして「井上は大胆もの哉。予を恐れず不敵也」

とて御機嫌大に損じ、頓て河内守は寺社奉行御奏者番御免なり。礼儀を随分尽す事也。能慎み心得べき事也かし。

○野田文蔵算術御吟味之事

享保の始の頃、野田文蔵といふ者、算術名人之由にて吟味有之。大岡殿、彼野田を呼出し「其方は十露盤名人之由、世上に隠れなきの趣に依て呼出し吟味致せとの上意を蒙り、今対面する所也。我前にて望む所、是を致し見よ」と仰られければ、文蔵平伏して「身不肖の拙者御呼出され御意蒙る段、冥加至極に奉存候。算術之義、聊相心得罷在、御所望之品承知仕候」と申上る。文蔵心中に思ふには「大岡殿望るゝは必定六ヶ敷事を御尋有ん」と思ひしが按に相違し、大岡殿曰「いかに文蔵、百目の銀を二つに割ば何程に成や」時に文蔵「百貫を五拾貫、何の考ふる事もなし」といはんとせしが、「まてしばし。是式義は無算のものもしる事也。是は定て御深意の御尋」と推量し「いかにも畏り奉る。何卒十露盤を御貸下さるべし」と、則十露盤取寄、先百目の玉を一つ立、扨二つに割二の位を置、二と一を呼て二一天作の五と相成しを置立、「五拾貫と相成候」と申上れば、大岡殿是を見て「扨々名人かな」と誉られしとなり。「すべて芸術は、うかめ顕しほこるものは甚だよろしからず。聊成ヶ様な事をも念を入てするを名人とも達人とも申べし。其方は実の名人哉」と感心被成、則召出され支配勘定被仰付、百俵に五人扶持下し置れけり。近年御目見御勘定と成。当時御老中算とて御直参の中へ加へらる。大岡越前守組与力上杉安右衛門といふもの、地方に委敷功者なればとて、段々吹挙し、御代官役被仰付、此者御役仰付られて以後支配所御取御固向甚だ厳敷、百姓難義に及ぶといへども、只免上ゆるしなく公儀の御為筋のみ申立、万民の苦みを弁へざる男なり。公辺首尾は甚よろしく、終に後々は田安右衛門督殿郡奉行被仰付たり。此上杉安右衛門、前方与力之節、聖堂の金物盗人尋出さん為、乞食の姿と成、町々端々を経廻り、終に尋出して御詮義相済けるとかや。其故に大岡殿是を吹挙して斯の如し。

○江戸中へ学問を勧る事

飯田丁辺に三輪執斎といふ儒者あり。殊之外門弟多く、御籏本中或は奥向衆中暦々の御方なり。此執斎財宝沢山にて、御暦々へも貸金致し金の威勢甚敷、倅二人有、惣領は小浜平右衛門とて御本丸御徒士頭と相談し、御直参御徒士として、今下谷二丁目長谷川三次郎組御本丸御徒御番にて専ら勤仕せり。次男は今の白木屋彦太郎日本橋の店なり。大に繁昌の儒者たり。爰に田所町の名主田所平蔵は、彼三輪が門人と成て学問致しけるが、或時奉行大岡殿、平蔵を呼出して仰渡されけるは「其方、三輪執斎が弟子と成、学問出精いたすよし、丁内の事を司り支配する身には尤の事也。此上随分打捨ず学ぶべし。此段御上へ相聞へ、呼出し御褒美すべきとの御老中方より仰渡され也。有難く存奉れ」との御事也。平蔵「冥加至極仕る」とて、大に面目を施し退出しけり。此事取沙汰頻りにして、所々の名主或は分限町人共、学問せざるはなし。多くは三輪が門弟と成たり。是は執斎己れ悉く発起せんとて御側衆を能々取繕ひ、大岡（殿）へ諂ひを仰せて斯の如き故、執斎弥々繁昌増長せり。「山師儒者也」と嘲る人も多かりしと也。併、筋金宜しからず誉まじき所にて節に当らず褒美などいたさるべき大岡にあらず。是全く江戸町人共へ学問を勧めらるゝ方便の褒美としられたり。忝次第なり。

○座頭官金裁許之事

或時、勾当の貸金滞りし由にて、借り方へ催促之義に付、白洲へ勾当出けり。大岡殿「座頭〳〵」と呼立らるゝ。勾当申けるは「拙者義は勾当にて官位も座頭の極官に御座候。座頭と御呼被成し義、意得仕らず」と少し怒りし面色にて申上る。忠相殿笑はせられ「勾当は極官にして座頭とは申さゞる哉。然らば極官の者、官位金を貸申事は何事ぞ。

しからば此貸金は取上難し」と笑はせ給へり。

○敵討裁許之事

元文之始、築地小田原町にて親の敵討あり。其討し人は兄弟の武士板倉家の浪人とかや。敵は六十六部の老僧なり。討果せし後、御詮義と成、先兄弟の者は牢舎也。敵討に出る折から奉行所の帳面に附け貰ざる人は一旦牢舎する事也。此節大岡殿より板倉家へ聞合せければ、無相違周防守元家来にて、母親再縁して何やら訳ありて是を殺したりとぞ。然らば実母の仇也。討べきいはれなきにしもあらず。併六十六部の老体を討しとてさのみ誉れともせずと曾て称美是なし。両人共板倉家へ御渡し有ければ、周防守も感心なく、兄弟の者共に㧞《イトマ》を給はり召抱へられずとかや。不首尾の仇討なりしなり。

○宿賃出入裁許之事

爰に尾張町辺に住居しける大工あり。此者長病に付、宿金三両程滞るに付、店明け退く様にと家主より催促厳敷故、無是非神田旅籠町重兵衛といふ者の方へ引越候節、尾張町家主方へ宿賃滞り替りに細工道具箱を引留置けり。然る故、其大工引越し後、家業に出度思ふと雖、道具箱なき故、只日夜遊でのみ暮しける。旅籠町の家主、大工を呼て申けるは「其方、此店へ来りて今に一日も仕事に出たる事を見ず。如何なる所存ぞや」と尋ければ、大工答て申けるは「成程、御不審御尤至極。先日此元へ引越し候節、尾張町の家主、細工道具の箱を宿賃の代りとして留置し故、是非なく家業にも出る事不能」といふ。旅籠町の家主、是を聞て金子壱両相渡し「此金にて先道具箱を請戻し来るべし」とて尾張町へ大工を差遣す。彼大工大ひに悦び直に家主方へ罷越し、段々詫入金子壱両差出し「以前の細工箱御渡し被下たし」と頼けれ共、家主更に聞入ず「宿賃皆済せざるうちは返す義成難し」と断る故、大工もしほ〳〵と立帰り、家主重兵衛へ右之始末申ければ、重兵衛大に怒り「扨々無道至極の奴哉。我等尻を持べし。此義早々公辺へ願ひ申されよ」と、頓て奉行所へ訴へけり。彼大工申上るは「私義、尾張町家主次郎兵衛店に借宅仕候半七と申者にて、宿賃三両程差滞候所、右店明渡すべき旨厳敷催促故、無拠旅籠町家主重兵衛店へ引越し罷在候。然る所宿賃滞り代として、私一生懸命の細工道具悉く皆次郎兵衛方に差留置れし故、其侭只今迄家業に出る事も不相叶。左候得ば今日暮し方さしつまり甚だ難渋の趣、当家主へ及内談に候所、家主も余り不便に被存金子壱両貸く（呉）れ候に付、是にて道具箱請戻し、残金の義は家業相稼（挊）ぎ追々相済し可申旨達て詫入候へ共更に無得心、難義至極仕候に付、無是非御訴詔申上候。何卒御威光を以て次郎兵衛義、当金壱両にて道具箱相返し残金追々取立候様被仰付被下置候はゞ難有仕合に奉存」との願ひ也。御奉行所には願書の趣御聞済有て、双方家主を呼出し御尋被成候所、半七願之通り相違無之に付き被仰渡けるは「先に家主、宿賃の代りとして道具箱差置候儀も尤なり。又、旅籠町の家主重兵衛は奇特なり。其方は金持と見へたり。迚も之事に三両貸遣し、悉く相済し、道具箱請戻し大工半七へ可相渡」旨、重兵衛に被仰付しかば、重兵衛「此義難儀至極仕、幾重にも御免被下度段申上る」と雖も無御聞済、「先づ貸遣すべし。其方へは大工半七より返済いたさせ申べく」と有ければ、家主重兵衛御請申上、則腰懸に於て尾張町次郎兵衛え金子三両相渡し、道具箱取戻し大工半七へ引渡し、双方申分なく出入相済けり。其後猶又御呼出し御尋之義は「大工半七、其方細工道具無之に付、家業に出ざるは幾日計なるや」答て「凡百日計に御座候」と申上る。猶又御尋には「大工作料一日に何程成や」半七曰「其時々により甲乙御座候へ共、先三匁位より五匁迄取引仕候」と申上れば、其時御奉行より尾張町次郎兵衛え被仰渡けるは「其方儀半七が細工道具をさし留置き不遣故、彼者百日計家業相休みたり。右手間代一日に付三匁づゝ、是に依て銀三百匁大工半七方へ可渡申」と被仰付。此旨難成違背、終に三百匁出させ、夫を以て家主重兵衛方へ金三両返済し、残金弐両は大工半七へ下し置れ、双方右出入相済候所、却て金弐両は大工の所徳と成にけり。

○世上流行制禁之事

享保十一年五月の頃より本所亀井戸天神の後に香取大明神といふ有しが、其社内へ或夜鞍馬大明神飛来り給ひ《（へ）》、大杉の木へ白紙の幣何方よりか舞下り、「是こそ天狗鞍馬より飛来り天降り在す」抔と云ひ触し、山伏神主大勢集り「神いさめする」とて大に踊りをはじめ、「鞍馬大明神」と音頭して昼夜殊之外騒ぎけるにぞ。後々は江戸中より貴賤男女の隔なく彼社へ参詣なす事夥しともいふ計りなし。夜中別して参詣群集せり。扨江戸町々より毎日〳〵鞍馬へ奉納寄進の品々、或は材木或は俵数酒樽大幟種々さま〴〵の寄進物車に積、是を綱六筋にて大人小児綾羅錦繍の装束して引渡す有様、偏に山王の祭礼を毎日見るが如く也。されば鞍馬へ参る盲人は再び目明き、腰ぬけは七日に立事を得たり。願ひ事忽ち心の侭に叶ふ事不思義奇妙也といひ触し、後は江戸在郷押並て信心弥増故に賽銭奉納もの山をなし、即時に冨家となれり。扨又哥舞伎狂言座元役者の挑灯、吉原遊女の納めもの花を飾り、大名高家に至る迄寄進に美を尽しけり。いかなれば如此の珍事出来せしや、其元知り難し。其節町御奉行大岡殿より江戸中へ触出し、「向後鞍馬大明神へ寄進もの堅く停止たるべし、若此義不相用、寄進致したる由、後日に相顕るゝに於ては曲事申付る」と厳敷御触出しける故、世上ひしと相止みけり。されば自然と踊りも止み寄進の品もなければ、参詣相止み狐梟の住ける野原となれり。是山師共の工みし所也。能く察して停止せしめ給ふとかや。扨又其頃、浅草黒船町榧寺の和尚を活如来といひふらしぬ。此和尚三世を見ぬき、人の顔色を見て其人の未来をしると山師の信者が集りて金銀を貪らんとの謀事なり。されば愚なる人々老若男女群集して、榧寺の和尚が十念を授る。和尚は人の相を見て未来の事を説聞せ、「あなたは仏に成ぞ、こなたは地獄へ落るぞ」又は「餓鬼道修羅へ趣く、今は十念にても中々悪業滅し難し、何卒自身の修行いたされよ」抔と或は十念を授け遣す人もありけり。爰に於て未来仏道に趣く（と）いはるゝ人は悦び、又餓鬼畜生の地獄へ落ると聞て即座に腰をぬかして歎き悲み金銀を厭はず彼和尚に頼み、十念を授らんとする愚なるもの幾千人といふ数をしらず。不思議の邪僧出て迷はしける。爰に京橋金六町辺に白鷹平右衛門とて有徳の者あり。此人の母親、或時、彼かやでらへ行て十念を授らんと手を合せおがみける時に、和尚此老母の顔を見て「扨々其方は業の深きもの哉。十念を授け遣しても中々往生は成難し。汝が未来は無間地獄へ落るもの也。アゝ不便」といひければ、此老母ドッと倒れ、アッと計り大音上げて歎き悲み、夫より立もあがらず憂に沈みけるを、供人漸々介抱して立帰りける。此老母帰宅して大に歎きしかば、此旨倅平右衛門承り「何ぞ左様に歎き給ふ事の有べきや。其坊主こそ日本一の売僧也。極悪人も阿弥陀の誓願無随方便なれば、悪人程尚能救はんとの誓ひ也。母人は大勢の中にて恥を与へられ、私、子の身として其分に差置べきや。致し方是あり、きやつに恥を与へ返して恨を晴し申さん」と翌日平右衛門は小袖麻上下を立派に着し、浅草榧寺へ参詣し、銀子一包み持参して「拙者未だ御目見不仕。何卒御逢被下様に」と慇懃に相述る。銀子の包み差出しければ、欲深き坊主頓て対面し「奇特成参詣殊勝也」と挨拶之時、平右衛門曰「拙者老母、昨日参詣仕候所、御十念も授け下されず未来の事のみ申聞せられ、大に歎き悲み罷在、拙者子の身として是を見るに不忍、何卒いか様成る御供養被遊候共、壱人の母冥途之事往生仕るやう、偏に願ひ奉る。尤供養料金銀何程入候共惜《をし》まず差出し申べく」と涙を流し真実面に顕はし相述るにぞ、彼僧「得たりかしこし」と思ひて曰、「其元は扨々奇特成孝行の心底、感心致す。御辺の孝行に依て、又往生の成まじきものにもあらず。此上は御袋の御大事未来の為なれば必々財宝をおしみ給ふ事勿れ。金子は余程入べきなれ共、御頼みならば先づ一七日加持をしてまいらすべし」と申ければ、平右衛門は忝く「しからば罪障消滅の為るゝ間、何卒明日私宅へ御来臨下されなば忝奉存、御斎にても差上、名僧供養仕るやう奉願」と相述る。「扨々厚き御信心なり。然らば御宿へ御見舞申其上にて母堂へ加持し十念を授け得させん」といふ。「然らば明日御迎ひを差上ん」と平右衛門は其侭帰宅せり。坊主は「能き*金の綱に堀当りし」と肴を喰ふて明日を楽しみ待得たり。斯て平右衛門は何やら支度相調ひ、明れば駕籠をかゝせ椎寺へ迎ひ遣しければ、頓て入来る信者共大勢付添、麻上下着せし者共前後を取かこひ其威義うや〳〵敷、亭主平右衛門大に悦び尊敬し、暫く過後、「御斎をまいらせん」迚、左も美々敷飾立て†膳部を出して馳走に及ぶ。相伴も大勢居並んで既に和尚も箸を取て喰かゝり、やゝ有て、和尚も平皿の内返し見れば、悉く魚肉成ければ大に肝を潰し、取て投出し亭主に向ひ「言語同断大外道悪魔の所業、大悪人の者哉。かゝる仏に等しき某を招請し魚肉を以て食事として仏を欺く不届至極、汝等親子の大悪業、不便の者」と罵（詈）れば、白鷹平右衛門大に怒り「汝、売僧（主）め、盗人猛々敷とかや。其方未来を見ぬき三世を知ると雖、何ぞや此膳部の平皿の内を見る事不能、くらき心底にて大非成不届もの、能世界の人をたぶらかし惑しけるぞ」と散々に悪口し、「其上にて我大切の老母、地獄へ墜る相よと大勢の人中にて母に恥辱を与へたり。さらばいよ〳〵地獄へ落る証拠の法問承らん」と、詰懸〳〵血眼に成て理屈を言懸しかば、件の僧は当惑し、更に一言の返答もなく附添来りし者共漸々に取持て和尚を連て帰りしと也。此後猶もあちこちと諸人を迷しけるが、終に大岡殿の下知として此椎寺を追退けられけり。忠相殿奉行にならざる以前は諸国に三笠附といふ博奕殊之外流行し、江戸にて其事尤盛ん也。此三笠附にて男女共身を売しもの算るに遑あらず。故に大岡殿厳しく穿鑿して其点者或は句拾ひ等を悉く死刑に行ひ、或は遠嶋抔に仰付られければ、其事絶々となり今は沙汰なく成けるこそいみじけれ。大岡忠相殿「博奕の事は水の届き兼る如く也。我屋敷にて博奕をせざるものは我と馬計り」とぞ笑はれけると也。

○豊嶋屋吉右衛門手代店にて金子拾ひ裁許之事

鎌倉河岸豊嶋屋吉右衛門といふ者、酒商売を営みしが、元来は此者は小石川十右衛門といふもの丶所に樽拾ひ致せしものなるが、段々出精して今は江戸にて大身上と成、能世上のしる所也。店片側は居酒店別にあり、片方は煙草店夥敷、又享保年中御堀浚の居酒店を出し、御堀浚の雑人大勢来りて酒を呑事夥敷、尤安売致せし故日々繁昌し、一日の売溜凡三百貫位も売しとかや。彼豊嶋屋は日蓮宗にて大に信者也。雑司ヶ谷鬼子母神、榎町の宗伯寺、右寺院の立像釈尊、又芝金杉の正伝寺の毘沙門天へ大造なる火防の道具等を献じたり。爰に信心深き故か今に居酒店繁昌し、「古い御堀浚之節に少しも劣らず繁昌也」と宗伯寺日淳上人の物語り也。又大伝寺町左（左り）の角に豊嶋屋あり。是もよき店なれども明店に成て享保年中より今に住居するものなし。此子細は屋根の瓦に山形の内に十の字を付たる瓦の紋也。全く豊嶋屋が印にて住居するもの世間を繕ふに口惜しくや思ひけん、此瓦を取のけくれ（呉）よと断るといへども、其段得心いたさず。「譬ひ借手は無とも不苦」とて其印の瓦をとらず其侭明店にて是あり。道中奉行杉岡弥太郎或時伝馬町にて家主行事へ御尋有し時、右之段物語りしけるとなん。享保の始より今に至る迄、人住居せざれば左も有べき事也。

扨又ある時鎌倉河岸豊嶋屋居酒店にて大勢酒を呑居ける所に、年の頃六十計の男、酒を呑、代銭払ひ（へ）て立出しが、暫く有て又立戻り、最前居たりし辺りをうろうろと見廻して、顔は涙に色あしく、傍の人々に向ひ申けるは、「私は最前爰元にて財布を取落し、酒代払候節、財布の内に金子拾五両入置たるが、是則命金にて御座候間、御拾ひ被成し御方も御座あらば何卒御返し下さるやうに」と申にぞ。皆々是を聞、興を覚し「夫は我々更に不知事共也」といふになをうろつくさま気之毒也。豊嶋屋店の若もの等が曰「扨々嘘成哉。何ぞ今時なひ（へ）、金子拾五両むざ〱と落すといふやうなうつけ者も有まじ」抔と嘲り笑ふにぞ。彼親爺しつこくも猶辺りを尋ね廻りければ、店の者共大に罵（詈）り「汝はかたりか盗賊ならん。早々立され。もし猶もうろつきゐるならば棒つき（く）めに出さん」抔と呵る故、彼もの涙ながら又爰にて紛失したといふ証拠もなし、只涙にむせぶ有さま余りむごたらしく見へけるが、最前より駕籠舁壱人店先に腰打懸居たりしが、此体を見て不便に思ひ、告て曰「是親爺殿、我々は此酒屋の前が立場にて毎日店の若衆の世話に成しが、こなたの体余りといへば笑止千万に存る。其金の拾ひ手を教へまいらせん」といふ。親爺は嬉しぐ手を合せて拝む計り也。其時駕籠の者が曰「御手前帰られて後、あの若ひ《へ》（者）久兵衛殿が拾はれ候間、其訳いふて貰ひなされ」と告しかば、則其旨手代久兵衛へ申入しかば、彼《彼れ》最前拾ひ取しかども更にしらぬと断り、其上争ひに及び、「かたり親爺たゝけよ、踏のめせよ」と立騒ぎける。又「駕籠舁も平生爰の店先に世話に成ながら親爺の尻を持てかたりの腰押をする」抔と罵《詈》り、「是迚も諸共追出せ」と大勢立懸りける故、老人は無念堪がたく、悔しく思へ《ひ》ども胸をさすりて「全く我かたりにはあらね共、左やう思はるゝも理《断り》、畢竟我《我れ》金子を落せしが麁相也。然らば是非に不及、立去べし」と其場を穏便に帰りける。又駕籠舁は思はざる災難に出合、是も宿所へ帰らんとせしが、老人の跡つけて見るに、親爺は右之金子無ては帰られざる訳柄や有けん、既に両国橋に来り。其身を投るとしける所へ彼駕籠かき後より馳来り「ヤレ早まるな」と声を懸け†押とゞめ、「我いぶかしく思ひ、御前の跡に付て来り。いかなれば水死にも及び給ふとし給ふや」老人は顔を見やり「是は最前御世話に成し御方なるや。是非なき次第、此侭身をなげ川の藻屑と成べしと思ひ詰し折から斯の仕合、実に面目もなき次第也。子細申も恥かしながら、只壱人の娘を新吉原へ勤奉公に売遣し、身代金請取諸用に付て牛込辺へ罷越、用事相済帰りがけ、鎌倉河岸にて今の災難、あの金なければ迚も生ては居られぬ訳がら故、斯の仕合に及し也。私事は本所花丁にて弥兵衛と申もの也。是非放して私の所存通りにさせてくれ《呉》よ」と覚悟極めし体、駕籠かき強て押留て曰、「其義ならば死ぬるに不及、扨々御心の狭き御方哉。其金子取戻して参らせん。是より直に御奉行所へ欠込願致さるべし。私は証人と成て進ぜん」とて即時に町奉行所へ訴へ出、ヶ様〳〵の始末詳に申上しかば御取上あり。直に豊嶋や吉右衛門を呼出し、彼弥兵衛をも御白州へ召出され、段々御詮義之所に弥兵衛申上けるは、「金子十五両落せしに相違無御座、則証人は駕籠かき十八と申ものにて拾ひ人を聢と見届有し」旨申上る。其時大岡殿曰「其財布はいかやうの色合にや」と尋ねらるゝ。答て「右財布は古き郡内縞、紺と浅黄と小格子なり」と申上る時に、大岡殿仰に「弥兵衛と十八に縄をかけよ」と大音に仰付らる。両人はつと驚きけるを、大岡殿御覧ぜられ「其財布に入し金は汝が盗みしものならん。先達て盗まれし方より訴(詔)へ、其申上るに聊違はず。汝が悪事、天理自然にて、己れと訴へ出たり。不届もの」と御呵りあれば、両人身に覚なく、娘を売し次第迄委しく申上るといへども御聞済なく縄を懸させらる。扨又吉右衛門へ被仰付けるは「汝只今承る通り、右之金子は盗みものなり。是に依て渠等は入牢申付糺明致す。此上万一其財布全く彼曲もの共が汝が見世に落し置、拾人等も有之後日に外々より相知るゝに於ては其方共迄言訳相立まじ。盗人のものを又盗みしに相当る。左候得ば身上滅却に及ぶも計り難し。早々罷帰りて能々吟味致せ。殊更大勢入込店なれば、腰懸やらの下などへ落せしもしれず。拾ひはせぬとじやうを張詰にも及び難かるべし。且又かやう申せばとて後日を恐れ、其方が金子を弁へ出し償(價)ふては猶々相済ざる儀に付、全く其財布の金を穿鑿致し後難をまぬがれ候やう、専要也」仰渡されける。されば豊嶋屋も身上大事の事なれば、専ら心労を尽しければ、手代久兵衛拾ひしゆへ、直さま持出吉右衛門へ渡して曰く「此間店の掃除致すとて床之下より見出し候。是則財布之中に金子拾五両入有し」と申ければ、吉右衛門大に驚き件の財布を持参いたし、御奉行所へ訴へければ、則以前入牢いたし罷在両人のものを呼出され、「此財布ならん、請取よ」と仰渡され、縄目を差免され、豊嶋屋吉右衛門は右の仕方合点行ずと思ひ居る所に大岡殿の曰「盗みものとて汝を驚かせずしては手代久兵衛拾ひし金は出すまじと察せし故、我斯の如くはかりしもの也。其金早速出しは先づ重畳〳〵。此金は一旦弥兵衛落せしものなれば拾ひ人へ御法式之通り、半金遣はすべし。其拾いしものは外でもなし、其駕籠舁也」扨豊嶋屋吉右衛門義は右之金子手代久兵衛へ七両弐分之過料金被仰付、其金子は則願人弥兵衛へ下さる。尤豊嶋屋は家内穏便に相済たり。是に依て先達て吉原へ売渡せし弥兵衛が娘を請出すべき旨仰付らるゝに付、則吉右衛門は新吉原京町俵屋の突出し女郎を請出し候は豊嶋屋金の代りとしられたり。然る所、吉右衛門義、右之女を長々預り置事難義に付、本所の親元へ返し遣し度旨願ひし所、其義は彼弥兵衛と相対に致すべきとの御沙汰なり。内証にて其女を弥兵衛方へ返し遣はせり。彼十八は神田連雀丁の者成由。此事享保の末にて世上の人々能しる処なり。実に知識《(職)》の裁許盛んなる哉、世上こぞつて是を感称す。古へ《(い)》の板倉今の大岡と相対したる天下の名士、時成哉其盛ん成事、末世の亀鑑ともならんかと思はぬ人こそ無りけれ。

○徳政御訴詔之事

京都諸司代板倉周防守殿勤役之頃、大猷公三代の御代、徳政仰出され有て、貸金并預りもの返済に不及との御触出たり。爰に京白川の旅人、板倉の番所へ願ひ出るは、「私義は旅人に候所、数十日はたご屋に泊り罷在、昨日出立致さんと存じ、『亭主へ預け置し金銀并に衣服等を入置候もの返しくれ《(具)》よ』といひ《(へ)》し処、亭主が曰『昨日徳政の御触出候得ば、預りの品類返すに及ばず』とて一向とりあい申さず。依て早速相返し候様、被仰付被下べし」と願ふ故、周防守頓て旅籠屋の亭主を呼出し尋ねられける。旅籠屋答て「いかにも仰之通り徳政の御触以前に預り物故、何とて返すべき筋是なき《(く)》義と相心得罷在、御触之通相守る上は私に於て不調法は是有まじくと奉存」と申上ければ、周防守殿聞召「成程、其方の申処尤也。いかさま預りし時分は徳政御触以前ならば、其方が存分にいたすべし。旅人は是非に及ざる義とあきらむべし。さり《(去)》ながら其方もさらで損は有まじ。徳政御触以前より宿をかりて罷在しが」「如何にも御意の通りに御座候」と申上る。「然らば徳政以前より借し宿なれば、其家内の諸道具金銀衣服等に至る迄借りし物ならば、家内悉く皆旅人の元へ遣すべし」と被仰渡しかば、はたご屋大に当惑し、色々旅人へ詫言し、内証にて相済せしとかや。周防守殿即智斯の如くの事共多かりけるとなり。

○日野小左衛門殿仲間国助といふ名を呵り給ふ事

日野小左衛門といふ御籏本の下女柳といふものと、同じ召仕ひ（へ）の国助といふもの、密通し居たりしが、或年の三月、国助は暇を出し、柳といふ女は不相替奉公して居けるが、元より国助と訳有中なれば、或夜国助を柳が手引して寝させけるを、外の仲間等是を見つけ「憎き奴等が仕業哉」と大勢にて待伏して、国助が帰り来る所を取て押へ大に打擲し、「盗人也」とて手を負せたり。「我は此程迄勤し者なれ共、一旦暇を出されし屋敷へ忍び込し故、盗人也」とて折檻しけり。何共云訳なく、既に日野より国助に縄をかけ「盗賊也」と町奉行へ引渡さる。大岡殿是を吟味せられし所、盗賊にては是なく密通いたせし段白状に及ければ、頓て相手の柳を呼出し糺明せられしに、双方夫に紛れなき段申に依て、大岡殿より日野殿へ両人を相渡され、「盗賊には是なく、不儀密通之由詮義之上白状に及たり。御家の法乱れざる様いたし然るべし」と引渡されければ、日野小左衛門、其侭受取「武家の法なれば両人共死罪に行ふ」とて屋敷の隅に大檀を構へ、夜に入て打首の積り、其用意頻り也。其日は表裏の門を打て居しが、此時奥方は何分気之毒に思ひ、内証にて深川報恩寺は菩提所なれば其旨申入けると、頓て住寺は衆僧大勢引連来り日野の門を打叩き、「是非〳〵門内へ入て問答数刻に及び貰ひはたさん」と致さるゝ。日野は家の法を立んと罵り（詈）偏に喧嘩の如く、報恩寺は「得心して給はらずんば奪取て葬るべし、貰ひ損する時は寺を開き申さんより外なし」とてさま〴〵云ひ廻して、終に報恩寺貰ひおふせ弟子となし、直に天窓を剃、衣を着せて追放しけるとなり。大岡殿は日野小左衛門を呼出し、「日外其許の御家来仲間に国助とは如何して大切の文字を用ひ（へ）させられしや、名乗字さへ等閑にては遠慮する文字也。況や仲間如きの名に付られし段、甚だ以て宜しからず。必以来御遠慮有て然るべし」とぞ申されける。日野殿大ひに赤面して退かれしと也。扨又、宮古路ぶし、浄瑠理語り文字太夫といふもの、関東文字太夫と名乗けるを、時の町奉行大に咎め、「甚だ不届也。関東文字太夫といふ文字を付る」とて呵り給ふとぞ。其御咎を蒙りて後、常盤津とやらん改めたり。甚だ以て文盲の至りといふべし。都て名字名頭文字心を付べしと也。殊更賤敷芸者など左やうに大そうの名を付る事、其恐れあり。竹千代君御誕生遊され、竹の字を用る事、世上一統御制禁也。市村竹之丞など此時より羽左衛門と名乗たり。或は竹中を瀧中と改めし抔、此時の事也。印判書判等別して心得有べし。文字を崩して書判とする事、忝も東照宮の御書判は一の一「五」と遊ばされたり。其外、平人皆文字を崩して用ゆる事多し。近来大岡雲州殿は「むらよしなり」といふ書判にて追栄へ給ふといふ事也。爰にさる御番勤し者に、竹尾藤四郎といふ麁忽ものあり。至て文盲なれども書判己が作略にて改めけり。古へ《い》の賢人も我朝の人は書判に文字を崩して用ひ《へ》たり。其頃多門宮といふ人、其判を見給ひ《へ》て、「これは君といふ字の崩し也。君を崩すといふは臣として甚だ不忠の至り、是より過たる不義もの有べからず。是は則呪咀に相当る。それ権者日蓮の判は悪といふ字をくづせしとかや。悪をこはして然るべしとの心にて見る時は君を崩して天道の教に叶ふや」と甚だ怒り給へば、当惑し退きしが、果して夫より不首尾となれり。或時、俳諧の宗匠公辺へ伺ふ事有之に付、奉行所へ罷出しが、奉行は能瀬肥後守也。彼俳諧師、白洲にうづくまり居ける時に肥後守殿仰らるゝは「其方、俳諧の宗匠とは如何成事」とぞ尋らるゝ。答て「宗匠とは申さず句数を吟味して差合掟等を見分け、甲乙定めしを其料何程と相定め遣し助成と仕り候、点者に御座候」と申上たり。能瀬殿聞し召れ「扨は点者料物を取世渡りするよな。然らば宗匠とはいふべからず」と呵り給ふと也。此奉行は平常俳諧師を憎み給ふと見へたり。惣て奉行は我心に叶ざる事を公儀の御威勢を以て咎むる事、君子のせざる所也。是を私法度とて、小人の行ひとせり。此能瀬奉行の時、三河町質屋にて伊勢屋次郎兵衛といふものいか成事の有しや、差たる科も無に入牢被仰付、終に身上滅却せり。又浅草御蔵前米屋共も何やら彼奉行いまだ若かりし節能瀬甚四郎といふて百俵取之時、いか成訳有けん、悉く御蔵前の米屋難義の事被仰出、御直参衆の貸金五拾両壱分、百両壱分と成し事ありけり。又、角力取に立岩次太夫といふものあり。此者新吉原に於て能瀬甚四郎と喧嘩し無礼なしたるを忘れずして打過しが、御役仰蒙ると其侭立岩を内々にて人形同前に尋ねられしと也。立岩此事を伝へ聞、武州井沼といふ所に隠れ住居せし故、更に相知れず。肥後守退役致されし後、江戸御府内を徘徊せしとぞ。其外奉行頭人皆斯の如し。独り大岡は私の事にかゝはらず、制法実に正しかりけるとなり。

○大岡越前守殿寺社奉行昇進之事　并家督大番頭となる事

大岡越前守殿勤功格別に思召けるにや将軍吉宗公御治世之節、寺社奉行に御役替被仰付、一万石に被成下、始て諸侯の列に入。実に比類なき泰平の御代に立身せしは天晴豪傑也。始忠右衛門御番頭より御徒士頭、御目附、山田奉行、江戸町奉行に四、五年の勤功に依て、今大名の家を起し給ふ事、抜群の達人也。吉宗公御一生に斯迄御取立に預りし事、御厚情甚しかりける次第也。斯て寺社奉行被仰付当日、御前に御請相済み御目通り引退き、中の口［御奏者番］下部屋へ入らんとせられし時、御奏者番堀田相模守殿是を止て曰「越前守殿には何として此部屋へ入らんとし給ふや」大岡殿答て「拙者義は只今御前に於て寺社奉行役被仰付難有仕合奉存、此上何れとも申合すべくと存ぜし故、御同部屋致さんと入らんとす」堀田殿又曰「其儀拙者共は未だ承知不仕。貴殿には寺社奉行計り被仰付しと承りしが、我々は御奏者番本役と致し、寺社奉行兼役に罷在貴殿は御奏者番を被仰付ざれば、御奏者番の部屋へ入れ申事罷成不申。凡御奏者番は代々大名暦々の御役にて御取立の小身衆と同席同部屋相不叶」と申されければ、流石の越前殿も大に辟易し、刀を持廻り、今迄の町奉行の部屋へも入難く休息の部屋もなくうろ〳〵と御座敷をあなたこなたと廻り行、後には障りもなき医師部屋にて湯茶を貰ひ休息せられけり。其後御頭申上、別段に大岡殿へ部屋下問下されたり。後に山名因幡守も寺社奉行役計被仰付、越前守因幡守両人の部屋とぞ成にける。御奏者番の部屋へ堀田殿強て入給はざるは軽き御籏本より大名役と同役被仰付ければ不足と思はれての事也とかや。然れ共後々勤役馴給ふに従ひ、独り大岡のみ寺社奉行の第一となれり。何事も同様此忠相殿に仕付られ堀田殿も大岡同役に成給ひては一言のせりふもなく、只大岡の次第と寺社奉行一統に成て、相模守殿は口惜く思ひ給ふといへども是非なく従ひ居給ふ内、大坂御城代被仰付、摂州へ罷登り勤役せられけり。されば其折柄何者かしたりけん、一首の狂哥あり。

今迄は越前殿に相模殿御城代にて堀田いきつく

斯の如く口ずさみけり。然れ共其後年経て相模守殿は御老中職に被仰付、段々御首尾能、飽迄盛ん也。今以て誰か其権勢に及ぶべけんや。されば当時御老中の上席なり。酒井左衛門尉殿は家柄といひ《（へ）》格別也といへども堀田殿の次に立給ふを以て其権をしるべし。いかさま器量も勝れ給ふとかや。扨当世の人に近く交る人は、其身功なくしても時ならざる幸を得、又疎遠成人は急に廃せられたり。況や親類縁者たる人は元より、今日縁を組み†明日に其しるし顕然たる事奇妙とかや。榊原式部太輔殿、新吉原へ通ひ給ふ頃は享保中也。終には身上あしくなれり。其上傾城高尾を大金を以て受出し公務をかき、大身の有まじき身持上聞に達しければ、忽ち御糺明と成て、式部太輔義、大名に似合ざる身持言語同断不届に被仰付、姫路御取上げ越後高田へ国替被仰付、居屋敷丸の内を召上られけり。然れ共家柄を思召上させられ、家督の義は小平太へ下し置れけり。丸の内は小笠原左近将監へ下され、夫より小平太幼年にて下谷池の端の屋敷へ移り居られしが、未だ首尾も直らざる所に堀田相模守殿息女縁談調ひけれ共、いまだ嫁娶の規式もなき内に、神田の内にて黒田大和守役屋敷明候を榊原へ下されけり。是偏に堀田殿の縁の糸引所也。則近年式部少輔に受領し、近き内に先年の如く姫路へ移らるべき由、専ら世上取沙汰あり。必あたらずといへども遠からずといふ。松平右近将監乗邑殿といへるは始源五郎殿とて元録十四年殿中に於て浅野内匠頭殿狼藉之節、大広間詰の諸侯大に騒ぎ立ける時に、此源五郎殿漸々十六才に成しが、諸侯に向ひ「各は何とて斯迄騒ぎ給ふや。凡何れも御役は非常之節急度御席を守るべき御規定ならずや。然るに斯の如く騒ぎ給ふは見苦敷次第也。鎮り給へ」と人々を制せられしと也。代々此松平の家は［和泉守右近将監］大広間上席たり。此時の有さまを人々大きに感じけり。其頃の御老中土屋但馬守是を見給ひ（へ）、則源五郎殿を乞聟（恋）にし給ふとなり。其後御老中と成、御盛んいふ計りなし。去る延享の頃まで御勤功殊に大御所様の御前、他に異なる御首尾にて、御隠居遊ばされし節、右近将監に一万石御加増下し給はれり。家重公九代目の御代に成しと其侭右近将監御役御免、先頃下し置れたる御加増一万石召上られ、以之外の有様也。併新地同前に家督は松平和泉守へ下されけり。其後和泉守は不首尾行立るべき時節もなく、千辛万苦に光陰を送りしが、此人件の堀田と縁者なり（也）しかば、間もなく相模守吹挙し申しかば、竹千代様御誕生之節、御蟇目は松平右近将監、御矢取は松平和泉守也。大納言様益御機嫌能入らせられ給へば、「和泉守をも御捨遊ばされ難く」抔と申上ければ畢竟堀田殿取なし故、和泉守も段々雲の晴るが如くそろ〳〵首尾行直り、此節彼安藤対馬守不首尾にて召上られし丸の内の屋敷を和泉守へ下されたり。頓て御役人にも被仰付べきとぞ噂せり。或時いかなる者かしたりけん、堀田殿の門前に南瓜を以て人の頭を拵へ、目鼻を付、獄門の様に懸置、傍に制札の如く書記して曰、「堀田相模守義、上を蔑にし下を憐愍撫育せず、私欲甚敷事露顕に及び其罪軽からず。是に依て獄門に行ふもの也」月日を書しるさずいつの間にか立置しや、夜中しる人更になかりしとかや。夜明て門番等もいまだ心付ざる以前、桜田御門番下座見萩原五兵衛といふもの是を見付、堀田殿の屋敷へ何やら相見へ候趣通達せし故、堀田殿より人を出し是を片付させけり。然る所相模守殿いかゞして耳に入たりけん、此日登城致され、例の如く御詰所に於て御老中若年寄衆、其外御奏者番御詰衆、并に御留主居大目附衆芙蓉（之）間御役人御目附布衣之衆、大勢並居られし中にて堀田殿大音にて噺し給ふは「今朝拙者門前にヶやう〳〵の次第、いたづら者の仕業、拙者を獄門に行ふと書記し大に悪口の文言なり。しかも能手跡よ」と笑ながら自身噺し弘められしとぞ。聞人堀田殿其事隠し包まざるの器量大ひ成を猶々感じけると也。酒井左衛門尉殿未だ御老中に成たる以前、堀田殿へ取入て追従賄賂せられしが、此人全く老中に成度との望にては無りしとぞ。所領出羽国庄内何となく国替の沙汰有由、此儀に及ざるやう差含にて堀田殿へ心力を尽し勤られしを、相州は只酒井が御役を望みと心得て取成せられしと也。今に堀田方へ毎夜〳〵御夜食として七つ時釣台二つに色々料理取拵、使者を以て送り遣さる。此頃は余り毎夜〳〵の事故人目立しとて御夜食金として日々百両づゝ内証にて送り遣さるゝとかや。酒井左衛門尉殿、御老中役相勤られし事先格も無之、今迄少しも無疵の家柄にて、此度の御役に付もし首尾悪敷成ては不宜とて、酒井殿御役之義は殊之外難渋せられし也。故に月番に相当ると病気と号し引込みさけられ介役を頼、本多伯耆守、松平右近将監にていつも酒井の月番を介役せられしと也。扨右近将監殿は寺社奉行たりし時より大岡殿と至て其中宜しかりき。若年寄御勤の宮内少輔殿も忠相殿と睦敷仰合されしと也。されば右近将監若年寄たりし時より大御所様の御目鏡を以て御老中職被仰付、既に薨御以前に後年の事共悉く厳密に御遺言あり。外に承知仕る人なし。右近将監のみ慥に聴聞仕り置しと也。いか成子細か曾て知人なかりしと也。此人聡明叡智にして能人の道を尽し給ふと也。されば此節何れの御老中若年寄も、彼御側衆の御出頭若年寄兼役被仰付し大岡殿へ便り追従し、公方様へ御取成を頼ざる諸侯は独りもなく、又彼雲州へ随はざればうかむ事成難く、其外差支し事共多く此人え便り、上聞に達せし義は忽ち埒明首尾能相済ける也。依之御老中方若年寄衆の御月番衆別して此雲州の取持世話に預りしとて、色々（色）の贈り物賄賂等諸人専ら其儀に及けり。毎月御用番の御老中若年寄方より廿八、九日頃交肴一折極めて進ぜられ使者の口上何れも同様、「当月御用番御預りに付き†怠りなく相勤候段、忝大悦仕。依之御謝礼として使者を以て申入候、験迄」との御事也。是全くの定例なり（也）ける。浅間敷次第也。右近将監殿是を聞、をかしき事に思はれしが、或時右近殿の家老の曰、「外々様には雲州殿へかやう〳〵の御使者御礼も進ぜられし由、御前にも右様なされ然るべきや」といひ（へ）ければ、右近曰、「外々の衆中は出雲が世話に成て相勤るかしらず、此将監は天下の執権職なれば誰が厄介にも相ならず、他人の世話厄介を得て老中役勤るといふやうなたわけなる事の有べきや。出雲如きの者を頼み一天下の執権職を勤る馬鹿者の言ひ出せし事也。余り歎か敷事共哉」と仰られしとかや。天晴成評判なりといふべき《（也いへき）》。今に更々以て此右近将監ばかり大岡雲州へ、はへもうせざるとぞ、頼もしき人なり。大岡越前守は雲州の家元にして、近年は武鑑にも記して大御所様御一生之中勤役也。扨御他界之後、御霊屋御普請御手伝として松平陸奥守へ被仰付御普請出来致し、御霊屋御廟へ美麗を尽し、御葬式御用并御法事等諸色御用懸り大岡首尾能相済、始終怠りなく、其身も間もなく病死致され家督大岡大和守へ下し給はり、子息は御番頭と成、後大広間の諸侯の中に入て其家目出度栄へ《（ひ）》けり。

大岡秘事後編巻之壱畢

（六冊目終）

初出一覧

第一部　論文編

はじめに…書き下ろし

第一章　成長する実録

第一節　「実録」以前―『嶋原記』と『山鳥記』―

修士論文の一節をもとに大幅に改めた。

第二節　成長初期から虚構確立期まで―「天草軍記物」を例に―

「「天草軍記物」実録の成立―仮名草子『嶋原記』から「田丸具房物」へ―」

（『近世文芸』〈日本近世文学会〉第六十六号・一九九七年七月）

第三節　虚構確立期―「田宮坊太郎物」を例に―

「田宮坊太郎物実録考―実録の生長に関する一試論―」

（『近世文芸』〈日本近世文学会〉第七十号・一九九九年七月）

第四節　末期的成長―「石川五右衛門物」を例に―

「石川五右衛門物実録と「金門五三桐」」

（『調査研究報告』〈国文学研究資料館文献資料部〉第十九号・一九九八年六月）の前半部をもとに大幅に改めた。

第五節　「キリシタン実録群」の成立（一）
「出版統制と排耶書―『吉利支丹物語』・「キリシタン実録群」を軸に―」
（冨士昭雄氏編『江戸文学と出版メディア―近世前期小説を中心に』笠間書院・二〇〇一年十月）

第六節　「キリシタン実録群」の成立（二）
「キリシタン実録群」の誕生
（『静大国文』〈静岡大学人文学部国文談話会〉第四十四号・二〇〇五年三月）

第二章　他ジャンル文芸への展開

第一節　絵本読本への展開
「速水春暁斎作「実録種」絵本読本小考―『絵本顕勇録』を軸に―」
（『読本研究新集』第三集・翰林書房・二〇〇一年十月）

第二節　草双紙への展開
「黄表紙『夜話稚種軍談』考―実録の黄表紙化―」
（『調査研究報告』〈国文学研究資料館文献資料部〉第十八号・一九九七年六月）をもとに大幅に改めた。

第三節　実録・草双紙・絵本読本―それぞれの田宮坊太郎物―
「田宮坊太郎物の実録・黒本青本・絵本読本」
（『静大国文』〈静岡大学人文学部国文談話会〉第四十一号・一九九九年三月）

第四節　歌舞伎への展開

「石川五右衛門物実録と「金門五三桐」」

（『調査研究報告』〈国文学研究資料館文献資料部〉第十九号・一九九八年五月）の後半部をもとに大幅に改めた。

第五節　講釈への展開

「声と文字の間―講釈・点取り本・実録―」

（『日本文学』〈日本文学協会〉第五十一巻第三号・二〇〇二年三月）

第三章　実録「作者」堀麦水

第一節　「堀麦水の実録―『寛永南島変』略説」

（『江戸文学』〈ぺりかん社〉第二十九号・二〇〇三年十一月）

第二部　翻刻編

第一章　『賊禁秘誠談』

「石川五右衛門物実録と「金門五三桐」」

（『調査研究報告』〈国文学研究資料館文献資料部〉第十九号・一九九八年五月）

第二章　『大岡秘事』

未発表。

※大幅に改めた旨を記していなくても、既発表のものは全体にわたって補筆訂正を施してある。
※原題を記していないものは元の題名をそのまま節題にしたものである。
※各章の前言は本書執筆の際にあらたに書き加えたものである。

あとがき

『近世実録全書』第一巻（早稲田大学出版部・一九一九年）「刊行の趣旨」で河竹繁俊氏が指摘するように、実録は近世における伝説の一表現形式なのだと思う。ある出来事や人物についての人びとの解釈がいろいろな形に揺れ動き、やがて定着していく。実録の成長も原理は同じである。たまたま書物の普及した近世に生じたために、冊子の形式で表現され、江戸幕府の体制が確立した時代に生じたために、そして当代の体制に抵触するような事件が題材だったために、写本で表現されることになったのである。要するに、当代の事件の伝説が、写本の形態で表現されたものが実録ということである。

現在に残る伝承や伝説の類も、長い年月をかけて様々な流転を経た結果である。実録が近世において転化成長するのは、事件からまだ年月が経っておらず定着への道を模索しているからであろう。「近世の事件をつづった読み物」という接写レンズ的な目線で実録をみつめた後、ふっと我に返ると、実録の持っている、このような時代を超越した性格を実感するのである。実録の世界は奥深い。

本書は二〇〇六年三月に学習院大学にて学位を取得した論文（『近世実録の研究―成長と展開―』）がもとになっている。これまでに公表した論文を主体にまとめたものだが、初出一覧でことわったように、一つ一つの論文は多かれ少なかれ補筆訂正を施してある。中には一編だったものを分割して収めたものもある。また、実録を研究する環境は、ここ数年で確実に進展しており、初出時には見ることのできなかった伝本があらたに出現することも少なくなかった。それらは論旨に関わるような重要なものなど、ある程度は本書に反映させているが、いっぽうで種々の事情により本書に収め切れなかったものもある。いつかそれらを取り上げる機会が来れば、と願っている。

論文の審査には主査として鈴木健一先生が、副査には中世から近代にかけての文学や大衆芸能を広くご専門とされる兵藤裕己先生と、静岡大学時代の恩師であり、私を実録研究へ誘って下さった小二田誠二先生のお三方がお引き受け下さり、貴重なアドバイスを賜った。また、小二田先生には本書の序文も寄せていただいた。この場を借りて幾重にもお礼申し上げます。とくに鈴木先生には執筆中に幾度も励ましていただいたのみならず、本書の出版のために汲古書院様を紹介していただいた。重ねてお礼申し上げます。鈴木先生の前任である諏訪春雄先生には、研究を行っていく上での基礎的な部分を、大学院生時代を通じてご指導いただいた。記して謝意を表します。さらに、大学院の大先輩にあたる服部仁先生や実録研究の先学である山本卓先生、高橋圭一先生には、執筆に際して貴重な書物を拝借したりご教示をいただくなど、しばしばお世話になった。深く感謝いたします。

本書ではまた学位論文に加えて、主要な実録群における書名の一覧稿を附録とした。このようなものを作ろうと思ったのは、国文学研究資料館のリサーチアシスタントとして、また、同館の研究支援者として、岡雅彦先生や大高洋司先生のアドバイスのもと実録の所在目録や実録のマイクロフィルムのデータベース作成に従事したことが発端である。それらを通じて、実録の書名がいかに多岐に渡り、書名だけではいかに内容を判断しづらいか、を痛感したのだった。一覧稿を作り出す最初のきっかけへ導いて下さったお二方をはじめ、情報を提供して下さった皆様に感謝申し上げます。一覧稿の中には、これまでに自身で収集したものもいくつかあるが、他にも稿中に記載していないものも含め、それらの入手にあたっては、雲英末雄先生による多大なご助力をいただいた。心よりお礼申し上げます。

最初のものから近年のものまで自分の論文をあらためて通覧すると、執筆時のいろいろなことが思い出されてくる。とくに、諸本調査のために全国の所蔵先に出向いたときのことは、それぞれ印象ぶかい。雪の東北や真夏の九州にも出かけたが、もともと旅は嫌いではないので、少しも苦にならなかった。いろいろな失敗もあったものの、実地に赴いて得るものは大きく、むしろ楽しみであった。

ようやく目当てとする本に巡り会えたときの感動もひとしおだったが、それと同時に行く先々でお世話になった方がたのやさしさもまた、忘れられない。右も左もわからない院生になにかと便宜を図ってくれたり、一年ぶりくらいに再訪したときも、私のことを忘れずに覚えていてくれたことなど、非常に心温まるものだった。

こうしてみると本書は、私が静岡大学時代に小二田先生のご指導により実録に興味を持って以来の、数え切れないくらい大勢の方がた（研究者であるとそうでないとに関わらず）との出会いとご協力があってこそ完成したものであることをあらためて実感する。本書中でお名前を出させていただいた方がたや所蔵先はもとより、お名前を出すことのできなかった方がたにも、深甚の謝意を表すしだいである。今後もこのような出会いは大切にしつつ、精進していきたい。

汲古書院社長石坂叡志氏には本書の出版を快くお引き受けいただいた。同書院の三井久人氏には出版に際しての具体的な相談に乗って下さり、小林淳氏には編集をご担当いただいた。私にとっては初めての単著ということで、不手際も多くご迷惑をお掛けしたこともあると思う。お詫び申し上げるとともに、心よりお礼申し上げます。

なお、本書の刊行に際しては、独立行政法人日本学術振興会平成十九年度科学研究費補助金（研究成果公開促進費）の交付を受けた。

二〇〇七年十二月

菊池　庸介

附録　主要実録書名一覧稿

前　言

ある事件を扱った実録にはどのような書名があるのか？　実録の書名は、同内容のものであってもさまざまであり、はなはだ不安定である。反対に書名をみただけでも内容が推測しにくいものも多い。また、目録類に実録として分類されていてもそうでなかったり、実録が他ジャンルに分類されているのはよくあることである。したがって、完全ではないにせよ、事件ごとに実録の書名を把握しておくことは決して無益なことではないと思う。この一覧を通して一点一点の書名を確認すると同時に、一見すると同様な書名の羅列に感じられるものの中から、各事件の実録の書名におけるキーワードのようなものを看取していただければ、と願っている。たとえば「七曜」の語が書名にみえたら「田沼騒動」、「仙台萩」の語がみえたら「伊達騒動」と、それぞれの内容が予想できれば、と思う（不要な先入観を持たれるのも問題ではあるが）。

はじめに断っておくが、実録として読まれたすべての事件を取り上げきれたわけではない（たとえば、敵討ちものの実録写本は無数にあり、それらを完全に収めるのは著者一人の力量では不可能である）。また、各事件項に所載した書名もおそらくは氷山の一角であり、多くの遺漏があると予想されるがお許しいただきたい。

◎凡　例

《書名収集の方法》

一、書名は散文の読み物体裁で書かれた実録（実録体小説）のもの（一部例外もある）を収集した。

一、収集にあたっては『日本古典文学大辞典』（岩波書店・一九八三年刊行開始）各項目に掲載されているもの、国文学研究資料館データベース「日本古典籍総合目録」（http://base1.nijl.ac.jp/~tkoten/about.html、『補訂版国書総目録』（岩波書店・一九八九年刊行開始）、『古典籍総合目録』（同・一九九〇年刊行開始）もこれに含める）、各図書館の目録・データベース類、山崎麓氏編・書誌研究会改訂『改訂日本小説書目年表』（書誌書目シリーズ六・ゆまに書房・一九七七年）、『大野屋惣兵衛旧蔵書目録』（柴田光彦氏編『大惣蔵書目録と研究　貸本屋大野屋惣兵衛旧蔵書目録』日本書誌学大系二十七・青裳堂書店・一九八三年）、それぞれの実録に関連した論文類（各項目末【参考】欄に紹介）、個人蔵（著者蔵を含む）の原本に基づいた。

一、参照した目録・文献類によっては外題を表示するもの、内題を表示するもの、いずれに拠ったのか判然としないものなどが混在するため、それらはいずれも収集の対象とした。ある書の内題が他本の外題として用いられる可能性を考慮してのことである。同様の理由から一書の外題、内題、その他の題名が異なる場合はできるだけそれらも収集した。

一、実録にはほとんど同一と認められる書名が多数ある。たとえば「―実記」「―実録」「―実録記」「―実伝」の類である。煩雑ではあるが、これらも一点として数える。また、他にも『天草軍記』などのように幹となる書名の前後に「増補」「参考」「大全」「実録」「聞書」などのような語を備えるものも多い。そのようなバリエーションも、一点として扱うことにした。なぜならば、このような微妙な差異が本文系統の違いとなって現れてくることもありうるからである。

一、参考文献に載せられた実録書名には、現存を確認できないもの（近世期の文献に書名のみ伝わるなど）もあるが、それらの書名も今後原本が出現する可能性を期待して収集した。

一、各書の所在情報も載せるのが望ましいが、諸本によっては残存数が膨大であり網羅しきれないものや、現存の確認ができないものも多く、所在目録としては甚だ不完全なものになるため割愛した。その代わり、書名の下に、その情報をどこから得たのかを示す「出典」欄を設け、ある程度の所在の手がかりを掴めるようにした。

《一覧の見方》

一、この一覧は左の例のように、初めに題材となった事件を項目として太字で挙げ、次に【概要】として事件の概要をごく簡単に記す。以下、「〇書名（書名の出典）」の形式で書名を列挙する（出典欄の見方については後述）。最後に【参考】として、項目の事件に該当する実録書名を収集するために参照した文献を記す。また、関連する事件項目がある場合は末尾に「↓」で記した。

例、**天草軍記**（島原・天草一揆）

【概要】寛永十四年（一六三七）十月から翌年二月にかけて肥前国島原・肥後国天草で起こった一揆。（以下略）

〇天草軍記（古辞）

○天草軍記大成（古典籍・天草軍談・臼杵市図）
○天草軍記大全（古典籍）
（中略）
【参考】①『日本古典文学大辞典』「天草軍記物」項・②本書第一章第二節
→キリシタン渡来

《題材となった事件について》

一、題材となった事件は、『日本古典文学大辞典』（岩波書店）に実録として立項された項目を基準に取り上げ、他に若干の事件（架空のものも含む）を加えた。

一、事件名は『日本古典文学大辞典』、『国史大辞典』（吉川弘文館）、『日本伝奇伝説大事典』（角川書店）記載の通称や、一覧作成に用いた参考文献に基づき（一部例外もある）、それらを五十音順に配列した。

《書名について》

一、各事件ごとの実録書名も基本的に五十音順に配列するよう心がけた。ただし、読み方が確定できないものや複数の読み方が考えられるものもあるため、この原則が崩れている箇所もある。また、上に述べた理由から書名の読みを記すことはしなかった。わかりにくいこともあるかと思うが、お許しいただきたい。

一、書名は、参照した資料に表記されたものをそのまま記載する方針を採った（字体は「日本古典籍総合目録」に拠るもの以外は基本的に新字体に改めた）。ただし、角書きについては、目録によって題名の一部とみなすもの、みなさないものとまちまちであり、はっきり角書きとわかるものは割愛した。

一、異表記の同一書名の場合はたとえば『聚（衆）楽秘誠談』のように別表記を（　）に入れて示すことにした。ただし、『殺報転輪』の「報」のように、「法」「方」のように種々の同音異字をあてる例が多く見受けられるものについては、【概要】の後に※印で注記した。

《概要について》

一、概要では、実説のたどれないものを除いては、実録のあらすじではなく実説の概要をごく簡単に記した。

《出典について》

一、頻繁に参照した出典については略称を用いて表すことにした。正式名称は次の通り。

（古辞）・・・・『日本古典文学大辞典』

（古典籍）・・「日本古典籍総合目録」

　　（http://base1.nijl.ac.jp/~tkoten/about.html　国文学研究資料館）

（大惣）・・・・『大惣蔵書目録と研究　貸本屋大野屋惣兵衛旧蔵書目録』

（小説）・・・・『改訂日本小説書目年表』

（参考①（②…））：【参考】欄所載の文献（ただし、『日本古典文学大辞典』の場合（古辞）と表示）

各所蔵先のものも、一般に理解できる範囲で名称を略記した。

一、複数の出典に同じ書名が見られる場合は一つに代表させることにした。その場合、『日本古典文学大辞典』、「日本古典籍総合目録」、各種参考文献類や所蔵目録、の順にした。

一、「日本古典籍総合目録」に基づいた書名のうち、内題や尾題などから収集したものには、その書名を入力しても検索できない場合がある。そのような書名については次のように記した。

例　谷宝延霊録（古典籍・観延政命談《書名にたどり着ける検索書名》・伝習館対山《所蔵先》）

検索書名のみでたどり着けるものには所蔵先までは表示していない。

一、書名のみが現在まで伝わり、写本の存在が確認できないものについては（×古典籍）のように×印を付けることにした（震災・戦災による焼失本及び（小説）・（大物）としたものは除く）。

《【参考】欄について》

一、【参考】欄の文献は、とくに必要がない限り、副題、刊行年月、出版社は省略した。お許しいただきたい。

一、【参考】欄に掲げた文献はとくに出典欄に記されていなくても、書名を収集するにあたり参照したものである。また、該当する事件の実録や実説にまつわる文献は本欄で示した以外にも存在することを注記しておく。

※資料や情報をご提供下さった各位にお礼申し上げます。

主要実録書名一覧稿目次

主要実録書名一覧稿

秋田騒動

【概要】秋田藩において五代藩主佐竹義峯の死後起こった御家騒動。継嗣が次々と早世し跡を継いだ義明に疑惑が向けられ、藩内に軋轢が生じる。さらに義明の行った銀札（藩札の一種）発行が藩の経済混乱を招き、家中は騒動となる。宝暦七年（一七五七）、ついに銀札支持派の大量処罰によって落着。毒婦妲妃のお百はこのとき断罪された那珂忠左衛門（采女）の妻として実録で跳梁する。

○秋田杉（秋田・大館市立栗盛記念図）
○秋田杉直成記（参考②）
○秋田杉直物語（古辞）
○秋田杉直物語抜書（金沢市図藤本）
○秋田杉不易粱（古典籍）
○秋田杉森記（古辞）
○秋田摺直成記（古辞）
○秋田騒動記（古典籍）
○秋田騒動聞書夢之噂（参考②）
○秋田騒動実記大全（古辞）
○秋田治乱記（秋田県図）
○秋田治乱記実録（古辞）
○秋田不易粱（古辞）
○羽州秋田杉（古典籍）
○羽州秋田騒動記（古典籍）
○羽州秋田宝暦聞書（古典籍）
○羽州秋田宝暦騒動記（古典籍）
○羽州宝暦聞書（古辞）
○国産秋田蕗（古辞）
○佐竹扇（古辞）

○杉直意秘録（大惣）
○杉直臆秘録（古典籍）
○増補秋田蕗（古辞）
○宝暦聞書（古典籍）
【参考】①『日本古典文学大辞典』「秋田騒動物」項・②高橋圭一氏「実録「秋田騒動物」攷」（『実録研究』）・③同氏「実録の流れ―妲妃のお百―」（同書）

天草軍記（島原・天草一揆）

【概要】寛永十四年（一六三七）十月から翌年二月にかけて肥前国島原・肥後国天草で起こった一揆。はじめは肥前国島原大矢野付近で代官殺害騒動が起き、それが一気に広まり、肥後国天草でも一揆が起こり、両者は合流。少年益田四郎を大将として原城に籠城した。幕府上使板倉重昌は寛永十五年元旦の戦で討死、再度の上使として派遣された松平信綱・戸田氏鉄は兵粮攻めを用い二月二十八日に落城させた。
○天草軍記（古辞）
○天草軍記大成（古典籍・天草軍談・臼杵図）
○天草軍記大全（古典籍）
○天草軍記評註（防衛大）
○天草軍談（古辞）
○天草軍談大全（古典籍）
○天草実録（古典籍）
○天草征伐記（古辞）
○天草騒動（古典籍）
○天草物語（古典籍）
○寛永南島変（古典籍）
○寛永南島変惣目録（古典籍）
○切支丹天草軍記（古典籍）
○金花天草（小説）
○金花傾嵐抄（古辞）
○金花傾嵐抄略書（古典籍）

○原草露命伝（古典籍）
○参考天草軍記（古辞）
○山鳥記（古典籍）
○島原天草耶蘇追討記（古典籍）
○島原天草乱記（古典籍）
○島原鬼利支丹始末記（古典籍）
○嶋原実記大全（古典籍）
○嶋原実録（古典籍）
○島原実録記（古典籍）
○島原戦記（古典籍）
○四郎乱物語（天草キリシタン館）
○西戎征伐記（古典籍）
○西戎征伐記大全（弘前図岩見）
○丑寅賊征録（古典籍）
○天変治乱記（著者）
○南島変記（小説）
○南島変乱記（古典籍）
○肥後国天草四郎記（古典籍）
○肥州寛永治乱記（国文研・マイクロ／デジタル・和古書目録）
○耶蘇征伐記（古典籍）
○耶蘇制罰記（古典籍）
○耶蘇天誅記（古典籍）
【参考】①『日本古典文学大辞典』「天草軍記物」項・②本書第一章第二節
→キリシタン渡来

尼子十勇士（陰徳太平記）

【概要】戦国時代に毛利氏に敗れた尼子家を再興するために尼子勝久を擁立し、失敗に終わった十人の勇士の武勇伝。十勇士とは山中鹿之助を中心に秋宅庵助・寺本生死助・尤道理助・今川鮎助・藪中荊助・横道兵庫助・小倉鼠助・深田泥助・植田早苗助を言うが、山中鹿之助以外は架空の人物。
○尼子十勇伝（古辞）

○山中功撰集（古辞）
【参考】①『日本古典文学大辞典』「尼子十勇士物」項

荒川武勇伝

【概要】寛永末に会津門谷村で行われたとされる、架空の敵討ち。出羽国山形の荒川主水は武者修行後、美作国森家に仕えるが、森家の砲術師範三宅林左衛門に闇討にあう。主水の次男で熊本の僧大秀法師と、主水の義兄弟で越後の農民川尻熊太郎が敵討ちする。

○会津敵討荒川武勇伝（古典籍）
○荒川武勇伝（古典籍）
○復讐荒川武勇伝（古辞）
○復仇荒川武勇伝（古典籍）
○聞書荒川武勇伝（高橋圭一氏）
【参考】①『日本古典文学大辞典』「荒川武勇伝」項

阿波騒動（五社騒動）

【概要】徳島十代藩主蜂須賀重喜の行状をめぐる騒動。重喜は藩財政立て直しのために質素倹約を心掛け藍を専売制にするなど改革を断行したが、家臣や農民らの反発が強く、問題は表面化、明和六年（一七六九）、幕府より隠居を命じられた。実録では重喜を悪役として描く。

○阿州騒動夢物語（古典籍）
○阿淡後朝夢（古典籍）
○阿淡秘録（古典籍・阿淡夢物語・四国大凌霄）
○阿淡正夢語（高橋圭一氏）
○阿淡明安録（古典籍）
○阿淡物語（古典籍・阿淡夢物語・四国大凌霄）
○阿淡夢物語（古典籍）
○鳴門の曙（参考①）

○阿波（泡）夢物語（古典籍）
○安永実録伝（参考①）
○夢物語（古典籍・阿淡夢物語・徳島県図森）
【参考】①内山美樹子氏「「太平鳴門の船諷」」（『浄瑠璃の十八世紀』）

伊賀越敵討

【概要】寛永十一年（一六三四）十一月七日に起こった敵討ち。寛永七年に岡山にて渡辺数馬弟源太夫が藩士河合又五郎に殺害されたことが発端。又五郎は江戸の旗本安藤治右衛門や、大和在の伯父河合甚左衛門に匿われるが、荒木又右衛門（元大和郡山藩士）の助力を得た数馬に、伊賀上野鍵屋の辻で打たれる。
※残存諸本の多い『殺報転輪』は殺の字に「雑」を、「報」の字に「法」「方」を、「転」の字に「伝」を用いているものも多い。

○荒木英雄伝（×古典籍）
○荒木水月伝（参考③）
○荒木武勇伝（参考③）
○伊賀仇討（参考③）
○伊賀仇討荒木武勇伝（古典籍）
○伊賀上野仇討（参考③）
○伊賀上野仇討根元記（古典籍）
○伊賀上野敵討（打）（古典籍）
○伊賀上野敵討義心鑑（参考③）
○伊賀上野敵討始末（古典籍）
○伊賀上野城下敵討記（参考③）
○伊賀上野の仇討（古典籍）
○伊賀上野復仇実記（古典籍）
○伊賀英雄伝（参考③）
○伊賀越仇討（古典籍）
○伊賀越仇討実記（古典籍）
○伊賀越仇討実録（参考③）
○伊賀越仇討真録（参考③）

○伊賀越仇討文武両面鑑（鏡）（古典籍）
○伊賀越仇討録（参考③）
○伊賀越敵討（古典籍）
○伊賀越敵討実記（古辞）
○伊賀越敵討実録（参考③）
○伊賀越殺刀記（参考③）
○伊賀越実録（古典籍）
○伊賀越水月伝（参考③）
○伊賀越復讐論（古典籍）
○伊賀越物語（古典籍）
○伊賀水月四国太郎生捕伝（参考③）
○伊賀水月伝（古辞）
○伊賀騒動記（参考③）
○伊賀の上野敵討（参考③）
○伊賀国上野敵討（参考③）
○伊賀復讐論（参考③）
○伊州上野敵討（参考③）
○伊州敵討（参考③）

○上野敵討（古典籍・伊賀上野敵討・太田中島図）
○上野敵討実録（参考③）
○敵討荒木又右衛門（長崎県図芦塚）
○仇討伊賀越（古典籍）
○敵討伊賀の上野（参考③）
○敵討殺法転輪（参考③）
○敵討殺法転輪記（参考③）
○寛武報讐録殺報転輪（著者）
○教報転輪（古典籍）
○殺報転輪（古辞）
○殺法転輪記（古典籍）
○殺報転輪記大全（古典籍・殺法転輪・岐阜市図）
○殺法転輪孝義録（古典籍）
○雑報転輪綴錦（古典籍）
○殺法転輪談（参考③）
○実録伊賀上野仇討（参考③）
○勢州伊賀越仇討之記（古典籍）
○殺生転輪（小説）

○全書殺報転輪記（古典籍）
○全書殺報転輪記大成（古典籍）
○増補殺法転輪（参考③）
○琢磨兵（評）林（古辞）
○転輪記大成（古典籍）
○渡河殺報転輪全書記（参考③）
○渡河讐記（服部仁氏）
○渡荒志（誌）（古辞）
○渡荒節義録（服部仁氏）
○備州仇討殺報転輪（古典籍）
○備前渡部数馬仇撃記（古典籍）
○復讐録（参考③）
○武家殺法記（古典籍・武家殺報転輪・酒田光丘）
○武家殺法転輪（古典籍）
○文武両面鑑（参考③）
○報讐録（古辞）
○柳荒美談（古典籍）
○渡辺川合之巻（参考③）

○渡部復仇記（参考③）

【参考】①『日本古典文学大辞典』「伊賀越敵討物」項・②同「殺報転輪」項・③上野典子氏「伊賀越敵討物「殺報転輪記」の転成」（『近世文芸』第四十七号）

いざりの仇討

【概要】文禄元年（一五九二）年、相模国箱根において飯沼勘平一子初五郎が父の敵加藤幸助を討つ話。飯沼初五郎は八年の間敵を捜し求め、足腰が立たなくなるのだが、箱根権現の霊験によって病が治り、見事仇討ちをしおおせる。しかし、実際にあった事件とは考えにくい。

○飯沼一代記（古典籍）
○飯沼敵討（古辞）
○飯沼興望記（大惣）
○飯沼始終実録（古典籍）

○飯沼実記（×古典籍）
○飯沼実伝記（高橋圭一氏）
○飯沼実録（古辞）
○飯沼始末記（古典籍）
○飯沼始末録（古辞）
○躄敵討（古典籍）
○敵討飯沼始末録（古典籍・飯沼始末録・矢口米三氏）
○復讐膝行車（古典籍・飯沼一代記・豊田市図）
○敵討箱根霊験記（参考②）
○太閤起亡飯沼始末録（参考②）
○箱根霊現飯沼実記（古辞）
【参考】①『日本古典文学大辞典』「いざりの仇討物」項・②藤沢毅氏「『飯沼始末録』について」（広島文教女子大学『文教国文学』第四十一号）

石井常右衛門（西国順礼女敵討）

【概要】浪人石井常右衛門は伊勢阿波曾村百姓嘉助の後家お種に入り婿し、大坂に出稼ぎに行くが、彼の留守中に西国順礼に出た懐胎中の妻お種は大和国藤代で浪人大隅蔵人に斬殺される。その切口から誕生した女子は土地の代官斎藤弾正に拾われ、お捨と名付けられ養育される。出生のいきさつを聞き仇討ちの念が芽生え、養父死後、母の笈を背負い順礼に出る。大和郡山で敵大隅の在処が知れ、また、実父とも再会し、宝永二年十一月に仇討ちが行われる。架空の仇討ちと考えられる。
○石井常右衛門（×古典籍）
○石井物語女順礼武勇記（古典籍）
○女敵討（古典籍・西国順礼八月赤子娘敵討・酒田光丘）
○敵討女廻国（古典籍）
○敵討西国順礼（関西大図中村）

○敵討西国順礼女武勇（古辞）
○敵討西国順礼女武勇記（古典籍・西国順礼女武勇記・酒田光丘）
○西国順（巡）礼女敵（仇）討（古典籍）
○西国巡礼女武勇敵討（服部仁氏）
○西国順礼観音利生女敵討（古典籍）
○西国順礼女武勇記（古典籍）
○西国順礼敵討（古典籍・西国順礼女敵討・弘前図）
○西国順礼記（古典籍・西国順礼女敵討・弘前図）
○西国順礼孝女敵討（古典籍）
○西国順礼八月（月キ）赤子女敵討（古典籍・西国順礼八月赤子娘敵討・酒田光丘）
○西国順礼八月赤子娘敵討（古典籍）
○西国順礼八月赤子武勇女敵討（古典籍・西国順礼八月赤子娘敵討・酒田光丘）
○西国順礼幼女仇討（古辞）
○武勇女敵討（古典籍・西国順礼八月赤子娘敵討・酒田光丘）
○八月赤子女敵討（高橋圭一氏）
○八月赤子敵討（関西大図中村）

【参考】①『日本古典文学大辞典』「西国順礼女仇討」項

石川五右衛門

【実説】桃山時代に京で横行した盗賊。実際のくわしい行状は不明だが、伏見野のかたわらに大邸宅を構え、昼間は大名のように駕籠に乗り手下を従え、夜は盗みを働いていたことが知られる。文禄三年（一五九四）八月に捕らえられ、三条橋南の河原で釜煎りに処せられた。

○石川記（古辞）
○石川五右衛門（古典籍・石川五右衛門実録・国文研）
○石川五右衛門一代記（参考②）
○石川五右衛門記（古典籍・石川五右衛門実録・国文研）

○石川五右衛門実録（古典籍）
○石川賊禁秘誠談（高橋圭一氏）
○石川物語（参考②）
○巨愉伝（大惣）
○禁賊秘誠談（古辞）
○聚（衆）楽秘誠談（古辞）
○聚楽真字白浪（古辞）
○賊禁石川記（古典籍）
○賊禁秘誠記（参考②）
○賊禁秘誠談（古典籍）
○賊禁秘誠談石川五右衛門始末実録（古典籍・賊禁秘誠談・九大六本松）
○賊禁秘誅談（栃木県図黒崎）
○千鳥の香炉（古典籍・賊禁石川記・国会図）
【参考】①『日本古典文学大辞典』「禁賊秘誠談」項・②細谷敦仁氏「実録『賊禁秘誠談』と黄表紙『石川村五右衛門物語』」（『学芸国語国文学』第二十六号）・③本書第一章第四節

石山軍記（石山本願寺合戦）

【概要】元亀元年（一五七〇）から天正八年（一五八〇）の、織田信長と石山本願寺（顕如）との戦い。十一年に渡る合戦だが、常に戦闘が行われていたわけではなく、幾度かの和睦と交戦が繰り返された。
○石山軍鑑（古辞）
○石山軍記（古辞）
○石山退去録（古辞）
○本願寺大秘録石山軍鑑（古典籍・石山軍鑑・弘前図）
【参考】①『日本古典文学大辞典』「石山軍記」項

板倉修理の殿中刃傷事件

【概要】延享四年（一七四七）八月十五日に江戸

城内で起こった刃傷事件。旗本（寄合）板倉修理が熊本藩主細川越中守に切りつけた。目付に事情を問われた修理は誰かは知らないが脇差しを抜いたように見えたので自分も抜き合わせたと答え、乱心と判断され、後に切腹を命じられる。越中守はこの時の傷がもとで死去。

○板倉修理乱心始末（参考①）
○板倉細川殿中刃傷記（古典籍・巴星録）
○隠見細倉記（参考①）
○延享四丁卯年八月十五日一件（参考①）
○近代公実厳秘録（古典籍）
○殿中刃傷記（古典籍）
○巴星録（古典籍）
○巴星録実記（参考①）
○秘書細板記（参考①）
○細倉記（古典籍・細倉記増補実録・久留米図）
○細倉記実録（古典籍）
○細倉記増補実録（古典籍）
○細倉実記（古典籍）
○細倉実録（参考①）
○八代蜜柑（参考①）

【参考】①高橋圭一氏「板倉修理の刃傷」（『実録研究』）

板倉政要

【概要】京都所司代板倉伊賀守勝重・周防守重宗親子二代の裁き物。『板倉政要』前半は公事裁きの法令集で、後半が判例を集めたもの。中国の『棠陰比事』などを典拠とした、板倉父子とは無関係の裁判話もみられ、この父子の名裁判官ぶりがうかがえる。大岡政談の諸本に収載される話も多い。

○板岡政談（古典籍）
○板賀州掟覚書（古典籍）
○板倉顕命録（古典籍）

○板倉伊賀守殿掟覚書（古辞）
○板倉大岡政要録（古典籍）
○板倉大岡両君政要録（古典籍）
○板倉顕命録（古典籍）
○板倉政事要鑑（参考④）
○板倉政談（×古典籍）
○板倉政要（古辞）
○板倉政要記（古辞）
○板倉政要後編（参考③）
○板倉政要三亭記（大惣）
○板倉政要実録（古辞）
○板倉政要続編（参考④）
○板倉政要秘事（古辞）
○板倉防州政要（古辞）
○大岡板倉二君政要録（古辞「大岡政談物」）
○続板倉政要（参考③）

【参考】①『日本古典文学大辞典』「板倉政要」項・②大久保順子氏「『板倉政要』「続編」諸本考」（『香椎潟』第四十五号）・③同氏「『続板倉政要』系列裁判説話の研究（一）～（三）」（『香椎潟』第四十六・第四十七・第四十八号）・④同氏「『板倉政要続編』と『板倉政事要鑑』」（『文藝と思想』第六十八号）

↓大岡政談

岩見武勇伝（岩見重太郎）

【概要】大坂夏の陣片山道明寺合戦において、後藤又兵衛基次らとともに討死した武将、薄田隼人正の少年時代が擬せられた、仮構の武勇伝。

○岩見武勇伝（古辞）
○薄田一代記（大惣）
○薄田兼相武勇伝（高橋圭一氏）
○薄田武勇伝（著者）
○北筑岩見実記（古辞）

【参考】①『日本古典文学大辞典』「岩見武勇伝」項・②高橋圭一氏「薄田隼人の失態」（『国語国文』

越後騒動

【概要】延宝七年（一六七九）から天和元年（一六八一）に越後高田藩におきた御家騒動。国家老小栗美作による独断的な藩政をめぐって藩内が二分した上、藩主の継嗣問題が絡む。延宝八年、徳川綱吉直々の裁許になり、越後松平家は取りつぶしとなった。

○越後観音堂通夜物語（古典籍・越後騒動根元記・石川・加賀図聖藩）
○越後記（古典籍）
○越後記大全（古辞）
○越後騒動（古辞）
○越後騒動記（古辞）
○越後騒動根源（元）記（古辞）
○越後騒動根元記通夜物語（古典籍・越後騒動根元記・福岡・秋月郷土）
○越後騒動通夜物語（古辞）
○越後騒動之一巻（古典籍・越後騒動・金沢大北条）
○越後緺（古辞）
○越後通夜物語（古典籍）
○越後動乱根元通夜物語（古典籍）
○観音堂通夜物語（古典籍）
○順礼通夜物語（参考②）
○騒動根元記通夜物語（参考②）
○騒動扣之記通夜物語（古典籍・越後騒動通夜物語・名古屋鶴舞図）
○高田騒動根元記（古典籍）
○通夜物語（古典籍）
○東北元正記（古典籍）
○北越騒乱記（古典籍）

【参考】①『日本古典文学大辞典』「越後騒動物」項・②田中伸氏「講釈師と実録小説―『騒動根元記通夜物語』をめぐって―」（『二松学舎大学論集』

昭和五十九年度号）

延命院事件

【概要】享和三年（一八〇三）に処刑された江戸谷中延命院住職日道による、女犯事件。日道は参詣の婦女と通じ、さらには堕胎まで行ったとして、寺社奉行脇坂安薫によって処刑された。

○延命院実記（×古典籍）
○観延政命談（古典籍）
○二重底享和文庫（古典籍）
○螢火草の雫（古典籍）
○谷宝延霊録（古典籍・観延政命談・伝習館高対山）

【参考】①拙稿「破戒への道―実録『観延政命談』における日道の恋―」（『文学　隔月刊』第八巻第五号

大岡政談

【概要】享保二年（一七一七）、四十一歳という若さで任命されてから二十年に渡り江戸南町奉行を務めた大岡越前守忠相の名裁判を集めたもの。大小さまざまな話があり諸本によって内容にばらつきがある。実際の事件に基づいたものは「天一坊事件」「直助権兵衛一件」「白子屋お熊」の三件であり、さらに大岡越前が実際に裁いたのは「白子屋お熊」一件だけで、他は架空の事件と考えられる。諸本には板倉政談が混入しているものも多い。

○板岡政談（古典籍）
○板倉大岡政要録（古典籍）
○板倉大岡両君政要録（古辞）
○隠秘録（古辞）
○越後伝吉（×古典籍）
○越後伝吉大岡政要記（高橋圭一氏）
○越後伝吉之伝（×古典籍）

○大岡板倉二君政要録（古辞）
○大岡記（古典籍）
○大岡吟味一件（関西大図中村）
○大岡昇進録（小説）
○大岡仁愛録（古典籍）
○大岡仁政記（古典籍・大岡仁政録・順天大山崎）
○大岡仁政亀鑑（×古典籍）
○大岡仁政実録（古典籍・大岡仁政録・豊田市図）
○大岡仁政要智実録（小二田誠二氏）
○大岡仁政録（古辞）
○大岡政談（古典籍）
○大岡政談惣吉捌（高橋圭一氏）
○大岡政談之内穀屋吉之輔の伝（高橋圭一氏）
○大岡政要記（古辞）
○大岡政要記の内煙草屋喜八一件（高橋圭一氏）
○大岡政要実録（古辞）
○大岡政要実録大全（古典籍・大岡政要実録・八戸市図青年会）

○大岡政要之内上総国大網之一件（高橋圭一氏）
○大岡政要録（古典籍）
○大岡政誉談（古辞）
○大岡忠相記（古辞）
○大岡忠相政要（古典籍）
○大岡忠相政要実録（古典籍）
○大岡忠相政要録（古典籍・大岡忠相政要実録・酒田市光丘）
○大岡忠相比（秘）事（古辞）
○大岡秘事（小二田誠二氏）
○大岡美談（古辞）
○大岡美談於半長右衛門実記（高橋圭一氏）
○大岡美談録（古典籍・大岡美談・新潟・黒川公民館）
○大岡明君誠忠秘事記（古典籍・大岡明君秘事記・島根大桑原）
○大岡明君秘事記（古典籍）
○大岡名誉政談（古辞）
○大岡名誉録（古典籍・大岡名誉政談・茨城県歴史）

○享保仁政録（古典籍）
○享保太平記（高橋圭一氏）
○銀の笄（古典籍）
○皇江花伝銀の笄（古典籍）
○三都勇剣伝記（×古典籍）
○拾遺遠見録（古典籍）→膏薬奴の敵討ち
○白子屋阿熊之記（×古典籍）
○仁徳録越後伝吉（関西大図中村）
○天一坊一代記（著者）
○天一坊一件（×古典籍）
○天一坊実記（×古典籍）
○徳川天一坊起之事（古典籍）
○徳川天一坊記（古典籍・徳川天一坊起之事・弘前市図）
○武勇忠士伝（古典籍）
○松田お花一件（×古典籍）
○村井長庵（小説）
○村井長庵一件（×古典籍）

【参考】①『日本古典文学大辞典』「大岡政談物」項・②岡田哲氏「馬場文耕と「大岡政談」」（『國學院大學大学院紀要』第十二号）③小二田誠二氏「実録体小説の人物像―『天一坊実記』を中心に」（『日本文学』第三十七巻第八号）・④同氏「実録体小説の生成―天一坊一件を題材として」（『近世文芸』第四十八号）・⑤辻達也氏『大岡政談』1・2（平凡社東洋文庫）・⑥藤沢毅氏「大岡政談「実母継母論之事」の変遷」（『尾道大学芸術文化学部紀要』第四号）・⑦内山美樹子氏「『銀の笄』と「棹歌木津川八景」―付・浄瑠璃における「大岡政談」ないし政談ものについて」（『近世文芸研究と評論』第二十六号）・⑧同氏「辰巳屋一件の虚像と実像」（『早稲田大学大学院文学研究科紀要』第二十九号）

大久保武蔵鐙（大久保彦左衛門）

【概要】江戸時代初期の幕府旗本大久保忠教、通

称彦左衛門の逸話を集めたもの。彦左衛門は大久保家の家格や彼の武功に比して知行では不遇なこともあって、彼の頑固一徹な人物像とともに人々の共感を呼び、天下のご意見番としての伝説を生み出していった。

○寛永昇進録（古典籍）
○隅田川出世駒（古辞）
○宇都宮騒動（×古典籍）
○宇都宮騒動之記（×古典籍）
○大久保義（儀）勇伝（古辞）
○大久保助言録（古典籍）
○大久保駿河土産（参考②）
○大久保清（政）談（古辞）
○大久保日記（古辞）
○大久保彦左衛門物語（古典籍）
○大久保秘事（参考②）
○大久保武蔵鐙（古辞）
○大久保名（明）唀録（参考②）
○藤の丸（参考②）
○松前屋九戸鏡（高橋圭一氏）
○松前屋五郎兵衛一件記（高橋圭一氏）
○松前屋五郎兵衛之伝（古辞）
○松前屋物語（古典籍）
○松前屋勇力伝（古辞）
【参考】①『日本古典文学大辞典』「大久保武蔵鐙」項・②高橋圭一氏「彦左の変身」（『実録研究』）

大塩平八郎の乱

【概要】天保八年二月に、元大坂天満与力大塩平八郎が中心となって挙兵した一揆。天保の飢饉後の庶民の困窮を、豪商と役人が結託した悪政であるとして檄文を書き挙兵。大筒を用い、街中に向い銃撃戦となる。しかし乱は一日で鎮圧され、大塩父子は商家に潜伏していたが発見され、三月二十七日に自刃した。実録には平八郎の幼少時の武勇伝を記し、伝説化しているものもある。
※浪花の表記には「浪華」「難波」「浪速」などが用いられる。
○大塩一代近世浪花露（古典籍）
○大塩実記（古典籍）
○大塩実録（古典籍）
○大塩騒動実録（古典籍）
○大塩騒動実録記（古典籍）
○大汐浪華鑑（古典籍）
○大塩平八郎（×古典籍）
○大塩平八郎実記（古典籍）
○大塩乱始末記（古典籍）
○狂乱太平記（古典籍）
○太平鑑（古辞）
○天保水滸伝（古辞）
○天保太平記（古辞）
○天満水滸伝（古辞）
○天魔水滸伝（×古典籍）

○浪花煙花名録（古典籍）
○難波大汐火（古典籍）
○浪花潟大筒夢物語（古典籍）
○浪花始末記（古典籍）
○浪華騒動記（古典籍）
○浪華騒動の噂（古典籍）
○浪華津蘆話（古典籍）
○浪華筆記（古辞）
○夢の跡浜の松風（古典籍）
【参考】①『日本古典文学大辞典』「天満水滸伝」項

おこよ源三郎

【概要】江戸時代後期に身分違いの恋として処罰された鳥追いと旗本の物語。旗本座光寺藤三郎が瞽女お八重に手をかけ男子を産ませ、藤三郎の妻が夫の身持ちの悪さを諫めるために自害し、それが評定所に知れて座光寺家は断絶、妻の節義が評判となる説と、安政三年（一八五六）に借金のもつれから殺人を犯し、翌年改易された座光寺藤三郎と、ある御家人が女太夫と通じて出奔した事件を取り合わせたとする説がある。

○おこよ源三郎（×古典籍）
○月亀夜話（古典籍）
○月鼈玉の輿（古辞）
○月鼈夜話（古典籍）
○依田捌五人男（古辞）
○依田評定記（×古典籍）

【参考】①『日本古典文学大辞典』「依田捌五人男」項・②今岡謙太郎氏「「おこよ源三郎」説話について」（『近世文芸』第五十七号）

↓依田政談

お富与三郎（切られ与三郎）

【概要】博徒の妾お富と小間物屋の若旦那与三郎との情話。講談・落語・歌舞伎・小説などで有名。与三郎のモデルは江戸長唄の宗家四代芳村伊三郎と伝えられ、彼が若いときに、上総国木更津で、土地の博徒明石金右衛門の妾お政と情を通じ、それが金右衛門に知れ、伊三郎がなぶり切りにされたことがこの話の実説と言われる。伊三郎は後に江戸でお政と所帯を持ち、間に生まれた子の名がお富であるとされている。

○重櫛浮世情談（古辞）
○重櫛浮世清談（古辞）
○重櫛名士伝（古辞）

【参考】①『日本古典文学大辞典』「重櫛浮世情談」項・②延廣眞治氏「『お富与三郎』説話」（名古屋大学国語国文学会『国語国文学論集』一九七三年）

加賀騒動

【概要】寛延元年（一七四八）に、加賀藩八代藩主前田重熙の毒殺未遂事件により表面化した御家騒動。真如院の娘楊姫付きの中老浅尾が犯人として捕らえられる。また、六代藩主吉徳側室真如院が、自分の息子勢之佐を藩主に据えるために毒殺を主謀したとして幽閉、さらに大槻伝蔵と不義密通の上共謀したとの疑いまでかけられた。事件の原因にはさまざまな説があるが、背景の一つとして、御居間坊主だった大槻伝蔵を吉徳が重用、出世させたことに家臣の一団が反発したことが挙げられる。吉徳死後、大槻は蟄居させられており、その最中に事件が起こっている。蟄居中の伝蔵は寛延元年九月に自害した。

○大槻見聞録（古辞）
○大槻事実類聚（古典籍）
○大槻真伝記（古典籍）

○加賀騒動（古典籍）
○加賀騒動記（古典籍）
○加賀騒動記録（古典籍・加賀騒動記・名古屋市博）
○加賀騒動実録（古典籍）
○賀州日記（古典籍）
○金沢秘録邪正記（古典籍）
○金沢文庫（古典籍）
○加陽太平記（古典籍）
○奸（肝）曲菅秘録（古典籍）
○金城大槻伝記（参考⑤）
○金城厳秘録（古辞）
○金城失縄編（×古典籍）
○金府失縄編（大惣）
○見語（古辞）
○見語大鵬撰（古辞）
○見聞大槻録（古典籍）
○越路加賀見（鏡・鑑・加賀美）（古辞）
○古志字花香々見（古典籍・越路加賀美・金沢市図

村松）
○世人不知物語（参考⑤）
○増補見語大鵬選（古典籍・見語大鵬撰・三原図他）
○増補野狐物語（古辞）
○賦臣邯鄲夢（著者）
○大鵬寸虫録（参考⑤）
○大鵬寸虫録記（高橋圭一氏）
○大鵬撰（古典籍・見語大鵬撰・三原図）
○北雪美談金沢実記（古辞）
○北冦槻大集録（古典籍・北冠槻奪録・酒田市光丘）
○北冠槻奪録（古典籍）
○前田秘録（参考⑤）
○野狐物語（古辞）
【参考】①『日本古典文学大辞典』「加賀騒動物」項・②同「見語大鵬撰」項・③青山克彌氏「加賀騒動物実録に関する基礎的諸問題」（『加賀の文学創造』）・④同氏「加賀騒動物実録の転化の様相（その一）～（その三）」（同書）・⑤高橋圭一氏「実録「加賀騒動物」の諸相」（『実録研究』）

加賀騒動（天明の加賀騒動）

【概要】いわゆる「加賀騒動」落着後約三十年を経て、天明五年（一七八五）加賀藩に起こった騒動。前藩主前田重教が当主の治脩を差し置き政治の実権を握ろうとした事件。重教ははじめ財務権を、後さらに人事権を握ろうとしたが、翌年六月に急死。直後に重教腹心の富田好礼、池田正信、豪商木屋藤右衛門が処罰された。
○北長家騒記（古典籍）
○北長家騒動記（古典籍）
○北長家乱騒記（小説）
【参考】①高橋圭一氏「北長家騒記」について」（『大谷女子大国文』第二十号）

鏡山（浜田藩江戸屋敷の敵討）

【概要】享保八年（一七二三）三月二十七日に、石見浜田藩主松平周防守の江戸屋敷で起きた仇討ち。周防守奥方に仕える局滝野が不調法をし、中老の沢野が意地悪くとがめ立て、それを気にした滝野が自害。召使いの山路がその仇を討つというもの。この話には異説が多く、滝野の名をおみち、山路の名をおさつとし、おみちが沢野の草履を履いて外出したために恨みを買い、沢野に草履を蹴りつけたという、草履討ちの話が入るものもある。

○石見忠女伝（古典籍）
○石見国浜田城主松平周防守江戸屋敷内ノ事（古典籍）
○女仇討松田系図（古辞）
○女永代鏡（古典籍）
○女敵討操鑑（大惣）
○女敵討実録（古典籍）
○女敵討松田系図（古辞）
○鏡山女敵討（古典籍・鏡山実録忠臣女敵討・弘前図）
○鏡山実記（刈羽郡立図目録）
○鏡（加賀見）山実録（古辞）
○鏡山実録忠臣女敵討（古典籍）
○鏡山実録松田貞忠記（高橋圭一氏）
○鏡山真正記（高橋圭一氏）
○鏡山草履打（服部仁氏）
○加賀美山忠烈実伝（古典籍）
○鏡山忠烈伝（古典籍）
○敵討女予譲（古典籍）
○敵討鏡山（古典籍）
○敵討松田系図（古典籍）
○敵討三巴実録（古辞）
○佐（左）津女忠義録（古典籍）
○石州女敵討（古典籍・松田女敵討実録）
○石州浜田女敵討三巴女武勇鑑（古典籍）
○石州濱田城主并局澤野事（古典籍・敵討女予譲・

ノートルダム清心）
○石州浜田争論（古典籍）
○忠臣女鑑（鏡）（古典籍）
○忠臣女敵討（古典籍）
○忠勇烈婦伝（大惣）
○報讐談（関西大図中村）
○松田女敵討実録（古典籍）
○松田左津女復讐録（古典籍）
○松田氏敵討（古典籍）
○松田氏のむすめ敵討（古典籍）
○松田性女之敵討（古典籍）
○三巴女敵討（古辞）
○烈女鑑実録（古典籍）
【参考】①『日本古典文学大辞典』「鏡山物」項

合邦ヶ辻の敵討

【概要】高橋作左衛門が兄清左衛門の敵、加賀大聖寺藩主弟前田大学頭を討つ話。敵を狙うために病気を言い立て暇願いを出す作左衛門を、本心を知っている主人の金沢藩主前田利元は乱心者として髻を切って暇を出す。作左衛門は喝几と改名し廻国修行の旅に出、浪花合邦ヶ辻を経て加賀に戻り、閻魔堂を建立する。敵の動静を探り、大学頭が上京の折を狙い、敵討ちに成功する。事件の実説およびモデルは今のところ判明していない。
○敵討合邦ヶ辻（×古典籍）
○敵討喝几辻（古典籍）

加藤清正

【概要】戦国武将加藤清正の一代記。豊臣秀吉と同郷であり、幼い頃から秀吉に仕える。賤ヶ岳の合戦で名を挙げ、文禄・慶長の役では奮戦、関ヶ原の合戦では東軍に付き、その後肥後五十四万石を治めることになる。

○清正実記（古典籍）
○審訓清正実記（古典籍）

亀山の仇討（石井兄弟の仇討）

【概要】元禄十四年（一七〇一）五月、伊勢国亀山城内で石井源蔵・半蔵兄弟が父宇右衛門・兄兵右衛門の敵赤堀源五右衛門を討ち取った事件。宇右衛門は赤堀遊閑から源五右衛門を預かるが、身持ちが悪いため恥をかかせる。源五右衛門は宇右衛門を殺害し逃亡。石井兵右衛門は遊閑を殺害、源五右衛門をおびき出そうとするが、反対に源五右衛門に討たれる。源蔵・半蔵兄弟は源五右衛門が亀山板倉家中にいることを突き止め、若党になって板倉家に潜入し、ついに敵を討つ。

○石井赤堀敵討（古典籍）
○石井兄弟敵討実記（古典籍）
○石井兄弟復讐実録（古典籍）
○石井熊之丞友時覚書（古典籍）
○石井系図伝記（古典籍・亀山敵討石井系図伝記）
○石井家由緒（古典籍）
○石井左仲豊展系図伝記（古典籍・亀山敵討石井系図伝記）
○石井実記（古辞）
○石井遂志録（古典籍）
○石井復讐記（古典籍）
○石井復讎始末（古典籍）
○石井明道士（志）（古辞）
○延宝元禄曾我（古辞）
○敵討亀山伝記（古典籍・敵討実説亀山伝記）
○敵討実説亀山伝記（古典籍）
○亀山敵討（古典籍）
○亀山敵討石井系図伝記（古典籍）
○亀山敵討記（古典籍）
○亀山敵討実録（古辞）
○亀山物語（古典籍）

○岸根兄弟赤堀甚五左衛門敵討乃事（関西大図中村）
○元禄曾我記（古典籍）
○勢州亀山敵討（古典籍）
○勢州亀山敵討実録（古典籍）
○豊前小倉岸根物語（関西大図中村）
○浮木顕誠録（大惣）

【参考】①『日本古典文学大辞典』「石井明道士」項・②山本卓氏「『元禄曾我物語』攷―浄瑠璃利用と実録への展開を中心に―」（『国文学』（関西大第六十八号）

関東血気物語

【概要】寛文・延宝頃、江戸に出現した水野十郎左衛門・幡随院長兵衛・平井権八・寺西閑心・深見十左衛門他、旗本奴・男伊達と呼ばれる侠気の者たちの喧嘩など、血気溢れた行動を記す。

○男達意気路競（参考②）
○男達血気物語（参考②）
○男達三国志（参考②）
○男達酔虎伝（参考②）
○関東侠客伝（古辞）
○関東血気物語（古辞）
○関東潔競伝（古辞）
○古今侠客伝（古辞）
○風俗剛気酔虎伝（参考②）
○風俗酔虎伝（参考②）

【参考】①『日本古典文学大辞典』「関東血気物語」項・②倉員正江氏「『関東血気物語』とその周辺―『風俗酔虎伝』を中心に」（『江戸文学研究』）

義士伝（赤穂事件）

【概要】元禄十五年（一七〇二）十二月十四日の夜半、大石内蔵助良雄ら元赤穂藩士たち四十七名が、本所吉良上野介義央邸に押し入り、旧主浅野内匠頭長矩の仇を討った事件。事の発端は、前年三月十四日に江戸城松之廊下において、勅使御馳走役の浅野が接待の指南役吉良に切りつけた事件に遡る。吉良の命に別状はなかったが、将軍徳川綱吉は即日浅野に切腹を命じ、吉良側には何の咎めも無かったことに赤穂の家士は不満を抱いたとされる。刃傷の原因は明白でないが、大石らは吉良を討つことで主君の遺志を晴らそうとし、行動に至った。関係者の外伝も多い。

○赤尾敵討之事（高橋圭一氏）
○赤穂遺事（古典籍）
○赤穂一乱聴書（古典籍）
○赤穂介石忠功記（古典籍）
○赤穂記（古典籍）
○赤穂記外伝（古典籍）
○赤穂義士（古典籍）
○赤穂義士記介石記（関西大図中村）
○赤穂義士実記（×古典籍）
○赤穂義士実録（古典籍）
○赤穂義士始末記（古典籍）
○赤穂記実録（古典籍）
○赤穂義士忠義録（古典籍）
○赤穂義士伝（古典籍）
○赤穂義士伝綱目（古典籍）
○赤穂義臣伝（大惣）
○赤穂実記（古典籍）
○赤穂実録（古典籍）
○赤穂実録記（古典籍）
○赤穂鐘秀記（古辞）
○赤穂諸士復讐伝（古典籍）
○赤穂助石記（古典籍）
○赤穂深秘録（古典籍）
○赤穂精義参（三）考内侍所（古典籍）
○赤穂精義内侍所（古辞）
○赤穂精義附録（古典籍）

○赤穂誠忠武鑑（古典籍）
○赤穂忠義伝（古典籍）
○赤穂忠義筆記（古典籍）
○赤穂忠臣記（古典籍）
○赤穂忠臣義士伝（古典籍）
○赤穂忠臣実記（古典籍）
○赤穂忠臣録（古典籍）
○赤穂内侍所（古典籍・赤穂精義内侍所）
○赤穂秘録（古典籍）
○赤穂盟（明）伝（古典籍）
○赤穂盟伝記（古典籍）
○赤穂名誉録（古典籍）
○赤穂浪士一件（古典籍）
○赤穂浪士討入伝（古典籍）
○赤穂浪士伝（古典籍）
○赤穂浪人（高橋圭一氏）
○浅野仇討記（×古典籍）
○浅野吉良一件（古典籍）

○浅野家来仇討（古典籍）
○異本浅野報讐記（参考④）
○潮田開運記（古典籍）
○潮田廉直録（古典籍）
○易水連袂録（古辞）
○大石記（古典籍）
○大石十八ヶ条（高橋圭一氏）
○大石忠臣記（古典籍）
○大石物語（古典籍）
○大石良雄忠義物語（古典籍）
○大石良雄物語（古典籍・介石記・酒田市光丘）
○介石記（古辞）
○介石記備考（古典籍）
○介石忠孝（功）記（古典籍）
○復讐義士伝（古典籍）
○義士一件（古典籍）
○義士実録（古典籍）
○義士忠臣録（古典籍）

○義士伝（古典籍）
○義士伝実記（古典籍）
○義士抜書（高橋圭一氏）
○義士三原秘録（古典籍・義臣伝三原秘録）
○義士銘々伝（古辞）
○義士銘々伝之内武林只七由来之事（高橋圭一氏）
○義子銘々伝之内堀部安兵衛伝（高橋圭一氏）
○義臣実録（古辞）
○義臣伝（古典籍）
○義臣伝記（古典籍）
○義臣伝拾遺（古典籍）
○義臣伝三原秘録（古典籍）
○蟻蜂録（古典籍）
○元禄義臣伝（古典籍）
○黲考義士銘々伝（古典籍・義士銘々伝・酒田市光丘）
○参考精忠伝神録（古辞）
○実義赤穂記（古典籍）

○助石忠功記（古典籍・介石忠功記・国文研）
○新撰大石記（古典籍）
○精忠義士実説物語（古典籍）
○精忠義士実伝（古典籍）
○精忠義士実録（古辞）
○誠（精）忠義士伝（古典籍）
○精忠義士録（古典籍）
○誠忠後鑑録（古典籍・忠誠後鑑録・秋月郷土）
○誠忠内侍所（古典籍・赤穂精義内侍所・福島県図）
○誠忠武鑑（古辞）
○赤城介石記（古典籍）
○赤城義士雑記（古典籍）
○赤城義士伝（古辞）
○赤城義臣伝拾遺（古典籍）
○赤城助石記（古典籍）
○赤城実記（古典籍）
○赤城忠義録（古典籍）
○赤城盟伝（古辞）

○赤城盟伝記（古辞）
○浅吉一乱記（×古典籍）
○忠義伝（古典籍・赤穂忠義伝）
○忠義録（古典籍）
○忠功義臣伝（古辞）
○忠臣記（古典籍）
○忠臣聞書牛毛記（古典籍）
○忠臣聞書牛毛伝（古辞）
○忠臣規矩順従録（古典籍）
○忠臣義士銘々伝之内赤垣源蔵重堅之伝（高橋圭一氏）
○忠臣義誠鏡（古典籍）
○忠臣蔵演義（古典籍）
○忠臣蔵聞書牛毛記（関西大図中村）
○忠臣蔵牛毛聞書記（関西大図中村）
○忠臣始末記（古典籍）
○忠誠後鑑録（古辞）
○通俗赤城盟伝（古辞）
○内侍所（古典籍・赤穂精義内侍所）
○中山深秘録（著者蔵）
○播州赤穂忠信記（古典籍）
○播州赤穂物語（古典籍）
○武鑑忠臣伝聞録（関西大図中村）
○武家明鑑大石物語（古典籍・大石物語・福井市図）
○武家明鏡大石物語（古典籍・大石物語・駒大永久）
○武州高田馬場敵討物語（古典籍）
○勇智義臣伝（大惣）
○夕雲雀（古典籍）

【参考】①『日本古典文学大辞典』「義士伝物」項・②山本卓氏「義士伝実録と『絵本忠臣蔵』」（『文学　隔月刊』第三巻第三号）・③同氏「実録『赤穂精義内侍所』攷」（『江戸文学』第二十九号）・④長谷川強氏「浮世草子と実録・講談―赤穂事件・大岡政談の場合―」（『國學院雑誌』第九十五巻第二号）

鏡台院事件

【概要】安永頃、旗本森半左衛門家の女中小夜（のち鏡台院）が家の乗っ取りを企てた事件。小夜は半左衛門を籠絡、妻女を離縁させ、鏡台院として家の実権を握る。嫡子を殺害し自分の子に家を相続させようとするが失敗、事が露顕して遠島になる。

○安永森鏡（×古典籍）
○安永森鑑邪正録（古典籍）
○森鏡邪正録（高橋圭一氏）
○森鏡騒動明伝記（古典籍）

キリシタン渡来

【概要】キリスト教（キリシタン）が日本に渡来し、織田信長の庇護を受け、様々な術を用い、日本人の宣教師も使って布教を進めるも、キリシタンに反対する伯翁居士との問答に破れ、豊臣秀吉に邪教と認識され、禁教に至るまでを描く。キリシタンの渡来を日本侵略のためと設定する。

※キリシタンの表記は各書「切支丹」・「吉利支丹」等が混在する。

○伊吹もぐさ（蓬・艾）（古典籍）
○伊吹艾因縁記（古典籍）
○伊吹蓬由来（古典籍）
○伊吹山艾草記（古典籍・切支丹実記）
○伊吹山薬草園のこと（古典籍）
○切支丹記（古典籍）
○切支丹興廃記（古典籍）
○切支丹根本由来実記（古典籍）
○切支丹実記（古典籍）
○切支丹実録（古典籍）
○切支丹始末（古典籍・切支丹始末記）
○切支丹始末記（古典籍）
○切支丹宗始発記（古典籍）

○切支丹宗旨来朝根元記（古典籍）
○切支丹宗征罰記（古典籍）
○切支丹宗門興廃記（古典籍・切支丹興廃記）
○切支丹宗門根元盛衰記（古典籍）
○切支丹宗門実記（古典籍）
○切支丹宗門伝記（古典籍）
○切支丹宗門渡来実記（古典籍）
○切支丹宗門渡来之由来（古典籍）
○吉利支丹宗門渡和朝根元（古典籍）
○吉利支丹宗門渡和朝根元記（古典籍・吉利支丹宗門渡和朝根元）
○切支丹宗門之事（古典籍）
○切支丹宗門由来記（古典籍）
○切支丹宗門由来聞書（古典籍）
○切支丹宗門来朝記（古典籍）
○切支丹宗門来朝実記（古典籍）
○切支丹宗門来朝実録（古典籍）
○切支丹宗門来朝伝記（古典籍）

○切支丹宗門来朝由来実記（古典籍・切支丹宗門来朝実記・千葉大医学古書）
○切支丹宗門来由（古典籍）
○切支丹宗門来由実記（古典籍）
○切支丹征伐記（古典籍）
○切支丹伝来記（古典籍）
○切支丹伝来秘録（古典籍）
○切支丹渡海根元記（古典籍・切支丹宗旨来朝根元記）
○切支丹渡来（古典籍・切支丹渡来并四答集）
○切支丹渡来記（参考①）
○切支丹発起（記）（古典籍）
○切支丹滅亡記（古典籍）
○切支丹由来（古典籍）
○切支丹由来記（古典籍）
○切支丹由来実記（古典籍）
○切支丹由来実録（参考①）
○切支丹由来之事（古典籍）

○切支丹来実記（古典籍）
○切支丹来朝記（古典籍）
○切支丹来朝実記（古典籍）
○切支丹来朝実録（古典籍）
○吉利支丹来由（古典籍）
○吉利支丹濫觴記（古典籍）
○禁宗真影記（参考①）
○制蛮録（古典籍）
○西洋国切支丹破天連実録（古典籍）
○賊宗来朝記（古典籍）
○南蛮記（古典籍）
○南蛮切支丹日記（古典籍）
○南蛮志（古典籍）
○南蛮寺永禄実記（参考①）
○南蛮寺興廃記（古典籍）
○南蛮実記（古典籍）
○南蛮実録（古典籍・南蛮耶蘇来朝実録）
○南蛮寺破却之事（古典籍）
○南蛮寺破滅実記（古典籍）
○南蛮寺物語（古典籍）
○南蛮宗門天正太平記（参考）
○南蛮滅法記（古典籍）
○南蛮耶蘇宗門来朝実録（古典籍・南蛮耶蘇来朝実録）
○南蛮耶蘇法之由来（×古典籍）
○南蛮耶蘇来朝実録（古典籍）
○南蛮妖法記（古典籍）
○伴天連記（古典籍）
○蛮宗制禁録（古典籍）
○滅亡南蛮実記（古典籍）
○耶蘇禁破録（古典籍）
○耶蘇根元記（古典籍）
○耶蘇始末記（古典籍）
○耶蘇宗門興廃記（古典籍）
○耶蘇宗門興廃録（古典籍）
○耶蘇宗門根元記（古典籍）

○耶蘇宗門始末記（古典籍）
○耶蘇宗門制禁大全（古典籍）
○耶蘇宗門制禁之由来（古典籍）
○耶蘇宗門朝渡根本記（古典籍）
○耶蘇宗門渡朝根元記（古典籍）
○耶蘇宗門滅亡記（古典籍・南蛮寺興廃記・関大増田）
○耶蘇宗門来朝記（古典籍）
○耶蘇宗門来朝実録（古典籍）
○耶蘇宗門来朝之記（古典籍）
○耶蘇宗濫觴記（古典籍）
○耶蘇制罰記（古典籍）
○耶蘇征伐記（古典籍）
○耶蘇天誅記（古典籍）
○耶蘇天誅録（古典籍・耶蘇天誅記・三春町歴民資）
○耶蘇来由記（古典籍）
【参考】①本書第一章第五節・六節
→天草軍記

黒田騒動

【概要】寛永年間に筑前黒田藩に起こった御家騒動。藩主の黒田忠之は家老栗山大膳の諫言をたびたび受け、次第に両者は対立する。エスカレートする忠之の迫害にたえかね、大膳はついに幕府に訴え出た。寛永十年（一六三〇）に裁決が下り、大膳の保身がはかられ、忠之の暴走が阻止される。福岡藩は無事に存続した。

○寛永箱崎文庫（古辞）
○黒田騒動記（古辞）
○黒田大雄志（古辞）
○すみなは記（古典籍）
○太平箱崎文庫（古辞）
○筑前国箱崎釜破故（高橋圭一氏）
○筑州箱崎文庫（古辞）
○箱崎釜破故（古辞）
○箱崎文庫（古辞）

○函宮密書（古辞）
【参考】①『日本古典文学大辞典』「黒田騒動物」項・②同「寛永箱崎文庫」項・③中村幸彦氏「実録体小説黒田騒動の成立」（『中村幸彦著述集　十』）

慶安事件（由井正雪の乱）

【概要】慶安四年（一六五一）七、八月に発覚した、由井正雪を中心とする幕府転覆計画事件。慶安四年四月に三代将軍家光が死去し、幕政が揺らぐのをみた軍学者由井正雪は、丸橋忠弥ら日頃自分のもとに集まる浪人達をかたらい、倒幕を計画する。だが計画は事前に露顕し、忠弥は江戸で捕らえられ、正雪は駿府において自害し事件は収束した。一説に、この事件は正雪が出入りを許されていた紀州藩が背後にいたとも言われている。
※由井の表記には「油井」「由井」等が混在する。
○斧物語（古典籍・慶安太平記・富山市図翁久允）
○寛永太平記（関西大図中村）
○慶安記（古典籍）
○慶安記聞書（古辞）
○慶安見聞記（古典籍）
○慶安前秘録（×古典籍）
○慶安騒動記（古典籍）
○慶安賊説記（古辞）
○慶安賊説弁（古典籍）
○慶安賊説弁聞書（古辞）
○慶安賊説弁軍書（関西大図中村）
○慶安太（泰）平記（古辞）
○三考慶安太平記（古典籍・慶安太平記）
○正雪実記（古典籍）
○駿江逆意録（高橋圭一氏）
○駿江両川刑録（古典籍）
○寸虫大望記（古典籍）
○鼠猫軍記（古典籍）
○大望記（古典籍・寸虫大望記・北海学園北駕）

○東夷退治録（古典籍）
○薄冰記（古典籍・油井根元記）
○富士太郎一生記（著者）
○武駿賊乱記（古辞）
○武駿大乱記（関西大図中村）
○望遠雑録（古典籍）
○由井遠望実録（古辞）
○油井記（紀）（古典籍）
○油井記大全（古典籍）
○由井記談（高橋圭一氏）
○油井根元（源）記（古辞）
○油井根元実記（古典籍・油井根元記・杵築図他）
○油井根元実記大全（古典籍・油井根元記・弘前図）
○由井根元実録（古典籍）
○油井実記（古典籍）
○油井実録（古辞）
○由井正雪一件実録（古典籍）
○由井正雪記（×古典籍）
○油井正雪根元記（古典籍・油井根元記・金沢大図北条）
○由井正雪実録（古典籍・蠡海雑録）
○由井正雪実録記（古典籍）
○油井正雪丸橋忠弥物語（古典籍・油井根元記・松翠文庫）
○油井蝗螂斧鈍記（古典籍）
○油井夢物語（高橋圭一氏）
○蠡海雑録（古典籍）

【参考】①『日本古典文学大辞典』「慶安太平記物」項・②小二田誠二氏「ヨミの口演―江戸軍談から実録類まで〈由井正雪の場合〉」（『講座日本の伝承文学』）

毛谷村六助

【概要】天正十四年（一五八六）、吉岡一味斎の敵京極内匠をねらう吉岡妻子を助太刀した剣豪。この事件及び六助の存在は伝説上のものとされる。六助は敵討ちの後、貴田孫兵衛と改名し、加藤清正について朝鮮出兵に参加したとされている。六助の話は『豊臣鎮西軍記』の中にも記されている。
○英雄力士伝（古辞）
○女敵討微塵断（高橋圭一氏）
○女敵討微塵断々（古典籍）
○貴田開運記（古辞）
○高良神護貴田開運記（古辞）
○三女敵討六助出世鏡（高橋圭一氏）
○豊臣鎮西軍記（古辞）
○彦山敵討（大惣）
【参考】①『日本古典文学大辞典』「豊臣鎮西軍記」項
→豊臣秀吉

膏薬奴の敵討（陸奥国中村原町の敵討）

【概要】宝暦十三年（一七六三）五月、陸奥国相馬中村城下で行われた敵討ち。敵は佐々木九郎右衛門で討手は甥の佐々木清十郎と佐々木家下人の中川十内ら。発端は九郎右衛門が、兄である豊後久留島家臣佐々木軍右衛門の妻と密通し、その発覚を怖れて軍右衛門を殺害したことによる。清十郎の下人が膏薬売りに変装して敵を捜したことから「膏薬奴の敵討」と呼ばれる。
○敵討膏薬奴（古典籍）
○敵討奴膏能（小二田誠二氏）
○拾遺遠見録（古典籍）
○浮沈揚名記（仙台市斎藤報恩会）
【参考】①小二田誠二氏「事実（てん）から小説（せん）へ――膏薬奴の敵討を素材に――」（『江戸文学』八号）

佐倉義民伝（佐倉惣五郎）

【概要】承応頃、下総国佐倉藩堀田家の苛政を公津村名主惣五郎が将軍家綱へ直訴したとされる一件。直訴は受け入れられたが藩主は惣五郎夫婦を磔刑に、子供は打ち首に処せられたという。

○大桜地蔵堂通夜物語（古典籍・地蔵堂通夜物語・黒川村公民）
○寛永紀聞（古典籍）
○木内宗吾郎一代記（古辞）
○公津物五物語（古典籍・地蔵堂通夜物語・成田）
○公津村木内宗五郎物語（古典籍）
○義民佐倉実記（古典籍）
○義民神霊佐倉実記（高橋圭一氏）
○佐倉花実物語（古典籍）
○佐倉義民江戸桜花の仇夢（古典籍）
○佐倉義民伝（古辞）
○佐倉義勇伝（古辞）

○佐倉聚劔帖（古典籍）
○佐倉城下堀田騒動記（古典籍・堀田騒動記・甲賀水口）
○佐倉宗吾実記（古典籍）
○佐倉宗吾伝（古典籍）
○佐倉惣五郎一代記（古典籍）
○佐倉宗五郎実録（古典籍）
○佐倉惣五郎正語（古典籍）
○佐倉宗五郎大明神由来記（著者）
○佐倉宗五郎物語（古典籍）
○佐倉騒動記（古典籍）
○佐倉村宗五郎物語（古典籍・佐倉宗五郎物語）
○佐倉物語記（古典籍）
○佐倉夢物語（高橋圭一氏）
○佐倉乱騒記大全（古典籍）
○地蔵堂通夜物語（古辞）
○地蔵堂宮籠物語（古典籍）
○地蔵堂物語（古典籍）

○下総佐倉堀田騒動実録（古典籍・堀田騒動実録・京大大惣）
○下総国佐倉直訴一件（古典籍）
○下総国佐倉騒動記（古典籍・佐倉騒動記・弘前図）
○下総国騒動記（高橋圭一氏）
○下総国相馬郡佐倉城下堀田騒動記（古典籍・堀田騒動記）
○東都桜花仇夢噺（著者）
○堀田騒動記（古辞）
○堀田騒動実録（古典籍）
○名木桜の曙（高橋圭一氏）
○妻敵討佐倉物語（古典籍）
【参考】①『日本古典文学大辞典』「佐倉義民伝」項

真田三代記

【概要】戦国末から大坂の陣にかけての、信濃国の真田昌幸・その二男幸村・その子幸安の三代に渡る知謀を記す。上田城を根城に織田・徳川らを度々破ったり、関ヶ原の戦の時は、美濃に向かう徳川秀忠の軍勢を阻み到着を遅らせたり、大坂の役の時には茶臼山本陣を攻撃するなど、智計と武勇とを合わせて活躍する。
○真田記（古典籍）
○真田三代記（古辞）
○真田三代記略（古典籍）
○真田三代軍功記（古辞）
○真田三代軍功実録（古辞）
○真田三代実記（古辞）
○真田三代実録（古典籍）
○真田実記（古典籍・真田三代記・弘前図）
○真田伝記（古典籍）
○山本真田勲功記（古典籍）
【参考】①『日本古典文学大辞典』「真田三代記」項

皿屋敷（お菊の怪談）

【概要】「お菊の怪談」として有名。若い女中が屋敷奉公し、十枚揃った主人の皿を一枚誤ってしまったことで、責めを受けて死に追い込まれる。その後毎晩、女中の亡霊が現れ皿を数え、屋敷には凶事が続くというものである。この伝説は各地に伝わるが、実録などで流布しているものは、江戸番町の旗本青山主膳の屋敷におけるものである。主膳秘蔵の皿を割ってしまった女中お菊は主人に虐待され、自ら屋敷の古井戸に飛び込む。祟りは生まれてきた主膳の赤子にみられ、さらに井戸からは毎夜皿を数える声が聞こえるというものである。

※「皿屋敷」には「皿屋舗」「佐羅也志喜」「佐良屋志喜」などの表記が、「弁疑録」の「弁」は「辨」「辯」の表記をするものもある。

○怪談皿屋敷（古典籍）
○怪談皿屋敷実記（古辞）
○皿屋舗（×古典籍）
○皿屋敷厳秘録（古辞）
○皿屋敷故実記（大惣）
○皿屋舗辨疑録（古典籍）
○三孝皿屋舗（×古典籍）
○新撰皿屋敷弁疑録（古辞）
○播州皿屋敷お菊の実録（参考②）
○幡州皿屋敷敵討（大惣）
○番町皿屋敷故実（古典籍）
○番町皿屋敷弁義録（古典籍）
○播陽智恵袋（参考②）

【参考】①『日本古典文学大辞典』「皿屋敷物」項・②小二田誠二「実録体小説の原像――「皿屋舗弁疑録」をめぐって――」（『日本文学』第三十六巻第十二号）

浄瑠璃坂の仇討

【概要】寛文十二年（一六七二）二月三日に江戸市ヶ谷浄瑠璃坂で行われた仇討ち。発端は、寛文八年三月、下野国宇都宮城主奥平忠昌の葬儀の時に老臣奥平内蔵之允と奥平隼人が口論に及んだことに始まる。その後内蔵之允は隼人に切りつけるがかえって深手を負ってしまい切腹する。追放された内蔵之允の子源八が、母方の叔父や父の従弟らと組み、出羽で隼人の弟を討ち取るなど辛苦を経て、江戸の隼人父子の屋敷に乱入する。双方数十人に及ぶ死闘であった。

○一谷報讐記（参考③）
○宇都（津）宮軍配団（古典籍）
○宇都宮黄金（金）清水（古辞）
○宇都宮金清山（古典籍・宇都宮金清水・弘前図）
○宇都宮盛衰記（参考④）
○宇都宮物語（古辞）
○奥平家士敵討細顕記（古典籍・奥平記・矢口米三氏）
○奥平敵討（古典籍）
○奥平記（古典籍）
○奥平家根元記（参考④）
○奥平源八敵討物語（古典籍）
○奥平騒動記（古典籍）
○奥平復讐之記（古典籍）
○奥平報讐記（古典籍）
○奥平報讐実録（三島市郷土館勝俣）
○敵討瑣砕記（古典籍・奥平騒動記・酒田光丘）
○敵討瑣砕録（古典籍・奥平騒動記・酒田光丘）
○敵討事実録（参考④）
○寛文実録（参考④）
○寛文復讐記（参考④）
○義のかたきうち物語（参考④）
○浄瑠璃坂敵討記（古典籍）
○浄瑠璃坂復讐始末（参考④）

【参考】①『日本古典文学大辞典』「宇都宮黄金清水」項・②井上泰至氏「宮川忍斎『一谷報讐記』」（『鯉城往来』第三号）・③同氏「防衛大学校図書館有馬文庫蔵『一谷報讐記』」（『防衛大学校紀要（人文科学）』第八十号）・④高橋圭一氏「「浄瑠璃坂仇討」の実録」（『実録研究』）

書写坂本の敵討

【概要】万治三年（一六六〇）九月二十三日に播磨国書写山東坂本で起きた敵討ち。初めに討たれたのは播磨国西坂本に暮らしていた浪人須貝六郎左衛門。敵は東坂本の浪人で六郎左衛門の友人でもある村井立甫の家人伴ノ角左衛門。六郎左衛門の弟十右衛門が立甫の代わりに嫡子の村井俣左衛門を討つ。さらに延宝三年（一六七五）十月九日、六郎左衛門の子求馬が成長の後、本当の敵、角左衛門を討つ。この事件が実際のものかどうかは不明。

○敵討御吉墳（参考①）
○書写御吉墳（参考①）
○書写山復仇実録（参考①）
○書写麓之雪（参考①）
○播磨国書写敵討（参考①）
○播磨国書写山敵討巻（参考①）
○播州書写東坂本敵討実記（参考①）
○村井立甫記（参考①）

【参考】①土居文人氏「実録『播磨国書写敵討』の成立」（『近世文芸』第七十四号）・②同氏「姫路文学館金井寅之助文庫蔵『播磨国書写敵討』解題と翻刻」（『播磨学紀要』第七号）

白石敵討（宮城野・信夫の敵討）

【概要】江戸中期における、姉妹による敵討ち。伝説の敵討ちとも言われるが、『月堂見聞集』によれば享保二年（一七一七）、奥州伊達領白石足立村の農民四郎左衛門が剣術指南田辺志摩に殺害され、残された姉妹すみ、たかの両名は、仙台の滝本伝八郎に奉公するとともに武術修行をし、享保八年、仙台の白鳥明神社において父の敵を討つ、とある。実録では姉が宮城野、妹が信夫と名を変えられ、江戸に出て由井正雪の元で修行をすることになっている。

○仇討実録（古典籍）
○奥州白石城下敵討事（古典籍）
○奥州白石城下娘敵討実録（×古典籍）
○奥州白石噺（古典籍）
○奥州白石女敵討（打）（古辞）
○奥州白石女敵討の事（服部仁氏）
○奥州仙台親之敵討（古典籍）
○奥州仙台之女兄弟親之敵討之事（古典籍）
○奥州仙台敵討（古典籍）
○奥州仙台敵討（打）の（之）事（古典籍）

○奥州仙台白石敵討（古典籍）
○奥州仙台白石女敵討（古典籍・奥州仙台白石記）
○奥州仙台白石記（古典籍）
○奥州仙台女敵討（古辞）
○奥州仙台女敵討并由井小雪仁心之事（古典籍・奥州仙台女敵討・仙台図）
○奥州仙台女敵討（之・の）事（古典籍）
○奥州仙台領白石女敵討実録（古典籍）
○奥州女敵討（古典籍）
○敵討孝女伝（古典籍）
○慶安太平記（古典籍）
○慶安太平記正説（古典籍・奥州仙台女敵討・三春町歴民資）
○白石孝女伝（古典籍）
○白石敵討（古典籍）
○白石噺（古典籍）
○白石女敵討（古典籍）
○仙台敵討宮城野信夫（古典籍）

○仙台敵討（古典籍）
○仙台女敵討実録（服部仁氏）
○仙台女敵討の事（古典籍）
○宮絹しのぶ仇討実録（古典籍・仇討実録）
【参考】①『日本古典文学大辞典』「白石敵討物」項
↓慶安事件

真刀（神道）徳次郎

【概要】真刀徳次郎は江戸中期の盗賊であり、奥州から関東まで数百ヶ所に渡り強盗を働いたという。道中では帯刀し、手下を連れ、役人になりすましたとされる。寛政元年（一七八九）三月に火付盗賊改役長谷川平蔵に捕らえられて処罰された。
○天明水滸伝（古辞）
【参考】①『日本古典文学大辞典』「天明水滸伝」項

菅原道真

【概要】平安時代の公卿。菅原是善の三子として生まれ、詩歌の道に秀で、文章博士にまで任ぜられたが藤原時平の讒言に遭い太宰府に左遷されたとされ、彼の地で没した。その後都では災厄が続き、人々は道真の怨霊のためと考え、その後天神として祭られることになる。近世の実録とは異質だが、近世には実録風の読み物が流布していたことや明治期の講談の演目にもなっていたことから採り上げる。
○北野実伝記（古辞）
○北野天神実伝記（古典籍）
○北野天神実伝記脱漏（古典籍）
○神秘天神記（古辞）
○増補北野天神御伝記（古辞）
○雷神問答（古典籍）
【参考】①『日本古典文学大辞典』「北野実伝記」

項・②中村幸彦氏「神道系講談―吉田天山の北野実伝記を軸として」（『中村幸彦著述集　十』）・③同氏「吉田天山と北野実伝記の再説」（同書）

関ヶ原の戦

【概要】慶長五年（一六〇〇）年に美濃関ヶ原で起きた、徳川家康を中心とした東軍と、石田三成らによる西軍による大合戦。金吾中納言小早川秀秋率いる大軍が東軍に寝返り、東軍の形勢が一挙に有利になったとされ、最後は東軍の圧倒的勝利に終わった。後、三成や小西行長ら中心的人物は死罪、西軍に付いた大名は廃絶したり、領地を減らされる者も多かった。諸本には豊臣秀吉没後の政情不安、それにまつわる淀君の嫉妬から物語を始めるものも存在する。

※諸本には「関ケ原」「関ヶ原」「関原」などの表記が混在する。

○伊吹物語（古典籍・関ケ原軍記大成）
○膽吹物語抜書（古典籍・関ケ原軍記大成・臼杵図）
○慶長庚子（古典籍）
○慶長五庚子（古典籍・関ケ原軍記・加賀図聖藩）
○慶長関ケ原記（古典籍・関ケ原記・閑谷学校）
○慶長太平記（高橋圭一氏）
○慶長中外伝（古辞）
○慶長中外伝抄（古典籍）
○慶長治乱綱目（古典籍・関ケ原軍記大全・園部町小出）
○参考関ケ原軍記（古典籍）
○関ケ原鑑（古典籍）
○関原記（古典籍）
○関ケ原記大全（古典籍・関ケ原軍記大全）
○関ケ原軍記（古典籍）
○関ケ原軍記大成（古典籍）
○関ケ原軍記大全（古典籍）
○関ケ原軍記大全標注（古典籍）

○関ヶ原軍記備考（古典籍）
○関ケ原軍記備考大成（古典籍）
○関ケ原大全（古典籍）
○関ケ原大乱記（古典籍）
○関原闘記（古典籍）
○太平朝日軍記（古典籍）
○大平（泰）基軍伝（古典籍）
○日本一統志（古典籍）
○濃関雌雄（×古典籍）
○扶桑太平録（古典籍）
○本多忠勝勇猛伝（×古典籍）
【参考】①『日本古典文学大辞典』「慶長中外伝」項

仙石騒動

【概要】但馬出石藩仙石家で起きた御家騒動。文政七年（一八二四）に藩主仙石政美が急死したことに端を発する。嗣子問題で家老仙石左京に独断があったとする反対派がかえって処分を受けるが、反対派の一人で虚無僧に転じた神谷転が町奉行に捕らえられたことから問題が再燃、幕府の裁決に持ち込まれ、天保六年（一八三五）に左京を獄門とする判決が下る。
○出石侯内乱記（大惣）
○仙石実記（×古典籍）
○永楽実記（古典籍・但石実記・飯田図堀）
○仙石騒動（古辞）
○仙石騒動実記（古典籍）
○仙石騒動秘記（古辞）
○仙石鴝香炉（古辞）
○仙石動乱記（古典籍）
○仙石内乱記（大惣）
○但馬細見録（×古典籍）
○但石実記（古典籍）
○千鳥夢物語（高橋圭一氏）

○夕鵞雄実記（古典籍）
○湯の島土産（大惣）
○湯島土産仙石策（刈羽郡立図目録）
【参考】①『日本古典文学大辞典』「仙石騒動物」項

崇禅寺馬場の仇討

【概要】正徳五年（一七一五）十一月四日、摂津崇禅寺松原で行われた仇討ち事件。敵は大和郡山本多家中の生田伝八郎、最初に討たれたのは伝八郎の義父の剣術の弟子である遠城惣左衛門。惣左衛門の兄治左衛門と安藤喜八郎が討手。伝八郎は両名が自分を探していると知り、書状をもって崇禅寺松原に誘い出し、助太刀を頼み返り討ちしてしまった。
○敵討崇禅寺馬場（古典籍）
○仇武一讒巻（古典籍・崇禅寺敵討）
○摂州大坂宗禅寺馬場敵討（古典籍）
○摂州大坂宗禅寺馬場敵討の事（古典籍・摂州大坂宗禅寺馬場敵討）
○摂州宗禅寺敵討聞書（古典籍）
○崇禅寺敵討（古典籍）
○総泉寺馬場敵討（古典籍）
○崇禅寺浜記（古典籍）
○崇禅寺松原敵討実記（古典籍）
○崇浜記（古典籍・崇禅寺浜記）
○不雪再横顕（関西大図中村）

高木折右衛門の武勇伝（武道白石英）

【概要】奥州伊達家の老臣片倉小十郎に仕える稲冨主膳には二人の子がおり兄を左門、弟を右門と言う。右門は幼少より力が剛勇の者であり、家中の力持ち松前鉄之助（伊達騒動にも登場）と力比べを行ったりする。右門は高木折右衛門と改名、全国を行脚し武者修行をする。
○高木折右衛門（高橋圭一氏）
○高木折右衛門伝（古典籍）
○高木折右衛門武勇伝（古典籍）
○武道白石英（古典籍）

伊達騒動（寛文事件）

【概要】仙台伊達家における、御家相続に関する騒動。寛文事件とも言う。仙台藩主伊達綱宗は、不行跡を咎められ、万治三年（一六六〇）に幕府から隠居を命じられる。家督を相続したのはわずか二歳の亀千代であり、後見役の伊達兵部は家老の原田甲斐と結託し、幕府の権力者である酒井雅楽頭忠清にも取り入り、政権を恣にした。これを見かねた伊達安芸は幕府に訴状を差し出し、江戸酒井邸にて幕閣や仙台藩の者たちが一堂に会し、評定になる。兵部・甲斐の悪事が露見し、甲斐は安芸を斬殺、自分もその場で殺された。兵部は流罪、原田家は断絶したが、伊達家は幕府より安泰を言い渡された。
※書名の「仙台」には「千代」を、「萩」には「判記」「葉記」などをあてることもある。

○東武者忠義全要記（参考③）
○安藤忠死録（古典籍）
○奥白川（古典籍・伊達騒動記・国文研）
○奥州仙台家中公事由来（古典籍）
○奥州仙台萩（古典籍・仙台萩・伊達開拓）
○奥州仙台萩大全（古典籍）
○奥陽便覧誌実録大全（古典籍）
○寛潤（闊）伊達鑑（鏡）（古典籍）
○寛治増補伊達鑑（古典籍）
○勧懲記（古典籍・伊達秘録・仙台図）
○勧懲記事（古典籍）
○寛文実録（古典籍）
○寛文忠臣記（×古典籍）

○寛文忠誠記（×古典籍）
○寛文年間仙台藩秘録（参考⑤）
○寛文秘録（古典籍）
○寛文物語（参考⑤）
○黒白大評定（東大教養国文）
○実録伊達鏡（服部仁氏）
○石浜秘記（古典籍）
○仙城黒白秘録（参考③）
○仙城太平記（古辞）
○全書仙台萩（古辞）
○仙台家中公事物語（古典籍）
○仙台家中侍公事物語（古典籍）
○仙台家中物語（古典籍）
○仙台諫争記（参考⑤）
○仙台公事次第（古典籍）
○仙台騒動記（古典籍）
○仙台騒動城太平楽記（参考③）
○仙台騒動平定記（高橋圭一氏）

○仙台騒乱記（古典籍）
○仙台太平記（古典籍・伊達厳秘録・仙台図）
○仙台懲毖録（参考⑤）
○仙台伝奏記（著者）
○仙台動乱記（古典籍）
○仙台萩（古辞）
○仙台萩実録（参考③）
○仙台萩巻（古典籍）
○千代萩秘録（古典籍）
○仙陽太平記（参考③）
○増補仙台萩（古典籍・仙台萩）
○増補銘台萩（参考③）
○伊達安芸諫言（古典籍）
○伊達鑑（鏡）（古典籍）
○伊達鏡東伽羅実録（参考④）
○伊達鏡実録（古辞）
○伊達鏡実録大全（古典籍）
○伊達鏡正説実録（参考④）

○伊達鑑仙台萩（参考③）
○伊達確執記（古典籍）
○伊達競実録（古典籍）
○伊達家騒動記（古典籍）
○伊達家秘録（古典籍）
○伊達家物語（古典籍）
○伊達顕秘録（参考③）
○伊達厳（元）秘録（古辞）
○伊達紅葉東秘録（古典籍）
○伊達黒白大評定（関西大図中村）
○伊達黒白秘録（参考⑤）
○伊達実秘録（古典籍）
○伊達実録（古辞）
○伊達實録萩之清水（古典籍・伊達実録・酒田光丘）
○伊達深秘録（古典籍）
○伊達盛衰記（古典籍）
○伊達騒動（古典籍）
○伊達騒動記（古典籍）

○伊達騒動実録（古典籍）
○伊達騒動秘鑑（古典籍・寛潤伊達鑑・太田中島図）
○伊達大盛兵甲記（古辞）
○伊達大政録（×古典籍）
○伊達太平記（古典籍）
○伊達忠臣録（古典籍）
○伊達忠不忠記（古典籍）
○伊達錦黒白評定（古典籍）
○伊達錦二（五）拾四郡（参考③）
○伊達秘記（参考④）
○伊達評定（古典籍）
○伊達兵部一乱記（参考③）
○伊達兵部逆心騒動記（古典籍）
○伊達秘録（参考④）
○伊達本末記（古典籍）
○伊達物語（古典籍）
○忠良伊達鑑（古辞）
○訂考伊達騒動記（古辞）

○東奥温故録（参考⑤）
○兵部記（参考③）
○兵部逆心騒動（古典籍・伊達兵部逆心騒動記・盛岡公民）
○兵甲記（参考⑤）
○兵甲記拾遺（参考⑤）
○松平陸奥守綱村家中騒動記（古典籍・陸奥太平記・弘前図）
○陸奥太平記（古典籍）
○陸奥の萩（参考⑤）
○脇谷忠臣伝（参考③）
○脇谷忠臣伝秘録抄（古典籍）

【参考】①『日本古典文学大辞典』「伊達騒動物」項・②中村幸彦氏「実録と演劇―伊達騒動物を主として―」（『中村幸彦著述集　十』）・③高橋圭一氏「伊達の対決」（『実録研究』）・④同氏「『伊達鑑実録』と『伊達厳秘録』と」（同書）・⑤渡辺洋一氏「『実録体小説伊達騒動物』についての一考察（一）～（四）」（『仙台郷土研究』第二四七～二五六号）

田沼騒動

【概要】天明四年（一七八四）三月二十四日、江戸城内において旗本佐野善左衛門が若年寄田沼山城守意知を切りつけた事件。意知は重傷を負い、後に死亡する。善左衛門は乱心として切腹を命じられた。事件の背景には意知が善左衛門から家系図を詐取したためとか、猟官運動をしたが叶わず、その遺恨であるとか言われる。当時の人々は田沼意次・意知父子が米を買い占め米価をつり上げたことの恨みとこの一件とを結びつけ、田沼家の盛衰をつづった実録にした。落書の類も多い。

○明烏一時夢（古辞）
○明烏星月夜話（大惣）
○安明間記（古辞）
○安明実記（古典籍）

○安明忠士伝（参考③）
○安明夢物語（古辞）
○遠州相良実録（参考③）
○遠相実録（古辞）
○遠相直物語（参考③）
○海考（老）安明間記（関西大図中村）
○寛政太平記（高橋圭一氏）
○寛政太平記実録（参考③）
○寛政太平実録（古典籍）
○寛政太平記夢物語（高橋圭一氏）
○寛政年中夢物語（古典籍・夢物語・國學院）
○寛政秘録（古典籍）
○寛政夢物語（国会図・天明度田沼盛衰輪廻記）
○虚実夢物語（古典籍）
○近世江戸話（古辞）
○国家太平記（大惣）
○相良海老（古典籍）
○相良浮沈録（参考③）

○佐野義勇伝（古典籍）
○佐野忠義伝（古典籍）
○七曜盛衰記（参考③）
○七曜天明暁（古典籍）
○清濁太平記（古典籍）
○田沼一代記（古典籍）
○田沼一件（古典籍）
○田沼一件記（参考③）
○田沼一睡之枕（参考③）
○田沼実記（古辞）
○田沼実秘録（古典籍）
○田沼実録（古典籍）
○田沼実録記（参考③）
○田沼出世鑑（参考③）
○田沼雑談集（大惣）
○田沼主殿頭実録記（参考③）
○田沼物語（参考③）
○忠臣武勇伝（参考③）

○田佐実秘録（古典籍）
○田佐実秘録書（古典籍）
○田秘録佐野伝（古典籍）
○天明実録（古典籍）
○天明大政録（×古典籍）
○天明太平記（古辞）
○天明中真向太刀風（参考③）
○天明度田沼盛衰輪廻記（古典籍）
○天明夢物語（古典籍）
○天明論記佐野忠義伝（古典籍）
○天文七曜登運録（古典籍）
○唐人の寝言（参考③）
○七（ツ）星雲の月（古典籍）
○武勇忠士伝（古典籍）
○武勇忠臣伝（参考③）
○宝永太平記（古辞「柳沢騒動物」項）
○星月夜万八実録（古辞）
○明雁一時夢（関西大図中村）
○名物相良和布（古典籍）
○夢物語（古典籍）
○和国太平記（湯浅佳子氏）

【参考】①『日本古典文学大辞典』「安明間記」項・②同「田沼騒動物」項・③高橋圭一氏（「実録「田沼騒動物」の成立と変遷」）（『実録研究』）

田宮坊太郎の敵討

【概要】寛永十九年（一六四二）に讃岐国丸亀で行われた敵討ち。田宮小太郎（幼名坊太郎）が父源八の敵堀源太左衛門を討つというもの。江戸中期の金毘羅庶民信仰の気運や歌舞伎における仇討ち狂言の流行によって作られた架空の仇討ち譚と目される。田宮源八の死後生まれた坊太郎は、はじめ養源寺に預けられるが、江戸の剣術名人柳生但馬守宗矩の噂を聞き江戸に向い、柳生の教えを受ける。同時に水戸黄門光圀の庇護を受け、十七才の時に将軍徳川家光より仇討ちの許可をもらい、父の十七回忌の日に本懐を遂げる。
※書名の「金毘羅」は「金比羅」、「田宮」は「多宮」と記すものも多い。
○加護物語（古典籍）
○孝鑑明友伝（参考②）
○金剛雑耕録（古典籍）
○金毘羅加護物語（参考②）
○金毘羅御利生讐討（参考②）
○金毘羅御利生通夜物語（参考②）
○金毘羅権現応護実録（参考②）
○金比羅権現加護物語（関西大図中村）
○金毘羅大権現加護物語（古辞）
○金毘羅大権現利生田宮物語（古典籍）
○金毘羅大権現霊験記（古辞）
○金毘羅利生記（古辞）
○金毘羅利生記物語（古典籍）
○金毘羅利生伝（古典籍）

○金毘羅霊験記（古典籍）
○讃州金毘羅権現加護物語（古典籍・金毘羅大権現加護物語・黒川公民）
○讃州象頭山金毘羅敵討（参考②）
○讃州丸亀敵討（古典籍）
○讃州丸亀田宮鑑（古典籍）
○讃洲丸亀多宮小太郎報讐記（古典籍・多宮小太郎報讐記）
○讃州丸亀堀田宮敵討（参考②）
○讃陽田宮孝子伝（参考②）
○四国田宮物語正説大全（古典籍）
○田宮国宗敵討聞書（参考②）
○多宮小太郎報讐記（古典籍）
○田宮子復讎記事（参考②）
○田宮物語（古辞）
○鶴子談（参考②）
【参考】①『日本古典文学大辞典』「田宮坊太郎物」項・②本書第一章第三節

朝鮮軍記（文禄・慶長の役）

【概要】豊臣秀吉が文禄元年（一五九二）から慶長三年（一五九八）にかけて行った、二度の朝鮮出兵を題材にする。秀吉は明を征服するための一歩として天正二十年（＝文禄元年）三月、十六万の兵を朝鮮に送り、釜山を陥落させ、都漢城を攻め落とし、朝鮮全域に侵入したが、義兵や明の救援に悩まされ、翌年、和議する。しかしこのときに秀吉が明側に要求した七ヶ条の条件が無視されたことから、慶長の役が起こる。慶長二年（一五九七）二月、秀吉は再び十四万の軍勢を朝鮮に送り、苦戦しながら進軍するが、慶長三年八月の秀吉の死によって撤退、二度に渡る戦乱は終った。

○太閤朝鮮征伐記（古典籍・朝鮮征伐記・福島県図）
○朝鮮軍記（古典籍・豊臣朝鮮軍記・弘前図）
○朝鮮軍談実録（古典籍）
○朝鮮征伐記（古典籍）
○朝鮮征伐記評判（古辞）
○朝鮮征伐軍記（古典籍）
○朝鮮征伐軍記講（古辞）
○朝鮮征伐之事（古典籍）
○豊臣朝鮮軍記（古典籍）
○日本一統志（古典籍）

【参考】①『日本古典文学大辞典』「朝鮮軍記物」項

→豊臣秀吉

杖立騒動

【概要】天明三年（一七八三）に肥後国杖立村で、筑後柳川藩士藤嶋吉右衛門次男七三郎と佐賀藩士岩原藤兵衛とが行った決闘。原因は杖立温泉における入湯中の刀の取り違えによる。七三郎の所持していた刀が来国次であったことから藤兵衛は返却をしぶり、さらに七三郎を罵倒し、決闘となる。

藤兵衛は奸計をめぐらすも失敗、七三郎に討たれる。

○藤島古（故）郷錦（参考①）

【参考】①大久保順子・勝野寛美・黒木麻矢氏「資料翻刻『藤嶋古郷錦』」（『香椎潟』第四十五号）

天下茶屋の敵討

【概要】慶長十四年（一六〇九）三月三日に大坂天下茶屋で行われたとされる敵討ち。架空のものと考えられる。御家を横領しようとしていた備前・美作国浮田家の家老、長船家長は謀略に気づいた同僚林玄蕃を、当麻三郎右衛門に闇討ちさせる。長船は関ヶ原の戦後、徳川家康によって流罪。玄蕃殺害後、妻と二人の子供は家を出ているが、母は病死、長男重次郎も足腰が立たなくなり、さらに伊藤将監と改名した当麻に殺されてしまう。次男源次郎は玄蕃の元家臣鵤幸右衛門の助けを借り、伊藤将監を討つ。

○義佞見聞録（古典籍）

○摂州天下茶屋敵討（古典籍）

○天下茶屋敵討（×古典籍）

○天下茶屋敵討真伝記（古辞）

○天下茶屋実録（古辞）

○天下茶屋真伝記（古典籍・天下茶屋敵討真伝記）

○天下茶屋真伝記敵討（古典籍・天下茶屋敵討真伝記）

【参考】①『日本古典文学大辞典』「天下茶屋物」項・②藤沢毅氏「『天下茶屋敵討真伝記』序論―『摂州天下茶屋敵討』の検討」（『江戸文学』第二十九号）・③同氏「『天下茶屋敵討真伝記』論（一）（二）」（『鯉城往来』第六・七号）④同氏「翻刻『摂州天下茶屋敵討』」（『尾道大学芸術文化学部紀要』第三号）

天保水滸伝

【概要】天保から嘉永にかけての、下総一帯における、博徒飯岡助五郎一派と笹川繁蔵・勢力富五郎一派の勢力争い。真相は博徒であり関八州回りの道案内であった助五郎が、土地の名主らから繁蔵一派の逮捕を依頼され、それを察知した繁蔵一派が助五郎方に殴り込みをかけた事件と言われる。
〇天保水滸伝（古辞）
【参考】①『日本古典文学大辞典』「天保水滸伝」項

唐人殺し

【概要】宝暦十四年（一七六四）に大坂で起こった、対馬藩通辞鈴木伝蔵による朝鮮通信史随員殺害事件。随員の鏡が紛失したことから伝蔵と随員崔天宗とが口論となり、伝蔵は天宗を殺害、逃亡を企てるが大坂町奉行に捕らえられ死罪になった。
〇敵討難波夢（大惣）
〇鈴木物語（関西大図中村）
〇朝鮮人浪華記（古典籍）
〇朝鮮人難波夢（古典籍・朝鮮人難波廼夢・弘前図）
〇朝鮮人難波廼（の・之）夢（古典籍）
〇朝鮮来聘宝暦物語（古典籍）
〇難波之夢（古典籍）
〇宝暦物語（古典籍）
〇和漢拾遺（古典籍）
〇和漢拾遺見聞志（関西大図中村）
〇和漢鱸庖丁蜜記（古典籍）
【参考】①池内敏氏『「唐人殺し」の世界』（臨川書店）②『近世実録全書』第一巻

徳川吉宗

【概要】江戸幕府八代将軍。御三家の一つ、紀伊徳川家の三男として生まれるが、父や兄の相次ぐ死去によって藩主となる。享保元年（一七一六）には早世した七代将軍家継の後継として尾張徳川家と争い、将軍の座に就く。文武奨励、質素倹約を掲げ、前代の風を刷新した政治を行った。それは後に「享保の改革」と呼ばれ、後代の範となる。

○享保秘録（古典籍）
○享保明君記（古典籍・明君享保録）
○享保明君録（古典籍）
○享保録（古典籍）
○享保録集説（古典籍）
○近世公実厳秘録（古辞）
○近代公実厳秘録（古典籍）
○厳秘録（古典籍・近代公実厳秘録・酒田光丘）
○公実厳秘録（古典籍）
○徳光録（古典籍・明君徳光録・金沢大稼堂）
○明君記（古典籍・明君享保録・東大本居）
○明（名）君（訓）享保録（古典籍）
○明君徳秘録（古典籍）
○明君徳光録（古典籍）
○吉宗御徳行記厳秘明享録（大惣）

【参考】①『日本古典文学大辞典』「近代公実厳秘録」項・②同「明君享保録」項・③岡田哲氏「国学院大学所蔵本『明君享保録』の基礎的研究と翻刻（上）（下）」（『國學院雑誌』第八十二巻第四号・五号）

豊臣鎮西軍記

【概要】豊臣秀吉の九州平定を描く。九州には大名島津家が控えており、秀吉は仙石権兵衛を使者として秀吉麾下に就くことを提案する。しかし島津方はそれに応じず、秀吉は中国筋の大名とともに九州に向かう。毛谷村六助のエピソードを挟み、賀春ヶ峰城、戸次川、耳川、と各合戦へ続き、秀吉方・島津方両方の武将の活躍を描く。太平寺長老の尽力で和議を結び、島津義弘が上洛、従四位宰相叙任で終わる。
○英雄力士伝（古辞）
○貴田開運記（古辞）
○高良神護貴田開運記（古辞）
○鎮西軍記（紀）（古典籍・豊臣鎮西軍記）
○鎮西御軍記（古典籍・豊臣鎮西軍記）
○豊臣家鎮西軍記（古典籍・豊臣鎮西軍記）
○豊臣鎮西軍記（紀）（古典籍古辞）
○豊臣鎮西軍記大全（古典籍・豊臣鎮西軍記）
○豊臣鎮西御軍記（古典籍）
○日本一統志（古典籍）
○扶桑太平録（古典籍）
【参考】①『日本古典文学大辞典』「豊臣鎮西軍記」項
→毛谷村六助・豊臣秀吉

豊臣秀吉（太閤記）

【概要】尾張中村の、村長の家に生まれながら最後は天下を統一し、海外進出まで目論んだ武将。義父と折り合いが悪く家を出、物乞いなどしながら放浪するが、松下加兵衛や織田信長に仕え徐々に出世し、信長死後関白にまで上り詰めたその立身出世譚が伝説化され、人々に浸透する。彼の機知に富んだ行動、作戦などがその無邪気な人柄とともに人々を魅了し、多くの伝説を生んだ。
○改撰實録増補眞書太閤記（古典籍・太閤真顕記・石川県図饒石）
○真書太閤記（参考①）
○太閤記（古典籍）
○太閤記焼香場（古典籍）
○太閤記八物語（古典籍）
○太閤御実記（参考③）
○太閤御誠録（古典籍）

○太閤真顕記（参考③）
○太閤正伝記（参考②）
○朝鮮征伐之事（古典籍）
○鎮西軍記（紀）（古典籍・豊臣鎮西軍記）
○鎮西御軍記（古典籍・豊臣鎮西軍記）
○珍説太閤記（古典籍）
○天正軍談（参考②）
○豊臣家実録（古典籍）
○豊臣家鎮西軍記（古典籍・豊臣鎮西軍記）
○豊臣成功実録（古典籍）
○豊臣朝鮮軍記（古典籍）
○豊臣鎮西軍記（紀）（古典籍）
○豊臣鎮西軍記大全（古典籍・豊臣鎮西軍記）
○豊臣鎮西御軍記（古典籍・豊臣鎮西軍記）
○日吉興立記（古典籍・日吉興立記大全）
○日吉興立記大全（古典籍）
○日本一統志（古典籍）
○扶桑太平録（古典籍）

【参考】①『日本古典文学大辞典』「真書太閤記」項・②同「太閤記物」項・③同「太閤真顕記」項

→朝鮮軍記・豊臣鎮西軍記

中山大納言（尊号事件）

【概要】寛政五年（一七九三）六月、光格天皇父君である閑院宮典仁親王に太上天皇の尊号と千石二千俵の手当を奉ろうとした件で、朝廷側と、それを許可せずにかえって五ヶ条の難題を朝廷に示した幕府側とが対立する。勅命により中山前大納言愛親と正親町前大納言公明が江戸に行き、幕閣と問答に及ぶ。中山前大納言は幕閣をやりこめ、ついに水戸公の調停で五ヶ条の難題は取り下げられ、尊号も認められた。実録や講談の題材としてはとりわけ危険な部類に属し、講釈師赤松瑞龍は幕府によって投獄されている。

○東比叡山造立之事（参考②）

○吾妻路行記（高橋圭一氏）
○東物語（古典籍・中山夢物語・青森県図　工藤）
○あつま問答（古典籍）
○異本中山実秘録（古典籍・中山実秘録・金沢大北条）
○歌中山曙桜（大惣）
○歌の（之）中山吾妻（東）物語（古辞）
○歌中山吾妻（東）物語（古典籍）
○哥中山東問答（古典籍）
○歌中山観世音物語（参考②）
○歌中山夢物語（古典籍）
○歌中山霊験考（参考②）
○敵中山東物語（古典籍・歌中山吾妻物語・静岡大原）
○雲閣名賢編（古典籍・中山記）
○寛政王都鏡（古典籍）
○寛政皇都鑑大秘録（高橋圭一氏）
○寛政実録（古典籍）

○寛政尊号秘策（古典籍）
○寛政太平実録（古典籍）
○寛政秘鑑（古典籍）
○寛政秘鑑夢物語（古典籍）
○寛政美名録（参考②）
○寛政秘録（古典籍）
○寛政秘録東叡山造営由来（古典籍）
○寛政秘録夢物語（古典籍）
○寛政復古録（古典籍）
○寛政物語（古典籍）
○寛政夢物語（古典籍）
○漢中山実伝記（関西大図中村）
○漢中山白川賢主問答実録（古典籍）
○漢中山靖（情）王伝記（古典籍）
○禁関精山真通記（参考②）
○空言中山の管中問答（古典籍）
○空言中山夢中問答（関西大図中村）
○雲井薄墨都鑑（古典籍）

○公武世鏡（古典籍）
○公武中白問答（古典籍）
○公武中白問答記（古典籍）
○公武問答智謀功（古典籍）
○公武問答智謀略（古典籍）
○公武理論実録（古典籍）
○公武和双記（古典籍・公武和雙論記・国文研）
○公武和双論（古典籍・公武和雙論記・八戸図南部）
○公武和雙論記（古典籍）
○権内太平記（古典籍）
○小夜（佐用・佐夜）聞書（古辞）
○小夜の聞書（古典籍）
○小夜中山記（古典籍・小夜中山霊験記）
○佐夜の中山夢中問答（参考②）
○小夜中山夢物語（古典籍）
○小夜中山行き鏡（×古典籍）
○小夜中山霊験記（古典籍）
○小夜の物語（大惣）

○小夜物語（古辞）
○山愛記（参考②）
○実録中山染（参考②）
○紳才英雄問答（古典籍・中山記）
○尊号秘書（古典籍）
○中白問答（古辞）
○東叡山御造営之由来（古典籍）
○東叡山造立之由来（古典籍・中山記・彰考館）
○東叡山通夜物語（古典籍）
○東都鑑（古典籍）
○中山亜相東下記（古典籍）
○中山亜相公東下記（古典籍・中山亜相東下記・佐野市郷博須永）
○中山亜相公山東下向問答（古辞）
○中山東下記（古典籍・中山亜相東下記）
○中山亜相記（古典籍）
○中山亜相名揚記（古典籍）
○中山東物語（古典籍）

○中山鐘之卿音（参考②）
○中山鐘之響（鳥取県立図石谷）
○中山観世音夢物語（参考②）
○中山観音加護物語（古典籍・中山観音物語・米沢図）
○中山観音物語（古典籍）
○中山観音夢物語（古典籍）
○中山観音夢話（参考②）
○中山観音由来記（古典籍）
○中山記（古典籍）
○中山儀論伝（古典籍）
○中山禁物語（参考②）
○中山下向記（参考②）
○中山公清論記（高橋圭一氏）
○中山公東行記（古典籍・中山東行記・津市図橋本）
○中山前大納言愛親卿東下向（古典籍）
○中山実記（古典籍）
○中山実秘録（古典籍）
○中山実録（古典籍）
○中山白川殿中問答（東大教養国文）
○中山深秘録（古辞）
○中山瑞夢伝（古典籍）
○中山瑞夢録（古典籍）
○中山製生殿（大惣）
○中山大納言（宇部市立図）
○中山大納言記（古典籍）
○中山大納言東下ノ一件（倉敷図玄石）
○中山大納言夢惣実記（古典籍）
○中山東行記（古典籍）
○中山破問実録（古典籍）
○中山破問録（古典籍）
○中山夢相伝記（古典籍）
○中山明道実録（古典籍・中山記）
○中山物語（古典籍）
○中山問答記（古典籍）
○中山夢物語（古辞）

○反汗秘録（古辞）
○万機美明録（古辞）
○秘書花洛鑑（鏡）（古典籍）
○秘書都鑑（鏡）（古典籍）
○秘録東宮笥小庚聞書（東大教養国文）
○本朝双姑伝（関西大図中村）
○密書双中秘事（大惣）
○都鑑（鏡・賀々美・か丶み）（古典籍・秘書都鑑）
○都錦吾妻鏡（大惣）
○夢物語小夜聞書（学習院大図）
○柳営文武問答（古典籍）
○柳営問答（東大教養国文）
○両都秘辞記（古典籍）
○両都秘事談（古典籍）
○倭朝太平論（大惣）

【参考】①『日本古典文学大辞典』「中山大納言物」項・②山本卓氏「実録もの『中山記』解題と翻刻」（『国文学』（関西大）第六十三号）

鍋島猫騒動

【概要】佐賀鍋島家を舞台にした化け猫の伝説。藩士小森半太夫が飼い猫の世話を怠ることから猫の恨みが始まる。猫の恨みはさらに家中の人々や主君の愛妾・若殿にまで及ぶ。家中の伊藤惣太によって退治され、落着する。この伝説の基底には、国政を臣下の鍋島家に奪われ憤激した龍造寺高房の死後、国内の治安が乱れたことが挙げられる。

○佐賀怪猫伝（×古典籍）
○佐賀旧猫譚（古典籍）
○佐賀の夜桜（×古典籍）
○鍋島猫変化（×古典籍）
○鍋島屋舗猫堂因縁奇怪物語（古典籍）
○猫堂奇譚（関西大図中村）
○猫堂建立始原（古典籍・鍋島屋舗猫堂因縁奇怪物語）
○肥前佐賀二尾実記（古典籍）

【参考】①早川由美氏「鍋島猫騒動の変遷」（『名古屋大学国語国文学』第八十六号）

難波戦記（大坂冬の陣・夏の陣）

【概要】慶長十九年（一六一四）冬、翌元和元年夏と二度に渡る大坂城の攻防戦で、夏の陣で豊臣家は滅亡した。豊臣秀吉の十七回忌のための京都方広寺の鐘銘「国家安康　君臣豊楽」の句が、徳川家康を呪い豊臣家の復活を祈願するものとして幕府側と豊臣側で軋轢が生じたことが発端である。家康上洛時に秀頼が家康の元に出向き問題は解決したかにみえたが、大坂城では真田幸村らが合戦の準備を整えており、慶長十九年十月、家康は秀忠に大坂城を攻撃させる。いったん講和したものの、翌年四月に再び攻防が始まり、五月八日、豊臣秀頼と淀君が自害して豊臣家は滅亡した。後藤又兵衛の武勇、真田幸村の奇襲など、伝説は多い。

※「難波」には「浪花」「浪華」「浪速」などの表記も多い。

○厭蝕太平楽記（古辞）
○厭獨太平楽記（古典籍・元和太平記）
○大坂軍記（古典籍）
○大阪軍記合解評林（古典籍）
○大坂征戦実録（古典籍）
○大坂冬夏実録（古典籍）
○大坂篭城記（古典籍）
○改正難波戦記（古典籍・難波戦記）
○求徳■（判読不能）類記（関西大図中村）
○慶元亀鑒（古典籍）
○慶元軍記（古辞）
○慶元摂戦記（古典籍）
○慶元摂戦実録（古典籍）
○慶元闘戦記（古典籍）
○慶元難城変（×古典籍）
○慶長元和冬夏軍記（古典籍）

○慶長太平記（古典籍）
○慶長中外伝（古典籍）
○慶長中外伝抄（古典籍）
○元和太平記（古典籍）
○元和老花軍記（古典籍）
○豪傑高（功）名記（古典籍）
○豪傑後藤基次略伝（古典籍・後藤一代功名記）
○後藤一代功名記（古典籍）
○後藤強勇伝（×古典籍）
○後藤名誉伝（古典籍）
○故浪夢物語（古辞）
○真田三代実記（古辞）
○摂戦記参考大全（古典籍・摂戦記大全・富山市図
翁久允）
○摂戦記大全（古典籍）
○摂戦考談（高橋圭一氏）
○摂戦実録（古典籍）
○摂戦実録大全（古典籍）
○摂戦誠実隠見録（古典籍）
○摂戦誠実録（古典籍）
○増補難波戦記（関西大図中村）
○続摂戦実録大全（古典籍）
○太（泰）平真撰難波秘録本朝盛衰記（古典籍・本
朝盛衰記・酒田光丘）
○太平中外伝（古典籍）
○太平楽記（古典籍）
○浪花軍記（古辞）
○浪花軍記大全（古典籍）
○浪華軍戦記（古典籍・難波戦記）
○浪華籠城記（古典籍・大坂篭城記）
○難城変慶元闘戦記（古典籍）
○難波記（古典籍・難波戦記・福井市図）
○難波軍鑑大全（古典籍）
○難波軍記実録（古典籍・難波戦記）
○難波軍記実録大全（古典籍）
○難波軍実録大全（高橋圭一氏）

○難波後記（古典籍）
○難波戦記（古典籍）
○難波戦記書入（古典籍）
○難波戦記故浪夢物語（関西大図中村）
○難波戦記実録（古典籍）
○難波戦記大全（古辞）
○難波夏軍記（古典籍）
○難波冬夏軍記（古典籍）
○浪花名城録（古典籍）
○日本一統志（古典籍）
○速浪秘事記（高橋圭一氏）
○評註浪華軍記（高橋圭一氏）
○扶桑太平録（古典籍）
○平摂広覧（古典籍）
○本朝盛衰記（古典籍）
○本朝盛衰記大全（古典籍）

【参考】①『日本古典文学大辞典』「難波戦記物」項・②高橋圭一氏「片桐且元と大筒」（『江戸文学』第三十一号）・③同氏「薄田隼人の失態」（『国語国文』第七十二巻第二号）・④同氏「豪傑　後藤又兵衛」（『実録研究』）

南部家幣使一件

【概要】宝暦七年（一七五七）に起きた、参勤交代領国到着の御礼のために江戸城に送られた、南部盛岡藩の使者に対する、幕府の応対をめぐった一件。南部家の格式では老中が会見し、将軍に取り次ぐ慣例だが、宝暦五年は老中多忙のため、大名には等しく奏者番が会見し、取り次いだ。しかし、翌々年の参勤交代の時には、とくに理由も聞かされずに奏者番に面会するように言われたため、使者は承知せず、ついに御礼の献上物も差し出さずに帰ってきてしまう。結果、南部信濃守は謹慎、使者も盛岡に戻されて謹慎を命じられ、同年八月に改めて信濃守は使者を送り、今度は幕府でも老中が会見に臨んだ。

○御家貢物語（古典籍・森岡貢物語項）
○尾崎忠言録（古典籍・森岡貢物語・和中文庫）
○かたくり献上一件（古典籍）
○南部忠義録（古典籍）
○南部忠臣鑑（古典籍）
○南部貢物語（古典籍・森岡貢物語）
○貢物語（古典籍・森岡貢物語）
○森（盛）岡貢物語（古典籍）

【参考】①高橋圭一氏「文耕著作小考」（『実録研究』）

日本左衛門

【概要】延享四（一七四七）年一月末に処刑された盗賊。本名を浜島庄兵衛といい、二十数名もの盗賊団を組織して遠州を根城に東海道一円、さらには甲斐、相模などに渡って荒らし回った。人相書によれば、男前であったようだ。幕閣堀田相模守は火付盗賊改徳山五兵衛に召し捕りを命じ、手下が相次いで捕らえられる。日本左衛門自身も延享四年一月七日に京都の町奉行永井丹波守に自首し、江戸に護送され、一月二十八日、市中引きまわしのうえ、斬首された。

○東海奇談（古典籍）
○東海燭談（古典籍）
○東海道浜松英賊（参考②）
○東海浜島英賊（古典籍）
○東海浜嶋莫賊記（古典籍）
○日本左衛門一代記（参考①）
○日本左衛門出生記（古典籍）
○浜島一代記（古典籍）
○浜島正兵衛一代記（参考①）
○浜島庄兵衛始末記（古典籍・浜島の記）
○浜島の記（古典籍）

【参考】①田中則雄氏「日本左衛門の実録『東海

浜島英賊』について」（『島大国文』第三十号）・②高橋圭一氏「付論　実録と演劇」（『実録研究』）

二の丸騒動（諏訪騒動）

【概要】信州高島藩諏訪家に起こった御家騒動。家老家である二の丸家の諏訪大助と三の丸家の千野兵庫の藩政主導権争いである。天明元年（一七八一）大助は藩主忠厚の庶子鶴蔵擁立を目指し忠厚に兵庫を讒言、幽閉する。兵庫は密に老中田沼意次を頼り、忠厚嫡子軍次郎に襲封させる。二年後、大助一派は切腹に処せられた。

○信州仙人床（古典籍）
○諏訪顕正録（関西大中村）
○諏訪騒動記（古典籍）
○旅寝噂故郷土産（穂ノ国書店目録・二〇〇七年十月）

根笹の雪（藤戸大三郎の敵討）

【概要】延宝四年（一六七六）に行われた仇討ち事件。白河藩主松平下総守に仕えていた清水権左衛門は同僚の藤戸大右衛門妻に恋慕し、大右衛門を亡き者にしようと企てる。大右衛門は怒り清水を殺害しようとするが返り討ちにあう。息子大三郎は敵討ちを志すが病死。かつて藤戸家に仕えていた刀研ぎ屋松屋新蔵が主人の恨みを晴らす。これも架空の敵討ちの可能性が強い。「根笹の雪」とは清水の所持する刀の拵えのこと。

○奥州白河（川）根笹の（之）雪（古典籍）
○敵討白川（河）根笹雪（×古典籍）
○白河根笹雪（古典籍）
○藤戸平井両家仇討（×古典籍）

野村増右衛門事件

【概要】野村増右衛門は桑名藩に仕え、元禄から宝永期にかけて急速に取り立てられ郡代に昇進した。藩政では新田開発をはじめ多くの事業を手がけ、財政難に対しては家中の俸禄減額の触れを出してもいる。急進的ともいえる政治的手腕が周囲の反感を買ったのか、公金横領などの嫌疑が掛けられ失脚、宝永七年（一七一〇）に処罰され、四百人以上の関係者も処分された。この後、桑名松平家は越後高田に転封される。

○奸曲野村実記（古典籍）
○奸曲録（古典籍）
○桑名時雨蛤（参考①）
○勢州桑名焼蛤（古典籍・野村奸曲録・福井市図）
○桑城奸巧録（×大惣）
○野村奸曲録（古典籍）
○焼蛤野村錦（参考①）

【参考】①倉員正江氏「野村増右衛門事件の転化」（『近世文芸』第四十六号）・②同氏「続野村増右衛門事件の転化」（『近世文芸　研究と評論』第三十二号）

肥後駒下駄

【概要】実際には無く、創作と考えられる敵討ち。播磨国竜野脇坂家の足軽向井善九郎が武者修行で行った先の肥後で、奉公先の主人松田秀之進が坂田源次兵衛に討たれる。向井は松田の一子秀太郎を助太刀して仇を討たせる。また、熊本にいたころに坂田家の門人千引縫之助に眉間を駒下駄で割られたため、熊本に行き、千引の眉間を駒下駄で打ち返し、二人は義兄弟になる。

○敵討肥後駒下駄（古典籍）
○駒下駄物語（古典籍）
○肥後熊本敵討（古辞）

○肥後駒下駄（古典籍）
○肥後駒下駄軍記（高橋圭一氏）
○肥後国駒下駄敵討（高橋圭一氏）
○肥後国駒下駄物語（古辞）
【参考】①『日本古典文学大辞典』「肥後駒下駄」項

姫路騒動

【概要】酒井雅楽頭忠恭家の転封にまつわる騒動。寛延二年（一七四九）、上州前橋酒井家の家老本多光彬・江戸用人犬塚又内は藩の財政窮乏から姫路に転封を計画。それに反対する家老河合定恒に内密に事を進めた。酒井家転封後、寛延四年（一七五一）河合は本多、犬塚両名を殺害し自身も切腹。
○姫陽隠語（古典籍）
○姫陽隠語犬塚又内記（高橋圭一氏）
○姫陽隠語集（古典籍）
○志賀磨船（鳥取県立図石谷）
○通夜幽言録（古典籍）
○播州姫路騒動記（古典籍）
○姫路騒動（古典籍）
○姫路騒動実記（古典籍）
○姫路藩士騒動記（古典籍）
○姫路隠語（古典籍・姫路騒動実記）

平井権八（権八・小紫）

【概要】寛文・延宝頃の盗賊で権八郎ともいう。延宝七年（一六七九）に、中山道大宮で強盗を働いた罪で品川において処刑されたのが実説。死骸は何者かによって持ち去られたという。実録の権八は、鳥取藩士の父親を侮辱した同僚本庄助太夫を討ち、鳥取を出奔、江戸に出て侠客幡随院長兵衛の居候となり、吉原の遊女小紫と馴染む。助太夫の息子は父の仇権八を探すが、返り討ちに遭う。

その後権八は阿部豊後守家に徒士として奉公し、出入りの絹売り商人弥市の金に目を付け、同僚と弥市を殺害、同僚は捕まり、権八の人相書が出回る。目黒虚無僧寺の随仙に庇護されるが、そこも探索の手が廻り、大坂に逃げついに町奉行に出頭する。処刑された死体は長兵衛が引き取り、随仙が葬った。また、初七日の時に小紫が権八墓前で自害し、目黒行人坂の比翼塚の由来となった。

○麻布黒鍬谷敵討（古典籍）
○石井明道士（志）（古辞）
○江戸紫（古辞）
○傾城比翼塚（古典籍）
○校（考）正平井記（古典籍）
○白井権八一代記（古辞）
○幡随院長兵衛一代記（古辞）
○比翼塚（古典籍）
○比翼塚邪正録（高橋圭一氏）
○比翼塚物語（古典籍）

○比翼塚由来（古典籍・比翼塚由来記・九大六本松図檜垣）
○比翼塚由来記（古典籍）
○比翼塚来由記（古典籍）
○平井一代記（古典籍・平井権八一代記）
○平井一代物語（古辞）
○平井記（古典籍）
○平井権八一代記（古辞）
○平井権八傾城小紫比翼塚物語（古典籍）
○平井権八御一代記（古典籍・平井権八一代記）
○平井権八比翼塚由来（古典籍）
○平井権八由緒（古典籍）
○平井権八由緒噺（古辞）
○平井権八由緒并比翼塚の事（古典籍）
○平井権八良物語（古典籍）
○平井權八郎由緒（古典籍）
○平井実記（古典籍・比翼塚物語・松翠文庫）
○平井物語（古辞）

○目黒比翼塚由来（古典籍）
○目黒比翼塚来由記（古典籍）
【参考】①『日本古典文学大辞典』「平井権八物」項・②小二田誠二氏「〝湯殿の長兵衛〟まで―江戸文芸に於ける事実」（『学習院大学国語国文学会誌』第三十号）・③同氏「平井権八伝説と実録・読本」（『日本文学』第四十三巻第二号）

宝暦・明和事件

【概要】京都で垂加神道を学んだ竹内式部は尊王思想を説くばかりでなく軍学にも通じており、それをきっかけとして宝暦八年（一七五八）に重追放に処せられ、門人の公卿も大量に処分された。これが宝暦事件であり、明和事件は江戸の軍学者山県大弐と、寄宿していた藤井右門が幕府への謀反の疑いで明和三年（一七六六）に処罰されたことが大筋である。この時期に式部が追放中の身でありながら京都に出入りしたことが咎められ処罰されている。思想的に重なる所のある両者が同時期に処罰されたこともあり、二つの事件はまとめて考えられていたようだが、本来は別個のものである。幕府の転覆を目論むという点で、実録では『慶安太平記』と類似するものも存在する。

○慶安残太平記（古典籍）
○藤竹武蔵鐙（古典籍）
○弁疑録（参考①）
○明和隠見誌（古典籍）
○明和太平記（古典籍）
○明和時津風（参考①）
○明和風土記（古典籍）
○山県一党誌（古典籍）
○山県大弐伝拾遺（古典籍）
○山県大秘録（参考①）
○山県大秘伝（古典籍）
【参考】①高橋圭一氏「宝暦事件・明和事件の実

録」（『実録研究』）

細川の血達磨（大川友右衛門）

【概要】浅草観音で小姓伊南数馬に恋した川越藩の大川友右衛門は藩を捨て数馬のいる細川家の仲間となる。二人の仲は主君に知れ、手討ちとなるべき所を許されたことから、友右衛門は恩を感じる。細川家の宝蔵が火災になった時、友右衛門は家宝である漢の武帝の描いた達磨を守るために自分の腹を割き中に収めて火から守った。後、数馬はかねてよりの父の敵横山図書を討つ。

○奥州会津敵討刀之奇談（古典籍）
○敵討名残広記（古典籍）
○敵討名浅広記（×近世実録全書四）
○敵討刃之奇談（古典籍・奥州会津敵討刀之奇談・会津図）
○実説名画血達磨（帝国文庫仇討小説集）
○細川血達磨（高橋圭一氏）
○名広忠川記（著者）

【参考】①倉員正江氏「実録「細川の血達磨」の成立と浮世草子」（『国文学研究』第一三一号）

御堂前の敵討

【概要】貞享四年（一六八七）六月三日、大坂南御堂前において行われた敵討ち。磯谷兵右衛門・藤助の従弟同士が叔父本部実右衛門の敵嶋川太兵衛を討ったとされる。井原西鶴『武家義理物語』巻二の一、二の二にも描かれることで著名。

○敵討磯貝真伝記（古典籍）
○敵討貞享筆記（古典籍）
○大阪御堂前敵討実記（古典籍）

【参考】①本書第二章第一節

水戸黄門

【概要】水戸徳川家の第二代藩主徳川光圀をさす。徳川頼房と側室久子との間に水戸徳川家三男として生まれる。久子懐胎中、頼房は子をひそかに処理しようと考えていたが、家臣三木之次のはからいで無事出産、寛永九年（一六三二）に正式な子として頼房に認知される。翌年兄をおいて水戸家世継ぎとされ寛文元年（一六六一）に藩主となる。元禄三年（一六九〇）、藩主の座を兄の子綱条に譲り隠居、権中納言に任じられる。中納言の唐名を黄門ということから、水戸黄門と呼ばれるようになった。幕府の「ご意見番」として、権威を笠に着た人物を懲らしめ弱者の味方をしたり、時にはもめ事などの采配を振るうのが実録における水戸黄門像である。その役割は光圀に限らず、他の水戸家の藩主が担う場合もある。また、実録では水戸黄門の人物伝的なものの他、「天草軍記物」などいろいろな題材の作品に顔を出して読者を喜ばせている。

○延宝大秘録（古典籍）
○義公黄門仁徳録（古辞）
○黄門記（古典籍・義公黄門仁徳録・茨城県歴史）
○黄門仁徳録（古典籍）
○仁徳録（古典籍・義公黄門仁徳録・刈谷図村上）
○水戸黄門記（×古典籍）
○水戸黄門仁徳録（古辞）
○水戸仁君伝（古典籍）

【参考】①『日本古典文学大辞典』「水戸黄門仁徳録」項

美濃八幡城下の敵討

【概要】美濃郡上八幡城下において行われた敵討ち。最初に討たれたのは大和郡山浪人の、江戸で兵術指南をしていた山本舎人。敵は同じく兵術指南をしており舎人に遺恨を持った一刀又六。舎人殺害後、舎人妻は二人の子とともに高弟鵜野三平の助力を得て本懐を遂げる。三平は敵討ちにおいて討ち死にする。これも実説が判明していない敵討ちの一つ。

○濃州仇討山本幼勇記（古典籍・古典籍・山本幼勇志）

○大金山本幼勇誌（古典籍）

○濃州稚敵討（古典籍）

○濃州敵討大金山本幼勇誌（古典籍）

○濃州賢婦伝（古典籍）

○濃州山本稚物語（古典籍）

○八幡城下敵討（古典籍）

○山本女復仇記（古典籍）

○山本復讐記（古典籍・山本女復仇記）

○山本幼勇誌（古典籍）

宮本武蔵

【概要】 江戸初期の剣豪。二天一流の開祖。生まれは播州と作州両説があり生涯六十余度の対決で一度も負けたことが無かったという。島原・天草一揆では、息子伊織とともに軍監として出陣、その後肥後細川家に招かれ、千葉城跡に居住する。さらに霊巌洞に籠もり、自らの体験を元に『五輪書』をつづった。船島での佐々木小次郎（巌流）との対決が有名。実録では武蔵を吉岡兼房の子とし、佐々木巌流を親の敵とした仇討話として流布していた。

※書名の「巌流」は「岸流」「岸柳」「眼柳」などの表記が混在する。

○英雄美談（古辞）

○英雄力士伝（高橋圭一氏）

○敵討眼流（眼流・岸流・巌流）嶋（古辞）

○敵討眼流島実録（高橋圭一氏）

○眼流敵討（古典籍）
○眼流敵討之事（古典籍・眼流敵討）
○岸流島敵討（古辞）
○巌流島敵討実録（古典籍）
○巌流島敵討ノ事（古典籍）
○巌流島実録（古典籍）
○佐々木巌流（鳥取県立図石谷）
○秀利袖之（の）錦（古典籍）
○双島志俗豪傑（古典籍）
○袖錦岸柳嶋（関西大図中村）
○武道小倉袴（古典籍）
○武道綴錦（著者）
○兵法修練記（古典籍）
○兵法修練談（古典籍）
○宮本敵討記（古辞）
○宮本佐々木英雄記（×古典籍）
○宮本佐々木英雄美談（関西大図中村）
○宮本武勇伝（古典籍・雙島志俗豪傑・酒田光丘）
○宮本武蔵（×古典籍）
○宮本武蔵略記（古典籍）

【参考】①『日本古典文学大辞典』「宮本武蔵物」項

八百屋お七

【概要】天和二年（一六八二）の江戸大火の発端となる放火をした罪で、翌年処刑されたのが八百屋お七である。八百屋の娘お七が家の近所の火事で寺に避難した時に、寺の小姓（名前には吉三郎・生田庄之介・山田佐兵衛などの説がある）と恋に落ちる。火事騒ぎが落ち着いた後に実家に戻ったお七は、再度火事が起きれば恋人に会えると放火に及ぶ。放火事件に最も近い時期の記録に『天和笑委集』がある他、井原西鶴『好色五人女』巻四、馬場文耕『近世江都著聞集』などにも記され、内容もそれぞれに異なっている。

○江都著聞集（古典籍）
○江戸紫お七が次第（参考①）
○近世江都著聞集（古典籍）
○小夜衣浅草道（刈谷市図村上目録）
○中山政談（古典籍）
○昔語八百屋お七（古典籍・八百屋お七実録・酒田光丘）
○八百屋お七（古典籍）
○八百屋お七実録（古典籍）
○恋螢夜話（古典籍）

【参考】①塩村耕氏「八百屋お七物実録『江戸紫お七が次第』」（『東海近世』第九号）②高橋圭一氏「八百屋お七とお奉行様」（『江戸文学』第二十九号）

柳沢騒動

【概要】徳川綱吉の側近、柳沢吉保にまつわる俗説。吉保は初め房安、保明と名乗り通称は弥太郎。館林藩士安忠の長男として生まれ藩主綱吉の小姓として寵愛を受ける。綱吉が将軍になると、学問の相手として登用され、元禄元年（一六八八）、側用人として万石取りの大名になる。元禄七年には川越藩七万石、宝永元年には甲府十五万石の藩主にまで登る。綱吉の文治政治には一定の業績を残しているが、行き過ぎた生類憐れみの令や悪貨改鋳の黙認など綱吉政治の負の側面と、その突出した綱吉の寵愛から柳沢の悪役像が形成されてしまう。最も広く読まれたと思われる実録『護国女太平記』では武田家の後裔として徳川家乗っ取りを企てる野心家となり、吉保の側室おさめの方に綱吉を籠絡させる。その間に生まれた子吉里を徳川家の跡継ぎにしようとしたときに、綱吉夫人鷹司氏が綱吉をひそかに殺害するという、過激な内容になっている。

○邯鄲夢枕（古典籍）
○邯鄲夢物語（古典籍）

○熙（煕）朝賢婦秘鑑（古辞）
○金紋志得抄（参考④）
○元宝荘子（古辞）
○護運柳営伝（古典籍）
○護国女（婦女）太（泰）平記（古辞）
○護国賢女太平記（古辞）
○護国太平記（古典籍）
○時勢花割菱（参考④）
○青柳秘事（参考④）
○増補日光邯鄲枕（古辞）
○長久清和源氏（古典籍・日光邯鄲枕・太田中島図）
○日光かんたんの枕（古辞）
○日光邯鄲枕実録（古典籍・日光邯鄲枕）
○日光邯鄲枕実録大全（参考⑥）
○日光小夜物語（古辞）
○日光山通夜物語（関西大図中村）
○日光新邯鄲枕（高橋圭一氏）
○日光通夜物語（古辞）
○日光夢物語（参考④）
○日光霊夢記（古辞）
○根津忠義伝（参考④）
○宝永太平記（古辞）
○本朝大心中（参考④）
○柳沢実記（古典籍）
○柳沢立身録（参考④）
○柳沢乱登記（参考④）

【参考】①『日本古典文学大辞典』「柳沢騒動物」項、②同「護国女太平記」項・③中村幸彦氏「柳沢騒動実録の転化」（『中村幸彦著述集　十』）④倉員正江氏「『護国女太平記』の成立まで―『金紋志得抄』と『日光邯鄲枕実録大全』を中心に―」（『近世文芸　研究と評論』第四十七号）・⑤同氏「八木主税のこと―その実像と『護国太平記』をめぐって―」（『江戸文学』第二十九号）・⑥名取美枝氏「実録体小説の研究―『日光邯鄲枕』の変転―」（『近世レポート』第二号）

依田政談

【概要】宝暦から明和にかけてに活躍した江戸北町奉行依田豊前守の裁判話。幕末から明治にかけての講談に名奉行としてしばしば登場する。

○月亀夜話（古典籍）
○月鼈玉の輿（古辞）
○月鼈夜話（古典籍）
○依田捌五人男（古辞）
○依田評定記（×古典籍）

【参考】①『日本古典文学大辞典』「依田捌五人男」項

→おこよ源三郎

四谷怪談

【概要】幕臣田宮家の入り婿伊右衛門は、醜いお岩に愛想をつかし、上役の伊藤喜兵衛と策をめぐらしお岩を追い出して、喜兵衛の妾を後妻にもらう。それからお岩の祟りが始まり関係者は不思議な最期を遂げる。実説は近世中期に江戸四谷左門町界隈の田宮・秋山・伊藤の三つの幕臣が続けて滅亡したことによる。当時の人々は、それを田宮伊右衛門の先妻お岩の祟りによるものと解釈、怪談として語り継いだ。

○石女夜話（東大教養国文）
○復讐四（ッ）谷座右談（服部仁氏）
○四谷怪談（古典籍・四ツ谷雑談）
○四ツ谷雑談（古典籍）
○四ツ谷雑談於岩物語（埼玉県立文書）
○四谷雑談実録（小説）
○四ツ谷雑談集（矢口丹波記念文庫）

嫁威谷の敵討

【概要】元南部家浪人春城右近右衛門が越中嫁威

谷において萩田有右衛門に殺害される。江戸で夫の帰りを待つ妻子は右近右衛門が行くはずだった金沢に向かうが嫁威谷で山賊に襲われ落命。遺児吉太郎と小次郎の兄弟が父の敵と母を殺した賊を捜し出し、延宝六年（一六七八）九月、金沢の太守前田土佐守の助力を得て敵討ちをする。

○敵討嫁威（驚）谷伝（古典籍）

【参考】①延廣眞治氏「蓮如伝説と式亭三馬作『復讐娶読谷』」（『江戸文学』第二十号）

琉球出兵（琉球軍記）

【概要】慶長十四年（一六〇九）薩摩の島津氏が琉球に出兵した戦乱。朝鮮出兵後の幕府の対明政策と島津氏の権力再編が背景にあったとされる。慶長十四年三月四日、島津軍は山川を出発、二十五日に沖縄到着。四月一日に尚寧王が降伏する。戦後琉球は島津氏の領有が認められたが、翌年徳川秀忠によって琉球国の存置を命じられた。

○薩球軍精記（×古典籍）
○薩琉軍鑑（古典籍）
○薩琉軍鏡（古典籍・薩琉軍鑑・秋月郷土）
○薩琉軍談（古典籍）
○島津琉球合戦記（古典籍）
○島津琉球軍精記（古典籍）
○島津琉球軍記（古典籍）
○日本一統志（古典籍）
○扶桑太平録（古典籍）
○吉田三代記（大惣）
○琉球軍記（古典籍）
○琉球軍精記（古典籍・島津琉球軍精記・弘前図）
○琉球軍談（古典籍）
○琉球御征伐記（古典籍・琉球征伐記）
○琉球征伐記（古典籍）
○琉球征伐軍記（古典籍）
○琉球属和録（古典籍）

ら行

わ行

や行

索　引

○書名・演劇作品名・主要な人名を抜き出した（略称や通称も基本となる一項目にまとめた）。その他、各章において重要と思われる事項も最小限取り上げた。

○第一部（論文編）は本文・注から、第二部（翻刻編）は「前言」・「翻刻・校訂の方針」・解題部分から語を抜き出した。また、附録（主要実録書名一覧稿）は【概要】と【参考】にみられる人名（【概要】は主要人物のみ）を抜き出した。

○ページ番号中の「〜」は、その範囲にわたって語があらわれることを示すものである（必ずしもその範囲の各ページに該当する語があるわけではない）。

○書名は『　』で括り、雑誌名は割愛した。

○演劇作品や、論文（基本的には割愛したが一部取り上げたものもある）など単行書以外の題名は「　」で括った。

○人名で、町人や婦女子など名前だけしか登場しないものについては、関係のある事件名や作品名を〈　〉で括り示した。

○項目の別称、その他注記事項は（　）で示した。とくに人名の場合は、別称で検索した場合も、「→」によって、できるだけ統一項目にたどりつけるようにした。

○該当項目に深い関係を持つ項目についても項目末の「→」で示した。

○事項のうち「実録」「江戸時代」「近世」「成長」など、本書全体に頻出するものについては取り上げていない。

あ行

か行

な行

は行

ま行

著者略歴

菊池庸介（きくち　ようすけ）

1971年（昭和46）、栃木県に生まれる。

静岡大学人文学部人文学科卒業。学習院大学大学院人文科学研究科日本語日本文学専攻博士後期課程単位取得済退学。博士（日本語日本文学）。専門・日本近世文学。

現在、国文学研究資料館研究支援者。学習院生涯学習センター講師。

本書所収以外の論文に、「実録と絵本読本―速水春暁斎画作「実録種」絵本読本をめぐって―」（『近世文芸』第86号　2007.7）、「破戒への道―実録『観延政命談』における日道の恋―」（『文学　隔月刊』第８巻第５号　2007.9）「「活字翻刻本」実録の諸相―田宮坊太郎物を例に―」（『日本文学』第56巻第10号　2007.10）など。

近世実録の研究――成長と展開――

二〇〇八年二月二十五日　発行

著　者　菊　池　庸　介
発行者　石　坂　叡　志
整版印刷　富　士　リ　プ　ロ　㈱

発行所　汲　古　書　院
〒102-0072　東京都千代田区飯田橋二-五-四
電　話　〇三（三二六五）九七六四
ＦＡＸ　〇三（三二二二）一八四五

ISBN978-4-7629-3564-0 C3093